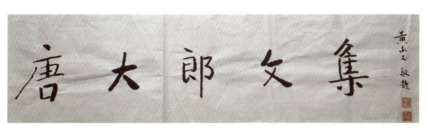

黄永玉题写文集书名

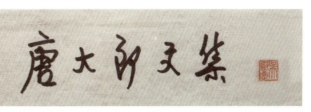

吴承惠题写文集书名

黄永玉绘画《戊戌中秋读大郎忆樊川诗文》

1947年10月,唐大郎在苏州

1947年10月唐大郎和文艺界人士在苏州合影,第一排金山,二排左二、左三为冯亦代、郑安娜夫妇,左四为丁聪,三排左一为唐大郎、左二为张瑞芳、左三为龚之方,四排左一为魏绍昌、左二为张骏祥

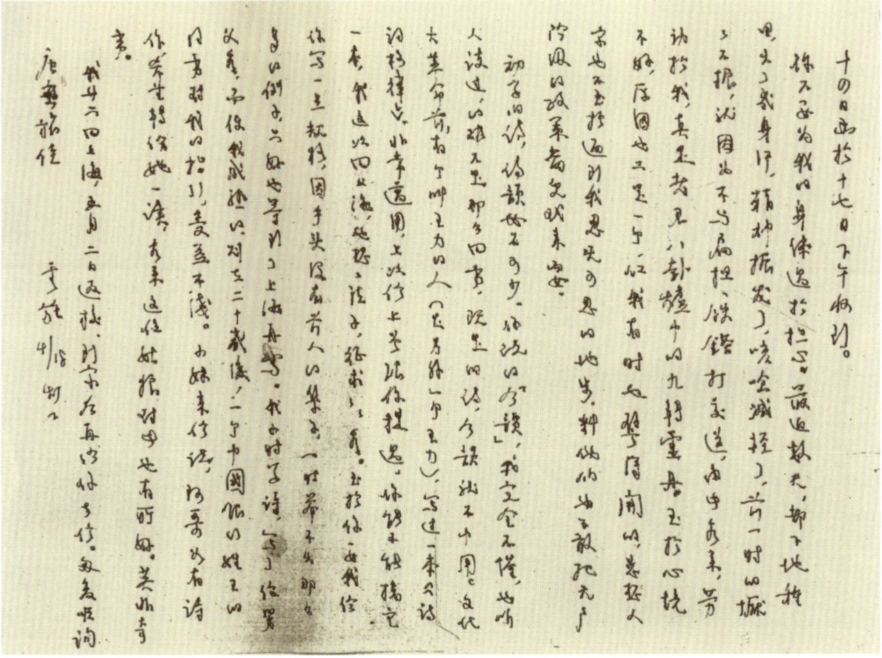

唐大郎致子女信手迹

赵丹绘黄山画稿题赠唐大郎

汪亚尘画扇题赠唐大郎

某甲散記

某甲

愚謂慢倒子先生罵人之筆不弱，其公子激宇君，雅有父風，激宇見愚為影評人列傳，見而好之，愚方以為罵人須折陽壽，而激宇之嘗，則且以激罵相督促，良可喜也。茲錄其書之片段云：

罵人祇要有對象，也不一定須要十二分充足的理由，因為目的祇是「罵」，並不是開什麼辯論會。

你的影評人列傳，除了罵以外，還帶着些藝術的氣味，像「棺材釘」「子孫釘」殺，因此還別開生面的罵法，很使我欽佩。

你的影評人列傳，應該繼續寫下去，這並不是幾個朋友的調解，可以終止的，因為有一般膿者，得希望你不要軟化。

如果世界晨報不能再刊登的話，可以發表在今報上，否則自己辦一張報作為武器，也是合算的。

有人稱你做「上海第一枝筆」，那末這枝筆須「硬」到底，否則就沒有「啵頭」了。

你不是說「肉市橫行」嗎？這樣緊要關頭，又豈能「軟」呢。我生平是個幸災樂禍的人，所以才來勸你，你明白嗎？

因此我也喜歡罵人。更不怕別人來罵我。你越罵越起勁，我越看越起勁，某甲萬歲！

唐大郎以"某甲"为笔名，在《世界晨报》上开《某甲随笔》专栏，此为专栏报影，刊1936年12月19日《世界晨报》

唐大郎文集
云裳日记

张 伟 祝淳翔 编

上海大学出版社

图书在版编目(CIP)数据

云裳日记/张伟,祝淳翔编.—上海:上海大学出版社,2020.8
(唐大郎文集;第6卷)
ISBN 978-7-5671-3896-4

Ⅰ.①云… Ⅱ.①张… ②祝… Ⅲ.①散文集—中国—现代
Ⅳ.①I266

中国版本图书馆CIP数据核字(2020)第104415号

责任编辑　黄晓彦
封面设计　缪炎栩

唐大郎文集

云 裳 日 记

张　伟　祝淳翔　编

上海大学出版社出版发行
(上海市上大路99号　邮政编码200444)
(http://www.shupress.cn　发行热线021-66135112)
出版人:戴骏豪

*

江阴金马印刷有限公司印刷　各地新华书店经销
开本890mm×1240mm　1/32　插页8　印张13.5　字数375千
2020年8月第1版　2020年8月第1次印刷
ISBN 978-7-5671-3896-4/I·599　定价:78.00元

版权所有　侵权必究
如发现本书有印装质量问题请与印刷厂质量科联系
联系电话:0510-86626877

小朋友记事

黄永玉

大郎兄要出全集了。很开心,特别开心。

我称大郎为兄,他似乎老了一点;称他为叔,又似乎小了一点。在上海,我有很多"兄"都是如此,一直到最后一个黄裳兄为止,算是个比我稍许大点的人。都不在了。

人生在世,我是比较喜欢上海的,在那里受益得多,打了良好的见识基础。也是我认识新世界的开始,得益这些老兄们的启发和开导。

再过四五年我也一百岁了。这简直像开玩笑!一个人怎么就轻轻率率地一百岁了?

认识大郎兄是乐平兄的介绍。够不上当他的"老朋友"。到今天屈指一算,七十多年,算是个"小朋友"吧!

当年看他的诗和诗后头写的短文章,只觉得有趣,不懂得社会历史价值的分量,更谈不上诗作格律严谨的讲究。最近读到一位先生回忆他的文章,其中提起我和吴祖光写诗不懂格律,说要好好批评我们的话。

我轻视格律是个事实。我只愿做个忠心耿耿的欣赏者,是个不愿做奴隶的人(们);我又不蠢;我忙的事多得很,懒得记那些套套。想不到的是他批评我还连带着吴祖光。在我心里吴祖光是懂得诗规的,居然胆敢说他不懂,看样子是真不懂了。我从来对吴祖光的诗是欣赏的,这么一来套句某个外国名人的话:"愚蠢的人有更愚蠢的人去尊敬他。"我就是那个更愚蠢的人。

听人说大郎兄以前在上海当过银行员,数钞票比赛得了第一。

我问他能不能给我传授一点数钞票的本事！
他冷着脸回答我：
"侬有几化钞票好数？"
是的，我一个月就那么一小叠，犯不上学。
批黑画的年月，居然能收到一封大郎兄问候平安的信。我当夜画了张红梅寄给他。
以后在他的诗集里看到。他把那张画挂在蚊帐子里头欣赏。真是英明到没顶的程度。
"文革"后我每到上海总有机会去看看他，或一起去找这看那。听他从容谈吐现代人事就是一种特殊的益智教育。
最后见的一面是在苏州。我已经忘记那次去苏州干什么的。住在旅馆却一直待在龚之方老兄家，写写画画；突然，大郎兄驾到。随同的还有两位千金，加上两位千金的男朋友。
两位千金和男朋友好像没有进门见面，大郎夫妇也走得匆匆，只交代说："夜里向！夜里向见！"
之方兄送走他们之后回来说：
"两口子分工，一人盯一对，怕他们越轨。各游各的苏州。嗳嗨：有热闹好看哉！"
"要不要跟哪个饭店打打招呼，先订个座再说，免得临时着急。"我说："也算是难得今晚上让我做东的见面机会。"
"讲勿定嘅，唐大郎这一家子的事体，我经历多了！"之方兄说。
旋开收音机，正播着周云瑞的《霍金定私悼》，之方问怎么也喜欢评弹？有人敲门。门开，大郎一人匆忙进来：
"见到他们吗？"
"谁呀？"我不晓得出了什么事。
"我那两个和刘惠明她们三个！"大郎说。
"你不是跟他们一起的吗？"我问。之方兄一声不吭坐在窗前凳子上斜眼看着大郎。
"走着，走着！跑脱哉！"大郎坐下瞪眼生气。龚大嫂倒的杯热茶也不喝。

"儿女都长大了,犯得上侬老两口子盯啥子梢嘛?永玉还准备请侬一家晚饭咧!"

大郎没回答,又开门走了。

第二天一大早我上龚家,之方兄说:

"没再来,大概回上海了!"

之方兄反而跟我去找一个年轻画家上拙政园。

大郎兄千挑万挑挑了个重头日子出生:

"九·一八"

逝世于七月,幸而不是七月七日。

2019 年 6 月 13 日于北京

给即将出版的《唐大郎文集》写的几句话

方汉奇

唐大郎字云旌,是老报人中的翘楚。曾经被文坛巨擘夏衍誉为"勤奋劳动的正直的爱国的知识分子"。他发表在报上的旧体诗词,曾被周总理誉为"有良心,有才华的爱国主义诗篇"。他才思敏捷,博闻强记,笔意纵横,情辞丰腴。每有新作,或记人,或议事,或抒情,或月旦人物,都引人入胜,令人神往。有"江南才子""江南第一枝笔"之誉。我上个世纪50年代初曾在上海工作过一段时期,适值他主持的《亦报》创刊,曾经是他的忠实读者。近闻他的毕生佳作,已由张伟、祝淳翔两兄汇集出版,使他的鸿篇佳构得以传之久远,使后世的文学和新闻工作者得到参考和借鉴,善莫大焉,功莫大焉。

2019 年 6 月 11 日于北京

序

陈子善

唐大郎这个名字,我最初是从黄裳先生那里得知的。20世纪80年代初的某一天,到黄宅拜访,闲聊中谈及聂绀弩先生的《散宜生诗》,黄先生告我,上海有位唐大郎,旧诗也写得很有特色,虽然风格与聂老不同。后来读到了唐大郎逝世后出版的旧诗集《闲居集》(香港广宇出版社1983年版)和黄先生写的《诗人——读〈闲居集〉》,读到了魏绍昌、李君维诸位前辈回忆唐大郎的文字,对唐大郎其人其诗才有了进一步的了解。再后来研究张爱玲,又发现唐大郎对张爱玲文学才华的推崇不在傅雷、柯灵等新文学名家之下。张爱玲中短篇小说集《传奇》增订本的问世是唐大郎等促成的,而张爱玲第一部长篇小说《十八春》也正是唐大郎所催生的。于是我对唐大郎产生了更大的兴趣。

十分可惜的是,唐大郎去世太早。他生前没有出过书,殁后也只在香港出了一本薄薄的《闲居集》。将近四十年来默默无闻,几乎被人遗忘了。这当然是很不正常的,是上海现代文学史研究的一个重大缺失,也是研究海派文化不得不面对的一个严重问题。所幸这个莫大的遗憾终于在近几年里逐渐得到了弥补。而今,继《唐大郎诗文选》(上海巴金故居2018年印制)和《唐大郎纪念集》(中华书局2019年版)之后,12卷本400万字的《唐大郎文集》即将由上海大学出版社推出。这不仅是唐大郎研究的一件大事,是上海现代文学史研究的一件大事,也是海派文化研究不容忽视的一个可喜成果。

1908年出生于上海嘉定的唐大郎,原名唐云旌,从事文字工作后有大郎、唐大郎、云裳、淋漓、大唐、晚唐、高唐、某甲、云郎、大夫、唐子、唐僧、刘郎、云哥、定依阁主等众多笔名,令人眼花缭乱,其中以高唐、刘郎、定依阁主等最为著名。唐大郎家学渊源,又天资聪颖,博闻强记。他原在银行界服务,因喜舞文弄墨,约在20世纪20年代末弃金(银行是金饭碗)从文,不久后入职上海《东方早报》,逐渐成长为一名文思泉涌、倚马可待的海上小报报人。当时正是新文学在上海勃兴之时,在最初一段时间里,唐大郎与新文学界的关系并不密切,40年代初以后才有很大改变。但他的小报文字多姿多彩,有以文言出之,也有以白话或文白相间的文字出之,更有独具一格的旧体打油诗,以信息及时多样、语言诙谐生动而赢得上海广大市民读者的青睐,一跃而为上海小报文坛的翘楚和中坚。至40年代更达炉火纯青之境,收获了"小报状元""江南才子"和"江南第一枝笔"等多种美誉。

所谓小报,指的是与《申报》《时事新报》等大报在篇幅和内容上均有所不同的小型报纸。20世纪20年代以后,各种小报在上海滩如雨后春笋般涌现,是上海市民阶层阅读消遣的主要精神食粮;后来新文学界也进军小报,新文学作家也主编小报副刊,使小报呈现更加丰富多彩的面貌。完全可以这样说,小报是上海都市文化的一个重要标志,海派的一个独特的文化现象。近年来对上海小报的研究越来越活跃,就是明证。

唐大郎就是上海小报作者和编者的代表。他的文字追求并不是写小说和评论,而是写五百字左右有时甚至只有两三百字的散文专栏和打油诗专栏。从20年代末至40年代,唐大郎先后为上海《大晶报》《东方日报》《铁报》《社会日报》《金钢钻》《世界晨报》《小说日报》《海报》《力报》《大上海报》《七日谈》《沪报》《罗宾汉》等众多小报和1945年以后开始盛行的"方型报"《海风》等撰稿。他在这些报上长期开设《高唐散记》《定依阁随笔》《唐诗三百首》等专栏,往往一天写好几个专栏,均脍炙人口,久盛不衰。他自己曾多次说过:"我好像天生似的,不能写洋洋几千字的稿件,近来一稿无成,五百字已算最多的了。"(《定依阁随笔·肝胆之交》,载1943年5月14日《海报》)唐大郎的写作史有力地表明,他选择了一条最适合发挥自己特长、最能得心应手的创作之路。

当然,由于篇幅极为有限,唐大郎的小报文字一篇只能写一个片断、一个场景、一段对话、一件小事……但唐大郎独有慧心,不管写什么,哪怕是都市里常见的舞厅、书场、影院、饭馆、咖啡厅,他也都写得与众不同,别有趣味。在唐大郎的专栏文字中,谈文谈艺、文人轶事、艺坛趣闻、影剧动态、友朋行踪……,无不一一形诸笔端,谐趣横生。如果要研究20世纪20年代至40年代上海的都市文化生活,唐大郎的专栏文字实在是一份不可多得的生动的教材。又当然,如果认为唐大郎只是醉心风花雪月,则又是皮相之见了,唐大郎的专栏文字中,同样不乏正义感和家国情怀。在全面抗战时,面对上海八百壮士可歌可泣的抗日事迹,唐大郎就在诗中写下了"隔岸万人悲节烈,一回抚剑一泛澜"的动人诗句。

归根结底,唐大郎的专栏文字和打油诗是在写人,写他所结识的海上三教九流的形形色色。唐大郎为人热情豪爽,交游广阔,特别是从旧文学界到新文学界,从影剧界到书画界,他广交朋友,梅兰芳、周信芳、俞振飞、言慧珠、金素琴、平襟亚、张季鸾、张慧剑、沈禹钟、郑逸梅、陈蝶衣、陈定山、陈灵犀、姚苏凤、欧阳予倩、洪深、田汉、李健吾、曹聚仁、易君左、王尘无、柯灵、曹禺、吴祖光、秦瘦鸥、张爱玲、苏青、潘柳黛、周錬霞、胡梯维、黄佐临、费穆、桑弧、李萍倩、丁悚丁聪父子、张光宇正宇兄弟、冒舒諲、申石伽、张乐平、陈小翠、陆小曼……这份长长的名单多么可观,多么骄人,多么难得。唐大郎不但与他们都有所交往,而且把他们都写入了他的专栏文字或打油诗。这是这20年里上海著名文化人的日常生活的真实记录,这些人物的所思所感、所言所行,他们的音容笑貌、喜怒哀乐,幸有唐大郎的生花妙笔得以留存,哪怕只有一鳞半爪,也是在别处难以见到的。唐大郎为我们后人打开了新的研究空间。

至于唐大郎的众多打油诗,更早有定评,被行家誉为一绝。"刘郎诗的重要特色就在于在旧体诗的内容与形式上都做了创新的努力,而且确实获得了某种成功。"唐大郎善于把新名词入诗,把译名入诗,把上海话入诗,简直做到了出神入化的地步。论者甚至认为对唐大郎的打油诗也应以"诗史"视之(以上均引自黄裳《诗人——读〈闲居集〉》)。这是相当高的评价,也深得我心。

本雅明有"都市漫游者"的说法,以之移用到唐大郎身上,再合适不过。唐大郎长期生活在上海,一直在上海这个现代化大都市里"漫游",他的小报专栏文字和打油诗,使他理所当然地成为上海都市文化生活的深入观察者、忠实记录者和有力表现者。唐大郎这些文字也理所当然地成为海派文化和江南文化历史记载中的宝贵遗产,值得我们珍视和研读。

张伟和祝淳翔两位是有心人,这些年来一直紧密合作,致力于唐大郎诗文的发掘和研究,这部 12 卷的《唐大郎文集》即是他们最新的整理结晶,堪称功德无量。今年恰逢唐大郎逝世 40 周年,文集的问世,也是对他的最好的纪念。作为读者,我要向他们深表感谢,同时也期待《唐大郎文集》的出版能给我们带来对这位可爱的报人、散文家和诗人的全新认知,使更多的读者和研究者来阅读、认识和研究唐大郎,以更全面地探讨小报文字在都市文化研究里应有的位置和所起的作用。

        2020 年 6 月 14 日于海上梅川书舍

编选说明

本卷收录三部分专栏，分别为《云裳日记》《云庵琐语》和《云庵缀语》。

其中《云裳日记》刊于《小说日报》，始自1939年11月19日，止于1940年10月31日，大致前后一年。在这300多天里，唐大郎痛失两位至为亲近的长辈，一为舅父钱梯丹，一为师傅樊良伯。

《云庵琐语》刊于《力报》，自1942年7月2日起，至1945年7月25日止。

《云庵缀语》刊于《飞报》，自1946年10月16日起，至1947年8月31日止。

目　录

云裳日记(1939.11—1940.10)

云庵琐语(1942.7—1945.7)

曹涵美 / 153
国骂 / 153
独角戏 / 154
集曼殊句 / 155
儿时尘事 / 156
跳舞场里的陆伯琦 / 156
醉心曲艺之孙家门 / 157
劝谢筱初先生 / 158
请蝶衣兄息雷霆之怒 / 159
再进忠言 / 159
我是乌龟 / 160
天意 / 161
《汉书》/ 161
复小春先生书 / 162
辟谣 / 163
偷鸡 / 163

陈存仁 / 164
角儿 / 165
史致富的本来面目 / 165
狞笑 / 166
买肉记 / 167
文崇山 / 167
办报 / 168
骂过人以后 / 169
大角儿 / 169
身边文学 / 170
附和姚先生的建议 / 171
宵游述趣 / 171
复秦瘦鸥兄 / 172
卢小嘉 / 173
吴素秋的能耐？/ 173
三见林康侯 / 174
再看《小山东》/ 174

一只《二进宫》/ 175
标榜 / 176
平剧院果不可为！/ 176
月下 / 177
《男女之间》/ 177
寿田席上 / 178
梅国宝 / 178
"二百五" / 179
危机？/ 180
牢骚 / 180
昆曲二事 / 181
写作人的秘密 / 181
为程笑亭宣传 / 182
忠于艺术 / 182
才艺之士 / 183
清明 / 184
游侣 / 184
陈禾犀先生 / 185
坤角儿之不工交际

／185
严家媳妇／186
张淑娴海上暂居记／187
戏言／187
再请若萍报信／188
王佩兰与英子／188
人情／189
杀人的针药？／190
交际舞／190
看结婚／191
开伙仓／191
对此如何不梦遗？／192
蚕豆／192
秋鸿之信／193
不痛快事／193
小余死了！／194
TM／195
吕碧城诗／195
大张挞伐／196
一方兄／196
张中原／197
义戏／197
热心人／198
花篮／198
会钞趣谈／199
真／199
残花／200
唐嫂之丧／200

吴中士之医德！／201
西菜／201
嗜好之不同／202
起士林／202
内行／203
李元龙先生／204
省省吧！／204
白雪，西平与予／205
师徒二人／205
扮女人／206
梅门桃李／206
幸福肥皂／207
悼冯振铎／207
拟从此不唱戏／208
文士常情／208
休戚相关之友／209
复上海时疫医院书／210
李玉茹／210
王吟秋与荣瑞昌／211
"叫好不叫座"／211
柳黛与秋霞／212
赠薛冰飞／212
打油诗／213
电话之报／213
春光依旧／214
美味／214
五尺栏杆遮不住／215
弹词票房／215

梅琳／216
面壁／216
更新顾曲／217
捧角之苦闷／217
三十六岁生日述怀（有序）／218
通宵舞厅禁绝以后／218
章逸云／219
周信芳把场／219
劝芷香与太白／220
俞逸芬先生近状／220
冲寒／221
章逸云／221
吃留声机片／222
否认"评剧家"／222
张翠红／223
揩油／223
说小书人／224
严九九／224
李玉芝姊妹／225
人安里四号／226
皮鞋油／226
谢朱梵／227
王有道之妻妹／227
德丰里／228
松江话／228
画屏／229
顶房间／229

指教 / 230
仙乐斯之夜 / 230
麒麟童 / 231
一个屁与一口痰 / 231
雪园老正兴馆 / 232
我负南洲 / 232
赖稿 / 233
一饭之缘 / 234
金少山 / 234
小翠花 / 235
进场之夜 / 235
俞雪莉 / 236
"幕后"! / 236
张淑娴与曹慧麟 / 237
亚仙老四 / 238
高百岁 / 238
"我要笑煞哉" / 239
坤角儿与大衣 / 239
徐露茜 / 240
遐庵赠张善琨联 / 240
国语闲话 / 241
"相依为命"者二人 / 241
小翠花重会无期! / 242
燃料 / 243
煤球店主人 / 243
口腹之好? / 244
王小妹 / 244

醉酒 / 245
章荣初 / 245
白事一 / 246
王八旦 / 246
温吞水记 / 247
看《武松》兼念予倩 / 247
剁手 / 248
简小春兄 / 248
甲乙丙三友 / 249
唐若青 / 249
答魏绍昌先生 / 250
高利贷 / 250
一年之计 / 251
精舍 / 252
天蟾顾曲 / 252
笃定泰山 / 253
绝命预言 / 253
大尺寸 / 254
"刮弧" / 254
温柔不住住何乡? / 255
麻皮的舞女 / 255
看戏记 / 256
岁月惊迁 / 257
闻吕岳泉健讼 / 257
倒霉的鲁仲连 / 258
为金小天覆程沙雁君 / 258
一马吃一马 / 259

姜娟娟 / 260
江紫尘先生 / 260
文园 / 261
荒年穷世识佳人! / 261
大西路之月 / 262
杨宝森 / 262
改变作风 / 263
陈霆锐之噩耗? / 263
柬老友灵犀 / 264
张莉 / 264
焦不离孟续 / 265
平剧《文天祥》 / 265
新华茶舞 / 266
一春花 / 266
呈柳絮昆季 / 267
张张氏 / 268
台型问题 / 268
韩 / 269
散木道人 / 269
为谢豹收定件 / 270
打相打 / 270
轻重之间 / 271
为达邦谢 / 271
《文天祥》之布景 / 272
新闸路 / 272
周秋霞 / 273
尽东南人物之美 / 273
顾兰君 / 274
何必言穷? / 274

《文天祥》之口碑／275
生理学家之言／276
一方病／276
与酒无缘／277
寄秋翁／277
重伸歉意／278
此举甚善／278
艾世菊／279
李世芳／280
别来无恙话秋霞／280
无品之言／281
欧阳莎菲／281
圈与鞭／282
王丹凤与白虹／282
告南山斋主人／283
眉子／284
张谷年又展近作／284
替天报仇／285
录顾飞诗／285
《教师万岁》开拍／286
浦徐合展／286
平剧《秋海棠》／287
烧冷灶／288
三千金／288
清凉世界／289
老上海／290
骂王丹凤者！／290
管敏莉小休记／291

柬雪庐主人／291
二美并／292
贺绍华新居／292
席上谐谈／293
热甚／293
"风头"之日／294
瓢画义卖／294
冷面／295
好婆／295
客串镜头／296
涵养／297
问病记／297
深念兰君／298
客串镜头放映记／298
日出阵容／299
潘月亭／300
管敏莉与沈雪莉／300
大少与先生／301
敏莉进场之夜／301
吾友桑弧／302
不敢笔战／302
影片与话剧／303
张淑娴／303
效果／304
惊奇／305
再记张淑娴／305
说书先生／306
苦热／306
行歌记／307

"触那"／307
朱琴心一面记／308
《木兰从军》／308
惊疾记／309
饯顾记／309
旧鸟／310
磅上无名／311
一千只洋的事／311
敬爱／312
管敏莉与孙雪莉／313
夜凉／313
杜萍初见记／314
走势不疲／314
慰朱夫人／315
谁甘寂寞／315
《教师万岁》上映／316
意识与风趣／316
南京兴业银行／317
观舞记／318
白下归鸿／318
一炮便响／319
弹词名句／319
剑翁何在？／320
杂记／320
李香畹／321
殊幸／321
生日／322
吴中行摄影之世界荣誉／323

唐若青之神韵 / 323
"淑娴如何?" / 324
日曜夜记 / 324
微醺之夜 / 325
"出来哉!" / 325
才思敏捷 / 326
开店未成记 / 326
《日出》后之唐若青 / 327
顾兰君千里归鸿 / 327
蛾眉风义 / 328
裤与袜 / 328
画饼 / 329
先向弦边看雪娘 / 329
何必休息 / 330
李玉茹抽不抽? / 331
虹桥路 / 331
女作家 / 332
活口与死口 / 332
《伏敌堂诗集》 / 333
矜伐 / 333
我的故乡 / 334
一日防空酒食中 / 334
王玉珍 / 335
《社日》之创办人 / 335
名妈之后 / 336
我们两个人 / 336

滠浴会 / 337
何以遣有涯之生 / 337
孔雀别墅 / 338
丛虑兜心 / 338
嘤城 / 339
中学生 / 339
蔡家姊妹 / 340
上海与香港 / 340
感吾良朋 / 341
关于《倾城之恋》 / 341
舞人改行 / 342
女明星的丈夫 / 342
茗边相对话薇音 / 343
师诚往矣 / 343
大东之夜 / 344
我的忧伤 / 344
骑马布与嘴罩 / 345
意淫 / 345
新新纺棉花 / 346
让我"魁"吧! / 346
如此狂欢 / 347
假天真 / 348
樽边小记 / 348
朱琴心出演有期 / 349
未婚夫 / 349
丁芝创愈登台 / 350
忧人之忧 / 350

署名录 / 351
寄也白兄书 / 351
黑帽子 / 352
吃豆腐 / 352
放低了目标 / 353
红酣绿媚照苏城 / 353
想着竹森生 / 354
盲肠炎 / 354
张善琨总揆华影 / 355
丈夫得意事 / 355
记洪异 / 356
王茂亭 / 356
请信芳认命 / 357
白光献曲 / 357
以米论皮 / 358
弯舌头 / 358
谢鲁诗 / 359
发财捷径 / 359
恶谑 / 360
张家双喜 / 360
柔肠侠骨 / 361
我来了! / 361
拆字 / 362
池边小记 / 362
关于稿费 / 363
关于牙签 / 363
为何不涨 / 364

云庵缀语(1946.10—1947.8)

将游故都 / 365　　病目记 / 365　　张公权与张肖梅 / 366

近事琐记 / 366
寄柳生 / 367
数年不过菱花家 / 367
女儿经 / 368
复大苏 / 368
杨梅合作 / 369
有人污蔑童芷苓 / 369
《三岔口》有啥好"听"？ / 370
灯下看陈飞 / 371
报予倩先生 / 371
周錬霞谈外子 / 372
彩旦盖三省 / 372
谭氏父子之开搅 / 372
我窘过一次 / 373
新的卡尔登 / 373
高盛麟之包银 / 374
人畜奇展 / 374
好生意 / 375
老闻人 / 375
贺兰亭婚礼 / 376
且把春愁付酒杯！ / 376
枉八台 / 377
钱大櫆之妾 / 377
王兰清减 / 378
黑牡丹 / 378
荣誉榜 / 379
三万元 / 379

一场虚惊 / 380
我不会编小书 / 380
胡妹妹 / 381
白相人 / 382
空棺材 / 382
衣雪艳一门交际 / 383
苏青的外行话 / 383
梅雪文缘 / 384
白莲花 / 384
平望里 / 384
辛苦铜钿 / 385
丰泽楼 / 385
李飞妃 / 386
福利商场 / 386
肚皮泻 / 387
陈美娟 / 387
荒田里的小雨 / 388
刘琼与乔奇 / 388
大众的母亲 / 389
双青画展 / 390
解酒法 / 390
蜡烛店小开 / 391
道歉 / 391
阿凯弟 / 392
鼠牛比 / 392
卷土重来 / 393
犹太人别墅 / 393
两块料 / 394
有人夜访张云溪！ / 394

赵雪莉与李飞红 / 395
王茂亭 / 395
孝女夏丹维 / 396
白兰花 / 396
午睡 / 397
诗境 / 397
为文梅白诬 / 398
婆娑老子 / 398
徐琴芳与俞萍 / 399
疗病记 / 399
开心了一天 / 400
渡浦诗 / 400
李珍珍与陆青青 / 401
娘舅与外甥 / 401
嫁女 / 402
殷四贞 / 402
梅菁进场之夜 / 403
与顾美玲谈心 / 403
感谢苍天 / 404
二尤 / 404
记林北丽 / 405
病暑之药 / 405
不许销魂但许痴 / 406
张慧剑 / 406
包？ / 407
残酷的镜头 / 407
嗲的署名 / 408
家有喜事 / 408

一部连续几十年的私人观察史（《唐大郎文集》代跋）/ 409

云裳日记(1939.11—1940.10)

十一月十七日,暄,又下午起身,夜与翼华、灵犀饯天厂于卡尔登楼上,以众人嗜好翠娥歌,于是邀之来。培林听甬滩大笑,唱申曲与甬滩诸婆,其走路之身段最难看,独翠娥不扭捏作态,仿佛十数年前,看台上之锦娿,此翠娥之所以能接近风雅也。愚既屡屡以诗文为翠娥张目,翠娥见之,不禁感恩知己。记第一次,与之同饭于市楼,愚有诗云:"余生留待老来侵,昔梦依依试共寻。前路莫愁知己少,是谁能识故人深?原非容易常相会,岂是无端定有心。今日逢君真短气,一齐努力惜光阴。"至今读之,犹为之惘然也。

出翼楼,与之方、翼华小坐于惠儿登,此地已三五月不来矣!已无复昔日之繁荣。愚携何奈凤同行,奈凤才十九岁,婉媚端娴,好人家女儿也。之方归时送之归。近来不甚为宵游,精神财力,两苦不足,然又不能早睡,故体力仍疲罢。天行健,君子以自强不息,我将如何谋自强之道哉?

(1939年11月19日《小说日报》,署名:云裳)

十一月十八日,暖甚,出门,衬绒袍子外,不加马褂,亦不加夹衫矣。与天厂打"客西诺",赤脚一次,便知今夜不能挖花。余每次挖花,"客西诺"能预示其倪,"客西诺"赢,挖花必不输;否则挖花终大负,屡试屡验矣。今夜同人公宴王玉蓉于大三星,愚赴京华,应缉止(费穆先生字)、陆洁、石鳞三先生宴,吃素菜;向爱京华酒家厕所之洁净,乘便登坑一次。灵犀自大三星来,为言座上遘姜云霞,甚念我,小红毕竟好女儿,能念旧,其他人便不足道。饭后偕灵犀、楚绥,坐于国泰,会慧琴外出,愚故作壁上观。旋拟往携奈凤,而奈凤亦与人有约,歉然辞我,因别

1

约刘婆。刘婆方生气,大丈夫不能善伺女人,使女人骄纵日甚,我之过也。本与尔康约,赴百乐门,因其不怿,遂偕坐于推仔厅,威怒犹未敛也!今夜想早睡,明日午后要往黄金看《连环套》,故预请兰亭定座。不是我要学吴彦衡,不过想看看场子。所虑者,一看之后,要吓得我唱不成功耳。

(1939年11月20日《小说日报》)

十九日,上午起身,饭后即往约翼华,同赴黄金;看完《连环套》,再看一看玉蓉与杨宝森之《坐宫》,便离去。宝森中气甚沛,的确可听,无怪在上海站得住,过宜之赏识亦不虚也。返至卡尔登,着高底靴,拿了根马鞭子,习"十里长亭"之走边,还有一个亮相。看人做甚容易,自家试一试,几乎把我摔死。高底靴之不好穿,更何况蟒在身,夫子盔在头上哉!七时后疲甚,回去睡觉,至十一时而醒。近时身体益羸弱,少睡即不可支,不容不补睡。十一时起身后,又神清气爽矣。夜间,读"拜山"单片,其中一段天霸之道白,云:"寨主,你不借银,还则罢了,反倒助强,为恶累累,与俺黄门作对。"予以为其中定有破句,曾听小楼之唱片,似为:"反倒助强为恶,累累与俺黄门作对。"据翼华言,则前者是也。予谓我记得小楼如此念,他也记得小楼如彼念,妙在二人却捧住的是一个死人,要证明谁对谁不对,去听一听唱片便明白矣。

(1939年11月21日《小说日报》)

二十日入夜,雨甚骤,携刘婆及其妹玲珠,小坐于一品香。刘婆拘谨,不甚肯从我到旅舍中,是夜以人众,故亦来,然闻其言:明日有客辟一室于中国饭店,招渠沐浴,渠既允之。予大怒,乃知其不肯轻蹈旅舍之门者,特不欲从唐某行耳。从知刘婆手段之高,南宫刀先生之骂我,正见其够朋友矣。

知天厂曾唱过《窦尔墩》,晚间无事,二人大对其"拜山"白口,他真有两下子。

有魏轸怀先生,投我一简,自言旧尝执事特一法院者,今谢事矣。

能诗,因写其近作一章云:"秋风瑟瑟雨潇潇,犹有东篱菊未凋。三考功名成过去,半年壮志已全消。英雄自古难谐俗,富贵于今大可骄!夜静挑灯人独坐,隔墙且听凤凰箫。"诗之功力不必言,牢骚太甚,便不是妙文矣。

友人蹶赴大都会,不去,立意甚坚,渐此做去,可以绝宵游之念。

(1939年11月22日《小说日报》)

廿一日,及午起身,自刘文甫因烟案入狱,曾改邀窦文起吊嗓。窦,即昔日黄桂秋之胡琴也。顾窦又病,近新请一人,姓张,亦老吃戏班饭者,为予吊一段《四进士》,嗓子越老越回去。

李叔明先生来,为陆梦瑛女士唱《宇宙锋》事,责予之记载为不实。予不识梦瑛,惟梦瑛对李先生言:则谓曾邀予夜饭,此为往事,记不清矣。今陆既以予文而不欢,当致其歉意。近来落笔,算得小心,不料尚不觉得罪人,我又怕事,因烦李先生代达歉忱,好在派起来都是"自家人"也!

晚得两书,皆自香港来,一为勃罗,一为素琴,素琴谓香港犹有人穿香云纱。女人总是女人,一开口便讲"行头"。

挖花四圈,负筹码五十元,赌之不可为也。中宵,啖蟹四枚,积食似不化,借助于跳舞。归时,西风慨慨,天转晴,知明日冷矣。

(1939年11月23日《小说日报》)

二十二日,终日阴雨,拟报素琴与勃罗书,终废然搁笔,真无以慰远道故人也。饭已,吾母命服鱼肝油,一匙入口,几作呕。青鱼肝油功效最好,而入口最难,予脾胃甚好,故犹能挨了下去。

儿子从校中归来,忽听其有"苗头"与"搅七廿三"等之俗语,为之不欢良久。想禁止他们不许说,又恐我自己将来会漏出唇外,被他们扳起错头来,吃大勿消。

素兰平日,饭后即出门,今日忽不走。若干时以来,以今日晤对之时间为最久,然而夕阳虽好,将近黄昏矣。

晚餐后出门，迩日因家中有佳肴，阿母必令我在家用饭。其实我在外所啖者，长日肥鲜，因此不忍剥家人之厨，然而吾母不知也。

在翼楼又为叶子戏，中宵冒雨归。不看见自己的床，不想睏，看见自己的床，便想躺下来。如我既懒，而不叫我发财，天之误人，往往如此！

（1939年11月24日《小说日报》）

二十三日，仍终日雨，傍晚小舟兄来谈，瓢庵与梯公设宴于永安别业姚宅，座有熙春、素雯。熙春病小可，不似曩时之活泼，其心绪之不佳可知也。天厂将远行，二兄之宴，实为天厂饯行。席上，群议年终在卡尔登彩唱之外，兼演《明末遗恨》，势在必行矣。饭后与之方、瓢庵，小坐于大华，又自大华赴国泰，李雪枋与小玲红，并观《文素臣》，之方乃招雪枋上翼楼，略谈即去，更诣大华，挈奈凤出游。奈凤曾为难民医院当护士，旋遭大故，始操今业，其身世固甚可怜也！近来游兴锐减，久坐便觉无聊，亦神力两疲之征。途中遘谢十娘，似有言语我，然车轮相错，不及一谈，察其意，殆颇眷念云郎。此君未尝无情，无情惟刘家婆一人，而我乃嬺比之，岂非孽缘哉？

（1939年11月25日《小说日报》）

二十四日，上午起身，略治文稿，再睡，醒来逾四句钟矣。往观明社彩排，座上遘王伟珠女士，王以名舞人而健歌者，殆亦明社社友也。

晚饭后又往黄金看《连环套》与《探母》，多看一次，更觉将来上台之不易，因拟以"议事"、"公堂"、"亮镖"诸场，让与他人，而单唱"拜山"。戏毕，孙兰亭兄邀往其寓邸吃宵夜，同行者甚众，如小蝶、江枫、其俊、翼华、楚绥、蝶衣、尧坤、尔康、灵犀诸兄，因晤名净袁世海君。袁少年而邃于剧艺，互谈甚洽，真良会也。是夕至宵禁既除，始告别言归。门外雨已止，而寒风砭骨，及抵家，又慵慵欲睡矣。

近日咳呛甚剧，头着枕上，呛尤甚，颇以为苦。子佩兄恒关念下走身体，知我病咳，料又将以中法之"咳停"遗我矣。

（1939年11月26日《小说日报》）

二十五日，奇寒，小阳春后，有此气象，为往岁所无，黄景仁所谓"全家都在西风里，十月衣裳未剪裁"，不禁为穷黎恤也！

晚，二郎先生招饮于蜀腴，座有老凤、小蝶两先生，遂轰饮。其余人亦能纵酒，不胜一蕉叶者，惟予与蝶衣，然是夕亦倾二盏，醉甚欲眠。酒后陪小蝶至国泰小坐，已不堪舞。至国泰打烊时，乃赴东亚，之玄辟一室于是，室中遘舞人李曼箴，近代之佳丽也。闻与刘婆居同巷，今则奉舞于云裳。云裳罗致人才之力，由此见之。旋于大华座上，遇唐槐秋先生，湖南人自有湖南人之风趣。我见槐秋，辄缅想锦晖、予倩两兄不已。比归，腹微痛，负痛而眠。二十六日，腹痛不已，用汤婆子暖腹，亦倦甚，只字未写。晚为天厂催起，知予病，备白兰地一杯，令我饮下，果稍瘥。今日尤冷，滴水成冰，江南天气之变，至今尤甚。着棉鞋出门，小时脚上患冻疮，苦不胜言，故入冬令，护吾足维严。

翼楼同人之演《明末遗恨》，将售券赈灾民，券价甚高，为号召计，孙三一角，将烦之信芳；信芳果无异言，更使嫩娘烦之若青，则倾巷来观，势必然矣！

（1939年11月28日《小说日报》）

二十七日，犹奇寒澈骨，家人晚膳后，始起身，与尔康、翼华，饭于知味观，吃件儿肉，又啖东坡肉，胃纳似不及往日之良。东坡肉乃不能多吃，然而美味也。适熙春亦宴客于此，闻熙春将弃其舞台生活，而专志于银幕艺术，朱石麟先生所谓熙春而精进不懈，则中国银坛上之艺人，陈云裳与王熙春外，不作第三人想。熙春殆有感于朱先生斯言欤？

返卡尔登，请宗瑛口授"盗御马"、"议事"、"公堂"、"定计"、"亮镖"之剧词。宗瑛颇谦抑，谓将来不敢为我说身段，年幼，不足当此任也。宗瑛之戏，系李吉瑞一派，予学《连环套》，将参杨、李之长，可以自负不凡矣。

中宵，偕灵犀、凤儿赴之玄旅舍中，有人呼向导之雌者，无妙选，睹之徒使人毛骨悚然！

夜翻诵旧作唐诗，有句云："倦倚平肩语夜深，无边哀怨集裾襟。

坠欢道左纷纷在，细步同来取次寻。"深爱遣词之美，然事至今日，真一读一惘然矣。

（1939年11月29日《小说日报》）

作文稿至天明，乃往谒樊良伯师。师甚关切下走，昨日下午，以电话抵寒家，而不肖犹高眠未起，师故不欢。自樊寓归来，不再睡，在家午膳，赴卡尔登，翼华招兆芳摄影人来，翼华自摄《窦尔墩》剧照，邀予同拍"拜山"一张，又独摄"公堂"一张，自以为印成之后，身段定然羊派，扮相尚不恶。岂意样子送来，一无是处，一副嘴脸，不知如何，好像五六十岁之老伶工，化装少年，私忖将来如何上去？又如何与信芳同演？又如何叫人家用了钱来看我这一份哉？

约之方来，同饭于杭馆天香园，侍者索茶资归为小博，遂耕兄来，知翠娥邀饭。翠娥于下走有知己之感，不图投老秋娘，犹是可儿。博已，偕之方、翼华坐国泰，着棉鞋下舞池，与罗兰两舞，倦甚，遂归而寝。良伯师本邀饭于京华，终爽此约，师之不慊于不肖者可知矣。

（1939年11月30日《小说日报》）

廿九日，午后赴之方许闲谈。上海之冷，报载谓为西伯利亚之寒流，道经本埠，昨日已过境，不图今日复奇寒，则寒流又重至矣。

晚翠娥邀饭于大西洋，继从之方游于大都会，复偕曼丽坐大华。人谓曼丽跌宕自喜，予则喜其人心地光明，心太直而口太快也。

天厂明日赴港，取予之黄天霸戏照，谓将送与素琴，使在远金娘，知同人逸兴雅量，正非浅鲜，而客中岑寂，睹此亦得稍豁眉头云。

梦云化"绅商一分子"名，投书与卡尔登戏院当局，要求予演《明末遗恨》中之蔡如衡，查此剧角色已派定，蔡如衡轮不到予演，即使能偿梦云之愿，而予终为蔡如衡矣，则亦何伤？譬如谓我面目像坏人，是我天生像。谓我表情逼真奸人，则我演技好，只要下了台，行为不是奸人可矣。故梦云之一再要予演蔡如衡而以为快意者，岂不太觉无聊乎？

（1939年12月1日《小说日报》）

三十日,起身后,子佩兄过存,谓我消瘦日甚。予性疏狂,而故人怜我曰:不敢劝大郎遂绝浪游,亦宜稍节起居,留此有用身耳。为之感激涕零。

得一帖,列名者有上海之名流,而其中有小蝶,予乃赴宴。小蝶为老友,若仅名流,则婉谢之矣。至则集海上伶票之大观,兰亭为予介王瑶卿及其女公子,又金仲仁夫人。金妻为于连泉女弟,顾顾而瘦,便似翠花。又为予介裘盛戎与安舒元二人,盛戎视世海尤年前,而并以才美著声于歌国。餐已,约世海同赴卡尔登,谒信芳。世海于信芳倾倒备至,盖其人虽以京朝名净,而亦能重视戏剧之"阿克丁"者,将来之造就,必有出人头地者矣。旋之方与尔康相继至,娟娟亦来,于是复小坐于大华。予起与金红舞,自别刘婆,可以慰情聊胜者,特一金红,金红之言,亦遂娓娓于眉项间,忘寒夜之渐深矣。

(1939年12月2日《小说日报》)

十二月一日,睡后思潮起伏,致不能入梦。朝暾午上,复披衣起身,治文稿,在家午餐,不与家人"同桌用饭"者,久且忘其日月矣。幼子放学归来,问我曰:阿翁非游击队邪?予大诧,问其故,则曰:"游击队"三字,听之像乌龟头耳。怒其顽皮,怒其顽皮,愤其不敬,遂施无上权威,加以痛斥。小儿浅薄,以此种口吻,调弄穷爷,矜其聪明,实则无聊之甚,正似梦云要我演蔡如衡之缠扰不休也。

在国泰用夜膳,与慧琴舞,又推之上翼楼。交识之舞人,大半曾登翼楼,独慧琴未尝至。予作叶子戏,慧琴为予理筹码,小女儿依依之状,良可人意。旋赴伊文泰,笑缘迟燕燕不来,又觇之于大华,故又迟归,然听潮尚未就寝,遂与闲谈。今日本为公宴素秋,予以贪眠爽此约。然听潮言:幸而未去,盖素秋方病卧于旅邸中焉。

明日起,正应戒绝嬉游,筹备《华年》出版,及从事排《连环套》身段矣。

(1939年12月3日《小说日报》)

二日，竟夕未眠，午后发二书，看信芳演《青风亭》，"赶子"一场，终使我陨涕。其说白胥从哽咽中流出，乃觉沉痛非常。信芳之名剧，《四进士》为第一，以愚观之，《青风亭》与《群英会》实未可分轩轾。然《四进士》唱必满堂，《群英会》亦能叫座，独《青风亭》不为嗜好麒诸君所悦，殆以《青风亭》为悲剧，台下之观众，都珍惜几行热泪邪？

又看《连环套》于黄金，闻盛戎唱至"千里驹休得要踢跳喧嚷，胆大的小更夫敢来逞强，你二人今在俺刀下命丧，自有那黄三泰与你们抵偿"时，倦意全消。我看一次《连环套》，爱一次窦尔墩。待我"底气"充时，便想唱一次《盗马》。

（1939年12月4日《小说日报》）

三日，夜与培林、梯公、之方谈《明末遗恨》，今既决定者，信芳之孙克咸，伯绥之博洛，小金之嫩娘，天厂之郑芝龙，之方为芝龙之弟，予为郑仆沧儿。昔在璇宫看《明末遗恨》，去太迟，郑沧儿已无戏可做，予故未及注意此人，今既派我，倒要去看一趟矣。上海剧艺社演此角者，为萧篯，梯公未打扮应戴软罗帽着黑褶子，完全为旧剧中之家人模样也。惟女角缺太多，如媚娘，如十娘，如微波等，俱未决定。马金子将请严斐，微波一角，王熙春最应工，然熙春未必肯上，此婆既脱离卡尔登，熟人去相烦，说不定不卖面孔矣。

今夜归去最早，就灯下补写文稿。生平善负钱债，亦善负文债，一旦有钱，钱债既偿，文债还不还不打紧，其关键仍在钱有没有耳。（婴宁按：为读者着想，第愿大郎之钱债，永远还不清耳。）

（1939年12月5日《小说日报》）

四日，晚又作牧猪奴，顾得赢余，大快！有一牌，我做庄，下家为尔康，地牌敲出，暗将开时，先现一幺，其余一骰，为缸盖所击，翻成四点，而尔康谓明明看见亦是幺。此君之目能透视，真是赌鬼。

归后，小坐于城北家，心血来潮，忽致一电话与刘婆。听潮好事，更邀之来，然来亦无可语者，坠欢真不必重拾也。

幼子自校中归,仅携一书包,包中之书册笔墨,遗弃皆尽。我问其明日如何上学。儿谓先生本言明日不必去矣。下走一生,视事业如儿戏,今吾子亦视读书如儿戏,妙有父风,为之一喜。

邓兄留一书于舍间,要我每日多写一些。叫我多写字,其言最逆耳。惟多送一点钱来,始听得进。此种朋友,越轧越少,可见今世贪佞之风弥炽,我如此,别人亦如此!

(1939年12月6日《小说日报》)

五日,又竟夕勿眠,吾躬痿疲弥甚。午后,访之方为闲谈,邅小洛于此。三时登先生阁,翻旧报,见吾诗有可存者,如"删除不尽'身边'事,愿借清樽取次梳"。返翼楼为小眠,既入梦,听潮患予受寒,因以其氅覆吾体,醒后,则居功曰:对朋友亦可谓体贴入微矣。予昔尝自海上赴南京,时为秋夜,有客临窗卧,本盖一毯,然既坠于地,予从地上拾起,为覆其体上。对路人尚宜如此,何况朋友?小时做过童子军,有口号曰:随时随地扶助他人。听潮生也早,未受此训,偶为朋友服役,便以为可以称功矣。何见解之狭窄乃尔?又被嬲为挖花,倾昨日所盈之半。

邅舞人张慧娟,渠闻《秋闱痛语》文笔之美,而情致亦缠绵悱恻,亟愿一读,丐予为之搜集全文。会当告之丹蘋,使其知欢场女中,正有醉心其文事者,亦当展眉一笑矣。

(1939年12月7日《小说日报》)

六日,至今晨犹不能阖目,深虑十五年前之失眠症,将重犯于今日。既入睡,乃多乱梦,神魂之不宁可见。

为《华年》出版事,奉一书与潘仰尧先生。

夜饮于同宝泰,剑星拟加入年终所唱,演《三江口》,此人此技,必有可观。他桌有人招向导人者,一女子颇姣好,玄郎呼之来,则谓大连人,通东语,遂携至国泰小坐。女不工舞,而嗜舞若命,且评骘下走舞技之窳劣,为之失笑。

又小坐于推仔厅,同行有翼华、尔康、之方三兄,女人则有王亦芬、王慧琴、陈娟娟,三婆咸国泰红人,东南之秀,一网罗之,要亦行乐男儿之快意事也。稍坐辄归。

得一请简,为北平李丽发来。违此婆久矣,忽荷宠召,岂此豸铮铮,又将为出岫之春云邪?

(1939年12月8日《小说日报》)

六日,至十时后始入睡,失眠之痛苦,甚于刀锯鼎镬,此刑十数年不偿矣。

四时赴天天饭店,今日公宴赵如泉先生。如泉来后,出九本《狸猫》之提讲,略说一遍,然后使吾人自认角色。范仲华一角,遂属之予,此角以小丑应行。当年小达子在大舞台唱时,饰安乐王者为孙少堂,台上说苏白,其予我之印象甚深,盖自仗为王亲国戚,而信口开河者也。

韩志成先生约赴大东,坐一小时,又偕之方诣国泰,听裴扬华独脚戏。裴口才最敏捷,滔滔如江河之决;江笑笑以瘟胜,瘟则人誉为冷隽,然则江河之决者,当誉为爽利矣。

灵犀挈凤姑游百乐门,约同行,予辞之,姑早归。灭火而眠,仍辗转不能合目,仿佛将入梦,忽闻吾母呼予声,声甚凄厉,大惊而寤,则心胆欲落矣。起视母,母方醒于床,谓无异状,始释然。知不能再睡,挑灯书日记,懊恼之情,非吾笔所能传述矣。

拟请于医者,明日将服安神药,听兄谓安神之药都非王道,不如薄饮,饮至于微醺,亦能驱入梦乡矣。

(1939年12月9日《小说日报》)

八日,上午严幼祥兄以电话来,深感故人念我之切。我谓幼祥:《刺秦王》将公映矣!幼祥遽曰:今日乃大喜,因大郎尚知我导演《刺秦王》也。《刺秦王》有女角,名紫薇,即舞人王珍珍,亦号称"高桥松饼"者是。"高桥松饼"驰艳誉于舞坛,亦吾友徐绿芙兄之义女也。

午后,发何五良先生、李祖莱先生各一函。

襟亚招饭于新利查,以腰脚欠强未往。小蝶偕袁世海老板来,与之谈旧都往事,回味无穷。

以四五日来,占睡眠十数小时之人,又作牧猪奴,局散,神疲气竭,困顿万状。

归得潘仰尧先生赐书,附近诗一律。先生方以文章道德,著声当世,予之授业师也。

今夜幸得佳眠,醒时檐日已高,睡足六小时。

(1939年12月10日《小说日报》)

九日,昨夜忽得成眠,今晨八时半醒,遂起来,循此不改,起居可以纳正轨矣。顾饭后又倦甚,因复卧二小时,为翼华电话催醒,谓有故人视我于翼楼,往觇之,则刘婆从其客观剧于台下,遥为招手而已。看两剧,为小金之二本《虹霓关》,及信芳、百岁、文魁、宗瑛之全本《黄鹤楼》。

小舟兄来谈,渠将赴成都,因来作别,惟欲于临别前,一晤子佩,嘱予转致。

白蕉招予吃排骨,肆在东新桥,煮排骨有殊味,因得晤久违之龚翁及邦达二君。

小坐于国泰,着重棉,热不可耐,且倦甚,前数日之缺睡,殆将于今后补足之。

老凤夫人将于十四日称觞,朋友有公份,向听潮登记,予亦参加。

(1939年12月11日《小说日报》)

十日,今日星期,午后在卡尔登看信芳《夺徐州》,土山约三事诸幕,颇喜张月亭搭配之美。

与梯公、翼华、瓢庵诸兄打沙蟹,又同饭于新华。

今日为艺儿十岁诞辰,吾母令艺儿茹素,谓所以悼念其亡母也。

夜与之方、翼华往舞金红,既已,翼华送之方归。之方之巷,有巡逻人,不敢入,于是折赴人安里为宵谈。是夜十二时,灵犀得一千金,于是吾辈之临,似特为灵犀道贺来也。灵犀育子女甚众,女又多于男,予为故人忧急,劝其速速节育,苟不想其女公子一个个将来做陈曼丽、方文霞者,亦应与山额夫人谋矣。灵犀然我说。

是夕又迟眠,眠时,闻哲儿有寒热,几又不堪入梦。信知"父母惟其疾之忧"一语之从心坎中流出也。

(1939年12月12日《小说日报》)

十一日,今日起身又迟,下午兰亭来。

理发于华安。生平不喜上理发馆,往日理发,或在旅家,或者唤至家中,近一年则常在翼楼,今日将一头怒发,送与理发"技师"整理,于是"技师"以教训式口吻,为下走道矣!其言曰:"既要留长起来,平日便该梳理之,不然,剃光的好,若怒发种种,如何好到应酬场所?"愚笑曰:"然也,我发诚长日如此状,然恒时又往往溷迹于舞场中,无怪舞场妙女,乃都不喜小生,今闻'技师'言,有来自矣。""技师"亦笑。

夜饭于人和馆,以辣火酱著名,啖之果有美味,饱饭三瓯,至中宵犹不知饥。

笑缘携丽英欲赴伊文泰,邀予同行。予约慧琴,慧琴不在,约刘婆,刘婆亦出门。上海之大,女人之多,而临时觅一"壳子"乃大费事,宁不可怪?以是各人咸废然,予则省几文回去开伙仓矣。

晚与听潮略作宵谈。

(1939年12月13日《小说日报》)

十二日,晨谒良伯师,又访五良、祖莱两先生,俱未值。睡里光阴,枉抛于车尘轮影间,为之懊丧不已。

近服中法药房送来之鱼肝油甚勤,初有腥味,不久即如吞服开水之易于入口矣。论滋补身体,鱼肝油为上乘,而中法所产,则尤为上品。

起身后,进夜膳于吉升栈外之复盛居,吃火烧,吃炸酱面,又点辣子鸡丁、炒鸡片,无不可口。此地布置绝简陋,而生涯奇美,驷马高车之客,时有惠临,二十年来,如一日也。

与刘婆晤于翼楼,不佞山野人矣,而刘婆犹以山野人为念,得毋殊宠。旋移坐于清河家,茶洌烟香,亦仿佛推仔厅上也。三时送之归,惟女人乃不足以坚于意志,知笑我者众矣。

(1939年12月14日《小说日报》)

十三日,起甚早,就阳光下治文稿。

昨夜送客车中,又失事,今日乃疲甚!午后复为小睡。

卡尔登年终将演之《明末遗恨》,有变故,恐不能演。与演斯剧者,莫不失望,因又商量演《赛金花》。

夜谈于南京饭店,楚绥税一室于此,予以电话问小天,乐天来听话,谓:小天病数日矣!未能一见,良用惘然。宵禁后偕之方同坐大华,之方舞莉萍,予舞金红。莉萍嗜食糖炒栗子,劝其少吃,谓:根据化学理论,吃糖炒栗子,易酿为屁,屁重而臭,腾之户内不易宣泄。莉萍以予论大奇,则笑至不可仰。谁真癖舞踊者,闲得无聊,便找一个女人来说说乱话,寻寻开心,则亦聊快心意矣。饮白兰地少许,又舞,热至汗流通体。

卡尔登之义赈戏,百岁、文魁,将演《双摇会》中之大奶奶与二奶奶;小金、慧聪,则扮小花脸。移风剧社之常年观众闻此消息,其歆动将如何邪?

(1939年12月15日《小说日报》)

十四日,下午起身,吾母病甚,问之,则恹恹不能醒。母谓头痛,予以为头痛亦常病耳,不在意。夜间往贺朱夫人寿礼,饭已,卡尔登以电话来,谓舅氏速我去,疑母病加甚。亟诣舅家,舅责我母病在家,而我犹仓黄他越,不知母之体气日损,在世之日已不久,果不幸,则当为二子谋也。二子自妇丧后,抚育之责,委之吾母,母往不在,则二子将胡依?闻舅言,顿触悲怀,亟归,则母犹呻吟于床褥,因坐其侧不去。今日上午,母略进稀糜,及晚,忽犯呕,逾午夜,又为煮粥,尽半瓯饱矣。明日将奉以医药。

朱家之会,来宾綦众,世昌、慕琴诸先生,俱不晤良久矣。从前,逢此热闹之场,兴致最高,今则殊嫌其烦嚣。心志日促,而体日衰,皆由此觇之。

秋雁书来,要为香港某报撰述,挑我赚港币。执笔以来,未尝以文稿零卖,此例不欲破矣!因作书以谢秋雁。

(1939年12月16日《小说日报》)

十五日,上午又访五良先生,谈甚久。先生深慨国人道德之沦丧,故其所以勉后生者,恒多有裨于世道人心之语,良可敬也。及午始辞归。

吾母病益甚,终日昏睡。晨舅氏来,为处一方,服第一盅,犹能下,第二盅饮后辄呕。霓妹来,为之量寒热,达一〇四度,然抚母之额,固无热象,惟唇干耳。傍晚,乃速吴子珖医师,吴谓病状绝类初期之伤寒,故不可不慎,因先注退热针,然后列药三种:退热、通便、止咳。舅数数来视母,予遂不再出门,坐母病榻前,忧煎万状!

夜,吉光来谈良久。

予在报端征求《小晨报》与《长风》者,有人送《小晨报》全份来。《小晨报》自创刊至寝刊,凡一百三十七期,刊《庚白最近诗》,在后来一个月中,遍读诸作,颇不逮《长风》所刊之美。称"最近诗",是必随手写,随手发表,倘所谓急就章欤!

(1939年12月17日《小说日报》)

十六日,母病略有进步,日间仍服舅氏原方。下午霓妹来,为量寒热,则已退至三十九度。是夜九时,速叶植生医师,则谓此次之病,纯系感冒,惟以体质素弱,故来势甚凶,今所虑者,患吾母气管闭塞,酿为哮症。故处一方,止暂时之喘及退热剂也。夜午以精神较好,言语已清晰,为一欣慰。舅嘱霓妹侍病于吾家,得分人子之劳。

自母前日病后,余亘两日夜未下寓楼。昨夜终宵侍病,写作甚多;平时游侣,亦无一人以电话问我者,遂得安心家居。予一生常识缺乏,而医药知识,涉猎尤微,因是家人偶病,辄使予手足无措,幸吾友多良医。如昨延之吴子珖先生,亦称妙手;今日之叶医生,为霓妹请来,见子珖药方,叹服不已。

夜十一时,吉光又来慰我,谈良久始去。吉光热心人,昨闻吾母病,颇不安,马伏波所谓能忧人之忧者也,予深感之。

得剑云先生赐书,谓相违既久,念我亦殷。因约期谋为良晤。

今日,白蕉约饭于大三星,终未践宿诺。

(1939年12月18日《小说日报》)

十七日,上午十时始入睡,午后醒来,知母寒热已退至三十六度点七,惟疝气剧发。数年以来,吾母困于此病,病时,遍体痛楚不可言状,求之医者,谓非施手术不足为功,然吾母尪弱至此,胡胜刀圭?因循未果,不图今兹复发,真一波未平,一波又起矣。仍烦叶医师处止痛之方,不甚著效,进以阿芙蓉,亦无用,再进,仍呼痛。予怕闻病人之呻吟声,今吾母于呻吟外,更著呼痛声,予心故震颤勿已。苟病可替者,愿奋吾母一身之痛,集我竟体,予将不稍一蹙眉头也。

予亦罢甚,自晨至夜,旋醒,旋又入睡,至九时始离榻。醒以前,得一艳梦,梦境至甜蜜,然醒后不可尽忆。嗟夫!天灵地鬼,悯我穷愁,特界我以梦中乐境,而为暂时之欢快者,虽然,亦妙遇矣。

夜静坐病榻前治稿,隔邻之章医生,集其友为雀戏,叫嚣之声,至扰人心意。予嫉而咒之,咒其友局终归去,在牯岭路遇见剥猪猡,冷出一场毛病来,比吾母更凶恶。

(1939年12月19日《小说日报》)

十八日,今晨母寒热已退至极微,惟气促与疝痛未已,精神亦胜于前昨两日,比上午进新米粥后,又复恢恢,乃知病时终勿宜多食。

午后,出门访之方不晤,又访世昌先生,高眠未起,及晚始得通一电话,先生嘱邀陈人杰医生,为母治病,关垂之切,中心良感!

自永贵里归来,赴卡尔登,途上遇张文娟,下车与之略谈近状,闻渠将北行,"虽小别亦黯然也"!

旧剧从业员与文化人混合演出之《明末遗恨》，既遭搁浅，今已议决演《雷雨》，梯维派予做"仆人甲"，歉然曰：诚委屈大郎矣。

　　莘农兄来访，素雯复以电话寻余，为商老大来沪搭班事。

　　五时，归去看母，幸无变化。明日，拟仍进中药，母谓西药吃不惯，药粉更不堪下咽，连啖数日，双耳欲聋，是又勿知何以致此矣。

　　罢甚，今夜乃早睡，明日起，又欲将起居纳入正轨，不然吾躬亦勿支。

　　（1939年12月20日《小说日报》）

　　十九日，午前舅来处一方。

　　剑云先生约茗谈于光明咖啡店，座有小洛、之方、楚绥、灵犀诸兄，又饭于市楼。

　　入夜有人邀观桥上之古董者，厥名曰文明戏老二。予昔游桥上，喜招人家人与前辈风仪者，凡为老魅，悉在罗致之中，文明戏老二，亦曾一见。忆时为往岁之夏，其人臃肿，登楼上，如喘岭之牛矣。女佣言：有俊朗少年，尝招一小脚之婆，望五人矣，乍至门口，畀一金挥之去。此盖惑于玉桢先生之言，而为桥上之猎奇者也。坐逾一小时，所阅群雌，惟一人最美，眉棱眼角间，酷似素琴，而低鬟一笑，尤类得意时之大仙，要亦十里红后之尤物矣。

　　今夜仍早睡，惟素兰则日日迟归，劝之不听，此人而克全终始者，我非丈夫也！

　　子佩以电话来，谓晓初先生慰我，感念不尽。

　　（1939年12月21日《小说日报》）

　　二十日，暖甚，上午写文稿，以心意之涩，屡胶吾笔。午后，访世昌先生，为闲谈，至五时赴卡尔登。久不晤信芳先生，今乃会于楼上，先生问我用功否？我摇首，我谓周先生将演《雷雨》之周朴园，先生亦用功否？则曰：将在登台前一星期读剧本，兹则欲用功而无工夫也。梯维来，授我单片，我不演仆人甲而演仆人乙矣。

红蝉招宴于蜀腴,偕笠诗、翼华、梯公赴饮,席上又遘世昌先生,与之方、楚绥及瓢兄和尚。席散,共赴翼楼。瓢庵先生震金红妙誉,欲觇其人,因使予导,而以楚绥为陪。至大华,邀金红同坐,金红不似曩昔之丰腴,然益清澈似梅花。予与刘婆舞,此人亦复瘦损,予怜之,询其起居,则曰:戎伐吾躬,焉得勿瘦?此人一开口,便是白相人打话触我霉头,真为丧气!对舞场之兴趣日减,对女人自宜谋解脱之方。瓢庵先行,楚绥亦归,而翼华来,坐至夜午归去。地润,暖尤甚,黄月半规,斜照两檐,知明日有雨矣。

(1939年12月22日《小说日报》)

二十一日,晨起,得一好诗,题为大华座上,结句云:"泪尚能温心尚热,一贫所赖有肝肠。"

下午赴之方许,遘玉桢于此,因复偕其一游。天魔居士,乃与老魅作滑稽表演,捧腹不已,叹此行之为未虚也。

唐槐秋先生招饭于大西洋,先生谓:信芳唱朱光祖,此戏不可不看,信芳演周朴园,更不可不看。于是卡尔登之两台义赈戏,都欲着吾宗踪迹矣。

夜之方邀我,又同坐大华,予问金红,圣诞将至,卿亦将以华服炫吾人乎?则曰:仍淡妆了,新制一裳,为呢织品,色为明湖之绿者,我乃爱之,欲于圣诞前一夜,御之入舞场。我乃谓舞人当此令节,正如欲嫁女儿,莫不以佳裳标其奇丽,似卿清雅独以缟素之妆,立异场中。人言孤芳自赏者,我今于金红得之矣。场中遘玉蓉,玉蓉来,今始一见之,然而后日行矣。倦甚,不及通宵而返。

(1939年12月23日《小说日报》)

二十一日,母病已去十之六七,舅来改方。晨间,闻母呵其孙,厥声扬矣。

上午慕老以电话来,将邀余尽杯酒之欢。

晚饭于翼楼,小蝶、中原诸兄来,梯公亦来,因谈《雷雨》,予举昨日槐秋言，以语梯公。槐秋谓小金演周繁漪不宜，演四凤正合身份。繁漪一角，今日海上坤旦，无可及格者，有之，特一远在香港之金素琴。素琴年纪也够，个儿也好，惟其饰此，或足与赵慧深抗手。梯公亦点首称然。予因令小金速以快信抵香港，促阿姊归来。

又偕翼华、灵犀、笑缘三兄挖花，第六圈时负五十金，末二副牌，悉数收复，大快。亟归去，设法抽大烟一筒，以壮精力。悠然入梦。

（1939年12月24日《小说日报》）

二十三日，早起若干日，今复逾午而兴，牧猪奴之不可为也。匆匆写稿，出版事业，又荒怠一日。赶往观卡尔登之《盗宗卷》，是日，为月亭之陈平，而信芳饰张苍，予看过信芳演陈平二次，演张苍则亦二次矣。

友人经营卡乐舞厅于斜桥弄，今日新张，上灯时分，偕瓢庵往参观，坐影城厅中，晤陈霆锐律师，互为长谈。又晤小洛、之方、一方诸兄，同饭于人和馆，饱甚。瓢庵要看张文娟之《战太平》。惟以饭罢时尚早，故又赶卡乐过渡，至九时始往，值独鹤、剑侯两先生于座上。又见槐秋，则以中旅于明日将出演于璇宫矣。张文娟之靠把戏，予未尝观，《定军山》早已有，而不及一见，今忽先睹《战太平》。京派须生，视此为畏途，俛俛如文娟者，居然不避卖弄之讥，亦可嘉哉！剧终，予仍赴卡乐，诸友咸在，遂在此通宵，与殷美凤及桐韵家阿媛、金媛同舞，不名一文，真便宜也。

（1939年12月25日《小说日报》）

廿四日，午时起身，午后晤梯公、桑弧二兄，知与演《雷雨》同人，以后将逐日排练，导演为朱端钧先生。

夜饭于蜀腴，为《社报》当局宴客，亦为二郎先生祖饯也。桐韵二媛，在蜀腴应征，过吾室，翾之入内。二媛近来，益如春花艳发，他时之跌宕可期也。

今夜为圣诞节前夜，予既习舞，在理，宜入舞场狂欢。席上诸君，大半赴"卡乐"通宵，予颇踌躇，卒未往。予诚有若干舞女，为予之熟人，今夜理宜捧场，惟我荒唐，祖宗锡箔，且不大肯烧，更何暇罗掘为若辈谋哉!

　　刘婆之影,予为题四绝句,将刊之《社报》之元旦特刊中。惟影中人不甚美,而吾诗则大佳。

　　入睡甚早,身边事纷扰如麻。亟待整理,予实不堪荒懈矣。

(1939年12月26日《小说日报》)

　　廿五日,九时起身,慕老以电话来告,谓今日小鹅家人,为小鹅追荐于净土庵,嘱往夜膳。

　　午后赴卡尔登,看《火牛阵》,此剧为全本《黄金台》。近年来无论班底或票友之演《黄金台》者,咸列开锣戏,不料"巡街"、"搜府"、"盘关"诸场,放在信芳身上,皆有绝活,巡街时之踢灯,"利落"尤不堪名状。从知信芳不演川戏则已,凡演旧戏,无非绝唱,如昨日《十道本》出场之急步,与水里功夫,真有复绝千古之美。献艺之精湛,他人不可学,我故谓信芳佛也。无佛之聪明,学佛者自然死矣。

　　《雷雨》已开始排练,《雷雨》之难演,比我排《连环套》更上心事。梯公谓:话剧无所谓羊毛与内行,身在台上,一不等样,便使台下人勿耐矣。

　　今夜仍早还,明晨拟省吾师。近来一趾忽溃,颇痛苦,惴惴然将来高底靴不能上脚,则奈何!

(1939年12月27日《小说日报》)

　　廿六日,起身已九时,不及谒良伯师,只得明日去。

　　午后与瓢庵对"拜山"台词,且为予授几句杨派白口,蜡兄又来,此君久违矣。傍晚乃同赴大新,蜡兄招朱霞飞同坐。霞飞说话有性感,予偕之第一舞时,辄曰:"你来搭我一跳,我要撒尿出来哉!"又在瓢庵车中,予持雪茄一卷,霞飞掩鼻曰:"唐大郎个雪茄烟,我真吃勿消。"同行者莫不大噱。饭于石路上复盛居,霞飞同行,都叹为美味。

　　返卡尔登,则朱端钧先生来,为排《雷雨》,百岁、素雯、慧聪及剑影夫人,习白口甚勤。

将九时,又偕瓢庵、蜡兄及太原昆仲,游于大华,翼华复至。是夜,众人兴致皆好,予虽趾痛,亦不恤,因与翠红舞。翠红氏张,在大华诸舞人中,所谓仪态万千者也。翼华则舞金红,舞太久,汗流头面,重衣为湿。忽听潮、涤夷、小洛诸兄,挟桐韵家阿、二、七、金,四媛并阿凤同至,盖自卡乐来者。听潮谓在卡乐遇刘婆,有怨言,因嘱予谢过,起与一舞,而此人不逊,且拒我,舞已,避入内室,不复出。顾听潮曰:兄太老实,乃害我砍一次招牌。至圣先师,所谓惟女子与小人为难养,真名言也!而听潮尚责予应负其咎!

(1939年12月28日《小说日报》)

廿七日,上午赴樊宅,自樊宅赴太平保险公司,晤李祖模、王效文两先生,谈良久。午后发剑云先生函及小蝶、叔寒二兄书。

与演《雷雨》诸君,又具食于翼楼,在旁看小金、梯公、桑弧诸兄排戏,无一不美。尤以小金之能揣摩剧中人个性,自音调中发其情绪,叹为至妙。

过宜兄来,烦之排"拜山"身段,兄谓只要从平淡中过去,真不矜才使气,便是可观。此戏颇想从过宜学,顾过宜如贾宝玉,常日无事忙,不易寻他,徒唤奈何。

夜尔康来谈,离宵禁不远时,予又归去。昨夜未得佳眠,今宵补睡,趾痛渐愈。

(1939年12月29日《小说日报》)

廿八日,午后,翼楼有新会员加入,皆一时俊彦,如小蝶、中原、森斋三兄外,尚有凌剑鸣、王廷魁先生,而名法家邬鹏律师,亦惠然参加,亦盛事矣。

夜端钧先生,又来排戏。信芳之周朴园以有事在身,不能上来,则以予为替。端钧先生,偕顾醉萸先生来。醉萸为星社一员,偶谈旧事,怅惘久之!

赴国泰访尔康,勿晤,则携琴儿重赴翼楼,旋又诣卡乐。夜将午,与听潮如大华。旋尔康亦来,则携娟娟。听兄似不忍予与刘婆之中道分驰,是夜归去,以肫挚之口气,为予言之,故人情重,心感良深!

(1939年12月30日《小说日报》)

廿九日,终日惫甚,约束生活之不易,为之长叹。艺儿又病重伤风,有寒热,则请假不入学。

午后小舟兄来谈,渠蜀行又作罢矣。闲居沪上,此身无安放之地,颇欲谋一职。吾友克勤厥业,文笔亦清通,于世务复称练达,盖干才也。

子佩又访我于翼楼。

马蕙兰女士,亦来排戏。蕙兰即坤旦马丽云,昔识之于素琴座上,既隐良家,以小金之邀,则加入《雷雨》为侍萍,胜其他一切矣。

晚与灵犀、一方二兄谈于清河榻上,宵深始归去。

与森斋兄谈,渠谓"拜山"之黄天霸,既承认是三泰之子后,便当使狠劲,反正是拼命来的,这地方要我注意。予以为念完"乃是先父"及"他子天霸"两句后接着念"拜望寨主来了!"不妨低缓一些,若一味使狠,便不类天霸为人。天霸比不得窦尔墩,盖天霸实不够英雄也。

(1939年12月31日《小说日报》)

三十日,下午,复看一次《火牛阵》之"巡街"、"搜府"与"盘关",子佩兄亦在座。

傍晚,刘婆忽来视予,饰盛妆,因约之茶舞于大新,瓢庵、笑缘同往。大新座上,又遇陈霆锐律师。刘婆近复病咳,故容颜又瘦损,我近为刘婆题影诗曰:"一笑悠悠百念非,几人羸瘦一人肥。腐儒亦有棱棱骨,羞与刘家说定依!"今乃知一人亦不能肥,真可笑矣。晚饭后,又同坐大新,瓢庵招舞人陈雪芳同坐,亦绝代也。十时放刘婆返大华,予则归视灵犀,灵犀亦拟为大华之行,以众人皆待之于大华也。复同往,予与刘婆舞,正所以酬其枉顾之雅。是夕同席者甚众,之方、小洛、涤夷、楚绥诸兄咸来,欢悦无量。三时归家,又与灵犀谈于清河之榻。

(1940年1月1日《小说日报》)

除夕，和煦如春，二时后即往排《雷雨》，又看信芳《白帝城》之"黄忠带箭"一场。

夜偶一吊嗓，嗓奇涩，拟自五日起，认真吊他十天，排他十天。

舞场又通宵，以情理言，予无赴大华之义务，故不去。随便哪里都不想去，而灵犀邀我，遂赴卡乐小坐，然热不可耐，沉沉欲睡，二时辄先归。

近数日大惫，怕冷，精神振作不起，连两夜，以阿芙蓉提神，绝无效。此物与我最无缘，我要同它亲近，它却不高兴，拒我。我终不为芙蓉公主雀屏之选，殆亦祖宗在天之灵也。

予近作《犯晓》一绝云："又废娟娟一夜眠，明朝眼晕宛如钱。谁怜犯晓冲寒去，不是江南四月天。"予前记舅氏有写景诗云："万树绿围僧舍矮，一江白跳雨痕圆。如何借得襄阳笔，写出江南四月天！"

（1940年1月2日《小说日报》）

民国廿九年一月一日，元旦，仍和煦如仲春。今日各报俱有增刊，《社报》有刘婆之影，有小生之诗。惟刘婆之影不美，小生之诗亦未工。予有心愿，欲取八九月来，为刘婆所作之香奁诗，用锦笺，烦刘婆为我录存之。彼人书法颇秀媚，此为予最近所发现，苟能写成一册，视之若连城珠矣。此意前日与刘婆言之，则不拒亦不应，此人之不能天真，便不大好白相。

午后，往访世昌先生，谈甚久，晚间始再到卡尔登排戏。《雷雨》已排到第二幕，恐天厂不及归，故鲁大海已分 AB 制，使海生亦习此角。今夜排戏，予仍代信芳演周朴园，海生代天厂排大海。

之方约为宵游，归后懒甚，不愿再出门，遂理琐事，即入睡。

玉狸以贺年柬投予，慕老又约为明日聚餐。

（1940年1月3日《小说日报》）

二日，《华年》将发行，每日治事之时间较久。

正宇归来，遇之于慕老府上，豪迈之概，一如往日。来甚迟，与揆初偕,席上有严华、周璇夫妇、黄献斋、袁竹如夫妇,文娟亦来。饭后,约其同舞于卡乐。偕行者有小洛、之方、揆初、灵犀。予着重衣,热甚,与文娟才一舞耳。夜午,复欲游大华,予畏热未尝同行,因先归。文娟北行在即,其父故许文娟小坐舞场。昔在学艺时代,其父反对文娟游乐,今兹忽除禁例,吾人之面子终不小也。

《华年》内容,悉重文艺,亦有铜图,胥风景照相,惟着一凄凉绝代之人,则为乔金红女士矣。金红此影,秀美且逾其匡庐真相,印入吾书,将来正可供读者作真真之唤也!

(1940年1月4日《小说日报》)

三日,午后,凌君平先生来,君平先生受业师也。老成忠厚,战后亦佣书沪上,盖乱世之好人,邕谈甚洽。

赴翼楼,兰亭与尔康二兄俱在。丽云以其姑氏病,将辞侍萍一角不为。予与梯公、桑弧劝挽久之。

夜又坐卡乐,钱雪英与郑明明,俱在此客串,卡乐光宠多矣。

《华年》既为文艺杂志,故拟不刊女人铜图,惟予似不能忘情,因取小乔之影实其中,书中人雾鬓风鬟,姿容绝丽,因记以旧句云:"小乔何日嫁江东?吹我春风百体融。常是艳光留一瞥,十年今始睹惊鸿。"诗非甚恶,似不辱凄凉绝代人矣。

连两夜排议事,已得其大概。

(1940年1月5日《小说日报》)

四日,上午起身后,理琐事,午后奉良伯师命,往晤李祖模先生,导余参观三元印刷公司。三元位于星加坡路,往返坐人力车,费一金,可见车价之昂,而路程之修。

晚饭于翼华寓中,明日,为史夫人三旬妙诞,今夜吃暖寿酒也。

之方于月内登台,而今夜才上弦。此公之好整以暇,似不输于我,是皆能明白登台为游戏者,若缘此而苦其心志,劳其心力,皆痴子矣。

小坐于卡乐,又小坐于大华,梯畔,值张翠红归去,风神之丽,见者皆惊为国色。予与美英舞。

周瘦鹃先生,报一书与我,又为《华年》写《梅屋杂札》,为吾书光宠者多矣。

近来多梦,昨夜忽梦素琴归来,似同步于阡陌间,旧诗云:"却被前村痴子笑,美人未合隐青山。"仿佛这般景状焉。

(1940年1月6日《小说日报》)

五日,上午舅氏来,下午又即赴卡尔登。客自重庆来,出三五牌香烟一枝,问其价,答谓:上海价不得知,在重庆买为十六元一听。每枝之值,得三角二分,上海人可以抽一筒红土矣。

燠甚,似夭桃盛放时之阳春三月,翼楼临街之窗洞启,宛如夏夜纳凉之际,风吹肤发,统体融然。

晚寄书与龚翁,丐其为《华年》书眉。

小洛在翼楼坐甚久,之方既练戏,便担心事,寝不安枕,食不知味,若是便以乐事为苦事矣。

义赈戏票,已于今日起开始预售,《申》《新》两报之剧目广告中,予终得与信芳并列,乃为殊宠,生命史上可以纪念之一页。与信芳同过台,似逾于同张公权吃过饭矣。

(1940年1月7日《小说日报》)

六日,近来以《华年》出版之颇不顺利,精神打不起来。下午又吊嗓,声嘶力竭,如此情形,放在台上,台下纵有彩声,也是倒采。兰亭令我日吃生鸡蛋一二枚,及登台时,嗓必亮,而吃调必高。予以此法告之之方,叫他亦照办。

又看《青风亭》"认子"一场,过宜在座,过宜谓信芳此剧,渠未看过,今日见此,断定衰派戏自信芳演之,千古一人矣。晚费穆先生,来为小谈。偕瓢庵觅食,赴新雅,乃晤之方夫妇与文娟于此,文娟喜与太太小姐游,故与龚夫人之行迹殊亲。

《雷雨》阵容,又加变更,鲁贵一角,烦之李长山。长山为信芳师弟，曾演此角于香港，论者谓未必见逊于中旅之姜明，是或夸张耳。百岁则演大海。今日丽云又来，姑太夫人病渐瘥矣。

十时陪瓢庵略坐于舞场，不久即返，瓢庵之车送予归。

（1940年1月8日《小说日报》）

七日，五时，老三来，老三不喜赌，亦勿嗜戏，惟妇人醇酒，似足以刺戟其神经，因约之为茶舞。唐家老坟风水转移，予近来忽不耐熬夜，故默计自茶舞跳起，至午夜止，亦足尽兴矣。首赴大东，大东客满，折至大华。一年以来，既为大华常客，顾以下午五时莅大华，则以今日为破题儿也。而大华只寥寥有舞客三五桌，舞女乃不见一人。待良久，始见陆续至者，然亦舞客多于舞人。大华茶舞，予与老三，俱无熟人，故随意挑一个，择一苗条而雅者起舞，孰知此人看不出我还不错的客人，放出红星派头，愤甚，一舞而畀以一金，以示决绝。忽见钱雪英在，大喜，遂招之侍坐。雪英近忽消减，益姚冶如花。坐至八时，遣其去，予与老三吃涮羊肉于洪长兴，胜味不逊当年。既毕，又舞于大华，老三舞小广东，予舞刘婆。顷之，灵犀、阿萍诸兄咸来，因久坐不归。坐于刘婆座后，与刘婆谈笑，旁人不知，或者疑我为一乘"宝辇"，其实冤枉刘婆矣！

（1940年1月9日《小说日报》）

八日，夜吃绿舫船菜于翼华寓中，贺其夫人诞辰也。来宾都三桌，皆常日聚晤之友。席散，与之方、瓢庵、尔康同退，首赴仙乐斯。予与之方，在此并舞伟珠，是夜，伟珠有人招之同坐，我等故小坐即行，诣大新，瓢庵欲舞雪芳，雪芳出门。幸殷美凤在，因招之来，至散场而退，径赴黄金排戏，与演九本《狸猫》之诸君已毕至。予之范仲华戏不多，然开锣即须扮上，至剧终始得卸装，盖第二场有戏，第十四场又有戏，第廿场又有戏，廿场之后要等三十场与三十二场。夜深，不看妇人，兴致打不起来，故邀美英至，坐在旁边陪我；久坐，损其腰肢矣。然此种场合，苟非嫁与梨园子弟，终生且不获一见，此夕使其得一增长智慧之缘，未始非佳事也。天降曙时,始送之还。

(1940年1月10日《小说日报》)

九日,之方延姚渔村先生在翼楼说戏,予于午时即往,之方要我把场也。《华年》定明日发稿,故下午将各种稿件,列为目录,而《明末遗恨》之剧作人魏如晦先生,遗我《小说杂谈三题》一篇,《华年》得先生宏文,光宠多矣。

夜又排《雷雨》,已排至末一场,故用得着我上台。仆人报四凤与周冲触电死时,剧本上宜有喘气,予喘气喘不来,故拟于上演之日前,在卡尔登楼上下,来回奔十余次,气必促而面色亦惨白,夫然后可以神情毕肖。以语上演诸君,乃无不为之莞尔也。

十宵为雀战于城北郎家,尔康兄来,为我抬轿两圈,晦涩牌风赖其一振,结局遂微有盈余。

(1940年1月11日《小说日报》)

十日,元声将"十里长亭"一场,命我带演,此场有马趟子,以予之十足洋盘,将来在台上之一塌糊涂,殆为必然之局,是可以预为三元券二元券一元券之台下诸君告也!

近有相识之友,托予买义赈戏券,稍不如意,责难纷起。生平向人借钱,多一句闲话,还要记在心上,别样闲话,叫我如何听得进?予之登台,志在聊以自娱,此种雅度,或为他人不谅,故知己者,视予之登台为有趣,来作壁上观,自然可喜;若必欲讲明了来捧捧我,而责我以买票之役,则予之精力有勿逮焉。

夜瓢庵迟我于大都会,偕二三友同往,仅尔康一人,招沈维英侍坐。编《华年》至夜半,睡时,天复将曙矣!

(1940年1月12日《小说日报》)

十一日,今日起始正式邀渔村来说身段,"长亭"一场,要了我的命,我也唱不好,看来非砸不可。我诚不上心事,惟极好一台戏,被我唱糟,不免对同演诸君子,惶歉万状矣!

将《华年》全稿,丐之方托科学去印,用桃林纸、用木桃纸做封面,气派自是不小,所以平广告客户之心者,惟此而已。所以慰予之读者者,则有如晦、瘦鹃、玉狸、松风、桑弧、小舟诸兄之文也。

赴蜀腴,公宴文娟,送其北上,攀条折柳,颇不胜情!姜云霞来,十时后又偕汉秋、灵犀二兄,迟云霞于大华舞厅。云霞亦读于慕尔堂,与刘婆同级,且相友善,洵巧事矣。

子佩为言:《说日》读者,俱嫌予所作太短,殊不足以餍众人之欲。其实读者何尝有此言,惟子佩为《说日》主人,始嫌长嫌短,亦惟子佩知我,故喜我长一点耳。

(1940年1月13日《小说日报》)

十二日午时尚未醒,之方以电话来,谓先生待汝久,尚有十日,即须登台,宜认真一说身段矣。予倦甚,谢之曰:明天再说。昨日始上课,今日遂旷学,一曝十寒,何以能淑?三时信芳又以电话召我饭,饭于京华酒家,座上仅五人,极肴核之美。散席将五时,匆匆写稿,不及应顾福棠君新利查之宴,歉仄殊深!七时后,陈雪芳来,瓢庵携之同往访惊鸿之室,予与翼华、尔康亦偕行;然后餐于霞飞路法人餐肆中,每客菜价,贵至六元半,顾不丰盛,亦未尝有殊味,所美者,面包之甘脆,与咖啡之浓香耳。旋舞于阿凯第,至午夜,送惊鸿去,而我等折至待蒙梯。待蒙梯营业于沪上达二十年之久,予今始涉足,即阿凯第亦初至,亦寡陋甚矣。比二时,更赴依文泰,时游侣几尽易其人选,如刘婆之自大华来,刘爱莉与陈娟娟之自国泰至,及三时而还,雨势甚暴。

(1940年1月14日《小说日报》)

十三日,又及午起身,饭后老三来,复约尔康,同赴大新,晚饭于人和。

今日,中原彩唱于宁波同乡会,与文娟合演《群英会》,约文娟临翼楼对台词,文娟启程在即,殆以此为末一面矣。

夜又久坐于百乐门，与一婉妙之儿同舞，始终未尝问姓字，归来已逾子夜二时，而脑痛如劈。近来又沉溺于嬉游，每止舞榭，畏热，则头目殊不适，每欲先他人离座，辄惧以我先行，众人兴致，因之打断，故勉强挨时刻，而精神上不复感愉快矣。

（1940年1月15日《小说日报》）

十四日，午应兰亭招，饭于国际饭店，晤俞振飞先生于席上，旧日王孙，别来无恙，欣慰不已。

傍晚忽畏冷，返家为小眠。至八时，又排身段，闻企文归自香港，慧云和尚所谓"天涯岁暮见斯人"，企文来，乃知和尚之诗可贵也。

返于城北家，文儿来省四哥，飑予邀刘婆，夜话至三时以后，困甚，送之还，精神颓丧，纵有女人，亦不足载刺神经，益征予之体质日衰。

（1940年1月16日《小说日报》）

十五日，饭后，之方迟我于翼楼，以电话来，又谓先生待久矣。因赶往，中途遇雨，雨直至深夜未止。

素琴既返沪，八时后同饭于仙乐舞宫。上次素琴自港归，忽病疟，病已，又匆匆去港，故未尝一共游宴。今则甫于昨日抵沪，而今夜遂偕舞，习舞逾半载，与素琴共为婆娑，此犹初度也。素琴自去岁辍演于黄金后，此身不入舞榭者，将逾一载，举步生疏；其实素琴之舞美，胜熙春与小金良多。至十一时，始离去，而折至卡尔登，刘婆与其妹观《文素臣》于楼下，剧终，延之上来，为素琴介见，素琴鞿然为礼。

（1940年1月17日《小说日报》）

十六日，仍阴雨，习"十里长亭"之趟马身段，有人作壁上观者，谓我伛腰曲背，看此黄门后代，直一瘾君子耳。天霸宜有威武之概，求此英姿，应先使活力满身，因劝予服中西药房之"活力满身"，盖为一种鲜美适口之滋补品也。中西补剂，不一而足，若"九号四宝命麦精鱼肝油"，"九星血必红麦精鱼肝油"，与"活力满身"并脍炙人口。有人因我唱武生戏,而劝服"活力满身",予则以见素琴又消瘦似前时,因劝其服四宝命与血必红鱼肝油,俱为健身妙品。

下午偕梯公谈素琴将来之出处问题。一年以来,予与梯公咸怀一心愿,欲使素琴以俪信芳,为移风社充实阵容,顾始终未成事实。今兹金大姑娘,湖海归来,颇伤塞促,于是予与梯公,拟一本初衷,重为素琴劝驾,苟大姑娘终有诚意,则亦不惮劳吾二人之广长舌矣。

午后,在大光明弹子房看剑鸣、中原对打,此技以曾习之,荒疏已久,恐不能举棒。夜,之方约赴卡乐小坐,畏冷,未从其行,辄早归。

(1940年1月18日《小说日报》)

十七日,寒甚,忽患感冒。登台在即,颇注重摄生之道,顾下午起,忽咳呛频频,瓢庵戏我,谓:"小咳正可以神似小楼,盖小楼晚年,台上时有轻咳,话片中如'夜奔'亦可闻小楼咳声,故大郎能带咳唱'拜山',未尝不是佳事。"予但苦笑而已。子佩兄如闻予疾状,速购中法药房之"咳停"药片,才够朋友,此剂治咳之神,胜"药梨"多矣。

明夜将在台上彩排,今夜始集团说戏。伯奋、灵犀与之方同聚一室,约金庆奎、姚渔村二君排身段,情形渐见紧张。

儿子放学在家,喧腾一室,足扰乃父文思,可恨也。

(1940年1月19日《小说日报》)

十八日,《华年》出版,犹渺无日期。予于本身事业,且不遑关切,他人必欲以"天职"责我者,宁非谬妄!

夜在卡尔登台上响排,气竭,几不出一字。元声为予说"长亭"最简易之身段。赵如泉先生又来排九本《狸猫》,上胡琴合唱联弹,调门吃六半,予知自量,唱"调底"。江枫谓调底不好听,不如干唱,小花面可以干唱,亦别有噱头也。

(1940年1月20日《小说日报》)

十九日,文娟北上前,昨夜为最后一面,同饭于市楼,明日上午,其船便启碇北航矣。

晨周毓庆兄寄来一书,谓其所创制之各种口头禅,已流于香港之银行界中,有时行于道路上,亦能有"勃罗"、"浩大"之声聒耳,洵妙事也。

夜复访素琴于其寓中,谈良久,斤斤列名之前后,识者谓不似一艺术家之气度。举世滔滔,淡泊襟怀如不肖者,能有几人?一笑。

归后,值慧琴于巷次,引之坐城北楼上。此儿既口没遮拦,复一无诚意,然一无诚意如王慧琴,亦能为不肖所赏爱,此理不可喻,亦勿求他人谅也。

(1940年1月21日《小说日报》)

二十日,上午降雪,今日十二时,之方排《大登殿》于共舞台,本拟去看其化妆,而为雪所阻,卒未如愿;夜间晤之于翼楼,则自矜其扮相之俊,为不可及。

夜与演《雷雨》诸人,除百岁缺席外,群集于卡尔登台上,排灯光,排布景,信芳先生亦消磨一夜工夫。予趁便与信芳先生对"拜山"后之三场台词,先生且教我几个身段,记是记得,做起来便做不出矣。是夜寒甚,至六时后始已,进热粥后返家,雪未止,天将曙矣。

(1940年1月22日《小说日报》)

廿一日,犹奇寒,真入急景凋年之状矣。

明日登台,忽心乱如麻。之方谓惟此役可以废寝忘食,旨哉言矣!

晚饭于人和馆,坐笑缘新车往,友人中一脑门子坐汽车戴钻戒者,笑缘亦其一人,今都如愿以偿,故得为故人贺也。

入夜,演剧同人,胥早归,予早归亦不获成眠,预料明日台上,一字不出矣。翼华写一告示,传观于台下人者,谓:"今夜之戏,系办义举,而登台者胥为反串性质,演唱方面,定有不到之处,须请台下诸君原谅。"盖欲台下人自第一出戏原谅起,到末一出戏止,真难乎其为台下人也!

(1940年1月23日《小说日报》)

廿二日,午时起身,即赴卡尔登,与之方坐长沙发上,同上心事。之方谓此时情状,如待决之囚。后与演之人渐集,信芳先生来,予向前致礼曰:愿先生带我。信芳谓:我今日也是票友,谁也不用客气。信芳之言,慰我也。予感激殊深。予直至"行围射猎"将上时,始扮戏。宗瑛之《拿高登》,兰芳、春甫之《别窑》,之方、玲红之《登殿》,小金、梯维、幼蝶、慧聪、中原之《黄鹤楼》,及剑星之《九江口》,与百岁、文奎之《双摇会》,都曾寓目。予上装既竟,扮来扮去,总是一只面孔;反观森斋、元声之两个天霸,无不美如冠玉,真自惭形秽。议事一出场,被四记头先打昏,小辫子推我出场,起初尚泰然,及回顾信芳已立台上,不期然身体自会发抖,良久始已。然而中心之愉快,不可言状,则以六七年来,欲与信芳共上一台之心愿,了于一旦也!戏凡六场,台下排得甚好,上台后一样也搬不出来,于是台下人又当我滑稽戏看矣。嗟夫!"回店"一场,螺蛳一吃再吃,以公事言,我实愧对台上之信芳与其俊二兄。

(1940年1月24日《小说日报》)

廿三日,严寒,有冰天雪地之观,然话剧须上演,以拥有四十年历史之平剧从业员如信芳者,一旦现身说法,搬演话剧,又演名重一时之《雷雨》,其空巷来观,殆可逆料。予虽厕身其间,为一小角,亦有殊荣。先是,百岁未尝排戏,予患其上台后,台词不免太生。孰意一到台上,便如生龙活虎,因叹此君自有天才。予自开场即上妆,下场始揩面,在台上不到一刻钟,说白不过二十句耳。剧终,全体演员,侍导演朱先生合留一影。

连两夜演剧,美英俱来酬劳,感甚,欲答其雅意,因于散戏后,独赴大华,十余日不来矣,景象如昨也。晤老三于此,因同赴伊文泰,此地生涯,复盛于曩昔,三时始返。

(1940年1月25日《小说日报》)

廿四日晚,偕桑弧赴梯公之宴,到者有信芳、百岁、长山、灵犀及小金、丽云、慧聪诸君。朱端钧先生,不知以何事缺席,良用怅怅!《雷雨》公演后之口碑,以女角言,丽云为第一,即吾家若青,亦逊其凄婉。慧聪可以与章曼蘋相埒,小金之繁漪,不易讨好,昔赵慧深演技独到,予人之印象不可磨灭,遂使后来演者,都不如慧深,论者谓小金仅差一肩耳。信芳先生言:然即此已勿易,故谓小金亦美也。梯公设宴之地为春华楼,未设火炉,寒甚,几不可久坐。席散赴卡乐,又偕之方折上城北之楼。一方来,为叶子戏,初欲从之方为宵游,不胜奇寒,故未果行。旋邀刘婆来,坐至五时,买车送之方、送刘婆归。

(1940年1月26日《小说日报》)

二十五日,仍严寒。下午,往存木斋先生,谈良久,至九时始辞去。寒甚,过大华,入内避深寒,与翠红舞。翠红鬓上簪黄花,风神尤美;金红着有青哔吱长袖衣,淡雅益如画中仕女。一方来,嬲之邀金红同坐,一方怨我为金红捐客。予不暇自恤,恒恤他人,故于金红之顾恤最周详,然小乔不知也! 深宵送刘婆与其妹归。

垚三先生之诗,为予所爱诵,尝以《华年》出版,贻四绝句云:

可怜才气莫求田,旧日刘郎笔似椽。珍重高楼风雨夜,好将心力护《华年》。

十载神交有故情,蠹鱼底事爱狂名? 痴呆欲卖何能卖,却是销魂句易成。

信有文章擅色丝,高唐云梦亦嵚崎。横波各抚头颅在,眼底何人呼可儿?

岁月蹉跎未着鞭,惊看华发坐青毡。酒肠今日能宽我,一笑端须值万钱。

(1940年1月27日《小说日报》)

二十六日,家祭,故晚饭后,始往访之方。忽翼华以电话来,谓今日友好公祝信芳先生四六诞辰于红棉酒家,急赶往,则席已过半,席凡四桌,席上人谈笑风生,欢悦无量。

饭后又访木斋先生,小谈即去,折至大华,以之方待我于此也。近日狂舞,昨夜总计舞五六十次,今夜又舞三四十次,两胫疲矣。曾起与奈凤舞,奈凤落寞可怜,心窃悯之,明知纤腕,不足以广庇群雌,而予恒勿自量其力!此意又不足为他人语也。

顷之,尔康携娟娟来。宵深,携明儿坐清河之榻,曙时送之还,则奇寒澈骨,明儿且瑟缩不胜,睹状良勿忍!

两子与祝甥下学期俱移读于南洋小学,唐艺将于明日赴考,拟入四年级下学期。此儿既高兴读书,我倒要存心栽培他。年岁越增,望子成就之心亦切,念之不自禁其哑然矣!

(1940年1月28日《小说日报》)

二十七日,晨,吾母唤予醒,告长子已考取南洋四年级下学期。恒时,予方酣眠,吾母未尝警我,独以唐艺勤读,欣然来告,亦可见老人中心之愉快矣。予亦感奋,念后此正宜倾全力以培植子弟,此身残废久矣!今独期望于吾子者,为浊世之佳子弟耳。

今日大华舞人之茶舞于卡乐者,有金红、美英、慧娟、玲珠诸人,因偕尔康往视金红,又偕之方往祝凤公诞辰。凤公今岁五十晋一,不欲铺张,特邀至友为宴叙,座上遘空我、木斋诸先生。十时后又在卡乐看郭少亭之《王道士捉妖》,时美英亦至,偕之方、阿萍携美英小坐于博窟,忽遇天真,无复当时婉美之致。

(1940年1月29日《小说日报》)

一月二十八日,阴雨终日,上午起身后,与吾师通一电话。饭时,复以困罢入眠。至三时始醒,在家晚饭后,赴黄金排戏。黄金通告今日排戏,下午为闷排,夜饭后,始响排,予不及赶上闷排,则误于失眠也!今夜梯公亦居然列席,又知九本《狸猫》中,予得与盖三省同台,则复了一生平之愿矣。

十一时返城北生家,为雀叙。中局,明儿来视我,后四圈遂让渠入局。此儿博术不甚高,顾心凶、手辣,相形之下,予实懦夫。

(1940年1月30日《小说日报》)

二十九日，又飞雪，阴寒特甚，下午在翼楼吊嗓，与杜二公子及王廷魁君合唱《登殿》，继又访木斋先生府上，旋之方亦来，遂同饭，饭后灵犀、三那、涤夷诸兄并至。十一时，偕之方、三那坐于大华，复狂舞。慧琴来，辄偕之舞二次。吾友于舞，咸以为不够刺戟，议返城北之楼，谋聚博，则佩之亦来。予于博亦以为不够兴奋，惟女人足以诱我之钱，博则小输亦歇手矣。

比来复俾昼作夜，文稿久荒，荫先屡屡劝早写稿，谓：迟则足以障碍《东方》之发行。看情形，荫先有与我拼命之一日矣。

归后寝不安枕，念身边诸事，只多烦恼，旧诗有谓："惆怅无端杯在手，既推开去又成堆。"不肖今日，又是者般情状矣！

（1940年1月31日《小说日报》）

三十日，仍有雪，偕伯绥夫妇与翼华，晚饭于曾满记。

今日黄金有义剧，信芳与培鑫合演《群英会》，匹以叶盛兰之周瑜，刘斌昆之蒋干，袁世海之曹操，乃有珠联璧合之美。访信芳于后台，时台上方演《戏凤》，为钧卿与舞人徐虹合串者。《戏凤》下时，已十时，《群英会》至十一时三十五分始毕"借箭"，予于是时离去，折赴大华。未几，之方、灵犀、阿萍诸兄咸至。一时后归，又为博局。急景凋年之际，而各人之兴致，倍于恒时，良可喜也。

拟将二十八年所作香奁体诗，选存十余首，丐彼人亲手缮写，尝获其一影，影后有下款，字迹颇娟美，因审此儿毕竟通文，非侪辈所及也。

（1940年2月1日《小说日报》）

三十一日，惫甚，睡后便不想起来。

夜，听潮请《社日》同人吃年夜饭，予与之方、桑弧、楚绥及一方，俱以客卿资格，参与此宴。

中宵，尔康亦约吃年夜饭，则在国泰舞厅，国泰之全部舞人，无不与宴。慧琴移其座，旁予而坐，此儿虽未必有真诚，然体贴之情，亦足使旁人生妒。舞人中有健饮者，倒十觥不醉，亦有不健饮而拼一醉者，则都玉山颓倒矣。是夜有余兴,舞人有名阿九及孟丽君二人,皆登台歌一阕,播之麦格风前,俨然听璇宫之平剧会串矣!

席散,携慧琴走大华,座上晤谢葆生先生,此老兴致弥高,杂于乐工中,扬鞭按曲,见者大噱。海上名流之不脱其旧时风格者,惟一葆生。可喜也!归时大雨如注,谢慧琴曰:我又废汝一夜眠矣!

(1940年2月2日《小说日报》)

二月一日,雨雪并作,气候复森寒。

午后,子佩过存,傍晚赴卡尔登,晤信芳先生,为讨教范仲华之联弹。先生言:小花面可以唱调底。因试歌,先生喜曰:能如此唱,而沉得住气,可将就矣。近来信芳先生兴致好,是日,亦歌《碰碑》之反二簧,因叹耳福之美。予当先生前,唱《四进士》之原板,非敢弄斧于班门,亦欲使信芳知下走于其杰作倾倒之殷耳。

偕瓢庵、老三、尔康、翼华诸兄同饭,饭后坐于大新,席上招舞人陈雪芳、朱霞飞、顾雅仙同坐,其茕然独处者,惟予一人。幸十一时后,慧琴来伴,老三饮威士忌酒甚多,醉矣!醉则怪声骂座,复动手动脚,深受其累。午夜,游伊文泰,偕慧琴归时,大雪如块,时为二句,既抵家,更与灵犀为宵谈。

(1940年2月3日《小说日报》)

二月二日,整理去年所作之香奁诗,可存者得二十五首,买好纸倩素手誊之,颜曰《定依阁诗选存,二十五首》,所以结束此一重因缘者,端赖是矣!

善宏府上年宴,宴后又博,负甚多,为之悒悒。

因黄金排戏,出门,冰天雪地,奇寒澈骨,因折赴舞场,而误黄金之约。旋游伊文泰,遇百岁伉俪,及熙春母女于此。旧诗记"平肩"二字者,如曰:"平肩胜语从今记,讵念蛾眉答谢勤。"又曰:"平肩胜语腻于环,轻发柔腰忆小蛮。"又曰:"倦倚平肩语夜深,无边哀怨集裾襟。"虽同是平肩,而情境都异,不图于寒宵一一重温之,此情真可念矣。

归后困罢不胜,乍就枕,鼾声已作。
(1940年2月4日《小说日报》)

三日,吃年夜饭三家,首至中原府上,继至愚园路傅宅,最后一次,在夜半十二时,为江枫所邀,其寓所在北浙江路。战后,越苏州河三四次,二次有人请我吃官司,赴法院受谳,今则有人请我吃年夜饭而过桥矣。席散将二时,坐绍华车,同坐于舞场。

四日,九本《狸猫》上演于黄金,午前十时起,十二时到馆,半时上装,三十场之联弹,居然入调,此为出予意外。揩面后,看素琴与叶盛兰、贯盛习合作之《会审》,金大小姐歌喉无恙,玉貌依然,为之大慰。晚饭后,再上装,夜场之联弹,终以力竭声嘶,忽忘台词,全剧精华,终为予一人而砸。志之,为同演诸君谢罪。剧终,门外雨如注,偕之方并游大华。

五日,约小蝶、之方、翼华、尔康、灵犀诸兄,同饭于林媚家,予旧诗云:"春风吹雨上高楼,入幕寋帷一向羞。消受当时清供养,一餐一宿一金瓯。"十年旧梦,今日重温,予又何憾乎长年摇落哉!饭后,赴木斋先生府上,进年宴。

六日,夜,之方、小洛、栋良、灵犀、涤夷诸兄,盛集于城北楼上,招林儿来伴,一言而遽失其欢,终至绝裾去。此人冷艳,而与我忽认真,要亦异数!

七日,己卯大除,木斋先生以电话促我醒,夜饭于其家,旋之方、那迟我于卡乐,予则往迎林媚,同赴卡乐。三时,木斋先生亦来,各饮酒,兴致遂高。及舞场人散,复游新城隍庙,林儿归去更衣,我等于庙中俟之久不至,颇心焦。旋一方、佩之、白凤、挈珠凤同来,雇一车,拟兜喜神方。予不欲爽林儿之约,因驶至其家,则方整装欲出,诸人进点于楼上,始别去,此皆庚辰元旦上午事矣。

(1940年2月11日《小说日报》)

八日庚辰元旦,下午六时始起身,卡尔登,未见一人,遂诣木斋先生府上，为贤夫妇贺年。十一时后，又往翼楼俟林媚，楼上遘绍华伉俪，并剑鸣、翼华二兄。小双珠老九，忽偕霞云老八，来为小坐。九旧为名妓，昔日风华，今归销歇，虽犹以盛服炫人，然憔悴之状，已不可掩，信夫此中人以五年为一世也。旋携林媚坐于卡乐，值楚绥、之方，又并赴唐家，销磨永夜。

九日，又六时后起，在大华遘小红，随其亲属游舞榭，睹予一人坐，遂来并桌。此儿待人自有诚意，对予尤不胜知己之感。海上之乐部女儿，交识殆遍，可念者特一云霞，凤爱云霞者，今乃忽之，非计之得也。

十日，自严寒而转暖，又及暮起身，懒散至此，辄不禁其惘惘，与梦云、涤夷二兄谈于唐家。旋偕涤夷赴卡乐，则小洛与楚绥俱在，桐韵一门，另坐一桌，半载以还，勿获见大媛，则姚冶如昔，可见嫁后光阴，正复不恶。阿媛谓：大媛育一子，堕地而夭，大媛哭之恸。小姊妹情义深长，嬲之为舞榭之游，亦欲疏其心气耳。素兰从其妹亦来游，此人学不肖之荒唐，维妙维肖，然予痛恶之，以予力能活全家十余人，而渠至今日，且不暇自赡，故可恨矣。三时，又往觅林儿酣舞。

（1940年2月12日《小说日报》）

十一日，晚有微雨，遇瓢庵及袁履登先生于翼楼，谈甚久。瓢庵能诗，顾不以此矜伐，其论诗之见解甚高，为予所服膺。

林儿自其家来视予，新春中得此人为长夜之伴，至堪快慰。

今日为木斋先生诞辰，诸友咸集其家，兴致弥高。夜午，吴三、珠凤及林儿胥至，尤有绿媚红酣、珠香玉笑之盛。予体殊惫，天将曙，予独送林媚归。

（1940年2月13日《小说日报》）

十二日，逾午始眠，傍晚舅氏来，见予精神不能振，稍谈即去。予至晚间十时始醒。予起，素兰既拥衾卧矣。起后茫茫无所适，趋登翼楼，时大雨如注，而翼华与小蝶皆在。顷之，友好渐集，子佩亦于楼下戏毕登楼，尔康、绍华亦至，兰亭、其俊诸兄，胥自黄金来，即伎人一九一八亦于宵半来。兰亭夙喜诙谐,至此,乃造成绝趣之空气,呼雪园夜点,既饱,相率游舞场。

天将曙时,犹迟林儿于清河之榻,予精神财力,既两感不继,惟今日之不能恝然置之者,特一林儿,欲在此灵犀所谓"执着"状态中,求解脱之道,诚非易言。故于彼人恒喜怒无常,林儿不能堪,辄加怨怼,予复怜之,天乎!此局将何以终了哉?门外风高,送之归。及予返,则惘惘久之,又勿能入梦矣。

(1940年2月14日《小说日报》)

十三日,晴,寒风砭骨,下午,为催稿声所唤醒,其实真不愿起床也。

下午十时,赴黄金,晤兰亭、培鑫、江枫、其俊、元声诸兄于后台,时台上侯玉兰之《贩马记》已下场,上啸伯与盛戎之《捉放》矣。

十一时,游于汪家艳窟,同行七八人,临时集一小会,得二十余金,以付刀砧之费。顾七八人中,惟一二人有操刀之勇,一二人中,不肖遂踞其一,予诚食肉之鄙人矣。在汪家吃一顿粥,甘美胜于盛席。汪老太婆之引人入胜,正不在其所蓄之为姹紫嫣红耳。

尝携此中人小坐舞场,有人指点而笑,予心虚,则面頳不能自已,既而思之,用钱而嫖,亦不可算寒伧,内羞胡为者?友人聚花局于汪家,此种地方,能坐下来做小花头,不能不佩其脾胃之好,为不可及。

(1940年2月15日《小说日报》)

十四日,为先王母忌辰,距今二十四年前,王母死于嘉定故乡。是日傍晚,姑丈毛颖一先生来城中,时予方九岁,阿母恒挈吾妹归宁,予则依王母读于城,予不肖,王母督责勿稍贷。姑丈来后,偶违其训,辄杖我,杖我则大啼,姑丈遂携我赴市楼。方举盏饮,而家人急足至,谓王母罹暴疾,危在顷刻矣。急返,则神智已昏迷,西医许平叔来,钳其舌,血淋淋自口中流出,然王母终无一言,我号而呼之,亦勿应,少顷气绝。临终一瞥,虽去今已二十四年,而历历皆在吾目。偶一回思,此痛犹不可宁已也。

毛氏表弟来,谓潓姊病甚,亦旦夕间人矣。此消息又至不幸,潓为吾毛氏姑母长女,适城中周敬斋兄,与吾母最相善,往者,同避乱来沪上,潓间数日辄来省吾母,积病已数年,返城后,病日增,终将勿起,表弟之来,为备后事也。吾母不堪闻少年凋丧之耗,为人愀然勿悦者,及眠未已。

《社会日报》之《火山拾隽》,又记刘家事,予耳根又不堪宁静矣。故避之,拟投以一书,不果,则为一文辨白二人间之关系,行文时怨恚之情,不可自遏,彼拾隽之乌鸡,直浑然一蛋矣!

(1940年2月16日《小说日报》)

十五日,病甚,形容遂消瘦。

米价高至六十金,此身负一家衣食之重,闻此消息,不能无动于中矣。

与素雯晤于后台,素雯劝我,谓宜节浪游。此儿自有热情,肯说几句自家人闲话。我谓素雯有时嫌矜饰,去此,则尤可爱。旋谈于木公府上。

之方约晤于大华,之方谓欢场生活,渐减兴趣。予然其说,予平时旷达,独今日乃不能恝然置之,然归后寻思,正不知所乐何在。则我又何为奔命哉?绝之绝之,此其时矣!

吾病将烦臧伯庸先生一诊。往时病,吾友之为医生者,既为我悉心治愈,病复作,我遂无面目更见故人,于是自张佑民而屠企华,兹则将烦伯庸先生回春手矣!

(1940年2月17日《小说日报》)

十六日,病甚,至于神力皆痿。我恒时疏散,不拘常礼,平生受恩深重,如钱氏舅父母,每入新春,亦懒往贺年。近岁所不可已于一行者,则为良伯师许。顾入春以来,予如病废,此礼尚疏,吾师或将责我,当自振精神,谋一早起,踵拜师门,不可迟矣。

夜饭于人和馆,饭后,赴回力球场,博客不似旧时之盛。我等所踞处,为楼上包厢,入回力球场十数次,坐包厢犹第一遭,然亦作壁上观而已。

得陆洁兄函,以《香妃》呆片,托发各报为宣传者,为发承达、寄萍、之方诸兄书。《香妃》呆照,熙春有若干镜头,婉美不可逼视,以势觇之,此儿终且饮盛誉于水银灯下矣。顾日内渠将赴港,与吾侪将有小别矣。

(1940年2月18日《小说日报》)

十七日,雪园自西迁后,迄未过其门,今夜与瓢庵往,地方视华安旧址为宏敞,而食客之盛,亦一仍往昔也。之方来访,不晤,旋偕瓢庵访之于卡乐舞厅,遂偕觅林媚,招其同坐一小时去。瓢庵归,予偕之方仍还卡乐,值尔康于此,又同赴大都会,曼丽方辍舞,维英又为人携去,二君用是枯坐,予亦兴阻。尔康忽念金红,则再赶大华,招金红坐。此人之冷落,似尤逾曩日,令人闷损!

归后,既成眠,林媚忽以电话来,时在天明五时后。其家新装电话,忆去岁春间,初识彼人时,彼人谓从来不打电话与舞客,其家既无电话,林儿亦不甚会打电话。今未及一年,林既迁居,转变不可谓不速。以势觇之,此儿今后将做一气味十足之舞人。嗟夫!林且如此,乃不能不佩乔金红之淡泊自甘,为颠扑不破矣!我故尤爱金红。

(1940年2月19日《小说日报》)

十八日,午前起,《香妃》试映于卡尔登,以腰脚困惫,乃不及往观。午后,林媚率其闺友看《普天同庆》,陪之坐楼厢中。是日林媚为浅装,形容乃见其瘦。此儿好修饰,平时映白施朱,若恤其春华之欲老者。剧终,临雨诣市楼同餐。今日,企华招予饭,以是而废,竟体困绝,则又早归。归后辄拥被卧,卧即入梦。比醒,已抵中宵,念诸友方腾跃于欢场,欲振衣起,顾又废然,至凌晨又醒,怅惘之情,一时奔集。我精力日促,自分去死已不远,故百念俱灰。青山好去,将勿顾一切,无恤投荒矣!旋又入梦,梦中乃入腻境,比醒,四体若瘓,衰废至此,又欲乞灵于老友之前,不审晓初、伯庸诸先生,将何以教我?

(1940年2月20日《小说日报》)

十九日,暖甚,下午看《温如玉》于卡尔登,美云在座,光艳转胜曩时。素莲亦来看金钟儿,与美云曾为小谈。素莲未上楼,故不及问其别来无恙否。

与之方、小洛共晤于木斋先生府上,饭后,老三、翼华,迟于大新,因偕之方往,与朱霞飞起为新式舞,场中人咸鼓掌,如看表演。同行四人,招舞人侍坐者有三人,老三乃霞飞,翼华招胡妹妹,之方则招美凤。其孑然无伴者,惟予一人。老三令仆欧代招林媚,予拒之,因起与前座之舞人舞五六次,不遑通名姓,落寞情怀,不复与好春共争发矣。自大新至大华,娟儿与笑缘失欢,来后含涕去。笑缘不忍,因同造其妆阁,时在深宵,道路泥泞。笑缘自谓他人视我,似犷暴不可理喻,而我实有妇人之仁也。此笑缘之所以尚可爱耳。

(1940年2月21日《小说日报》)

二十日,元龙招宴于雪园,未践约,则偕之方与林媚饭于新雅,旋小坐于国泰。林儿为我絮絮言者,胥见其志之高洁,因大感奋。送之入舞榭,待绍华花局既竟,又偕之游大华。绍华颇赏奈凤,谓其人淡雅,优于映白施朱矣。

看卡尔登日戏,信芳与素雯之《庆顶珠》;百岁之《鬼断家私》,此剧本事,中原谓取自《今古奇观》,看其情节,正似短篇笔记。百岁之滕大尹,唱工甚重,而搭配亦美。长山与兰芳,尤妙绪环生。其下为全本《刺巴杰》,中原见信芳演骆宏勋,遂谓苟与赵如泉同台,重排《宏碧缘》,必能歆动于春申江岸,此言有理也。

(1940年2月22日《小说日报》)

二十一日,仍阴寒,看卡尔登演《枪挑小梁王》,春甫之张邦昌,宜称绝唱。

41

偕之方、小洛同饭于新雅,比返,又看《白帝城》,信芳之累工戏,殆无逾此矣。

赴仙乐小坐,此中一隽,自海防来,稚齿韶颜,婉媚无匹,良可爱也。仙乐之美,如好妇人之幽娴温肃,与百乐门之华焕,各殊其致,此中尤耐人久坐。

迩日,自外归来,倒头便卧,而悠然极易入梦,惟梦境多恶劣,醒后,辄怲怲勿宁,而无以自解!

《定依阁诗选存三十五首》,丐林媚为予誊写,而良久不能缴卷,殆将曳白。此儿不肯偷懒,予故疑其无诚。嗟夫!人生得一知己之难,林且如此,何况他人?

(1940年2月23日《小说日报》)

廿二日,今日卡尔登排全部《连环套》矣。特起早往观,其前尚有信芳小金之《宝莲灯》,予尤注意信芳之"拜山",将来"议事"、"长亭",不想再动,而"拜山"则有意重唱一场。

赴新华茶舞,同行三人,作壁上观而已,继赴黄金,访兰亭,同饭于青梅居。

之方看《十道本》竟,约之登楼,同游仙乐,座上招舞人徐雪莉同坐,徐即昨日所记自海防来者也。不知其为何许人?第上海犹初至,自重庆至海防,自海防徂香港,说四川话,亦能为南蛮鴃舌之音,而上海话亦能勉强可听,亦慧人矣。深宵别去,明月临阶,倦甚,翼华送我归,予将从此习早眠。

(1940年2月24日《小说日报》)

廿三日,晚俞承修先生为王效文先生洗尘于山景园,俞与王,咸当世之名法家。效文新游重庆归,别来无恙,而健饮犹如故也。席上晤范烟桥、平襟亚诸兄,俞先生亦约瘦鹃先生来,满以为可一倾积愫,而周先生卒不至,良用怅怅!山景园与大三星,并以虞山风味,驰名沪上,而告化鸡又为两肆名肴,然效文先生,憎其味,谓未必可口。当大三星之前身为三星食堂时,空我尝约予与粪翁、培林、灵犀诸君午饭,进告化鸡,风味之胜,至今不忘,顾后来食山景园与大三星者,咸不如三星食堂时之可口,哄而多之,益不能耐人寻味矣。

看《汉寿亭侯》,张月亭之张飞,方为卡尔登观众所艳称,今日见之,深喜月亭乃未窃盛名,为之心目俱爽。

归后,枕上读《孑楼随笔》,尽十数页,倦甚入梦。读书且如此,无论写述,甚矣,我体之羸不能兴也!

(1940年2月25日《小说日报》)

廿四日,昔人诗云:"春回小圃梅争发,睡足茆檐日已高。"爱诗境之美,当春回大地,思乡之念,油然而生。

傍晚,赴新新酒楼,贺江枫介弟订婚礼,饭于此,饭已,往视愚园路诗文集。海上博窟既群张,诗文集亦应时而兴,惟此道中和,说者谓毕竟有斯文气息,有"○把杭州作汴州"一条,配字中有"直"字,愚私念"直"字必重门矣,视之果然。某君下注尤巨,及揭覆,则"又"字也。某索古本,主人乃叹曰:凡为博,输赢立定,惟有诗谜,要看本子,然无本子,又乌足称风雅?闻者咸以其言为绝趣。

十时后在丽都小坐,人多于蚁,辄起去,入新新旅馆,拟为宵谈,以江枫、其俊、兰亭、翼华、绍华诸兄,盛集于此。比一时后,有人更翩为宵游,同行及我不过二人,而着一粲者,则丽都之王竹英,鬈云眉月,柔媚若无骨,喜游侣之俊。不惮一行,则诣大华,身被重棉,热甚,不能舞,第与竹英散步一匝,少顷即起去。比曙色已现窗前,犹勿获眠。约束身心之不易,有如此者,真恨事也!

(1940年2月26日《小说日报》)

廿五日,国际照相馆王廷魁君,设春宴于其肆中,招诸友咸往,亦及予,予以先与之方约,故未践约,甚歉然也。夜与之方、瓢庵、梯公、笑缘诸兄同饭,饭后在国泰小坐,而赴沁园村,入吴嬢绣闼,约之同游大华。吴以小病,辍舞垂一月矣!今稍愈,得此闲身,伴妙侣游也。既木斋先生来，予屡言张翠红玉貌如花，为介于先生，招之同坐。翠红温婉大方，不独奇妍，亦以气度胜者，此会乃得尽欢！

旋偕之方赴翼华家，翼华家有半夜餐，为史夫人亲制。归来，已四时后矣。

㵄姊于初八病死，以讣至吾家，悼念久之。

闻吾舅亦猝病，母深宵往视之，舅尤盼我一存其疾。

（1940年2月27日《小说日报》）

廿六日，午后始往视舅父病，妗氏与吾母俱泣于床前。舅见我至，作长别之言，妗氏益泣不可仰。舅昨晨尚来吾家，下午自悼信路归，突心痛，至于不可忍受，谓其苦虽严如斧钺，亦无过此也。故自以终不起。陈医言是心脏病，今日叶植生医生，为注止痛针，方获酣睡，植生谓是否心脏病，尚勿可必，或者血管有生瘰疬者，则为害尚浅，以其果为心脏病，则一夜剧痛，必不能如目下之太平，若患在血管，则危险性便减少多矣。

夜访木斋先生，又晤小洛、之方、听潮诸兄于阿萍室中。

有人买《泰山得子》戏券，邀予同观，以舅病作罢。

赴丽都小坐，又赴百乐门，是在陈曼丽被杀后二日，曼丽甫于今晨死于医院也。自百乐门而诣伊文泰，同行三五人，女侣三，一为汪静，一为王竹英，其一则何奈凤。予告奈凤以近来病状，奈凤大笑，令人惘惘！

（1940年2月28日《小说日报》）

廿七日，饭已，驰往省舅氏疾，疾势有加无减。荣端甫先生，邀其乡人邓锡耕来为诊察，则谓肝经火气，宜予疏理。叶医生来两次，第二次来时，痛方烈，困苦之状，殆难言喻。舅自分必死，嘱我遗言，闻之肺肝欲裂。予不能慰吾舅，闻其呼痛声，泪不可遏，一家人咸浸于愁云惨雾中，历两小时。舅疲甚，始睡去，然气未疏也。吾母与妗氏商量后事，予以为舅病来势急，去之或亦速，正不宜过虑。冬间母病，母谓死无疑，予信医药犹能为效，不数日，病果去十之六七。今舅病来之猝，势且至猛，故自惊人。然医药有灵,亦能如春被野田,日征异象。予与舅氏,虽谊属舅甥,而情逾父子,念三十年教养之劳,受恩之厚,图报未能,一旦不幸,予且抱无涯之戚!母忧煎过甚,亦病,以势觇之,予今岁甚多厄运,此特开始期耳。晚十二时归去,门外大雨如倒。

(1940年2月29日《小说日报》)

廿八日晨间,惟一兄来,谓:舅氏脉搏已停止,顷刻间人矣!吾妹哭于房外,予亦以为舅无生望,令吾妹先往视,且慰母,虑生意外也。妹片刻归,谓脉象虽细,神气尚好,未必遂变。心怀稍释,稿事既竟,比下午往省疾,则周巽轩先生,介绍中医朱少鸿来诊察,治一方。邓君翔先生介绍西医毛克伦来,亦治一方。叶植生医生,自动来,为注射强心针,谓脉象细淡,为心脏衰弱之征,故嘱霓妹历三小时,注射一次,强心所以引脉象起跃也。今日心痛已稍已,胸气亦稍舒,惟神志不如昨日之清,而脉象细淡,故可虑耳。入夜,舅自言,其病须吃附子肉桂,又谓宜用四逆汤,其言正与朱少鸿之脉案相符。先是,复弟笃信西医,故弃少鸿之方未服,今闻舅氏言,妗氏主张进少鸿剂。又以病者之言,与少鸿之方相合,或者天灵地鬼,垂悯善人,必欲以少鸿之剂起舅氏沉疴也。晚又用通便法,使舅得大便。予离舅家时,少鸿之药尚未服,苟今夜心脏转强,则明日回春有望。舅父之病,吾母最悲观,予独不然,怳怳若有人告我,谓汝舅终不死,汝舅仁人,亦不能如此平凡而死也!

两日以来,予未尝饭食,患将伤胃,乃赴卡尔登,进饭一盂。之方、翼华、绍华、灵犀诸兄,皆来慰予,故人良意,滋可感念。

(1940年3月1日《小说日报》)

二月二十九日,复寒甚,雨雪交作,舅神志益隐于昏迷状态,脉象仍疲弱,中医谓之"脉伏"。延陆渊雷后,又请丁仲英、顾南群医师,亦一度来诊察。陆胆小,嫌其用药太轻,丁则大刀阔斧,用附子、黄芪、党参,及参须,凡七味。丁谓:此剂入肚,而四肢还暖,则渠有把握矣。家人患舅氏元气尽丧,因觅好参,邓君翔先生见贻一枝,丁审为名品,谓一枝之值,非百金不能致,是夜请叶植生先生为注葡萄糖。叶来后,知舅今日又无小便,而脉息绝无,或为"尿中毒",疑不可决,因招大公医院之内科主任沈医生来,共同研讨。沈谓以现状观之,则"尿中毒"亦正难决定,盖须经检验耳。二君咸主张送医院,得妗氏同意,遂于十时一刻送舅入大公医院,将由沈、叶二医生,负责诊治。舅氏之病,使予最为感奋者,则叶医生之热忱,仁心仁术,惟叶医生当之,乃无愧色。叶为海宁路植生医院之主任医师,霓妹服役于院中,妹常谓叶对病家负责之精神,甚堪钦佩。舅入院后,其子复,其女霓,咸往侍疾,妗氏亦同行。吾母留,母大伤感,垂涕告予曰:不知汝舅再得归来邪?予泪遂亦如泉涌。

(1940年3月2日《小说日报》)

三月一日,呜呼!在予之生命史上,将以今日为最伤感之一日,盖予舅于下午八时,气绝于大公医院矣!晨间复弟来速吾兴,谓舅昨夜入院后,大小便俱通,口中呼姊不止,妗氏故遣复来迎母。饭已,予若惴惴勿自安,置笔砚后,辄买一街车驰往,时午逾三时,院中已有人促我,则舅父呼吸盖短促,存世之时间至暂矣。予入视,霓妹谓:瞳人已放大,死且速。未几,即见舅两唇翕张,频呼气,目时张时闭,死状之苦,视吾妇尤甚。室中人咸围床哭,至八时始气绝,遗体舁中国殡仪馆。予送舅行,是夜遂留于馆中,比次日凌晨,始侍母归家。舅三日下午二时大殓。

(1940年3月3日《小说日报》)

二日略睡即起身,吾母悲恸过甚,更不能安枕,因劝母节哀。母凄然言:"我无所哀,而舅病时,语我曰:阿姊,我将先阿姊行矣!我曰:汝不能舍我去也。舅又曰:我将不及待阿姊,我则毅然曰:生不足乐,汝死亦佳,我且接汝踵至也!而舅哭而颔首。"闻母言已,予痛不可遏!二时后奉母再赴殡仪馆。今日至亲渐集,余偕念祖先生,赴大公医院结账,一日之需,共计八十二元,医生仅一二次,针药俱自费,大公医院之啃人可知。顾耕湄为该院院长,昔与予曾见一二面,予且托熟友关说,而犹出之苛索,予乃恨大公医院,恨顾耕湄至于切齿!率艺、哲二子,往拜舅公遗体,夜复送之归。

（1940年3月4日《小说日报》）

三日,天亦垂悯善人之丧,故昨夜即降雨,至下午舅父盖棺后,犹未止也!

晨挈两子、两甥赴殡仪馆,陈听潮、邓荫先二兄亦偕往。二时入殓,衣衾既整,予抚舅父遗体,致语曰:舅父可怜人,长世溷浊,本不足以留舅父,死亦良适,愿舅父此去幽寂之场,速豁双眉;我知舅父居世上,未尝放其眉头者,若干年矣!既而棺陈,丁丁数响,棺阖,吾舅父遂杳!

舅之友好如钱雨尘、潘仰尧、冯振威、李文杰、项翔高诸先生,咸为予道商量妗氏与复弟之善后问题,情意殷切,惟生死乃见交情,心窃德之。

归后得木斋先生书,唁舅氏丧者,又得叶植生医生书,为予辩白予在《怀素楼缀语》中记孙星若医师事。予文未尝攻击孙医生个人,惟不满大公医院之措置,而于叶、孙二医之热心,固甚钦感者也。拟长此函覆谢植生先生,刊诸报间。

晚七时入睡,罗衡来谈,旋去,予遂不能再眠。悼念舅父,时时闻妗氏与吾母啼声,传来枕上。死者已矣,生者何堪!乌乎舅父!

（1940年3月5日《小说日报》）

四日,雨终日,午时,良伯师以电话觅我。今年以来,尚未一拜吾师,师真能谅其徒之疏狂矣。饭后,遂耕兄复枉驾小谈。

傍晚往存妗氏,吾母为妗氏所留,故暂住舅家。妗谓吾夫已舍我去,讵阿姊亦将弃我邪?母大勿忍,留此以慰妗氏。舅灵座设墙隅,复弟侍卧于侧,座上供鲜花,盖舅父生前所喜也!舅家迁此垂二年,予来觐不过十数次,今舅既谢世,予将时来省妗,欲以弥往昔之疏,而不复获侍舅氏清训矣。痛哉!八时归来,陪两子就卧,深感家庭之空气亦良好。久处欢场,为味正复索然,经此创痛,大可改换生活,正不必饰貌矜情,因舅丧而暂谢浪游也。

诸宾海生前,舅氏笃信其命理,谓宾海真有道气,曾言舅五十三必死,舅记之不忘,及病起,遂自分不能再活,遗言悉家人。及我于廿六日往视,舅尚能谈,谓予曰:"此次与卿分别矣,当好好做人,勿再荒唐。我死后,复弟仍宜读书,读书不成,汝为渠措一业。"第此数言,更无他语,予不图其终于不起也!否则必追问舅氏,更何言者?

(1940年3月6日《小说日报》)

五日,阴而冷,午后,翼华以久不相晤,以电话来约,欲为予疏心气也。绍华且以飞车来迓,诣雪园,则袁志庄君,甫于昨日自此间掳去,今日报端盛载其事。

夜诸友饮于酒家,招予往,得晤空我、之方、小洛、楚绥、蝶衣、灵犀诸兄,颇闻之方、灵犀,比来亦戒绝宵游。饮已,与之方步行归。

倚枕读子楼论诗诸作,此公毕竟高明,其言都有至理,予一向乃无谬赏。庚白亟称吕碧城诗,碧城有《崇效寺看牡丹》律诗一首,结句云:"长安见惯浮云变,忍为残丛赋劫灰。"庚白谓:"长安二字,似宜更易,盖唐以后诗沿用长安以代首都,而首都实已不在长安,此殊未妥。然此责当由唐以后诗人共负之,于碧城无与!"

(1940年3月7日《小说日报》)

六日,前日,有人请我在华安理发,三个男人,费五金,除之,得一元七角一头,比之我常日所费,增一倍,而其价且与舞女之"弄头发"相等。生平不在头发上考究,近来朋友要好,请我入贵族理发店,然亦可见朋友苗头之不大,真真要好,真真要我讲究修饰,应当有人送一百套西装来,送十双皮鞋,送一辆汽车,送三个女人,送一只钻戒,送一只手表,或者以上统统勿要,单送五十万钞票,看我会考究不会考究?不是我吹牛,别样本事不好,用铜钿本事,真大手面也。

华安理发之结果,别样倒不觉得如何可念,惟头上所用香料,则越三日而芬芳留枕上,其香似名酒之醇。或谈香水之所以著名,历年久,火酒之味自散,而香水本身之香气自透。吾国中西药房之明星花露香水,所以称"越陈越香"四字,因此而传遍域内外,明星香水遂大销,夺林文烟席矣!

午时,谒良伯师于嘉定银行,与叔寒兄谈。晚与之方同餐,归为牧猪奴戏。

(1940年3月8日《小说日报》)

七日,午后小舟来谈,今日母舅父首七,往存妗氏,商量印讣事,明日将邀沈念祖、方立人诸先生一谈。此次舅丧,沈、方诸先生出力尤多,方已白发平头,恒时与舅父过从最密。舅死,方流涕不已,盖为失一知己哀也!

自舅家折赴龚翁许,梦云托我写字,予愧书法拙劣,因烦之龚翁。闻翁忙于"个展"事,自晨徂暮,手不停挥,遂不敢更以此相渎,因又拟劳之白蕉。夜饭于厕简楼,晤培林、献子、邦达诸兄,又瓢兄和尚。龚翁二次个展,将于二十二日,举行于大新公司,皆最近所作,"小件头"尤多于往年,无不精致绝伦。

为巧姐笔下之双华带到汕头路,坐于某伎人家,伎固以佚荡称于沪,顾少艾者不甚美,其一尤投老秋娘,风姿都减,论此中耐人作尽夜之徘徊者,惟当年之花小舫矣。小舫久适人,吾宗亦不复走马平康,缅怀往事,怅惘久之!

(1940年3月9日《小说日报》)

八日,春寒渐减,今日约立人、念祖、鹿坪诸先生商舅父奠事,诸君拟为复弟募教育金。舅病第二日,谓予曰:复弟宜读书。君翔先生,愿为担负。邓先生为舅氏知己,受惠于邓先生,而使复弟报之于后日,亦可以安舅父于重泉,若募之他人,虽培植英才,意义甚大,顾吾知舅父必勿然。舅父一生,重义气,轻财货,未尝求于人,世所称为英雄者,舅父是也。求人而及一二知己,犹可说,求人而出之以集募,必为舅所难堪。故诸君之议,将重论之。

笠诗来,为言闻吾舅耗,亦悼惜不已。入夜,从群友赴丽都,挈此中三舞人，又同诣大华。丽都一舞人，姓陈名苣，问其名何以生僻。则谓是小时学名，盖尝读于苏之景海中学者也。场中奇热，不耐久坐，附绍华车归。

（1940年3月10日《小说日报》）

九日，王引自香港归来，下午同餐于新雅，八时同造其居，而美云勿在，将十时又偕之方、小洛、王引赴丽都，看汪小妹妹，真有风华盖代之观，其人之气质有异于乔金红，而艳俏过之。予以为将来在无聊时，至丽都泡一杯茶，坐一二小时，看汪小妹妹之回旋舞影，正足以娱其心意。其他一切，都弃置矣！送小洛返后，三人又小坐大华，此中人便无一足当明艳之誉。是夜，卡乐举行平剧会试，邀兰亭、其俊、中原及予为主考。去年云裳舞厅，曾有此辈，亦以予为主考，当时已恨世勋之不谅故人；今卡乐又如法炮制，令人啼笑皆非，然又不能遁脱，以卡乐亦老友所办也。姑往，中原偕其夫人已先在，有人唱《霸王别姬》，我不知，以为《醉酒》；有人唱《路遥知马力》，我又不知，以为唱《八大锤》。颠预至此，辄为中原夫人失笑。如我而佩之要我为主考，佩之真触瞎眼睛矣！

（1940年3月11日《小说日报》）

十日，甚畏寒，知病魔之复将来袭也。夜与尔康同餐于咖喱饭点，摒菜而第吃饭，乃觉饭亦不如中国饭店之酥香可口，返翼楼挖花，局终，脑痛如劈。挖一场花，比写五千字文章，为尤蚀其神思，可知博簺之为无益矣！

吾母为妗氏留，吾家两子，入晚乃眠于一枕，及我归，往往已酣睡，开灯视其面，则梦寐中恒有笑颜，而我则大悲，念童子无知，不知失母之哀，若其母勿死，则吾儿此时，正寻好梦于其母怀抱中。念至此，大不忍，因亦登榻，就二子衾中而卧，私慰之曰：而翁不德，使若母积疾而死，贻吾子于凄净之境，而翁固爱吾儿，然而翁男子，其善恤吾儿者，何能如若母之周？则警二子醒。长子已解事，若妒我，寻又睡去,幼子慧黠,犹尼父,抱吾颊而眠。我泪涔涔下,湿其颊,而吾子不知也。嗟夫!

(1940年3月12日《小说日报》)

十一日,今日为舅父接耆之期,晚又率两子往拜。

绍华迟于丽都,十时往,座上人甚众,剑鸣兴又奇高,招丽都舞人四五众来坐,以田秀丽为尤隽。旋小蝶率素雯来,大金亦至,大金复奇瘦,然酒量犹宏,与小蝶、剑鸣斗饮,至散场犹不能尽兴,又折赴大华。素琴将于十四日赴港,绍华明夜饯之于雪园。

夜读《引凤楼杂缀》,见凤公悼吾舅父。吾舅生前,屡欲我为介见凤公,谓凤公者乱世贤人,故欲识之。愚终日驰骛,卒未能偿我舅夙愿,予一生负舅父至于死,凡此俱是也!

(1940年3月13日《小说日报》)

十二日,下午六时,绍华设宴于雪园,饯素琴行也。客五时已到,时早,啖圆子,风味之美,为其他所勿逮,啖而多之,遂阻复来酒食。或谓近时餐肆,惟雪园为颠扑不破,一若数年前之陶乐春。盖别家馆子,往往吃倒胃口,惟陶乐春恒不至慢客,今之雪园,故仿佛似之。

是夜,素琴又在卡尔登打牌,渠于十五日上午行,时去时来,令人遂无"虽小别亦黯然"之想。

兰亭、其俊两兄来,因在翼楼为博弈,旋吃宵夜于大华,遘江枫,与翠红三五舞而归。

(1940年3月14日《小说日报》)

十三日,剑鸣上午以电话来,高眠未起。及午,复贶一片,邀予午饭,始匆匆起,赴正兴馆,则金家二妹并小蝶、森斋诸兄已先在。是日之膳,除炒圆子不甚好吃外,其余都可口,然正兴馆之吃账,今日亦达二十五元之巨,为之舌挢不下矣!

夜又为牧猪奴。中宵,之方迟予于大华,往践其约,楚绥亦来,楚绥明日返甬上，今夜故来为通宵之舞。有丽都三舞人，坐一隅，似曾相识，邀之并桌，三人中二人健饮，遂与楚绥、王引斗酒，亦良会矣。明灯掩映，窥翠红悄然独坐时，为态最美。予故谓惟翠红表表，乃能奴畜群流。昨日绍华勿然我说，而江枫恒为领首，木公又喜其闲雅，可见吾道犹不孤耳。

（1940年3月15日《小说日报》）

十四日，小蝶贻书，催予午饭于华格臬路之大华酒楼。小蝶不用整席，而用饭菜，实惠多矣。饭已，席上人俱往参观友啤公司，金氏姊妹同行，四时始归卡尔登。素琴为雀戏，晚辞归，渠明日启程矣。

是夜，诣木公为宵谈，旋之方来，则三人同诣舞榭，招翠红。木公忽言，翠红两字，无乃太俗，不如改为倩红。其实不是翠红，又何能尽"偎倚"之乐？字面之雅俗无伤也！木公兴致弥高，饮酒亦多，至大华散场，始赋归。

予连两日矣，又及晨始返，久溷欢场，为味都减，木公偶然来，来则兴致飙发，未逊当年。譬如之方，谓无心宵游，顾又无法自遣其良夜，则姑入舞丛，乍就座，双胫已不能振，此亦"久溷"之病。

（1940年3月16日《小说日报》）

十五日，春寒又厉，予遂感冒。昨日哲儿亦病，今未见瘳，遂辍学二日。予夜故早归，儿寒热仍勿返。吾舅谢世，母恒为妗氏留，两子同卧母榻，哲儿睡至中宵，将溺，则自起开灯，溺既已，又闭灯自卧，殆以此受寒。

舅父讣告之行述，将丐王博谦先生为之，博谦与吾舅共事久，知舅氏谂也。予欲作哀思录，而溺于荒嬉，终未果。清夜扪心，愧疚欲死，因图奋笔。《社报》哀舅氏之文，有凤公、听潮、一方诸篇，若移刊于讣告中，优于数千言行述矣。

素琴于今日下午始去港，友人送行者甚众，予以迟起不果往。闻虞洽卿亦在码头，送舞国第一流红星之丧，送"江南坤旦祭酒"之行，皆有洽老份。嗟夫！洽老之所以为洽老也！

（1940年3月17日《小说日报》）

十六日，唐哲寒热犹未退，服以药，汗流通体，意明日可愈矣。

晚福棠招宴于其寓楼，到者甚众，予初时饿甚，及诸肴均列，则狂啖，狂啖又过饱。予与兰亭、其俊、森斋三兄，至三时始辞去。时宵禁未除，同行中惟予一人无"派司"，偷渡霞飞路时，心恒惴惴。兰亭谓：果遇验证者，则我三人将奉陪至嵩山路捕房消夜矣。

归后，食过饱，消化不良，遂失眠，乍眠而遽醒，已在八时。毛氏表弟来，谓庸村叔又作古，弥深亲故凋零之慨！起如厕，腹患稍解。今日情状，疑吾胃纳不如往昔之健，欲宁吾神效于近世之新药业中，因口腹而致病者，当以"胃宁"为必备常药也。

（1940年3月18日《小说日报》）

十七日，犹奇寒，傍晚往觐妗氏。舅父行述，仍丐王博谦先生执笔，惟设奠之期已近，讣告宜早印，迟且勿及。

近来所为文字之刊于他报者，讹植之字甚多，偶然寓目，恒为之失笑。若逸芬当此，将大难堪。予太马虎，欢喜印成什么字，便是什么字，都管不了矣。

哲儿果病起，家计日艰，所望者惟人口平安。哲儿亦似恤其翁之穷兀，不欲以医药重累其翁，故病起滋速，可喜也。

夜与兰亭、其俊、翼华，同入花局，合扑一牌，予已听张，忽得一坐风之长三图，大喜，留之打别张，既而发现长三已有一对，大急，旋摸进二六花，急偷打长三，而下家已知，其俊为我数道头，则二六亦有三张，牌遂废。博弈戏，惟看花为最费精神。是福气人，只有赌牌九赌大小。麻将与花，都嫌太耗精力也。

（1940年3月19日《小说日报》）

十八日，益恹恹似病，下午访木斋先生，为闲谈，至夜间十一时辞去,寒甚,拟赴大华酣舞,念孑然独行,为趣都减,遂不果。折至翼楼,渺无一人,忽子佩来,复为小谈。

百花生日,友好将为姜云霞女士,公祝二旬晋一妙诞,地点在大华酒楼。灵犀贻一书与我,谓云霞于予,感恩知己,此会故不容大郎缺席也。平心而论,二十年来所识之歌部女儿,小红实为一可念之人。其人外观冷艳而内蕴深情,故为我人所欷动。灵犀谓:此细事,不必渎戈其、木斋二公矣。予则以为朋友有事,凑热闹且不遑,矧戈其、木斋,胥为至好,又何事而独掩盖二公哉?

眠后,乱梦如潮,屡醒,今晨果病象益著!

(1940年3月20日《小说日报》)

十九日,午后,五时信芳招饭,为介移风新角,一名杨碧君,一曰王慧蟾,并为坤旦,杨且于明日登台矣。论风貌之妍,则王胜于杨,闻杨自故都来,亦奎德社之一员,以擅演花衫戏,驰誉于宣南者也。

感冒尤剧,或谈疗治之法,入浴室溷一次大汤,自有神效。之方谓:着重絮在身,连跳快舞十余回,出一身汗,病亦能愈,于是行后者之法,偕之方止舞榭,寻熟户头同舞。偶见熟户头与别客起舞时,以笑靥相承。及予往舞,则悒悒为不愉之容。诘其故,乃谓:与别客自有深情,交谊之密,逾唐生十倍。闻之倒抽一口冷气。旋闻人言:女固为此客所昵,益懊丧,匆匆离场去,与之方别于门首,相告曰:舞女不可论交情。从此移舞踊之钱,为操刀之费,同是寻欢,斩咸肉爽快多矣。是夜有欢喜事,遇旧识红儿于场中。

予病故未愈,归后,叠重衾卧,出汗一身,悠然入梦!天乍明时,复醒于床上矣。

(1940年3月21日《小说日报》)

二十日,梦云将办电话购货,此君自有苦斗精神,创办伊始,心香一瓣,祝其后日昌隆。寻开心归寻开心,人家干正经事,雅不欲以笔墨触其霉头矣。

傍晚，公祝云霞生日于大华酒楼，女宾之参加者，有坤旦徐绣雯。予尚初见绣雯，其人颇婉娈可爱，然北归有日矣，不及再听其笙歌，为之怏怏。

晚饭后，结伴为屠门之行，勾留此中，殆二小时，予头重不可仰，拟早归休，顾约云霞于舞场，因趋大华，身冷，而腰脚疲软，不能举步，用是作壁上观。午夜以后，病益甚，欲买车先返，云霞在，灵犀复无伴，不敢开口，则勉强支持，逾二时始归。

粪翁师生金石书画合展中，有翁之画竹数十件。翁向以三长两短榜其斋，两短者，作画与填词，此次突然画竹，令人惊奇，钤尾有"短中取长"一印，则知翁固未尝不能画，特自珍其艺，不肯示人耳。竹有仅数笔者，别创一格，题诗多翁自作，有"如此春花别样娇，水南野竹上春宵。残枝一别君休笑，不为长风便过桥。"又"西望夔州一泫然，莫惭无力报涓埃。一枝聊寄风前意，杀贼原知要箭材。"弦外之音，跃然纸上，固不仅以笔势见长也。

（1940年3月22日《小说日报》）

二十一日，舅父三七，饭后往拜其灵。夜，邬鹏律师招宴，席上遘五良、文杰二先生，予以小病，未待席终，先辞主人归。

《定依阁诗选存三十五首》已抄竟，且为我送来，诚意甚可感。俟囊橐充时，备一份礼，酬其誊写之雅，亦所以结束此一段因缘也。

强疾，看杨碧君登台，又访信芳于化妆室中，谈甚久。信芳谓碧君嗓子，倒是挺甜，可见其为移风得良才喜也。夜归寝甚早，明日粪翁先生率门弟子合展金石书画于大新，拟劈余暇，一往参观。

（1940年3月23日《小说日报》）

廿二日，午前即起，饭已，赴大新公司，参观粪翁与其门弟子之"合展"，今日以第一日，往者已络绎不绝，此五日之盛况，殆可预知。入办事室晤粪翁，翁方命酒，面向里坐，慕翁之金石书法者过此内窥，恒不易见翁之匡庐真相，为呼负负。嗟夫！笃嗜金石书法之人，有类戏迷，恒徘徊于后台门外,冀一睹搬演者"私底下"之颜色为快也。翁书件列三四室,其门弟子出品亦占二室,定购翁书者,以精小之件为多。又有绘鳜鱼一尾,禹钟先生,为制长题,标价八十金,达邦绘。翁绝爱此作,不欲割爱,故特高标价耳。

病殊未轻减,几绝无征逐之兴,夜伯铭邀饭于新利查,席终,诸人咸涌至翼楼,予独自寻其乐。

谈于木公府上,归且夜深,既卧,鼻气蒸为奇热,似发烧,然抚我统体,乃无寒热,而困罢之状,如染重病,可畏也!

(1940年3月24日《小说日报》)

二十三日,虽在病中,而性欲极亢进,入春以来,屡屡谋解决之道,用是身体益衰败。屠门女子,厥貌如金家大姊者,亦尝联顷刻之欢,其人温婉,说苏州乡下话,甚难听。又习舞,为茶舞于某舞厅,劝其何不离俎上,以刀俎间人,而崭然露头角于舞宫者,不知几许人。渠韪吾意,因商于予,要予荐之操业于舞场。吾友闻之,咸谓:"拔一好女子出淤泥,亦功德事。大郎果努力,则若辈俱愿助其成功。"嗟夫!大郎之友,都是好朋友也。

下午看信芳与碧君合演《打渔杀家》,是为百观不厌之名作,与《南天门》之风格不同,而精彩则一。

舅家家祭,邀我夜饭。与子佩谈于翼楼,子佩拉赴丽都跳汪妹妹,卒以病困拒之。自绝舞缘,视洋琴声如异方之乐矣!

(1940年3月25日《小说日报》)

二十四日,予近作诗云:"写我当时卅首诗,和她眼泪与焉支。已求唐氏三年艾,安鉴刘王一念痴?早识欢场无好女,最怜此笔耐相思。莺花三月春如海,付与闲情故纸知。"此诗惟"早识欢场无好女,最怜此笔耐相思"一联,为尚可诵。顾有人见之,颇不欢,谓唐生谤毁多矣,予为之哭笑不得。记去年某夕,愚有记事诗云:"心期罗绮已荒唐,便是文章也不祥。未信浪漫真此女,可怜归去已无乡!如携妙侣来花市,似步明蟾向晚塘。泪尚能温心尚热,一贫所赖有肝肠!"此刻骨深情之作,亦未尝为彼人歆动,女人真不可与言风雅,矧求之于欢场中哉?

下午入博局,看花八圈,让与子佩。是夜又偕绍华、子佩二兄坐于大华。临前坐者,为金红、翠红、奈凤、金花诸儿。绍华购糖果分来闲嚼,与诸儿互话家常,比跳舞开心,座上又遇王引,渠将于后日去港矣。

良伯师以电话见告,谓李祖莱先生将于二十七日,称觞于新新酒楼,属之往贺。

(1940年3月26日《小说日报》)

廿五日,午后赴大新,重观"粪展",四日以来售款已达八千金,明日为最后一日,预计至少可获万金。粪翁之所以能雄视一切矣。

偕之方进茶点于新雅,又夜饭于起士林,自静安寺路迤逦西行,至木公府上,稍谈又诣宁波路汪家。至时,汪太太榻上着一佳人,腰身与胸部之美,求之舞女群中,且不易得,况肌肤白晰,光艳照人,惟稍为缺陷者,则小蛮有杨柳之腰,而樊素非樱桃之口,此中人言:近当病后,故消瘦,往日丰腴,望其人尤华丽。殆可信也。询其名,曰袁家奶奶,从此名字而望文生义,想见其人之为赵姊丰容,术工尼夜,徐娘风味,定胜雏年矣。

于宵禁前赶至大华,既来不耐苦坐,姑下池舞,舞则又索然无味,急图归去。顾之方有言,谓予势不能舍弃此间,枉作"相依为命"之俦,至今犹浅视乎老夫!愤愤!晤周、凤二先生于此,座上复有丽都两舞人,并氏洪,挺秀乃不类久溷风尘者,宁不可宝?

数日来病感冒,至今日始有愈象。

(1940年3月27日《小说日报》)

廿六日,傍晚参加"粪展"闭幕礼,遇信芳先生于场中,又遇培林、之方。夜九时后,赴黄金访兰亭,揩油看《武家坡》一段,女侯爷"身浪"有美不胜收之妙,大快。又偕其俊、翼华赴回力球场。中宵,复同诣翼华家看花。近来挖花屡有赢余,而技术则绝无进步,可见天下便宜事,未必为乖人占尽也。江枫兄、金奎先生亦来，同进餐，吃香粳米饭，馔又丰，立尽三盂。

知鉴人术者语予，谓两颊有桃花色，将破财。嗟夫！穷愁万状，更何财可破？若谓破小财，则几许年来，已成常事；若破大财，非吾力能及，此事似不用担忧。平时从无奢望，故此生腾达，殆不可期。眼前困清，尤无所冀，特求家人平安，朋友能贤，为愿已足，若一己之偃蹇，便不遑恤矣。

（1940年3月28日《小说日报》）

二十七日，与之方坐新雅座上，忽晤经久不见之爱雯老七。七以朱瑞珠名，方演话剧，谢秋娘投老风情，想见其境况益不如往昔矣。

六时，赴新新酒楼，祝祖莱先生诞辰，席上晤祖夔先生，谈甚欢洽，是日寿翁备赠品十件，费三数千金，如爱尔近金表、女式手表，以及西装料，俱高贵之品。开奖时，群推良伯师给奖，师先有演词，词简而意周，乃知吾师有演说天才。惟揭奖之后，予绝无所获，命薄至此，看来本届万国大香槟，又未必有老夫份矣！礼堂上张一万民伞，以祖莱先生移礼金悉助于难童教养院，院方献伞为祝长生，先生以青年而勇于为善，尤为时人钦服！

离新新酒楼后，赴南京咖啡馆小坐。十一时约绍华于大华，而绍华终不至。何奈凤有妹曰奈英，亦伴舞于大华，盈盈十五六，所谓稚齿韶颜，美逾其姊，将来之腾踔可期。奈凤为人老实，一身负全家衣食之重，予素悯其身世，比小星替月，其妹亦崭然露头角，则奈凤之肩荷可轻，亦快心事也！

今夜，舞甚多，夜深，尤频频与奈英舞。吾友玄郎，称其才，将倾全力致此儿于成名。

（1940年3月29日《小说日报》）

二十八日，下午与尔康为小谈，复约伴赴国泰，张翠红于七时半自大东来国泰，陈雪芳且久待于此。将八时，同赴瓢庵宴，瓢庵设宴于拉都路寓邸,用新华俱乐部菜,参加者,大华二舞人,则翠红与周菊珍,大新一人,则雪芳是矣。兹三儿者,胥舞场表表,菊珍之痴憨未减,翠红之肃丽温恭,而雪芳则孤雌少艾,善自矜持,要各极其美。其余皆平时至友,如木公、男其三、之方、小洛、尔康、翼华诸人。席散且十时,又诣仙乐。仙乐人众,舞池又占座达半,几不举步。十二时乃至大华,座上忽有人招胡燕燕侍坐者,某君称之为常州"酒酿圆子",谓其人亦白,亦小,亦甜,亦能使人当之,可以微醺也。男其三又于宵半赶来,倾酒三四瓶。是夜,大华有女客潜服来沙而,欲寻死于马桶间者,原因勿知何在。此人果一瞑不视,可谓死在欢场矣。三时后归去,则小雨帘织,通衢如润。

(1940年3月30日《小说日报》)

二十九日,傍晚又谈于木公府上。晚饭后,空我复至,木公谓胡燕燕耐人细看,若张翠红,则不宜为刘桢平视,第一瞥惊鸿,亦觉其艳光四炤矣。

十时后,之方以电话觅我,又以王引车来迓,时雨势正猝,同赴大都会。大都会生涯珠寥落,王引又欲赴大华通宵。予坚持不肯去,以为肯定一个地方,孵全夜豆芽,足以销磨志气,因劝其回府抱美云,我与之方则归家哄孩子,有时比搂住了舞女寻开心,为乐多也!

一方来约予参加涂雅集,本次餐叙,在卡乐舞厅举行,期为星日深宵,社友宜各携一妙侣。予婉谢,谓实无妙侣,与舞国群雌,既分疏交绝,若俎上之物,则微特本人无此脾胃,亦足以砍座上诸君之招牌,更要不得矣!

(1940年3月31日《小说日报》)

三十日,向者,岚声时诣舅家,以文件就正于舅父,比舅父谢宾客,而岚声勿及闻其耗,今日又往访,则舅丧近一月矣!岚声恸绝于灵座前,挥涕不已!想见舅父生前之盛德感人,有如此者。

夜饭于翼华家,复与瓢庵合股看花,各挖两圈,而让与其俊。绍华来,约我出游,时公共租界之戒备已除,惟法租界尚障以铁网,为状森然。顾舞厅中人多于蚁,旋竹影偕其女伴二人来,乃并一桌,遂有珠香玉笑之盛。复游于泼拂林,同行男子二、女儿四人,一车西辗,辄具戒心。女儿四人,累累皆环饰,懔谩藏诲盗之戒,予益胆寒,顾群雌晏如也。在泼拂林为苹果之戏,不及一小时,遂返。一年前,屡游泼拂林,此中曾有佳唱,如云:"吾土渐穷常作客,斯才绝艳好酬君。"今日读之,徒增怅惘!归时,雨甚猝,抵家,已凌晨四时矣。

(1940年4月1日《小说日报》)

三十一日,下午又看花,筱珊以家人病,剑鸣又玉体违和,半局而废。夜饭于锦江,席散时,座上某君,有浓痰一口,吐入饭碗,见之连打恶心,不能忍,趋至长街,呕而始已。因忆昔在中行任事时,与同事共饭,有人用漱口水后,尽倾入饭碗中,予睹其状,当时辄废食;而今夜所见,则尤甚于曩昔,宜作恶矣。我平时诚不爱清洁,亦不事衣饰之美,然自负能守公德。我今以所见记之于此,此记而为他人读之,其印象将如何?何况目睹!

看《明末遗恨》之撞钟,百岁之李国桢,有功力悉称之美,比之旧见之刘佩岩,一味以神勇见长者,胜多多矣。又在黄金看《杨家将》,啸伯之碰碑,曾于往岁见其与兰芳合作时演之,金奎谓啸伯之嗓越唱则越朗,亦天赋之奇也。午夜归去,疲甚,枕上读诗,悠然入梦。

(1940年4月2日《小说日报》)

四月一日,为万愚节,报上多愚人新闻,其实至无谓也。下午,绍华以电话来,约予往晤。

元龙、兆熊二君,设宴于天天饭店,为桂秋洗尘,亦为新艳秋与俞振飞饯行也。信芳、如泉、树森、瑞亭俱作陪。又遘大元,消瘦非复曩时面目,惟新艳秋则奇丽,此人之匡庐真相,虽未一睹,独于图象中识之,以为至多不过一韶秀女儿,不图婉美天生,使以江南诸儿并之,咸成蓬门粗婢矣!

饭后又看花，续昨日未竟之局，顾今日牌风遽析。中宵，进中国饭店之咖喱鸡饭，甘香可口，逾于啖红棉盛席矣。

戴明夷先生，为批今岁流年，去岁春，曾为予批一纸，无不谈言微中，吉凶因之能趋避，因服明夷之为术殊神。

（1940年4月3日《小说日报》）

二日，雨终日，午后，访之方、小洛。《梁山伯祝英台》将公映，小洛遂为"中国之罗密欧与朱丽叶"而大忙矣。

晚傍幼子睡，自亦入梦，比醒，则将及九时，精神大振，冒雨赴舞场。衣厚，汗流浃背，遂遁归，门外遇笑缘车，送舞人归，被挟登车，至新世界俱乐部。主持此社者，为郑危险兄，亦时有博弈之会，布置颇井井，其轩敞实胜翼楼。未几，绍华觅我，又同诣舞宫，畏热不复下池，如春来，邀之同坐。如春演戏，惟卖力，有舍死忘生之勇，其人复跳荡可爱，偶进舞榭，未尝有秽德彰闻，为人诟病，此则弥可喜也。一时后，又赴新世界，晤王玲玲于座上，玲玲方被酒，其言行尽不羁，顾识予，予似未尝晤此儿，询其几曾相见，则谓识我于甑甗之上，乃知炊弄者，自易为婴宛之流所瞩目，上海人之所以无票不名矣！

侵晨，送客归去，此会温馨，遂怀诗料。

（1940年4月4日《小说日报》）

三日，舅父明日五七，设奠净土庵，午复赴寺中一谈，晤慧海师父，师父以文娟来书见示，述在平近况，谓演《失空斩》，由先生陪王平，得意之笔也。先生者，指教师张荣奎君。慧师父奖掖文娟备至，文娟感恩知己，以师礼慧海，远道归鸿，想见师父之老怀弥慰矣。

翼华生日，招予往看花，又夜膳于其家。史夫人躬入厨下，治馔之丰，使人尽口腹之快。九时辞归，折赴妗氏处，今夜乡下诸亲毕至。夜十二时，行点主礼，予留此夜守五更，至三时复上祭，焚冥镪与舅氏生前之服履于庭下，一小时始毕事。

惟一兄集舅氏遗诗殆四十余章，《天平十首》，亦有录存，是即以纪游之作,而写以香奁笔法者也。俊俏若华美佳人,偶句如:"衣润渐知春雾重,腮红不借夕阳明",真活色生香矣。

(1940年4月5日《小说日报》)

四日,凌晨自舅家归,为小卧,七时半又起,至九时赴净土庵。及午,凤公与慕老咸来吊,二公未赏识吾舅,独钦仰其文章,故来展奠,是真知己,吾舅得此,当含笑于九京。慕老复导往晤慧海和尚,僧房之布置极幽洁,慧师雅人,室中悬中西画殆满,沈尹默先生小轴,尤楚楚可观。汪亚尘先生之画绘最多,而无不至美。又见徐悲鸿一轴,高株两茎,着一翠鸟,刚劲婀娜之致,宜为慧师所爱赏。慧师迩来,豪情胜概,无复当年,特以书画与听曲自娱,倘亦所谓绚烂之极,渐归平淡者非欤?

下午四时离院,撑倦眼往访之方,旋同餐于正和馆。之方与小洛,往听黄桂秋歌;予赴翼楼,与客为小谈,十时送客去,精神转振奋,遂赴中国饭店。

尝见氤氲使者,携一丽人,长身而肤不甚白,梳横髻,致然生艳光。着平跟鞋,白底绣以红花,笑时,则两颊有梨涡,仪态之美,求之今日舞场中,殆无一人可敌。或问鼎于此中人,则谓三五百金,亦能易一夕之欢,是真令措大拆舌。念"与郎酣梦浑忘久,鸡亦流连不肯啼"之句,纵以我今日殊穷,亦何恤以罗掘致之哉!

(1940年4月6日《小说日报》)

五日,今日为清明节,予以起身过迟,不及上坟。舅氏生前,已疏觐见,今值其死后第一次清明,又以此一拜,懒废至此。吾舅真不能无憾于九京矣。

日将西时,又访之方,及夜良伯师设宴于成都,所邀尽文艺界人,有特客四,为朱凤蔚、丁慕琴、张善琨、李祖莱诸先生。吾师年来,好与文士往还,以凤公之为冠冕人伦,故以得瞻韩为幸。席上,梦云谈电话购货事,善琨、祖莱二先生,俱为其策划,盖谋迭献,梦云之收获甚丰。因劝其宜多与海上事业家接近,他日所成必远大,视彼跳梁之丑,若无事耳。子佩兄言：晓初先生念我甚殷，我既疏狂，而先生复孜孜于事业，遂不得一访晤之缘。真令人怅惘也。遂耕兄伏辕下久矣，比以良伯师之推荐，入中国国货公司，掌要职。兄与文艺中人，亦多交往，同人小议，聊备春浆，为其称贺。席终散去，春寒甚厉，衣单，亟归家，复以细故，与素兰哄于室。相依若干年，其人至此，已可怜无告，我不恤之，谁复恤之？于是又诱其欢，此为人情，比不得少年夫妇之肉麻当有趣矣。

（1940年4月7日《小说日报》）

六日，起身甚早，顾惫不可支，下午看信芳演全本《琼林宴》，"问樵闹府"、"出箱"，以"出箱"为尤美。天厂居士，尝谓《琼林宴》为信芳杰唱之一，前后两度观之，予似根本不喜《琼林宴》之剧本，纵以信芳饰演之，亦滞涩无足观。予之欣赏平剧，正如配培林所谓宜线条轻松者也，沉重之作，苦不能吸收，于戏剧然，于诗文及其他一切之艺术无不尽然。

晚揆楚与钱美英女士结缡，设宴于福来饭店，特往道贺，值慕老伉俪于座上。钱美英女士，旧尝驰骋于舞国，丽都、百乐门屡见其人，虽投老风华，而清姿依旧。证婚人为闻兰亭先生，揆楚为小鹣先生介弟，故是夕来贺者，咸艺坛俊彦。张正宇与陈小蝶二兄，居重服，竟不果来。

偕小洛、之方，坐于光明咖啡馆，十一时，复联袂赴大都会，以人满退去。至百乐门看表演，粗鲁一似马戏班中所见，亦佳构也。腹部不舒，夜一时，之方与小洛诣大华，予独还家。绍华两约予在大华，微病，一切置之矣。

（1940年4月8日《小说日报》）

七日，午后为假寐，夜九时，之方觅我，同坐于光明咖啡馆，晤王引与美云。送美云归去后，我三人赴大华，初拟约何奈凤西游，而奈英姊妹咸勿在，于是招钱雪英与李惠芳。钱为舞坛之隽，今益秀发，去岁此时，我人始游大华，恒携雪英为宵游，同行者尚有鲁玲玲。鲁与钱，所谓一枝双秀竞爽风前者也。二郎有"油壁香车载鲁钱"之句，我人之逸致雅量，固恒寄托于此者，顾一年以后之雪英，又声价陡增矣！雪英之美，在善于周旋,依依襟袖间,使客忘返!是夜,挈之赴伊文泰,雪英忽问予曰:亦知"六六一二七"为何语乎?予瞠目不知所对。则曰:唐生亦习五线谱否?予似悟,笑曰:可以叫人摸一把矣!雪英大羞。惠芳坐于美英右,亦可见,淡静不似欢场女子,亦不若其芳邻城府之深,故可爱,舞亦轻盈。予谓之方,尽跳老户头,真无妙味,志在寻欢,又不要与她订白头之约,求之不舍者,信痴人矣!四时归去,倦甚,着枕即入梦乡。

(1940年4月9日《小说日报》)

八日,饭已,引荫先谒良伯师。师自嘉定银行开幕后,在办公时间,辄不离其案,孜孜矻矻之精神,真足为今世事业家之范式。嘉定银行情形,所以似朝日春花,欣欣向荣者,亦正吾师以身作则之效。或谓海上名流,苟能运其智慧,致力于实业或企业者,则胜券可操,观于吾师,信有征矣!

急甚,晚饭后辄入睡,醒时,逾十一点钟,拟再外游,又患独行之不足尽乐,因复就枕,顾自是不能合眼,欲看书,恐耗神思,欲写文章,腰弱不胜坐,可见近来病象丛着。在昔宵游之后,犹能继以写述,今精力不济,谓非死日迫矣之证,不可得也!

近来作一记事诗,皆蚀骨销魂之语,其快意且逾于十年前之"坐使锦衾如水暖,晓风残月谢媒人"。一生能作得几首好诗,始尽"聊以自娱"之道,盖精神上之欢愉,有非斗载明珠,所能及者。

(1940年4月10日《小说日报》)

九日,两日来有春光明媚之观,想望西湖,怅惘欲绝。明夷谓我三月中,自防肝胃气疾或腹病,予自昨日,果以积食阻滞,胸气不纾,计其时日,方三月初一也。明夷之术亦神哉!予之病状,以食后未能运动,有时旦偃卧,益以感冒,遂致气膈,而胃纳亦因之勿良。意疗治之法,克奏肤功者,惟求之中法药房之胃宁欤?

傍晚吉光来谈,翼华又病疟,五六月中,凡三作,是皆受去年伊文泰夜游之惠。伊文泰多蚊蚋,疟菌遂染与翼华,不图此病缠绵,至今犹胶着不放也！

拟看一次砚秋戏，又拟看一次桂秋，俱以买票费事，终未成行。其实真要过程腔之瘾，搬一张凳子，到黄金后台坐坐，与台下何异？此次砚秋之售价綦高，而卖座情况，复有倾巷来观之盛，谁谓上海人穷地瘠哉？惟桂秋佳奏，亦未尝一顾，则愧对良朋，闻其叫座亦不衰，又用欣慰！

（1940年4月11日《小说日报》）

十日，上午即出门，饭已，忽发清兴，以电话促林楣起，后踵至其寓，俟其治妆竟，然后买一车驰于贝当路上。予昨夜读诗，有过贝当路上之作，云："谁谓不堪除俗虑，此行正似访山溪。"不禁向往旧游。自贝当路徂土山湾，遂小憩于合众公司，晤陆洁、石麟、费穆诸兄。洁兄复为导，行于田野间，颇足以慰寻春拾翠之情。约一小时后归去，车止于顾家宅花园。旅沪上十五年，此地尚为初至，第行迹仓卒，未尝细为玩赏，绕动物院一匝，昔曾游三贝子花园，此实铎中之舌，不足一观矣。馑甚，觅食于锦江茶室，甫置箸，窗外有枪声，起出视之，则一人被僇，卧血泊中。林儿胆大，入人丛中，观其人呻吟之状，予且色变，挟之绕环龙路西行。予性仁慈，不欲睹此惨状。返翼楼，惊魂犹未敛，真叹书生之为用无多矣！今日，王慧蟾在卡尔登登台，美云特来捧场。卡尔登又议演义务戏一日，邀余参加，因拟与美云合作《别窑》。美云时言：苟得与大郎俪一场，慰平生愿矣。推爱至此，令人感奋。夜半，兰亭、其俊、绍华并至，为花局四圈。

（1940年4月12日《小说日报》）

十一日，起身复甚早，傍晚之方来，同餐于新雅，又附绍华车，入回力球场。予性不嗜博，始终未下手，可见唐家坟上风水尚不恶，勿然，使予有龙盘癖者，益将穷困无告矣。自回力球场，而坐于大华，宵禁后，乃赴泼拂林，坐移时，又步行至依文泰。斯时景状，一似去年，一方所谓漫天风露，寥落长街，惟予与之方，尚有双携，不如一方之一人归耳。

予旧作日记，凡二十余册，半置于乡间，近顷有人自劫灰中，携来沪上。少时心血，幸未与兵火同熠，吾怀良慰！惟其他书籍，则都散佚，予最爱予友媿静一联，贺予嘉礼者，亦不见，痛惜久之。

（1940年4月13日《小说日报》）

十二日，午时已起，晚晤笠诗于翼楼，觅之方已不见，乃相偕夜饭于大西洋，吃煎明虾、烟昌鱼及炸鸡腿各一客，颇舒服。入西餐馆吃公司菜，自是苦事，笠诗故代我点菜。饭已，步行至刘定之装池店，刘工赏鉴，笠诗亦笃爱风雅，故识其人。自此而谈于木公府上，二君劝我，谓大丈夫诚不必致二千石，封万户侯，顾亦何苦以儿女事自扰心曲？人到中年，已伤哀乐，闻二君言，为之感奋。罢迹欢场，此其时矣。

十二时后，赴丽都舞厅，踞一隅，看侯玉兰与奚啸伯之《探母》，玉兰自是佳人，歌亦甚美。后一剧为《汾河湾》，程砚秋与王少楼合作者，顾少楼困于病，因以培鑫兄替。砚秋南来，不图于深夜之丽都舞厅，得观其剧，亦奇会也。未及"闹窑"，而予与笠诗感倦甚，辄先返。美好笙歌，亦不足以载刺神经，予之颓废可想。

（1940年4月14日《小说日报》）

十三日，晚龚翁招宴于慈淑大楼七楼之正谊社，以体困未践其约，故终日为偃卧。午夜绍华忽来，又被嬲入花局，四圈而止。饥甚，乘小雨诣大华用点。

予以肠胃不舒，翼华以其治胃疾之药进予，谓能使胸中积食一举而廓清之，明日可以苏矣。

自在锦江门外，见一行人被僇于道旁后，脑中辄留一恐怖印象。今夜就眠后，乃得恶梦，醒后梦境历历皆可记。予向时本多梦，比醒，则梦境亦随之要杳。今夜之梦奇凶，故留滞不能去，颇悔当时多此一见！

（1940年4月15日《小说日报》）

十四日，下午与瓢庵合伙看花。晚饭时，尔康、克仁诸兄咸至，邀余同游,遂诣菱七之门,有陈小姐者,善羞,而风貌尚都,遂移之俎上。询其家世,谓上海人,顾其后问之菱七,则谓自岭南来。此人毫无一实言,玉狸尝言:百粤女儿,多高躯健骨,此陈小姐亦似矣。予离局之时,赢五十金,及予方联欢,而瓢庵之牌风遂霽。翼华知予又在发珠炮矣,果然,铜山东崩,洛钟西应,陈小姐亦不祥人哉! 自菱七许而折至汪四家,汪家竟客满,其杂乱比之桥上尤甚,令人不耐久坐。跑此等地方,最好在午饭后,不然亦当在午夜,若八九时,正及上市,最不宜往。

又坐于大华,中宵之方与小洛诸兄并至,绍华与其俊亦来,平日游侪,一时并集,予伴之方坐,久久始离去。

(1940年4月16日《小说日报》)

十五日,天气晴朗,予以胸膈不舒,欲以闲行疏其心气,顾又惮于步履,因雇一车,行于春光下,然感独行无伴,废然而返。傍晚与绍华、其俊,茶舞于大新,继又进餐于雪园,绍华命厨人配饭菜,凡五味,而无不可口。饭后赴黄金,遇兰亭于后台,因同赴回力球场,以之方迟我于此,予为小博。自回力球场而至翼楼,与翼华、兰亭、其俊入花局,局散已天明四时半矣。

违江老七已久,闻其麾下,有一雏名秀英者,风貌之都,逾于五年前之梅英。顾予未尝一见其人,想见此中人才凋乏,偶有名选,为群客所攘。汪四诸雏,昔以小妹妹为至美,以我观之,则金妹尤胜。金妹于乱头素面,望之可以心醉,及既映白施朱,亦不嫌其秾腻,故可爱也。

(1940年4月17日《小说日报》)

十六日,午后一方来谈,拟公宴砚秋,使春江文友,结识此剧坛一代宗匠,其意至善。治稿既竟,又出门寻乐。近来穷兵交煎,苟复自困其身心,则吾命将日促,自以能自散身心,或者为延年益寿之道,亦不可知。又访之方于共舞台,未几,翼楼中人,以电话觅我,傍晚驰往看花。救济绍兴难民之义赈戏,势在必唱,予之戏码,亦势在必有,《别窑》、《戏凤》、《南天门》、《打渔杀家》四剧中,有人请予选演两出,予不想演正场戏,愿为一里子角色。且距演期已迫,亦何能赶得及?矧美云将去港,合作之愿正恐难偿。

今夜于宵禁前归,荒唐几日,今夜困甚,不能不早安息矣。

(1940年4月18日《小说日报》)

十七日,舅父终七,而值吾家家祭,早起特往一拜,怆然欲涕!

午后,绍华、其俊又迟我挖花,局终甫六时,因往约林楣,赴银都人造溜冰场。来宾济济数百人,主人延予饭,而林楣以人众,不肯入座。遂引去,同餐于福煦路之绿宝饭店,布置甚美,有小楼可倚,膳亦可口。饭已出门,路上逢小雨,乃送其入舞场,予则迳赴于家。

予旧诗曰:"巡场妒眼千回顾,罗绮文章一夜兼。"又曰:"可怜罗绮风华客,妾与唐君是胜流。"而今夜所遇,则又殊于往日,乃知鲰生痴福,正复无穷,我又何庸自伤其穷愁摇落哉?

闻之方在大华,此人久已忘相依为命之侣,而予亦深感呼朋引类之为无味。譬如今夜,遂得尽独游之乐。天将曙时,买车送客归去,神戟犹极兴奋,几不堪安卧。

(1940年4月19日《小说日报》)

十八日,岳母与妻妹俱来。命二子备纸箔赴中央殡仪馆,往祭亡妇遗榇,语幼子曰:汝为我拜汝母,告于母曰:阿父疏狂犹昔,而王女衰废日甚。凡此皆足增阿母泉下之忧,所可慰者,阿哥勤读,儿尤健硕。遥知双雏同拜之时,吾妻泉下有知,必佑其长成,而使其毋跞跔如少日之阿翁也。

陪小洛、剑星,饮于酒楼,午夜自回力球场折至大华,一人独坐,辄觉废然!

极乐之余,易成大怨,翻悔昨日之乐为多事,予诗曰"绝怜人事有波澜!"今乃知波澜之为味正复不美。晨光熹微中,坐一车归时,愤恚不可自遏,抵家,病益甚,拥衾就卧,魂梦不宁!

(1940年4月20日《小说日报》)

十九日，新世界之广告，出易立人手笔，比以该场运来巨鳖，用以招徕。立人乃在广告中大书曰：某日，唐某过此参观，濒行报一绝句，为巨鳖咏也。以不肖之名与甲鱼相标榜，已尽挖苦之能事，而以唐某之捧人，好作诗，今捧大甲鱼，亦作诗，亦复备极讽刺。立人聪明人，讦人亦自有妙绪，虽可恶，亦可喜也。

沈遂耕兄，为良伯师得意高足之一，其人干练明达，为时贤所称，吾师事冗，兄辄能分其劳，吾师事业骏，得力于兄之襄助者良多。春初，中国国货公司慕其才，亟为延揽，视事逾月矣。文场诸侣与兄无不笃于交谊，因欲醵奉春浆，为兄庆贺，期已定二十三日，席设于大华酒楼，丐小蝶点菜。

雄飞将于廿四入川，今夜公宴于蜀腴川菜馆，席上晤诸老友，十时即归寝。寝后，竟体如炙，而魂梦频扰，一夜亦未得佳眠。灵犀知我屡屡挈林楣游，为我喜，我特以此哀耳。

（1940年4月21日《小说日报》）

二十日，上午九时起，而疲不可支，又卧，及午复起，治事既毕，又偃卧。至六时，笠诗以电话来，始往晤，与梯公、笠诗、笑缘、翼华诸兄共饭，饭后坐大新舞厅，予才二三舞，已困乏不胜，十时归后去。

亘两夜不获佳眠，病态为腰酸而胸膈作痛，尿道亦病，遂不堪久坐。近来戕贼吾躬尤甚，循此以往，直自促其生命。

世人薄坡公近体诗，然律句如："农事未休侵小雪，佛灯初上报黄昏。""我本疏顽固应尔，子犹沦落况其余？""人似秋鸿来有信，事如春梦了无痕。""酒如人面天然白，山向吾曹分外青。""晚觉文章真小技，早知富贵有危机。""诗句对君难出手，云泉劝我早抽身。""醉呼妙舞流连夜，闲作新诗断送秋。""愁客醉吟花似酒，佳人休唱日衔山。"无不绝美。

（1940年4月22日《小说日报》）

二十一日，至今晨一时，翻侧不成眠，披衣起，理书簏，乃获《陇上语》全稿，因稽首向西，告于亡舅：舅父心血，未尝为不肖委弃，近日之所可告慰幽魂者，只此而已！因重读一过，藏之案右，他时稍裕，便当集《西征》、《破家》两著，并梓一书。

病困既甚，又不能眠，挑灯读《禅真后史》，书为殷正为君所贻，堆之橱上已久，穷一二小时，读之竟。复读东坡山谷诗，予一生爱黄庭坚诗，逾于其他，多读一次，多一番滋味，终至不能释卷。

上午吾师以电话来问我。饭已，赴卡尔登小坐，值慧琴于座上，着绛色衣，望之乃如被月桃花，艳光弥越。翼华促予排《别窑》身段，似今日病苦之甚，何能打得起兴致？

（1940年4月23日《小说日报》）

二十二日，起身甚早，日间，精神上所受之痛苦，比之上刀山剑树，为尤酷烈。九时后，乃偕笠诗赴大华，座上又遘绍华与雪英，夜复小坐于伊文泰。

黄山谷兄弟五人，长大临，亦工诗，《山谷集》中，附刊与大临唱和之作。大临字元明，次庭坚，字鲁直，次叔献，次叔达，字知命，又次名仲熊，字兆熊。山谷有《同韵和元明兄知命弟九日相忆二首》云："革囊南渡传诗句，摹写相思意象真。九日黄花倾寿酒，几回青眼望归尘。早为学问文章误，晚作东西南北人。安得田园可温饱，长抛簪绂裹头巾。""万水千山厌问津，芭蕉林里自观身。邻田鸡黍留熊也，风雨关河走阿秦。鸿雁池边照双影，脊令原上忆三人。年年献寿须欢喜，白发黄花映角巾。"或谓第二首之"熊也"、"阿秦"，当是山谷兄弟小字。予髫年读山谷诗，至"早为学问文章误，晚作东西南北人"时，恒拍案称绝，今日读之，依然韵味甚醇。

（1940年4月24日《小说日报》）

廿三日，下午在家治事时，翼华遽以电话相催，谓蓝先生方待我。因驰往，则驱车赴九九五洞天，邓脱夫人将迁居矣，似无意为客作蝶使蜂媒也。则折至普陀路，先后招四人，尚不如汪四家品类之杂。予方苦病，抚髀不复兴感，虽吾友盛情，亦都无动。万家灯火时，离其居，而折至大华酒楼，宴沈遂耕兄。

席散返卡尔登，今夜信芳贴《四进士》，林儿欲观此剧既久，乃为买二座，酒后陪其同观。与林儿相识，垂一载，未尝伴其同坐剧场，亦可见老去风怀，不欲于稠人广众间，作儿女深情矣。玲珠亦偕其姊同来，此儿嗜平剧，其歌亦美，醉灵轩所谓"味醇若行云自流"，玲珠有焉。予往爱信芳《四进士》之美，在"头公堂"、"二公堂"与"偷书"几场，今则惟爱"三公堂"为奇胜，宋士杰当堂上了刑之摇板，一派苍凉，闻之可以流泪。

午夜，小坐于大都会，又折至伊文泰，惫甚，不能久坐，辄返，返后失眠，其苦乃无人喻。

（1940年4月25日《小说日报》）

二十四日，十时后已起身，近日病象，小便甚频，滋不适，拟就医者，顾复不耐。昨日邓脱与普陀之行，终未操刀成一快者，亦患吾躬之死于花柳耳。

治事甫竟，兰亭与绍华已迟我看花，今日输赢较巨，惜牌风甚涩，不能囊括此辈赌徒之钱，甚为负负。八圈后，困罢如行百里程途，遂返家小卧，凡两小时，又起，观信芳《青风亭》，复流泪不已。《青风亭》亦麒剧绝唱之一，顾未尝为人重视，独今夜买九成座，深喜麒派名剧之于今日，益发扬光大矣。

两子于今日从全校师生，游于兆丰公园，上午八时已出发，比下午五时半始返。长子肤白晰，为日光所曝，作红色，幼子更困倦不胜，然其快乐，胜得佳果。予见儿子乐，亦为欢快。

晚得之方，谈公事而不及相依为命之道，弃老友如遗者，特之方有此忍耳！

（1940年4月26日《小说日报》）

二十五日，下午其俊来，同赴亚尔培路之网球场，看兰亭与元声打球,场外有茅亭,备饮品,予等遂憩坐于此。兰亭体态庞然,而装束一似《雷雨》第一场之冲儿,憨态殊可掬也。五时,幼祥相约,谈于新雅,顾不值,座上乃晤过宜、唯我,夜饭与天厂、笠诗、翼华三人。及九时后偕绍华过大华,席上有人招雪英来坐,绍华更纵酒。至午夜,之方、灵犀、安其诸兄先后来,乃得与故人再共游踪,真近来快事也。

予病状以今日为最好,屡入池,颇不知其惫,故益为欣慰!座中,安其称予近刊旧作之不恶,凡此数诗,皆制于十余年前,时买《十八家诗钞》读,兼读《香山全集》。《十八家诗钞》中,当时爱放翁、山谷、牧之诸人,安其乃谓吾诗得苏黄气息;然当我酷爱香山时,偶有所唱,见者诧曰:何其与白傅似也?可见少日之致力于追摹一家,今日念之,辄复自笑。

(1940年4月27日《小说日报》)

二十六日,燠甚,顾入夜又弄春寒。下午六时,信芳设宴于蜀腴,为劳玉居士洗尘,因要笠诗、梯公、培林、灵犀、翼华、百岁及予作陪。百岁登场早,故匆匆即去。饭后,予与居士、笠诗、翼华赴更新,特观阎世善之《杨排风》。笠诗久绳世善此剧甚工,渠既一再为座上客矣。台下捧世善者甚众。《杨排风》后,抽签之客,殆十之三四,以一刀马旦而为沪人歌动至此,九阵风应自庆阎门有后矣。返至卡尔登,今夜信芳演《桑园寄子》,此剧在黄金时一演之,及组移风社出演于卡尔登,亦尝贴演,顾不为顾曲人士所注意,而今夕独售满堂,台下内行票友甚多。信芳既定演是剧,事前曾费一番工夫,如选择配角,特集剧中人于一楼,说过一遍,其慎重可知。身段自以"上山"一场为美,口面功夫之胜得未曾有,寄子时之写血书,沉痛乃逾于汗泥河,盖以情绪移人者也。夜续看花四圈,雪英来。归后,与灵犀为宵谈,睡时又曙色窥窗前矣。

(1940年4月28日《小说日报》)

二十七日,倦眠时,有人以电话来催醒,遂起身。吾师邀予饭于红棉,座上乃晤李祖夔、祖模两先生。祖夔先生,时读吾报,而于执笔诸君，咸多思慕，欲以下走为介，如灵犀、之方、涤夷、一方、啼红诸兄，谋一文酒之会。是夕予等有知友，亦餐叙于红棉，故于吾师之召，稍坐辄离去。是夜除空我、志山、笠诗、木斋、灵犀为素识外，得晤袁帅南先生。帅南为袁伯夔先生令侄，伯夔先生文章宗伯，克传其业者，特一帅南，笠诗谓帅南别署沧州，谱词之美，直逼伯夔翁也。是夕，红棉之宴为盛席，并烟酒之属，所费殆三百金，耗主人多矣。席散已十一时，午夜，予独赴大华，晤绍华于此。

曩买《十八家诗钞》，为曾文公正选注，予读诗见解，往往与曾国藩相左，曾有以为好句者，予辄非之。予赏爱之句，又似非国藩所好。近读东坡七律，发现尤多，譬如"独自披榛寻履迹，最先犯晓过朱桥。"又如："栽种成荫十年事，仓黄欲买百金无。"其为必传之句，独怪曾文正公，乃不为密密加圈。

（1940年4月29日《小说日报》）

二十八日，夜饭于妗氏许。妗亦久病，比始稍稍痊。

颇不争气，又与之方约为宵游，而之方不践吾约，依然如故，是夜自七时半待其电话，至十一时半而音讯杳然，绍华来，伴之游舞场。

于屠门中，得见操业于此中人之留影百余幅，一妇人老矣！足小如莲钩，则亦文明戏老二之流也。图虽百余幅，而无一当意者，可知今日屠门有人才凋落之叹，汪家金妹，诚其尤矣。夜伯铭夫妇来，夫人能歌，生旦兼擅，隔室听之，咏杜子美"忽闻画阁秦筝逸，知是邻家赵女弹"之诗，自成妙拟。予与伯铭排武戏，伯铭飞一足，创吾腿，初不痛，屡舞之后，渐不可支，比归，搽红药水，幸能安睡。伯铭日日练武工，飞一足，仅能破羸弱书生之寸许腿皮耳。

买春季A字大香槟十金，如天怜我，得九万六千元，不想买汽车，不想住洋房，不想囤米，亦不想做好事，一半送与女人用，留一半做棺材本钱，他无所冀。

（1940年4月30日《小说日报》）

二十九日，江枫书来，为"连良特刊"征稿，又作二绝句报之，有"人间那有苍凉感，举世争夸一脉流"二语，前一语本为"人间不解苍凉美"，恐多误会，故为改易。

与兰亭、其俊、翼华，进茶点于沙利文，饮冰咖啡一杯，楼上列坐者皆西人，林庚白所谓"隔座杯盘吴越感"，到此方知此君之诗特工。归翼楼，晤瓢庵于此，瓢庵知穆公除痼癖，颇关念之，瓢庵与公虽初识，顾心契其人，谓其人得圣人忠恕之遗，而能笃于友道者也。

疲甚，之方宴邀于杏花楼，不往，大似女人之逞妒，则归为小憩，而素兰殊不在，予苟无吾母吾子，终无家庭之乐。今夜母氏以妗复病，故往外家，无已，抱幼子于床，逗为笑乐。归家而能遣散烦忧者，特吾幼子。十时，又诣翼楼，绍华夫妇来，兰亭本约看花，勿知如何，翼华终勿至，令人废然！

（1940年5月1日《小说日报》）

三十日，早起，谒良伯师于嘉定银行，为内弟轶民事，丐师为春堂判白，而春堂为车轮所创，卧于医院。座上晤坤伶碧玉花，将以吾师为介，入共舞台。碧身材殊适中，貌则微嫌瘦瘠，恐其扮相不能美。

午后，得祖夔先生书，将于星五设宴于其寓邸，招文友小饮。

雪英来，红裳而绿氅，艳丽逼人双目。见予曰：唐先生佳邪？客套之谈，出诸吴宫妙女之口，颇不动听。

蝉红又偕汪啸水来，啸水先生，近捧阎世善甚力，谓世善偃蹇久矣，故尽力为之延誉，亦人间不平之鸣也。

晚复偕绍华坐于大华，绍华旋去，予携林儿游伊文泰，逾二时而归。

（1940年5月3日《小说日报》）

五月一日，午时，与独鹤、顺元、耻痕、空我、剑侯诸先生同饭。途中值小红姊妹，赴慕尔堂就读，校门前又见汪妹妹与其妹汪小妹妹，亦上学，真良遇矣。

六时，笠诗、灵犀、培林、梯公、绍华、尔康、之方及予，为天厂居士洗尘,邀信芳、百岁两兄作陪,菜为绍华嘱雪园精制者,席则设于笠诗府上。旧时游侣,重聚一堂,亦快意事也。惟翼华病甚,不能至,殊用怅怅。

席散,与之方、笠诗同访木公,旋共诣舞场,招翠红与美英同坐,二时归,心震颤不能宁已。予近日似渐复健康,独怔忡之疾益甚,疑将以此自丧其身!

五月二日,午起,以电话抵林楣,相约游兆丰公园。春老矣!群花如烂,携手投眸,亦欲使闺中人毋负春华也。夜汪啸水先生招饭,座上得识阎世善君。

(1940年5月4日《小说日报》)

三日,阴云四结,不复似前者之晴暖。夜祖夔先生设宴于卡德路寓邸,偕之方、笠诗、灵犀三兄同往,至则吾师已先在,啼红、涤夷二兄后至。李氏家厨制膳之精,令人有易牙之叹。席散,返翼楼晤绍华,偕之入回力球场。之方几日日来此,渠谓十九皆获盈余,惟是夜独大负。归途折入大华,看雪英纵酒,酒后其语益柔腻可听,昧爽。大雨如倒,送林儿归去,此儿倨傲,弥逾往时,令人悯惘!抵家不能入梦,枕上读林庚白诗,至"意深积愤翻成厌,事往沉思或是魔"之句,辄觉不尽低回。顷间,祖夔先生深念庚白,颇不知林诗人之萍踪何寄?故似其诗所谓"投身骚乱独能闲"者,则正可整理其旧日所作,印《林庚白诗集》问世。以我所知,今世爱庚白诗者之众也。

(1940年5月5日《小说日报》)

四日,昨夜又魂梦不宁,今日起身故甚晏,下午治事既竟,又为小眠。夜饭后,赴更新看戏,盖啸水先生特招待予与灵犀、蝉红三人,看世善演《百草山》也。予赶早入座,得见马君武之《长坂坡》,《百草山》为全本《王大娘补缸》,一如《虹桥赠珠》之为神怪故事,因悟刀马旦戏,大半不脱神怪范围。今日予坐正厅,比上次离舞台较近,故见世善之扮相。世善扮相之美,微特当世刀马旦中,无出其右,即求之乾旦、坤旦中亦何尝有？打出手自多绝活，瓢庵常言，武旦之出手为应工，看武旦要看其文场，时则杨排风有之，不足言《百草山》矣。桂秋之《探母》，看至"出关"，喜其稳练，此君终时京匠，不必与流俗儿郎，争一日短长矣。

出更新后，无所之，入中国饭店欲买一室不可得，又入东亚，拟借旅家之室为遣长宵。春光老去，正不必销磨光阴于舞场中也！

（1940年5月6日《小说日报》）

五日，下午五时后，饮咖啡于光明，座上有鬓丝，胥为舞场之隽，一为钱雪英，一则刘美英也。雪英自兆丰花园来，小女儿爱惜春华，故于除春前一日，留其屐齿名园中，独美英嗜眠，欲游而勿获，用呼负负！

携林楣赴宴于平居，席上鸾凤双携，又晤凤蔚、效文、肇璜诸先生，倾谈甚快！九时送林儿入舞场，予乃赴东亚。

绍华兄以雪酿见贻，雪酿为雪园名产，市者尤赞瓦器制造之工，可以养花，可以盛膳，故哄雪酿者，恒兼市其器，立夏前后，倾销有供不应求之盛，而雪酿之名弥著。

中西药房之治疫药品，如功德水、药制白兰地、中时西疫水等，往年咸亏本出售，今岁以原料飞涨，一届夏令均将增价。吾弟次达来告，谓此项药品，如及早购办，犹得平价，因劝朋友之多钱者，买药物以施惠贫黎，比之捐法币与做好事机关，为有意义多矣。

（1940年5月7日《小说日报》）

六日，今日立夏。饭后重卧，起时已日落崦嵫，开始排《别窑》起霸身段；起霸虽难，为《别窑》身段之繁复者，正不止起霸一种也。或谓尝见白玉昆演《别窑》，不起霸而牵马上场，我果偷懒，可以标白派《别窑》矣。

夜一人赴大华，虽两日不至此，而时长似逾月。中宵，绍华偕嫂氏来，予复游伊文泰，向以为伊文泰之胜，可以靠沙发，而是夕客满，仅于酒柜前，踞一席地，意兴遂索然！

归后，乃获酣眠，忽梦与红儿游，其人秀艳如六年前，迥非今日之丰腴。十年来交识女人,惟红儿伺我能驯,天教其人以使我剔梦搏魂也!
(1940年5月8日《小说日报》)

七日,下午访友于一品香。
昔记予诗云:"喜听人言胜昔腴,一重浅白二重朱。情还可尼偏当夜,花尚初胎或是雏。枉遣斯民能惜字,肯将此爱论亲肤。刘家奴使唐家笔,明日文章满海堧。"诗固不甚健全,然去年所作,似今日之征信者,倘亦天灵地鬼之所使欤?予固一再诵之,予诗侥幸而能传之后世,后世读吾诗,不将嗤之以鼻曰:唐君大胆论诗,即此一律,亦不过拾王彦泓之唾余耳。

(1940年5月9日《小说日报》)

八日,惫不可支,傍晚又卧,九时始起。兰亭邀吃宵夜,赴其寓,合小股与元声,为看花之戏,凌晨始返。
儿子放学时,阿哲忽迟归,迎之路上,亦不见,遣艺儿赴校中觅之,则良在,盖放学之后,儿犹戏于教室也,辄严颜谴其胡不早返?劳家人盼望。儿则曰:戏于校中非戏于通衢,盼望奚如者?阿哲性最钝,进食慢,行路亦慢。一日,送其上学,教其捷行,旋又大悔,苟其捷行,易虞倾覆,则予亦胡安?嗟夫!人到中年,惟致爱惜之诚于儿曹,矧阿哲为予钟爱,每闻其兄归,而哲儿尚不见,辄戚戚若有所失!以此意语之吾儿,儿勿喻也!

(1940年5月10日《小说日报》)

九日,上午竟未成眠,下午绍华以电话促予往,与竹影为铲麻将。六时与林儿饮于咖啡座上,夜复同餐。
予殆作一狂暴之事,欺一人而可以使人趋绝境者,虽百糜吾躬,无以赎其罪戾,清夜思量,悔愤交集,吾心遂震荡匆已。今日之寝不可安席,食不能辨味者,胥缘是也。不祥之人,天忽宠以痴福,消受匆当,酿为奇祸。一生不识忧愁,而今日之事,内疚最深,计惟自僇,将不足以谢故人知爱之雅！

义务戏势在必唱,距上台之期,不过十日,予之戏码,已定《别窑》与《戏凤》。《别窑》如美云在沪,烦渠来配。《戏凤》则烦之王兰芳先生,兰芳亦艺坛宗匠,得俪一剧,宁非殊荣?

(1940年5月11日《小说日报》)

十日,午后,遂耕兄来,谓予尪瘵特甚,揽镜自照,果形销骨立,甚矣,重忧繁虑之贼人心力也!

先后三次以电话致彼人,而都无可告语者,精神上之痛苦,至无可自解。老三来,遂与笠诗、尔康诸兄夜饭于大西洋,进铁排鲥鱼一、干炸童子鸡半,鲥鱼不甚好,惟全必多浓汤,乃至适口。饭后,老三赴百乐门,予与笠诗返卡尔登,时大雨如注,既无聊赖,看信芳"借箭"、"打盖"两场,声容并茂,真绝唱也,旋即归去。

(1940年5月12日《小说日报》)

十一日,义务戏忽然改戏码将唱"探母"、"盗令"、"出关见娘",以予演"出关见娘"之四郎,唱工诚不如"坐宫"之多,然快板之繁,二六之费事,予又胡堪胜任?然避艰巨决非英雄,主持人使我如何唱,我如何唱耳。

读戏词,请文甫说戏,傍晚坐于大新。七时后,林楣亦至。将九时,始饭于天香楼,吃醋鱼不得,而吃鲥鱼,味亦殊美。

与老三夜坐于大华,人多,场内热气蒸人,予复重衣,竟不耐,始迁地与林儿为夜话,归且天明。

玖君作《报人外史》,乃及鳜生,写鳜生事而以英雄病为中心题材,真谑而且虐矣。惟今日一文,读之最感动,作者似颇憾生之征逐欢场,未能秉亡舅遗训,使舅氏不堪瞑目于重泉。此君子爱人之道也,鳜生无状,宁不拜嘉?平时与作者过往较疏,相知不致云深,作者之述鳜生者,亦容有稍违事实,惟作者文笔之新奇,凤所钦服。人言文章自有程式,文有法,诗有律,固不可率尔操觚,第以我观之,文章于程式以外,能别辟蹊途,亦未尝不美。玖君之笔,所以引人入胜者,在能别辟蹊途耳。譬如与老媪谈,人且厌其喋喋。玖君笔下,恒多三复之言,而读者转喜其有剥茧抽丝、层层不穷之妙,此境不易造也。他如虚字之用得奥,现成名词之用得奇,皆足使人诧为意想不到。钓徒之丧,作者为一文记其生平,谥之曰"一字平肩王",词锋泼辣,乃不可及。凡此宏绩,玖君讵非报人之奇才,世固有《报人外史》一书之传,不可忽略此君也。为代赘数语,以志钦迟!

(1940年5月13日《小说日报》)

十二日,午后,尔康以电话来,遂与绍华、翼华为雀戏。尔康打牌奇缓,似高年之妇,八圈庄费四五小时,局上有性急如栔公者,早离席矣。旋同饭于聚昌馆,翼华点糖醋带鱼与生煸草头,以聚昌馆比湖州馆子,被兰亭知之,不将詈为"假老乱"邪?惟荤油烧咸菜炒百叶为最美。既归,复为花局,挖四圈,前二圈牌风颇顺,以下稍替。中宵,翼华归去吃药,予与尔康、绍华游于博宅,各携鬓丝。尔康为大东董竹英,负盛名,尔康至此,宅中人奉为上宾,打番摊,渠二人俱谙此,予独茫然。博已,憩于经理室中良久。经理室奇偪仄,坐六七人,济济盈屋矣,顾窗,凉风入牖,神意俱苏,杂以谈笑,亦能忘倦。

(1940年5月14日《小说日报》)

十三日,夜遂耕兄招宴于徐德兴,凡三席,一席皆文友,二席则多阛阓胜流。晤方液仙先生,祖模先生指予而告方先生曰:有广告请付之唐某。具见老辈对于后生关怀之切。其实予不吃广告饭,偶与广告有缘,亦不过一年一度,寒儒无状,求惠人前,语之殊增人惭恧也。惟念吃广告饭,实胜于捏笔杆,以获利良丰,苟市廛名流如李先生者,能为我取中国国货公司、中国家庭化学工业社,及太平保险公司之长年报纸广告,以付托不才,则予且投袂以起,创一广告公司矣。惟以予十年来吃报馆饭之阅历,深知方液仙先生主持下之实业,初不借广告,以推展其经营,以迄今日,尚如此,故不才之期望乃绝微。惟祖模先生,近方任太平保险公司总理，以太平规模之巨，成绩之优，果着力于广告宣传，他日更多奇绩，若李先生以此役委之不才，或亦不才发轫之机已至。一介贫儒，得不致偃蹇终身者，惟李先生是恃矣。

中宵，又餐于翼华家，座上有百岁、信芳、兰亭、元声、金奎、绍华、其俊诸兄。二时，偕绍华坐于大华，旋去而之伊文泰，两只×跑来跑去，倒尽胃口。比雪娘来，始悟"人生快意眼前红"之诗，为最妙也！

（1940年5月15日《小说日报》）

十四日，终日大雨如潮，下午以一电话，遽触彼人之怒，竟欲割席，不得已，丐灵犀为之缓颊。久不登社报之楼，因此于下午三时往，待至六时复临雨至南京咖啡馆，进晚餐于此。自此而诣城北之庐，违蝉虹兄嫂，亦既久矣，乃得邑谈。十时后同灵犀之舞场，招彼人来坐，夜半，惘惘归去。念向来所得之安慰，要不足抵今日之烦恼，予心脏与神经，两俱衰弱，将不堪为儿女之情，更被刺戟，不然者，吾命将日促，苟不为彼人亦负病，予且即日脂车，了无遗憾！

元声邀宴于亨利路，阻以此累，竟不果行。

（1940年5月16日《小说日报》）

十五日，闻翼华病甚，怀念不可释。下午，坐于光明咖啡馆，遇木公，又遇之方，不图恒时游侣，相集于此，亦可喜事也。九时，悒悒返卡尔登，重子来，遂同游沪西，归憩于沧洲。

今夜又不成眠，心灵荡匆已，迷梦中醒回，自惊曰：我终死于心脏病，以今日医药费用之繁，此病又乌易治？黄山谷所谓青山好去，今则并青山亦不能去，苟非乱离，我且别上海返故乡，弃一切事于不闻不问，宅吾心于渺渺之乡，或疾可自已。嗟夫！念哀乐中年之语，不自禁其吾泪之堕于襟上也。

（1940年5月17日《小说日报》）

十六日，翼华病胃，不能起床，午后往视之，则强疾将至戏馆，谓作痛已两夜,体不可支,面色亦憔悴逾恒时。

《别窑》之起霸,昨已学完,笠诗来,请试演,则曰:全身都羊。予谓速成科之出品,不过如此。

晚饭于复盛居,座有林儿,既竟,偕二姚坐小舞场,邦公来,特为邕谈,自小舞场折至大华,独坐一桌,午夜,始至伊文泰,黎明乃返。

晨间阿母呼予醒,谓妗氏煮黄鱼,令予往饭。舅父生时,嗜此味,谓出之妗氏手最可口,今日妗告予曰:谓此鱼亦已过火候。当时若舅喜吃者,正以能过火耳。予遂捧甄而食,不敢顾舅父遗容,虑触妗氏悲怀也。

（1940年5月18日《小说日报》）

十七日,义务戏已决定星四上演,翼华为主持人,病不能起,今日又未晤琴师,吊嗓说戏,复荒废一日。看来要在临上台前,学起来矣。

晚慕老招饭于其寓邸,到者咸至友,严大生先生亦来,席上双携者,特予与红鲤。之方约合作一简寄张文娟。

十时后,重子迟予于翼楼,亟往晤,并游大华,之方亦在,与此君形迹久疏,忽共兹游,正复大乐。旋起去,则诣博窟,亦少驻而已。馑甚,又餐于舞宫,脾胃顿不舒,则进龙虎人丹。少顷,又如生龙活虎,至黎明甫归去。

（1940年5月19日《小说日报》）

十八日,元龙、筱珊二先生,为说起霸后之上马身段,早知如此繁复,此戏决不要唱。且予平时,最不爱《别窑》一剧,梯公赠信芳联云:"百口僭称萧相国,万人争看薛将军。"此两剧胥非予所爱赏,而薛将军为尤矣。不知何以一时迷惘,竟习此剧,言之亦自笑荒唐矣。兰芳以天厂之烦,将与文魁演《阴阳河》,而予戏遂烦素雯。

晚访木公于其寓邸,十一时,始相偕坐舞场。旋之方与绍华俱至。座上,木公招胡燕燕侍坐,自中宵直至天明,木公以兴致好,故纵酒,酒复逾量,遂大醉,豪情胜概,又是三年前在维也纳辰光矣。惟燕燕初非佳儿,使令翠红与燕燕并取者,予宁取翠红。是夜王玲玲亦来同坐,玲

81

玲颇美风仪,舞复至美,亦良会矣。

(1940年5月20日《小说日报》)

十九日,义戏明日将见海报,则势在必唱。登台之日为下星期四,距今不过三四日矣,因发奋请筱珊兄说戏,将分三段尽三日以习成之,夜梯维亦为排身段。

入夜病寒热,我犹往视林儿,闻其亦不得佳眠,劝早返,不肯,陪其出游,亦不允,遂惘然归去,念此儿终无热情,余亦何慰?

叔范兄自故乡来,粪翁明日为其洗尘,嘱予为陪。枕上读《别窑》戏词,而体热如炙,卷重衾为眠,亦无汗渍,明日不痊,将就医生。

(1940年5月21日《小说日报》)

二十日,今日犹未痊,下午济群来,请立一方,济群谓:早睡早起,善节其躬,以脉象殊勿佳也。赴翼楼,仍烦筱珊兄为说《别窑》,越说越上心事,今日《新》《申》两报之广告中,已列戏码,故尤惶急!傍晚以彼人亦病,特往省视,病象甚显,为之忧心如捣!同饭于妆阁间,及起去,应粪翁之约,往晤叔范,叔范谓大郎似丰腴,而少年如昔,忧患余生,不图故人复以此噢我也。培林令我于登台前,先试一试靠,以靠在身上,奇重,患我体羸,将不胜其困,若台上之一无是处,则不去管他矣。酒阑,共诣一瞽者,谈命,先算我,谓我须再娶一妇,而恐失一子,愚第两子,皆钟爱,不可少其一,因念命真不必算,颇悔此一行。中宵复往视彼人,顾予亦病甚,为风所袭,竟体皆寒。

今日午时,素兰与吾妹哄于室,予为惊醒。二人互骂,骂得我绝无罩势,此真不祥之朕,予厌恶家庭,至此益甚!吃五十元一担米而致力于寻相骂,此女人之所以终为女人也!

(1940年5月22日《小说日报》)

二十一日,病犹未除,下午不得勉起排身段,此次之唱砸,为意中事矣。

天厂来,约尔康为看花之戏,灵犀闻予有此闲情胜概,大异,特来视我,谓他人咸为汝担心事,恐上不去,汝奈何犹入博局?予莞尔曰:既预备唱砸,要他人为我担忧何事者?

夜与灵犀谈于城北楼上,未几林儿来,遂为雀戏,予不堪入局,坐看至天将黎明。

(1940年5月23日《小说日报》)

廿二日,病犹不已,下午诣屠企华医师为小谈。抵翼楼,从箱口借一身靠,着在身上,又用两纱网巾,戴夫子盔,排演一次,汗出如浆,而几至晕厥!林媚来,陪之夜饭于光明,怨诽之声,不绝于口,予实肇之。今夜为阿媛生日,邀予往饭,以林儿不肯同行,故亦未往。夜绍华来,因同游大华,羸弱至此,犹嬉游无度,直使朋友为我担忧。在舞座间,遘灵犀、之方诸兄,渠等咸在桐韵家吃饭来者。中宵,送林儿归去,怅怅曰:烦恼从此多矣!

(1940年5月24日《小说日报》)

廿三日,今日病益甚。起身后,手颤不能成言,念今日何可上台?三时后,强步至卡尔登,惟有偃卧,头上烧不已,友人亦为我担心,予亦忧急。然至九时,终强起扮戏,十时且在台上,既至台上,病若失,惟是剧以匆匆说成,亦不及响排,故台上之荒唐,尤甚于往昔,真不足为训也。

友人以我登台,买座捧场者綦众,如元声、世昌、元龙、筱珊、灵犀、之方、培林诸兄,而兰亭、其俊、江枫诸子,亦舍公事来观吾剧,深感故人情谊之重,滋可念也。

散戏后,之方忽约予同游,受此宠幸,我何敢辞?因同坐于伊文泰,各携一侣,予挈林儿,之方则招爱丽。近来看爱丽作风,益似钱雪英,亦可喜娘哉?

(1940年5月25日《小说日报》)

廿四日，昨日台上竟体流汗后，今日身体果清快，但至夜间又寒热，乃知吾病之不可忽视，明日当速医者。

使家人稍整吾室，墙隅洒强且灵殆遍。强且灵为一种香水，名医师孙克锦君发明，可以杀诸虫百毒，木虱尤视为大敌。

晚晤玲珠新婿颖川生，生亦恂恂，乃知玲珠之归宿殊不恶，良可慰也。返翼楼看花，历八圈庄，头胀欲裂。今夜之花有买子，输足可三百金，同局如克仁、尔康，皆以营舞业而发财，吾家不养一个讨人，输了我真无名堂，下次宜有戒心！

一时后归，朋友咸劝我勿熬夜，而我又熬夜，予直自戕其躬，归后，复体热如炙，拥衾卧，苦不堪言状，"千金尽买群花笑，一病才征结发情"。卧后，念亡妇月华不已。

（1940年5月26日《小说日报》）

二十五日，上午又速济公来诊病，授一方，服药二煎。下午赴翼楼小坐，疲不可支，乃又归去，拥衾偃卧。二小时而醒，闻贴邻死一人，四日前，夜半起身如厕于巷内，及返室，口忽喑，至死未尝一语，亦奇疾也。

十时进薄粥，买新龙井茶叶吃，更卧，汗出如浆，阿母忧吾疾，嘱我宜从事医药，勿忽视。素兰犹外出，午夜始归。诵简斋诗，悼念亡妻，辄为肠断！从知欢场女子，大半不宜人室家，其为少艾，犹可说，如素兰之老去风华，而奔突如此，置吾病于不顾，是不可恕。明日拟买旅家一室，为休养之地，盖今日之家，苟无吾母，亦等之传舍耳。心头愤懑，遂不成眠，起身为灵犀治文二、诗一首，至天明五时，犹未成梦。

（1940年5月27日《小说日报》）

二十六日，似稍健复，又不耐家居，诣翼楼，偕梯公、笠诗入花局，局将终，适林儿来，携之赴绿舫夜饭。

灵犀邀叔范、粪翁、空我、涤夷、唐云诸兄，饮于寓邸，因驰往一晤。济公曾来视吾疾，留一纸，劝予续服一剂，并戒予游乐，故人情重，滋可感也。

兰亭招予吃宵夜于其家，因病固辞，则小坐大华，旋又归去。

蝉虹兄家，忽得一电话，称樊良伯先生打来，谓有友人新制灯泡，托樊氏代为推销，因欲送一打至徐家。蝉虹审电话中人，非樊氏，则知其诈也，佯许之，及送出，然后设词揭其伪。沪上此种诈术最为普通，以良伯师今日地位之崇隆，托名招摇者尤众，师故遍告亲友，勿受其人之欺可也。

（1940年5月28日《小说日报》）

二十七日，今日寒热已减，顾困罢如废，上午良伯师以电话来问疾，意厚情深，感念不尽。

晚又归家偃卧，然勿能入梦。八时后又起坐，欲出门，患过耗精力，勿宜病体，以势觇之，余病将如济公所谓淹缠时日，果尔则奈何！

前晚作一诗，刊之《社报》，首句云"遂教灯火笑恹恹"，乃排为"遂教放火笑恹恹"，如何有"放火"两字，为之失笑。

海生引筱兰芬、梁小鸾来拜客，予未御镜，将老花眼，看梁美人乃与吴氏素秋，有虎贲中郎之似，扮相之美，可以见矣。

（1940年5月29日《小说日报》）

二十八日，为恶梦所惊，醒时已午膳陈矣，匆匆起，诣医生许，旋复坐彼人妆阁。近来妙躬稍复，故心境亦愉悦，可喜也。傍晚谈于木公府上，困甚，亦即辞归，不能再动弹。予似忧吾病将日深，近来故能节游乐，重以医者嘱，盖不敢逾越！

昔日诗云"满身香雾近人时"，今人亦有"香雾离离欲近身"之句，是皆描写衣香者。昔日之衣香，用熏香法，今人则于襟袖间遍洒香水。近顷中西药房，乃发明用肥皂洗衣，而能留香不散，是则用中西将近发行之星光肥皂矣。星光肥皂之质地透明，香味雅静，用以浣衣，不特垢秽尽除，而留香馥郁，其雅韵正不让古人之熏衣。中西既重视其出品，因为制标语十四字云："星光肥皂亮晶晶，汰之衣裳香喷喷。"盖将与明星香水之越陈越香，为国内外商场，传其佳话焉。

（1940年5月30日《小说日报》）

二十九日,病象益著。近来寒热虽祛,而虚弱之状,似不可支撑,揽镜自照,容光都敛,此皆熬夜熬出来的毛病,自后不可宵游矣。

晚九时,与子佩坐于南京咖啡馆,子佩劝予,要予后此行事,宜稍稍改变作风,勿渲染嬉游之役,而用比较有裨于社会家国者,写以风趣之笔,使读者仍勿感其苦闷。子佩之意甚美,其能关切故人前途,尤为感奋!

十一时即归去,欲眠不得,将一时,又起,往觅灵犀,方雀戏于芳庐,座上有鬈丝,则姚斐斐与扈三娘,是为卡乐舞人。比返,闻有人以电话来,为之不可寻梦。

(1940年5月31日《小说日报》)

三十日,午时起身,甫如厕,突有恶徒以电话来,谓予在报纸上骂人,将勿利于我。报上骂人,近来不过对华安公司之设施,深致不满,故此电话之来,其为华安中人所为必也。以流氓摆华容道式之一个电话,而欲慑服予之笔上锋芒者,真视予为酥桃子矣。华安公司,自有熟人,电话之来,为熟人所指使,亦可断定,因记此事于他报。及晚忽有人斡旋,他报乃将"华安"字样,改为××,卖一方面面子,而使写作者之招牌砍尽。事至今日,乃悟惟执笔人最不值钱,此粪翁之所以为群狗欺也。用是益兴伤颠之感,光起火来,穷爷凑几个钱办一张报,自己做老板,自己当编辑,或可比较来得自由!

今日体益困弱,十三年前之大病,将重作于今日,为之忧心如捣,夜小憩于旅家。

(1940年6月1日《小说日报》)

三十一日暖甚,今日似稍健复,天亦似垂悯穷儒,不欲使大郎久困病魔中也。得一诗,有偶语绝可念,其词云:"浓欢所泌皆成怨,小病能劳亦是雄。"后一句尤美!

晚饮于三泰成,座上有空我、老铁、培林、叔范、灵犀、师诚、涤夷诸兄。旋访兰亭于黄金,看连良后半段之《雪杯圆》,此次看连良,其人似较以前为长大,别无感觉。

集于城北之楼,今夜,上海举行"日光节约运动",十二时将钟点,拨快一小时。想来想去,与我起居,绝无利弊。

(1940年6月2日《小说日报》)

六月一日,乍醒,绍华以电话来,复以车迓予赴雪园午饭,则亦为某事而作鲁仲连也。昨日日记中有"群狗"二字,不图引起老友之误会,此而不能见谅于故人,直欲逼予无饭吃矣,为之懊恨欲绝!

下午林儿来,及夜又同饭雪园,座上有绍华夫妇。子佩兄来,亦为予为曩时之电话解释者,偶着闲墨,重劳吾友,感情弥可感也。夜诣大华,冷气盘蒸,几不可耐,勿欲久留,故早归,然亦逾宵禁时矣。

明日孤鹰又排《寄生草》于卡尔登,如能早起,必欲参加。《寄生草》中,桑弧为予添一角,台词亦为桑弧所编,不弃下愚,令人感奋!

(1940年6月3日《小说日报》)

二日,上午幼祥兄以电话来,良伯师亦以电话来,俱为我曩日之电话而解释者,可知彼方托人之广。其实予以木斋、绍华两先生之调停,早已搁吾笔,而彼方犹喋喋不休,是直认予为半吊子矣。认予为半吊子,无足怪,其不以木斋、绍华之一言为重,则尤不近情理,故我得幼祥兄与良伯师电话后,又为之勿悦久之。

起身已迟,赶赴卡尔登时,《寄生草》已排竣,惟桑弧、梯公与导演朱端钧先生,方议将来演出事,因得与诸君畅谈。夜天厂、灵犀来,因同就花局,宵禁时始葳事。比归,乃与灵犀为宵谈,灵犀又嗟失意,横于清河之榻,而书空咄咄,以此人而堕情网,自为苦事。予常谓予与听潮,一有钱,便去将鸦片抽上瘾,抽成为十足之老枪,一日到夜,只知抽烟不知有女人。盖鸦片与女人,得一为贼害青春之物,非鸦片足以泯灭性灵,使人浑浑噩噩而死,若夫女人,则致人以痛苦而死,死尤可怜矣。

(1940年6月4日《小说日报》)

三日，午饭后之方亦以电话来，亦为某事作调解者，尤不快，因通知绍华，谓今日之事，是我唐某人半吊子，还是彼方勿写意，如此"逢人说项"，直使我难堪，更呶呶不休者，予亦将不顾亲情友谊矣。

与天厂、翼华，谈于黄桂秋先生许，座上贻白兄，及素雯妹，更有一陈小姐，为伶工陈月楼之弱息，将从桂秋习歌，其人外貌似非纤腻，而肌肉极丰盈，望之神越。

又小坐于彼人妆阁间，约予晚餐，竟未往。比归，又疲不能支，偃卧于翼楼上，将至宵禁，始归去。复憩于城北之楼，困益甚，辄就寝。未几，腹痛甚剧，亟起坐，而曙色满窗下矣。

（1940年6月5日《小说日报》）

四日，昨夜自得佳眠，顾今日复惫甚，乃知吾病之不易尽除。下午就诊于屠企华医生，为洁尿道。被困于此症者既久，而予忽视之，以今而观，则此疾正足以阻碍健康。企华屡欲为予根除，予以荒懒，不果诊，殊无以对良朋也。

得木斋先生一书，复为予三日怀素楼一文，引起绝大误会。若干年来，栖迟沪上，得先生之盖覆者甚多，不图终以闲文浪墨，使故人勿能谅此微忱，实为遗憾，因报一书，为其判白。予迩时忧患迭乘，体复尪弱，今以此又萦扰心曲，为情盖弥可怜矣！

忽与福棠兄为深谈，此君亦深通世务，其言尤多隽永。夜偃卧于城北楼上，听播音，信芳、连良、盛兰合唱《群英会》，信芳尤劲。

（1940年6月6日《小说日报》）

五日，往岁，恒有人托书扇，奇懒，不能遽应，往往越年始缴件，且苦事也。今年故欲老一老面皮，订润例，丐龚翁为作小言，亦所以示限止，其为至好，当不在此例耳。

夜，方液仙、李康年二先生，设宴于厚德福，席上晤李氏诸先生，并良伯师。中宵十二时，天厂与翼华设宴于天主堂街，宴北伶马连良夫妇，陪客凡两席，以言名优，则有信芳、百岁、熙春、金奎；以言电影从业员,则有费穆与英茵;以言报人,则有木斋、灵犀;若当世名票,则有兰亭、绍华、江枫、元声、之方诸子。兰亭与元声,携夫人并至,席上闻其复病甚,良用系念。宴客之地,为法租界,不备宵行证者,遂不得行。席散,黄金系诸君,先引去,乃得与穆兄、之方、天厂、绍华、翼华、灵犀㘊谈,谈话中心,辄及予之唱戏。天厂最为谑弄,一再谓,后此大郎上台,海报但书名字,不必开码子,而观者自然云集,此在角儿,当年谭叫天有此,他人未尝比美,今日能继此遗韵者,特一大郎。而翼华则谓,大郎能剧可以搬至台上者,凡六出,苟使其一日演完之,不愁无空巷之盛。凡此调侃,皆不可听,独费先生勉予习《群英会》之周瑜,谓世人观剧,太同情刘备,太同情孔明,乃使舞台上之周瑜,不知形成一副什么样儿,安得有心人,为此少年都督,一翻旧案哉?

(1940年6月7日《小说日报》)

六日,晚以逸芬夫人自桂林来,与子佩、浩然、灵犀,宴之于光明咖啡馆,附来逸芬书,夫人谓:逸芬无事恒习写,审其书法,骨干弥雄。光明咖啡馆,其地方甚晦涩,坐久之,恒使人精神勿振。灵犀以此为言,予亟然之,顾春江情侣,恒视此为谈情论爱之场,颇不可解矣。

剑鸣倚醉来,约往其寓所看花,同局尚有森斋、翼华,自十时后开始,至三时蒇事。予既负病,目奇花,有一牌做庄,一对白皮五六,而将一只五六与梅花互搭,以为五六多张也,打五六于是遂开道,照例应合扑,告之同局人,同局人咸相谅,此牌终不和,然天牌敌,三四认而锦对,数之得一万三千二百道,若使合扑,此夕必大负。

翼华夫人短视,其镜达六百五十度,剑鸣夫人亦如之。予因疑二嫂于其所仰望而终身之良人者,其百体之中,必有一二体所望不清或看不真者,询之二兄俱为莞尔。

(1940年6月8日《小说日报》)

七日,午时,又有人以电话来,口气一似曩昔,今日接在吾手中,便不肯放过,则破口大骂,骂后复以电话致居间调解之某君,谓:"彼方恒谓吾于笔记中,恒悻悻然若有遗憾,愿彼方此举,又将何以自解?纵谓从中有人捣鬼,何以不先抑制此捣鬼之人?"吾疑莫释!

王家女过吾家,着竹布衫布鞋,铅华不染,既去欢场,宜有此打扮。予往岁与此儿舞,辄曰:我早欲谋归宿,又欲为人家妇也。当时已喜其志趣之不卑,今果如愿,良用欣慰。

晚与天厂、翼华、尔康入花局,为今年来所负最多之一日,术者令我五月勿为博弈,今旦验,翼华牌风好,赢甚多。是夕,晚报载绍兴灾情奇重,为之酸鼻,直欲倾囊。

中宵又坐于清河之榻,心头颇郁闷,进龙虎人丹七颗,旋解。

(1940年6月9日《小说日报》)

八日,今日起身较早,及午,赴妗氏家用膳。舅父之丧,距今盖百日矣,近来吾军屡复失地,足以慰舅父在天之灵者,特此而已。诚知幽魂所系,惟以家国为怀,故于祀拜时默告灵台,殆亦放翁诗意也!

眠未足,困甚,欲借清游,以遣郁塞情怀,顾未果,遂寝。夜间箫娘相约,挈之观剧于卡尔登。此儿既退隐,是夕,忽盛妆临我,着白色短氅,缀一紫红花,艳光弥越,而妙语如珠,犹若曩昔,可爱也。剧终,复尼予游伊文泰,予不可,委婉拒之,鯫生福薄,不欲以此繁琐,重累红颜,因徐步送之归去。将别,告之曰:他日苟有女伴同行,则宵游队里,正不可少一解语花如箫娘者耳。于是分袂。中宵,小坐大华,不及一小时,遂离去。

筱珊兄买双凤园粽子见贻。双凤园以市粽驰名沪上,位于派克路明星大戏院之邻,距我居密,恒时,固常买其粽以饷诸亲,叹为胜味。

(1940年6月10日《小说日报》)

九日,午时赴卡尔登,拟排《寄生草》,顾已不及,而赶得上吃饭,于是与素雯、培林、梯公、天厂同饭。六时复偕培林诣吉祥寺,飘儿和尚居于此,又晤普陀山之支圆和尚及方丈雪悟上人。支圆须发如银,而豪迈之概,似在壮年。是夜唐云、朱屺瞻、钱铸九三先生,设宴于此,三君皆以书画并驰名当世,自十一日至二十日,将合作举行展览会于大新画厅,意者,龚展之后,又将造成一时盛况矣。十时乃先归,偕翼华访一腻窟,主人亦知名海上。比方倦勤,我等去时,门庭乃殊冷落,非复往时有停车接毂之盛矣。

将至宵禁,独赴大华,以不耐冷坐,遂示逊。晨归,又惫不支矣。

(1940年6月11日《小说日报》)

十日,今日为旧俗重五节,忆舅父在陇时,有重五句云:"客里忘佳节,惊看柳插门。"江南人家,清明插杨柳于门首,重五则插菖蒲,而陇上则异,倘奇俗欤?今晨八时始就寝,将午,有女人以电话来,初为戏言,问我何人。曰:"我是你爹爹。"此种戏谑,在平时恒与一二舞人为之,不图电话为素琴打来,始大窘。予与素琴,本脱熟,今方远游归来,似当先有噢问,故谢过,继之乃问其体重如何,亦丰腴胜往昔否?

饭后过吾友居,室方闭,焚除毒之香,香未散,儿时旧梦,不图于柔乡中温之,此所以令垂暮英雄百感交萦矣。又与玲儿新婿颍川生谈,其人盹挚,惟谨厚之人,始足以俪玲儿,使玲儿之幸福乃无缺。

又为绍兴人嬲去看花,造成今年来未有之败绩,大怨。夜半,又为出游,怨益甚。不祥之人,便当偃伏楼中,谁令我流浪道途,自寻苦恼?

(1940年6月12日《小说日报》)

十一日午起,电话中又闻哼个老官之音,殆欲要我续昨日之局,拒之,峻拒之。周持平兄来吾家为小谈,颍川生复留我晚饭。

闻之人言,七姑居第,有王小姐者,其作风似往昔之韩氏云珍,见其人,则客岁之秋。予固尝携之入帷者,貌中人,而妖冶不可方物,头伏枕上,则腻语如连珠,所谓高年叟、静行僧,当之亦能骨痒神酥也。春间,与吾友憩于汪家,又见之,吾友谓:其人擅口角春风之技。始大懊丧,惟此中之技术人员,今益凋零,王如苍头之突起,故名贵。嗟夫!承恩不在貌,不貌亦足以承恩者,王小姐是也。

既归,困乏如败斗之鸡,而胸间复闷痛,辄偃卧。身病之神,伺隙来侵者久矣,予殆终为病困!

(1940年6月13日《小说日报》)

十二日,忽得温馨之梦,梦中似携吾友归乡,营矮屋三椽,时在初冬,朝阳匝地,而景物萧然。顾梦时之情景乃至愉快,醒时,朝光已满吾榻,问时计,将抵午矣。尝有记梦之诗,似云:"却被前邨痴子笑,美人未合隐青山。"终为不祥之谶。今日之梦,得毋类似,故又成一律以付听潮。

下午参观唐云、朱屺瞻、钱铸九三先生之书画合展。画最多,书则寥寥可数。朱、钱合作之《雁荡竹涧》,为巨幅,气势尤雄,为之徘徊不忍去。唐画有一图,题句颇可诵,如云:"此老行藏何太迂?不甘朝市钓江湖。江湖今亦征渔税,幻个渔舟入画图。"殆亦亡友尘无诗所谓"若非湖亦税,我欲老于蓑"之遗意也!

吾躬复至恧,终日又为闲愁所困,心绪至为恶劣。夜与翼华、之方小坐于百乐门,惘惘不知所见。中宵又坐于大华,归后神志犹勿宁,心复震跃不止。素兰审吾苦,则以闲情胜概,奈何亦足以病吾大郎者?其言虽讽,而语气真诚,为之泪下。

(1940年6月14日《小说日报》)

十三日夜眠不宁,今日乃就医,医亦以我嬉游无度,不可不戒。午后七时偕笠诗、翼华赴鹤云宴,座上得晤陆洁、费穆、英茵。英茵御布服,亦不染铅华,比熙春来,则为浓妆。熙春近似丰腴,视其肌肉,乃生美感。席终,又游大都会,不为一舞,惟觉无聊,因匆匆返卡尔登。中宵百岁又设宴其家,为某居士洗尘,同席则有木斋、翼华、信芳、绍华、熙春诸子,为深谈,自十二时至四时半,犹不嫌倦。信芳谈梨园故事尤多,此君之精神高贵可知。居士所谈,胥上海舞台中事,听其言,譬如读一部二十年上海歌场回忆录。木公谓某君困于沪上,将归,不得川资,吾友有代为劝募者,立一折,折至木公手,视其上,有鲍小姐一金,问鲍小姐何人?则谓大华舞人鲍金花也。木公以某为文士,正不必乞援于舞榭娇雌,而斫风雅招牌。吾友乃谓,一日于舞座间陈此折,而金花见之,必欲投一金,当时但佩其柔肠侠骨,为风尘中人所罕见,初未尝顾虑及此耳。

闻其俊已离医院,欣慰不已!
(1940年6月15日《小说日报》)

十四日阴雨,黄梅之象已现。今日病益加甚,胸臆如压重石,呼吸急促,而痛闷不可支。稿事既竟,辄就眠,终日未尝出门。

得李祖夔先生赐书,嘱代办《说日》所刊之谭诗全集,先生谓《说日》无日不读,而谭诗亦无日不读。愚近来亦时读谭诗,二十节,天乙先生记谭先生之《归来一律》云:"归来事事都依旧,但觉奔年去不归。褓袄诸婴头已草,阶除老卒鬓成斑。明知俯仰过千劫,稍喜浮生得半闲。犹有训檐微笑在,孤桐丛桂各苍颜。"按此诗予昔尝熟读,似在七八年前,上海所印之某刊物,记先生此作,用锌板铸其真迹,惟与天乙所录者,微有出入。如四句之"鬓"成"斑","成"为"余"字,五句则为"情知转瞬同予劫",而末句为"高梧丛桂各苍颜",并非"孤桐",因记于此。祖夔先生与延闾为故交,不审亦能忆其原作否?

夜十时又醒,不复成眠,吃力如故。明日梦云邀去播音,患不可能矣,奈何!
(1940年6月16日《小说日报》)

十五日,昨夜亡精贼锐,今日困顿益甚。剑鸣闻吾病,特来省视,胜于季康子馈药情矣,颇感其高谊。

下午复就诊,我病太繁复,疗治之法,正如千头万绪,无从着手,惟第一事当为休养。购货公司播音,遂未去,知老友如梦云、子佩二兄,必责我不义,然疲乏至此,亦惟老友矜怜。今日病势,似益增加,写三四百字,不能再续,遂下卧,憩二十分钟,更执笔,困苦殊深。

夜听无线电,梦云以我不去,大骂。局促斗室中,不能还詈,亦无从伸述理由,计当时欲止吾友之谤,除非打一电话至九二三三四,托其向

93

中法药房代买强心针,谓我自己要用,使电台上人,知大郎果病不能兴也!病榻上听吾友唱戏,嗓亦痒,则引吭一歌,声乍发,遽为床头人所止,虑高歌易伤心气也。兰亭此夕,又太辛苦,绍基亦频频歌,梦云报告,有语无伦次之妙。是时窗外方微雨,窗半启,雨丝被我发,发润,疑梦云说话时之唾沫,借"空气"之力,飞来榻上,为之失笑!

(1940年6月17日《小说日报》)

十六日,晨雨势甚骤,午起,将临餐,读《中美日报》印"张自忠将军殉国特辑",为之废箸,欷歔掩泣者良久!

翼华亦谈淋病不除,终为健康之累,日久,固不可避骨瘊炎之患,而其他疾苦,更易为之一一引起。尔康则异是说,谓生平患淋病达三十余次之多,今亦愈矣。其实尔康之所谓告愈,亦不过治标,若求治本,医药正未易为功。今世之医学家,未尝有人能断言淋症经治疗之后,即无余菌潜伏股体间矣。彼人亦违和,晚复访视其疾,则瘦影癯然,明日督之就医。

(1940年6月18日《小说日报》)

十七日,梦回时方上午九时,阳光满檐外,知今日晴明矣。下午,心如兄来谈,此君亦舞文之健笔,笔意恣肆,而能不落恒蹊。此灵犀所以叹小型报无后起人才,独舞文作者中,颇多才美之士,予则尤服心如。

病状殊无进步,医者谓:苟不速治,易酿成一种症象,则不忍言矣。忆林庚白有慰友人病诗,其语云:"安心一味药中圣,此意尤于病肺宜。但得金多心自逸,了知境好肺能医。经年不见惊消瘦,两世交亲费忖思。祝汝长春还寿母,高楼语笑似常时。"但求境好,不在金多,然此愿便不易致。予喜庚白诗,以其多着意之言,诗本身之功力无论焉。

小坐翼楼,不可支,复归寝,其狼狈可知。李嵩寿君将举行嘉礼,烦袁履登先生证婚,嘱余代请。今日丐森斋先容,明后日腰脚少健,当再躬访履公。

(1940年6月19日《小说日报》)

十八日,晨,复弟先读报,来告法国已降德,要求停战矣。向时不满为黄帝儿孙者,今当有异斯感矣,惟夜报以法国不能忍受德之和平条件,将继续抗战。欧局如何,予且不暇探索根原,惟愚民心理,闻一战字,但有感奋,不计其他!

下午与梁先生谈,梁亦舞场常客,以舞客与舞客,结为新知,宁非佳事。

夜子佩来翼楼为闲谈,剑鸣亦来,比归去,胸口之患弥甚,至于胁骨亦震痛。

(1940年6月20日《小说日报》)

十九日,病象犹未祛,然他人之见我者,乃谓无病,亦有讥予为传述之甚者。予病固自知,而病蒂之伏,亦由自造,未尝尤人,亦勿求他人之矜怜,则他人之言,殆殊浪费。

午,陈禾犀先生邀饭。是日,梁小鸾以父礼事陈先生,席上故有子褒先生。小鸾曾拜客造吾居,予目未御镜,见之勿清,此际乃得平视,亦复婉美天生。又见梦云,其喉咙盖似雌鸡之叫,报告时辛劳过甚,从此可知。

迟客于翼楼,既至,坐谈于阑干下,依依软语,此境良佳。

夜晤方液仙先生,先生饮方酣,知小蝶健饮,则与斗酒。既薄醉,方先生之风趣弥越,而其人耿耿之忠,尤为阛阓名流所罕觏。知予病,则慰问有加,其情意殷渥,一似前日祖夔先生之电话,乃知前辈爱人盛德,有足为末世风者矣。

(1940年6月21日《小说日报》)

二十日,午后又就医,惧怕医生必欲我病施手术,当其诊察时,吾心恒忡忡勿宁。

程八妹来,为言今夜周碧云登台时代,为台柱青衣。碧云念旧,特烦八妹寄声于我。予既不堪久坐,亦不耐闻歌,盖与云儿别二年,比日情怀,又非如往昔矣。

小憩于银行公会之沐浴室中,七时赴费穆兄宴,则又是上星期四之成都一局也。白蕉先生设宴于梅龙镇,遂不果往,良用怅怅。席散,同赴丽都稍坐,席上有人招汪秀英来。汪家小妹,风姿绰约,予刻骨倾心久矣,初接清谈,实为良会。是夜,天厂负醉往,兴甚豪,及醒,局亦终。十一时后,即归去。病后略知熬夜之非计,则谋早返,顾既返亦不获入梦,又为大苦。

(1940年6月22日《小说日报》)

二十一日,三时赴合众公司,看英茵摄王桂英剧照,晤朱石麟先生,为予介屠光启先生。屠先生演《葛嫩娘》之蔡如衡,蜚声于话剧界,今为合众饰演文素臣,又遘熙春于此。予之好游土山湾,正可以扑浊尘万斛也。春间挈林楣来,其时柳丝初碧,蚕豆花开,忽忽又三月矣。

得天厂先生一书,书法之遒媚,乃不可及。天厂为经商能手,而邃于国学,逸兴雅量,遂为海上名贾所无。昨日同憩于银行公会,予读一别字,辄为天厂所笑,因央其勿传于外人,不然,我文墨饭且勿获久吃,此盖"事业"上之秘密,宜为知己讳藏也。

夜与鹤云、翼华同饭于京华,朱霞飞与郁妃妃俱在,二人与鹤云竞酒,皆醉。予先归,渠等则游于阿凯第。

夜得世昌先生赐书,亦局不肖病状者,故人爱我,感涕欲零。

(1940年6月23日《小说日报》)

二十二日,起身绝早,而神气转不如昨日之好。午后与子佩兄谈于翼楼,三时赴复兴园,李嵩寿君结婚于此,赶来招待履登先生。袁先生三时半至,结缡逾四时矣,袁先生致颂词,能抓现成话,为宾众解颐。新娘貌甚美,予初发育时,不能看结婚,否则必性欲冲动,故十数年来,喜事人家,不大要去,第今日绝无所觉,可见近时痿缩之甚也!得此机会,与之方晤对者,约两小时,亦是宠幸。

王慧琴于后日结婚,今日来别我赴苏,因辞吾母。予昔赠慧琴诗云:"乡风故自习谦谦,江海深居礼教严。"乃知当时之谀吾王娘者,乃非过分。

夜迟之方不至,读《寄生草》剧本才一幕,困甚而止。病中欲如媿翁所谓"宅心于不思不虑,渺渺之乡,即一字一诗,亦不可入虑",真非易事!

(1940年6月24日《小说日报》)

二十三日,曀,风甚劲,入晚有微雨,气候转闷热。九时起,十一时后,往翼楼排《寄生草》,顾与演诸君咸未至,以电话询梯公,则昨日议决,今日停止一期,以不及通知与我,遂枉此一行。

下午与天厂、笠诗、梯公为叶子戏,不过一小时,予已困不能胜,以势觇之,吾病殆日趋严重,亦平生好色之报,复何言者?晚九时返,与灵犀谈于清河之榻。比日以来兄复纵酒,其心境亦愉悦,则谓《社报》有无数名流,为之执笔,使报纸印成,乃无一时不是以寓目者,故可喜也。盖惟趋重于文艺与趣味,今日小型报之责任尽矣。环顾报场,能泛刃而继《社报》之后者,但有《说日》,此法坛名宿,艺苑胜流,所以肯为二报竞纾妙绪矣。

(1940年6月25日《小说日报》)

廿四日,阴雨,闷热一如昨日。上午起身后,又不如前日之苏适,因又投医,比下午稿事既竣,复偃卧,败弱至此,念之惘然!

读中法大药房之招收新股之缘起,文笔颇湛练。以意度之,殆出沈禹钟先生腕底,若阛阓中人,无此妙绪也。中法创于光绪十六年,以所出之家用药品,在国内外倾销,故营业日见发达,二十八年度之营业总数,达二百八十万元,较之二十七年度,增出可百万元,则尤可见近年来之突飞猛进。今日欲致其更大之努力,谋事业之扩大,于是有招收新股之举。中法原有股本为六十万元,今欲增至为一百二十万元,此六十万元之新股,将使老股东优先认购,其不足者,将公诸社会,使有志于新药事业者,闻风兴起,纷来投资,其办法则有认股简章可以函索。中法自黄楚九先生谢宾客,擘划经营之责,归之许晓初先生,许先生且尽瘁其精力于此,于是中法如向日春花,欣欣展发。爰叙其招收新股之概略情形,以告读吾日记者,亦有乐为此干练之事业家,全其妙愿者乎?

(1940年6月26日《小说日报》)

二十五日,又阴雨终日。今日心跳复甚,未尝问医,将任病势之自然演进,遂未出门。素琴于傍晚以电话来,问予疾,又为予辞行,盖渠于明日又去港矣,谓如西贡隄岸之行不成,则留港半月,即将返沪,不然行期且以二月计矣。感其盛意,亦怜其辛苦,明日上午如能健步,当赴水埠送行。素琴之归,不过兼旬,渠既未来视我,我亦未曾一往临存,来去之间,惟通电话二次,第一次告其归来,第二次则为我辞行,缘悭一晤,想见亲疏之迥异于畴昔矣!

白蕉将举行个展于大新画厅,陈书、画、刻三种。白蕉治石,亦称妙手,惟以书名之盛,遂掩刻工之精耳。其治石之跋语,尤隽永耐读,报纸竞刊其题画之作,而不知刻跋之美。正复称是,用写数则,以纳吾日记中,跋"白发先生白文印"云:余年十余,发有斑白,忆十年前曾有句云:何郎自笑非衰飒,傅粉如何敷及发。壬申六月戏刻此印,不知者必以我为一颓然老人也。妙极!妙极!白蕉。跋"兴到为之白文方印为瓢上人"云:此为作家周錬霞女士隽语,今为若瓢大和尚刻之。和尚工写兰,兴到必有杰作,冀其兴常到而时为之,不知我懒也,庚辰三月云间白蕉。

(1940年6月27日《小说日报》)

二十六日,雨止。午后乃赴翼楼小坐,值费穆先生及英茵小姐于此,二君盖为吊嗓来也。予以匆匆往医寓,不及待琴师,故亦未得闻此当世影人之妙奏,良用负负!

信芳先生转来朱联馥先生请柬。朱先生自蜀中归,仓卒不暇为其洗尘,而先以佳餐飨我,我复以体困未往,惭歉之深,无以自解。小愈,当躬候老友起居,兼倾别来衷曲也。

北窗闲卧,忽筹妙念,自此苟节浪掷于欢场之钱,而买罂粟之粮,以遣此无聊岁月,则为策必善。盖痼癖既成,绮思随泯,一切之烦恼胥蠲,惟负一麻木之性灵,待死神之至,予既困于疾,苦念阿芙蓉或能稍舒吾苦。某夕,清河生以冷笼一筒饲我,神气俱振。嗟夫!世人之所以念兹在兹者,正有至理。予生福薄,今始悟道,不其迟欤?

(1940年6月28日《小说日报》)

二十七日,上午又就医,午后七时,乃照爱克司光,向之以为心脏有病者,今乃知不然,心脏虽不甚健康,然亦无大患,惟肺部略有损,今之透气嫌吃力,正以此故。疗治之法,惟注射补剂,而最要条件,尚须休养,切须早眠早起。盖吾躯亏损已甚,神经衰弱,亦达极点,在在宜力事摄养,不然,将不可收拾。自经此诊察,予怀稍放,缘目前胁骨作痛,不似医者所疑虑者之危险,至若珍养,当自我为之。今日舶来药品售价之昂,非寒薄病家,所能担负,故稍施医药后,即将停止,从此抛撇闲愁,亦不复荒于嬉戏,自贼其躯矣。夜梦云、毛羽二兄招宴,俱以此未往,意梦云在酒筵上,又欲大放厥词,报告席上诸君,谓:"唐某者,出去看病,坐电车,电车出轨,坐公共汽车,公共汽车翻身,既抵医院,医院门诊时间已过。"盖梦云请我播音,播音不到,请我吃饭,吃饭亦缺席,一再不受他抬举,故不免又有此一番牢骚矣,然乎?

(1940年6月29日《小说日报》)

二十八日,下午看《南国之春》于大上海,林楣盛称绝代佳人之妙,惟历时太长,乃不胜久坐,病中恐损腰背,不得不负此名作矣。吾足久不履影院,今忽来此,正如乡曲入城,辄为傍坐婵娟非笑。闷热,归家沐浴,通体皆爽。晚,凌剑鸣兄招宴于大华,济济者皆平时常晤诸友,兰亭亦在病中,谓:夏至节气,遂发老伤。疑吾病亦如此,三十许人,已负一本黄历在身上,良可笑已!剑鸣以上海啤酒两桶饷客,森斋、尧坤、小蝶诸君,辄为轰饮。"但愿清樽相对饮,斯人似月酒如泉",诵旧诗,不禁念征途中之金家大姊。吴正藩、凤昔醉两律师并周剑云先生招饭,座上皆胜流,如朱凤蔚、陈霆锐、严独鹤、余空我、唐世昌、姚肇第、丁慕琴、徐卓呆、程小青、范烟桥、平襟亚诸先生,或法苑贤才,或艺林名宿,凡四五十人,相违既久,得此机缘,乃得倾谈,近来快事,惟此一桩。

（1940年6月30日《小说日报》）

二十九日,连日仍不获酣眠,心意之恶劣可想。闻信芳之移风社将解组,卡尔登演期,不过十日矣,坐何因缘,则不可知。今日日戏,贴全本《打棍出箱》与《翠屏山》,故坐定了看二三小时,正恐以后之不易多见也。晚间与桑弧、笠诗并一舞人同餐于霞飞路,惟为西人所设,天热,移客座于后园树荫下,缀以繁炬,光气至为清朗。十时返卡尔登,予旧识珠儿,偕之同来者,为一夷服之翁,似其父,实其婿也。怅触前尘,为之痴立久之。珠儿貌绝艳,予年二十五,珠亦二十四,当时苟从一穷书生,相为苦守,必能葆其秀发之姿。今嫁一多财之叟,物质上之供养自丰,亦无烦虑,乃使其体态痴肥,当时媚韵,至今尽损。此多财之叟,所以为要不得。女儿所贵者,特有丰艳之容耳,与其处席丰履厚之境,而损其光容,无宁居贫贱而长葆玉貌,当时计不及此,今日之悔,为徒然矣！嗟夫！

（1940年7月1日《小说日报》）

六月三十日,昨夜早睡而不能入梦,因不能入梦而烦忧丛集,今日现象又勿佳,说话尤费力。上午得朱凤蔚先生书。凤公爱我,前日金星公司招待宴上遘之,人众,未及细谈,彼此咸引为憾事,因抵予书曰："兄近来面庞消瘦,但丰神益见清标,诸友劝兄节爱精神,屏绝夜游,弟意则以为人生行乐耳,以兄清狂玩世,苟无大病,正不必故事拘谨,以范性灵也。"自摄生之条件观之,则凤公见解,容有参差,然若衡以天付斯身,必狂放不检者,若一旦戢然就范,正如凤公所谓将掩其性灵,则凤公之言亦良是。固无论吾友识见之异,其拳拳于不肖之病则一,乌得勿为之感激流泪。下午又看信芳之《跑城》,赞叹不禁,愿移风社更存在十年,使予睹台上之信芳,得随时一豁眉头也。今日有一快事,与天厂打"客西诺",一牌予获全胜。闲时天厂以此自负,环顾扑坛,自推盟主,今睹其束手,中心之欢愉乃无量。与兰亭、其俊、元声诸兄饭于雪园,比返黄金,见连良《四进士》之第一场,旋为元声邀至楼上看花,毕四圈,匆匆别去,正当黄金散戏时也。

（1940年7月2日《小说日报》）

七月一日,昨夜又不获畅眠,顾得一诗情画意之梦,此妙境乃不可忘。

西南风甚大,吹来榻上,神气皆苏,涤夷兄送来《丁翔华遗作全集》,作品如何,姑不论,以一艺术家生平作品之集成,而册中亦欲列当世名流如虞洽卿诸人之大名,其思想之陋恶可见。集稿者何人？编辑者何人？要得执其掌打手心三百！

昔记中法药房添招股款事,谓自六十万益至一百二十万,据子佩兄告,则新股六十万,早已添齐,今欲自一百二十万,更增三十万为百五十万,此三十万新股,将待沪上人士有志新药事业者,得一投资机会,而使中法药房之前途,益宏远无际,与前记自有出入,用辨证于此。

归甚早,寝亦甚早,凉风吹大席,得悠然入梦。一月以来,以此眠为最熟。

（1940年7月3日《小说日报》）

二日,身心既困,神意复恶劣万状。午后铨弟来,弟为吾周家姑氏幼子,顷方卒业于中法学校高中部,戚里中之少年而志远者,惟此一人。吾母笃爱诸甥,德姊之殁,母哭之恸,今诸甥以饥驱去沪上,铨弟勤于读,不常省吾家。予故谓妗氏衰老,弟无事宜常来,汝家兄姊,胥离兹土,吾母见汝,亦能稍慰情怀也。弟中夜始去,余亦未尝出门。

晚江枫与继影二兄引毛世来、陈少霖、王仲臣三君来予家。世来昔尝见之,今次重来,躯干似不见长,而英爽犹昔,亦未尝以仆仆风尘,而损其神采,可爱也,逆知毛郎妙艺,其精进亦为必然之事。继影坚嘱为三君张扬,又限于次日见报,予性奇懒,亦不知随风生之快事,神行太保之健步,故今日始能报命,继影兄见之,不将笑不肖为不可教邪?

(1940年7月4日《小说日报》)

　　三日,下午点心,从前在翼楼叫牛奶土司吃,然在夏令,牛奶无论热饮冷饮,俱嫌太腻,因念中西药房之唯他乐麦乳精,宜于冷吃,既适口,亦滋补,胜于舶来品多矣,因置二罐,冲一盏,佐以蛋糕两方,最快朵颐。

　　晚与金二、笠诗、梯公闲谈,坐沿派克路之阳台上,风吹衣袂,肘腋生凉。去年此时,楼上排夕相晤之人物,如周剑云、陈楚绥、平襟亚、蔡肇璜诸先生,今俱星散。楚绥且久伏故乡,似已忘愚园路夜生活之美,而亦不复以沪上故人念也。

　　梯维为人仁爱,有言曰:今而后,当"生死系之"矣。予大笑,则曰:能系之则系之,若不可系,亦得挈然置之,必欲挟"好良心"而流转于欢场间,其心太苦,其结局必尤惨!故梯维之言可以听,不可以循也。

(1940年7月5日《小说日报》)

　　四日,又竟夕不能入眠。侵晨,急不可耐,因挈儿子入市,买点果腹。儿子以为阿翁之能兴若辈亲也,则狂喜。予驰骤欢场,不遑与家人尽天伦之乐,是亦何缘,乃得使吾儿与阿翁亲哉?

　　热甚,汗流通体,晚归沐浴,今日既缺睡,疲软不自胜。

　　中西药房送功德水一打,并藿香痧药香水两瓶,朥以明星扇六事。以功德水送人,乃为"有备无患之颂",中西之书,著此一语,乃觉其措词之婉转,令人可喜。藿香一物,故园庭除间生长殆遍,吾母撷之煮茶,谓可以祛暑,亦可以避疫。今中西所以制痧药水,浓香刺鼻,沁人心脾,闻此味,为之苦念田园不止。

　　今年未尝用扇,遍觅书笥,扇干完整者,竟不获其一,闻扇干亦大贵。往岁,水磨素扇骨,三四角可以易一件,今亦将近二金。吾友有蓄扇奇多者,将来亦一份好家产也。

(1940年7月6日《小说日报》)

五日,下午始往观白蕉先生个展,则距其闭幕才两日矣。白蕉见我至,喜甚,谓:迟大郎数日,而大郎今始止,闻大郎违和,又萦念勿已!此次白蕉所陈者,达四百余件,书最多,写兰次之,刻石较少。予于诸艺无所谙,特俊赏之间,以其能舒心悦目者,即是佳作。白蕉之书,白蕉之写兰,便是能舒心悦目者也,我又奚暇问书法如何好,写兰如何好哉?遇若瓢大师,为予治一篦,白蕉复为题其上,适鍊霞亦至,因即以此篦付之,丐其法绘。场中又晤陈小翠、冯文凤、吴青霞、谢月眉诸女士,咸驰誉于艺林者,若论貌,竟无一可□□□□求兼才貌之妇人实大难,而鍊霞毕竟婀娜,宜其有迥然不群之致矣。翼华亦参观,盖不约而同,以若瓢之介,翼华乃尽得四女士之墨宝,而偿以极廉之值。是日不见龚翁,更不见叔范,为之惘惘。

翼华病后,注肝精剂,予则注赐保命。翼华劝我亦打肝精,谓渠自注射以来,丹田之气已足,今且能吊完"骂殿"全出,特效如此。予则不想唱好戏,故丹田之气,纵不充盈,亦将置之。

十一时坐于大华,二十余日来,凡两至此,可见于欢场踪迹之疏,不及半小时,又引去。

(1940年7月7日《小说日报》)

六日,丁翔华先生尊人丁健行先生,抵书子佩,则为予前记《蜗牛居士全集》中,有名流之题字一言,有所辨正者,情词颇婉挚。想见老人之痛子情殷,弥可感动。予复无状,著此闲笔,重贻老人之戚,惶愧莫名。予当日见册中有虞先生题字,辄掩卷,比读健行先生书,亟知贤乔梓俱性情中人,则《蜗牛居士全集》中,必多可歌可兴之作,遂挑灯尽读之,果觉翔华先生谈艺之精,为不可及。天亦何忍,夺此才人!使生者悲惋不胜者,缓当述其诗词尤佳著,入吾谈诗之作中,使居士流风遗韵,传之弥广。先志数言,为健行先生谢,兼谢为全集纂稿之芮先生。

夜饭于功德林,后从木公登新都花园,坐大华,终止于百乐门,招杨梅妃同坐。杨在百乐门,推为翘楚,其人细而文,声调带磁性,能戟刺听者心灵,真美人也。未及一时,已归去,想见予之不禁为宵游矣。归后,果觉胸气不舒,殆为冷气所袭,弱不好弄,一至于此,奈何!奈何!

(1940年7月8日《小说日报》)

七日,治事既竟,取舅氏遗箧,往装池家请配扇骨,欲顺道往访灵犀,而江西路口,为铁网所阻,先生阁上,竟不获登,怅然而返!

晚偕灵犀小坐于清河之榻,市西瓜一、香蕉十茎、花红十数枚,费二金,群叹物值之昂。予则以为比之吃伊文泰清茶一盏,亦费二金者,又如何邪?顷之子佩来,子佩甚关切予事,令人心感。中宵又坐大华,而明姑先退,遂感无聊,亦即言旋。

龚翁个展凡五日,售价所得,几及万金。此次白蕉个展七日,则五千金,虽白蕉书名,未逮龚翁之盛,然说者谓"当口"亦两样。白蕉个展时,正值沪人投机失败之后,龚翁正在暴发户得意之秋,环境不同,故使二君之展览成绩,有参差也。

(1940年7月9日《小说日报》)

八日,晚木公设宴于功德林,座有瓢庵,此外鬟丝亦众,则皆舞国隽才,杨梅妃其尤也。自功德林至卡乐,自卡乐而又百乐门,自百乐门而又坐于大华,木公招翠红侍坐,未几一方来,细睹翠红,乃谓其人绝美,所谓风华盖代者,誉翠红乃无匆称,因称之为张盖代。以是论之,则乔金红为乔绝代矣。美英病,不胜久坐,遣之先归,时为午夜后二时。病后,不甚涉足欢场,近又来此,则见何奈凤忽较前秀发,其妹奈莺,更腾踔一时。曩谓何家姊妹,不致终伤摇落,今如此可见法眼之无虚也。

卡尔登在往年,以银幕之好,驰称沪上,本第一流电影院。十年前,海上消遣之地,惟卡尔登为人所艳称;有声电影初映于春申江岸,卡尔登亦第一流戏院,名片如《四大天王》,即在卡尔登放映者。近年既改演平剧,遂以放映电影为副业。今当歇夏,乃闻《天外天》续集之《大闹天宫》,又将初次放映于卡尔登之银幕上,遥知卡尔登将重振旧观,新老影迷之络绎于其门首者,宛如当年盛况也。

(1940年7月10日《小说日报》)

九日，南风甚疾，故有凉意。午后与信芳、翼华为长谈。卡尔登又将演筹赈绍兴难民义剧，主持者复邀予参加，暂定计画，连演三场，盖星六夜场与星期日夜场也。请信芳、百岁、熙春、素雯登台外，更烦翼鹏与桂秋亦来合作，每券售五金，院中开放冷气，俾广招徕。三日之中《连环套》或须重演一次，自"行围"起至"拜山"止，"拜山"将以予与天厂合演，大轴则使翼鹏与信芳合作《八大锤》，自是杰构。

孙道胜、丁涵人二先生，招饭于冠生园，因"丁氏药膏"问世，故招待新闻记者。席上遇瘦鹃先生，相违既久，思念弥殷。先生近作诗词甚勤，因谓填词比写诗为有味。先生作诗，喜为绝句，谱词则爱为小令，和李后主词。据言，穷三日功夫而毕之，其努力可知矣。今夜之宴，肴核绝丰，则以道胜先生，白于冼冠生先生，属厨房特为道地者，故诸味有易牙之美。

（1940年7月11日《小说日报》）

十日，林儿病甚，今晨乃问病于朱南山子。妇人病，医生例有问妇人之隐者，林儿则赧而不能答，善羞如此，而必陷之于欢场，亦天意之私矣。

晚天厂、笠诗、木公诸君，迟予于卡尔登，往晤，乃同为百乐门之游，坐楼上之软椅中，予与笠诗、木公，才一起舞，而天厂居士，绝少婆娑之兴。忆赵啸澜北上时，天厂亦饯之于此，座上有金家姊妹，天厂之意兴乃至豪，薄饮，面上便透春色，挟此座上之南北坤旦，踉跄走池中，犹昨日事也。不图此君于万里归来之后，销沉至此，甚矣！老境之催人，我更三年者，将不知何似？中宵以后，倦甚不欲再坐，比返家，着枕即入梦。

今日啖西瓜半只、珍珠米一，既啖，又虑易酿腹患，则进功德水一匙。自顾体羸，不能不慎饮食。天厂劝我，少进冷饮，此言最当。昨夜眠时，又为风袭，遂感冒，流涕终日，极为难过。

（1940年7月12日《小说日报》）

十一日，近来忽嗜眠而健饭，然健饭亦不敢多食，虑饮食不慎，又将致疾也！吾友病，辄往视之，病中肝阳弥旺，予性复褊急，乃不能耐。夜间，几欲举昔时情谊而裂之，顾我未尝负人，亦自甘苦恼，负之同趋，正如梯公所谓生死系之者，而在势又不许可。强人同我，实悖情理，无已，任其自然演化耳。

十年前此时，寿锦筵于市楼，予尝记以二诗，为排律，如云："烟价争如花价贱，发香略似酒香幽。"又云："佳士称觞连夜醉，美人一笑万方苏。"为当时友辈所传诵。距今忽忽十年矣！回想前尘，咨嗟无已！

某画报有黄苗子一图，作一摩登伽女，全身皆裸，一丝不挂，有绝诗一首，题其上云："摩登伽女工媱术，漫把阿难戒体沾。我是如来最小弟，曾从佛座听楞严。"不知为何人所作，真妙构也。

（1940年7月13日《小说日报》）

十二日，睡至停午始醒，神气都爽，惟伤风以后，继以腹患，亦可谓工愁善病矣。

卡尔登之司阍捕，忽中疫疠猝死，予不详捕姓名，第一二年来，出入此门，捕视我甚敬。死之前三日，愚坐瓢庵车将为宵游，捕驱一老丐，老丐不服，与捕哄，此印象至今尚在忆。不图二三日后，遽闻其死耗也！

怕吃荤腥，故成都之宴未赴，而往吉祥寺吃素斋，因得与志圆、雪悟、若瓢诸法师及师诚、奎生、老铁、白蕉、培林诸兄倾谈。

获子佩书，子佩为予知己，谋所以报知己之道，因为《说日》作《大郎俳体诗集》。此作予昔曾载于《社日》，当时拟为长期著述，不图二三篇后，遽废兹笔，亦可见无恒矣。近年作诗，多香奁之什，若一本正经写诗，竟未曾有，即俳谐之作，亦绝少。俳体诗集云者，正以见卖油郎佳章，技痒为之耳。

（1940年7月14日《小说日报》）

十三日，两儿由外家接去，畀以零用之资，戒之曰："勿买棒冰，亦勿买冷东西吃。"丈人家寓于法租界，居处不甚广，儿子既去，恒束之楼中,勿令外越,儿子乃颇感苦闷,去一日,便欲归来,然既归来,则又念外家矣。稚子之心理,真不可穷诘也。

光明之约,林儿又不来践,其平时闺侣,亦无一人能为回旋者,思之直堪闷损。今日之事,我殆无愧于天地神明,迫我趋绝路者,是为林儿,而唐生实未尝负人也。

晚饮于花间,座上有素雯,素雯谓有生以来,此宴为第二度。或谓从事艺术者,有时固当实地体验,后此使金二更演温如玉者,则益将添其跌宕之妙,可以预知矣。

夜赴舞场,情势几如覆水之不可重拾,人事已尽,后此且可以求解脱。归来觅灵犀诉其前后经历事,灵犀亦仁爱如梯维,然我今日所当者,此味又非二兄所能喻。往时,以为凡百荼毒,纵悉种吾躬,我亦既得其代价,今则悟此代价之为决不值得,我又何恤凉薄之讥?

(1940年7月15日《小说日报》)

十四日,吾母又告违和,妗氏亦病,百忧稠叠,近来真不堪稍豁肩头也。今日时晴时雨,晨有一场大雨,予在梦中。下午往省友病,晚与翼华笠诗同饭,十时后又逢大雨,归至红蝉家。

某舞人言:渠每晨八时,即赴大陆游泳池。或询其既好泅水,为术如何。则曰:我又不喜泅水,我不过泡下半身在水中,连奶奶也不到水里。或又问曰:然则入水亦奚乐?其遽曰:我不过汱汱脚用用水罢了。听者无不哗然,谓某舞人汱脚用水,都到大陆游泳池,派头之大,实无伦比。予则谓舞人之言,惟求豪得可爱耳。

闻熙春将利用空闲时间,自费摄制影片一部,剧本已选定为《天雨花》,其将抉取书中哪一段为题材,则不可知。意者,左仪贞一角,熙春或将自任之矣。

(1940年7月16日《小说日报》)

十五日,昨夜畏热不成眠,坐灯下写稿,至凌晨始睡,母又悁悁不能起榻,为之闷损!唯我寄书来,言其新生一子已夭折。久不晤此君,正勿知其近况何若,今得其简,乃知犹不甚得意也。简以外,俪打油诗四首,谓子佩索其稿,使我阅后刊之《说日》。唯我本绝顶聪明人,无所不能,惟作诗则不类,若置之王无能之春调,或者近似。顾唯我颇珍视其作,因亦录之于此,读者见之,得勿似听蒋老五十叹之外,又来不平凡公子之四叹欤?题曰《旧恨新愁》,其一云:"当年作事太荒唐,洋钱钞票少收藏。如今娶妻养儿子,要赚铜钱开火仓。"其二云:"要赚铜钱开火仓,此情此景异往常。不幸儿子又生病,呜呼一命见阎王。"其三云:"儿子一命见阎王,阿爹阿娘痛断肠。阿爹痛儿不该死,阿娘痛儿不久长。"其四云:"可叹儿子不久长,一病化了五百洋。五百只洋事情小,不该叫老子白忙。"论打油风趣,以末首末句较好,然亦平仄不调,非诗之正范也。

晚饭后即睡,至次晨八时半起,甚矣我惫!

(1940年7月17日《小说日报》)

十六日,酷热,母果病不能起矣。予复病痢,疑有痧,饮中西药房之藿香水一瓶,夜素兰为予提痧,病固小病,然以是不敢出门。上午毓庆兄来谈,谓莅沪逾月,乃未一访诸友,明日将复去港,故来别我。夜吉光来,予则偃卧,卧久,头重不可仰,乃知多卧亦非计。子佩来电话问病,谓中西之功德水,每次须尽一瓶,可以止痢,亦可以退痧。予服藿香水太少,如子佩言,则益其量,放屁不已,病果大减。至中宵不能入梦,而流汗溢枕席,如此炎热,为数年来所未有。吾母本畏暑,今年亦出汗甚多,老年如此,不知是好现象是坏现象。就灯下寄一书与吾友,慰其念我切也。与吾友缔交谊逾一年,久别之期,至多半月,未尝传邮语报平安者,此为第一次。吾友作字甚美,尝摹予书,无不妙肖,乃叹此人聪慧,有非恒常妙女,可几及者,近年来之刻骨称情,为不虚矣。

(1940年7月18日《小说日报》)

十七日,仍奇热,晚始有阵雨,风亦旋扬。今日痢更剧,幸吾母稍瘥。夜有竟体不舒之苦,索性吃泻盐,一小时后,水泻达八九次,全身如瘫废，素兰亦中暑而病，是夜遂分床。

得李祖夔先生赐书，于吾病辄致拳拳，而以我起居饮食之漫不经心，尤伸劝诫。先生于谭富英戏，称美不绝口，大意谓："富英来后，沪上始有戏可听。近见报载足下亦有此想，可见同调。《定军山》本为其杰作之一，此次曾与笠诗同观，好处乃非可形容，惟以'无可再好'四字评之，即起伊祖于地下询之，亦当点首也。"笠诗屡屡言富英此来之尤见精警，贴《鼎盛春秋》之夜，到处寻我去看，而我则游于花下，终不获追陪，亦缘悭矣。稿事既竟，报李先生书。近年疏放，不肯规规矩矩写一封信，病中腕奇弱，虽欲勉力为庄楷，亦不能，真无以报前辈之爱人盛德也。

（1940年7月19日《小说日报》）

十八日，起身后痢稍止，惟羸瘦乃殊前状，强起，往伴吾友问医，旋即归。长子已由其姨母送来，而幼子犹不肯返，谓知我于报间扬言，欲送其人净土庵为僧，故不敢面我，我乃大笑，骂小鬼不已。

育如舅父自北都归。育舅为吾母堂弟，先舅之堂兄，弟兄之谊皆笃。先舅死时，以不获与育舅一面，乃为恨事。今育舅归来，距舅丧逾五月矣，因来省母，母见堂弟，遂念先舅，则涕泪不能自遏。嗟夫！老怀如此，何以永年？

读《鸾栖小唱》，记云生与明姑事，颇感动，因于午时下楼访青鸾，谢其知我深，噢我之切也。闻杨达邦兄将治三十寿筵，于吉祥寺，今日已获请简，不知能行"双携"之方便否？果可以者，则我挈吾友偕行。我固常为其言吉祥斋之胜味，今当有共赏之缘矣。

（1940年7月20日《小说日报》）

十九日，一方兄赠予诗云："刻骨倾心从林楣，凄凉绝代属金红。靠□吃饭浑难事，狂捧何曾得庆功？"诗虽不美，而极尽讽骂之能事，因破例和其原韵，诗更恶劣，然若为白凤、佩之诸兄见之，则吾诗为不浪费矣。句云："靠□到底能图饱，卡乐舞星个个红。亏得请来卢协理，股

109

东会上论高功。"

他报周天籁君之小说中,又以予为穿插人物矣。丁先生以电话来告,谓周先生与大郎不甚相习,故写大郎性格,微嫌不似,否则下笔益有可观者。周先生近记之大郎,则大郎为一书中主人婆作西席,盖以灵犀笔记中,时时述予在某公馆当教授,周先生辄逞其调侃之笔,侮人深矣。灵犀之好事,令人懊丧不胜。

今日病未全愈,夜吾母又气促,体复大困。

(1940年7月21日《小说日报》)

廿日,自物价高昂后,海上各业,俱为从业员增加薪给以维生计,惟执笔于小型报者,未闻当局有体恤之怀,颇拟联合执笔诸人,怠工一次。继念穷凶极恶之结果,未必有效。譬如灵犀,为一报当局,若执笔者实行怠工,此人会包办全报文字,则怠工亦何济?纵使发生效力矣,亦未必能"广泽"吾曹,其及于予者,或且不够跑一夜舞场。于是用消极的攻讦,晨起,对天祷告,愿报馆快快关门,我先饿死,然后再饿死报馆老板,亦不愿瓦全之意也!

数日家居,下午始往访翼华,夜毗陵范拜竹君设宴于龙兴寺,乃晤文场诸友,又见慕老。自龙兴寺而止于大华,值严大生兄,又见舞人叶丽花。叶甫自南国归来,又将售舞于春江,其风貌颇似金家大姊,不图月娥之外,又有一人貌如神仙者矣。

素雯已离去移风,抵其坑者,为姜云霞,亦熟人。惟素雯既去,文素臣蓬门报德之好戏,且不获重见,真憾事也。

(1940年7月22日《小说日报》)

二十一日,近数日较风凉,夜卧不盖被,为凉所袭,遂又病腹,久痢乃不可支。傍晚腹又闷胀,放屁不停,肠胃之勿舒可知。

凤公属写便面,其件由灵犀付我,当即奋笔。今年所作绝多,以平时于写字绝未用过工夫之人,自俱无足多。漫郎先生偏多溢美之词,真增人惭恧也。

李绮年既自港来沪,欲幼祥为我介见于筵上,于是严家父子,折柬相邀矣。明日,夜饭于大西洋,虽未声明有南国佳人列席,然以艺华宣传绮年来沪之盛,则此饭必有所为。病久矣,腰脚奇软,明日将不惮为看女人而一往焉。

夜与灵犀并徐郎夫妇,谈于清河之居。

(1940 年 7 月 23 日《小说日报》)

廿二日,凉爽如秋,夜得大雨。

下午遇自香港归来之陈雪芳。雪芳与妃妃为手帕交,相识已久,今且同居一巷,予与违,亦二年矣。其姚冶一似往日,雪芳昔从舞于沪上时,青鸾遇之甚殷,然不及于乱,遇此人而出之以礼,青鸾之拘谨可知耳。故雪芳今日,尚念青鸾,予与共杯酒,酒后,知其豪放亦未改从前。

秋雁尊人之丧,以病愈不能往奠,夜艺华大西洋之宴,亦以是未能参与,知不能为老友谅矣,明日当为幼祥致歉忱。

猝雨中,乃与吾友为宵谈,咏韩冬郎"碧阑干外绣帘垂,猩色屏风画折枝。八尺龙须方锦褥,已凉天气未寒时",乃觉此时景物,冬郎诗悉为写状之矣。贫薄书生,惟对此得稍豁眉头耳!

(1940 年 7 月 24 日《小说日报》)

二十三日,仍阴凉,而晴雨无常,昨夜则有阵雨。午后访丁先生于新亚药厂,晓霞先生睹予羸瘦之状,因以"胚生蒙"见贻,谓决非自我宣传,"胚生蒙"实优于其他强身之剂。又谓:服"胚生蒙"而一年不辍者,可以增寿五年。盖亦盛言其为效之宏也。强身之剂,若"食母生",若"宝青春",又如三友补丸,皆风行于世。近顷,家人亦以我尪瘠,买三友补丸六瓶归,费十五金,而三友之赠品,有洋团团一、冰雪糕十五包、碑帖一册、防疫茶十剂,计赠品之价,亦将十金,转疑补丸本身之初不值钱。"胚生蒙"售价较昂于一切,然既吃补剂,吃其功效耳,病家似不在论值之低昂。闻晓霞言,乃欲常服"胚生蒙"。

邦达称寿于吉祥寺,初约林楣同行,临时忽惮于跋涉,故吾行亦废。

近来真百事都怕做,使有人请我去赚铜钱,不知亦能兴奋否？夜归去颇早,凉甚覆被而眠。

(1940年7月25日《小说日报》)

廿四日,百岁尝贻予一扇,写隶书,为七绝一首云："吟诗不苦拘唐宋,得句惟求写性情。最爱神通一枝笔,春风触处怒花生。"此犹去年事,近将此扇翻出,苦一面无人画,因自己写旧作《已凉》绝句五首,又以旧扇骨装成。此为今年第二把,比之灵犀藏百余件者,相差过远矣！

夜谈于穆公府上,一方亦来,甚言舞场事业之凋敝,将不易重振。可见二三月前,上海市面之畸形发展矣。是夜,小坐大华,果亦不似往日之车常接毂。十一时自大华赴翼楼,亦阒无一人,因以电话招林楣来,晚风徐度,坐阳台上,神意皆苏。今日天复热,在唐家吃冰西瓜后,腹又作祟,今年真与西瓜无缘。

(1940年7月26日《小说日报》)

二十五日,又酷暑。午时浩浩先生以电话来告,谓良伯师病卧七日矣,约予往省其疾。稿事既竣,从浩浩行。吾师养病于医院中,仅家人侍于侧,医生勿欲令病人费口舌,故谢绝问病者。师病为伤寒,惟为势不甚凶恶,故无大患,气色亦甚好,惟惫甚,睹予至,九九无言。将去,则问曰:汝病奚若？我方念汝！予谓已渐瘥,何敢以贱恙劳吾师关注？特愿吾师珍养耳。师又曰:良佳,宜节荒嬉,早眠早起。予唯唯受命,别师去。嗟夫！师在病中,犹关垂贱体,视我之厚,正不可以寻常师弟论也。予固何幸,乃得吾师？

筹赈绍兴难民义剧,将大规模举行。今夜设宴于大西洋,予未往,则赴章靖庵先生宴。章先生健饮,其友张、吴二先生,亦广酒肠,席上频频劝醉。识林儿逾岁,仅是夕见其尽白兰地二盏,颜且赧。予亦倾啤酒一觥,头眩肢颤,统体皆朱。席终,欲往与国际疗养院开幕之宴,坐车上几不支,乃止于翼楼,憩良久始已。中宵其俊来,约游潘拂林,速林儿,林儿已归去,遂以车迎于其家门口。坐潘拂林庭院中,饮冰咖啡一,洋葱猪排一,又欲与肚皮为难矣。

(1940年7月27日《小说日报》)

廿六日,下午小憩于翼楼,王引与元龙来,遂耕兄亦至,同饭于大西洋。予吃童子鸡半只、全必多汤一、六小姐饭半盆,初未觉甚饱,又进咖啡二盏,腹内又扰,终夜未宁。

十时后坐百乐门楼上,遘幼祥兄,谈甚久,既招林楣来,又往潘拂林,风高露重,林楣不胜久坐,送之归。车过西摩路,几与捕房之囚车相击,在间不容发之间,心胆俱堕。比返,惊魂犹未敛也!

漫郎先生作《存疑录》,谓予用"慊"字往往冠一"不"字,其谓"慊"本作不满意解,"不慊"则为非不满意矣。因之语意恰与文义相反。一字之师,令人感服。予下笔仓皇,疵累本多,有时自己能发现,若"慊"之写为"不慊",正以既成习惯,遂不及穷索,几欲为终身之病。漫郎教我,宁不感奋?

(1940年7月28日《小说日报》)

廿七日,灵犀病稍愈,而之方亦病,知予独病无聊,因来作伴,真好朋友矣。祖夔先生书来,谓亦病,今且十日,后以富英《定军山》戏券一纸见贻,颇感厚意。

夜乃得与灵犀谈于徐郎楼上,于清河榻畔,翻旧报,见舞刊有张生一文,记其友立青,识舞人高碧霞、谢珍珍、陈雪芳与陈玲珠。兹四人者,今且相继退隐,因示报与灵犀,谓谢珍珍殆即青鸾《偏怜集》中人物。陈雪芳在舞女群中,同名者较多,所识二人,其一方以娠辍舞,其一乍自港归来,张生所记,或不出此二人。然则可为张生告者,前一人将于产后重来,后一人今有常客,暂隐良家,惟近日数数遘之樽边,则逸兴雅量,固一仍往昔也。

(1940年7月29日《小说日报》)

廿八日,哲儿面目本秀朗,夏日,曝于阳光下,遂患热疖,此起而彼伏者，累累盈其面。昔承丁涵人医师，赠丁氏药膏，方单称，此膏治热疖有奇效，因为哲儿涂之，则未见能奏肤功，涂之数次，仍不愈，遂亦废焉。惟屡闻人言，丁氏药膏医红肿痛最灵，顾不足以除吾儿之患，岂用法乃有未周，老夫情急，不得不举以告涵人先生，尚望有以教我。若谓吹求，则我岂敢？

夜看《定军山》于更新，陈丽芳之台风，酷似砚秋，嗓子尤脆，不若砚秋之柔靡。小寿山之赛西施，甚好，然不及盖三省，三省之好，好在能穷形极相，又好在一条怪喉咙，闻其声音，便可捧腹。马富禄纵使说白刮辣松脆，亦无可取。富英在台上，台下采声甚少，究竟出四元五角听戏，都来得文明。

（1940年7月30日《小说日报》）

廿九日，近诗中有一绝可存者，则与靖庵、张生诸君同饮后，睹美英薄醉，归途口占云："渐看春色上眉弯，又遣香风压鬓鬟。报道今宵人醉后，仓黄不许犯朱颜！"录以奉同席诸子，或将旌大郎此作，情致甚多？（大郎兄："眉弯"之"弯"似不可作"湾"，若眉而有"湾"，鼻将筑坝矣！爱代改一字，不知当否？婴宁志。）

青鸾既与凤姑违，辄于报间致其萧骚，抑郁之词，凤姑读之，怜其枯寂。一夕，乃访青鸾于徐郎楼上。青鸾未至，徐郎夫人睹凤姑至，笑问曰：久勿见凤姑来，与青鸾先生有违言邪？凤姑曰：乃无违言，特渠时于楮墨间詈我不辍，是何故者？我来，欲兴问罪师耳。夫人乃谓凤姑聪明人，巧于辞令，又叹曰：青鸾之兴风作浪，固未尝白费笔墨也。

夜就灯下治稿，若有所待，中宵吃七巧果，悟距双星渡河之日，期且近矣！

（1940年7月31日《小说日报》）

三十日，姑以灵犀"教书"之语为然者，则予近来之课事实大忙，不登翼楼已四五日，翼华亦以筹备义剧上演，似不遑一问恒时"相依为命"之人。灵犀亦困甚，之方复病，朋友之过从既疏，则稍勤课事，似亦情理所许矣。

吾师病，不知有进步否？念甚，明日当再往省。

片羽转来秋鸿一书，谓梅雪琴为梅雪芳之甥，曾在港演唱，秋鸿颇赏其造诣之高，顷闻将于秋凉后加入卡尔登，因嘱予代请信芳、翼华诸君照拂。秋鸿之怜才惜物，情见乎辞，相违垂三载，其人为"好事之徒"，乃一仍曩时，真热肠男儿哉！

入市，买粥菜为吾友病中佐馔，此举若为之芳知之，又将兴"友运凌夷"之叹矣。

读《弄火杂记》，乃知张生文笔亦高健。舞文诸君，于张生俱未遂瞻韩之愿，独予则尝共杯酒，其人健饮亦健谈，举止复洒脱，尤可念者。友人有为之道夫人两字者，其人遂觳觫如遇猫之鼷，虽酒酣耳热时，亦不似丈夫矣！

（1940年8月1日《小说日报》）

三十一日，下午风雨甚暴，遂为元声、韶九、凤蔚三先生作扇。平时写扇，第写七律一首，独凤公之扇写三首，腕力既弱，字之羸劣，遂不堪入目，几无以送还。继念凤公固不求吾笔之好，特欲得朋友之手迹，为纪念而已，因勉请灵犀转交，终日遂惶愧不可自安！

唯一兄来久谈，今日遂未出门。晚次达来，渠近益健硕，谓体重已增至一百八十磅。去岁冬，服九星比目鱼肝油，近则注射民谊药厂之新宝龙。次达任事于中西药房，以中西民谊之出品，为及身试验，皆着神效，谓新宝龙亦取"紫河车"以配制者，与胚生蒙同一强身妙剂也。

晓霞以"新亚绿药膏"一管见贻，嘱为哲儿涂于热疖患处，不久自愈，颇感其厚意。

（1940年8月2日《小说日报》）

八月一日，午前浩浩居士以电话来，谓渠方病足，故亦多日未往问吾师之疾。惟其友与丁济万医生相谂者，乃告居士，前数日良伯师病势转剧，身上发红白瘩，为势甚险恶，经济万悉心诊治后，今已轻减。昨日热度为三十八度,已入正常,惟济万以病者惫困已极,嘱樊家人婉谢亲友问病,居士以病足不良于行,吾行亦以是作罢。特叙其近状,为社会人士之关心师病者告焉。(婴宁按:此稿付梓时,不幸良伯先生已逝世矣。)

夜来风雨仍暴,覆薄被卧,天将曙时,窗外忽传来清婉啼声,为之从梦里惊回。家人言:隔邻一妇人,蓄雏鬟,将使其习舞,营余子矣。不图此雏遽病,病深且不起,今殆已物化,故妇人哭之哀耳。及起,乃知死者为三岁婴儿,勿在隔邻,而在对门。对门为一暴发户,是犹钱痞,宜其招祸,因得诗材。

(1940 年 8 月 3 日《小说日报》)

二日,昨日尚记吾师之病渐瘥,方用欣慰,不图昨夜情势陡变,至今晨八时,竟不起。闻耗乃如雷震,论师生私谊,予当痛哭;论社会国家,从此失一志行高洁之士,亦堪扼腕。师遗体移中国殡仪馆,择四日上午大殓。

午时与灵犀、翼华同饭,席上有炒青蟹,美其味,啖而多之,然多吃又生惧,则饮威士忌沙达半杯,遂醉,头痛如劈,至夜间临卧时犹未已。下午应天厂约,谈于翼楼。夜坐灯下,悼念吾师不已,欲买车赴殡仪馆探丧,而头晕不胜行动,因写纪念之文。嗟夫!吾师已悠悠长往,后人纪念之者,惟志之于心,初不必表于形式。吾师泉下有知,不将谴其徒懒散之甚邪?

(1940 年 8 月 4 日《小说日报》)

三日,晨起进馄饨,颇可口。午后,乃携林楣观剧于卡尔登。兰芳之《阴阳河》,上次唱时,予方上装于后台,故不及见,今日睹之,自是杰构。翼鹏之《雅观楼》,雄健如昔,而洗练胜于往时,林楣至此,乃叹不枉此行。下为《战宛城》,信芳张绣,见之屡矣,世来之邹氏,刺婶之跌扑尤佳,而嗓音亦甜亮,滋可喜也。如泉之曹操,其先雄浑,入后则诙谐,此老真趣人哉!如春之典韦,亦矫健,世菊之胡车,矮步足推绝艺,配搭如此,令人有观止之叹!剧终,元声邀赴黄金小坐,旋又赴卡尔登看夜场,则《别窑》与《夜战马超》俱过去矣。台上已演全本《劈山救母》,信芳与桂秋唱《宝莲灯》,信芳忽创其嗓,而桂秋至美。

夜归,又与灵犀谈于徐郎楼上。三时,始执笔,将俟昧爽往瞻吾师遗容。

(1940 年 8 月 5 日《小说日报》)

四日,天将曙,驱车赴中国殡仪馆,拜吾师之灵,入待殓室,瞻吾师遗容,则蔼蔼宛如生前。十一时大殓,吊者云集,咸雪涕感叹曰:仁者不能跻于寿域,天道殊勿可问也。盖棺之顷,又往视先生最后一面,则腹痛心伤不能宁已。

归后小卧二小时,又赴卡尔登,看翼鹏、信芳合演之《八大锤》,夜又看全本《宋十回》,信芳嗓音虽未复,而"杀惜"特别卖力,有信芳"杀惜"之好,乃不负后来"活捉"之刘王绝活。兰芳之圆场,自然优美,而今夜斌昆更"冒上",身段多,无一不好看,几次变脸,有天衣无缝之妙,是真神技,所谓百看不厌者也。翼鹏弟兄之《四平山》,亦杰作,惟予以为《四平山》之场子太浪费,使戏剧空气,不能紧凑,故看翼鹏戏要过瘾,宜看《雅观楼》与《北湖州》。大轴之《鸿鸾禧》,似既赏古董,虽未必美观,亦自可爱。

晤之方于剧场中,其子夭折后,全家人之病困俱苏。

(1940 年 8 月 6 日《小说日报》)

五日,胯下之块,今日稍见减小,或不致似予理想中之险恶,宜望空一拜。

陈禾犀招饭,又阻以他事,竟未往。白蕉先生赠予小立轴一件,绘兰竹,精品也。悬之榻右,自有雅致。

史庆章君,自称与予为师兄弟,投一书与予,又附一文,则悼良伯师而作者。史谓师在病中,日往医院省视,乃恨未识庆章于吾师生前,不然,更可随时得其报告师之病状,予知师病日增,必不止仅一视其疾也。

又有门外生书生者，亦投一文与予，其体裁有类小说，颜曰《开门七件事》。读其内容，则语涉狎亵，殆要予介绍于报纸刊载者，患不易采用，予不为编辑人久矣！投稿诸君，宜直接寄其稿与馆方，若经予手，每易延搁。

（1940年8月7日《小说日报》）

六日，上午起身，闻木公近来，习于早起，因往访之。午时饭于沙利文，同座有何五良、郑炜显二先生。何先生老成长厚，遇后辈，所发惟多嘉言，令人感奋。炜显先生今年才二十有三，而已驰美誉于阛阓间，经营之事业甚广，握算持筹，恒多妙迹，其人遂为时流所艳称。今得与二先生倾谈良久，真觉欢逾生平矣！

热甚，傍晚乃大雨，予入夜始沐浴，就灯下治稿件。又有人请予写长篇小说者，峻拒之，将来哪怕饿死我也不再治稗官家言。予写小说，未尝有一部全终始，而每部长篇开始，谨慎将事，不及十天，即厌恶此种笔墨。尤其荒唐者，前面写过之书中人名，到后来竟会忘记，欲搬出来再写到此人，便不可追忆，无已，只得将此人抹煞。如此写小说，如何能写得好？今自供与请我写过小说之报馆老板，得勿顿足大呼冤枉邪？

（1940年8月8日《小说日报》）

七日，午时又有大雨。晚赴万利酒楼夜饭，则以时代剧场将改组，由慕老、之方，代邀文艺中人宴聚，梦云约潘玲九来共坐，着此一雌，令人健胃。

闻木公病足，与之方、白雪、荫先往视之，啖冰西瓜数方，寒冷激人牙齿，旋离去，又与之方坐大华。比来在舞场之足迹大疏，即大华亦良久勿至，光景犹如昨也。凄凉绝代之儿，犹低鬟为微笑，鲍金花则温恭肃丽，见予辄道想望之殷，顿感其佳意。美英瘦甚，知其体困未舒，与之舞，衣香扑鼻，因华其衣殆用中西之日月肥皂洗涤者，故觉其香喷喷也。

近又睡眠不足,今夜欲得一酣眠,明日将减少稿事,俳体诗或又不及写矣。

(1940年8月9日《小说日报》)

八日,今日立秋,辄悼念亡友尘无,盖予之识尘无,亦在若干年前之立秋日也。是晨,细雨溟濛,时之方居报馆中,予上午往发稿,尘无来访之方与唐瑜,自是得相过从。时第知尘无为影评人,而不知其尤邃于旧学也!今距尘无之丧将三十月,当此佳季,想望故人,恒为腹痛!

午后五时许又大雨,有重雷作奇响。雨稍已,遣人买瓜,而瓜市减矣。

梦云于报间记万利酒楼之宴,亦及玲九之来,其末段云:"可惜我近来懒得检韵,若换了大郎、婴宁,几首艳体诗,该是有的表演吧!"予谓不能,梦云于今日之玲九,其侍奉必恭必敬,一如稚子之待其姆妈,是乌可以写艳体诗?写艳体诗,必男女间有缱绻之情,方得佳句,故曰:梦云纵想写,亦写不高耳。

(1940年8月10日《小说日报》)

九日,天已转晴朗。傍晚,谈于木公寓所,其家豢一獒,客至,按电铃,獒闻铃声,辄纵吠。予惧獒特甚,往者养病故乡,侵晨,辄独行于阡陌之间,而群犬皆集。当时年少,未尝以为惧,恒执巨挺四逐犬,犬皆惊辟,逐之不及,则拾石投之,中犬股,则嗥然鸣,恒大乐。居都市十余年,见犬必惶悚,吾宗所豢獒,尤高大,望之已可怖,遑论闻其吠声。是夜,卧于清河榻,忽有犬逐一猫,踉跄入室内,室中人咸大惊敛足,颇憾局脊居上海者,真不可蓄群畜使横行也!

城北郎之邻多艳雏,夜静,群雌移坐巷中。巷中人有如蝇之附膻者,"某襄理"亦一人,今夜从襄理游,遂亦为膻上之一蝇。然视群雌,了无当意,特襄理所昵之一人较佳。予目未架镜,灯光又不甚朗,第觉其面目略如清唱之凤鸣耳。

(1940年8月11日《小说日报》)

十日,午后又赴木公许闲谈。黄金新角李盛藻与童芷苓将来沪,江枫又为印一专集,索文于予,久久无以应,今日忽忆此事,因作一文一诗于报端。江枫见之,如犹能插入,或可免故人裁缄之劳,然草率如此,真不足副老友之雅爱也。

吃珍珠米后,又啖西瓜,凡此皆足以致痢疾。夜复与一方、灵犀谈,中宵闻闸北枪炮演习声甚晰,又久不断,绝似孤军困守于四行仓库之夜,而今则为双星渡河之夕也。

(1940年8月12日《小说日报》)

十一日,夜又大雨,雷电交作。予遗一扇,即为伯绥书赠者,索之于木公府上,不获,大为懊丧,以为我终不可持扇也。今日木夫人以电话来,谓吾扇已发现于其家沙发下,始慰。予非珍此一页扇,特伯绥情深,予未尝索渠书,而渠乃赠我,今若失之,则无以对良朋矣!

尝有人为林楣摄一图,地在兆丰公园,林楣临风立,作步行状,其后有林池。予辄书曰:"春风不肯负华年,人自娟娟步亦妍。休道前行莫后顾,须知后顾有林泉。"此为当时谢小天题影诗也。小天所摄影,亦在兆丰公园,取景虽不同,而诗境则可互用,以林泉为小女儿祝福,虽不类,然不失诗人温柔敦厚之旨。此先舅之遗训,予常奉以为法。

(1940年8月13日《小说日报》)

十二日,今日为林楣诞辰,渠谓:七时已起身,即入市买菜,又买香烛,燃于案上。林楣以青鸾为多情种子,而怜其自苦心志,久欲设一盏为渠浇愁,趁此机缘,遂嘱予邀青鸾兼邀之方、木公、慕老、子佩与翼华。木公以道路险阻,不欲出门,翼华亦不果来,是皆千金之子也。子佩复以事冗不及至。凡此当世名流,都吝玉趾,不能使吾友红闺,增其光艳,良可憾也!

之方饮酒多,薄醉,就灯下为长谈。中宵,乃入局为雀戏,凡八圈,之方未和一牌,牌运之蹇,有如此者,竟未之前见。天将曙,乃与之方偕归。

明日为哲儿生日,亦"八一三"纪念,亦陈云裳之诞辰。哲儿今年八岁,七年前此日,予方浪游无度,吾儿堕地时,家中以电话觅予于逆旅中,当时浑不知家计艰难,而一肩重荷,至今未息,吾劳如何?

(1940 年 8 月 14 日《小说日报》)

十三日,酷热,为大伏所无。下午复看竹八圈庄,背痛、眼花、腰酸、气塞,凡"赐尔福多"补剂可以疗治之症,丛集一身,因大怨,怨我不应久坐而博。

夜纳凉于小院中,看天边云涌,笼月为艳光,亦为之神远。年年此际,每咏李慈铭之"流萤一点池塘影,来照阶前笑语人"之句,恒回荡不已。用时知少日情怀,未尝敛掩。

闻有人欲印名刺,托人丐老铁为书,老铁睹其名字,以凤恶其人,则告曰:我为人家写字,常喜因才而施,我苟不悦其人,虽重金吝挥写。其人闻老铁言,局促退去。老铁为人乖僻,惟近年以来,已渐趋平淡,不知何以近来又萌故态?令人念念!

(1940 年 8 月 15 日《小说日报》)

十四日,傍晚又访木公寓所中,公又微疾,谈良久别去。往晤剑鸣,为渠解释东方被诬事。剑鸣以诚笃待人,心直肠热,朋侪中不可多见,对东方事深致同情,其诚衷尤可感也。

中宵又与一方、灵犀谈于巷内。近日苦闷,屋中不可居,惟闲阶清露,乃堪久坐。

得《雪爪水影录》一册,为松江顾尽缘君之诗稿,出版在民国二十五年,册以外,尚附一笺,为自题《小影》之五律一章,记其句云:"画里小游仙,尘居廿六年。惊残旧鹿梦,悟彻镜花缘。浪迹原忧国,伤时不让贤。闲研诗画趣,懒为利名牵。"近作如此,四五年前之所作者,可想而知。顾君属予和韵,予不好和人诗,近作俳体诗于《说日》,苦无题材,勉就其韵作一章,不欲负尽缘之一番雅望也。

(1940 年 8 月 16 日《小说日报》)

十五日，下午登翼楼。及暮，偕翼华赴逸园，看群狗逐电兔，盖兰亭、金奎、元声诸君，咸迟于此也。比散场，返黄金小坐，黄金方停锣，而新角已至，因得晤李盛藻、童芷苓二君，又见高庆奎先生。先生以败嗓，辍演既久，年事已高，然犹旺健，此来为乃婿督场，譬如上次王瑶卿之为玉蓉而来也。伶工老去，尚有督场之役可为，此则上海黄金大戏院所发明，无意间为京角辟一新生路。他年孙兰亭仙游者，京角真当买丝绣之，买金范之。不然，何以报赐饭之恩邪？

新张之美华酒家，为李祖莱先生等所经营，设备之周，治肴之美，志在超盖海上一切酒菜馆，使红棉、京华，亦望而失色，他无论矣。

（1940年8月17日《小说日报》）

十六日，治稿至天明始入睡。傍晚与翼华进咖啡于国际饭店，看斜阳笼于跑马厅之草地上，一碧无际，颇爽人心目。

夜李祖莱先生招饭于美华酒楼，座上有木公、戈其、之方、子佩、涤夷、一方、灵犀、遂耕诸君。美华开幕，是为第二日，而食客云集，治肴复精绝。遂耕以追悼樊先生启事一文授予，文为樊家西席周先生所撰，将俟予寓目后，再为印发与先生之故旧及门弟子也。

归后，又转辗不成眠。予失眠已两日，神力又大乏，强起执笔，则手颤不可成事，复以日间冷饮过多，腹又作祟。近来似稍掩病象，不图顷又勿宁，为之闷损。

（1940年8月18日《小说日报》）

十七日，仍酷热。晚饭于白尔部路之瘦西湖，费穆先生，尝食而美其馔，今夜亦应渠招也。主人更有金信民、赵英才二君，列席诸客，则有梦云、之方、小洛、子佩、涤夷诸兄，菜固不恶，而瘦西湖之生涯甚替，苟无此局，今夜将如舞女之吃汤团矣。今夜如此，常日可知。

子佩、梦云，友谊最笃，顾二人从无戏言。譬如我与梦云谑弄，子佩必勿悦。或梦云嘲我至毒辣，子佩则大笑，以我能吃瘪于梦云也。同是朋友，交情自分深浅，可慨哉！

瘦西湖之焐熟藕最佳，顾不肯零售，生涯寥落至此，气派自大，疑此品实从别家零拆也。

今日睡较早，夜有微风，故魂梦甚酣。明日为吾母诞辰，须早起也。

（1940年8月19日《小说日报》）

十八日，晴，惟较凉爽。今日为吾母六十诞辰。先舅起病之日，晨来省吾母，告曰：阿姊今年六十岁，我将为阿姊治寿文。书屏幅四条，又欲为阿姊写寿生经。别母去时，谓将入纸肆，买新笔，市黄纸，又选绛笺，不图此夜病作，亘五日而终不治。吾母念之，恒为肠断。我尝议为母祝嘏，母则涕泣阻我，且勿令扬言。今日，为买香烛，拜寿星，以桃糕鲜果为供，煮肉面，分饷至戚与邻居而已。夜为母晋一觞，事简，而所耗匆多，所以纪念而已。吾母抚我不易，我至今日，犹未能奉母于安，真令人俯仰生惭。顾吾母恕儿清苦，虽值诞辰，不欲以铺张责其儿，我故终日驯伏家中，侍于母侧，惟此或足使老怀得片刻欢也。晨间吾翁来岔事，大愤，辄与之对詈。予不盲从于"愚孝"之说，母而慈，子当孝，父不成父，子又何必尽子之礼？吾翁将状我于官，诉我忤逆，予以为快事，预备吃一场忤逆官司。

（1940年8月20日《小说日报》）

十九日，上午，剑鸣枉驾，予方外出，不获晤谈，怅甚怅甚！下午以一书报之。

偕伯铭、元声、天厂、翼华、萧赓诸君，吃茶点于国际饭店，又睹粲者，真绝代也。往见之于大鼓书场，尝用庚白"真见天人鸾鹤姿"句，成一律云："真见天人鸾鹤姿，徒言倾国尚嫌私。幽香不辨兰兼麝，宝镜初开某在斯。未许寻春迷蛱蝶，信多恨事属焉支。千秋几遣随园老，慧业新修有好词。"

夜，瓢庵招饭于其寓邸，席上有信芳、百岁、天厂、木公、翼华、灵犀诸兄。坐草地上，比明月来窥，乃有夜凉似水之感，谈至十时后始散去。瓢庵不能烟，其家藏雪茄甚富。予嗜雪茄甚于香烟，瓢庵未尝不知，然从来不肯送一二匣至我家中,此岂好朋友哉?

（1940年8月21日《小说日报》）

二十一日,发起追悼樊先生之文稿,略为删缩。予以原文冗长,故主简短,今晨已送遂耕兄矣。

昨夜一夕未眠,将午,始得片刻交睫。既醒,精神甚痿困,遂惮于执笔。

二十二日,许晓霞先生,复以"胚生蒙"六管见贻,知予曩尽四管后,颇能得益补之效。以予羸弱过甚,许先生故劝我继续服用,其盛意颇可感念也。

林楣将为远游,拟暂时辍舞于沪上,行期在即,闻讯,惆怅久之!

（1940年8月23日《小说日报》）

廿三日,慕老邀周璇、严华夫妇,及严斐、刘琼夫妇,更有慕容婉儿等夜饭,邀予往陪。予以先一日允之方约观《新天河配》于共舞台,故不及往。是夜偕林楣同行,《天河配》之剧情无足取,惟穿插则甚羊。如白玉艳之打出手,虽有时脱在台上,然有几种竟为世善、德珠所无,而为一小女儿所擅,真令人诧怪。赵如泉之娘舅亦足喁㘞。及后与赵君艳唱本滩,神气之妙,不可言状,此老真能忘年,必主长寿。共舞台之郭少亭,允为南方小丑之翘楚,造诣或不逮斌昆,然口齿之爽脆,斌昆亦叹勿如,久演本戏,疑其唱汤勤、蒋干诸角,必擅胜场,他日如有排老戏机会,当来一看少亭。李如春全本饰演牛郎,作顽皮孩子状,颇能妙肖,王椿柏去后,如春可以替其席矣。

（1940年8月25日《小说日报》）

二十三日,午归,则素兰与吾妹又哄于楼上。二人相处三年,情同秦越,哄果为家常便饭矣。而予则恒以此而刱其心志,吾母羸弱至此,将因此气恼,益促其寿命。切齿痛恨时,要将她们都轰出门外,一个月省我若干开销,宁非好事?

夜之方允共晚膳,久待不至,乃知此人之失约,犹如从前。
　　二十四日,吾妹已迁去吾家,因令素兰亦撤去其累疣。素兰老矣,弃之不祥,惟其累疣,我不必养,亦不当养,去之尤可节我厨,留他奚如?午后赴翼楼,又久不晤当局,闻其花运之佳,为十年来所无,匝月以还,收入达毛诗之数,真各有前因矣。午于于蜀腴,应老三与劳玉之约。夜始与翼华、之方同饭,有微雨,风来习习,遂觉夜凉如水。

（1940年8月26日《小说日报》）

　　廿五日,凉爽异于昨日,夜间覆被不密,致受寒,晨间腹痛甚剧。
　　下午访乔云于其寓邸,足迹不履此者七八年矣。乔云之女公子已于归,幼公子昔日卯角而哦者,今亦长成如丈夫矣。惟乔云乃无老态,依旧张绪当年也。方曝扇,乔云谓藏扇达百余种,皆名家手迹,刻林宗孟书诗,尤精美绝伦,为之不忍释手。渠家自制之蜜饯无花果,食而甘之,求之市肆,乃不可得。
　　夜痢疾达七八次,直至今晨,终夜不得安卧。此种痢症,所谓刮疠泻,为痢症中最凶险者,因此吾体不可支。
　　玉狸有书来,慰海上故人者,感其厚意,夜拟作书,并治稿,终以病而废。

（1940年8月27日《小说日报》）

　　廿六日,昨夜八时起至今日夜十时复入眠止,间一小时许痢一次,两颐如削,目内陷而无光,可见此疾剥蚀之甚!午后,乡人携芦粟,及玉蜀黍来。玉蜀黍鲜而嫩,既煮熟,甘香扑鼻,馋涎欲滴,遂进二枚,知非病体所宜,然亦不恤。是日,进治痢之丸药二枚,吞肉果。肉果购自药肆,有暖腹止痛之效,顾今次亦不验,用是忧甚!
　　近介吾友应君,诊于张克伦医师许,一来复间,病势遂减。友谓克伦不第医术高明,且能体贴病家,谨慎将事,医生自有医德,克伦即以医德而胜其他医士者也。乌得不令人感佩!

（1940年8月28日《小说日报》）

念七日,痢益甚,愤极,欲拼命一消肠积,服泻盐二大杯,则所拉者皆稀也,惟不如前次之爽。上午绍华以电话来问疾,久不晤此君面,感其能关切故人,病起,当约之为竟日游也。

子佩、涤夷见召,设宴于天香楼。病甚,本不拟往,然恐子佩有烦言,又不敢不去,因强疾赴饮,则为《小说日报》宴请执笔诸君。吃报馆饭七八年,以报馆名义而宴客者,绝无仅有,有之,惟《小说日报》前后两次。予虽惮于酬酢,顾因此大快,病若失,诸菜皆尝,惟青蟹不敢下箸,虑足以使吾疾加甚也。席上都艺苑名流,如晚苹、烟桥、眉子、小洛、公度、小逸、之方、韦陀诸兄。梦云亦至,谈锋最健,颇厌其絮聒;继念《浮生小志》出其手笔,当亦应召而来,只得任其信口开河。

(1940年8月29日《小说日报》)

二十八日,昨夜与之方归,之方抵马霍路时,为路贼所惊。贼以伪铳威之方,之方惧,以二十金为献,地点在威海卫路、马霍路间,时犹不至十点钟耳。记某年冬,予乘车过一品香之前,一人自黑暗中来,止吾车,称我老朋友,又要我帮帮忙。予扬言语车夫曰:汝为我击此贼,贼蹄于地,我旌汝五金。贼不敢犯,疾奔而去。惟之方所遇者,贼凡三,予所逢为孤寇,故易遣也。

今日痢已止,惟体困不可撑,夜间又得一恶梦,此时心绪郁塞,尤无好梦,念之可悲!

(1940年8月30日《小说日报》)

二十九日,亚林匹克马戏班,沪上之经营人士,凌剑鸣先生实为之擘划,近欲邀请新闻界参观,剑鸣为留佳座,连日以电话觅余,都相左。今日始得讯,因代约灵犀、小洛诸兄,以灵犀曾言,拟一看其"人弹"之神技也。顾灵犀、小洛俱往看盖叫天之《英雄义》,乃不果,当俟之异日,谋再副剑鸣雅意。

夜,无聊甚,因访笑缘,同饭于本地馆子,吃三碗,痢疾既止,食欲亦增。

予以"家难"重重,心绪恶劣万状。予苟忍心,尽去我之不应该养,及不愿意养者,则予之担负可立轻。今负痛荷诸肩上,转使我之家室,陧阢不宁,予固何苦?一生不甚识忧愁,今为此,而寝不安席者,一来复矣!

(1940年8月31日《小说日报》)

三十日,起绝早,欲稍稍散纵身心,以电话抵绍华,遂同饭于雪园,元龙亦来。雪园有鲜橘冰结涟,实冰于蜜橘中,甘香可口,为前此所未尝。今年夏日,未尝唼冰,睹此不免嘴馋,尽一事,入后尤胜,盖以一完全之橘,留其衣为器,榨其汁以调味者也。

琴儿既于归,其婿来,乃以琴之新嫁像,贻吾家,亦复婉丽万状。更一月者,琴将重来沪渎,惟琴母今已迁去,琴果来,亦未必能重睹斯人一面。琴家去后,室中迁来者,仍为一舞人,一榻一桌之外,别无长物,幸仅一后楼,乃亦不觉其萧条。顾人众,一少年油头粉面,日处妆阁,似伴此舞人者,是必为舞人之兄弟,龟材也。

(1940年9月1日《小说日报》)

三十一日,慕老今年五十正寿,惟不敢如昔年之铺张,拟邀至友集宴其寓邸中,尽一夕之欢,因于今夜嘱赴其家,商量办法。绍华本邀宴于雪园,用是不果往。绍华亦知己,当能恕予之疏慢也。丁家席上,有徐雪行诸徒,弹词家如沈俭安、魏钰卿师弟亦同来。徐氏诸儿,初无艳色,雪芳与雪梅,尤小得可怜。予意须赖文坛名士,为之提携,而座上之蒋九功,实为众望所归,梅、芳二人,遂拜于九功膝下矣。

夜看《史文恭》于更新。盖叫天此剧,错过于大舞台之会戏,更不能错过今夜之更新。尧坤以其券让予,遂得过瘾。沈曼华扮相殊俏媚,与坤旦马丽云,有几分似处,其人之不俗可知。盖五腰脚之健,与髯口功夫之精湛,台下人有来不及叫好之概,顾是夜竟未满座,人谓盖戏叫好不叫座,观此尤信。然而盖五老矣,看一次少一次,嗜剧人士,宁忍舍此而不恣情领略哉?

(1940年9月2日《小说日报》)

九月一日,为废历七月廿九日,亦亡妇三周年忌日也。唐门不幸,三年前,妇死于沪寓,二十四年前,五妹协之殇于故里,故今日亦为五妹忌辰。妇死之初,值余奇贫,营奠营斋,百事都废,第设其神主于舍中,岁时飨祭,曾无稍缺。家人饭,亡妇亦饭。或家中制时点,亦供亡妇,盖欲所以稍稍慰幽灵,亦欲使儿曹永念阿娘耳。

十年前,王颂棠先生,为作一便面,存于矞云许。矞云近翻旧箧,忽得此箑,因丐何二水先生,为题一诗其上,复黏先生所拓诸章,无不古拙可爱。先生治印,颇蜚声于旧都,近年侨居海市,仍致功力,未尝生其手也。矞云谓先生将出其艺与沪人士借结因缘,或且使南方印人闻之,失色于劲敌之当前矣。

夜,风雨甚暴,连日苦热,赖此甚雨,必酿新凉。

(1940年9月3日《小说日报》)

二日,淫雨终日。午后登先生阁,陈禾犀先生复以更新座券见赐,因临雨挈林楣同观。林出门不及旬日,顷又言旋,午时以电话来。此儿久居都市,未受跋涉之劳,乃谓去沪以后,辄困于病,病遂思归。然睹其人,则亦未尝有风尘之色也,为之欣慰。更新之剧,盖叫天演双出,为《白水滩》与《北湖州》,及沈曼华之《起解》。予所见者,亦仅此而已。《白水滩》旧曾一观,在予之记忆中,此剧亮相最多,而无一不美,然今夜似稍简。《北湖州》之好,亦在口面上做戏,惟钢鞭之技,末耳!惊人绝艺,邓国庆似比盖派尤多,故不足以为盖派美也。曼华之《起解》,悉宗梅,不得闻兰芳歌,而得曼华,似亦足以慰情聊胜。惟今夜嗓不甚邕,胡琴调门,又打得太高,沈频频以目睨其琴,琴师曾不为之周旋,真使台下人难过矣。

(1940年9月4日《小说日报》)

三日,天始转晴。午后往省妗氏,又视唯一疾,唯一亦病痢,有寒热,故不敢效我之一泻而痊。病甚时,彻夜呼母不已,想见顽疾困之深也。

今年作扇甚多，连二日，又尽五六件，殆以此为结束矣。

近时，鬑鬑者颇易满颊，遂剃须甚勤。予尝买保安剃刀，然不常用，迩则以须根生长之速，故常用以自刈。一日，不经意，削鬓角上耳心者寸许，镜中自照，为之失笑，又以用皂不得法，极勿易剃。近乃使日月肥皂，皂沫甚丰，一下刀，连根都拔，大快。日月肥皂有奇香，居家称为洗衣妙品，不图尚有此种。昨日又剃须，日光嘱吾面，乃见吾须于唇角者，悉作金色，相书不云乎？"眉重当家作，须黄发达时。"予之腾达殆已可期。予眉本疏淡，某岁猝浓，而予父终谢事，一家负担，尽荷吾肩，前一言既应，后一言亦无不验之理。顾此是天机，予今泄露，深恐不灵。

（1940年9月5日《小说日报》）

四日，家人买荠菜半斤，入沸水，才盈一握，母谓昔年乡居市上，不过一二铜元耳。或谓以今日物价与战前比，平均高五六倍。然荠菜之价，实超出百倍，令人舌拚下下。

午后，看竹八圈，腰骨欲折。

梦云骂人，往往无中生有，如三日之《浮生小志》，谈汤桂芳姊妹，而结论忽着一语，谓"大郎搅七廿三"，我几曾同梦云搅七廿三哉？汤氏姊妹，为梦云所识，与予则素昧平生，其姊妹间事，梦云知之，我则茫然，我又何为而与梦云搅七廿三？梦云果要骂我，题材甚多，如此骂法，是乱骂，恭献一诗：

搅七何曾又廿三？汤家姊妹非我爱。我要说句粗攀谈：莫非惹乱触屁眼？

（1940年9月6日《小说日报》）

五日，中午秋雁、业儒为其尊人设奠于护国寺，饭后特往一拜。秋雁夫人已挈其诸雏返沪上，大星且能哭其祖，双目红肿如胡桃，将来之做工花衫也。孝帏中不见孝子，有之，第老八一人，秋雁与业儒皆未归。

又偕小洛登先生阁，赵君艳将拜于青鸾膝下，明日或须行礼。青鸾谦逊，谓最好兄妹相称。此君亦如梦云之胃口好，自以为尚后生，不知其发星星而齿牙动摇矣。

访天厂于天主堂街,晤翼华、瓢庵于此,出来走走,究竟可以见几个朋友,惟为味稍逊于柔乡福分耳。

晚看戏于共舞台,人皆谓赵君艳好,我亦佩其演艺。邻座一妇,瘦而美,双目汪汪有水,或亦淫雌。如春在台上,见予坐,乃谓:"昨夜我与唐某在舞场里跳通宵!"几为所窘!

(1940年9月7日《小说日报》)

六日,昨夜颇不安于梦,下午欲再睡,甫交睫,又为电话所醒,遂不获重眠。

龚翁赏刻之"惠明上人"一章,已由灵犀转来,既不谈润例,亦未论石价,看来都好揩油,盛意颇可感也。

见采芝室主,论文章之美,旁及诗画,其言谓要诗中有画,便是好诗,画中有诗,乃成好画。予当年亦颇囿于此见,又惑于所谓诗人之旨,要不失温柔敦厚云者,旋悟不然,以为诗之美,端在意境之清微淡远。温柔敦厚,属之性灵,意境则又为一事。友人作诗之能兼二事者,以予所见,惟一叔范。他人亦不甚作诗,作亦无好诗可见也。

为矞云公子诒孙兄作一箑,为别人写,总写自己香奁诗,为诒孙所作,则录放翁律句,有"白发无情侵老境,青灯有味似儿时"。此联即如上文所谓以意境胜者也。

(1940年9月8日《小说日报》)

七日,清晨尚与灵犀谈于清河之榻。灵犀谓:自绝迹欢场,以为可以多几个钱,放在身边,不图亦难如愿,而负担日重,家计日艰,为之焦虑欲绝。其实予肩荷之重,固未逊灵犀,而予从不以此为虑,往年如此,何况乱世?虑之徒耗神耳!踏雨归家,水浸吾履,尽湿。

迩时,脱发甚繁,知为血气亏损之征。予本不必以发光美吾颅,即脱而尽之,亦何憾!第愿吾齿应长健,勿有虚损,不然,且不能健食。我孱弱已极,今之能勉支其体力者,幸能饱啖耳。苟败吾齿,其何以撑!

读谢豹一文,谓予亦梦云一派人物。盖予为报人,实梦云汲引,予自离学校生活后,未尝有一日赋闲,要为梦云所赐,怀德不忘,是为君子,以后当少骂几声浮尸!

(1940年9月9日《小说日报》)

八日,家庭间乖戾之气叠生,予妹既迁去,重又来此,而哮呶如故,与素兰益不相容,而吾母亦卷入漩涡,尤堪痛心!如此现象,予可以恝然置之矣。特怜吾母,又恤吾娇儿,用是隐忍。予妹婿既自远地来,将觅食于沪上,乃卒无所就。今日,妹从其衣囊中,发现烟泡二,审其又与阿芙蓉昵,悲愤欲绝,则潜取吞之入腹,偃卧予家,欲死我榻上。及发觉,送入医院,吾榻幸未供其绝命之地,然居心如此,令人兴叔世风漓之叹。予困顿万状,然三四年来,勉力蓄吾妹,豢二甥,自未有间言,正以吾母在耳。今妹以与素兰哄,怒我不能遂逐素兰,复衔我刺骨,使吾家乃无片刻安宁。予故灰心,凡此附骨之疽,将一一去之,予则翼两儿自居,两儿为吾妇所遗,予已负妇至死,不能再薄视吾儿矣!

(1940年9月10日《小说日报》)

九日,家中既分别类,直欲忍饿不肯举炊,成人所可勿顾,馁吾娇儿,为之心痛。长子既解事,则涕泣不欲饮食,予益心酸,语之曰:而翁未尝予荼毒于吾儿也。徒以齐家无道,乃苦吾儿,然翁在,必能措儿于温饱,家事无可为者。翁将挈儿以别居,毋使吾儿睹此凄凉景象,乃损其脆弱心灵也。

下午五时,遂偕小洛、太白、之方诸人,饮于酒楼,尽一杯,予胸怀结塞极矣!欲借酒以稍解牢愁,顾勿能多饮,微醺辄止。比归,即就卧。近来颇贪眠,着枕即作鼾声,而为乱梦所扰,醒固不宁,眠矣无法泰然,精神创损巨矣。

(1940年9月11日《小说日报》)

十日,予家之纠纷尚未已,晨视吾母,憔悴可怜,知其精神上之损失巨矣！故欲谋编遣之策，势不得不耗多金，然予累奇重，其何能胜？

吉光来，同赴净土庵，世勋为其尊人设奠于此，排场极阔，仅扎彩非千数百金不办。世勋要予做招待，遂插鲜花与绸条于襟上，跑到女宾一室中，以为云裳与小舞场之舞人，毕集于此，省得到霓虹灯下挑选佳丽，比际以招待资格，正可为刘桢平视也。不图一进去后，当意者不多。云裳某职员，若知予来意，谓今日舞人到者甚少，此间所有十之三耳，十之七皆周家戚党。闻言亟亟退去，吃饭，饭已，除鲜花，去绸条，潜出返家，未遑与世勋道别，亦不暇一问慧海师父近况也。

既与欢场分绝缘疏，而林楣亦暂时辍业，既以远游，近复为其兄筹备婚典，故而家居，预备吃老本。此儿不务高名，亦淡于利欲，其襟度俨同雅士，宁不可喜！

（1940年9月12日《小说日报》）

十一日，近来恒入市买果物，久未承立柜台朋友之颜色，一只死人面孔，从来不要看，迩来乃偏要我看。曾于一二小时内，历商店四家，为紫阳观、邵万生、永安公司与老大房，以永安职员之面孔最和善，紫阳观与邵万生，皆用我热气去换他们冷气，可见旧式商店，对于职员之训练，至今还未转着念头。予心所不欢，便要当场开销，骂他们就要关门，关门后，此辈就要失业，失业则回家，所有肝火，请他发到府上去矣。

夜，约之方同饭，之方有应酬，则约我同游舞榭，予亦辞之。之方谓伊文泰久不往矣！一方所谓水榭风廊之胜味，正可秋凉秋时候尝之。予则亦如灵犀之心如止水，开眼怕看纷华，故及早归家，颇不以黄脸常婆之为可憎也。

（1940年9月13日《小说日报》）

十二日，下午小坐于卡尔登楼上，侧室已供职员为膳堂，翼楼遂成名在实亡之局。绍华来，得为畅谈。六时小坐于黄金，兰亭有丧明之痛，为之恻然！夜赴龙兴寺，尧坤以三十诞辰设宴于此，晤老友甚众，俱谓久不见大郎，大郎乃清减如许，甚矣！心意不宁而蚀人之甚也。

十时后偕敦颐、重华二君游于大都会,旋复迎熙春坐于仙乐,自仙乐而至百乐门,招金蝶侍坐。予以足痛,不能举步,第与金、王二人,各为起舞一次。宵禁以后,送熙春归去。予等复至大华,进半夜点心,二时乃返家。一夜间赴舞场四家,此在往年,本为常事,近三月来,则久已不弹此调。是夜在仙乐见翠红、金红皆随其稔客来此,又见号称"海防皇后"之姬娜,方沉醉于客人怀抱中,昵人之态可想;在百乐门见潘玲九。

(1940年9月14日《小说日报》)

十三日,昨夜哲儿右耳作痛,其实痛已二日,昨夜尤甚,梦回,必负痛而啼,怜之,伴其同眠,终夜乃不获入梦。至今日下午二时,好得卧,卧四小时而醒,罢甚,而哲儿忽有寒热,惟耳痛已轻减,盖取胡桃油,滴入耳际,自愈,固不劳医生之费手术也。寒热则以感冒,夜为覆重衾,汗出如浆,热亦退。然予又不获眠,一到家中,无以自慰,所能赖以稍放眉头者,殆惟两子,故见子病,辄忧郁不可解,俟其热退,始得安枕。

迩时恒多乱梦,梦既乱,醒后记不能清,惟有一梦,犹可忆。似在盛暑之夜,与妙侣乘凉归来,经一地,高墙以内,似为园林,行人道平洁如洗,辄与妙侣曰:曷坐卧于此,天明始去。议决,二人乃并肩卧,披墙绿叶,间以红花,滋然为异彩,垂垂覆二人之体,如盖锦衾。然当此际,梦境陡易,此温馨之局,竟不可继!

(1940年9月15日《小说日报》)

十四日,哲儿病既痊,今日犹使其旷课一日。下午访诸友,尝登先生阁,亦觉无聊,旋即离去,与小洛饮于南京咖啡店。

看谈戏文章,只爱瘦竹一人。我不办报已耳,我若办报,必登门求瘦竹之文,瘦竹不允,固请;再不允,虽长跽乞怜,亦所勿恤。盖叫天登台之日,瘦竹著一文,寥寥十余行,将盖在《恶虎村》中之要紧身段,一齐写出,使看戏以后,再读其文一遍,则醰醰味永,若饶回甘,真神笔也。舞文作者之美才,近来嗜好一梅霞。梅霞之文,不事冗长,语短而俏,言简而多风趣,文亦精致可诵,昨睹其写一节曰:"小王莉莉欠张玉梅大洋三元,玉梅特派其妹专诚往索,莉莉以尝请玉梅吃大菜一客,故扣除二元。早知道她们派头如此之小,真王八蛋要认得她们矣!"此文之好,事实之有趣造成之,而愚则以为尤好者,完全以舞国少年之口气,写对此事件之感想,无不逼真。若第赏其文章之爽利,则浅视梅霞矣。愚与瘦竹、梅霞俱非相识,遗此才美,独未许不肖论交,亦生平憾事也!

(1940年9月16日《小说日报》)

十五日,同人公祝丁慕琴先生五十寿辰,假雪园设宴,以人众,寿筵张于沧洲饭店之礼堂上,遂无摩肩接踵之苦。予四时即往,到者殊少,独绍华与小蝶,照料甚勤。绍华与寿翁初非素识,惟夙仰慕老为艺苑胜流,故特抑筵席之资,以示尊贤,气度颇不可及也。七时后,众宾始齐集,坐十余桌。席半,有赠彩之举,以中法药房之"赐尔福多",为最名贵,同桌茜萍得一瓶,茜萍瘦弱,得此可以补养身体;而江南小谢,得"康福多"一瓶,谢有痼癖,"康福多"可以为戒绝嗜好之助。小洛乃曰:此人乃得此彩,真宝剑赠烈士也!闻者咸为轩渠。女宾亦多,周鍊霞女士,夏天看似二十四五,今日见之,又似不过二十出头。天下妇人越见越后生者,惟一鍊霞。今日何琴芳亦来祝寿,此局而有宋词人参与,今夜必不堪寻梦。惟论饰貌奇妍,竟不获一人,若短中取长,则顾文绮尚耐细看。此结尾言,当为陈主编密密加圈矣。

(1940年9月17日《小说日报》)

十六日,为旧历中秋节,午时在家吃面,循乡俗也。饭后又吃毛豆荚与芋艿,亦循乡俗。然上海人家,不煮面,第以吃月饼为重,于是挑食品公司不死,而上海人糜费于此者,为数竟不可计量。予不嗜月饼,睹此物即生厌,见他人啖月饼,辄詈其嘴馋,见卖月饼店家生意兴隆,更嫉之如仇,其心理自不可解。翻书箧,理年来所积函牍,历时甚久,腰背俱折。

傍晚佐闺中人燃香斗,迨凉月乍升,斗已烬其半,遂恣为欢唉,唉后不欲辜负良辰,相偕入影院。散场出门,徐步于静安寺路,月色奇妍,为昔所未见。是夜关室内之灯,拥衾静卧,看月光临榻下,似月光亦怜尘世劳人,故来照其片刻之缠绵者,心田上之愉悦乃无量。然使雅人闻之,必笑此物荒伧,老早浸其身于黑甜乡里矣。

(1940年9月18日《小说日报》)

十七日,忽降雨,今夜更无月光可看矣。下午又整理十年来所积书牍,以舅函为最多,黎锦晖先生者次之,王媿翁又次之,更其次则逸芬亦不少。若论书法之美,则应推媿翁为第一。锦晖之书,悉用钢笔写,书有长至十四五张信纸者,可见此老当日精神之健,为不可及。艺苑胜流之以书见赐,最爱慧剑一笺。张慧剑先生以小品文之清远,为南北一人。予殊缘悭,迄未得一亲叔度,而当时固有书简往还,蒙其奖劝,感奋良多。域内兵燹,不审闻铃阁主人,近况何若?眉子先生或有所知也。又得舅氏一笺,写《秦淮竹枝词》九首,诗皆可存,将来梓全集时,当付惟一兄采入。舅诗多散佚,半载以还,搜集者犹不获百章,譬如《秦淮之咏》,予苟不发旧箧,将任其飘零,宁不可惜!

夜凉如水,室中电炬陡损,遂燃烛,烛下写稿二三节,惫甚,于烛影中悠然寻梦。

(1940年9月19日《小说日报》)

十八日,夜约之方、小洛饮于明楼,二君皆醺然有醉意。饮已,乃为牧猪奴戏。

友人媿静室主,有《游春》诗云:"一片峰峦松柏翠,几枝红杏夹中间。闲看稚子摇轻舫,偶有落花过水湾。倚壁枝枝红欲笑,傍岩处处绿悬潺。同来未识青山趣,一路时时催早还。"又有《上海之春》一律云:"车去如飞不起尘,春郊如画少游人。苏州河水浑无浪,黄浦江边网细鳞。一鸟来鸣花正落,数声长橹水成鄰。谁家草地平如剪?迎面桃花向我亲。"凡此皆十年前所示。媿静文章书法,卓绝群伦,为诗不拘拘于格律之严,虽不甚高,而超脱可喜,比之泥古不化者,读之自然适意。

又有《见寄》二首云:"近来四野尽春花,垂发娇人应在家。不惜殷勤常过往,自然素手送山茶。""山边昨见百花开,我忆尊斋一树梅。乞赐殷勤加护惜,明年定欲看花来。"不事铺张,而自饶韵致。

(1940年9月20日《小说日报》)

十九日,午后与天厂晤谈,又偕翼华赴黄金。兰亭自龙官殇后,颇能自遣悲怀,此在丈夫尚堪旷达,惟夫人则伤感甚至。夫人体弱,近乃就医者调理,冀再获麟儿。天果为贤伉俪锡福者,或不负苦意也。夜元声设宴于红棉,又返黄金看"算粮"与"登殿"各片段,所立处距台过远,芷苓扮相,不可辨认,第闻其嗓音颇嘹亮,模糊中看其人,听其歌,乃觉长短声音,都与素琴仿佛。

归后,与灵犀、翼华为宵谈,胡妹妹尚未入睡,传之来,同来一舞人,则秋水先生笔下之家边草也。比一月中,不甚晤灵犀,即偶一见面,亦无可告语。灵犀固心如止水,鄙人亦意倦欢场,正不必如往日之絮絮于灯下,尽为酡红媚绿之词矣。

(1940年9月21日《小说日报》)

二十日,有雨,风来亦劲。昨夕未成眠,至上午十时始入睡,下午三时醒,再睡,起已七时后矣。慕老来催饮,是夕慕老酬寿事之筹备诸君,设宴于其寓邸,座上有小蝶、绍华、荫先、之方、小洛、灵犀、沈琪、尧坤诸子,谈笑甚欢。小蝶酒后,尤口没遮拦。既退去,与绍华、小蝶、之方同诣黄金,拟稍觅幽欢,而不得其地。上海舞场固多,而吾人今日,乃无可跳之户头,言之真堪闷损。在黄金楼上,看《火烧连营》一段,遘过宜于此。

灵犀拟邀君艳吃饭,而请老友作陪,惟老友则欲为二人公祝,绍华与小蝶咸赞同此意,席设雪园,小洛推予筹备此役。予恐灵犀脾气太大,奉承不当,转遭呵责,故为之筹备其事者,最后勿为灵犀之酒肉朋友,要为道义之交,如拳头措大厂主,如二郎先生,则登高一呼,加入者必众,则事亦易举,而他人亦无夹当好吃矣。

(1940年9月22日《小说日报》)

廿一日,午后往视信芳病。信芳卧床迄今,将近一月,比寒热已尽退,惟日延曹医生为调理,予去视时,医者亦至,信芳且起坐,发成几没项。夫人谓:今日信芳吵得要剃头溘浴,以为剃头溘浴后,可以稍掩形貌之清癯也。信芳又性急,日日盼其健复如恒时,则可以登台。惟以势觇之,求其速愈,正复大难,盖伤害之后,须经长期休养,始可复原。今双胫瘦乏,腰且不获久支,若登台演戏,固非其时也。街灯既上,始别去。夜饭于红棉,颇不可口,然一餐所费,已达一百三十金,其俊谓主人耗多钱,客人则犹未快口腹。上高等酒家,殊不实惠,其言良然。在黄金看盛藻、芷苓之《坐宫》,盛藻之歌,颇激越,芷苓更曼妙万千,座上遇小洛、之方。

(1940年9月23日《小说日报》)

廿二日,良伯师设奠之辰,雨甚。殆天亦哀此善人,委弃于一旦,故作山颓木坏之悲也!予去已亭午,公祭方毕,闻松风号于灵堂,其人之纯笃可想。樊门子弟,及师生前至友,每逢月之十五日,举行聚餐会一次,谋所以竟吾师生平遗志,而亦所以纪念英灵焉。吾师谢宾客后,为之料理身后者,以瞿九皋先生为尤热心,生死交情,由此乃见。他如祖莱、善琨二先生,于樊家事,无不关心綦切。他人闻之,亦为之感奋垂涕。是日,素车白马,拥塞于虞洽卿路上,极一时哀荣。

夜助闺中人治晚膳,旧佣一奴,今且遣去,家事遂丛之彼人一身。又以大雨,滋不便,至夜静未息,虽劳,而为欢弥永。予则偶一为之,无伤筋骨,久之且不胜。明日,当别招一奴也。雨仍骤,梦屡回,雨声曾未少息,意明日且大凉。

(1940年9月24日《小说日报》)

廿三日,仍雨。范松风兄,以廖逷声先生祭良伯师一文赠愚,今留于日记中,文不知出伊谁手笔也。

"维中华民国二十九年九月二十二日,华南制药厂股份有限公司董监事会,谨以香花清酌庶羞,致祭于樊公良伯之灵,呜呼!殿维我公,善与人同,扶危最乐,游侠高风,疏财仗义,排难折衷,周恤济急,施惠困穷。维我公司,今春扩展,得公主持,黾勉责善,赖公宣传,业乃丕显。呜呼我公!体貌丰隆,年进强仕,鼎业聿鸿,追附骥尾,振聩发聋,岂其罹疾,遽殒厥躬。今后勉哉,佩公琼瑰,南针永式,典型是裁,金飙劲厉,世事含哀,申兹景仰,伏维尚飨。"

(1940年9月25日《小说日报》)

廿四日,旧历八月二十三日,为予三十三岁生辰。儿子太小,未能为予上寿,予亦忘之矣!而吾母未尝忘,亦为予祀神,又为予煮面,惟母今晨起,又发病,病势上午颇凶猛,下午渐轻减。近半年来,吾母虽不强健,精神上之损失,自不可计量,于是复病!

素兰商于予,欲迁去寓中,与其闺友周夫人同居。周夫人新孀,赁屋于淡水路,与素兰善,其夫死后,常遣人来,促素兰往作伴。顷闻吾家多事,遂欲令素兰迁往。与其相处不宁,无如避面之为得计。吾家人俱不满于素兰,然其闺友,又何以多相得?譬如之方夫人,劝素兰时莅其家,友情固未尝不契也。用是疑惑,欲我诅家人而独薄素兰,殆不可能!

南宫刀来,为谈见闻诸事,俱非信史。刀谓白凤、韦陀、蝶衣诸兄,无不知之,因寄一简与涤夷,请其为诸君道地,而梦云之口没遮拦,尤当加慎!

(1940年9月26日《小说日报》)

二十五日,昨夜亦微有寒热,今日遂未出门,下午且熟睡。予作《怀人诗》,刊于《社报》,有谓绮罗香一绝为奇佳者,其实不然。一夕,于仙乐门口,遇张翠红,雾鬓风鬟,风神欲绝,庭下视之,则又如被月桃花,艳艳缬人双目,因得句云:"见说凉秋将九月,却持灯火看桃花。"自谓写当时景状,乃至宛美。时同行有熙春,熙春未尝留意此一瞥惊鸿,不然必称吾诗自多妙致。三十二首,于前夜足成之,至《薛玲仙》一章,乃叹好句,二十八字,无一字雕凿,而都从心坎中流露出来,亟遣书灵犀,谓文字不加雕饰,而佳处自见,此为明例。又《林楣》一章,虽发语幽凄,而自有深情,诗皆未刊布,不谂老友见之,亦引为同调否?

(1940年9月27日《小说日报》)

廿六日,骤雨骤晴,天气乃入勿二勿三之状态中,以天喻人,天亦十三点也。读《低眉散记》,滋不快,奈何婴宁老友,亦称我为诈病哉!予身体之羸弱,友人共见,特本性好动,不惯静养。故一面言病,一面犹跳荡人前,人且目我为无病。譬如近日,至下午四时后,常有寒热,翼华知其状,谓为病肺之征,宜速就医,然每次寒热,予终未尝在舍间床褥间也。可知予虽以病状宣之楮墨,而始终忽视其病源。若婴宁乃言我为诈,无乃太冤。昔某先生亦言:大郎常言病,然见其人,乃殊健旺。病云何哉?予曰:我特未向先生贷医药资耳。

今夜忽与老三相值,曾吃茶点,夜十时觅食于天天饭店。十一时,至大都会,招舞人张红君同坐,予特为一二舞,归已近宵禁时矣。

(1940年9月28日《小说日报》)

廿七日,下午赴卡尔登看《贼王子》,片为马师曾与陈云裳合演,全部粤语。其滑稽处甚多,令人忍俊不禁,场中观众都百粤士女,予十九不能辨,惟马师曾称皇帝为陛下,称陈云裳为公主,则尚可听之审耳。

笑缘以电话来,谓昨夜游大华,凄凉绝代之儿,乃颇以不佞为念,因约今晚同往一观。九时赴国泰,渠等乃欲诣回力球场,遂未同行,在国泰绕场一匝,则旧识诸姬,已都迁去。回力球既重张,之方又将寄迹此中。翼华则在黄金淫于花事,灵犀以一眚又殇忧伤憔悴,令人益有故交零落之叹。瓢庵安在?绍华何居?念之怅惘无穷!

今日殊无热,然畏冷奇甚,着重衣,犹不堪温吾体,勿知何故?婴宁闻之,得勿又谓某君又在作"做工老生"矣乎?

(1940年9月29日《小说日报》)

廿八日,玲姑携小玲来觅我,此人处境大艰,几至不可举炊,谓与严郎育子女七人,大人不得食,犹可不言饥,若在群雏则号啼一室,闻之恧嗟不已。玲姑夫妇俱不善谋生，夫尤颓唐无状，使其妻鬻舞，而妻又年老，不堪役此绮业，遂坐困为牛衣对泣。予复贫薄，不能为故人厚助，第所以将意，遣之去。濒行，睹小玲黄瘠之颐，几为雪涕！

素兰不久将迁去，与其留此多气恼，不如独处之为优。素兰久入中年，弃之不祥，亦非情理所许，故予必视力以全终始。友好或且责予凉薄，用记此言为券，知予不终负此若干年来之相依人也。

晚访红蝉为长谈，知夫人又育一雏。红蝉言梦云日日临此，顾今夜却未遘其踪迹，予方不幸，若更见此人，料知倒霉必甚。

眉子先生函告，谓慧剑已离渝，闻之人言，顷返皖中。眉子先生知予怀慧剑殷也，故以书慰我，盛情深感！

（1940年9月30日《小说日报》）

廿九日，玲姑又以电话来，渠曩言将远离沪上，盖不可信也。等是穷人，讵忍以行诈责之！

予写稿最潦草，一稿既成，编辑见之头痛，手民见之棘手，校雠见之，尤有手足无措之苦。昔为他报主纂，排字者有一人专司吾稿，若此人请假，明日，全稿之面目都非矣。予有数字最易误植，如"是"与"果"，"健"与"继"，"非"与"然"，"笑"与"哭"。某日，予为文有"翼华兄继美先生"，印为"翼华见健美先生"，恒为失笑。惟"非"与"然"，及"哭"与"笑"，俱为相反之词，此中自有出入。若干年来，从来不肯写正，故亦不欲将责任诿之他人。

报间近有谈孝与非孝之论者，殆以予一言而始，此种问题，昔日论者已多，今可置之勿议，非谓无列论之价值，以问题本身太枯闷，论之，虑使读者肠胃不宁耳。

（1940年10月1日《小说日报》）

三十日，下午有雨。铁椎先生久不遇，今日身得通一电话，为之狂喜。午后访翼华，欲试嗓而气短短能吐一字，可怜也。

予抵涤夷兄书，烦其为白凤、韦陀二先生道地，而涤夷偏揭其隐于

《低眉散记》中,大怨。予不常晤涤夷,晤时亦不及细倾衷愫,涤夷因亦无从知故人隐痛之深,遂以为可喜也。顾既得予一书便当稍留地步,今若此,乌得无悲?予恒谓涤夷为人奥僻,而吾友不肯自承,此足明证,涤夷讵有余言哉?后此愿稍予包涵,则拜贶无极。(涤夷按:足下忘"编辑房间肉一方"之时乎?何尝为故人稍留余地哉!"偏揭其隐"四字,弟又不承,弟犹以为颇能为兄包涵也。一笑。)

无聊极时,听无线电中之报告,深悟此亦要有天才之人,始能胜任愉快,予不及一聆唐小姐之吐属,然闻之人言,好友电台今日之男女报告员,悉宗唐派果然,则譬之行文,得"轻灵"二字。尝闻一女子念"日月肥皂亮晶晶,汰己衣,香喷喷",二语似吟,易出之蛾眉齿颊,尤有雅韵欲流之妙!

(1940年10月2日《小说日报》)

二日仍有雨,午后与子佩同访明楼,小洛与之方继至,各为薄饮。之方且市陈阿小之烧鸡与鸭舌等,因谓都会人士,讲究食物清洁,然陈阿小最马虎,购其物品,往往用手抓而不以钳取。盖生涯既盛,用手固便利多也,然都市人士,初不以陈阿小之两手为不清洁,第赏其食物为味之美,是可足矣!

见涤夷于吾日记之按语,乃知此君志在报复,深悔当时之多此清才丽句,乃贻后来无穷之戚也!(蝶衣按:下走宅心仁厚之人,决不图报睚眦之怨,足下当自了然于胸也。)

读《温庭筠诗集》,以至投卷入梦。庭筠自有好诗,予更爱其《赠袁司录》一律云:"一朝辞满有心期,花发杨园雪压枝。刘尹故人谙往事,谢郎诸弟得新知。金钗醉就胡姬画,玉管闲留洛客吹。记得襄阳耆旧语,不堪风景岘山碑。"

(1940年10月4日《小说日报》)

三日,绝早已起,阳光遍大地,精神为之一振。饭后登先生阁,旋又诣卡尔登,楼下之积水于午后退将尽,而浦江之潮泛又起,又泛为洪流,踞楼上看水,乃多妙遘。女人之乘车过此者,为态奇窘,似虑其车或颠于水,面赧,顾欲故示镇定,则吃吃为痴笑。念"无风三尺浪,有味一船□"之句,此景亦似也。楼上风甚厉,久立,遍体都寒,遂归去。

得江枫兄来书,知新艳秋重来沪上,为之喜心翻倒。江枫有特刊之辑,因又向予索稿。新艳秋上次来沪,予未尝一闻其歌,某夕饭于天天饭店,始于樽边一睹艳影,叹为殊色。林庚白诗所谓"一瞥能生窈窕思"者,予于新姝亦似矣!

(1940年10月5日《小说日报》)

四日,午后又登先生阁,旋又访之方,夜与小洛等同餐。

雇一车过法租界之圣母院路,积水尚未退尽,在蒲石路交接处,水最深,望信芳门第,亦浸于水中。有一肆,肆中尽积水,一学徒卧于桌上,取一桶,系以绳,为汲水之戏,为状甚乐。儿时,有戚自上海回,谓上海大水,一夜睡店堂中,及起,水竟及床褥,觅其履,已不知漂流何许。今见此状,忽忆儿时所异与闻,得毋类似?此地之水,比卡尔登楼下,尤为伟观,人力车没全轮之半,车夫苟曳之稍低,则湿我胫矣。旅沪垂二十年,未尝探此异迹,不图于今始遘之。

荒年乱世,米价日高,乃闻吾子能健饭,幼子自暑假后本瘦弱,今亦壮硕,食粮较往时益一盂强,此则又与穷爷难过矣。

(1940年10月6日《小说日报》)

五日,明星香水厂,近又出玉露两用香皂一种,其色五彩缤纷,其式立体高花饱含百花香味,其花纹中现有茉莉花形者,即为茉莉花香味,现为玫瑰花形者,即为玫瑰花香味,小号者名"小玉",如用以化妆,能去除毛孔腻脂,使肤色细洁白嫩;如以之洗涤高贵衣料,使能洁净无瑕。每块用双喜红色之包面纸包裹,作为婚礼之喜果、寿诞之寿糕、添丁之喜蛋,无不相宜。予弟执事于中西,来闲谈,记其言如上,且谓喜事人家,定购二百块,即可缀姓名、日期,以资纪念,其办法尤美,售价又廉,大号每块为三角,小玉特每块一角,小玉之名,何其典雅。昔中法大药房出品之生发水,名曰"绿波",予尝咏以诗云:"红闺一夜勤膏沐,将见明朝绿欲波。"盖亦爱其典雅也。今又有"小玉"二字之发现,岂不又是大好之咏吟材料哉!

(1940年10月7日《小说日报》)

六日,午后遘培林于翼楼,乃同登大新画厅。翼华市画三件归,以博弈之所盈余者,耗之于玩赏风雅,是亦可谓克家令子矣。自大新至中国饭店,觉厂先生辟一室于此,既而费穆、梯公、瓢庵、陆洁诸兄俱至,遂同餐于东亚酒楼。是夜,觉厂先生以道阻不能归去,宿于逆旅,陪之为竟夕谈。

大新画厅有西人油画,售价达三千五百元,拟购之归,惜寒家非巨厦,悬此画于楼上,楼必欹,楼下之灵犀必勿宁,故只得置之。见永嘉马女士所作仕女,徘徊嗟赏,不忍遽去,其上有公愚先生题字,颇不知是马女士者,乃为公愚何人。

(1940年10月8日《小说日报》)

七日,与觉厂先生谈于逆旅,至天明始买车归去。往昔以传舍为家,故一闻朋友有房间,辄喜心翻倒,今则视销磨永夜于逆旅中,为苦恼事矣。与觉厂既久违,所言犹多,故不觉厌倦。觉厂谓有新闻记者尝访之于寓邸,此人既归,草一访问朱先生之记事文章,多以词害意之谈,遂使《中美日报》副刊,对觉厂大张挞伐。觉厂初以为并无罪恶,何以引起清议所非?及读访问一记,乃知尽为某君所误,大怨,然亦不欲置辩,惟后此见其人,视为畏友矣。

八时,始入睡乡,十二时已起,乃不出门,学拆字先生之替人写信,凡两封,一为阿姊与其妹之书。先是,姊妹并鬻舞于海上,妹于年前忽读书,旋赴重庆,犹攻读不辍,比来书述川中生活程度之高,而生计之如何艰困,然绝不言将作归计也。其书楚楚可观,其志尤堪敬佩,谁谓欢场中,固难求好女儿哉?

(1940年10月9日《小说日报》)

八日,午前访老友明翘于其寓邸,经年不见,大侄已长大如成人。饭于此,明翘谓远道人有以予近况为念者,盖感我不能自洁其身也。因共寄一书,亦所以为故人慰耳。

午后晤信芳于卡尔登,已能健步,虽微见清癯,转觉较病前为年轻矣。笑缘来,偕之访金红于四明里。金红楼上,不延舞客,我等猝至,殊嫌冒昧。笑缘吃朱天素,因与克仁、翼华,共餐于功德林。晚饭后,赴更新看戏。傅德威之《挑滑车》,予以为可以满意矣,然同行某君,则谓其勿逮高盛麟远甚。甚矣,老夫评剧之无眼光也。迟世恭与吴素秋合演《戏凤》,其下为王鸿福之《盗魂铃》,台下人对之极好感,予则看不出好来。素秋接演《盘丝洞》,灯光不甚完善,颇感枯闷之苦。沕浴一场,予以为不要灯光,纵使勿令台下人看得须眉毕现,亦当让素秋腋下之毛,使吾辈看得见几根,今在灯光下,便一无所视,徒呼负负。

(1940年10月10日《小说日报》)

九日,上海戏剧学校,为许晓初、陈承荫两先生所创办,苦意经营,成绩良美,今日又排演于黄金,以座券见贶,颇欲一观,而阻以他事,竟不果行,为怅怅久之。

十日,今日国庆纪念,稿事停写一日。上午,不欲负秋光之好,遂游兆丰花园,以十一时往,一时回来,此中繁花如锦,正不让春朝,颇耐人流连也。下午又看雪艳琴之《探母》影片,八九年前,尝观于黄金,自雪辍歌,想望声容,无时或已。今日坐银灯下一二小时,要足以慰媿念之殷。

夜饭于卡尔登,天厂久不晤,今夕得为叙谈。拟看花,苦无搭子,觅笑缘、灵犀皆不获,及深宵,始与灵犀谈于里中某君处。

(1940年10月12日《小说日报》)

十一日,近来真忧伤憔悴矣!朋友不知,偏以为美事,又宁知愁乐之乘除,有未足相抵者邪?

午后,在光明咖啡馆,晤伯铭、如珊二君,而海上武生,俱集于此。

如李仲林、李如春、于宗瑛、王富英、王少楼、王英武,真大观矣。第环顾不见翼鹏昆仲,为之怅惘!

夜与天厂、翼华,访木公于其寓邸。入局看花,凡十六圈,自下午十时至明晨七时,初大胜,继乃中落。木公负最多,天厂所获独厚。天厂见予牌势就挫时,恒大乐,必欲见予输到肉里钱,始快其意。叔世风漓,乃有此种幸灾乐祸心理,真令人发指!

(1940年10月13日《小说日报》)

十二日,上午七时,花局始终。前日已无好睡,昨夜至,又一通夜,然不觉甚惫。天厂谓我形容萧瑟已极,疑我久坐且不支,不图犹能为也。始终亦未尝打呵欠,乃知吃白木耳燕窝以充精力者,为无用耳。至下午始入睡,夜色已深,醒,起身进食,再睡,乃至翌日之上午九时又醒,则上海已废夏令时间矣。

吾友某,谓苟能天假以年,活至六十岁,必食鸦片。此君旧本黑籍中人,旋废去,然念念不忘是乡之乐,于是约至念年后,再与芙蓉亲。又谓嗜此物亦当以玩弄出之,必呼朋引类,日聚其家,朋友嗜此,当尽量以供给之。今计所耗月必五千金,若一灯荧然,则其趣必减,此盖借吞吐以遣遐龄者,旨趣已高,不必以寻常烟犯目之也。

(1940年10月14日《小说日报》)

十三日,午后往观上海戏剧学校学生演《大铁笼山》,为之叹服不已。时手中无戏单,扮姜维者不知叫何名字,上场起霸之好,毕我今生功力,殆不易臻此。梨园才美,正不必虞后继无人,为之快慰!夜坐云裳,座上遘章靖厂先生,殷殷以病状为问,深为感念。世勋来同坐,此儿又薄醉声喑,而豪情如昔,力言爱普庐乐队之胜,为海上所无,又谓捧爱普庐曾登广告一月。"爱普庐"三字,皆翁同龢手笔,世勋从其家藏贴中剪得之,其不惮麻烦如此。

(1940年10月15日《小说日报》)

十四日,午后漫郎先生来为闲谈。漫郎颇悼念先舅,谓今世治文之巧,殆无逾吾舅,所谓功力之好,辅以聪明,真不世之才也。其推重如此!荫先初约漫郎同饭,顾以事先行,迟久久不至。绍华与笠诗来约我,饭于雪园,吃鸡肉锅,春江胜味,无逾此矣。予因此大饕,尽饭三器,旁观有人,谓我穷态毕露。

又看上海戏剧学校之《缇萦救父》于黄金,旋起去,则赴苏州河沿之西人艳窟。历两家,后者藏货多,亦有上海姑娘,杂黄发碧瞳中,如朝霞之独艳。予不胜惫,对之无拔刀相向之志,假以时日,会当称快于霍霍声中也。十一时,饮咖啡于沙利文,楼上两女子,同行者会我投以十金,即可得一蜜吻,怕吃耳光,卒无勇气一试。

(1940年10月16日《小说日报》)

十五日,今日移风社又开演于卡尔登,观曹雪芹之《戏凤》,林妍纹与姜云霞合作之《虹霓关》,百岁与熙春之《汾河湾》,及信芳《知马力》。信芳病后,嗓忽转朗,惟谓丹田气不若昔日之充沛耳。夜乘雨坐百乐门,复自百乐门至大华,招金红来坐。

愚年二十三,始婚,新婚以来,朋友相劝节流,谓节则能长也。维时放纵,颇不能自控其意志,后一年且弃家而求于外,益不敛。十载以还,遂造成今日衰颓之局,未尝不自悔也。一日,与友人谈,友谓放纵本为病态,然亦有天赋之材者。女星某,自北都来,在北本嫁一夫,夫固雄健,星亦不遑多让。婚后,二人尝相持,最高纪录达十四次,亦骇人听闻矣。明日,夫不言有颓态,星亦未呈崩溃之状,此必天地造斯二人以好合者,宜可谐偕老矣。顾勿然,不二年,且脱辐奔东西,妻南驰,为银星于沪上,与导演某君昵。导演某愚尝数见其人,则瘘疲可怜,更视星之健硕,私念导演必不胜其鞠躬尽瘁之苦,又宁知鞠躬尽瘁之结果,复未必能为星所欢也,终又割席。愚虽孱弱,而于所谓健骨高躯之妇人,每每向往,故慕星之念亦炽。比闻其艳迹,竟大骇,以为此是天神,愚不能犯!愚不能犯!

(1940年10月17日《小说日报》)

十六日，昨夜又以光阴消磨于舞场中，今晨一时半，自百乐门抵大华。大华沈先生指座上一红衣女子曰：是嘉定人，与唐生同里，唐生既来，正可以一联乡亲之谊。愚谢之，则招金红为伴，谢往时冒昧登妆阁之愆。将三时，金蝶既倦，遂归去，门外雨甚，犹觅灵犀为长谈，下午与铁椎通一电话，八时，赴璇宫看《海国英雄》。自看《葛嫩娘》后，此为第二次莅璇宫座上，长日憹憹，脱非老友相要，几失之交臂。予未尝不善感，至第二幕郭必昌与郑芝龙所絮絮者，以及董夫人与芝龙之言，辄为垂涕，乃悟意志虽日就消沉，而平旦之气，有时尚堪一萌。故观《海国英雄》，弥创心弦矣！剧终徐步归去。

（1940年10月18日《小说日报》）

十七日，夜，九福制药公司假白克路杨宅设宴，席终以乐口福麦乳精，与乐口福饼干赠客。席颇丰盛，而列席人士，俱一时名流，兼巢老人亦至，着此银髯，乃使吾辈尽幼小如孩提矣。席间，空我与灵犀、一方，又谈父母子女问题，费口舌甚多。邻桌有人，乃谓好像你们有一个是爷，有一个是儿子，故谈得如此起劲，遂为哄堂。予近来羸瘦，惟独鹤先生，则谓比见予于金星公司宴客之日，已较爽朗。是夜，梦云亦至，喑其嗓，转较平日之喉咙为好听。予为故人祝，愿其嗓永永如此，亦是佳事，然必不能如高庆奎之有音带癌，则讨厌矣。梦云曾屡屡与人商，欲揭我隐私，曾授意与南宫刀，刀白其事于予，大恐。予故不敢再犯梦云，知其病嗓，辄默祷其勿再加甚，神而有灵，果能锡福于吾友，焚香礼拜，我亦为之。

（1940年10月19日《小说日报》）

十八日，午后有雨，乘雨赴某腻窟，见一陈小姐，梳横髻，贯珠环，粲者也。其貌略似舞人李曼箴，然李无其白晰，为近时所不多遘，颇喜此行之为不虚。

在卡尔登楼上，晤剑鸣，以夫人病，屏绝交游者二月，今日始得一晤，据谓乃有不知人间何世之感。信芳体力仍单薄，登台三日，觉一天比一天累,颇为之担忧。夜在共舞台看《济公活佛》,如泉之济公,比陆根荣好看,尤其好者,乃是赵君艳,于剧中饰一俏尼姑,虽作风仍不脱骚娘姨,然伶齿俐牙,在在博人嗢噱,为之击节。

(1940年10月20日《小说日报》)

十九日,今晨如梦时,窗外雨势甚盛,得小舟一书。小舟先生,久不见矣,来书谓数访寒斋,而俱不相值,可见予近来在家时少也。又附来文怡社一周纪念二次彩排戏券数纸,演期适为今日。小舟之书,启封已迟,至不及稍效宣传之劳,殊惶惑也!

日来遂以乐口福麦乳精为晨晚饮料,可以得一个月之免费滋补。今年补药奇昂,拟吃一剂膏滋药,询其值,几三百金,为之咋舌不敢问鼎。或谓益本补虚,正不必赖中医之一方膏滋。新药业之健身剂亦有功效,如中法药房之赐尔福多,其尤者也。

(1940年10月21日《小说日报》)

二十日,晨一时在大都会,同行有林儿与王玲玲,是非远东之王,而为卡乐之王,在卡乐中,此亦隽才也。惟发音不似黄莺之流转,是不免为白璧之瑕也。予久不移步,近来乃觉两胫奇僵,前数夜,与金红同舞,竟百不适意,于是又使我视舞踊亦非乐事矣。

既归,天忽雨,又终日不止,复以细故哄于闺中。梦云介弟之婚,以此未能往贺,至为歉然!

有舞人某,视吾友于办公室中,又一友,友固尝报效舞人者,睹舞人在,嚚吾友曰:"将寡老藏于此,置朋友勿顾矣!"此虽戏言,在吾友本"无所谓",特"寡老"二字,终是侮辱。予且色变,顾舞人听之,亦咽下去矣。女人有时胃口好来,好得莫名其妙。

(1940年10月22日《小说日报》)

二十一日,仍雨,与竹影谈,谓近来颇悟往昔放纵之非,今后且戢然就范,为下半世计矣。竹影亦智慧之儿也,夜乃伴之方同饭。予亦奇幸,在卡尔登得见半出《打嵩》,又往问信芳,则气色已大好,谓星六之《追信》,圆场乃不胜其吃力,可知体气之犹未复原也。

灵犀属写长篇《新镜花缘》,将举笔,又不能著一字。予未尝看《镜花缘》,特略志书中人物名字,如唐敖、多九公、林之洋。一方于旧时稗史,流览无遗,《新镜花缘》出其腕底,定成胜构。

何玉良先生招饭,闻为父母子女事,何先生乃欲一识老凤先生,使不肖追陪末座,不肖无状,勿欲往,然于何先生之雅爱,则辜负殊多也。

(1940年10月23日《小说日报》)

二十二日,午后与翼华诣净土庵,拟访慧海法师,请其托汪亚尘先生,重为翼华作金鱼小轴也。顾慧师父已他出,丐周先生转言,又信步至宁波同乡会,参观筼香书屋藏古今名人书画展览。共列六大室,作品之多,可以想见。是在四楼,楼下亦有书画展,则忘其收藏为何人矣。纵观楼上下,予所爱赏者,有何子贞之立轴、翁常熟一联、王梦楼一联。赵㧑叔书法奇高,然所见陈列诸品,皆未惬人意。尝见有人于泥金扇上,作行楷,婉丽如好妇人,而所写为《兰亭赋》,使人倒抽一口冷气。《兰亭赋》名垂千古,予对之自无好感,什么不好写,定欲写《兰亭赋》哉?楼下有一室,藏妇人三四辈,皆健谈笑,看书画而有得带看女人,才不虚此行。继又赴大新,看吴琴木之师生合展。一下半日好光阴,尽付于欣赏风雅中,思之真不觉哑然也。

(1940年10月24日《小说日报》)

二十三日,又大雨终日。午后,万春以电话来,知渠于昨日抵沪,殊未忘故人也。万春谓:阅报始知樊先生之丧,哀恸久之,因问伟麟近状。人言万春笃于友谊,观兹弥信。

六叔自城中来,市鱼虾以馈吾家,于是家中诸膳,尽饶故乡风味,使吾两儿健饭。

夜晤笠诗,邀饭于天津馆。予既果腹,尚啖火烧三、酸辣汤半碗,胃纳之强可想。返卡尔登,同看信芳《一捧雪》之"替死",既竟,觅信芳谈于其化妆室中。

临睡,听名票与名优之联合广播,为难童教养院筹赈事也。是夜,信芳与百岁合唱《战长沙》,如泉与如春合唱《连环套》,皆可珍贵,兰亭两唱"滑稽朱买臣",又唱"多蒙大人恩海量"之流水,颇圆润清澈。予不逮良多,知兰亭之所以为名票,予之所以为假票也。

(1940年10月25日《小说日报》)

二十四日,雨止,风怒号,天气猝寒,非重棉不暖。夜入市买肥蝥,霜风扑面,街衢间多瑟缩人矣。

久不闻欧阳予倩消息,姥念甚殷。先生尝编《梁红玉》剧本,付素琴演之。素琴之演既成功,先生尝作诗誉之云:"刚健婀娜并有之,更饶才艺启人思。同舟莫问相逢晚,暴雨狂风竞渡时。"又云:"情怀如水欲无波,为听君歌唤奈何。自古才人皆有恨,如君如我恨谁多!"读先生诗,可知当时于素琴期望,为如何殷切,然后日素琴所报答先生者,又为如何邪?又当素琴演《渔夫恨》时,郭沫若先生,以予倩之介,亦识素琴。沫若亦有绝句赠之云:"渔夫重恨不胜瞋,辛恶由来是贱贫。莫道逢场徒作戏,表情未损女儿身。"盖可想见当世名流,对此江南坤旦,倾倒之深也。

(1940年10月26日《小说日报》)

廿五日,寒尤甚,惟已白日丽青天矣。笠诗以赵之谦书牍八通见贻,已付精裱。予平时爱撝叔书法甚至,尝在西泠印社,看悲盦三十种,寓秀发于浑朴中,隽品也。今笠诗所遗,则为真迹,其名贵可知,得兹厚贶,真不知何以图报。

兰亭所唱之江北朱买臣,在二十年前,已有人唱之,以兰亭之唱,而红于今日,听无线电者,几无不知兰亭所工,为朱买臣矣。《马前泼水》一剧,为汪笑侬戏,故唱江北朱买臣,虽字眼用"拉块"音,而腔则仍须宗汪也。兰亭固知此窍,故好听,予不及聆笑侬歌,尝见恩晓峰演此。恩为汪派老生,老生之宗汪者甚鲜,以予所见,仅一晓峰,晓峰老去,此调遂成广陵散矣。

（1940年10月27日《小说日报》）

二十六日，寒流已悄然离沪上，今日重还和煦，然傍晚又冷。金星公司以《秦淮世家特刊》见贻，读之竟。恨水小说，已尽曲折之能事，而由烟桥改编为电影剧本，缩其故事为两小时演完之，则烟桥之惨淡经营，从可知矣。册中刊烟桥一文，记其改编《秦淮世家》之如何着笔，颇坦白，使人坚信其与常人之率尔操觚者，固不可同日语也。春江银事，晦黯而侵至销沉者久矣，其一线曙光，殆维萦于后日金星公司乎？读特刊既竟，为之感奋无穷！

卡尔登今夜有林砚纹之《阴阳河》，拟一看而不果。林戏折子上，有《红梅阁》，欲为之排一次，而小生不得其人，闻工此剧惟赵云卿。赵昔从信芳久，以年老退休，今移班底，乃无人可与砚纹配演，想见梨园人才，凋零之甚！

（1940年10月28日《小说日报》）

廿七日，午后游于回力球场与逸园，听逸园赌客议论，谓某狗脚头硬、某狗出笼快，一似若辈平时，与畜生曾耳鬓厮磨者，往往失笑。场中晤男其三，形容尤憔悴，颇不谂故人之健康如何？

夜培林闲人与雪悟、若瓢两和尚，看信芳《青风亭》。培林谓信芳病后，"赶子"一场之说白，必能助其声调之苍凉，听之果然。听信芳《青风亭》、《四进士》诸剧，谓平剧须生更有美逾信芳，纵使断吾颅，我不之信。若瓢座后一人，听戏而以足拍板，两足蹬于若瓢之座，座为震，和尚不安，顾其人，其人不理，出家人息事宁人，遂窜至楼上，就予谈，问其座后一人，为男子为女人？曰：男子。使其为艳妇，则我必下去坐若瓢之座，消受颠簸风味，视之为钩荡衾翻之销魂光景可也。

（1940年10月29日《小说日报》）

廿八日，晚看信芳演"下书"与"杀惜"。之方来，乘雨小坐于大都会,招金莉莉来,此人在大都会,声势已超盖郑明明矣。宵禁前,赶赴敏体尼荫路金家,以勤伯设宴于此,之方因不及归,遂同行。席上识黄金诸角如新艳秋、茹富兰、俞振飞、孙盛武、袁世海、周啸天诸君,高庆奎亦在。富兰御五百度以上之深近视镜,望之如有竹居主人,惟较主人为后生,温文儒雅,不信其为身手矫捷之武老生也。新老板以困乏,故稍坐辄返寝处。予为振飞道灵犀思慕之殷,苟有机缘,当图良晤。席为天天饭店所治,丰而美,沙锅鱼头,尤称上品。兆熊先生,且亲为督席。庆奎既喑不成声,闻兆熊先生于席上纵谈,其声遂亦朗澈可听矣。席既终,复为叶子戏,下注天门,天门牌晦,我苟很于赌,又有家产,今夜之天门,直可倾产业之半。幸我为小儿科,与翼华、之方合负三四十金耳。五时归去。

（1940年10月30日《小说日报》）

廿九日,晨五时,自金家返寓,门口值振飞,渠亦一夜未眠也。翼华先送之方,再我送,雨势正盛。归家犹燃灯治稿,至末一篇,头昏欲晕,盖疲罢甚矣!顾不即睡,至十一时始入梦,午后一时复醒,初以为卡尔登映《乐园思凡》,问翼华则为《裴尔奋斗史》也。姑往视,嫌其沉闷,亦离座去。绍华恒笑我与电影无缘,予今生不想再研读英文,与舶来电影,殆终无缘矣。

绍华与尔康来,共打小沙蟹,旋同饭于聚昌馆。饭后散去,予以缺睡,食不消化,极难过,归即拥衾卧,又不堪遽入梦。衾中,放屁无数次,作奇臭,体气始苏,悠然睡去,然以是为同枕人所怨诟,予则大笑。

（1940年10月31日《小说日报》）

云庵琐语 (1942.7—1945.7)

曹涵美

　　《海报》主人宴执笔人与同业诸君,席上乃识曹涵美先生,曹与光宇、正宇本为同枝,而愚则与二张交好,曹至今日,始遂瞻韩之愿也。曹健硕而躯不高,而容貌亦略似光宇。若干年来,先生以工笔黑白画,蜚声域内,报纸刊其图,则不胫而走,翼华丐其作一绘,初婉辞,以忙无暇染翰也,继以愚所请,始勉允,想见其垂爱之深,云何不感?翼华求曹君画,乃如望岁,予幸不辱命,而翼华之为福亦多矣。

　　鍊霞以慵于治妆,将不果至,而主人意殷,驱飞车自雨来迎之来。昨岁,若瓢所以写兰扇页见贻,适鍊霞至,愚请其作图,纳之去,逾一年而未见返我,樽边催索,则曰:"我不愿为矣,以一面如和尚所涂,而我非尼姑,谁愿与和尚合作者?"实则鍊霞遁词耳,吾扇必已为鍊霞捐弃,索之不得,遂以此欺我,愚求鍊霞之绘亦渴。明日,当更索素扇一页,重乞之,视其亦能早日缴卷否。

（《力报》1942年7月2日,署名:云郎）

国　骂

　　费穆先生说,话剧的戏本中,往往有"他妈的"三个字,这三个字于是成了中国人的"国骂"了。又说:对白中也时常有"你的意思是说……"因为有得太多了,真好像平剧中之有"实指望"、"又谁知"等等的话搭头了。

王西神在生前,我只见过一面。记得是同席吃饭,他瘦得像个人干,而精神亦非常萎靡,但倒有一些儿仙风道骨的神气,不像他写的字,也不像他写的文章,他的字肉气一团,丝毫没有灵秀之致,一望而知是庸手所为,文章在他是自矜典雅的,其实古涩得叫人难以索解,这一位文坛前辈,我是不佩服他的。

在许多话剧导演中,佐临造诣自然很高,人也肯埋头苦干,但脾气是僵的,要讲到温文尔雅,该推重吾们的导演朱端钧先生。朱先生的家庭境况不输佐临,但他的为人,就心气和平得多,同朱先生闲谈,真有"如坐春风"之乐;我看过他两个戏,一个《妙峰山》,一个《寄生草》,都可以知道朱先生的造就,已臻极诣。桑弧对电影话剧界里,有两个敬爱的人物,都是姓朱,一个是石麟,一个是端钧,而尤其对于端钧先生推崇备至。

(《力报》1942年7月29日,署名:云郎)

独 角 戏

在金谷饭店夜花园吃夜饭,与金先生闲谈,他欣赏一档何某的独角戏,所以预备叫他们来做节目。我问金先生,何某的独角戏,究竟好在哪里?他说:他们真有讽刺的力量。想不到我在无线电收音机里,最怕听见的一个俗伧,却还有金先生给他推许,无怪他们要头轻脚重,有汽车时代,要坐着汽车赶堂会呢。

比较听得入耳朵的独角戏,我认为还是江笑笑。有人说江笑笑以"冷隽"擅长,这两个字批评得他"过高"、"太典雅",我以为尚有几分"阴噱"而已。

有人说王无能是此中鼻祖,他除了地方言语说得好、说得多为后人所不及外,若其自己编制之歌曲,也不堪入耳。《哭妙根笃爷》,居然轰传一时,可想独角戏之群众,只是些浅薄之流。

从前有人说,听见一个独角戏演员,在那里对人不要买外国货,因唱:"为啥我伲中国人,拨勒外国人管头管脚才管牢。"这才是有讽刺力量的好词儿。何某之流,要了他们的命,也想不出来。

(《力报》1942年8月6日,署名:云郎)

集 曼 殊 句

　　读者某君痴嗜愚所作俳体诗,而其人亦夙耽吟咏者,生平于曼殊上人诗,尤心折不已,书有绝句云:"妆台青眼几人存?书剑飘零未忍论。偶展曼殊诗一卷,为他重惹旧啼痕。"又作集曼殊句诗六首。近人之写集诗者,往往属意于龚自珍。马公愚不能诗,而所作无非为集定公句也。曼殊诗不多,集之自不易。愚不爱集人诗,故于他人集句,亦无好感,以为凡彼所言,俱非自己之所欲谓耳。某君之作,录存于此,殷殷见字,偶亦为文人之心血,不敢等闲视之,诗云:

　　　四山风雨总缠绵,辜负韶光二月天。况是异乡兼日暮,有人愁煞柳如烟。

　　　相怜病骨轻于蝶,几度临风拭泪痕。我再来时人已去,水晶帘卷一灯昏。

　　　年华风柳共飘萧,媵有山僧赋大招。闻道别来餐事减,远山眉黛不能描!

　　　秋千院落月如钩,几曲回栏水上楼。近日伤心人不见,枕函红泪至今留。

　　　旧厢风月重相忆,梦里依稀认眼波。今日已无天下色,落花如雨乱愁多。

　　　一炉香篆袅窗纱,瘦尽朱颜只自嗟。怅望佳人何处在,河山终古是天涯。

　　　天涯飘泊欲何之,孤负添香对语时。我亦艰难多病日,谁怜一阕断肠词!

(《力报》1942年8月7日,署名:云郎)

儿 时 尘 事

记得十一二岁的时候,我的乡下有一个姓金的孩子,欢喜成群结党,自己做着平剧里所谓"为首之人",到处欺侮年纪差不多的学生。于是一乡的孩子,提起此人,就生畏慑之心,这好像上海人听见了一个狠霸霸的流氓的名字一样。我同一个学生在路上走,逢见此人,同学对他指了一指,要我认识他的面目,此人便疾趋过来,拉住我同学的领头,问为什么对他暗地指点。我的同学,不敢声辩,只向他拱手谢罪。我看了这情势,也吓得魂飞魄散。

但又有一天,记得我们在看放焰火,这姓金的孩子,立在我的旁边,当时我又有一个同学过来,姓金的见了他叫道:"喂,割卵子。"因为此人姓葛,"葛"与"割"的声音相似,故而把"割卵子"三字当了他的浑名。但这个姓葛的同学,却不甘服,他说:"原来是'金乌龟'。"此人便大怒,要去打姓葛的同学,却听那姓葛的人说:"要打外头去打。"于是两个人相扭出外……我当时真佩服我这个同学的狠勇,这差不多廿五年的事了,印象始终没有泯灭。

看见了平时张牙舞爪的上海流氓,一旦吃跌起来,虽然不关我事,而心头上自有一种欢愉,也好像眼见姓葛同学吃瘪那姓金的孩子一样。

(《力报》1942年8月13日,署名:云郎)

跳舞场里的陆伯琦

偶然坐在跳舞场里,常常会遇见本文所提的陆伯琦,他是《申报》副经理陆以铭的老兄,不过他并不吃文化饭,而是吃做生意饭的,所以钞票也比陆以铭赚得多,跑出来,声势也比陆以铭大,而吃相却不陆以铭来得难看。

大概这位先生,是个贪杯的人,所以无饮不欢,吃醉酒入舞场,当然因为酒色两字连系的缘故,我看见陆伯琦趁醉踏进舞场,喉咙比洋琴台上一切家伙都来得响,更把那些舞女大班,像猪狗一样看待的呼幺喝六。我想,假使陆先生是上海头挑的小开,那也不应该在大庭广众之间放出这样的气派来。舞女大班,毕竟为了从女人身上,剥一点利润的人,只好忍受大少爷们的脾气,万一对付一个别人,那末别人的中指头,一定会凿碎了陆伯琦的门牙,而杀杀他威风的。有一次,陆伯琦同了史咏赓在一起,更加使他狐假虎威,其实史咏赓便怎么样?

陆以铭是新闻记者,或者也可说是读书种子,所以比他老兄亦□迹得多。我想请陆以铭先生,劝劝他老兄,出来白相,不必如此,他自己是觉得真威风,在旁人看来,不过当他一个醉鬼,在舞女看来,是一个十三点的客人而已!

(《力报》1942年9月1日,署名:云郎)

醉心曲艺之孙家门

上海的一群名流中,老太爷欢喜玩票,儿子也喜欢唱两声者,多至不可胜数,袁履登与其公子森斋,则是最显著的一个例子,而孙履安与其公子养农、曜东昆季,却又是一个例子。

孙履安人称孙三爷,我本来不知其人,老友陈瀚一先生与他交好。瀚一的批评人事,像我一样欢喜情感作用,他告诉我孙履安的戏,实在比萧长华还好,原来孙老先生是唱"丑"戏的,其实票友而肯唱丑,已算是难能可贵,正不必研究他是否比萧长华还强。后来又有一个朋友来告诉我说:孙养农君,亦是沉湎笙歌的一个。他做过某银行支行的主任,休闲之际就在银行楼上,拉起胡琴,打着弦板,引吭而歌,有一天,银行的最高当局,在对面酒店里吃饭,发现银行里有人唱戏,打听了一下,唱戏者不是别人,就是孙主任自己,这一下据闻养农着实受过训斥。但我却喜欢这样一个狂放不羁的人,他是如何忠心于艺术?银行当局的干涉,徒见其好事而已。这些都是往事,而我至今,孙氏乔梓,还是无缘识面。要讲比较近一点的往事,那就该谈起孙曜东君来,此人最大的衔头,是刚刚做交通银行的董事,曜东是孙九,养农是孙六,而他玩票的历史,也不似孙先生与养农那样腾于人口,不过以我所知,他在若干时以前,唱过一出《浔阳楼》,这样的好戏,大约听过的人很少。有人把他上演的经过,写了一篇剧评与我,不过文字不甚流畅,要加以整理,待我费一点工夫之后,再来发刊。在曜东先生上台之后,以此捧场,虽然是借花献佛,却也见得吾辈诚心,而兼以彰,孙氏一门,固无一人不醉心于曲艺也。

(《力报》1942 年 9 月 3 日,署名:云郎)

[编按:养农,后亦作仰农、养侬。]

劝谢筱初先生

谢筱初先生,近年来努力于本身的事业,而成为商业上的名人,这是大家都承认的。最近为了他老太爷的开吊,大刊其讣闻广告,三天四天,连谢启五天六天的登下去,这就显得谢先生太招摇、太好名。古人说,孝亲以养志为极,筱初这样喜欢铺张扬厉,恐非复初先生所期于嗣君者。我看筱初应该平澹冲和,学着乃兄仲复先生的样子才是。

太招摇、太好名,这种人自己并不觉得,往往被别人看不顺眼。据说某名流的寓邸中,筱初先生时常去闲坐,那里的宾客,看见筱初为了父丧,这样的兴高彩烈,都疑心这是声名乖张的人物。当开吊的前一夜,筱初也在那里,问起一个朋友道:"明天戒备问题,究竟如何办法?"此人还不及答话,旁边却有一人插嘴道:"容易容易,有两种办法,一叫来宾排队入内,二多叫几个巡捕,将吊客一个个加以搜查。"这几句话自然极尽挖苦之能事,筱初却也咽了下去。

据说筱初这几年来,积财甚富,有了钱,不能免俗,要在别人面前,显其钞票威力,但举措一个不当,容易遭人嫉忌,谢筱初便是这样的人物,而也是叫人看不顺眼的一个。

(《力报》1942 年 9 月 7 日,署名:云郎)

请蝶衣兄息雷霆之怒

为我写了一篇关于某舞女的文字,而引起了蝶衣兄的肝火,好像真有杀父之仇似的,天天骂我,甚至连乌龟都骂了出来,据说本报未可乐观斋的诗,即是出于蝶兄手笔,存心是专骂我而写的。

自己招致怨尤,往往在不知不觉之间。譬如我写那节舞女的文字,万万想不到会让蝶衣兄认为"怨毒之深,无过于是"的,纵然说我是著笔不加顾虑,却也不能不说蝶衣太认真了一点,写信来骂我是某之肾囊,已够我受用了,何至于还要宣之报上,甚至于骂我是乌龟。蝶衣兄一向以厚道著称,却不料会直截痛苦,骂朋友为乌龟,这一点气度,反而不如我了。我曾经看见过朋友的如夫人,在大中华饭店,给无名男子接进房间,吓得我面孔都不敢朝她看,在朋友面前,始终也不敢提一声。六七年来,一直到现在,我看朋友,还是当他朋友,绝不当他一只乌龟。现在蝶衣兄究竟阿有看见敝内眷有同样的惨剧之后,而遽以乌龟相诮,在我却是无损毫末,在旁人看来,未免要怪蝶衣兄尖刻得不在路上。

我一再劝同文不必倾轧,不相骂,如今还拟一切初衷,要请蝶衣兄暂息雷霆之怒,纵然以往是我不是,那末乌龟也给你骂过了,也好销了这口毒气,有这样一枝健笔,还是请你去骂骂外头人吧!

(《力报》1942年9月11日,署名:云郎)

再 进 忠 言

我在某报上说:《社会日报》之所以没落,因为只刊一些不生不死、阴阳怪气的文章。当夜我同灵犀兄在一处吃饭,他指着我说:你骂别人,却让我受了一个流弹。当时白雪也在座上,便道,这真是忠言,是朋友,才肯说这样老实的话。

灵犀兄办《社日》之没有进步,是非常显著的事实,最近印刷所的拆他烂污，不必言，其所以弄得这样奄奄无生气者，由来也渐，毛病却百分之百出在灵犀采稿的"徇情"。自说自话的文章他也要；古奥艰涩，像天书一样，叫人万万不堪索解的文章他也要；还有一种杂合乱捧、语言无味的文章他也要，我真是看不下去。但报是他的报，我又无法督促他不要刊登。我自从看出灵犀对于这一点，不易觉悟之后，也不免灰心起来，替他写稿，自然要叹气了。我当时酷爱《社日》，写的东西，自是认真得多，这一点我自己明白，而灵犀兄当然也不能否认。

我现在有个办法，假使灵犀对徇情捧稿这一点已是执迷不悟，我只有吁请目下替《社日》执笔的先生们，自以为够得上我上面所举的几项条件者，好不好从此就搁起笔来？好在诸位都不是职业文人，不写乐得舒服一点，何必硬生生把一张颇有历史的报纸，就这样杀害了呢？

附带要说的，本刊实在是一张十分努力的报，所差的，讹字太多，我看了昨天的拙稿，真把我吓呆了，倒要请小春先生，对于校对之役，务必加以一番整饬。

(《力报》1942年9月12日，署名：云郎)

我 是 乌 龟

我说蝶衣兄骂我乌龟，蝶衣却说我自己心虚、多疑，但看了昨日的全文，则明明还是骂我乌龟，虽然我这样抢着承认，会被蝶衣兄要说我心虚多疑的。其实骂我就直截痛苦骂了，骂了人，而不承认，还是不大"乐开"的，我起先本来不承认乌龟，从昨天蝶衣兄文内指出"某君的阿姐"之事，方知我的确做了乌龟了。阿姐是我从前的情妇、现在的弃妇，此人穷老无告，被我遗弃以后，情形如何，委实不大明白。诚如蝶衣兄所说，那末我这乌龟的成分，多少要沾着一点的。但可怜的，此人年老色衰，纵使外头好拆一点外快，当乌龟者，绝对无余沥可以分润，这才是冤枉乌龟。做乌龟要做得赛老替他开伙仓，替他请起死回生的郎中，还值得一点，我是乌龟，不幸又做了冤枉乌龟，更不幸，这惨剧给蝶衣兄宣布了,在此我又要冀求老友,不要再丑我了,因为我知道蝶衣兄是富有同文的同情性者。

(《力报》1942年9月13日,署名:云郎)

天　　意

前天本篇《我是乌龟》一文,后面一句:"我知道蝶衣兄是富有同类的同情性者","同类"二字,却被小春先生改为"同文",语气自然和缓得多。我不甚明了小春兄的用意,若说,他不愿意我同蝶衣兄互相讥讽,所以要我用"尖刻"的字眼,原是好意,但蝶衣兄在本刊上,差不多天天钳牢仔我,而小春兄却没有加以劝阻,同是同文,对待就不免分了轻重。如果不是这原因,而是被手民误植的,那末一定是天教我不要这样做,免得伤了老友的和气。本来我口口声声,总是劝同文不可相轻,此次蝶衣兄无端侵我,我曾经写过几篇哀求式的文章,请他不要盯住我骂,同时又托朋友向他打过招呼,而他却恨得我好像剜过他一块肉似的,非骂不可,非钳不可。那末我偶然发一些牢骚,当是情理之平,不料要紧的字眼,还会讹植,若不是天不教我做,不许我忘记了平日的誓言,我还有何说?

既是天意,我便连牢骚都不发了,我这里还是请蝶衣宥谅我,不要再施其如椽之笔,加之于一个不敢还手的人身上。同时还请本报小春、力更诸君,做个调停人,别使一张报上,只看见骂同文的稿子,因为蝶衣兄说:他是胡力更请他在本报上来写的,但我的文章,却也并不曾捱卖到本报上来的。

(《力报》1942年9月15日,署名:云郎)

《汉　书》

在二十岁以前,读过《汉书》,教我读书的是吾乡顾逊江先生,此人今已作古,记得他当时讲解精详,而我性鲁钝,所以不能得其所授。十几年来,这部书,我不知把它扔到什么地方去了,三个月以前,我方在冷摊上又买了一部,归来重温旧课,但好像已经不认识它,除了我在从前就爱读的几篇之外。

我始终欢喜的两篇文章是《文帝赐南粤王书》与《赵佗报文帝书》。前者真是所谓温肃互乘,一纸书胜十万师者也。后者委婉雄爽,使人读了之后,心目俱畅。文帝与景帝,本来是为后世并称的两个贤主,但文帝尤其仁厚,他的诏书、信,几乎没有一篇不可读的,文章之所谓"以情致胜"者,文帝有焉。

没有闲暇,否则我真有心愿,带了《史记》与《汉书》,天天到过宜府上去,请他教我。眼前的许多朋友中,我只觉得过宜于此役,定能胜任愉快的。

(《力报》1942年9月19日,署名:云郎)

复小春先生书

小春先生:

接到你的来信,承你厚爱,非常感谢,弟素性爽直,向来不肯"刺刺不休"的攻讦一个人,除非这人是个万恶不赦的公敌。

也不知为了何事,予人之怨毒,如此之深!叫人要钳牢了死也不放,清夜扪心,无以自解,不过既然有人与我仇深如海,那末他郁积在心头的一股怨气,我想还是任其用笔墨来宣泄尽了,也是好事。若使他压积心胸,无以发作,那末将造成的恶果如下:㈠或者为了不胜压积,他竟活活的气死,亦未可知。㈡不让他笔墨上宣泄,万一狗急跳墙,而采取其他方式,而使弟随时遇到横逆来侵,亦所可能。如此二因,弟不禁忧惧,所以致书力更,请求引退,让别人一条路,来专门骂我。先生当然鉴不及此,故来书作殷殷敦劝之词,弟则为了一百个不放心,故而势难遵命,等到他人躁释矜平之后,再为大报效劳可也。辄布腹心,伏惟谅鉴。

云郎顿首。九,廿二日

(《力报》1942年9月23日,署名:云郎)

辟　谣

若干日前,《申报》之《游艺界》,刊一消息,谓英子将与洪谟订婚。有人见告,则谓此说纯属谣传,又言:执笔者为一十余龄之小姑娘,其用意是在寻洪谟开心,而编者不察,遽予付刊,遂令识者所讥。英子与石挥,二人有结合可能,最近盛传于话剧界中。洪谟则与张菲蛮有意思,亦为不可讳饰之事实。"话剧鸳鸯谱",愚向不熟悉,上述四人,尤无一人为愚素识,姑就所闻,志之用正《申报》之误耳。

◆又一邨

因入博局,夜夜喊又一邨之饭菜。又一邨之菜,上门吃,不如喊出来吃,此亦奇事。又上又一邨之门,有两样讨厌事,其一堂倌趋奉顾客,太肉麻,使人厌恶;其二,老板娘上下巡视,其面目真如顾客之晚娘,于是亦使人看不顺眼。有一妇人鼻架瑷嶷,坐账台上,无时不在,弄几张钞票,一若示人其生涯鼎盛者,男人有铜臭气已可恶,何况女人,何况女人而又四十来岁之老太婆哉?

(《力报》1942年9月28日,署名:云郎)

偷　鸡

打沙蟹而不想偷鸡,便失沙蟹之真味。第一天,局中忽然来了一位平时很客气的金先生,他自己说,要好朋友,不好意思偷鸡的,他自己果然绝不偷鸡。而被他这样一说,做惯贼的秋翁,也不好意思偷鸡了,结果秋翁大负,他怨恨着说:打沙蟹如何可以不偷鸡,不偷鸡还打什么沙蟹。

朋友中不肯偷鸡者,还有其五先生,此人心地纯良,拿着大牌,旁人自然会在颜色上瞧透三分,偷鸡他定然没有本领。但有一次强迫他做了一次时迁,他的底牌是一张爱司,由我发牌,到第五这照例要"窝"一只的,我将窝的一张老远飞过去,飞到他的一张底牌下面,他没有当心,却去掂上面那一张,一看又是爱司。其时同他对局的只有小洛一人,小洛一对"茄克",由他开价,其五先生,以为他是两只爱司,自然拦价过去,小洛相了半天,以为其五决不偷鸡,一定爱司赶到,便宣告弃牌。其五先生收进码子,将底牌揭开,对小洛说,我是爱司对了。但不揭犹可,一揭却是一张八点,真使其五先生窘不堪言,他恐怕小洛疑心他偷了鸡还要讽刺他,甚至要将赢钱还与小洛,及至他把理由说明,众人为之大笑,都说这叫"逼上梁山",而其咎则归之发牌的我。

(《力报》1942 年 10 月 2 日,署名:云郎)

陈 存 仁

陈存仁在十几年来,我第一次请他去看病,诊所在现在望平街,一家花纸行楼上。陈医生年纪还轻,瘦得可怜,着了一件马褂,戴了一只瓜皮帽,上面是一个珊瑚红结,与刘斌昆在《大劈棺》里的二百五,差堪比拟。那时陈医生还没有出路,什么医学大辞典,也尚未问世,但当时陈医生猥琐的形貌谁也看不出他在今日之下,会"名成利就"的。"名成利就"四个字,是郑耀南常常带在嘴上,来称扬陈医生的一句成言。

你道陈医生的国医,业已成功了吗?不,陈医生的医道,问题尚多,不过他太会致力于宣传,宣传的结果虚名自然有的,至于利,陈医生果然发了财。不过他的财,不是因为门诊忙得户限为穿而积起来的,他还是靠做生意,做那一种吃与不吃一样的牛肉汁与童鸡汁的生意而发起来的。

但最近,有人看见一个病家,登着一幅感谢陈医生的广告,此人特地跑来看我,他为他一个亡友发了许多牢骚。他的亡友是一家袜厂的主人,不久前也患着伤寒症,而请教的医生,便是陈医生,但此人命根不牢,终致不治而死。此人看了有人鸣谢陈医生的广告,便要我把陈医生为其亡友治病的经过,也写一篇文章,让上海人对照读之,可以晓得生病人是有幸有不幸的,而医国手可以起死回生,同时也有束手无策者,如"草菅人命"等危险的句子,自然不能轻轻加在陈医生的头上。

(《力报》1942年10月3日,署名:云郎)

角　儿

自从孙克仁、顾尔康诸兄,接办更新之后,曾经北上一次,名为游览,也是顺便邀角,下一期他们预备谭富英南下。我问尔康,在北平碰着过谭富英没有。顾兄把头一摇,开口就骂,道:"喔唷!操伊拉娘个皮,爷两家头个架子是大得吓坏人,我是卵都勿朝伊拉撒尿,说穿仔挑我发财,迭排气我亦吃勿下来。"顾兄的说话固然鄙俗,但由此也见得谭氏父子的不易对付,尤其是小培这老家伙,靠老子、靠儿子,自己没有能耐,只学会了一副臭架子。

与所谓角儿们周旋,未曾十年养气,实在很难讨好。我相信孙兰亭兄的那一套佯作颠狂的态度,是吃了戏馆饭之后才有的。有人说,他这样的态度,对付角儿,正是再好没有,所谓永远是"毫无诚意",本来用诚意去对付角儿,他们一定当你是洋盘,准会欺侮你的。克仁兄与我谈起此事,他说,自从办更新之后,宋德珠与李宗义两批,却很老实、诚恳,所以同他们真话得投机,不过也知道"狗戎"脾气的伶人,将来难免遇到。他则打定主意,摆架子要练过他们,管他谭小培,搀他老子起来,我们也是这样。

(《力报》1942年10月5日,署名:云郎)

史致富的本来面目

愚于报间攻讦刘某事,闻之人言,史致富为刘不平,拟作阴谋,加诬于我,我乃于报间声述其事。费穆与史为素识,告愚后毋使事态扩张,史为人谨愿,不致此也。愚以费为平时良友,故从其劝,既勿与史事,我不言可耳。越一日,又从关系方面传告,谓为刘奔走,而必欲得唐某甘心者,实为万国药房之史。愚不禁愕然,问于费,费更问于史,及费相告,则谓我与史言,史则但"笑哂嬉嬉"而已,盖亦默认之矣。愚乃与费相视而乐,费先生殆亦自悟其往日之未辨贤愚也。而愚尝冥想,费所谓史之"笑哂嬉嬉"是为一种狞笑,在狞笑之中,固如何呈显其内心之险诈,念之,殊令人悚然也。

史致富之本来面目,于此事已毕显其原形,然识史之人,固无一人不言史老成忠厚者。其实面目狰狞,而心术未必险恶,貌似谨愿,而心毒如狼,此始为真正之奸徒。愚近日以来,出空身体,专待史之神通,加临于我。我一无预备,且亦无还手之本事,譬如史欲诬我于官,则我将挺坐监牢,又如欲加我以阴损,则我惟有束手待毙。又以家贫,饥驱在外,与史动手之机会甚多,故以现状测之,我为史致富吃瘪,为必然之局。史致富勉之,幸勿坐失良机也。

(《力报》1942 年 10 月 6 日,署名:云郎)

狞　　笑

空闲时想起了史致富对费穆的"狞笑",时常会为之股栗,倒不是怕史致富在他"狞笑"中,表示自己曾经对我下过阴谋的,我只是觉得人类的善恶,太不能从其形貌上加以断定了。譬如在平常时候,看史致富其人,好像一条可怜虫一样,连话都说不清楚,皱着双眉,心事重重的样子,谁知他狰狞的面目,一旦会揭露在平时一向极其尊仰他的人的面前! 惟其貌善,而心毒如蛇,这才是真正的恶害!

我近来得到许多教训,从这一事件里,认识许多人的本来面目,尤其是史致富的原形毕现。我不能不昭告与史致富相识的人,你们日后不能不慎防此人,此人有毒辣的手段,有背恩亡义的勇气,所以同他相交,不啻媲比恶人。我已经领教过他,我曾经把他深水里拖出来过,而他却加之于我的是"反咬一口",你道世途的险恶,到了什么程度? 我今日正是哑口吃黄连,有许多人问我,"你以前不也说史致富是好人吗? 他如何会下毒手于你呢?"我只有苦笑,只好说我从前是瞎了眼睛!

(《力报》1942 年 10 月 7 日,署名:云郎)

买 肉 记

　　肉明明有限价,然我人买到之肉,竟都是黑市,不卖黑市,肉庄上便无肉可卖。吾母一病之后,想吃肉,到了几个早市,都无肉可买,但可买之处,都喊每斤十五元,或者十六元。

　　昨天秋翁招几个知友,在秋斋里吃便饭。秋芳女士,在早晨六点钟便起身,赴八仙桥小菜场去买,巡捕立在旁边监视,而肉庄上照样还是喊黑市价钱,腰子每副四元,脚爪,前爪十四元,后爪七元,肉十六元一斤。一个妇人,买五只洋肉,肉庄上秤过之后,那妇人招手喊一个巡捕过来,巡捕也用秤来称了一称,说:斤两不足,叫肉庄上再添一两,方合限价。肉庄上的人老羞成怒,索性将所有的肉,都收到里面,表示与巡捕怄气,他说:我不能做赔本生意,不如不卖的好。秋芳看了这种情形,回来对秋翁说:真叫我不买也不好,买也不好。

　　◆灯火管制

　　灯火管制的时候,有许多人家,倒并不故敢抗令,他们天生的是麻木不仁。当伊呒介事,及至保甲长在弄堂里极嘶竭喊之后才晓得把灯火关闭。这种情形,差不多每条里巷,都是有的。我以为凡是居民,似乎应该一体体恤保甲长的辛劳,而自家识相一点,省得他们太费气力,已经是无功可赏,有过则谴内差耳,我们似乎不应该不寄予以同情。我看见老凤一篇文章,说他身为甲长,而这两天为了灯火管制忙得他走投无路,真为之心有不忍。为居民者,可知保甲长之役,并不是乐此不疲,实在因为挨在身上,不得不奋其职务。

　　(《力报》1942年10月9日,署名:云郎)

文　崇　山

　　"上艺"大马戏团之广告,出文宗山先生腕底,婉丽风华,曼妙不可方物。此所谓才人之笔,终有异于庸手也。今日治电影话剧广告者,论纤巧推之方,论工整推季琳与小洛,独崇文兼两者之长,而题字之典丽,实非余子所能及。崇文文字之善,我人于报端已见其崖略,《万象》杂志,恒得其文字以为荣,铁椎办《小说日报》,若无佳稿可读,惟崇文为作《艺坛什笔》,日试二三百言,有嬉笑怒骂,皆成文章之概。而此文之于《说日》,正如景云庆星之不可多得,真健笔也。愚识崇文,以铁椎之介,谦和纯挚,年才逾二十耳,乃为"上艺"所延揽,其妙绪如云,以后将不绝于卡尔登之广告中表现之。或曰:读好广告,胜于看好戏。之方为共舞台制广告,笠诗恒言,共舞台之"噱头",都在广告上耳,我于崇文亦称是。

◆《大马戏团》

《大马戏团》,于九日曾在卡尔登秘密预演,然闻风而来观赏者,前座几为之满,计相识者,有朱石麟、佐临夫妇、姚克、刘琼、陈琦、桑弧、季琳诸君。桑弧言:剧作人师陀,曾于民国二十三年,得《大公报》之文艺奖金者,此剧本为其经心之作。师陀与季琳私谊甚厚,此日不知亦在座中否?

(《力报》1942年10月12日,署名:云郎)

办　　报

有一天,本报的胡力更兄来看我,同他闲谈了半天。他劝我何不办报。意思像我这样的人,有一张报在手里,至少可以比别人得到各方面的便利。力更兄也是好意,又说:你也辛劳半世,不管办报是不是一项事业,若永远以笔耕为活,终非久长之计。我听了非常感动。

不记得去年或是前年了,我曾经想自己办报,但从几方面打听下来,说办报的人,什么气都可以受,独有印刷一事,虽然与报纸是休戚相关,但印刷所的与你刁赖,与你捣蛋,真要活活把人气死,所以性情躁急如我,这烦恼是不会受得住的。我听了此言,把办报的念头,又付之于云烟之外,所以我要办报,除非连印刷所也一齐办起来,这希望就越加漂渺了。

自己办报愿意想少写一点文稿,当然办报不是我的初衷,我想做一行别样生意,吃到老死,但交游遍沪上,谁也不肯替我转转念头,这一群朋友,等于没有,因为没有朋友,才使我动"吃老本行"之念。可是老本行饭,似乎也没有我的份,其实根本就不是一个做生意的人,命里派定,要你做煮字生涯,你想跳,就不能使你动一动!

(《力报》1942年10月18日,署名:云郎)

骂过人以后

好像灵犀说过,"笔墨上得罪了人以后,及至将来相见之日,多不好意思!"有什么不好意思?反正咱们无求于人,骂了人又怎么样?只要这个人有该骂之道。

丁母设奠之日,我在功德林做招待,遇见了不少人,都被我在笔头上毒骂过,他们来招呼我,我也只当呒介事,敷衍一阵;不招呼我,我也只当他赤佬一样,没有瞧见。

又不久以前,我曾经因为帮朋友的忙,骂过某君,最近,彼此见面了,他非常客气,丝毫没有怨怼之意,反来亲热地握手。我倒佩服这位先生的襟度自是不恶,想起我同他究竟没有冤雠,不过为了朋友,才放其一矢,但看见了他态度之好,后来,才有些内疚。

生平碰着一个人,最没有办法,我因为对他看不顺眼,所以骂他,骂了之后,他写一封信与我,给我道歉,他说:你骂我骂得一点也不错,惟有你,才是我的诤友。我看了这封信真使我手足无措,后来想想,这个赤佬最厉害,拿他没有办法,我要再骂,自己觉得不近人情。但截至现在为止,此人的行为,我还是看不顺眼,而弄得我缚手缚脚,不能骂,为人若此,真是"角色"之尤。

(《力报》1942年10月26日,署名:云郎)

大 角 儿

京朝大角,角儿大了,派头不大,便不是真正大角。像马连良该是大角儿了,但派头之小,比小老婆养的还小,到了上海之后,剃一个头,都要向前台算账,他存心把戏馆老板像冤家一样的吃!

现在再列举几位京朝大角的派头与诸君听听。

据说:皇后此番请来电角儿,一天要吃八次点心,都吃在老板头上,大概他们在北方,已经有半年没有吃东西了,所以到上海来,狠命的吃一个饱。或者他们在北方时候,都生着伤寒症病不能吃东西,所以病起之后,一到上海便须补食,亦未可知。

黄金的叶氏兄弟也同马连良一样,花了自己一个子,便要急病身亡似的,所以无论吃点心、剃头、洗澡,甚至于买草纸,都要请前台挖腰包的。有一次,他们坐着三轮车子,出去走了一趟,回来,三轮车拿着他们的签字纸,叫前台付账。前台老板,好像儿子孙子,在外面拆了烂污,只好替他揩这个屁股。

这样的大角儿,有这样的派头,上海的烂污壳子,不拿钞票出来钻路,难道叫他们会把锡箔灰来塞她们的皮夹子吗?无论他们端怎么大柄,看在我们眼里,听在我们耳朵里,不臭臭他们,更待何时?

(《力报》1942年10月30日,署名:云郎)

身 边 文 学

写身边随笔的人,若是接触到方面不多,那末就不会有好的材料。但虽接触到方面多了,也要视写作人之吸收的角度如何,吸收得好,写出来的东西,自然也有妙绪如云之美;不善吸收的人,有时写不好,有时简直写不出文章。但纵会这样,比了那些闭户造车者,却又要高强得多,没有在外头看见过世面,而也要写笔记札记之类的东西,上也者,向故书堆中去搜求,下也者便是把人家说过的事放在自己嘴里再咀嚼一遍;若是真的人云亦云,也还可恕,无如还有人明明抄了别人的东西,而改头换面,加了许多揣测之词,这就不免"情实可恶"了!最近本报记了一节陈雪莉女士将其经营的国联理发馆召盘的消息,便蒙某同文转录入其大作之中,而来打油一番,更加了许多秽语。在某同文,因为根本没有材料,强不知为知而写出来,而使我非常为难,因为我们平时,对陈雪莉的友情很好,这样一来,雪莉终以为国联出盘点消息,是我漏出去的,自然抱怨我当时多此一举。

现在事已过去,我所要奉求于某同文者,请他以后写作,还是改换一条路线,若永远如此,那末债事滋多,捏笔头的伙伴,将永远为了他一人,而吃许多冤枉夹当。

(《力报》1942年11月3日,未署名)

附和姚先生的建议

朋友之中,惟姚吉光先生,坐言立行,具征毅力,一件事,除非不让姚先生搭手,如其烦劳到他手中,他无不任劳任怨,热心负责。他自从被选为保甲指导委员以后,真能瘁其心力的做去,对于设施方面,更有许多建议。最近《新闻报》的茶话栏里,读着姚先生关于自警员服务之意见的一节文章,真是语重心长。他体念到严冬的夜里,自警团员在西北风怒号之下站岗的困苦,因此列举许多办法,请保甲当局采用,事固易举,法亦良善,我想保甲会干事如程志良、陈九峰诸先生,也能恤念劳劳,一定能够采用姚先生的建议的。记者虽为免役之人,但未尝不念及自警团员的朝暮辛勤,只是人微言轻,不曾为当局进过一言,如今看见姚先生的提倡,所以附和于此,希程、陈二先生登高一呼,不使服役的大众,在寒威之下,瑟缩墙隅,岂不是一件有益于大众之举!

(《力报》1942年11月5日,未署名)

宵 游 述 趣

沪西有火奴鲁鲁之舞,已为报人所盛称矣。一夕者,佩之夜舞于伊文泰,既竟,不欲遽归,因忆苟投一五三号之门,则犹可消磨若干时间也,遂商于同行之友,友皆称善。时佩之携一舞伴,其友亦各挈鬓丝,诸女侦知此去所在,咸裹足,谓此事坍女人台者,故不愿同行。惟一姝殊勇,扬言曰:"妾不敏,则与诸婆娘皆背道驰,她们不肯跟你们去,我一定要去。"于是去者男子三五众,女人则仅此一雌而已。既至,招一夷婆工腻舞之术者,演于堂前,夷婆裸上体,腰间围草裙若流苏。乍入门,忽惊鸣而退,顷之,加衣而出,问其故,则曰:座有女客,故不欲为我此技,特能示三丈夫,若同是一具之人,则秘之耳。众娼大笑,而同往之一舞人因此羞赧不可仰。佩之能为英吉利言,至是乃制伪言,语彼夷婆曰:汝不识此人邪! 此人操业,正兴汝侪,我顷间得之于愚园路一夜总会中,渠告予曰:欲习火奴鲁鲁之舞,顾无人为之授。我因告之,此地人咸精此绝艺,故渠从我至此,意欲观摩妙绪耳。汝奈何靳之勿兴,汝实吝而勿雅。夷婆信其言,果复登场,于是诸人得尽兴而归。然舞人至今,犹不知佩之交涉中,乃有此一段"橇开"也。

(《力报》1942年11月11日,未署名)

复秦瘦鸥兄

一周来两辱惠书,而弟无一报,罪甚罪甚!足下苦衷,弟已识之寸心,故不复饶舌,曩之所以喋喋者,正复欲导兄于善耳,惟此次之事弟窃有不解者,以兄亦尝握笔评人,所谓横扫千军者也。何以一旦有人,于兄有所论列,兄即惶惶不能宁其心意?纵谓外间之词锋如铁,则在瘦鸥,未尝无健笔凌云,人来侵我,我为抗之,虽侵我之力弥巨,充其极,不过使《秋海棠》不能上银幕与舞台耳。他胡所惧,必欲示衷苦于人,此种心理,诚百思莫得其解。弟生平倨傲,在自身固不惯为此,见他人如此,则亦难过异常。弟与足下,所谓谊切"三同",故见足下如此,殊深痛心,臆腹之言,本欲早布于兄,而兄不顾我,弟又萦懒,无由宣达;及再睹兄书,乃觉不能再忍,愿兄振而毋馁,有相犯是,必力御之,大丈夫不当伛偻受人品头量足,此言不诬也,乞深记之。云郎顿首。十六日

(《力报》1942年11月17日,未署名)

卢 小 嘉

十念年前头,中国人艳称的中国四公子,卢小嘉、张孝若、张学良之外,还有一个什么人?好像是段宏业,我有些记不清楚了。张孝若能够写文章,诗也作得不恶,其人自有可爱之处;张学良也曾经管领三军,反正不是一只饭桶;独有卢永祥的少爷,从他小,到现在头发也变成洋灰鼠一样了,而终是一个不成器的庸才!

卢小嘉天大的本领是勾搭女人,在他年纪轻的时候,有钱有势,戤了老子的牌头,女人跟他跑,还是情理中事。到了现在,老子的牌头也倒了,自己也是五十开外的人了,而我们到处看见他,还是有一群女人,拥在他的前后。这些女人,还不是欢场中人,却都是名门的闺秀,大半是有夫之妇,我这才佩服。卢小嘉在女人身上,自有他特殊的功夫,不过我常常要想起某夫人的前事,那末殷鉴不远,不免替这群夫人之夫,要担着很大的心事。朋友,你们可知道某夫人的前事吗?

(《力报》1942年11月27日,未署名)

吴素秋的能耐?

有一天,同梅花馆主吃饭,讲起了盖叫天同吴素秋之局。某君说:如其吴素秋不与盖五爷争头牌,那末不至于但唱《史文恭》与《武松》两出戏而已。真可惜,这一会盖五爷的杰作,都没有让上海盖迷,看一个饱!

我也谨慎,先问梅花馆主,吴素秋是不是先生的过房女儿。他说:也可算吧,她对我磕过头的。我心里想,梅花馆主是个深明大义的人,他为什么不劝告劝告他的干女儿,何必同一个有一身绝艺的老伶工,争着高低长短呢?

但到了后来,终于听见馆主与另一朋友攀谈了,他说:一个人终有一种特殊的能耐,不然无论如何,不会成就的。譬如素秋的红过半爿天,自然也有她走红的道理。

一个艺人,腾踔于艺坛,自然要看他有什么绝艺。绝艺,便是所谓特殊的能耐。吴素秋的戏,你要找出一种是所谓特殊能耐者,实在没有。"嗲"、"骚",这是淫妇的技巧,不是艺人的能耐!所以我相信馆主之言,多少是"为亲者讳"的!

(《力报》1942年11月29日,未署名)

三见林康侯

《三见林康侯》这个题目,不是说我因为有事干求于林先生,去拜望了他三次,原是最近在偶然的机会里遇见了三次林先生。一次是在康宁联谊社吃饭,一次我在大社吃饭,林先生跑来休憩,最后一次则在高士满舞场中。

林先生平生的"德业"问题,见仁见智,鄙人也不用喋喋,不过我最近三次看见林先生时,而唯一的印象,则是林先生终是面孔红红地,晓得他在酒食之后,酒肉之气业已熏满了他的一身。

林先生的谈吐,似乎很隽爽,那一次他吃了一半,要去替某团结婚证婚,他说:我是去做好事的。将走之时,在张文涓肩上拍了一拍,说:你若在上海结婚,我将来替你证婚。文涓说:林先生真是一块老豆腐。

在舞场里,有跟林先生屁头的人若干在,吃相都比林先生难看。有一个是姚俊之,此人自以为已经跻于名商之列,所以要轧轧大淘,放在林先生一起。如果读者有人晓得姚某为人者,其当时一副嘴脸,可以想像得之!

(《力报》1942年12月5日,署名:云郎)

再看《小山东》

《小山东》我第一次看时,笑得我眼泪流了好几十西西,所以再去看一次。杜牧之说的:"尘世难逢开口笑",的确今日的上海,只有《小山东》可以使人大笑三声。

其实这里所有的演员,只有一个程笑亭可以使人捧腹。而最要不得的,却是做小山东的裴扬华,他实在并不能够使人发笑,而拼命装出"滑稽"来,引人一乐,但其所得,不过叫人讨厌恶而已。

程笑亭在"拜老头子"一场里,他报告现在的职务,是派出所的巡官,老头子听不出"派出所"三个字,程笑亭便操着浦东官话说:"'派(读如盼)出所'的'派',就是《新闻报》、《申报》和《力报》、《上海日报》早晨头一家一家去分派的'派',喏就是三点水旁边一个交关促狭的字,西瓜不像西瓜,脚爪不像脚爪的那个'派'。"以似是而非之言,作强词夺理之解释,真堪绝倒!

我们很感谢程笑亭,替《力报》宣传,《力报》无以为谢,只有将他冷隽的滑稽,为读者介绍。

(《力报》1942年12月9日,署名:云郎)

一只《二进宫》

麒麟童唱什么戏,杨宝童都要唱过,他们是谊属师生。这位徒弟,对于先生肯这样地亦步亦趋,真是异数。以前我记不清楚,麒麟童与杨宝童,曾否合作过。不过此番信芳进了皇后,却把宝童也带了进去。

昨夜,去看了一出《逍遥津》,让宝童配了个穆顺,万万想不到杨老板是算得胆大妄为了。不料周先生登在一只台上,他会"吃酸"起来,于是乎身段也不自然了,白口也吃螺蛳了,甚至于连唱也荒腔走板,这种种情形,都表示宝童是在怯场。我没有看过宝童单独演的戏,不知一向究竟怎样胡来一起的。

王兰芳的伏后本领是暗不成声了,裘盛戎的曹操,进出几句,也相当吃力。有个朋友说,假使叫兰芳、盛戎与宝童三人,会串一出《二进宫》。三个人都不是无名之辈,但他们本钿绝对不够的三条喉咙,却也有"工力悉敌"之妙。这几句话,真把他们挖苦透了!

(《力报》1942年12月13日,署名:云郎)

标　榜

《社日》聚餐于跑马厅同人俱乐部之日，有人谈今日执笔人文艺之美，俱亟重梅霞。一人曰：梅霞治舞文佳耳，故其咖啡诸什，无不可诵，今则似渐逊往时矣。独桑弧否之，桑弧爱梅霞文，几于无日勿读，每见予，辄称颂勿衰。以文会友，若梯维、桑弧，俱所谓惊才绝艳之人，桑弧于时人著游，不轻许可，而独眷眷于梅霞，盖唯英雄能惜英雄耳。桑弧不识梅霞，尝丐予描绘梅霞状态，予曰：其人自洒脱，特犹不逮其文之隽俏天生。年与桑弧相埒，都未逾二十五也。今岁以来，予文常及梅霞，在理固不能避标榜之嫌，第才美若此，苟不烦吾腕述向慕之忱，则吾将获违心之咎，终屡记之，谋快意耳！

（《力报》1942年12月15日，署名：云郎）

平剧院果不可为！

大家都说平剧院的生意实不可做，某舞台一天要两万五千元开销，但每日所卖六七千元而已，预料此局终止，老板至少要赔蚀四五十万。某戏院也因为开支浩大，卖不到九成半座，便要亏折，在我想来黄金的程砚秋一局，总可以赚钱的了，谁知也是出乎意料。

昨天去访伯铭，伯铭告诉我，能够不蚀，已属万幸，他说最近的市面，已趋于凋疲之境，卖座收入，未必天天能抵销开支，而角儿的包银，照目下南北币制的行市，四元四角可以结算，但为角儿者，非要求五元结算，这中间的损失，正复可观。又捧场的戏券，大都不付现金，而三成娱乐捐，却须天天由馆方垫解，那末这里拆息上的损失，又属不赀。砚秋唱到现在，黄金亏折已达四五万金，比之其他戏院，似乎还是损失最小的一家，但砚秋尚且如此，请别人自然更无把握！

（《力报》1942年12月16日，署名：云郎）

月　下

灯火管制以来，正好都是皓月当空之夜，我已经连着三宵，都在子夜时分，踏月归家。车轮辗影，这情况正是二十年来没有尝过的滋味。

十八日晚上，在雪园吃了火锅出来，四个人坐着二辆三轮车，到地地斯去跳舞。路上但见凉月半规，悬于空际，到霞飞路，简直除了交通灯发着红绿的光彩之外，再也看不见有星星之火了。地地斯门口，处于阴面，所以下车之后，经过一番摸索，始得其门而入，才知这一条道上的灯火，都在管制之下。

不到十点钟我们已经出来。从霞飞路迤西而行，清光照眼，神意苏然，可惜气候寒冷一点，不然同了一个素心人，预备一小时辰光，缓缓地走完了这一条霞飞路，这风味定有无涯奥秘。但，我们这一夜同行的，都是几个男子，虽然有个吧所谓鬈丝者，拥着厚大衣，避寒不遑，无论谈笑风生了。

我在亚尔培路上，上了一辆三轮车，乘月回去，抬头望望月光，真觉得它是近来上海万民的恩物，我也对它深致其亲切之情！

（《力报》1942年12月20日，署名：云郎）

《男女之间》

海上戏院之历史至称悠久者，当推卡尔登。卡尔登旧为西人所经营，有舞宫，有影院，亦附立饮啖之场。二十年前，游宴而不至卡尔登，不能算上海之时髦人物也。二十年来之数经变迁，迄至今日，卡尔登已归昌兴公司管理，而于今年起，专为话剧之场矣。

今日卡尔登楼上，经理室之外，有一洗盥之所，闻之人言：此室昔年为一夷妇所居，妇为卡尔登之书记，今之翼楼，为伊人寝处，洗盥之室，则为伊人上马桶、沐浴之间耳。今此室已沦为公厕，凡昌兴之职员，以及后台剧团之男女职演员，无论大解、小溲，胥在此中；若干时来,海上著名男女艺人,在此下马者,复指不胜屈,"桶"亦殊荣,乃得窥"艺具"至多也。近时卡尔登演一剧曰《男女之间》,有人以紫色之橡皮图章,钤于室之门上,得"男女之间"四字,此室之用场遂被派定。书此,以示老友之华,倘亦为之大笑曰"文章本天成,妙手偶得之"乎?

(《力报》1942年12月21日,署名:云郎)

寿田席上

岁除之日,为田菊林之诞辰,其寄父俞先生,为之祝寿,下走得叨陪末座,而饱餐秀色焉。田之父事俞君,在其初来沪上时,举行仪式,则在魏氏花园中,当时尝摄影留纪念,有一图,俞氏夫妇居中坐,菊林则前坐于膝下,一手攀干父之手,一手揽干母之腕,亲妮之状,由此可知。菊林亦健谈,尊郑子褒先生为老师,与子褒言,一手扶其肩,子褒老成,当此似木然无动,小生急色,则为之歆羡勿止矣。

子褒来时,携《曹慧麟专集》甚多,印刷之美,与夫内容之丰富,在晚近出版物中,实无其敌。曹为礼社吴国璋、顾子言诸君,捧场不遗余力。《专集》之眉,且为吴所手题。吴以盛年而蜚声于商业场中,近时则好与曲部女儿游,而剧赏慧麟,故以《专集》张之;又与子褒善,故以编印之役,委之子褒。寿田席上,子褒乃出其杰构,遍送诸朋矣。

(《力报》1943年1月2日,署名:云郎)

梅 国 宝

吴大麻子震修先生口中的国宝梅兰芳,自从香港来沪之后,没有什么动静,虽然许多专门造谣的戏剧刊物,屡次说他要割掉胡须,重现色相,但谣言终是谣言而已。不过梅国宝住在上海,应酬是相当的多,这是我可以证明的。记得《秋海棠》彩排的那一天,费穆邀国宝看戏,国宝说:中饭有应酬,中饭吃到两点三刻。本来预备二时半开幕的,因为要待国宝的赏临,一直挨到三点钟敲过,才有戏看。最近,有人请我在新都饭店吃饭,主人也邀国宝赏光,国宝一来就走,说还有三处应酬,不能久留。有人说:请国宝吃饭,一定要将冯耿光请得来,则国宝来得既早,去得也迟,否则终是敷衍一过,不定吃饭,而先告退了。冯六爷与梅国宝的渊源,知道的人很多,到现在他们还是保持着最好的友谊。冯耿光捧国宝,没有吴大麻子那样穷凶极恶,但国宝对他,自有知己之感。吴大麻子的一片忠忱,而国宝似乎并不重视,寻常酬酢,并不将国宝与吴大麻子,扯在一起。提起国宝,人家只是想起一个冯耿光而已,不及吴大麻子也。

(《力报》1943年1月5日,署名:云郎)

"二 百 五"

我看过一次《大劈棺》,也是刘斌昆的"二百五",但远在若干年前,小翠花出演于黄金,那时候这出戏,也红了刘斌昆一个人,马富禄的书僮,被斌昆盖罩得黯然无色!那时刘斌昆的包银,不过一二百元而已,这几年来斌昆在上海的红,差不多是一个"二百五"挑他的,其实斌昆的绝诣,盖止"二百五"一角而已?听说斌昆要把"二百五"演得更逼真纸扎人起见,最近又做了几种行头,例如帽子和一条辫子,索性用真纸糊成。有人也看过郭少亭的"二百五",说他身上穿带的东西都用绢褙,所以也极似纸人,至于功夫,也不在斌昆之下。不过桑弧先生说:少亭的"二百五",有时太刻苦讨好,反使台下人不忍卒睹。例如少亭手中,捏了一个"纸煤",一人将他燃着,烧到少亭的指甲上,"二百五"还是不动,台下果然有叫采的人。但这样做法,分明是慕虚一个人的皮肉,而博许多人都称快,是何等残忍之事?不要说化者所不忍看,在艺术的立场上,这样也算不得是什么绝活的。

(《力报》1943年1月9日,署名:云郎)

危 机？

吴素秋、童芷苓等等演《贪欢报》，演《纺棉花》，又如现在言慧珠的演《新戏迷传》，轰动果然是轰动一时了，但这些戏若使真的被所谓一般"顾曲周郎"认为"绝唱"的话，那末自有她们的莫大危机。有一个明证，再唱真正唱做繁重的如《玉堂春》、《六月雪》之类，就被人当她们呒介事了，因为"顾曲周郎"们，认为不够兴奋，不够刺戟！

但也有人说，坤角儿这样做是不大妨碍的，因为坤角儿的舞台生命，不比男角来得长久，她们不靠此为终身之业，她们只想卖一个年青，卖一个漂亮，到了人老珠黄，终使有清才绝技，谁也不恤再加以正视，所以在风头上，怎样做可以多卖钱，便是怎样做好了，不须顾虑。

照此而言，则我前头的话，却又成了迂腐之谈，虽然雪艳琴的被人目为空前绝后，新艳秋的能够长葆令誉，到底还是以本事来保持口碑的，这才是"真名"不是虚誉。

（《力报》1943 年 1 月 10 日，署名：云郎）

牢 骚

近来看见文友某君，天天在发着牢骚，其实某君的牢骚，是终年发着的，到处欢喜自标他的清高。一个读书人，真正具一副"孤介情怀"，在下也未尝不能对其向往，无奈我们这位文友，口里尽管这样说，却又不肯从其言而行，实实在在他是一位不甘寂寞的人，什么孤愤，左不过嘴上说得好听而已。

我欢喜做人要率直一点，城府太深，固然不好，像吾们这位文友，既不能做到率直，又不是城府甚深，因为若是其人率直，或者城府甚深，都不会发什么牢骚；只有尴尬人，才能发牢骚。知其底细者，那末闻其声而不禁汗毛站班焉，甚至于讨厌他的牢骚；不知其底蕴者，那末以为都是些无病之呻，看了徒然使人触气而已。

我不能禁止一个人发牢骚,不过我想奉劝我们这位朋友,牢骚还是发在陌生人面前,或者有人"吃他一功",若天天发在几个脚碰脚朋友面前,朋友虽然胃口奇佳,不致于作呕,但在发牢骚的这位朋友,总可以省省吧!

(《力报》1943年1月18日,署名:云郎)

昆 曲 二 事

秦瘦鸥在金谷饭店请客,席上,予与昆曲家郑传鉴并坐。他告诉我当年昆曲传习所里老友的两个消息,一个是顾志成兄(传玠字)于一个月以前,同他的夫人到安徽去了,传鉴弄不清楚他去做什么的。不过揣想起来,他夫人原籍安徽,此行或者为了岳家的家事,也未可知。

还有一事,事涉迷信,原来苏州有一个供奉昆曲祖师爷的所在,因为昆曲的没落,祖师爷那里,自然是祭祀常疏。据说:不久之前,张传芳从苏州到南京去出演,突然晕厥在台上,晕厥之后,传芳口中念念有词,一听,原来那个祖师爷的幽灵,附在他的身上,对于后人将他怠慢以及不能将昆曲发扬广大任其衰落,竟大大的发了许多牢骚。这样一来之后,大家便许下心愿,决计将祖师爷的神厨修葺,传鉴虽然不曾目击其事,但因言者凿凿,所以也认为绝端怪事。

(《力报》1943年1月21日,署名:云郎)

写作人的秘密

不久以前,本报刊过一节文稿,是关于秋海棠故事的影射问题,大意说在秋海棠被辱之前的戏,都是写黄桂秋的往事。

有一天,我同桂秋碰头了,他说《力报》上的那段消息,据他打听下来,是我唐某所写的,我当然对他说我并不预闻,他似乎不大相信。幸亏黄老板是以游戏的态度来问我的,若使扮起了面孔,或者我也火一火起来,把投稿的责任拉了下来,岂不成了僵局!

我不喜欢有人来打听我报纸上"投稿的秘密",因为有时候是我所写,而为我不愿意公开的,如果有人当面一问,岂不大窘。我所以对报纸的编者,屡次要求,请他们保守作者的秘密,但往往不蒙谅察,一定要使作者抛头露面,这不仅是不能尊重作者,也足以使作者不敢再写"珍闻"的勇气。

(《力报》1943年1月22日,署名:云郎)

为程笑亭宣传

最近平怀玉先生与以演《小山东》中著名之浦东巡官程笑亭吃过一顿饭,因此晓得笑亭将于本月念七、念八、念九在黄金大戏院表演三个日场,节目是头本《小山东》,因为二本《小山东》,在银门剧场上演达一百余日之久,而售座不稍衰。看过二本《小山东》而想着一看头本的人,正多如恒河沙数,笑亭故此发一发狠,索性借一个大戏院,卖他三天。平怀玉先生,是浦东巡官的醉心者,愿意给他担任义务宣传,而要我也参加在内。怀玉托我写几篇文章,替这个盛会宣传。其实以《小山东》的轰动上海,实在用不着我这一枝秃笔,为他锦上添花。怀玉先生则说,你应该写一些,在黄金上演的头本《小山东》,有"柔和的灯光,立体的布景,伟大而美丽的舞台面,有冷隽的滑稽,有新奇的笑料",这样便尽了我宣传之责矣。

(《力报》1943年1月24日,署名:云郎)

忠 于 艺 术

盖叫天这许多年来,不大肯露演《铁公鸡》这一出戏。看戏的人,一听三本《铁公鸡》,便有"真刀真枪,大纛旗上翻跟斗"的印象,但盖叫天唱张嘉祥,却并不着力于此,他自己说:"洗马"一场,他用了许多时候工夫,但台底下没认识他的一番苦意经营,他非常丧气,所以不想再唱《铁公鸡》。但目下的黄金,终于烦他一排再排,虽然是趋者若鹜,但看过之后,都说:盖叫天谈不到"杀搏结棍",其原因正因为盖叫天内蕴的功力,台底下没有人能够欣赏。

我近来更认识盖叫天,他在一群伶人中,最有自知之明的一个。他不惮烦《恶虎村》里的"走边",而却怕"弟兄三人行路"的一场,因为这一场全在白口与神情,一个不得当,便会冷在台上,僵在台上,唱得好,自然有一种凄凉的情绪,使台下人为之感动。盖叫天曾经把这场戏,刻意钻研了许多时期,但到今日之下,他每贴此剧,终为这一场戏担心,他真是忠于艺术者,你不要看他平时常常为了公事而闹蹩扭。

(《力报》1943年3月7日,署名:云郎)

才 艺 之 士

读了双青楼的那一篇画展启事,我曾经写过一些寻开心的话在某一张报上,后来由晚蘋兄来替我解释,他说:"梁医生是留学生,根据欧西画家的惯例,关于其出品的东西,需要用文字来介绍的,总由本人操觚,绝不假手他人,不过他的文字,有问题的地方甚多。"后来又听说梁医师看了我的文字,颇不高兴,他也写了一节,向我加以驳诘,但某报的编者,恐怕又要闹成意气之争,没有将它付刊。其实我的见解,不一定"尽然",梁医师真的把我驳得体无完肤,我也未必会强词抗辩的。

到昨天,晚蘋兄偶然将梁医师的画,给我欣赏。对于画,我是外行,梁医师画的是花卉与翎毛,我只觉得着色与笔致,都叫人看了舒服。我对晚蘋兄说:梁先生的画,是用过功夫的。晚蘋连连点头说:真好!真好!我才明白,画不似其文,知道梁医师终是艺人,颇悔我当时不应口没遮拦,随便唐突一位高手。

真有才艺使我佩服的人,我决不顽抗到底,我这里自动向梁医师谢失言之罪!

(《力报》1943年4月3日,署名:云郎)

清　明

　　今天是旧俗的清明节,上海人家,大都在门口高插柳枝,然在我的故乡,杨柳植遍在门前,到了清明节,却没有人家把柳枝插在门外的,记得先舅的《西北杂诗》中,有两句是:"客里忘佳节,惊看柳插门。"这二句诗,我以为是咏清明的,但西北的风俗,却适应于端阳。

　　昨夜,我的大儿子,他随口念"清明时节雨纷纷"的诗,在《千家诗》上,自有许多诗句,垂之久远,而成家弦户诵的"清明时节"的一首,正是一例。但这首诗好在什么地方,我始终也索解不出,大概从当时可以能够流传下来,因为这一章七绝,是比较通俗的作品,到后来却成了民间歌谣似的为人所讽诵了。

　　已经近十年没有祭扫过先茔了,所谓慎终追远的工作,我是向来把它忽略的。舅父自从归葬之后,照例我应该去上一趟坟,但我是那样的疏懒,去年、今年,舅母从上海回到乡下,我都不曾跟着她一起去。先宗的遗榇,至今还厝在上海的殡仪馆里,每年让儿子们去看她一次,我则常常过清明的先后几天,心切幽灵,算是用我的精神在悼祭他们。

(《力报》1943年4月5日,署名:云郎)

游　侣

　　一星期来,予自新闸路迁宿于牯岭路,往时游侣,如绍华称病家居,之方忽有白下之行,宵游之伴,更乏其人,故上午治文稿,下午辄返家,左拥孺人,右抱稚子,于落寞中,不得已自寻其家庭之乐耳。夫人睹状,大异,以为向时者,其婿恒漏尽不归,今忽若此,殆祖坟风水,乃有转旋?予则实告以故,谓旧时游侣,暂难聚首,我不惯独游,故归家恒早。夫人知予收束放心,初非本愿,遂呈鄙夷之色!

　　牯岭路多故人之家,十时以后,予有时不堪入梦,乃觅北老为闲谈,以北老家客至甚多,啸水兄尤每日必到,于是纵谈辄抵深夜。惟灵犀不恒见,此君近来,真能深得天伦之乐,予居楼上,恒闻群雏啁啾一室,而灵犀则周旋其间,似为乐弥永者。闻群雏假日,吾友辄挈之观剧,剧非吾友所乐观,特为群雏所喜,于是亦并坐座中。人生谁不为儿女作牛马,惟今日之灵犀,则牛马样子,已活龙活现矣。

（《力报》1943年4月6日,署名:云郎）

陈禾犀先生

报间有指摘陈禾犀先生之文稿者,殆以治文之士,不满于一般为坤伶之过房爷者,词锋所及,陈亦蒙其刺耳！愚与禾犀无深交,相识以来,会晤不及十次,惟深知陈先生为笃于友情,其人更古道而热肠者也,生平无恶嗜,独喜听歌,其录坤伶为义女,时期最早,在诸义女中,以梁小鸾事之最好,此次梁挑大梁于更新,虑不振,乞助于禾犀,陈始以全力捧场焉。

去年上海暴发之户,好为人父,纷纷作坤伶之过房爷,其时几演成风气。愚尝见禾犀,戏告之曰:陈先生于此,应推老辈,毋馁,勿被后生扎足台型耳。陈笑而摇首,觇其意,亦似憾此风气之不良,而悔当时之多此一举也。由是观之,禾犀之为坤伶过房爷,其志不在自曝财富,当时殆欲与坤伶周旋,所以采此方式者。我人于锋芒不可一世之豪阔商人,自当唾弃,甚且尽笔诛墨伐之责,然亦有诚厚待人之士,则不容抹煞,讦陈之文既张,陈未尝以一言嘱我,我无媚陈之要,必作此文者,特欲明是非而已。有人责我,我亦何辞？

（《力报》1943年4月9日,署名:云郎）

坤角儿之不工交际

前天,遇见了张淑娴的义父某君,他知道我是倾倒于张淑娴的一人,因此与我谈起淑娴。他很婉转地说:淑娴没有什么毛病,不过对外交际是差一点的。我辨出了他这句话的真味。所谓其词若有憾焉,其实则深喜之,张淑娴之不工交际,几乎成了大家都知道的事实,在上海唱戏,有人要请她吃一顿饭,她常常把"我是不会说话的,怕扫了人家的兴,还是不去的好"这几句话来拒绝了。她本人是这样的冷冷然,而上海的一群登徒子,便不由得不都望望然了！说句笑话,她到上海来以后,我就吓得不敢去开口请她吃饭,生怕万一她也来个拒绝,岂不是弄得大家都窘？一个坤角儿不工交际,唯一可恃者,便是真才实艺,张淑娴之所以颠扑不破,就为了她自有能耐,要不然,才艺未必过人,而又天生一副读书人一样的孤介情怀,哪有不穷愁而死的？为了生存,我因此把吴素秋她们的放浪,偶然会不欲加以苛责的。

(《力报》1943年4月11日,署名:云郎)

严 家 媳 妇

严春堂先生,是我的老友了。不,如其说幼祥兄也是我的好友,那末只能称我是严春堂先生的小友。

不知有几个年头,我没有碰着春堂先生。听说他老运奇佳,为之欣慰。你不要看他是一个狠巴巴出身的人物,他却曾经为"文化教育事业"奋斗过。办电影公司,几乎办得他倾家荡产,但他却没有灰心,一往直前的干。天,终于照顾他的苦心,让他从别条路上,捞回他历年所丧失的资财,而且加了不知若干倍数。

有人说,现在的春堂先生,他又是富人了,阔天阔地。我起初不十分相信,看见这一次刊载他两位令郎的结婚广告,绵亘达旬日之久,方始明白春堂先生的发财,发得无法消化,大有要同钞票难过之意,所以这样的把珍贵的广告篇幅乱占一阵。

所不幸者,在今日的报上,幼祥兄又将他的谢夫人宣告离异。在春堂先生的计算,虽说他的媳妇出走一个,有两个进来,本无所谓,但这情形终不是家庭之福。

(《力报》1943年4月12日,署名:云郎)

张淑娴海上暂居记

　　防空演习之第一夕,友人同宴于南国酒家,座上乃有张淑娴姊妹,并信芳、义兰两先生。知淑娴将唱骊歌,邀与一餐,所以示临别依依之弥不胜情也。淑娴乃言:自辍演于黄金,本拟扬帆北上,初以苏州定制之行头,不即交货,继以列梅氏门墙,遂窃暇晷,借得请益。梅先生诲人不倦,顷从《木兰从军》一剧,先将场我改编,然后再为指点身段,煞费神思,感师恩之后,用是不欲遽归矣。愚平时误淑娴为江南佳丽,故问曰:既归将以何日重来?马先生笑曰:是得有人请耳。愚亦失笑,乃后曰:我期望于淑娴者,不临兹土,则亦已耳,苟出演春江,必为信芳之辅,如信芳辅,于淑娴之声价初无贬,而信芳今日,亦惟得一淑娴,始见颊上添毫之妙。闻某剧坛有邀信芳歌者,信芳谢曰:俟我更将息些时,比桂子香时,再谋献奏。某剧坛固定阵容,即以淑娴来助信芳,然则淑娴之来,特在新凉荐爽时矣。今日之南北坤优,竟以《纺棉花》、《戏迷传》而风魔海上之顾曲周郎,淑娴用是感喟,曰:我何能竞?嗟夫!极诣则真贵无人,而色情之诱,乃倾四座,淑娴之感喟宜也。

　　(《力报》1943年4月14日,署名:云郎)

戏　　言

　　梁小鸾在谭富英没有来沪以前,先在上海露了十几天,其成绩是不大好,所以事后有人说,这一点,更新舞台方面是失策的,徒然给一个恶劣印象与上海人,而把后来谭剧团的阵容,显了这丝弱点!开戏馆毕竟是件不容易的事,角儿的软硬,固然重要,但后台的调度不得法,也足致于失败之地。黄金常常有如火如荼的局面,便是因为后台有调度角儿的人才。

　　李砚秀不是十三点,她应该规规矩矩唱戏,不必学那些不二不三的坤角儿排什么《纺棉花》、《戏迷传》之类以庐山真面目来号召观众的戏,使她画虎不成反类犬,台下的识家,看她在台上局踏的隐痛。所以咒詈戏馆老板的残忍,人家不要唱,为什么硬要她唱?譬如吴素秋一流货色,你不让她唱,她还不舒服,那末你就劝她当台跳火奴鲁鲁,也算不得是虐政的。

(《力报》1943年4月15日,署名:云郎)

再请若萍报信

昨天,叶逸芳兄到处打电话寻我,后据龚之方兄告诉我,说:严春堂先生约我四点钟在东亚旅馆的房间里谈话。这时间不大凑巧,因为我早已另外约了几个朋友在起士林吃茶点。不过春堂先生是老友,难得约我,便去看了他一次。

我有点明白,春堂先生是为了报纸上记载关于严家的事件,或者要我替他辨正一些是非。果然不出所料,严先生取出本报的几篇稿件。两篇是别解与野蛮先生的大作,一篇是我的《云庵琐语》,严先生很婉转的向我说:有人告诉我,这许多文字都是我的又老又好的朋友你写的,我想不会吧。我也笑道:云郎当然是唐某,其余两篇,因为不是我具名,可以不要我来担当。但严先生下面的一句话,使我不大高兴。他说请你问一问,如果没有着落,那末我是有办法。

既然自有办法,就不必再寻我这个又老又好的朋友了。我因此很怪龚若萍的好事。据说去向严先生通风报信,说《力报》上的文字,出之我的手笔者是若萍一人所为。我倒不恨若萍的搬弄是非,或者吃着冤枉夹当,我恨他夹了一次嘴舌,费了我不少功夫!

(《力报》1943年4月16日,署名:云郎)

王佩兰与英子

一夜,止于新仙林,友人招舞女来侍坐,其一为王佩兰,其一则为时夜进场之徐莉君也。王之名,昔未之知,以南宫刀之介,而来我席上者,粉靥之上,有梨涡二,颇增其美,惟王为南人,与客谈,喜用国语,中国人说国语,当然甚好,惟王之国语,初不纯熟,而抑扬顿挫间,又大类文明戏演员之蓝青官话,予故笑曰:擅国语而不为话剧演员,终操货腰生涯,是苍苍者,直湮没良材也!王闻言大喜,自以为千里驹,今乃逢伯乐矣,因曰:我固曾欲为话剧演员也,即报章间,亦曾有此传说,惟我自思,我才或不能胜任,而徒取辱耳!予正色曰:是何言?以我观之,英子一病几殆,继承其业,非卿莫属。王益兴奋,曰:客视我与英子等邪?予微颔首,则曰:我平时最爱英子演剧,英子之声容笑貌,我皆默记之,私自摹仿,有时亦觉得十一之似。予又笑曰:是惟妙惟肖耳。语至此,王益以予为知己,其言益多,言益多,其人神经上之异态益著,比徐莉君来,温文华美,始将当时空气,稍稍变更。

(《力报》1943年4月19日,署名:云郎)

人 情

文友某君,怀着一腔怨忿,特地来告诉我,他替某报撰述,每天写两节文字,所得的代价,在今日的杜米黑市,仅仅可以买得两斗。但我偶然缺一天稿子,这个报馆的主干人,面孔与说话,都不大好看,不大好听了,这样的情形,叫人如何气得过呢?他又说,我同报馆方面都是多年老友,替他们撰述,老实说,不是为了金钱,是为了友情。所以从来不曾对一个外头人说起过,小型报的主干人,对于职业文人的待遇是如何苛刻的!

我也是职业文人,听他说到这里,自然引起了无限的同情。这两年来,在上海挣扎在最清苦的生涯中者,一种是文人,一种是教员。这情形,不用我们自己来诉说,外头人也是明白的。我们为文人者,自量出头的机会,本来不多,挣扎在生活之下,纵然困苦一点,我们也并不怨恚。只是希望人情,有一点安慰,已很满足了。譬如报馆的主干人,与职业文人是休戚相关的,那末主干人要在职业文人的金钱上占一些便宜,则精神上如何好让人家得一快慰?若更面孔不好看,说话不好听,分明是违反人情。说一句粗攀谈，职业文人中，一定要摸主干人这一张卵的，我想十人中尚不得其一吧！

（《力报》1943年4月21日，署名：云郎）

杀人的针药？

这几天轰传一家药厂出品的乙种维他命，因为内含毒质，注射到肌肉里面，立时可以送命，所以吓得许多医生，对于任何药厂的出品，都不敢采用。我对这事件的发生，颇有怀疑。譬如说既然该药厂的出品杀害了人，病家对于医生自然应当控诉，医生便该据理力争，以示责任之在药厂，而不在医生，但我们只听见几条人命已经伤害，而病家与医生，医生与药厂，至今尚未构成刑事诉讼，这是什么缘故，百思不得其解。

但街谈巷议，言之凿凿，譬如说：某报上说小儿科富医生曾经打过此项针剂，而杀害了一个婴孩，富医生缘此懊恨万状，曾经休诊三日。某报这样的记述，也可以说详细明白了，富医生如其并无此事，那末名誉责任都有关系，他应该设法声明，但富医生却不声不响到现在，那末表示他对于报纸上的记述是默认的了。所以这件事，真使人疑真疑假，不知究竟如何。

（《力报》1943年4月24日，署名：云郎）

交　际　舞

予白相舞场之历史甚久，而下海跳舞，则不过四五年间事。予性迂旧，从不曾视跳舞为高尚之游乐，而恒目之为胡调的消遣者也，故于舞艺，不求甚解，数年以来，亦只有这几步好走，翻不出其他花样来也。故予之舞，与十三点舞女同跳，可以任我走到哪里是哪里者，为最合宜，若健舞如郑明明之流，必且讪我舞步之窳劣，尚不配走入舞池也。然最畏惧者，则与朋友之太太同舞，所谓交际舞者也。予从未尊敬良家妇女，生平不羁，然于良家妇女之前，未尝口生戏言也。予既不以跳舞为高尚游乐,故与良家妇女舞,亦以为辱矣?迩日舞侪,皆太太,而太太皆健舞,有人相瞩,邀我躐步,却之不可,从之又不敢,辄如芒刺在背,手汗盈握,而步子分不开矣。如此精神上之刑虚,予不胜任,每欲遁去。昔者,李祖夔先生谓愚,曰:我不要与朋友之妻舞,以朋友若与吾妻舞,我必难过。予无祖夔固执,然终觉与良家妇女相抱于大庭广众间,为大不好意思者耳!

(《力报》1943年4月25日,署名:云郎)

看结婚

记得我是天生急色,几年前头,看见朋友结婚(其实不要看结婚,只要走过照相馆,看见新娘子拍完结婚照出来),我就要兴奋。想起今夜头新官人的开心,自己便情不自禁,虽然不致于立刻谋自己的适意,到了晚上,总不肯放老婆过门。近年来衰老侵寻,渐渐没有少年时候的兴致,所以看看结婚,也当其呒介事矣。这是我昨天实验的结果。昨天是江一秋同焦鸿英结婚,我去望了一望,丝毫不曾受什么影响。去年吴三也结婚,我也去看的,一样了无回味。所以我知道,我的身体一大半陷于病废中了!这两天,我枕头边,安放着三四种禁书,临睡前,总将它翻读几张,一些看不上劲来,这也是老惫之征。十一二岁时,藏匿在被头里看《倭袍》;二十岁以前,假中国银行同事的春宫照相来欣赏,当时的情怀,自然不是现在这样冷淡的。

(《力报》1943年5月1日,署名:云郎)

开伙仓

丽都舞厅,舞女大班之掗台子,不及其他舞场之穷凶极恶。丽都之舞女大班,王裕为主,王裕为人老实,舞客盛称之,即舞女亦言王裕实迥异恒流者也。予等近时恒涉足丽都,有时枯寂,拟烦王裕物色一人来侍坐者,王裕恒摇首曰:恐未必能当客意耳。予等大奇,盖舞女大班,不待客人开口,而来絮聒于耳畔者有之,今则客人开口,而为舞女大班者,转嚅嗫无以应客,缘其不欲欺弄客人也。有时固请,则携一人来,为耳语曰:客视之,以为满意者,则多坐些时,否则畀薄赘遣之耳。仙乐斯之某大班,拉台子自有本领,然其人坦白,谓从不与任何舞女搭讪,为客拉台子,是欲赚舞女铜钿,非要叫客人替我开伙仓也。盖今日之舞女大班,往往与舞女私,既私,乃竭力为舞女拉台子,于是客人之所费者,遂为舞女与舞女大班开伙仓之用矣。

(《力报》1943年5月4日,署名:云郎)

对此如何不梦遗?

夜逾午矣,偕两友坐于红棉,座上着一玉人,玉亦舞坛之隽,明眸善睐,风致嫣然。将一时,犹尼客坐其妆阁,其所居为小楼,与别一舞人夏,同宿一榻。时夏已归,着睡衣待玉人之还,榻甚窄,容两人若不胜载。愚故谓玉人曰:卿苟与所欢相拥而眠,则此榻殊勿嫌其小,今载双雌,则又嫌其不大矣。室中置照相甚多,一幅裸上体,着色,乃艳丽无伦,是为玉人所摄,距今已三四年。玉方客居天南也,其所裸处,至乳峰而止,顾文㝛所谓"岭上双梅"者,秘不可睹,其时玉貌丰腴,不如今之清癯,骤视之,与北平李丽有虎贲中郎之似。玉固谓妾珍视兹图,乃同瑰宝。愚曰:昔日卿上镜头时,岂遂全裸上体邪?曰:否,均及胸止耳。时予等三人,睹此影而艳之,故咏曰:"芙蓉如面柳如眉,对此如何不梦遗?"一友索于玉人,玉人不许,友工心计,曰:我岂遂不返汝哉?影固玉美,特篇幅过小,尚不足标其奇丽,我当携之入照相之肆,扩而巨之,然后悬之妆台,宁不尤美?玉韪其言,遂属吾友慎藏之,既归,毋泄为夫人所窥焉。

(《力报》1943年5月5日,署名:云郎)

蚕 豆

少时尝作《春游》诗云:"蚕豆花开蝴蝶飞,斯人清鬓驻清晖。琉璃巨罩当天筑,罩住春光不许归。"予昨日赴龙华,是为立夏日,春已归矣,乃忆吾诗,不禁惘然若失者久之。及抵龙华镇,进午饭,餐肆以炒蚕豆进,甘香为上海所无,则曰:此豆采于今晨者,既采,即供餐盘,若已越宿,则皮老而肉亦勿鲜。寒家门外,曩有余田,亦植蚕豆,下午令佣奴采之,辄下锅,及我放学归家,盛一碗来飨,取短簪代箸,小时亦知此足以尽口腹之快,则大乐,不图是美味者,已二十年不获得矣。龙华之行,乃使吾儿时尘影,历历都涌心头!

◆晴晖

是日有晴晖,亦有和风,"伊人清鬓驻清晖"之句,尝为他人所叹赏,此日,亦有清鬓相依,特伊人则不是伊人耳。中岁情怀,每易眷念童年,此身一浴于晴晖中,辄觉伊人之腴美容光,又复掩映于心头眼底矣。

(《力报》1943年5月8日,署名:云郎)

秋 鸿 之 信

别秋鸿五六年矣,其间曾未一通音问,偶于朋友,知其流徙所在,迩则止于桂林。及金企文万里投荒,与秋鸿相晤于桂,秋鸿知予与企文,为故交也,因以一书相告,其关于企文之演出情形曰:"金大小姐抵桂后,在三明与陈佩卿合作,日日满座,票最高价二十五元,非熟人无法可以得到。金系拆账性质,第一天分得九千余元,以一个月计之,可获二十余万,弟故眼红不已。"又曰:"信芳近状如何?此间人渴望其来,桂林山水甲天下,必不使彼失望也。"金大频年蹭蹬,予每见其人,辄为嗟伤,沪上剧坛,误以条件之不如其意,故三年间未能一展声容,知其得意之状,殊用欣慰,惟信芳志不在远游,平汉之行,且恶其跋涉,更无论远涉东南矣。

(《力报》1943年5月12日,署名:云郎)

不 痛 快 事

向来朋友间男女之事,我不肯顾问,之方生平,尤以此为戒,他说:

"熟人间发生了搅七搅八的事情,千万不可搭讪,搭讪的结果,只有招怨,决难讨好。"真是世故之言。前天有个朋友跑来看我,他说某君的恋人,被一个菜馆的小开夺得去了,某君也是我的朋友,叫我写一些文字,来暴露此人的丑恶。这位朋友,当时义愤填膺的情状,把我感动了,我若然袖手,好像我没有血性,不够朋友,因此在当夜便将此事记述下来,第二天一早送到报馆,希望能早一天见报。不料这一天的傍晚,这位朋友,与那个已告失恋的朋友,同时打个电话与我,劝我不必再施攻讦,"三角"之局,业已"讲好"。我听了真是不痛快之至,我当时不再说自己有什么意见,只说稿子已经写成,你们如有办法,将它抽了也好,其实排好稿子,抽去是不可能的。

"剪边"的事,可以"讲好",无怪天下任何事都讲得好了。是一个汉子,碰到这一关,是无法圜旋的,消极的方式,放弃女人,积极的做,则与剪边的人拼个他死我活,把讲开的消息来报告故人,在我听了,感到一百个不痛快而已!

再回味到之方之言,真是千古不刊的定论。

(《力报》1943年5月15日,署名:云郎)

小余死了!

余叔岩毕竟病死在北京了,他在今日的须生队里,如泰岱之尊,但他不常出演,这许多年以来,可以说是绝足歌台。有人说他不唱戏的原因,一种为了他有钱,不必再靠唱戏收入;一种身体不好,那样荏弱的体格,再也累不起了;还有一种说法,也很近情理,是说余叔岩有了今日的声价与地位,他实在不敢再轻易露演,万一运气不好,偶然唱唱,而居然砸了,岂不要使他一世英名,付于东流吗?

这是余叔岩乖巧的地方,他这乖巧,竟乖巧到了他死,从此使人眷念不尽,尤其是许多江南人,从来没有听过他戏的,但闻其名,而不能接其音容,这是何等怅惘的事!现在他一旦死了,江南的怅惘,从此也永无穷尽之期!其实可以告诉江南的戏迷,在二十年前,余叔岩的声音,只能送到台前六七排,以后只看见他张嘴,听不出什么来的,一定要辨他的韵味醇然,最好去开开他几张唱片。

(《力报》1943年5月23日,署名:云郎)

TM

吾友有名TM其人者,为白门富家子,尝游学欧西,攻法律,学识乃殊精湛,十数年来,跌宕欢场,颇驰妙誉。近岁,辟一室于金门,吾友乃言:金门之室,凡上海提得起名字之舞女,固无不曾逗留此中也。近时与萧美丽、蓝琼皆善,为萧指授经商之术,萧因是获利甚丰。蓝平时好操英吉利语,二人对答,常用欧人鴃舌之言。蓝居华懋饭店,宵谈既久,吾友恒买一车送蓝赴外滩,蓝亦非吾友躬送不适也。北平李丽之来,及与吾友尽日流连,二人本为旧识,其关系如何,他人不可知,惟闻李丽日试香汤,初不以吾友在座,而稍避之也。有人谓TM平时所挈女侣,皆富丰姿,若萧、蓝与李丽之流,固无一非美人之选,故谓人间艳福,乃为吾友一人占尽矣。

(《力报》1943年5月24日,署名:云郎)

吕 碧 城 诗

林庚白生前,最服膺吕碧城诗才,谓其缠绵沉挚,置之玉溪集中,可乱楮叶。尝举碧城二诗,为《天风》一首与《崇效寺看牡丹》一首也。《天风》一首云:"天风鸾鹤怨高寒,玉宇幽居亦大难。红粉成灰犹有迹,琼浆回味只余酸。早知弱水为天堑,终见灵旗拂月坛。悔过蟠桃花畔路,无端瑶瑟动哀顽!"《崇效寺看牡丹》云:"才自花城卸冕来,落英浪籍委苍苔。肯因焚土湮奇艳,坐惜芳丛老霸才。却为来迟情更挚,不关春去意元哀。风狂雨横年年似,悔向人间色相开。长安见惯浮云变,忍为残丛付劫灰。"庚白尝求此后一首之微疵,谓:"'长安'二字,似宜更易,盖唐以后诗人,沿用长安以代首都,而首都实已不在长安,此殊未妥,然此责当由唐以后诗人共负之,于碧城无与。"此老论诗之侧重于"现实",往往如此。

(《力报》1943年5月26日,署名:云郎)

大 张 挞 伐

杨翰西先生公子沛侯,将主持"巳斋书画展",于明日起开幕于宁波同乡会之四楼。二十五夜,予以周继美先生之托,代邀文艺界人,饮于沛侯寓邸,所邀之客至八时半始陆续贲临。席设楼上,时白雪则尚未至也,酒半酣,闻楼下犬吠声甚厉,予语同席诸君,来者岂白雪先生邪!杨家之犬,乃向白雪"大张挞伐"矣,苟"大张挞伐"之后,白雪惊而却步,不果赴宴者,则明日报上,将肆其"大张挞伐"之词,于今日之主人与代邀人矣。然犬吠之后,果无人来,终不知白雪果为此喑喑者所挡驾否。

◆《秦淮雪后泛舟卷》

杨氏所藏中,有《秦淮雪后泛舟卷》,为杨龙友手迹,展览之余,念近人"徘徊歧路杨龙友,哭骂街头郑妥娘"之句,使人不能不向往于昔年金氏姊妹《桃花扇》中之活色生香矣。

(《力报》1943年5月28日,署名:云郎)

一 方 兄

病后的一方兄,他消瘦了许多,有一天,我在旅舍里遇见他,他正在搦管为文,我惊其清减,又看见他思索得很苦,使我动了"伤类"之怀。我蜷伏在一张床上,良久没有用一句话去安慰他。

我自己的笔杆放不下,不便劝朋友一朝投笔。但搦笔杆的生涯,今日之下,真已成了末路。一方的"出道",比我早得多,二十年来的呕心沥血,弄到今日已江郎才尽,原是必然之理。文人之所以没有出息,就是没有甘为"驵侩"的决心,结果眼看向来不如我的,一个个都窜了起来,自己还是老死牅下,念"当年不嫁惜娉婷,抹白施朱作后生。寄语旁人须早计,随宜梳洗莫倾城"之诗,我们觉得女人如此,文人也是如此!

在跳舞场里,看见陈海伦、梅兰芳之流,还在卖俏樽边,我们正不必讥讽她们,我们自己是怎样呢?

(《力报》1943年5月29日,署名:云郎)

张 中 原

张中原兄之书法,初不蜚声于沪上,及办书法研究会后,张之书法乃大进,譬之舞女中之郑明明,以擅舞者称于舞国,而其人实从跳舞学堂出身者也。今张已成海上之书家矣。一夕,在舞场中见之,予声誉其书法之健,中原颇示谦逊,之方亦笃嗜其书似平原,拟烦其写一名刺,惟中原有一恶习,即写字必须卖钱,卖钱必须赈灾,若予与之方,生平无行善之癖,职是之故,之方欲求中原墨宝,遂迟迟不果行矣。

此次中原之鬻书广告,其末有附启一行,实为旷古未有之奇:"盖中原病短视,行于道途,有人为之招呼者,中原恒不知答礼,以辨认勿清也。"中原恐以是不慊于人,故用启事声明之,其人虚心如此,宜足为笃学君子矣。

(《力报》1943年5月30日,署名:云郎)

义 戏

上海小型报同业,拟发起演唱义戏,赈济华北灾荒,近日报间宣传甚力,惟闻义剧之演出,将请上海梨园中人合作,如白雪所言,若四大武旦之《泗洲城》,以及某女伶之《纺棉花》等剧,在集资立场言之,自有把握,惟若论其性质,则此为伶界联合会之义务戏,非小型报同业之义务也,故即欲办理,实不能求助于伶界,而不如与票房合作,名义则不妨由小型报同业出面之。盖此次筹赈,在上海已成全面推动之局,伶界联合会必有义剧献演,在梨园中人视之,其帮同小型报同业演出者,事属多余。票界诸君,多热心公益之士,与文艺中人,夙多好感,相烦合作,必能沆瀣一气;梨园中人,嘴轻舌薄,吾人若稍稍请其帮忙者,面孔必不好看,背后闲话,更决定其难听也。质之白雪先生以为如何?

(《力报》1943年5月31日,署名:云郎)

热 心 人

有人把"好事之徒"与"热心人"作过一种分野,我曾经把丁先生叫作好事之徒,于是有人替他不平,而谥丁先生为热心人。我也知道说丁先生是好事之徒,多少失于检点的,他老人家因此也不大高兴,为我发了许多的牢骚,真使我不安!

他写了一封信与我,信里有下面这几句话:"你我结交,的确有十年历史了,我对于你的文章景仰,交谊热诚,是可以说与年俱进,绝不因环境或年龄关系,稍稍减轻了一些。不过在我自己呢,很自知年龄一天天的高起来,一切举措终脱不了老悖的气息,到处有惹人憎厌的可能,有时也很知趣识相,不愿多和外间接触,免惹麻烦。但是清夜扪心,也常常觉得苦闷和悲哀,从前我的锦片前程,到哪里去了?"

丁先生的话,说得非常感伤,我为之不安,又感到非常难过。其实我们对于这位做人不能再好的老友,哪里会有厌恶的心理?不过似我十年来冷眼看丁先生的待人,虽然出之至诚,但别人之所施报于他者,是怎样?丁先生自己应该明白,我认为做"热心人"也应该灰心,而丁先生却还乐此不疲。

(《力报》1943年6月2日,署名:云郎)

花 篮

六月一日,走过大中华咖啡馆,适是开幕之期,门外的花篮,堆得像一座小山,约计之,当不下二三百只。门外如此,门内的数目也就可想而知。走过了大中华,去约之方,一同祝贺周恭伯先生的嘉礼,十三层楼一个全厅中,也是到处放着花篮,其数目足与大中华所陈列者相埒。

我偶然打听一打听花篮的价值,据说最起码的要六十元一只,送到人家去,开销使力,至少每只十元,一天之中,上海一隅,这一笔互相的消费,就着实可观。我没有做慈善事业的嗜好,不过与其浪费在置办花篮上,则不如节省下来,去充善捐。

若说花篮可以捧场面,但我在周先生的礼堂上,仔细观察过,那些篮子里所装的,决不是琪花瑶草。我同梯维巡游一周的时候,我对他说:我们好像跑在"朱雀桥边"。他笑起来,也说:真的都是野草野花。

(《力报》1943年6月3日,署名:云郎)

会 钞 趣 谈

今年来两次上正兴馆,皆遇黄雨斋君在座,予等食已,将会钞,堂倌曰:账已由黄先生付讫矣。两次皆如此,予因语雨斋,何必如此客气?雨斋曰:此黄门后代(雨斋绍兴人,黄天霸亦绍兴人,故可称黄门后代),十余年来一贯作风也。因知雨斋有代人付账之癖,此点予万不能及。予则对于为人会钞,深恶痛绝,同桌吃饭,予会账最称牵丝,何况越桌而会他友之钞哉?至第三次上正兴馆,又遇雨斋,予皮厚,心窃喜之,以为今夜又看黄兄之一贯作风矣。然同行之唐世昌先生大窘,谓今日非为雨斋会账不可,于是即告堂倌,千万不许收黄先生钱。雨斋自来推让,然在世昌之抵死力争下,雨斋之作风,万难一贯。当黄、唐二人,在一推一让时,予笑指之曰:两只傻瓜!

(《力报》1943年6月5日,署名:云郎)

真

予表舅汪鹿坪先生,经营天元祥洋布店,闻近数年来,积聚甚广。天元祥在北浙江路,为三开间门面,虽规模并不甚小,然论声誉之隆,固远不逮协大祥、宝大祥也。协大祥之孙照明,非独资老板,然去年岁暮时,已闻此人在协大祥名下之资产,已达一万五千万元(传说者将此数目说得十分肯定,惟予每怀疑,私人财产,别人非其账房,何能明白得如此确切?不过盛言其数量之多而已)。宝大祥为丁健行先生一人所经营,宝大祥生涯茂美,初无逊于协大祥,然丁先生恒讳言其财富,其《五十述怀》之律诗四章中,竟有说出其境况甚寒俭之言,岂不撒弥天大谎哉!予于诗文,才气、功力两不注意,物取其真,丁先生尝要予步其原唱,久久不获就,盖嫌其原唱之不以真语告人耳。

(《力报》1943年6月9日,署名:云郎)

残　　花

妇自市上买花回,供诸瓶中,花似芍药而小,视虞美人则又属重台,不能举其名也。惟视其叶,则绝类故乡篱槿上之杨树,讶其与此花勿称。翌日,妇换瓶中水,忽一花离枝而堕,检阅之,则花与枝叶固为临时结合者,因一一去其花,皆随手而脱。方知为花贩所欺。而悟此类花朵,实为花篮之残朵,而匹以添叶,以营利润者也。

◆茄子

予寓所之巷外,为小菜场,上午十时以前,菜摊沿路旁而列,有绵亘不绝之观。昨日,予出门,将收市时,一菜贩指其筐中茄子,语人曰:"这地方的人,都不吃好东西,别地方小菜场,茄子早已有,入市必空,而我今日,携之来此,迄无一人问价者,可见近此地而居者,乃无富室也。"茄子为时鲜,故菜佣为骄人之语。

(《力报》1943年6月12日,署名:云郎)

唐　嫂　之　丧

世昌夫人病久,去年大病,垂死而卒不死,曷至今日更死者,则此六七月光阴,实其"余生"耳。此次病起一月,终不治,死之前一日,予往省其疾,已不能言;第二夜,饭后又往,已入弥留状态,延至十时三刻,始气绝。世昌两赋悼亡,悲痛不可自支,嫂氏平时,自奉绝俭,顾于世昌友好,往往款待甚周,与予尤投合,予至,每为絮絮谈家常,情至殷切,故其病予亦关念弥至,不图此夜终能送其逝也!殁后,留遗体于家中,予等皆待至天明,及殡仪馆以车来迓,又送之往乐园,所以报其生前相知之雅,然此眠人又胡得知者,悲矣。在殡仪馆中,为世昌办发丧事,粟碌至中午始已,困甚,故归去。然着枕不宁,四时又起,精神遂痿顿不堪,以电话抵世昌,尚醒,盖三四日来,未曾合目,乃知此公弥健,而予则弥衰!

(《力报》1943年6月13日,署名:云郎)

吴中士之医德!

唐夫人生平任侠,好为不平之鸣,去年,其邻有吴医生,名中士,妻悍暴无伦,吴有一妹,才及笄,吴妻视同贱婢,朝夕凌虐,至于骨立无人形。复恒施鞭挞,悽厉之声,传之邻右,为夫人闻之,颇不忍,而唐家女奴,亦闻此哀鸣,而泪垂不已。夫人故督奴曰:汝等为我掖吴妹来,我将衣食之,苟其嫂来争,我则鸣之官中,诉其无道。于是吴妹居唐家者二月,中士以同枝豢养于人,私惭不已,因白于夫人,谓后此当遏吾妻之暴,请率妹归还,夫人许之,妹遂重返于吴。

亡何,夫人疾甚,于七日之晨,痰上涌塞,抚之已冰,时为上午三时,无法速医者。木公念吴居于邻,故饬人迓之,久久不至。木公无奈,宣佛号不已,而夫人果醒。醒时,唐家佣人,来谓吴以家中亦有病人,故不复至。木公大懊丧,然不敢使夫人知,第就予述往事,又曰:吴某固无天良,其人骨肉且坐视,何况邻家。予亦曰:若是则吴于病家之服务道德,亦可以觇之。吴设诊所于浦东大楼,其医品如此,愿读者鉴诸!

(《力报》1943年6月14日,署名:云郎)

西 菜

旬日前,饭于福致饭店,同席七人,各进浓汤一、铁排鲥鱼一、火腿蛋一、咖喱鸡饭全客,又啤酒二瓶,所费连小账适为四百金,众谓物美价廉,无过于斯。昨夜又食于大西洋,以五人同往,浓汤各一、铁排鲥鱼四、铁排童子鸡三全只、菠萝樱桃各一,不吃酒,不吃饭,连小账为七百元,遂使席上人为之咋舌。福致饭店地方偏仄,用是有臣门如市之观,大西洋虽宽敞无伦,今已有生涯落寞之叹。昔者,大西洋本以售价之高,闻于沪上,当时上海之所谓白相人、小开,以及巨腹贾,趋之若鹜,则以大西洋侍者之侍奉殷勤。近年,西菜事业,被粤菜占其优势,遂呈衰落之象,而此中竞争尤甚,大西洋于制有初不讲究,而独擅奉承,遂为食客所鄙弃,且以为"四马路大菜间"不登大雅,故望望然去之。造成今日之局面,以予思之,若辈纵急起为改善之图,亦殊难为功矣。

(《力报》1943年6月17日,署名:云郎)

嗜好之不同

我对于送人情一事,向来马虎,认为可以不送,终想逃避。我自己有圣人的精神,"己所不欲,勿施于人"。六年前,夫人亡故,不曾开吊,又自己讨老婆,也不发帖子,所以看见别人的红白发票(讣文喜帖,我都称之为红白发票),实在有些头痛。有许多礼,既存心不送,则日后看见本人,也只当无事,决不当面打招呼,说我是把日期忘了,因此失礼。

但另有许多人,他们看送礼非常重要。最近有个友人办丧事,回去之后,他看见礼簿上面送礼的名字,有几个实在想不起从前是认识过的,有的甚至看见了名字,简直想不起这个人来,这种人岂非都是对于送礼是特别奋勇的!甚矣,人生嗜好之不同,有如此者!

(《力报》1943年6月17日,署名:云郎)

起 士 林

赫德路起士林的夜饭,终是颠扑不破,虽然不会让你十分满意,却也不致于过分失望。热天坐在二层楼的阳台上,或是三层楼的平台上,风来甚劲,没有惠尔康的蚊虫,也不似金谷花园的烦嚣的屋子里它们不设备一只电风扇,像目下暴热的天气,已使人无可消受,到溽暑自然更不能留人。

◆冷气与乘凉

有一天到米高美去茶舞,里面已开了冷气,据舞场里的人说,冷气并没有开足,但已经使满场的人,不致于汗流浃背。第二天,到百乐门去,跨进门,想起了里面闷热,便没有勇气坐进去,又退了出来,想去坐新仙林的花园。我不怕冷气,但讨厌冷气,因为在冷气间里,眼睛最不舒服,也不喜欢穿了长衣裳乘凉。乘风凉最好的方法,是在自家的庭院里,一持蒲扇,身上只剩一条短裤。

(《力报》1943年6月18日,署名:云郎)

内　行

《连环套》响排时,孙老乙先生,似不屑与人对台词,初以为此人胸有成竹,一面孔要与人"台上见"也。及其上台,果绝类内行,予曰:票友宁有学开口跳者?疑老乙亦自科班中来,非孙毓堃之族人,定老乡亲之裔孙耳。

◆总务

义戏上演之日,总务推朱凤蔚先生。朱先生毕竟老成,前后台照料甚勤,此公平时不服年老,今日见其精神饱满,知其固不逊少年,又丁先生亦拨冗莅场,睹二老之辛勤,深为感奋。

◆佳联

梯维作台上长联,极佳,此真可以发现"小型报"之办义戏之特色,故有一派文艺气也。梯维锦心绣口,职业文人,尽非其匹,一生拜倒,只此一人。义戏台上,得其数语,光耀逾于一万花篮。

(《力报》1943年6月21日,署名:云郎)

李元龙先生

愚昨记朱、丁二先生之勤于会务，尚有一人，至使我人感念者，为李元龙先生是。李为名票，而热肠古道，笃于友谊。此次《连环套》中，以出场人多羊毛，故丐元龙为之扶持，因饰《连环套》之大头目焉，排戏时，"亮镖"一场，李与黄河"对戏"甚久，煞费辛勤；及上演，元龙又极早下后台，自始至终，不换别人，此在其他，无有不耐烦者，而李先生独无怨言。李先生之来，纯徇友谊，与夫乐于为善，不为名，不为利，此所以为难得。愚识李先生已有年，谦和仁蔼，今之君子，又擅文章，其书法亦佳，为票友中之通品。往岁论交与愚甚相得，吾友姚绍华，平时亟称元龙之贤，龚兆熊亦最善其人，可见与情之契。今以小型报主办人之义剧一事证之，知李尤为性情中人，值得称颂者也。

（《力报》1943年6月22日，署名：云郎）

省省吧！

二十日，《新闻报》曾刊一消息，谓："西药业公会之常委史致富为筹募'急救时疫医院'及药业夜校"经费，发起大义务戏，议定廿二日假天蟾舞台夜场举行。剧目有《十二五花洞》，还有什么特别"跳加官"云云。我不相信这是会成功事实的。

小型报同业，为了华北灾荒，发起义戏。为了小型报中人，都是穷鬼，然而为善，又不敢后人，所以起来主办这一次义演，费力甚巨，动员甚众。至于西药业中人，哪一位不已发财发得脑满肠肥，要组织一个"时疫医院"，办一只"夜校"，大可以叫西药中人，随便摸一点出来，马上可以"乐观厥成"，难道也要劳师动众的，唱一台义务戏，而始完成该项事业吗？

做好事原应该量力而行，自己有几分力量，做几分好事。如其像西药业中人，偶然做一点好事，而还要借助到别人的力量，那末这种好事，不做也罢,省自己的精神,还可以节他人的气力。

(《力报》1943年6月23日,署名:云郎)

白雪,西平与予

《连环套》之后,又欲重演《别窑》,乃下月间下旬上海时疫医院,拟唱筹款义戏,窦耀庭先生嘱白雪、西平与予合串一剧。白雪来商予同意,并取《战长沙》、《追韩信》两剧,令予选择。予固不好炒冷饭,特《长沙》与《追信》,予皆未习,而又无心思,从事学戏,苟王、邵二兄兴致不恶者,予必当勉力以赴耳。

昔年,予欲习《长沙》,信芳亦怂恿甚力,谓我固登场者,则将为我陪韩玄。予谢曰:乌敢以韩玄辱江南伶范? 亦当一烦魏延耳。然予无耐性,其事终不得就。不图将于今年实现之,顾予以为《长沙》难学,甚于《追信》,为不太费事计,无宁终唱《追信》;且白雪之萧相国,屡演不鲜,此戏当以西平为韩信,予为刘邦。予不甚喜沛公之为人,但其戏习之非艰,故愿以高祖自承,不审西平、白雪二兄,以贱见为何如?

(《力报》1943年6月27日,署名:云郎)

师 徒 二 人

张善琨先生,忽然兴到,将为灾黎请命,于后日在大光明登场演《贩马记》外,而七月三日,复将于大舞台演《连环套》之"下山"一场。迩来学习殊勤,每日延张国斌为之说腔、说身段外,复在共舞台楼上其住宅中调嗓。张既久不引吭,故事前不能不打扫喉咙也。同时张之高足周剑星先生,将演《连环套》之黄天霸,及《溪皇庄》八美中之一美(按今已改为十二美跑车),美人有"跑圆场"及"趟马"等身段,故亦每日在共舞台上,烦景妍娇为之传授,其埋首之苦,无逊乃师。说者为之致语曰:"师亦贤师,徒亦佳徒,戏是好戏,毛是羊毛。"

◆二坤旦

在新利查席上,遘二坤旦,为李玉茹与应畹云。二人皆初见,玉茹艺事之美,众口所传,论其色,无惊人之艳,其口张时,似有一齿微豁,应亦不足称绝色。坤角儿无绝艳之人,新艳秋去后,更无风姿照眼之俦,此李与应,已为见者盛道矣。

(《力报》1943年6月28日,署名:云郎)

扮 女 人

张善琨先生于明日唱罢李奇后,将再演黄天霸一场,惟于《大溪皇庄》所派跑车之美人一角,则加以拒绝,谓本人不愿扮女人也。其实张伯铭、董兆斌、周剑星诸君,且不恤易弁为钗,容何伤?多见老不起面皮耳。新利查席上,闻盖叫天曾反串《虹霓关》之东方氏,其事距今二十年外矣;又尝见信芳亦扮过女人,则与冯子和合演《花田错》之卞稽,信芳窘甚,知此公亦扮不惯女人者也。

◆十二美人

预料《大溪皇庄》之十二美人,孙兰亭最哆,周翼华扮相最美。兰亭扮金玉奴之日,台下人一致赞赏其双瞳飞转,绝类联泉(小翠花名于连泉,如此写法,冒充评剧家口吻)。有人谓此日台上之十二美人,苟台下有断袖之好者,兰亭或有"雀屏中选"之望也。

(《力报》1943年6月29日,署名:云郎)

梅 门 桃 李

梅博士寓沪上,未尝有献演消息,一年以来,录当世坤旦为门弟子者甚众,这次李玉茹之来,亦以某公之荐,附列门墙。李帖《贩马记》之前一日,台下人遂为之刮目,梅诲人不倦,固不曾辜负群徒。张淑娴于今春入梅门,定省甚勤,迩乃渐渐旷课矣!师是贤师,特视为徒弟者,是否亦好耳?

◆李世芳与毛世来

李世芳厄于嗓,论扮相与身上,皆无愧于堂堂大角,者番南来,成绩不如往日之恶,以除嗓子外,样样可以对得起台下人耳。至毛世来此来,一败如灰,然内行皆言,此来造诣,亦视往昔为善,顾不得人缘,遂使其人铩羽而归。譬如童芷苓以一纺一劈,而红遍春江,从知天下事诚有难言者矣。

(《力报》1943年7月2日,署名:云郎)

幸福肥皂

大记者述幸福肥皂,颇有微词。制造幸福肥皂之中国化学皂厂,有徐君者,为予老友,因来造访,为言幸福肥皂制造之初,以研究未及完备,遽而出货,自有若干缺陷,未能使用户满意,惟今已悉心改善,故其所得,已在日趋进步中。譬如肥皂本身之颜色,今已由白变黄,而皂沫亦浓,碱质亦渐轻减,至于久藏之后,缩小程度,亦不类从前。肥皂久藏,无有不缩减者,虽著名如固本、箭刀诸品,此弊亦不可免,特视缩小之分量若何耳。若若干时后,其缩减似豆腐干,似麻将牌,是为下劣之品,幸福肥皂,始终未尝有此情形也。徐为人诚谨,其所言当极中肯,爰为之代白是非。徐复欲取其改善后之出品,分献同文,惟欲赖此联络感情,特欲证其为不谬耳。

(《力报》1943年7月3日,署名:云郎)

悼冯振铎

冯振铎先生,死于肺病,我虽然同他素昧平生,但听了他的噩耗,心头上起了一阵惘然之感! 知道振铎是冯氏门中的好人,他们弟兄甚多,振铎是长兄,还有一位振威先生,见过一两面,他留给我的印象,甚为长厚,而振铎则是个精明强干的人物,通世故,近人情,绝不霸道,尤足多者,他是天上愁痕、人间情种,我从章遏云一事验之。

记得我在编某报的时候，刊过一节不利于振铎所经营事业上的文字，振铎并不发怒，也不利用任何势力与我为难，承他亲笔写了一封信来，告诉我我们的记载是不无讹误，我非常感动。

他病了之后，我颇怀念此人，谁知他终于不治，乃觉今日之事，惟天道最不可问。

（《力报》1943年7月4日，署名：云郎）

拟从此不唱戏

《别窑》唱过三次，唱到三日的一次，可说倒尽胃口。上一夜，在一位朋友家里聊天，临走时吃了一盏咖啡，回到家中，将近五时，解衣就卧，但精神忽然奋发，怎样也不能合眼，一想明天下午一时，就要下后台，不如趁睡不着的时候，起来料理明天的稿事。我不为生病，不肯荒懈工作，因为我承认写述是我的事业，而唱戏则纯为吃豆腐，王八蛋承认唱戏为了爱好平剧，为了热心公益。有时候人家拉我上台，我不大高兴，但以"善举"为题目，我无法推辞，则是事实。

一共睡了两小时，精神困顿得像死去一样，腰酸脚软，及至上台，穿上了靠，才觉怪我真的自讨苦吃！下台之后，恨不得就横了下来，让我睡他十二小时。勉强洗完了脸，跑到新华去坐了一会。朋友拉我吃饭，我亦没有气力跟他们同去，回到家里，想想寻开心寻到这般地步，何犯得着，以后还是不唱戏罢！

（《力报》1943年7月5日，署名：云郎）

文 士 常 情

予为职业文人，昨夜又计算予从职业上得来之钱，以每月计，万万不足买一石米，而全家所耗之食粮，须米一石有半。思至此，惘惘然几不可成眠，晨起录之，视此为文人嗟穷愁困之恒情可也，绝非有所不慊于报馆老板耳！

◆迷信

近集友数人,合营一种木头生意,为我人之领导者,为老友叶树生君。签约之前,予以平生不迷信,故凡不利于经营之言,恒信口吐之,叶则大窘,缘叶殊迷信也。上月离沪,即病于他乡,亦疑予咒咀所召之祸,真笑话也。玄郎尝言,叶本多疑,入回力球场,见评判员之脚尖左右倾侧,言此为对球员之暗示,闻者皆失笑,其望文生义如此,宜病卧异乡,而追咎故人之出言不慎矣。

◆谢韵秋

谢韵秋为吾友爱姬,今客死蚌埠。当吾友迷恋韵秋时,屡为谢咏诗,有"若须我有是何年",今既"我有",而不克"永有",宜吾友之神伤万状矣!

(《力报》1943年7月10日,署名:云郎)

休戚相关之友

我在《定依阁随笔》里,记一位朋友受了他人的凌辱,以至于缠讼,我就将几个为朋友而肯热心奔走的朋友记述下来,另外又将几个袖手旁观的也是朋友者,也一笔写过,末了,我又提起了他(指受人凌辱的朋友)还有休戚相关的朋友,不晓得他们的态度如何。这样的一节文字,惹得秋翁多了心,因为我这位朋友是为秋翁的事业帮助的一人,当然他们是休戚相关的朋友。被我这么一说,他跳了起来,一清早就打个电话与我,说我不应该再对他讽刺,他告诉我朋友受辱的事件发生之后,他如何关切,他又如何热心,无论人事上、金钱上,他都摆下肩胛,但不料还有我这个不识时务的人,还不肯谅解这一位血性的朋友,因此秋翁非常灰心,我也感到歉然!

我并非不知道秋翁同这位朋友是休戚相关的一个,但与这位朋友休戚相关的,当然不致秋翁一人,因为我没有看到一位挺身而起的人,所以随便发一点牢骚,却不曾想到因为而得罪了一个真正热心的人,委实惶恐之至!

(《力报》1943年7月12日,署名:云郎)

复上海时疫医院书

上海时疫医院大鉴：接奉七月八日手书，知贵院因经济困难，拟向各界募捐，以资维持，因于七月十二、十三两日下午二时至夜十一时假座黄浦电台，请海上名伶、名票播音劝募，多蒙不弃，邀及鄙人，然鄙人决不承认为海上名票之一，昨日又见大报广告，亦将贱名列入"名票"群中，尤为惶愧。鄙人对于平剧，一窍不通，且并不嗜好，生平从未加入任何票房，根本不成其为票友，更何况"名票"哉？所以屡次登场者，一半为朋友要我好看，一半亦为自己寻自己开心，然笑话百出，唾骂者万人，此种事偶一为之，犹为众人所不喜，何可一再为之？故尊嘱一节，只得方命。自知喉咙之糟，比卖夜报为更难听，岂可以渎无线电听众耳根？知贵院诸君，多为贤达，敢步腹心，伏希鉴谅为荷！大郎谨复十一日。

（《力报》1943 年 7 月 13 日，署名：云郎）

李　玉　茹

李玉茹此来，孙夫人捧之最力，夫人笃嗜平剧，见识弥远，评骘当世伶工，无不洞中窍要，所谓觇好恶之间，实天下之大公也，其于坤旦，惟赏一玉茹，往返甚密。玉茹初不以过房爷事孙先生，亦不以过房娘事孙夫人，其交谊只止于朋友而已，顾孙氏伉俪，督促綦周，玉茹故畏之如严师，敬之为益友。夫人怵于北来女优之以《纺棉花》为号召，而浸成风气，于是诏玉茹曰：勤习汝艺，毋为流俗所溷，《纺棉花》既不当唱，《戏迷传》一类戏，亦不可贴，鹜高蹈远，是在人为，正不必以本来色相，媚台下人耳。若违吾意，请与割席。夫人之言正，玉茹唯唯。不敢返，谢曰：夫人之教贤也。云郎曰：夫人非丈夫，而其言练达，胜于须眉。上海暴发户之以收过房女儿求闻名于人世者，闻此不当羞愧欲死邪？

（《力报》1943 年 7 月 17 日，署名：云郎）

王吟秋与荣瑞昌

王吟秋亦有过房爷,为无锡荣瑞昌君。荣在吟秋身上,所耗人力物力,殆不可胜数,自王北上投师起,至今日来沪演唱止,荣犹在倾其财力人力以栽培之也。说者谓父母之笃爱其儿,亦不过如此,而瑞昌则曰:我将来诚不想在吟秋身上,找回些什么,所以全其终始者。譬如我白相也要花这许多精神与金钱耳。盖荣为商人,生平无所嗜好,其栽培吟秋,在当时不过怜其际遇,初非对于收一个过房妮子为名角儿,有特殊兴趣也。故荣之为角儿过房爷,论其动机,较上海之一切过房爷为纯正,王若不过瑞昌,必无今日之王吟秋。故至将来,若王之角儿越大,而对荣先生之过房爷,置于脑后者,此人不遭雷殛,亦当为众人打死也。

(《力报》1943年9月2日,署名:云郎)

"叫好不叫座"

盖叫天之出演于卡尔登,卖满堂仅两场,其余皆寥寥可数,上星期之日戏,前座仅售三十二券,是在经营戏院者,固视此为惨败之局,第念真赏无人,要亦海上周郎之耻。愚年来寄无限同情于盖五之身,为文扬其极诣者,无虑数万言,昔有句云:"愿倾万斛情如沸,来看江南盖五爷。"可见倾倒之甚。一日,贴《洗浮山》,见其出场之"趟马",辄觉热情腾沸,泛布于肤发,不能自已,时愚直欲趋至后台,长揖其前,为之颂曰:"先生天神也!彼竖子欲妄坿高名者,皆罔人也。秽陋若吴素秋,亦意图僭越,则又不第妄人,直为妖孽!"费穆看《洗浮山》竟,频叹为绝唱,愚就之谈,语费曰:"汝谓绝唱邪?其如叫好不叫座何!"费曰:"即此五字,已足使盖五千秋。"平剧优人,其叫座不叫好者,滔滔皆是,汝对之感想何如?费亦解人,乃为此语,怀极诣之士,能得孤芳自赏,讵不尤佳邪?

(《力报》1943年9月2日,署名:云郎)

柳黛与秋霞

予性放浪，及刘氏来归，则约予甚严，予深苦之。予之日记册上，载电话甚多，有女性之电话二，一为潘柳黛，一为周秋霞，潘为当世女作家，周则为今日红舞星。吾妻尝翻吾手册，忽发现此两人之电话，曰：潘与周为何许人邪？其名字乃酷似蛾眉也。予曰：信是蛾眉，前二人者，皆为报章治佳文，与若婿为同道，卿讵得亦有异言者？妇故不复语。黄也白先生，日以《平报》赠与予，《平报》之《新天地》中，有柳黛之文，有时亦有一人具"秋霞"之名，投稿其间，予乃一一示与妇，曰：凡是皆潘、周二小姐所为也。妇益无疑，顾若干日前，周秋霞自大沪而转入维也纳，报间广告，刊惶惶巨字，妇得《新闻报》，指而视予，予大窘，曰：天下多同姓字人耳。妇睨予而笑，知其从此不能放心矣。其实新天地之秋霞，予非素识，若舞人周秋霞，虽操货腰业，亦娴雅能文，读于允中女中，置身欢场，不失良家仪度，真好女儿也。

(《力报》1943年9月4日，署名：云郎)

赠薛冰飞

近岁交识之舞人，有不辱吾笔宣述者，叶影与周秋霞外，薛冰飞亦一人也。字曰：冰飞，其人之耐冷可知。冰飞何许人？愚初不获知，稚齿韶颜，风神甚隽。微嫌尪瘠，第殊无病，盖不常闻其辍舞也。冰飞审愚为士人，颇礼我。一年以来，止于维也纳，吾友恒招之侍坐，宵游队里，每着斯人，遂多佳致。愚欲为冰飞赠一诗，则喜甚，谓愿付装池，为他日妆楼之供。愚之句云：

自有清华入婉柔，好同才士爱凉秋。人而常静休辞瘦，福果能求便苦修。一搦腰兼千绺发，三分病杂七重忧。悬怜艳发如花日，我已吴霜欲满头。

(《力报》1943年9月7日，署名：云郎)

打 油 诗

打油诗其实不好作,今人为此,恒落平凡,至于小型报上所刊者,并诗韵与平仄都不懂,居然非写成二十八字,自命为"一首诗"者,尤为"骇人听闻"矣。打油诗之好,以寻常言语出之,浑成自然,亦饶有意境。昔日,有濮一乘君,作《宣南百咏》,诗非尽好,惟有二句云:"一辆汽车灯市口,朱三小姐出风头。"是即以寻常闲话出之,有浑成自然之美,亦饶有意境。诗为旧都人士所家读户诵,可见真赏自有人耳。

近有他报,自傲予为打油诗之胜于他人,其言曰:"几曾见打油之什,清奇绝俗有如吾辈取出者?"谈者固不免目予为罔自夸大,实则可以为我敌手者,殊无所见,除非老铁重来,予甘低首,否则,暂时只好让睥睨一切矣。

(《力报》1943年9月9日,署名:云郎)

电 话 之 报

友人家有电话,一日清晨,有妇人以电话来,问曰:是某酱园邪?友审其误拨,曰:然也。妇曰:然则为我送酱油几许来,午膳所需,送来必速。友亦问曰:汝家何所?妇一一告之,电话遂止。是日下午,友与舞人约,将觅逆旅同圆好梦,顾遍以电话询旅家,俱无余室,因念爱文义路某饭店,雅有林树之胜,且其地幽密,正可为比翼之场,故亦以电话问之。接电话者初甚诧,友曰:汝非某饭店邪?其人遽曰:然,汝将何室?因索一室,其人许之,惟曰:请速至,不然为捷足者得矣。友大喜,急足往,自哈同路东戈登路之西,数四巡行,而不获其地,始询之路人,谓是店已货人为住宅,息业且及一年矣。友始悟为受愚,惘惘而返,忽忆晨间酱园电话,自笑虽戏弄事,其报应亦正复速也。

(《力报》1943年9月10日,署名:云郎)

春 光 依 旧

南洲主人,执事于大东保险公司,权位日尊,顾未尝忘情于声色,税一屋于国际饭店二十二层楼,为公余休憩之所,与愚久相违,迩以书来,有言曰:"十二楼头,春光依旧。"从知才士多情,玉人无恙,而故交之豪情逸兴,亦于此八字中可以窥见之也。

◆打派司

与小洛、锵锵、柳絮诸兄,为沙蟹之局。锵锵不称沙蟹而曰"打派司",是名称比较通俗,是犹之打"客西纳"为十一分也。柳絮固文士本色,于博亦然,自身无偷鸡之勇,第又不肯放松别人,故不易操胜券。予则不善偷鸡,偷必形之于色,然亦不肯捉鸡,冒天险,凡此皆为"打派司"之庸手。小洛最擅此术,锵锵智勇双全,顾牌风挫时,不能自敛,遂足为取败之道。数月以来,久不就博,此夜打四小时,目眩耳鸣,因知比来身体,又逊于前时矣。

(《力报》1943年9月13日,署名:云郎)

美 味

卡尔登后台,入夜,有北人携筐至,以面饼售与后台班底中之所谓"苦哈哈"者作充饥之品,其物以面衣一张、实脆麻花一,又大葱一二枝,蘸以酱,酱味亦辛辣。予初不注意,梯维力言其味之胜,故亦尝之,信如梯维所言,惟食必乘热。一次,曾买五枚,携归饷群儿,则面皮已坚,而麻花不脆,便勿好吃。梯维之啖此物,去其葱,则无味矣。愚嗜葱蒜,而吾妇深恶之。梯维绝口不嗜葱蒜,而素雯深喜之。予谓吾两对夫妻,有互易之必要,事无实行可能,开心则不妨寻寻耳。又此种食品,北人或有专门名词,予未得知,问梯维夫妇,亦不能答。书此以质常在戏班衣箱上打转之继影、太白诸兄。

(《力报》1943年9月14日,署名:云郎)

五尺栏杆遮不住

南洲主人自旧燕失群,嗟伤无已,昨年复别筑新巢,眷舞人刘,居之于十二楼头,顾二人初未正名分。南洲以夫人贤,不敢携刘妇拜堂前,刘故亦从业如故,惟此心靡他,既系于南洲一人之身矣。南洲为富家郎,少亦读书,颖悟异常,二十年后,诗古文词,已蔚然可观,年来与愚交甚契。一夜,往访其居,其壁间张一画,因语予曰:是得之于苏州冷摊者,因爱其句之可用也。诵其句云:"五尺栏杆遮不住,尚留一半与人看。"盖图中写高花一树也。南洲之意,刘尚在欢场,至今犹尽非吾有,所谓尚留一半与人看者是。愚戏曰:然则人所看者上一半耳。及返,为作《十二楼清居》诗,有言曰:"花近栏干高十尺,肠为道路折千盘。"亦指此言也。

(《力报》1943年9月16日,署名:云郎)

弹 词 票 房

南京书场有弹词票房之设,会员男女兼收,若加入该会之会员,胥为南京书场听客,则女会员必绝无仅有,有之,亦不过一二老丑之婆。以南京座上,男人占十之九,女人仅十之一,十之一中,亦渺无秀色可寻,故该会会员的阵容,必无可观者,特不知征求结果如何?横云、柳絮诸兄,曷不告我?

◆胜友二三

绍华病后,不相见者,殆已逾月,今闻痊可,盖叫天贴《洗浮山》之夜,过卡尔登,知予必在座也。因获深谈,视其容颜,较病前为丰满,大慰。中秋后一日,复相觅互谈。迩年以来,游乐之侣,绍华与之方并为胜友,此中之方之意兴尤高,财力能及,则从未作倦游之意;绍华多病,夫人令善护厥躬,故约之较严。予妇亦多烦言,其不受范于阃内者,特之方一人。故之方如野鹤行云,一任其到处冲飞矣。

(《力报》1943年9月17日,署名:云郎)

梅　琳

在餐肆中遘旧日之影星梅琳,是即从余光手中,夺为严医生夫人者。王龙常言梅琳在私底下,比阮玲玉好看,而一上镜头,便无玲玉之光彩,其实亦未必然也。梅向来瘦瘠,阮得腴艳之美,惟予以为梅殊清秀,此为阮所不如耳。梅退隐数年,依然无"肉头"可看,近则且征老象,惟偶为倩笑,犹是仪态万方,故觉严医生者,信为艳福无边,终得兹银坛佳丽,作伴终身也。

◆当心与留神

卡尔登之《白水滩》,以朱宝康为青面虎,一日日场贴此,生涯甚惨,朱动作稍迟,被盖五一刀击于臂,盖五固知之也,及后再贴,恐有误,因诣宝康许,为之"说一说"。宝康曰:"我那一天挨了一下,肿两日不退,今天请你得当一点心。"盖五笑曰:"我知道,我之来,亦欲请你留神这一事耳。"

(《力报》1943年9月18日,署名:云郎)

面　壁

夜十二时后,咖啡馆既不许开后,惟国际饭店之十四楼,犹设茶座,惟音乐停止,谓专供饭店旅客,来此坐憩者也。昨夜十一时坐于舞池一角,临酒吧处,至十二时,舞池之外,陈一屏风,仆欧来,使予等之座,尽向南勿向屏风;时客已拥至,予座遂与屏风为邻,而舞池以外一方之地,已呈满坑满谷之观,乃悟屏风比之为堵,品茗之客,固未尝有"面壁"坐者耳。

◆欧阳飞莺

欧阳飞莺,歌于十四楼,其歌声自曼妙,惟甜润犹逊姚莉,拔高处则为姚所不如。南洲主人,力扬兰苓,其实兰苓之歌,犹不入品,特姿色之胜,乃无匹敌。欧阳飞莺温文知礼,姚莉天真未泯,故以人喻货,兰苓自易倾销,兰芩故已退隐为人家太太矣。

(《力报》1943年9月21日,署名:云郎)

更 新 顾 曲

听过杨宝森之后,不想听李宗义,所以为更新座上客者,看张少甫去耳。张与傅德威之《百凉楼》已过,而李多奎之《掘地见母》亦已终场,至为欣慰。予不喜看老旦戏,李多奎自命不凡,尤讨厌,数数来沪,闻其歌《望儿楼》,头不摇,则声不出,渠自得意,我为吃力。李宗义与李玉芝之《打渔杀家》,方登场,玉芝扮相犹大红大白,极难看,以慈少泉饰教师爷,因忆儿时于广德楼看王又宸与尚小云贴《庆顶珠》,必以慈瑞泉为教师,今乃见慈门后一代人,亦崭然露头角,我又乌得不老去哉?少甫演《伐东吴》之黄忠,神韵自是不恶,顾气弱,声复不足,可以做而做不到,遂令稚子争名,而此老甘屈居下矣。更新班底,亦不佳,惟较之盖叫天在卡尔登好一些,似乎倒冷饭与钉靶之流,台上还比较少一点也。

(《力报》1943年9月22日,署名:云郎)

捧 角 之 苦 闷

碧云轩主人,以捧角而灰心,述其苦闷与愚,曰:我特以其才可造,故从而培植之,不图其负人至此也!此种滋味,十数年来,愚既饱尝之,彼主人所耗者,为巨量之钱财,愚贫薄,不足为若辈润,故第以心力赴之,然论其动机,皆基于纯洁之同情。顾若辈不能深体,视赴以心力者,为好事之徒,视济以钱财者,为应尽之义务,至他人寄以期望于不顾,律以信约于勿守,遂使人皆望望然去之。视其坠溷以终,落寞而死,虽死犹不足惜也!昔人句云:"我本将心向明月,谁知明月照沟渠。"苏曼殊以此喻失恋者之悲哀,第亦何尝不可以写捧角者之苦闷哉?

(《力报》1943年9月23日,署名:云郎)
[编按:碧云轩主人,即孙曜东。]

217

三十六岁生日述怀(有序)

昨日为愚三十六岁生日,效十三点诗人每逢生日必有感怀诗例,因亦作述怀诗两律句。倘荷诸大吟坛,宠锡和章,面不得吃一根,肉不得吃一块,只好白费心思,予亦根本不欢迎也。是为序。

我生三十六年中,但有奇穷未小通。别户而今皆暴发,某家至竟为人佣。早知日后无多福,还恨身边短点铜。一事算来真"作死",闺房严禁似樊笼!

"作死"上海土话,又"短点铜",系袭北方鼓词有"细问皆因短点儿铜"之句。

须眉不戴戴头颅,自笑登徒作事粗。已喜有儿兼有妇,何堪为富复为奴。怜才未必知奇士,居处还能觅小姑。尤幸二三朋友好,时来问我要钱无?

(《力报》1943年9月24日,署名:云郎)

通宵舞厅禁绝以后

携向导员坐跳舞场,不惧自砍招牌,其人之胃口必大好。昔爱多亚路大华舞厅通宵营业时,于子夜一时后,四壁长沙发上,列坐之雌雄党,泡杯开水,吃到天明,别人舞兴方酣,若辈已入睡乡。或女枕于男人之肩,或男扑于女人身上,坐舞池如同"借干铺",别人看过看伤,若辈以为乐乃无艺,此类女子,十有九人,为出卡姑娘,特不知通宵舞厅禁绝以后,若辈将何以尽其缱绻之情?栈房开不起,只好走一夜马路矣。

◆皮鞋

昨夜在舞场之电话间,闻一向导员打电话与向导社接线人。其言曰:"此间客人,还要一个人来。我意你叫徐来可也。特此间为舞场,徐来无皮鞋,他人可有合脚者,借一双穿穿,白皮鞋最好,黄皮鞋也能将就,特不要黑皮鞋!"其言尽入予耳。予惘然咏昔人诗云:"人言此是鸳鸯侣,我当哀鸿一例看!"

(《力报》1943年9月25日,署名:云郎)

章 逸 云

章逸云为章遏云之妹,遏云既嫁,其母太夫人,将视二姑娘为一块牌头矣。章曾一度在卡尔登上演,老生为言菊朋,时其戏甚嫩,三四年来苦学不辍,所造当有可观者。遏云于其妹属望弥殷,逸云出演之日,遏云为之化妆,为之督于后台,不离左右,此次重来,想又要忙煞阿姊,又要难为姊夫,搅落几张捧场票子矣。

◆不是姓冯

昔某君于本报记章遏云之夫,为姓冯,其实不然。姓冯人曾一度为章之未婚夫,而临时告吹者也。今姓冯人已物化,即二三月前,举行火葬之冯振铎君。本报所述之误,予屡欲更正,而捉笔辄忘,今述章逸云,陡忆前事,故要言不烦,正误于上,想不致再有人来寻着我矣。

(《力报》1943年9月27日,署名:云郎)

周信芳把场

张少甫重隶更新,报间述少甫为信芳之总角交,以少甫此来殊不得志,故将由信芳为之把场,以壮声势,亦欲使海上周郎,知少甫终非恒流也。其实有此言,而未尝有此事耳。张既与三李合作,遘三李之倾轧殊甚,内外行悉为不平,苗胜春因白于信芳,请其于少甫登场时到台上站一会儿,借助声威。闻者韪其议,无不怂恿信芳,信芳究通世故,谓人曰:我怎么好去站一会?台下人都不看少甫,来看我,更不好矣。故仅于少甫登台后往观其剧,"把场"之事,终不果行。何海生誉李宗义为牡丹,以少甫为绿叶,要非公允之言。少甫是否为陪人之叶,不必谈。然宗义决非牡丹,苟今日信芳与少甫同台者,则信芳始为牡丹,少甫亦甘为绿叶矣。质之禾犀、泰昇、雨田诸先生，以为然否？

（《力报》1943年9月28日，署名：云郎）

劝芷香与太白

为捧角儿而伤同文或朋友情感者，往年恒有之。某岁，予力扬文涓，而为白雪大张挞伐，我说文涓好，白雪偏说文涓一钱不值也。于是我火冒，白雪亦肝肠大旺，互讦之文，达月余始已，今日念之，真何犯者哉？

最近因马连良几使予与张伯铭失欢，虽未曾冲突，要亦使伯铭于我，过不去者大矣。予故强抑情感，为故人剖白，不图此事方已，而芷香与太白之争又起，其肇因则又为马连良也。芷香与太白，平时本有积隙，今则又生接触，卒告破口，窃以为亦属多余。太白一再表示，并不以连良为宝，芷香当亦与连良一无雠冤，则纵欲互诋，正不必选此为中心问题。有人骂周信芳，予能动火，有人非议盖，予亦生气，即因此而毁友情，亦无所恤；为张文涓为马连良，则一百个犯不着。予已悔矣，顾二兄因各止其如铁之词锋耳。

（《力报》1943年9月29日，署名：云郎）

俞逸芬先生近状

俞逸芬先生，跌宕文坛，有"倡门才子"之号，及后得一倡门人物，名伊兰二媛者，二人结合而偕隐，俞则任路警局秘书。战后，俞亦西行，俞与张公权谊属葭莩，近年以来，张为交通部长，俞故亦止于重庆。迩者，张已谢事，俞不获附，乃闻为陈霆锐律师掌记室。陈亦战后西征者，与逸芬为故交，他乡遇伯，陈凤慕俞才，因加延揽，惟所入亦不多，知"倡才"今日，犹未能视为腾达也。

◆学步

《风云》为王唯我所出版，视《古今》乃贻邯郸学步之讥。《古今》

执笔人,有周佛海,有陈公博,《风云》乃亦请出一个张寿镛来,为王幼山先生作传。幼山即王家襄,亦即唯我先人。唯我捧伶人不得意,遂改捧其故世十五年之尊翁矣。

(《力报》1943年10月1日,署名:云郎)

冲　　寒

前日,又打沙蟹至天明。先是绍华以电话来,知予家居已久,欲图一良朋叙晤之缘,因治佳肴,款予与之方小洛诸兄。旋又约为博局,仓卒间,乃拉一刘琼。刘与予固恒时博友,然与绍华初不识,此夜乃为上宾。此五人聚博,局面不能不收小,以谁亦不存心赢谁的钱也。刘博术至劣,在中国之银幕人才中,此为独步,然置之沙蟹台上,殊拙稚可怜,至天明渠负三千金。门外风高,重寒袭我,体几不支。次日,往吊妻妹之丧,又冒深寒。至昨日遽病,坐卧皆不宁,遂未出门,此实沙蟹误我也!

◆第二代

刘琼在第二代中,演技之洗练,与朱先生之导演手法,人称二难,予未看第二代,然看过之人,无不以此为言。之方于中国电影,不轻许可,而独于第二代之朱、刘二人,备致倾倒。因述于此,聊拍刘琼马屁,亦让他输了钱,还听得着博友几句好闲话也。

(《力报》1943年10月2日,署名:云郎)

章　逸　云

章逸云一度登台陪言菊朋出演于黄金,戏嫩拙不为人重,息隐久之,近复为宝森之辅,闻观其戏者言之,则曰:吴下阿蒙,依然故我,以戏论戏,章逸云亦非上驷材,扮相既不好,面上又无戏,唱亦驳杂不纯,故逸云之大红,要亦强盗虚声耳。上海人看戏,假老乱固多,特近年究多进步,试看宝森之忽尔受人重视,天蟾之局,台底下不以马连良为好,而因小翠花在,日售满堂,可以证明。逸云既无长进,自不足邀人赏爱,论者谓逸云之戏,是否授自乃姊,果然者,则逸云今日,已臻止境,譬之木材,此材已不可改造,积之时日,自遭废弃。遏云既嫁,章太夫人,将视逸云为钱树子,今逸云若此,恐难副太夫人属望之殷。以予观之,步阿姊后尘,早早为富人妇耳。

(《力报》1943年10月4日,署名:云郎)

吃留声机片

某坤伶此来,口碑不甚坏,外行说呒啥看头,内行则说不是一块唱戏料也。谓宗梅派,某夫人连听三夜,乃谓再没有胃口听下去。是人乌足学梅者?纵令再投一个人生,亦唱不出梅腔来也。惟有一办法,除非将梅博士所歌之唱片,吞入腹中,再拨动法条,则所歌为梅兰芳矣。其言虽极调侃之能事,然亦可见某坤伶之歌,实不可取耳。

◆吃斯盖阿盖

"斯盖阿盖"为雪园妙味,十数年来,驰誉甚隆。论其所制,殊不在霞飞路扶桑食肆之下,今已上市,且不卖他肴,独售火锅,又卖饭,以火锅下饭,风味无穷。近日以来,雪园又有户限为穿之盛。而爱俪园附近,复在"斯盖阿盖"之香味笼袭中矣。

(《力报》1943年10月6日,署名:云郎)

否认"评剧家"

愚于马连良迭有微词,乃闻朋友切齿者甚多。孙兰亭先生,恶我亦甚,其实为一戏子而嫉其故交,则襟度无奈不广,要亦贤者之病也。数日前,愚记杨宝森之《空城计》于报间,述《斩谡》之赵云,写为黄忠,兰亭见之,大笑,谓愚终闹笑话矣!因请某君即述一文,为评愚张本,某曰:是特唐某笔误耳。兰亭笑曰:"评剧家"乌有笔误者?笔误亦足成"罪状"也。卒以某君綦懒,许之而未尝报命,及愚闻其事,已来复后矣。愚今请为兰亭剖白。生平未读《三国志》,在台上看三国戏,只记得黄忠挂白髯,又只记得赵云颏下无毛,故《斩谡》中之赵老将军,愚只认为黄忠,而某君为愚辨为笔误者,亦不实在。若指此而为报间雅谑,固极好材料,若谓据此而可以砍"评剧家"招牌,则不免使我难过,愚根本不懂戏,乌可获评剧家之豪名?且广而言之,上海执笔之士,有"写戏剧稿子人",而无一人足称评剧家者,即有,大多腼颜自居,多见其皮张之厚耳。

(《力报》1943年10月8日,署名:云郎)

张翠红

报间,有蒋律师声明受任张翠红女士为常年法律顾问。按张翠红女士,共有二人。予皆相识,一为由秦淮歌女而成银幕明星者,清华婉美,旷世无伦,嫁建筑工程师徐某为妇,育子女甚繁;今春,予等为龙华游,于途中遘之,两车相擦,不暇通款曲,第挥手示意而已。又一张翠红,为舞场之隽,亦瑰丽天生,与予甚善,顾其家计苦困,于三四年前从一客隐去,客年已逾知命,最近闻此人已作古;一日清晨,予遇翠红于道上,白绒簪鬓,不知其已为未亡人也。兹二人皆谦和仁蔼,为末世之好女儿,今蒋律师所代表者,不知谁是?心切故交,安得持平先生,为我道其内幕哉?

(《力报》1943年10月9日,署名:云郎)

揩　油

某君谓于电车上,见一童子授钱与卖票员,卖票员不予车票,童子索之,不允,再索之。童子语卖票员曰:"我乃不教汝揩油也。"卖票员忽曰:"阿弟,侬爷也要揩油的,不揩油如何养得活你们?"童子知其侮,然瞠目不敢答。某君谓电车卖票员,诚世上枭人之尤,其刻毒恒不择人而施,所谓童叟皆欺者是也。

◆《香妃》

予未看《香妃》,然预演之日,予曾往为刘琼、石麟诸兄道贺,然不及见石麟也。平剧《香妃》,与银幕《香妃》,咸为石麟手创之物,近则又移之舞台矣。石麟先生清才绝诣,为予服膺之人,益以老刘之认真从事,则话剧《香妃》,自有其可观者在也。

(《力报》1943年10月10日,署名:云郎)

说 小 书 人

昔北洋军阀时代,北京号称首善之区,为政者整饬风纪,不遗余力。伶人无行,与显贵之妾妇私,杀之,或科以严刑,未尝或贷,然其所以惩处淫伶者,亦仅范于与显贵之妾妇私耳,若被侮者为寻常百姓人家,亦未闻律以刑罚也。是则徒贻无私不发公论之讥,整饬风纪云何哉?江左伶人,未必能束身自爱,而海堧风气,漓薄尤甚于他乡,其以"开口饭"为吊大家妇女膀子之工具者,比比皆是;以既遂淫欲,复篡取妇女之钱财者,复指不胜屈。据愚所闻,则说小书先生之秽行弥多。迩年,弹词之蒋,私一妇,妇耗于其人者不啻二十万金,妇所有,皆得自一高年之叟,蒋则辱其所欢之身,劫其所欢之财不足,复翘指语人曰:不如此,不足以馁老糟兄之气也!嗟夫!是实枭人,安得大刀队,一举手遂扑杀此獠哉?又有薛某,垂垂且老,至今复受豢于某伎人,伎乃如附首之疣,不可弃去。十年前,薛拜白相人为师,跋扈益甚,愚尝以一文触其怒,几动恶念,不图十年以后,此伦无恙,犹在温柔乡里,讨其生活也。

(《力报》1943年10月11日,署名:云郎)

严 九 九

《袁简斋诗话》,有人赠伎人花氏诗云:"红楼翠被知多少,如此销魂合姓花。"或以舞人严九九小影来,嘱予题词。予初勿识九九,特闻是亦妖冶之儿,因袭前人口吻为致语曰:"分明绝世销魂女,九九因何定姓严?"一日,赴高士满茶舞,大班来兜台子,则九九方在此进场,因招之。健骨高躯,身条绝美,惟春秋已富,与之谈,其发音不类常人,询之,知其留武汉甚久,说上海话,转不利于牙舌也。肆应甚至,其老于风尘,一望而知,平时于舞场中见九九,鬓上恒缀一白花,此日亦然,则谓丧母方三月。与袁佩英善,九九谓:"佩英去岁遭母丧,我今年逢大故,亦可见我二人之要好矣。"九九无殊色,第念方地山所谓:"依依软语当风坐,沧海曾经多见闻。三十三年春不老,肌肤如雪发如云。"若严九九,正大方之诗中人焉。

(《力报》1943年10月12日,署名:云郎)

李玉芝姊妹

李玉芝首次来沪,曾一见之于更新后台,者番重至,又于台上遘之。昨夜以友人招宴,复于孔雀厅中,得共一餐。玉芝似较昔为清癯,复有其妹玉明,则圆姿替月,昆地胭脂之气息,亦较为浓厚,二人皆着锦衣,环饰甚丰,可知售艺生涯,正复不恶。姊妹并健谈,顾不似吴素秋之动作乖张,取人厌恨,复善款宾客,以主人为二女之尊长,故于席上礼敬尤勤。席未终,玉芝以上戏先行,玉明固无戏,故复约众人登十四楼,啜咖啡,谓未能尽兴,胡可云归?其洒脱正复可喜,予尚有他事,故不复为此盈盈妙女,共话茗边矣。

◆小山东
"小山东"为吴素秋母夫人之别名,其闺号则称温如者是也。小山东经商于沪上,差堪自给。一夜与名票王雨田共饭,小山东忽至,盖是夜小山东亦宴雨田,而雨田不至,故来促驾也。吴氏母女,皆以热情称,观此尤信。吴家事,予不及详诘雨田,以予尚不知雨田与吴家,究竟为如何干系耳。

(《力报》1943年10月14日,署名:云郎)

人安里四号

予居人安里。人安里四号,本为伶人所居,昔顾竹轩自办天蟾舞台时,所邀角儿,皆寓此屋中。若李少春与其父小达子、坤伶雪又琴,及黄桂秋等,皆居此甚久。及顾退租,其屋顶与人,遂为贮藏棉布之栈房。三楼三底,除一部分为居家外,其余皆囤布帛,其家且在巷内,为打包工作。巨声杂作,临近皆惊,布价日高,宅中人之资财日富,气焰亦日张。巷内群儿,皆好戏弄,因其家有铁栅门,群儿或攀铁门而戏,宅中人怒,以沸水泼群儿,群儿皆惊逸,或负痛而号;然无人敢与之责难者,则以其家富且有势也。及布匹收买,一屋之货,皆不可免,乃闻交货之日,屋中人咸垂泪视其宝藏出门焉。自是气焰亦泯,女佣入市,及返,视其筐,所购皆贱值之蔬,盖一变而为平常之家。人言棉纱鬼一夜穷,棉布鬼固亦顷刻倾资也。

(《力报》1943年10月19日,署名:云郎)

皮 鞋 油

有人指女画家某夫人眼皮上闪闪之光,为涂的是皮鞋油,此言甚趣。惟跳舞场乐队康脱莱拉斯班中,有敲铜鼓之"鬼",非菲列滨人,实为中国岭南产,其人面色亦黑,置之菲人队里,乃不可辨。玄郎常言,此人之冒充洋琴鬼,疑其脸上日涂一次皮鞋油也。不图"开汇"与"金钢钻"之属,乃成师娘眼角、琴鬼面皮之宠物也。

◆好,好,好!

闻黄佐临自北都归来,连日赴各剧场看话剧,为之一一批评曰:《浮生六记》导演好,《香妃》服装布景及演员好,《弄真成假》剧本好。而于其苦干之《飘》,独不置一词,人皆莫知《飘》兼他人之好而尽好邪?抑《飘》乃样样不如人家好邪?艺术家之胸臆,殊不可测。

(《力报》1943年10月20日,署名:云郎)

谢朱梵

《飘》上演之前,朱梵抵一书与吾友,曰:"云郎对话剧兴趣不高,惟此作则最好能请他去看一看也。"朱梵在群友中,为予所敬爱之一人,其呕心沥血之所得者,在理予有欣赏之必要。越若干日,朱以座券来,不图此夜病作,脑痛如劈,终不果往,遂使予歉对朱梵,至今不释,待腰脚稍健时,必当慰故人唯唯之望。明知故人之意,不欲予为其杰著作片字宣扬,特欲使其经心结撰之作得广示于其平生所爱之朋俦耳。

◆蓝兰

有人谈蓝兰之年,不一其说,或言已过四十荣庆者,此中当略有"虚头"。予识蓝兰久,其时为孙师毅夫人时代,当时为良妻贤母之型,及后重逢,则以艺术家姿态,周旋于社会间。《飘》中之蓝,为十八九年华正好之女儿,盖以老旦饰花衫者,夸张之徒,益过甚其词,谓四十已过,近五十矣。

(《力报》1943年10月22日,署名:云郎)

王有道之妻妹

信芳之隶演天蟾,邀翠花为之配演,谓有合作,一戏七出,盖一时绝唱也。予所知七出戏中,《战宛城》、《大劈棺》、《坐楼杀惜》外,尚有《御碑亭》一剧,予尝记此事于报端,而谓翠花之唱《御碑亭》,饰孟月华一角,孙夫人为予纠正其非。盖孟月华为王有道之妻,例由青衣饰演,翠花果唱《御碑亭》,则饰王有道之妹耳。予之误记,料又当为上海若干专写戏稿之起码人所腾笑矣。黄忠与赵云,不能区别于前,王有道之妻、之妹,又弄不清楚于后,予之浅薄,真不必再谈戏事。无怪某公司某经理,常腹诽一隅矣。

◆过瘾

赴天蟾,专看小翠花之《小放羊》,一行凡十人,时《放羊》将下场矣。窥豹一斑,亦堪过瘾,则以翠花之进场身段为奇美也。旋上《苏武牧羊》,十人不约而同,齐离座,弥慊私衷,故予益觉此行之为"过瘾"云。

(《力报》1943年10月25日,署名:云郎)

德 丰 里

德丰里之艳窟,予迄未一往,屡欲约西平同行,终不果。昨日,始与华、蓝二兄偕往,此中设备,似不及其他场所之华贵,特尚洁净,老板娘与女佣,不称上门之客为先生,而称少爷,亦为他处所未有。三人行,特以一人作成生意,来者已近三十年矣。自谓登刀俎间犹第一次,从南京来,盖其夫于役于白下也。顾厥貌不扬,故不得不以"客串"为号召,若讲明白为内行者,则操刀之客,倒半兴矣。

◆吉祥之宴

秋翁以五十寿,设宴于吉祥寺中,知交咸至,予不惯茹素,故先吃饱富士之"斯盖阿盖"后,故不复下箸。故席上遇周越然先生,深道契阔,又晤金雄白先生,于不肖之近状关怀殊切,老友多情,深为感念。

(《力报》1943年10月28日,署名:云郎)

松 江 话

松江话与嘉定话,有若干相似地方。予嘉定人,少小离家,乡音无改,然不辨方言者闻之,颇有人疑我为松江人也。海上名流之为茸城产者,耿绩之、苏光明二君皆是也。昨日,兰亭戏效绩之先生为乡谈,曰:"侪奴哝没办法辣起。""侪奴"与"辣起",皆松江话。是夜又晤光明,相约八时半同餐,苏先生说八时半为"八点背","半"读"背"音,则又绝类嘉定人言也。

◆更正

予前记大来公司正式成立之日,经理孙兰亭先生起立致词,顷获"在场人"投来一函,则为予更正者,谓:"是日兰亭劝公司中人,对于坤角儿不可存染指之想。"果尔者,则兰亭之诙谐,且甚于前日所言矣。故重录其语,使读者再喷一口饭也。

(《力报》1943年10月29日,署名:云郎)

画　屏

耿绩之先生所居,有木刻画屏二,制作绝精,特一屏之题字曰"打鱼家乐",一屏又曰"桃园问津",皆有语病。楼上悬近人书画甚富,谭组庵先生作庄楷四条,尤称精贵。

◆歌手

潘柳黛以能歌自矜,顾其于歌之曲、词,遴选綦苛,曲非所喜,词非所好,皆不唱也。又谓中国之流行歌曲,皆无妙选,特扶桑人所谱者,始值得上口耳。潘有愿为歌手之愿,以问予,予无以答。舞场歌手,受人拥戴,而得钱弥多者,特一兰苓,然兰苓之歌初不美,美在色之都耳。柳黛为读书人,气度自极清华,顾其人不工映白施朱,虽歌声婉亮,在靡靡浮世中,又胡足贵?此则殊不敢为柳黛直言也。

(《力报》1943年11月5日,署名:云郎)

顶　房　间

房屋顶让之价已骇人听闻矣,乃闻旅舍之房间,亦得由旅客顶让与相识之人,惟此特限于一二第一流之大饭店,若国际金门是。最近予友欲得国际一室,匄稔友设法。徐欣木先生,曾出其全力,而终不可获。据言:向国际登记房间,已积数百名之多,仓卒投宿,自不可能。又有人以金门一室,让与相识者,索顶费万金,旋以代付一月房租为让渡条件,然亦达七八千金矣。

◆朵颐之快

吉祥寺之素斋,在上海允推无上精品。一日木斋丐若瓢大师,为具佳馔,飨其知交,食者咸欢欣雀跃而去,冬菇汤与番茄芦笋,尤快朵颐。

席上有鬓丝三五众，啖而甘之，乃谓和尚庙中，自有其引人入胜处也。

（《力报》1943年11月6日，署名：云郎）

指　　教

就浴于浴德池，此中人役，礼貌特周，予性不拘于礼节，故视礼貌太周者，亦以为讨厌。擦背者于予将出盆时，曰："我们有不周到的地方，请唐先生加以指教。"予不好意思扫此公之兴，否则定当报之曰：别样都好，就是你们的说话太多，实为最大缺点。

◆锵锵知耻

予打沙蟹之技，固极拙劣，惟朱锵锵轻敌过甚，直谓与云郎同局，当伊吮介事可也。前夜又共博，渠得应底开一对，愚博七与皮蛋之两头顺子，不中，而得明九一双，锵锵拦价，愚下重注还拦之，卒弃其牌，众乃鼓掌称快；锵锵俯首无言，局散，急窜去，盖不欲闻我人更谈此伤心之迹也。斯人知耻，故犹得称之。

（《力报》1943年11月7日，署名：云郎）

仙乐斯之夜

足迹久不及仙乐斯，乍晴之夜，其他舞场，皆患人满，独仙乐斯上座寥寥。谢葆生既一行作吏，不暇顾海上经营，仙乐斯遂无当时盛况，理由岂仅在是欤？同行者招刘莉娟同坐，又有人招周菊英，而菊英勿在，此人明艳，值得令人刻骨倾心，顾是夜竟悭一面，为之悯悯！或谈女人嫁后重来者，其姿色必逊从前，顾有例外，嫁人复出，而光艳弥增者，则菊英是矣。

◆大中华之夜

午夜，觅食于大中华咖啡馆，面两种，一曰大中华面，一曰宵夜面，食之皆足果腹。大中华之餐桌，有简便之菜单，皆为蝶衣所手写者，工整可观，乃知我友于事业之勤劳矣。大中华又刊广告于《新闻报》，曰：

大中华周历，海上名人，茬此进食者，恒有记录。徐欣木为常客，故周历中时见名公子之名，为其广告作材料也。

（《力报》1943年11月12日，署名：云郎）

麒 麟 童

天蟾舞台之台前，有八个大字，用纸制花，然后缀成者，其文曰："麒麟神童，童叟咸钦。"此中所嵌"麒麟童"三字，皆用桃红纸，其余五字，则用各色彩纸，字体极大，盖为麟社俱乐部所献与此剧坛宗匠者也。予睹其文，因信口曰："黄桂花开，秋光正好。"然更欲为林树森、小翠花等致语，竟不可再得矣。

◆守旧

麒麟童之守旧极难看，黄桂秋亦用私房守旧，为紫酱色之呢绒，全素，不着他色，亦嫌晦暗。此次则于台中置杏黄色之绸幔，作斜悬状，一角燃一宫灯，遂觉幽美无伦，不知是否为桂秋设计者？抑为大来公司美工科人员之"杰作"？真倡见也。

（《力报》1943年11月14日，署名：云郎）

［编按：守旧，指戏曲演出时挂在舞台上用来隔开前后的幕。］

一个屁与一口痰

文人著述，说者譬此艰苦生涯，为呕心沥血。吾友之方，乃向外宣称，谓云郎于报间治稿，都鸡零狗碎之章，且都不经意，故如某报所作者是为云郎之一个屁，又为某报所作者，为云郎之一口痰，皆不足以言心血也。其言绝趣，特予恃卖文为生，之方之言，大似撒松香，放野火，而挡故人财路，其人真不光棍哉！

◆打鼓佬

纪玉良在黄金首席登台，不自用打鼓，而用敲林树森之鼓手。此人似与纪有难过，阴阳怪气，记记敲在腰上，纪资望尚浅，不能当场对此人发作。其实有难过可以讲，万不能以私涉公，使台下听众倒楣，安得"盖叫天之单刀"，对观众向此打鼓佬脑门上直劈哉？（盖叫天上次在卡尔登，曾提刀欲打琴师，故云）

（《力报》1943年11月16日，署名：云郎）

雪园老正兴馆

张善琨先生办事业，所有广告，胥出之方笔。共舞台戏，因广告而上座者，十之五。于是共舞台常"照牌头客满"，时人乃称之方为龚满堂。善琨界倚益殷，若干年来，礼贤下士，办新华影业公司，后来之中联公司，及今日之大来国剧公司、联艺剧团，无不以宣传处长之交椅，请之方坐上去也。之方广告手法之妙，既震惊天下，别人有所经营，愿厚币敦聘，烦之方为之宣传，而之方皆婉谢。半固以百事萦身，将不暇更抽余晷，半亦以善琨知迩情深，不欲更为旁骛之谋耳。惟与姚绍华善，绍华、之方与愚，平时为相依为命之侣，夜饭常在一起，白相亦常在一起，称之为意气相投耳，称之为酒肉朋友，亦无不可。绍华经营雪园食品公司，每有新献，辄刊广告，则皆烦之方命笔。昨日《新闻报》"雪园老正兴"之广告，内行人见之，即可知其为龚满堂作风也。吾三人既美其名曰"相依为命"，之方为绍华写广告矣。予当为绍华尽宣传之责，以示"酒肉"之外，尚有义气，予故为读者致语曰：今日开门雪园老正兴馆，为雪园与本帮饭店之巨擘老正兴馆合作者也。老正兴馆所有之名肴，雪园无不有之，雪园原有之火锅及扬式点心，亦都存在，今两者之长，而为一家所有，上馆子吃"饭"大难之今日，不上雪园老正兴馆，请问还到哪里去哉？

（《力报》1943年11月17日，署名：云郎）

我负南洲

十八夜，南洲主人彩爨"琴挑"于俄人俱乐部，邀予观赏。先一夕，与主人相值于雪园,知其八时三刻登台,而戏仅半小时,因与之方约,九时半至十时,我二人相晤于共舞台,再消磨十时以后之两小时时间也。讵听曲之夜,戏码遽有改动,而南洲之戏,非十时后上去不可,予一生行事,皆不足法,独有美德,则为守时间上之信用,故迨九时半过后,决定放弃"琴挑",往觅之方。出俄人俱乐部之门,长街如砥,寂寂无人,亦无车可唤。天寒风厉,自赫德路步行时至威海卫路,始坐三轮车,抵共舞台,十时犹不到五分也。而之方勿在,遂使我懊丧若痴,此儿负我,我负南洲,彼钧天妙奏,终不能使故人一快心神。负荆请罪,我自为之,特之方可恶,我又何以惩之哉?

(《力报》1943年11月20日,署名:云郎)

赖　　稿

文字之债,予必在上午清偿,一到下午,便无心执管。二十日之夜,在海格路友人家中,谈至宵半始回,至五时后始得如梦。醒时已十一时,而一字无成。梳洗既竟,匆匆赴翼楼,将著笔,之方遂以电话来,邀同赴安乐邨之宴,饭已将三时,犹拟诣翼楼了文债,而闻其地交通有阻,遂决意赖稿,惟予富责任心,精神上至不宁贴。嗟夫!胡为而使我日事千言者?而复忡忡不自安其心意哉!

◆老戏

今夜,信芳与翠花贴两出老戏,为《浣花溪》与《阴阳河》,二戏在今日之梨园初非绝响,特演者皆所豹一斑,都非全貌,惟天蟾之戏,皆成终始。兰亭谓《宋十回》固千秋绝唱,而兹二剧者,亦为周、于二人之佳配,不作第二份想者也。王兰芳生前,演《阴阳河》,"挑水"一场,已称极诣,第其人不蹻跷。小翠花工力,视王尤胜,且蹻跷,此戏如何?不难瞑目索之。

(《力报》1943年11月23日,署名:云郎)

一 饭 之 缘

愚于今日舞人中,以为足当"明艳"二字者,特周菊英一人,尝数数为文张之。吾友玄郎,屡与之舞,亦倾心其色。一日孝伯于舞榭中,与菊英相值,为之语曰:云郎力绳汝美,其文字中盖不一见矣。菊英笑曰:我恒时不读报,顾不知云郎乃为何语者?因叩玄郎,玄郎诚为觅旧报,而不可得,询于愚,愚旧作无所葳亦不可报命,玄用是怏怏。复一日,菊英设午膳于其家,谓玄曰:盍过我,人不可多,倘得云郎偕至,于意良惬。

其家住于福熙路之中段,周氏三姊妹并居于此,饭时第四人,饭已菊英乃娓娓谈舞场中事,吐属弥复隽永。玄郎为之击节,私语予曰:我所欲言者,渠皆能言之,我所是非者,渠亦能是非之,可知其人襟度正类吾曹。愚亦谓:苟欲觅所谓风尘知己,舍此更将谁图?愚不识声色之美,足以回肠荡气者,于菊言清谈,渐能验此中佳味矣。

(《力报》1943年11月24日,署名:云郎)

金 少 山

金少山脾气古怪,独此番来沪,据言此君公事之好谈,有出于初料之外者,且从不曾误场一次,尤为异数。又闻金此来有一事欣慰者,即视信芳亦非其敌也。尝于勾脸时,语刘宗扬云:"咱们这一回得好好儿干。"又曰:"我要是再吊儿郎当,将来怕要没有饭吃了。"其言似有省悟前非之概,特不谂其可信否耳?

◆金大力

皇后贴《扒蜡庙》,少山去金大力,海报称"标准金大力"。据马治中君言:此剧在故都上演,必轰动。金大力出场时,其臂上立一巨鹰,鹰盖少山所豢也。此次南来,鹰未携至,人疑少山之金大力,或将牵狗登台,但据观过者言,金少山特出来一个人耳。

(《力报》1943年11月27日,署名:云郎)

小 翠 花

小翠花此来,予曾晤之于碧云轩中,碧云轩座上客,咸为予盛道翠花戏德之美,以及艺事之高。其与马连良合作事,予不屑一观,及与信芳联袂登台,始数为座上客,固为之击节不已也。特闻之人言:翠花与信芳合作后,"公事"极难谈,而拿跷之事,又屡屡发生,以故大来公司前后台,皆为之切齿,信芳曩之冀与翠花合作者,今亦深恶其人。念六日,予偶坐黄金,闻是夜翠花将不登台,以上一夜演《杀子报》,称"金定认父"一场,信芳已卸装,故不及演,翠花认为是存心与其为难,故下一夜欲告假。大来诸人,几为之手足无措,大角儿之威风,往往可以役若干人于走投无路之境,使旁观者亦为之气忿难平。有钱人何事不可为,而必开戏馆?甘招此麻烦哉。有人作公平之论,谓信芳此来,未尝对不住翠花,而翠花实深负信芳,马连良唱《九更天》,翠花陪之,信芳贴此,翠花示不可配演,则请问周信芳造相,哪一样不及马连良?而翠花遂轻重之哉?

(《力报》1943年11月28日,署名:云郎)

进 场 之 夜

新仙林又一度改装,邀他处之名舞女帮忙一日或二日。是夜新仙林中,有地无立锥之感,闻帮忙之舞女中,以俞雪莉之得胜最巨,为七万二千金;其次为李影,得四万余;而新仙林本场之舞女,以瞿群所获最富,为二万余金。此夜,舞女大班,不必强捱台子,而客人则非送灰钿不可,造成舞女大班应接不暇之局。而舞女之转台,茶未泡到,其人已去,盖事实上,亦不容她们在客人台上,呷一口茶再走也。

◆常州蟹

予今年不能食蟹,每啖,必腹痛逾日。蟹市将过,绍华有乡人自常州来,携蟹若干枚,乃招予同食,时在夜半,其实颇不甚适宜也。绍华力言常州所产为清水蟹,味极甘鲜,姚夫人勿服,以蟹特洋澄湖产为正宗耳。予尽二枚,绍华以药物进予,谓可以舒肠胃。此夜绍华亦邀之方,之方不至,至者第予与长赓而已。

(《力报》1943年11月29日,署名:云郎)

俞　雪　莉

近在新仙林一夜得舞券七万二千金之俞雪莉,初无殊色,而自以为红舞星,矜持故甚,若贵妇人之凛不可犯者。予尝悬想,男人除将俞雪莉摆平于床上时,或能领略此婆之好处外,若为寻常接触之人,则无不厌恶其一本正经之一只照会者。倘论姿色,俞亦决非上乘之选,华艳且不迨当年之顾黛丽,秀逸尤不及今日之乔红,以体态丰腴,尤使人兴"偌大扑尸"之感,而盛名如此,真不可索解矣。

◆剥裤子

白下人来,谓随王文兰赴京之另一舞女,氏张,一日有人宴客,招之同饮,张饮酒过多,忽发雌威,叫骂不休,势欲扑人。席上客无不大愠,一声吆喝,辄有人将此女之裤子褪下。女犹咀詈,一人以足抵其颅,威之曰:汝更骂人,我必死汝。女始大惧,伏罪,踉跄遁去。谈者至此,秋翁因述往年在爵禄舞厅,目击一舞客剥舞女亵衣事,亵衣既下,此女仰天卧,撒一泡尿,作喷水状,以触剥裤者之霉头。秋翁言此,闻者皆失笑,笠诗谓人当神经紧张时,万不能自由排泄,故疑秋翁之言,为故作诙谐,初不合生理学之逻辑焉。

(《力报》1943年12月1日,署名:云郎)

"幕　后"!

九娘述舞女大班与舞女之姘搭者,几于指不胜屈。某伧所孀,尤多时下红牌,九在马桶间中,时得见幕后(马桶间门帘为障,故称幕后)之恶劣情形,谓马桶间坐舞女若干,忽某伧至,若干人中,有数人与之有肌肤亲者,辄对之为莺嗔燕叱曰:"哪能咯?台子有哦啦?死人!"某伦乃一一慰之曰:"俫勿要性急,让我兜起来看。"言时,一手抚一人之胸,又一手则撩一人之股,以示亲嬺。兹数人者,受其亵慢,不以为侮,转成笑乐。九故言,我同是舞女,睹此且羞愧不胜,若使花钱老爷们见之,岂止胃口大倒,直欲冒出血来矣。

◆咖啡夜座

金谷饭店设咖啡夜座,近始挈一舞人坐半小时,予不啖咖啡,舞人则称 SW 为之道地,点心亦不恶。午夜后,尚奏音乐,闻陈鹤犹唱《爱的波折》于麦克风前,真觉此人之天真烂漫,直有与日俱进之势。若说为了活命没有办法,则亦当选别只歌来唱唱也。

(《力报》1943 年 12 月 3 日,署名:云郎)

张淑娴与曹慧麟

昨日天蟾日戏,戏码中有一剧为张淑娴与曹慧麟合作之《四五花洞》,张饰假潘金莲,烦慧麟陪真金莲,慧麟已表示同意,而淑娴忽抗议,其理由为与慧麟私交甚厚,今在两个台上演唱,各为当家花旦,在理不可有扎台型事发生,故我若演此,或使慧麟疑我,为故示威胁者,则我精神上将永永不安,既为好朋友,犯不着因"公事"上而呕闲气也。天蟾韪其言,故改百岁与慧麟合作《别窑》,使淑娴在《虮蜡庙》中为张桂兰焉。唱戏人争长论短,独于张淑娴口中,听几句颇饶"人味"之言,令人心目皆爽。

◆七万元

平襟亚先生于苏州买住宅,予昔记其价为五十万,惟闻实价为五十七万元。七万只洋,在买田买产之人,或以为无关出入;若在不佞,则可以开三个月伙仓,风头极涩之沙蟹,亦可以连输十四场也,不辞派头之小,特为更正如上。

(《力报》1943 年 12 月 5 日,署名:云郎)

亚 仙 老 四

张效坤将军之姬人中，艳秋老四与亚仙老四并驰艳誉。予弱冠之年，作客春明，时亚仙老四方张艳帜于大森里。夏日之晨，游中央公园，尝见四亦于朝暾甫上时茌此，着白色印度绸衫裤，御拖鞋，赤足，肌色腴晰，两胫故滋然有艳光，而鬓若飞蓬，前人诗所谓"梳洗不妨停半刻，乱头时节最倾城"，予亦殊幸，见四乃在倾城时也。时四犹未嫔效坤，及后于沪上又遘之，则已下张氏之堂。昨夜，小坐于沧洲书场，见妇人自人堆中挤出，着朱呢之氅，衣履亦效时世妆，近予前，则衰象已著，而似曾相识，一友谓是故名倡，昔年曾嫁张宗昌者，顿悟此即当年艳名藉藉之亚仙老四矣。沧洲座上，"蟹"阵高张，亚四近况如何，不可知，惟粥粥群雌中，亚四为当然一蟹，然此最名产也。

(《力报》1943年12月7日，署名：云郎)

高 百 岁

百岁受聘于大来公司时，请其天蟾与黄金，两面赶包，后台管事，请其开戏折子，百岁曰：先生之戏，我都不唱。于是谓管事者曰：《战太平》、《琼林宴》、《空城计》、《卖马》、《定军山》、《骂曹》、《四郎探母》、《乌盆计》，所言皆谭派名作。闻者皆失笑，谓百岁乌足以此类戏号召海上周郎者？真不自量力矣。予谓百岁万事不求甚解，其为人亦比较率真，即此开戏折子一事，便觉高百岁毕竟可爱，所谓我行我素，笑骂任人者也。小翠花《双钉记》不上之日，信芳极气忿，百岁亦陪之动气，信芳添唱《九更天》，百岁又自告奋勇，愿为乃师助威，贴《打鼓骂曹》焉。信芳诸徒，以百岁最驯良，信芳亦笃爱之，往年合作于移风社时，所用花旦，信芳咸不令其踞百岁之上，故终移风之局，百岁为永远二牌，此为信芳照应百岁处，而亦百岁善视先生之结果。人谓百岁戆人，然惟戆人始有戆福耳。

(《力报》1943年12月8日，署名：云郎)

"我要笑煞哉"

双修厂主人记华莉莉与王玉珍之口头禅中,有"发厥"两字,予今春与若辈往还时,亦曾饱此"耳福"。今年春,玄郎与华,千尺楼主与王,过从甚密,而"发厥"一词,玉珍口中,道之尤勤。犹忆"发厥"而外,尚有"我要笑煞哉"一语,亦数听不鲜,其意盖谓"我太喜悦了",又如"我开心得来"也。譬如王手中进得大牌,即曰:"我要笑煞哉。"又如别人放一大牌,为王和出,王又曰:"我要笑煞哉。"予曾问之,若"芯子"伏汝身上时,汝当欲仙欲死之际,还是说"阿哥柴有趣"还是说"我要笑煞哉"邪?王则报我以白眼。

◆艳秋老四

波罗记艳秋老四适洋行商人事,恐不实。昔闻树玉言,四已从伶人赵君玉,于昆明甚久,君玉有痼癖,四亦有恶染,其境况乃至为凄凉也。

(《力报》1943年12月9日,署名:云郎)

坤角儿与大衣

吴素秋之来,得大衣数十件,若李砚秀诸人北归时,满其衣箧者,亦无非春冬两季之大衣,盖买笑之人,吝以巨价金饰,示惠于彼姝者,求其次,遂多以大衣为市爱之饵焉。

少年某甲,为上海名小开之一,北来坤角名霜娘者,甲谋所以偿摆平之愿,诣鸿翔公司,购玄狐二,畀霜曰:敢以此博竟夕之欢,霜睹双狐,大喜,惊为奇珍,是夕,遂不归去,与甲宿逆旅中。又与甲谋,明日丐其挈之赴鸿翔,制大衣一袭,而以玄狐为领。甲曰:是须配玄色丝绒,与玄色厚呢者,始大方有致。霜曰:我以为不美,我特深喜绿色者耳。于是裁绿色丝绒,既成,霜被之身上,见者皆指其衣色勿雅,霜颇悔当时勿纳所欢之议。又一日,因复丐甲挈之赴鸿翔,改制玄呢者。甲曰:然则绿丝绒宜可作价与鸿翔。霜不许,谓去其狐领,不可当秋季大衣着邪?甲乃更付鸿翔数千金,退而语人,谓北国婆娘,究派头奇小,一搭讪便使人硬伤矣。

(《力报》1943年12月12日,署名:云郎)

徐露茜

徐露茜由俎上物,而今则为撮合山人矣,识海上某名流。一日,名流看文明戏,见戏班中有一女甚艳,问于徐曰:若能为我致此人于枕席间者,虽重贶无吝。徐曰:客徐图之,女为著名滑稽家之弱息。一日,徐诣某屠门,值玉人于是,玉亦起身于文明戏班中人者,因就问曰:玉姊姊亦识彼滑稽家之女邪?玉曰:彼父女皆素识也。徐大喜,因告以故,谓名流财势甚炽,谋若可成,则玉姐之一生衣食,胥赖此矣。玉亦大悦,遂偕徐出,往谒滑稽家。玉告以来意,滑稽家曰:是乌可?我女才新婚,其婿盖我所择也,不愁吃,不愁着,我乌能遗吾女为此秽行者?请谢名流,谓不烦其更垂青眼也。玉无言欲退,而徐因健谈,则与滑稽家又絮絮为耳语,玉人皆无所闻。后事如何,玉人且无由得知。返屠门,因痛詈露茜,谓其人无义,抛引线之人,而直接为掮客生意矣。

(《力报》1943年12月13日,署名:云郎)

遐庵赠张善琨联

张善琨先生,迩年颇收藏时人墨迹。叶遐庵先生(恭绰)道德文章,海内同饮,而书法之高,尤一时无敌。寿州孙氏,与叶氏为数世通家,曜东先生既胜蹈于时,礼贤下士,侍先生尤敬。近顷,余丐孙烦遐庵为善琨治联一,中堂一。遐庵体力就衰,虽鬻书而积件不能遽发,惟孙之请,一日成之,其联语云:

青龙举步行千里

绿树重枝荫四邻

前七字,谓善琨年来之腾踔,后七字则又指其被泽他人之厚也。是叶氏固知善琨生平者,要亦非善琨不足以当此二言也。

◆李宣龚订润例

李宣龚先生(拔可)以道德、品格、诗称重于世,而不以书法鸣,然其书逸韵自饶,今以暮年,颇亲笔砚,乃求件者众。闻帅南兄言:先生亦既订润例矣。此上月中事,录之以报海上艺林。

(《力报》1943年12月14日,署名:云郎)

国 语 闲 话

一日,与屠门主妇为闲谈,旁有四川妇人一,亦俎上物,虽居沪已久,而川音毋改,则就屠门之子为戏言。屠门之子年不过十龄,与四川妇人言时,亦效其语言,都不可辨,妇笑曰:汝说的哪里话邪?则曰:我说"国语闲话",讵汝亦听不懂哉?"国语闲话"四字,若置之浦东巡官口中,大堪绝倒。

◆闺房之好

陈雪芳今适孙克仁兄,此中离合之缘,殆不胜记述,终以陈之温柔,自归吾友,遂使克仁向日如不羁之马者,今且驯服如羔羊矣。女人固自有其魔力也,今二人双栖于静安新村,有人造其居,见壁上悬克仁之照相一页,而雪芳则题字于其上,有言曰:"你是我理想中的大令,希望在事业上努力,不要在外边寻花问柳。"一代良妻,于此寥寥数字中见之,而闺房之好,亦于此可以觇之也。

(《力报》1943年12月17日,署名:云郎)

"相依为命"者二人

数年以来,贪白相的脾气,没有改好过,而平时常在一起的游侣,终是这几个人,明明是酒肉朋友,而我则说出一个非常肉麻的名词,叫作"相依为命"之俦。这许多朋友中,之方、笠诗、木斋、翼华、绍华,比较历史最久，但到目下，已成了风流云散之局。木斋有新夫人，不能再荒游无度。笠诗也做了什么公司的董事长，形迹也不免疏远起来。周翼华在戏馆事业的地位，越加崇高，事务愈繁，当然不能专顾到白相。绍华身体不好，最近他同之方去逛大东，他在舞场里，打了一个瞌睏，之方大大扫兴，说白相要精、气、神三者俱备，像绍华这样颓废，我们实在不能引为同道，所以两个人商议的结果，干脆把他"开除"了。

天生不是跟屁头的坯子，所以对于游侣是要选择的。有一时期，舜华兄常同我们在一起，他是巨商，我们渐渐把他疏远了，倒并非为他不是我们的良伴，生怕别人看了，疑心我们是在"死扎小开"！

我近来越加觉得只有之方是我唯一的伙伴，真是意气相投，有时各人带一个女人，精神上都感觉十分舒适，我并不以为他溷了乃公的清兴，他也以为我"常在路上"，于是今日之下，就剩了我们"相依为命"者二人！

(《力报》1943 年 12 月 19 日，署名：云郎)

小翠花重会无期！

小翠花之来，初佐马连良，继复与信芳合作短期，连良声势几为翠花所压，而周于之《宋十回》，亦脍炙于海上周郎之口，以为古往今来，中国之旧剧坛上，只此一份耳。翠花本意，遁归故都，从此"抛闲钿翠"，不复理歌唱生涯，乃海堧知音，患后会无期，故竭诚挽驾。劝其于本星期三起，更在黄金出演十五日至二十日，以平生妙构，次第献奏于春江人士之前，仍以叶盛兰、马富禄诸人为助，老生活用纪玉良，阵容正复强盛，翠花不获辞，惟声言演毕辄归，而结束其一代风流矣。上海闻程砚秋更不南来之讯，有想望声容，而惘惘然不可或释者，则吾人于小翠花之销歇弦歌，正亦同其观感，当此旷世伶工，于临去秋波之际，又乌可不恣情欣赏哉？

(《力报》1943 年 12 月 20 日，署名：云郎)

燃　　料

上海燃料,已成极度恐慌,予家曾断煤球三日,率妻子就食于母,然犹幸吾母得食耳,否则又将上饭馆三日邪?予妇因购柴爿,虽仅四担,已占晒台面积三之一,又有柴无灶,则活该不能举火矣,三朝跋涉,妇苦甚,予议举室迁返故乡。翌日,有乡人来,谓十人以上之家,燃稻柴半担,稻柴每担殆七八十金,豆萁每担已逾二百金。论其所费,比上海之黑市煤球,应无多逊,矧以上海杜米飞涨,乡间亦售每担千八百元矣,特乡间之柴,不愁匮乏耳。妇以为不能节省,则动亦无益,因嘱买黑市煤球,以三千金得半吨。顾藏贮无所,亦复为难,予闻友人有购煤球十吨八吨者,贮柴达数千斤万余斤者,羡富家之生计裕如。又见百物飞腾声中,赤贫之人,亦日日得活,苟情形更恶化者,此辈且尚有可为,要死当先死吾辈不上不下之中间人耳!

(《力报》1943年12月22日,署名:云郎)

煤球店主人

江栋良画师之邻,为一煤炭店,当燃料飞涨之日,该店突宣告停业,门犹开,然门以内货物已罄,众亦不疑其有他也。顾前日其屋之楼忽坍,店主人与其妇在楼下坐,不及避,二人俱葬身于煤球下。盖店主人知煤球必涨,遂尽匿其货于楼上,一室几满,屋已陈旧,不胜重载,遂告倾圮,是不足异,所异者,店主人与妇,乃皆殉于煤球耳。人言是为商人心凶之报,其实商人之心凶者,千万倍于彼煤球店主人,我终未见天施以惩戒也。彼煤球店主人,诚可恶,然罪不当死,此而□死,则囤积暴利之徒甚多,上海正可以肃清人口矣。

◆多事之秋

大来公司开门后,迭遭厄运。闻之人言,天蟾楼上,布置一经理间,竟有妨风水。周翼华为人迷信,自就任大来,召堪舆家相其地,果以此不利大来，拟拆除之，使大来从此脱离"多事之秋"也。

（《力报》1943年12月23日，署名：云郎）

口腹之好？

近一月间，就食于舞女之妆楼三次，菊娘最随便，以其家日常所食者，飨诸客，不过四五味，而其客良悦。谓菊乃不视舞客为宾朋，直似家人也。玖娘之肴，皆亲手所调，视菊姑为丰，味亦殊美，昨日，乃饭于佩霞家，尤丰于玖娘。自晨至午，洗手作羹，霞故辛勤万状，客乃为之不安，其实，客非因口腹之好而来者。特欲趁此机缘，一觇妆台美况耳。

◆竺水招

"越剧文豪"某君，时来过存，予问之曰：马樟花死后，越女中亦有佳丽可求乎？某曰：竺水招。此人姓得特别，名字亦怪，闻其名，乃有不欲见其人之感，其实小丹桂、商芳臣之流，其名字亦无不吃勿消也。

（《力报》1943年12月24日，署名：云郎）

王 小 妹

花间有神瑛老六，即昔日之花国大总统王小妹是。王之移身北里，犹为一二月间事，赖姊妹淘为之拉拢熟客捧场，自己手挡上，亦有若干批客人，为之报效，一二月间，做花头亦达二三十万金矣。或曰：大总统毕竟犹有风头。其实视圆珠老八，一节可以净余一二百万；又如俞雪莉在新仙林，帮忙三个夜舞，得舞票十五六万金；则大总统已远不可及，故一二月来得花头二三十万，数不为菲，在大总统固亦成强弩之末矣！

◆后会无期

小翠花启事之原稿，末二句云："念后会无期，真依依不尽。"稿经捧翠花最力之某君寓目，见"后会无期"四字，滋不忍，语张伯铭兄曰：何其惨也。且亦不祥，故删去，而第用"依依不尽"之语，文气似不连贯。其实苟将"后会无期"之"无",改一"难"字,便四平八稳矣。
(《力报》1943 年 12 月 25 日,署名:云郎)

醉　　酒

小翠花贴《醉酒》在黄金打泡,《醉酒》唱做并繁,翠花拙于嗓,第功力之厚,世无其匹。十八年前,在广德楼见其演此,叹为观止。上海人第知马思远,《大劈棺》为其绝唱,而不知《醉酒》亦筱家极诣,故黄金上座,初非甚盛,此上海人老卯之所以为贾也。翠花之《醉酒》,以腰工尤胜,其人腰活似蛇,《戏凤》中亦可见其柔腰若柳。今来不及观《戏凤》,不知仍矫捷如昔否?

◆揭幕

王雪尘为国联舞厅揭幕,论小型报老板,立出来挺括相,王为其尤。闻揭幕后,尚用"国语闲话"演说,则尤为其他老板所不及。小舞场楼上之红豆咖啡室,将于一月一日开幕,亦邀雪尘揭幕,复邀名舞人梁燕女士为之剪彩。红豆主人,为朱锵锵、袁拜里诸君,锵锵为予言此,故记之。有人欲觇"挞伐"风神者,请于元旦之日,参加红豆之开幕礼可也。

(《力报》1943 年 12 月 27 日,署名:云郎)

章　荣　初

在上海之富翁中,章荣初今虽不能入第一流,然第二流反正摆得进矣。然此人享用之奢,较之第一流富翁实有过之,他报记其宅第中所雇女奴,面貌俊俏相似,鲜艳之衣裳亦相似,而年岁亦相似也。其实渲染犹未尽意,荣初且命诸奴皆敷粉施脂,鬓间各插一色之花,章府盛宴,客至,荣初命女奴列队迎客,敬烟敬茶,厅堂中如蛱蝶穿花,蔚为奇观。或谓荣初欲以此示其家业之豪,然尚有一说,则谓荣初或赖此为眼皮供养,而排泄其某种苦闷者,外间人不可知矣。股票市场,有"周许朱项章"之术语,论诸人声望,章最早微,今亦居然跻于所谓"冠冕人伦"矣,则荣初年来之噱头势,正勿是一眼眼也。

(《力报》1943年12月28日,署名:云郎)

白　事　一

阴历年关在迩,还债与过年盘缠两事,时萦心曲,绝无情绪,再事此笔墨生涯,故于各报稿件,又常暂时停顿,预付稿费之报馆,月底勿必送来,送来也决计退还,惟《海报》仍拟日草一文,以不佞与金雄白先生,略有金钱干系,故欲以文字偿旧账焉。俟经济问题一旦解决,予当续为故人效力。予目前不想改行,对弄笔头,尚"乐此不疲",故稍过一时,又当卷土重来矣。

◆白事二

予治文皆有事实,而材料之来,皆从每日浪游中所得,明年拟稍稍敛迹,意将来之资料必感枯乏,一日写短稿六篇,有时遇材料不继,搜索枯肠,肠为之断,以后为保养身体计,决欲改任三报撰述,不能多写,免得落笔便成放屁,而为之方所笑。近来闻印刷费飞涨,纸价高翔,颇念朋友维持一报之难,故亦不敢再谈稿费问题,随便多多少少,让我高兴写哪一家,写一家耳。

(《力报》1943年12月30日,署名:云郎)

王　八　旦

文歪公言:以"卢一"对"王八",其实以"卢一方"对"王八旦",不更好邪?"旦"字若用"蛋",便不能通,然若以"旦"字对"方",则工稳无匹。一方在文人中,以属对之精,为世所称,今以文歪一语,而触不佞灵机,想吾友亦且为之额首不已也。

◆柬一方

半月前,遇一方兄于新雅席上,渠谓即将改业,然迄至今日,故人佳作,犹日见报端。予以尚无搁笔之勇,特览一日间写字太多,腕力不胜,神思不济，故欲减少其产量，每日至多治短稿三节。一方兄跌宕文坛，若从此投笔，则使读者有斯人不出之感。窃以为兄果厌弃今日之生涯者，亦当付以节减之策，如以为短稿三节，犹嫌费事，则两节亦可。甚至减为一节亦可，当发表文章之地，俾散福于生灵也。实所企祷。

（《力报》1943年12月31日，署名：云郎）

温 吞 水 记

在家孵豆芽者近十日，四日之夜，始出来疏散筋骨，又与玄郎相约，夜间止于高士满舞场。近例以十一时息业，予等去时，已十时，坐至打烊，不过一小时耳，为耳根清净计，为不欲得罪大班计，自家识相，向舞座中拖一个上来，玄郎则招王玲玲。高士满中人曰：唐先生请来坐台者，与王小姐同为本场之两个"温吞水"也。温吞水喻其人之静默寡言，问其姓氏，则曰李，籍隶兰陵，"伲瓜我瓜"之乡音都未改也，貌甚秀朗，气度亦端闲，苟舞客以"狗眼"阅其人，则皮子似嫌其不挺耳。将打烊，玄郎㔐李吃咖啡，拒之，且峻拒，曰：我乃从不陪人吃咖啡者，且我根本未尝有客人喊我吃咖啡也。玄郎又问：然则平日之生意如何？曰：简直无生意，亦不知如何，业此逾半载，不工酬伴，宜其落泪。玄郎私语曰：定有拖车，不然何故不肯陪客人吃一顿咖啡哉？

（《力报》1944年1月7日，署名：云郎）

看《武松》兼念予倩

信芳一局，以九日终，九日日场，贴《南天门》与《武松》双出。予于信芳之作，亟赏《南天门》，故与内子同观。内子自哺乳，久不以听歌为遣，今请其看一场戏，亦所以酬其辛劳也。《南天门》自成绝唱，应毋多言，《武松与潘金莲》，数年来予未窥全豹，此日才得见终始。予倩改编后，场子比较紧凑，惟挑帘裁衣诸幕，皆从略耳。曹慧麟自献艺海壖，迄未一睹，三四年前之小娘皮，今不审长成何似矣。有人论其人其艺，类皆生嫩，是日见之，则不尽然。此人善做戏，亦肯做戏，窃以为造就远在熙春之上。二人之出处相同，饮盛誉亦相埒，熙春遣嫁，慧麟取其席而代之。"戏叔"、"灵堂"、"杀嫂"诸场，胥有声有色，台词复熟极而流，满口新名词，此则借慧麟之口，传予倩之笔者也，观《武松》竟，苦念故人不已。不知予倩迄作何状？万里一身，天涯双鬓，想时有新诗入橐也。

（《力报》1944年1月11日，署名：云郎）

剁　　手

忆《两般秋雨盦笔记》，载焦烈妇，以其夫淫于博，至家产既尽，妇自缢空房，作绝命诗谏其夫云："百结鹑衣冷不支，即归休在五更时。酸风寒月空闺里，犹有床头四岁儿。"凄哀欲绝，读之令人酸鼻。然官中人闻烈妇死状之惨，逮其婿入官，劙其手，以示警戒，后人之戒赌者，时言"剁手"，或本于此也。

昨闻近人之淫于城南博窟者，有二人皆剁手，二人中，一为予友江郎之中表亲，一则李某，予素识也。前一人于因博而伤沦落，则取利刃砍其手，然用力不猛，指碎犹连，卒重砍一刀，遂断，自是不复诣博窟。李亦达山穷水尽之境，亦引刀而砍，第创一指，入医院中，包扎久久，其纱布与橡皮膏尚未去其手，而其身已置于博窟中，遂不复可收拾，而知博窟之陷人，极刻骨镂髓之甚，宜死了矣。

（《力报》1944年1月13日，署名：云郎）

简　小　春　兄

慕尔记其友某君，藏《社会日报》全份，知予在报间征求该报，故愿割爱。慕尔嘱予请小春兄，代洽其事。闻之大喜，割爱不敢当，我但须告借一月，俟翻查之工作既竣，即可归赵，尤盼小春兄于日内为予图之，缓以时日，予必谋所以报称于二君也。

◆旧日之作

予诗比较可诵者,昔年皆刊于《社日》,近岁则发表于《海报》,而打油之作不计也。俟《社报》全份觅得后,复当求全份《海报》,于此两种的报间,检往年所作之诗一百首,明年如有余资,当付枣梨,以贻平日知交,此为心愿,亟盼于明年一年内实现之,不知天能助某成行否?

◆惘惘!

一方兄终于摆脱笔政矣,予则求而不可得。予意志薄弱,声言辍写,早于一方,顾今日为煮字生涯如故,念之能不惘惘!

(《力报》1944年1月18日,署名:云郎)

甲乙丙三友

某交际花,所识皆名公巨卿,而此中又多有肌肤之亲者,乃人语此女,固可以夸耀人前也,予友三人,皆并修艳福。甲生平所交识者,咸非北里名花,即舞场之隽,不下数十人。乙以风度之美,为女性所欢,与之嬲者,皆倾城之选。然甲、乙终不及丙,丙裘马多金,十年以来,综其与欢场中人订嗜臂之盟者,无一非艳名甚噪之婆。舞国二人,为王小妹与陈曼丽,乐部二人,为吴素秋与郑冰如者,其他游艺者二人,为王雅琴与白玉霜,此中尤以舞国陈、王,为空前人物,然吾友未尝以此矜炫。今征逐如故,若在他人,正复有曾经沧海之感,其情状正与某坤伶之敝屣,王孙而嬲,拆白党之犹沾沾自喜者,正复相同也。

(《力报》1944年1月19日,署名:云郎)

唐若青

唐若青重莅海堧,犹显身舞台。若青为话剧观众所不能忘情之一人,《日出》中之陈白露,有旷古绝今之美。有人看其演最近之《雷雨》者,谓其音调已不若曩昔之沙,惟眉棱眼角,已不可掩其老态,而演技则尤为洗练。英雌迟暮海上人士,正宜恣情观赏,毋负此惊才绝艳之人也。

◆绛岑居士

吾乡何之硕先生,则署绛岑居士,擅郑虔三绝,与予为总角交。四五年前,何于役白门,遂不恒聚首。近顷,以书来,谓往年尝投予一柬,予以疏懒,未遑裁答,何颇以此指责,直谓予乃避弃故人矣。其实予何尝忘我故交者,予晨日置身于簿书中,友人函札,多不及理,宁止绛岑一人?谨以此为绛岑谢,且与无数故交,尽致歉忱也。

(《力报》1944年1月20日,署名:云郎)

答魏绍昌先生

愚征求《社日》并《海报》全份,承魏绍昌先生,许为借用,高谊云情,感戴无极。一夜,值慕尔于大都会舞厅,为愚言:绍昌盖晋三先生哲嗣,则尤非外人,晋三先生固愚素识也。昨日,获绍昌赐书,重伸美意,谨当拜领,绍昌谓锵锵宴知交于瘦西湖席上,与不佞同座,已接风仪,未通衷曲,真怅怅也。愚借用一月后,即可归赵,特不谂高踪何许?仍望示知,俾饬人领取,盛情当徐图报称。

◆告帮

凤公热肠侠骨,近以故人之家属清寒,为之呼吁,当两刊其文,一文用"告帮"二字。此二字南方人似不习用之,而为北方人之俗语,惟"告帮"似出之于孤儿寡妇,求乞于人,如称其义,若寻常赒赈,亦用"告帮",或嫌分量太重。所疑如此,质之凤公,还祈教我。

◆盛名久亨

万国药房出品某西药,标四字曰:盛名久"亨"。"亨"字当为"享"之讹,抑老板欲做大亨,遂令其药品亦亨起来邪?

(《力报》1944年1月29日,署名:云郎)

高 利 贷

新年赴友人家拜年,互谈去岁年终时,上海银根奇紧,各银行头寸大缺,头寸宽裕者,都以重利贷与人。有人谓某银行以十五分息放款,然以予所知,振业储蓄银行,以二角五分放出之款项甚多,盖振业去年之头寸绝丰,不恤以高利盘剥,说者谓念五分之利息,比之皮球钿容有未逮,与印子钿或无多让。振业之董事长为徐采丞,总经理则唐乃康也。

◆吐血兰亭

孙兰亭兄病咯血以后,予未尝往看其病,其痊愈,亦未尝把晤。前夜,始于国际三楼遘之,虽略见清减,顾容光焕发,风趣一仍曩时。故人无恙,滋可喜也。白相人题绰号,恒从身上所带之毛病着眼者。兰亭非白相人,然与侠林中人,往还甚密,病起,自题绰号曰:"吐血兰亭"。此与"阔嘴巴咸生"、"歪鼻头茂棠",可以后先辉映云。

(《力报》1944年2月1日,署名:云郎)

一 年 之 计

赌,终算不是我的嗜好,没有人约我赌,我从来不去寻赌,便是赌了,我也是态度中和,既不能勇,自不会狠,所以我们要因了赌而拆散过头发的,自己知道,性情不近于赌,尤其不想赌。我常常用"与其输掉,不如胡调"八个字,来作拒人约赌的招牌,但在闺房之内,又以赌来做在外边胡调的理由。

这许多年来,我只是将平时胡调的事迹,充塞篇幅,料想读者也看得倦了,就是写我也写得腻了,但胡调不已,我的文字,也不会便改变材料的。这是怎么一回事,我自己也不明白,要末似刘半农先生说的"不能忘情,天所赋也"。

新年以后,我还是以跳舞场为自娱胜地,连日在高士满、百乐门,与顾凤兰同舞,自以为十分满意,这户头一时不想放弃。春来了,一年之计在于春,以势观之,我的来春之计,还是荒唐,还是胡调。

(《力报》1944年2月3日,署名:云郎)

精　舍

克仁兄近辟一精舍于卡尔登公寓，为金康银行诸君公余坐憩之地。舍不广，而髹漆绝美，设计者为陈明勋君。说者谓海上之俱乐部，精工布置，殆以此为第一家矣。此中初不聚博，有之，亦"麻""花"之局而已，特隽侣如云，舞场妙女，由会员携来同膳者尤众，故亦为滴艳流香之所。克仁近年颇戒冶游，而好客如故，每相见，辄邀愚过其精室中，尝一饭于此。愚性不喜坐俱乐部，亦不喜坐旅馆房间中，惟故人雅意殷殷，而愚终不获为此间常客也。

◆法国小姐

高士满有法国小姐表演，愚惊其艳色。昨日茶舞过其地，嬲克仁邀之同膳，克仁因招来同坐，告以意，则谢曰：八时须习歌，恐不获践约。惟期之异日，以之方料想，谓是夜法国小姐别有胡佬相约，习歌或托辞耳。

（《力报》1944年2月6日，署名：云郎）

天　蟾　顾　曲

立春后一夜，偕仲谋后人与夫人潘，赏曲于天蟾。赵紫绡与刘连荣之《别姬》，将告终场，然犹得见紫绡之舞剑也。愚根本不喜此剧之编制，演员之美，如梅杨为无敌矣，亦未必向往，何况他人？赵紫绡在北都，天厂居士亟扬其艺，此儿犹盈盈十六七，小女儿事不必吾人评骘，请呵而勿谈。下为《洗浮山》，少春此剧，授自叔岩，故名重一时，先为武场戏，至天保托兆如有文场，唱反二簧，与盖五所演迥不相侔。少春为迁就上海人，为迁就天蟾舞台之三层楼看客，武场加套子甚多，又冲，故能博掌声盈耳，意悉如叔岩所传，搬演于今日之天蟾者，必令海上周郎，兴重来无胃口之嗟矣。反二簧其实亦平淡，因酷念盖叫天出场时之眼神、趟马，以及口面功夫，凡诸绝诣，令人心目皆爽。少春腾踔，顾欲如老辈之工深力邃者,殆终世难矣。

(《力报》1944年2月8日,署名:云郎)

笃 定 泰 山

冠乐食品公司,刊广告于报端,谓其新发明之名菜有二,一曰笃定肉,一曰泰山鸡。或言冠乐位置于泰山路上,称泰山鸡犹有来源,惟因泰山鸡而必欲强扯一个"笃定肉"出来,乃有狗屁不通之趣。

◆故惜春泥放步迟

人言跑马厅空气绝佳,予每去跑马厅,皆在跑马时间,杂人丛中,初不能领略跑马厅之好空气。昨日,绍华来,约予与之方入跑马厅散步,宿雨已霁,草地泥松,如履三尺毡绒,予旧诗云"故惜春泥放步迟",此句曾为周鍊霞所剧赏,予亦以此自矜。予平时行路,步履至健,特一踏雨后春泥,为态自复悠闲,故以此七字为美也。

(《力报》1944年2月10日,署名:云郎)

绝 命 预 言

以现在之行情计算,予吃香烟须月费四千金,坐黄包车三千余金,此中绝无虚头。如此情形,予必难乎为继,而家累之重,本身荒唐之甚,意所造结果,殆将追踵耿先生之后,为泉下游矣。耿先生自僇之原因不可知,予则纯为"钞票够勿到"耳。

◆孽缘!

王文兰近方蛊惑之少年,仅二十岁,于去年仲冬,始来沪上,赴舞场,听音乐。时王文兰初不伴舞,亦于舞场中为客人,而少年以友人之介,得识文兰,双方遂互致倾心,卒欲举行文定典礼焉。少年家属,闻此消息,焦虑万状,闻者咸叹人世孽缘,无逾于此。

◆剥号衣

西平记国际饭店之茶房,亦为旅客作引线牵针者,予友辟室于此间。一日予问诸茶房,茶房中言未尝作此勾当,谓此地规矩甚严,若闻于总务处者,立剥号衣,必不宽贷。其言斩钉截铁,予亦深信不疑。

(《力报》1944年2月12日,署名:云郎)

大 尺 寸

小马止于百乐门舞场,悦此中一货腰女郎名王玛莉者,谓其人体重达二百余磅,盖大尺寸也。小马言,与王玛莉跳舞,如舁牢一个高鑫宝,弥足使人绝倒。小马为人,有时极风趣,即此一言,非想象力丰富者,不能出之口焉。

◆刘莉娟

刘莉娟为人忠厚,今腾踔舞海中,绝无骄矜之色,耿绩之先生自杀前一日,犹宴客,招莉娟往。平时耿固善视莉娟者,耿既死,躬往灵前一恸,此日且洗却铅华,鬓御吊花,以志哀思。见者谓其风义要不可及。

◆夜校

对邻设一夜校,予有时早归,入睡亦早,而对门之朗朗书声,传来枕畔,不敢厌其嚣,特念教职清寒,为之一雪同情之涕耳。

(《力报》1944年2月13日,署名:云郎)

"刮 弧"

予为文近来所用刮弧,为引用上海某种社会之流行语,此亦效凌霄汉阁之笔记,恒用戏剧词儿,杂于字里行间也。凌霄邃于剧学,故有信手拈来皆成妙谛之妙,予则习与上海之下场社会伍,遂亦有俯拾即是之乐也。

◆值书

为文诸君中,办法最美者,予绝爱吴观蠡先生。半老书生天才横溢,作行草,秀朗乃如十七八佳少年,小型报人,非其抗手,他报偶有

《半间屋随笔》,以及半老之锌板,可以证之。

◆率直

桑弧来谈,必及冯蘅,此君于秋雨之文,颠倒备至。尝读蘅笔记一则,谓七八年前之逍遥舞厅,为打裥西装与飞机头少年之大本营,冯则自称当时亦为未能免俗之一人,此等处自率直得可爱,若易庸手,必曲为自讳矣。

(《力报》1944年2月16日,署名:云郎)

温柔不住住何乡?

丁皓明作《我与耿嘉基》篇,耿生平以声色之奉,固不必讳言,舞国女儿为耿氏所眷,或尝有露水缘者,真更仆难数。有一女名华者,曾为耿藏之金屋,育子女甚众,顾华有外遇,其对象一少年而游手好闲者,耿闻之,挈子女归,奉若干金为与华脱辐之约,其所居及室中之器具,皆留与女。女即与少年为双栖之所,第少年无赖,对外仍以耿氏之居为招摇。忽与电话公司起冲突,少年亦以耿氏之名告公司中人,公司中人乃尽白于耿,耿始以电话抵女曰:汝之家事,胡为牵连及我,而使我难做人哉?今为卿约,从此即迁出此屋中,我事方集,不暇为汝二人,更招闲气恼也。女与少年皆惧,果迁去。

耿氏近年情怀益落漠,无以为遣,犹沉湎于脂粉丛中,龚定厂所谓"设想英雄垂暮日,温柔不住住何乡?"真可为绩之先生咏也。

(《力报》1944年2月17日,署名:云郎)

麻皮的舞女

前天晚上,我还同太太谈起,我说跳舞场里,丑陋的女孩子,固然多得指不胜屈,但我还没有发现过有一个是面上加圈的舞女。她想了一想,也说从未见过。不料第二天我请几个朋友在雪园吃夜饭,忽然来了一位朋友从米高美茶舞下来带了两个舞女,到此觅食,我请他们过来拼桌,吃得热闹一点。他们坐定之后,我发现其中一个舞女,竟是一脸麻皮,因为她有天生的缺陷,所以胭脂特别擦得浓,粉特别搽得厚,以掩其丑。我想起了昨夜同太太的一番话,不禁诧异天下哪有这样巧事?但我从来不肯当面使人难堪,连笑都不敢笑一笑。只是仔细将她相了些时,觉得她除了那张嘴脸之外,别的地方,都还无可非议。

后来之方谈起,之方笑我孤陋寡闻,他说他去年也遇见过一个,在霓虹灯光之下,绝对看不出她面孔上有不平之憾,但后来在吃夜饭的时候,竟一览无遗了。朋友中卢世侯先生的麻皮,麻得非常妩媚,我不曾看见过女人的麻皮,也麻得讨人欢喜的。

(《力报》1944年2月18日,署名:云郎)

看 戏 记

十七日,看话剧一日,日场看《文天祥》,夜场看《陈白露》与《正在想》。

兰心坐第一排,前面为地窖,其中设音乐台,脚上有风吹来,两胫为僵。台上韦伟小姐,见予在座,下妆后特来存问,并奉送咖啡二杯,盛意弥可感也。

上海大戏院坐第四排,此次落成至今,此为第一次光临,然不因《正在想》,且想不着来为座上客也,设备自比较简陋,不知视丽华又何。《陈白露》演完后,台上支一木牌,揭"休息十分钟"五字,后台工役,将取去此牌时,失手,牌倾于台下,及第一排座位,幸不伤人,因此座位上客人,适去解手也。此种情形,若发生于卡尔登与兰心,则打开"琴鬼"先生之头矣。《正在想》一剧,极好而并不卖钱,可见上海真正看话剧分子,尚不丰多。前面一先生,称上海大戏院之剧,曰:"陈白露正在想。"不免贻连刀块之消。其夫人机警,曰:夫子误矣,不见说明书上,《陈白露》有本事说明,《正在想》亦有本事说明邪?

(《力报》1944年2月19日,署名:云郎)

岁 月 惊 迁

祖夔先生邀夜饭于其卡德路寓邸中，座上十人，除主人外，仅识李迪云、姚笠诗二兄，而年岁又多在四十以上者，其在四十以下，惟不肖一人。坐是大为欢喜，比岁以来，往往从同座人之年龄，不列我在三名以前，遂惊岁月之迁，洎乎今日此宴，犹觉我尚后生。邻座某先生，且已吴霸兜鬈，食时有喘急声，数其春秋，当已念六，迪云虽不减张绪当年，然令嫒且既于归，外孙或抱之膝上矣。

◆喉病

女奴喉病，予大恐，谓之曰：朱子云已死，且觅林春山一看，授以钱，投林治病、服药，次日未见好转，劝其更诊，坚不愿，谓其兄嫂识神仙，神仙有奇方，可以念其疾也，予反对神仙，只得遣之。要她活，她不想活，偏投死路，真天下无可奈何事也。

◆丹尼

丹尼在《陈白露》剧中，饰中年妇，自谓五十岁在头顶上转矣。及返为少女之妆，台下望去，似亦已过四十之关，非化妆不善，特金韵之先生，是这一份貌相耳。

（《力报》1944年2月21日，署名：云郎）

闻吕岳泉健讼

阅报知华安理发所旧主沈某，业已将此店出盘与李祖莱矣，而华安保险公司总经理吕岳泉，起而干涉，甚至对簿公庭。此中什么一笔账，局外人不得而知，惟吕岳泉之健讼，则凤所知名，往年曾以细故，与予"吃斗"一场。今理发馆之事，大概可以调解结束，若调解结果，吕岳泉不想好处便罢，万一以大房东资格，而想在盘价九十一万元之中，希图分其余沥者，则吕总经理，到底起码人耳，予周遭耳目众多，此事必能知其底蕴也。

◆ 与严春堂商量

又闻祖莱盘到华安之后，并不继续经营，而转盘与严春堂开设银楼。开银楼只用店壳，不用店芯，所以剃头店之一切设备，在严视之，皆成废物，如其全部让渡，一时无人受领者，请春堂让一张椅子与我，使予为闲来坐憩之用。予怕剃头，以不耐久坐，惟在躺下来刮胡子时，则亦觉舒适万状。春堂老友，不审亦肯七折八扣，让我捣一次便宜货否？

（《力报》1944年2月22日，署名：云郎）

倒霉的鲁仲连

柯灵离《万象》之职，本刊首志其事，当时谓此事，予将为二方之调解人，其实未也。越一日，始得秋翁电话，谓《万象》已得配给纸张，在势可以继续出版，愿予往觅柯灵，代为圜旋。费二日工夫，柯灵始至，此君恂恂儒者，于名于利，两无所争，特以向日秋翁之酬给过菲，历七阅月，方托予代为请求增加薪给，而秋翁还之以"只好散伙"之言，柯灵遂不能留。特予既允秋翁为调解人，惟望能使双方重为聚首，故慰勉有加。柯灵念吾二人交谊不薄，许焉，曾书陈条件若干款，"必要时予可以公布"皆情理中事，初非苛刻之求，然秋翁卒不能承，至此予遂不能更为效劳，惟请退休。

予生平不喜作调解人，既受重托，始勉力为之，惟予承认有成见，劳资之事，必袒劳方。今劳如柯灵之柔懦中和，不觉袒之尤力，然而资方如秋翁之牵丝绊藤，真算我触霉头，答允下来做鲁仲连也。

（《力报》1944年2月23日，署名：云郎）

为金小天覆程沙雁君

顷得程沙雁君来书，谓其友萧泊凤君，将为女弹家金小天女士辑一特刊，要予为短文充其篇幅，在理不当方命，惟予得为沙雁言者。予与小天，实无好感，去年予曾两赴南京书场，略为小天报效，点开篇之外，又叫堂会,予固以"壳子"目小天,而小天故作矜持,殆对予表示并无胃口。一夜,予在国际饭店房间内,又招之,小天欣然至,入室,即言明日会书,宜请稔客广为报效,因邀予捧场。予本舞场孝子,以小天嘱,亦愿为书场顺孙,因许以两千金。小天大喜,夜过午,六七人同赴满庭芳,坐三轮车,小天之首侧于外,见者大笑,谓云郎无赖,要香金小天面孔而小天不愿也。其实王八蛋想香面孔,惟经朋友说穿,予亦大窘,疑此人真视我为糟兄矣。明日,遂"唱滩簧",去年一年,未尝失信于人,有之,即放生一次金小天耳。故泊凤之嘱,实不感觉兴趣,幸勿笑毕竟"登徒子",襟度乃殊不广也。(写完此文五分钟后,想想还是写了罢,一则可以不背故人雅命,二则到底一个女人,没有大难过,何必呕什么气哉?稿请于见报后一日,来舍一取。)

(《力报》1944年2月24日,署名:云郎)

一马吃一马

秋翁近在屠企华医生处,注滋补针剂,每针之值须千二百元。忽黄雨斋亦诣屠闲谈,辄谓秋翁曰:真不惜工本也。秋翁笑曰:穷人打好身体,预备多捞两钿。黄闻言啼笑皆非,谓秋翁口舌轻薄,使老朋友大为难堪!按雨斋比岁经营大利,积财日广,故疑秋翁之言,实多讦讽。予曩时记秋翁在苏州置住宅,此公亦频用不安,今还施于"更富"之人,亦所谓一马吃一马也。

◆加价

平剧院联谊会,近刊一增加券价之启事于报端,其理由为"前后台支出激增"。乃闻各戏院前台职员,加薪工三成,后台亦增加,其间"苦哈哈"之流,一律加百分之一百,为数较多,支出的确激增,递加票价,亦情理中事。反正鄙人不看平剧,加得更多一些,亦影响不了我,闻米、煤、油价升腾,始使予双脚大跳耳。

(《力报》1944年2月29日,署名:云郎)

姜娟娟

　　姜娟娟香誉隆隆,此人姿首固不恶,然犹不逮其线条之美也。欣木兄有一时期,与姜过从甚密,乃谓姜亦好女儿,其父为教育界之前辈,尝创一小学,辄以其父之名讳为黉舍之名者,即今日城南之惠清小学也。"惠清"二字是否作如是写,欣木不可知。又谓娟娟亦受优良之教育,承父之志,以伴舞余身,复为校中执教。予乃谓若姜娟娟亦如王小妹、陈海伦之流,闻十数年后,犹献身舞海者,则今日之受教群徒中,或有一二人即他日为老师争掷缠头之客也。一笑。

　　◆搭闷棍

　　舞女大班,挜客人台子,有时竟用:要搭末?我介绍你一个,可以下手。某君促狭,反问大班曰:坐过之后,你搭呢?还是我搭?此真一记闷棍也。痛苦之至!

（《力报》1944年3月1日,署名:云郎）

江紫尘先生

　　一夜,笠诗招宴于拉都路寓邸,座上遘江紫尘先生与许良臣先生。紫尘先生久不见矣,忽蓄长髯,髯且染繁霜,几不相识,问其自何年始。曰,不能记,特二三年内事,初固无意蓄须,以懒于整容,任髯自长,既长,且不忍刘之,遂呈此状。先生雄谈犹昔,谓不相见且已十年,而不见唐生者也。又谓迩时亦营票,股市狂挫,受折甚多,然未尝以是萦扰心曲。譬如赌,赌负本不必置意耳,雅度如此,宜为长寿之征。许先生为初见,是日调嗓音节之美,乃无伦拟。海上谭票,以良臣之造就为尤深,今始知所传为不诬矣。

　　◆王少楼

　　闻王少楼已沦为班底,居北平恒出演于天桥,一霉至此,岂少楼初料所及?说者谓伶人不怕瘦,但愁发胖,胖必影响嗓音。贯大元、管绍华之终世平平,无不缘体胖所致。王少楼亦"发福",其命运视贯、管为尤不幸矣。

(《力报》1944年3月4日,署名:云郎)

文　园

文园开设于华懋公寓之斜对过,此为潮菜馆,从前陈灵犀在小开(现在并非瘪三)时代,常请我们吃潮州菜。带钩桥之徐德兴,公馆马路之醉乐园,为上海仅有之潮州菜馆,而郑应时在上海时,则专请我们吃其家所制之潮州菜,此味不尝四五年矣。文园之设,亦以二三年,甫于昨夜试一餐耳。因吃潮州菜,令人忆及徐德兴老板之小姐,此人为潮阳绝色,予等为徐德兴食客时,徐小姐尚在中学读书,善歌唱,秀靥垂髫,为观至美。今徐德兴已关门,不认彼潮阳绝色者复何往矣？询之文园中人,佥答不知,知其虽为同行,而并不通气也。文园之菜,风味亦胜,顾售价绝昂,座上七八人,所耗亦达三千余金,以潮州茶进客,茶质殊劣,较之吃应时府上者,有云泥之判矣。

(《力报》1944年3月6日,署名:云郎)

荒年穷世识佳人！

若比管敏莉为丈夫,则此为俊士,所谓亢爽拔俗、跌宕雄奇者也。二三月来,屡屡与敏莉共宴游,辄为之神醉,旧尝誉敏莉为婉亮之儿。"婉亮"二字,产之于何诹腕底,投目欢场,初不知适用于何人？今始知敏莉当之,宜无所愧。愚食于文园之夜,座上亦有敏莉,意兴甚豪,故纵酒,酒后并健谈,滔滔如江河之决,述已往事,初不讳饰,第谓少时任性,遂有此失,后此且自知珍惜,于挥金市廛之侪,尊其为人者,敏莉亦视之若知交,反之,蔑视其为野草闲花者,敏莉亦仇之惟恐不至。尝遍告其稔客曰:自港返沪,未尝稍有邪行,亲肤之爱,非不愿求,求之,亦欲自我所自择,谋即此所以为仰望终身者也。其所言,都成至理,划梦搏魂,镂

心刻骨,愚亦为之,特悉雏儿无状,御之不得其方,则亦结想空劳而已,系以诗云:

> 未信倾城都紫色,最怜惊座属蛾眉。已于老眼饶余福,得遇斯人绝振奇。杯酒休辞今夜醉,天涯曾遣几家痴?知渠管领群芳日,宁许唐生少一词!

(《力报》1944年3月7日,署名:云郎)

大西路之月

百乐门罚令停业十日之夜,外间传说伊文泰与法仑斯,亦受同样处分,其实未也。予等于十一日夜间,游于大都会,既散场,诣法仑斯,雇飞车往,固无所阻,惟是夜为星期六,在例,游客必多,而此夜则无拥塞之状,殆受谣传所误也。法仑斯路远,往返必以汽车,顾以二人行者,亦坐三轮车。近日春风似剪,月色如银,光华匝地,行路者如入玻璃世界中,真美景也。男女同车,若耐重寒,则近来之夜,值得恣情领略。谁谓宵征不足快意哉?予等自法仑斯归,车行久,遽尔抛锚,止于大西路之西端,凡半小时。男女四五众,离车立道旁,浴于月色中,虽寒深如水,而意态皆苏,所可惜女侣人无一素心之侣,不然,纵待旦亦何伤哉?

(《力报》1944年3月13日,署名:云郎)

杨 宝 森

杨宝森将膺黄金之聘南来,杨索包银北币十三万,花旦带李玉芝,索四万金,两共十七万,合之沪币,逾百万矣。杨上次来沪,仅三万六千元,半年之隔,激涨达四倍之多,谁谓"活人"不及"死货"哉?一夜听北平华乐广播,是夜宝森唱双出,为《盗宗卷》与《二进宫》,《二进宫》以玉芝与裘盛戎为匹,盛戎冒上,乃为台下人所倾动,与宝森实有珠联璧合之妙,所差者,李玉芝不能称职。黄金将约宝森来,盛戎亦至,苟李玉芝挽李玉茹,则一出《二进宫》,未必便输金少山、谭富英与张君秋三人矣。

◆荀慧生

荀慧生受中国之聘,南来与杨宝森打对台,慧生索币十九万元,厥数亦正复惊人,但老去伶工,看一趟少一趟,慧生虽多挣两分,使人终尚心平气和耳。

(《力报》1944年3月24日,署名:云郎)

改 变 作 风

王敏自百乐门罚令停业之后,即转入大都会。王与管敏莉善,其入大都会,半亦从敏莉劝也。王不久以前,尚出身簧舍中,及被舞衫,其人犹诚实无邪,一日,语敏莉曰:我将改变作风矣。敏莉大惊,诘其故,则曰:我今日乃与一客两颊相偎矣。盖王于此前,自不曾与其舞客贴过面孔也,一旦为之,遽曰:"改变作风"。然则舞女改变作风之事正多,循其顺序,不知阿谁有福?乃得王敏"作风""改变"之极耳。

◆赖稿

小时赖学,今到中年,又犯赖稿之病。昔年,予非卧病,有数报不欲赖稿者,此后则将如王敏之改变作风,要赖一律赖。前夜竟夕未眠,于是六报之稿,无不曳白。

(《力报》1944年3月26日,署名:云郎)

陈霆锐之噩耗?

前昨二日报间,有记陈霆锐律师客死蜀中的消息,惟留沪之陈氏家属,初无所闻。陈夫人阅《东方日报》之后,焦急万状,曾打电话与平襟亚君,谓本月四日,犹得陈律师之竹报也,因托平君打听报馆消息之所由来。且闻陈氏椿萱并茂,年皆登耆耄,实不忍使二老闻游于物故异乡之讯也。

◆刘郎

"刘郎"二字在我为"名词",予用之为署名者,已近四年,予可用,不能强他人不用也。最近《社会日报》第一版之"评论",撰述者亦署名刘郎,此则非不佞所作。不佞平日所为,皆鸡零狗碎之文,评论文字,绝不能写,即能写,亦不欲写也,因志数言于此,盖不欲掠人之美意耳。

(《力报》1944年3月27日,署名:云郎)

柬老友灵犀

昨晨吊金雄白尊人之丧,驱车过忆定盘路,见一五三洞天之邻,为优生化学制药公司。闻老友灵犀,近执事于优生,灵犀不甚好女色,若此职位,易不佞处之,则每日必要隔壁弯一弯,一月薪金所入,移运于罗刹之婆,犹嫌勿足矣。惟然,近水楼台,我倒要劝犀公(此二字,少年作家,对陈先生抱孺慕之忱者,恒书之笔下),亦当难得去作成趟把也。

◆"木欣欣"

南洲主人徐欣木君,工诗文,近将以蝶衣之请,又欲为某报执笔,其题目《欣欣斋闲记》,而下署为"向荣",取木欣欣向荣之义也。予曰:然则何不直书为"木欣欣斋"哉?"木欣欣"三字,为上海人形容"木而觉之"之土语,既属浑成,亦饶风趣。但向荣不取,谓木欣欣岂不成死乌龟哉?亦言之成理。

(《力报》1944年3月29日,署名:云郎)

张　莉

维也纳走廊中,有张莉之牌子一块,姓张名莉,疑其人即为婴宁笔下之丽人。二三日前,犹记婴宁记丽人已告辍舞,故于前日,胜阳楼席上,白诸婴宁,婴宁则记之报端,惟谓大郎兄曾见丽人照片。此实不然,维也纳走廊中,并无丽人照片陈列,如有丽人照片陈列,予将不疑张莉为另有一人矣。凡属丽人事,不敢有些微出入,故必为婴宁兄更正于此。

◆焦不离孟

文友中有两个人常常跑在一起者,为予与之方,万一予独赴一处,众人必问我之方踪迹,或遇之方,亦必问大郎何往。近时,文帚与柳絮亦然,此之为焦不离孟。舞女中,则严九九与袁佩英,管敏莉与王莉君,亦焦不离孟,凡此皆为予所素识者,其他类似之情形尚多也。

(《力报》1944年4月1日,署名:云郎)

焦不离孟续

予作《焦不离孟》,有人为我补充两双,则亦舞场之隽也,一双为赵雪莉之与唐飞,另一双则为姜娟娟之与何瑛。四人中予与雪莉为新知,其余三人,则后来不曾搭讪过也。

◆投机与市面

股票连涨二日之夜,跳舞场吃食馆,皆利市十倍;往日门庭冷落之舞场如新仙林、百乐门,此夜亦居然上座可观,乃知投机事业,与市民实属休戚相关,或谓此夜因放假期。而另一原因,灯火管制,限制较宽,其说亦不为无因云。

◆带进来

予近来常至大都会,想开一个户头,而始终不获人选。可以看看者,俱已为朋友"触祭准"去矣。有时舞池中有好看者,问之大班,则谓非舞女而为客人。予旧作《舞场竹枝词》,有句云:"有时一瞥惊鸿影,却是人家带进来。"今日正大有此感也。

(《力报》1944年4月2日,署名:云郎)

平剧《文天祥》

电影界中多草包,惊才绝艳如朱石麟先生,能有几人?信芳组移风社时,排《文素臣》,头二三本出石麟手笔,才人之作,不同凡响。今李少春将演《文天祥》,编剧之役,苦无人选,善琨遂属目于朱先生,托人丐于朱,朱允焉。于是众料演出固必好,而剧本亦必不朽。项闻李少春欲与朱先生谋一面,借得请益之机,李少春毕竟非一般"老鸢"。有此虚心,已可钦佩,惟望朱先生循循善诱之耳。

◆虐待狂

佩之言:其友某,眷恋一歌场之女。女居于毗接南市处,夜深,必令友送其返,二人以步行,以情意綦笃,不忍遽离,往往过家门勿入,犹绕四街走。女有奇癖,恒以指拧男子之臂,男子痛而鸣,女乃大乐,故佩之之友,臂上恒有青痕。佩之谓,女殆有"虐待狂"者,久之,其友因亦得"被虐待狂"焉。

(《力报》1944年4月4日,署名:云郎)

新 华 茶 舞

茶舞于新华,遇张淑娴姊妹,与名丑刘斌昆与梁次山,及梁一鸣君。兹五人者,近皆嗜舞成癖,淑娴之舞技既大成,而犹示谦抑,谓我乃刚在学步耳。梁次山言,淑娴有弟,将举行婚礼于沪上,君为老友,当来参与盛典,予亦请其转告淑娴,万勿遗送喜柬而遐弃故人也。次山又言,淑娴将俟吃过喜酒后,有白下之行,近正调嗓,石头城下,震淑娴色艺者,大有人在,逆知其此行之所得必多。将打烊时,曾同淑娴一舞,淑娴以舞不已,汗流润其背矣。

◆兰苓投师之前

兰苓女士,潜心艺事,攻音乐歌唱外,亦及绘事,从庞左玉女士游,友好近复为之介绍杭县唐云,令兰苓以师礼事之,将择期举行拜师仪式。昨日下午,先由翼华设宴于锦江邀唐与兰为第一面,客至甚众:朱石麟、桑弧、梯维、之方、熙春、若瓢大师,尚有舞人管敏莉,其情况至为闹热焉。

(《力报》1944年4月23日,署名:云郎)

一 春 花

管敏莉近时,好为艳装。一日为春暖之朝,偕之同餐,着浅绛之裳,洒口繁华,掩映其人,亦复艳艳如锦,固不必更闻其珠香玉笑也。予往年春时,挈周秋霞游兆丰公园,既返,成一诗,记二句云:"莫道此行聊复尔,看卿胜看一春花。"今日之看管敏莉,亦胜于看"一春花"矣。予尝拟携顾凤兰一探兆丰公园之春花,终不果,此人萧瑟,立春光下,未必能增其华彩,意秋好之期,或可于潇洒中益见淡逸之姿耳。

◆管雪珍

管敏莉于读书时,名雪珍,往岁客天南,彼乡人固亦群称之为管雪珍也,惟上海人则咸知其为敏莉。其人又有外号曰"管家婆",渠言:旧居南中,恒为友朋司烹调之役,而处理家庭事,亦井然有序,以敏莉氏管,称为管家婆,真妙不可偕。

(《力报》1944年4月25日,署名:云郎)

呈柳絮昆季

报间屡说二兄述兰苓女士之文,恒有微词,论舞场与咖啡座上之女歌手,其流品至庞杂,荡踰之儿,指不胜屈,第此中亦有来自二十尺香楼中者,欧阳飞莺是也,兰苓亦是也。兰为浦左人,其先人亦老成宿学,兼工绘事,兰承其家风,攻读不辍,故于学术上之修养亦甚高,又耽于乐律。客岁伴唱于维也纳时,倾动者万人,不肖浪迹舞场,不谙歌唱,闻兰苓鲜奏,归述其事,曰:"兰丰于色而拙于歌,今日之为万人争看者,正以其人之盈盈弥丽耳。"兰见之不悦,遂废歌,更投师求深造。有人白于予,予感奋不已。贱诗所谓"红袖归来青一眼,丈夫依旧困斯城",顾我须眉,能无惭恧?今兰苓卷土重来,弟之所以力为延誉者,正欲赎我前日之愆耳。兰苓于报间评骘极注意,有述其色艳者,辄勿乐,曰:执笔诸君,苟能止我歌艺,固所喜也。慕尔兄勿察其言,乃谓兰苓恒自矜其色饰貌之都,遂使柳絮有二十三日一文之作。弟比来知兰苓甚深,断其必不为前记者,重告二兄,亦望二兄毋信慕尔谰言耳。

(《力报》1944年4月26日,署名:云郎)

张 张 氏

张淑娴女士于今日为弟完姻,闻凡属淑娴知交,皆得喜柬,其主婚人则为淑娴舅父,舅亦姓张,故张永林夫人(即淑娴之老太太)为张张氏,张弟名耀龙,喜帖上且注明耀龙为淑娴之弟等字样云。

◆桑弧

蓬矢为桑弧兄之别署,亦即为万象作《风沙寄语》之季黄先生也。桑弧之为报间撰述,以颂扬麒艺始,自署曰醉芳,所以志醉心于信芳也。复写小品文,则署桑弧,《肉》、《洞房花烛夜》两剧本,亦以桑弧为名,而著誉银坛,自往岁游北都,报间久绝其清丽之文。前日始见其因龚翁个展,而成一稿,为"书展"宣传,而出之吾友腕底者,自觉娓娓可听也。

(《力报》1944年4月27日,署名:云郎)

台 型 问 题

高楼起哄之夜,予挈一舞人同行,当某伧骂座时,女悉闻之,予私念今日真砍我招牌矣。及下楼,语女曰:今日不能躬送,卿自归去,予乃往讨救兵。不图伧固戎囊子,一克而服,于是颇悔遣女先归,不获使渠看我于俄顷间,扎回台型也。既在外头白相,除不可臭盘外,台型亦有不可扎者,若求太平,则以在府上孵豆芽为最相宜。

◆壳与友

《洋盘》一稿,颇受反响,予乃蒙"重壳轻友"之名,其实壳非吾壳,友亦非我友也。起哄之夜,予与诸友登楼时,适遇此君,及入摩天厅,同行诸友,皆为某伧指戟而詈,独此君不与,人问其故。则曰:我亦认得彼伧耳。此地此时,忽聆此语,试问犹得认为朋友邪?不知补白阁主读后,复将以何词为我补白哉?

(《力报》1944年4月28日,署名:云郎)

韩

有女歌手名韩菁清者,时赴国际之摩天厅客串,其人好为艳装,而首饰之多,一若全部身家,都在两只手上者。闻此人在唐乔司乐队中伴唱,半为歌手,半亦为舞女也,盖在丽都伴唱亦伴坐,故其衣饰,遂有异于寻常之歌人矣。

◆黄

摩天厅之伴唱人为黄薇音,尝以干先生之介绍,得与闲谈,婉亮多大家风范。其伴唱时间,自茶舞五时以后始,迄十一时后止,凡歌十二阕,经时甚久,然以休息之时多,故犹不足劳其玉喉也。黄歌时亦习为微笑,殆如兰苓不谓不想笑而笑,笑亦为外国人训练出来乎? 不可知矣。

◆病

病,今日写三家稿。病自昨日起,故昨日亦仅为三家。

(《力报》1944年4月30日,署名:云郎)

散 木 道 人

龚翁此番个展,成绩大佳,海上书家,声势之盛,龚翁宜可目无余子。此次出品中,此公有最新别署,一曰"散木道人",一曰"无外"。木道人上若加一"赍"字,我人可以知其欲抢扶乩生意,今加一"散"字,则不知何义矣。

◆霸气

龚翁之字,当年固所谓剑拔弩张,人是霸才,字亦具霸气,惟字有霸气,当为功候不到之病;至近岁所作,已得平淡之美,就中有若干品,目似不食人间烟火者,因知此公三四年来修养功深,如此以往,其所造自可垂十载不朽耳。

◆双桧

龚为作小屏两页,言苏东坡先生句,有《双桧》一首云:"当年双桧似双童,相对无言老更恭。雪到半腰埋不死,如今化作两苍龙。"常言俗语,都成好诗,作诗而矜为僻字涩句者,都放他妈的屁耳。

(《力报》1944年5月2日,署名:云郎)

[编按:5月7日啼红在《迤遭散记》里说,"赘"作"赛"字。似乎不通。]

为谢豹收定件

近年写小型报身边文学者,大率以技巧胜,然论文章式法,则都芜杂不足称,文章□□□纯,真不知费几许功力,我辈率尔操觚,虽梦想亦难致耳。第有一人,淹博精纯,为其余人所望尘莫及者,是为兰陵谢豹。谢号啼红,别署因风阁主,为本报《迤遭散记》,为众口所誉。谢夙研书法,其学遒劲婉媚,兼亦有之,比年以来,益不废临池,所过无不及,《力报》读者,倾心谢豹之文,当求谢豹之书,所以留翰墨因缘也。不肖为谢豹收定件,钱到,七日缴件,收件处由本报转亦可。

(《力报》1944年5月3日,署名:云郎)

打 相 打

翼华体格极壮硕,夏日调嗓,去其小褂,仅着汗衫马甲,袒两臂,示人以肌肉之坚实。高楼之夜,四副眼镜中,有翼华在内,或问曰:此公在,可以一斗矣。予曰:翼华入世三十六年,实未曾打过相打。照例,男子不与外头人大学的,在家中终曾与老婆打过相打者,惟翼华则始终未有也,以生平未曾打过相打之人,见打相打已胆裂魂飞。之方亦然,谓非以打相打怕惧肇事,实不知打相打何从下手耳。

◆杨中中

杨中中为苟党忠臣,慧生每次南来,无论公事私事,杨无不参预,而对慧生维护之周,有言之不能置信者。闻此次慧生便结,药物不能下,中中尝以人工之巧,使其得泄,此便等事,而杨亦甘为之。人言其无状,予独怜其不变初衷。世风日堕,杨终不失为风义中人耳。

(《力报》1944年5月5日,署名:云郎)

轻重之间

一方来谈,深叹支出之繁,而收入之薄,于是亦谈卖文,谓日治数千言,而所得者,乃不足一家炊薪之材耳。予笑曰:一方为职业文人之历史,较予为久,顾迄至今日,于弄文技俩,还不及云郎之狡狯。云郎他无所长,独于文字酬报之轻重者,能使自己文章别其高下也。酬报而丰,予文之质量亦丰,落笔亦较经心刻意,反之,酬报而薄,予文亦往往纵笔即成,于材料不加选择,于行文不加修饰,一经出门,不认为自己之货,他人看得通也好,看不通也不关我事,老板要我写也好,不要我写,我更乐得省事。但此种本事,一方似不能效行,故无论为甲报所写、乙报所述,总是平等相看,无分轩轾。予因戏谓之曰:似足下者,何以为重报者效,又何以为薄报者惩邪?

(《力报》1944年5月6日,署名:云郎)

为达邦谢

杨邦达先生,代表宁波同乡会画厅招宴,第一次愚未往,第二次再请,亦不去,中心歉疚,莫可言状。予非怕招小报馆人好吃白食之讥,特有时遇"壳子局头",便不能却故人雅爱。达邦两次请客,适值予偕同"壳子"吃饭,予昔日诗云"座乏鬓丝筷不下",数载以来,犹是狂奴故态也。想达邦必能谅我,然亦颇有不能谅我者,往往罪我疏慢,不知云郎今日,心如槁木,不得不以绿媚红酬,戟刺予之落寞情怀耳。

◆白玉薇

白玉薇抵沪后一日,卢继影兄引之来见,予与玉薇此为第一面,顾文字神交,相见乃不觉快逾生平矣。玉薇曰:唐先生"迎白"之诗,亦既见之,自惭卑陋,何以当此过誉？玉薇着平跟,发不经火烙,御缓褛,风致翩然,此女学出,谁谓其人曾跌宕于红氍毹上哉？

(《力报》1944年5月10日,署名:云郎)

《文天祥》之布景

《文天祥》将在天蟾上演,最高座价为二百二十元,天蟾于此剧倾资甚巨,布景亦由丁熙所擘划；兰心之《文天祥》布景,煊炙人口,则亦出丁氏所设计者。丁为张善琨先生夹袋中之贤才。闻前夜天蟾散戏之后,在台上排布景,张先生认为满意,而《文天祥》宅第之深秋夜景,尤为逼真。今天蟾方面,拟预定七日座位,苟日日卖十足满堂,可得五十万金一场,真大观矣！

◆《文天祥》之特刊

天蟾《文天祥》之上演,将有特刊印行。特刊文字,朱石麟、桑弧、梯公,及不佞皆执笔,编纂此特刊者,为龚之方兄。之方频来催稿,予无以应,催之亟,乃于百忙中撰四五百言畀之,自己亦不知所云也。吾友之方,亦报坛健笔,顾比年以来,绝不治文亦浑忘职业文人之甘苦。予日写三四千字,心血已枯,安有神思著此闲笔,强而为之,统篇遂多胡说八道矣。

(《力报》1944年5月11日,署名:云郎)

新 闸 路

予于近代诗人,亟爱易实父。易尝来沪小住,其所居在新闸路,适与予今日所居为同路也。《哭盦诗存》中,有《意行静安寺新闸两路间偶赋》一首云:"铜街不许点尘留,半似村居景物幽。春色家家皆碧玉,秋魂处处有红楼。鸳鸯屏尽如山隔,龙马车还似水流。残照西风无限好,珠帘遮莫下银钩。"若计其时,当在三十年以前矣。

◆歌郎

民初之捧角家,称男伶之唱旦角者,谓之歌郎,故梅博士称梅郎,程砚秋亦称程郎也。逮陆澹盦之捧黄玉麟,不称郎而称生,如曰:黄生玉麟,俨然黄为陆之及门弟子矣。近世之述及伶人者,咸直称其字,无复呼郎唤生者矣。予有时客气,且于若辈名字下,加"先生"二字,以示尊敬,识者固不免谓予为逾分也。

(《力报》1944年5月12日,署名:云郎)

周　秋　霞

周秋霞退藏才半年,今将重堕舞海。往日,予游维也纳,舞女大班小王告予曰:秋霞拟重为冯妇,欲觅唐先生一谈也。予以为戏,越数日,秋霞果以电话抵予,予曰:官中禁舞渐严,他人皆退隐,汝独如懒云之出岫,是何为者?则曰:坐吃不足余生计,只得出来,及我隐居,足迹不涉欢场,将不知外边是何世面,故能出来看看者,未始非佳事也。意唐生为我故交,当不致遐弃我耳。予曰:然,必不遐弃于汝。特念秋霞为人纯厚,今日人海攘攘中,争存正复不易,若秋霞其人,自以早嫁为宜也。比月以来,舞人之息隐者日众,顾凤兰早于月初辍舞,然不言嫁,正不知坐守奚为?

(《力报》1944年5月13日,署名:云郎)

尽东南人物之美

予与朱石麟、陆洁、胡梯维、李桑弧、张陵令、管敏莉、王熙春、龚之方、周翼华、徐善宏诸兄,举行星六餐叙者,第一次在锦江,二次在吉祥寺,三次在翼楼。昨为第四度,则在管敏莉之妆阁中。今第五次已预定在海格路周湘云之别墅中举行,被邀宾客,讲有白玉薇、黄宗英、周秋霞、作家张爱玲,及金素雯、朱尔贞女士等,柯灵亦将参加,予拟请冯蘅、柳絮二兄,亦必预此盛会,盖此会者,真是尽东南人物之美。此中舞人如管敏莉、周秋霞,称一时瑜亮;金素雯与王熙春,则为下野之坤旦;张陵令与朱尔贞为即将驰名之女画家;黄宗英以演话剧鸣;白玉薇以善歌闻,亦以健笔独擅为世人称道;张爱玲之小说与小品文,盖被人目为文苑之宝;其为男子,都非俗客。不审冯、柳二兄,亦有意否!乞于时前语我也。

(《力报》1944年5月14日,署名:云郎)

顾 兰 君

顾兰君在"码头"上归来后,昨始一见之,较去年为瘦,其人遂清艳无伦。凭良心说,中国电影女明星中,以论本事,以兰君为首屈一指,戏做得足,放在银幕上,自成功为一块料;论面孔,亦以此人为活色生香。此人应该得知,顾亦鸾泊凤飘,久离沪上,坐令"竖子"纵横,真堪此叹!(按:"竖子"二字,不知亦适用于女人否?)

◆《兰苓日记》

他报有《兰苓日记》之刊,兰苓许其刊七日而止,顾以势观之,编者或不肯遂放松也。兰苓为人,温良纯善,不甚有主意,他人难之,亦不能措一词婉拒,上海人所谓为鬼而不老者耳。即如日记所供,似其人嗜睡若命者,其实不然。兰苓生活颇有节,特以少时娇养,习为晏眠,故起身亦不甚早,此为娴雅女儿之通嗜,若谓耽于博弈,始有此,则不尽然矣。

(《力报》1944年5月15日,署名:云郎)

何 必 言 穷?

一日,某报来人,执一纸,要予填写姓名、年纪、籍贯、平时接触之朋友,以及家庭状况、经济状况。予在"平时接触之朋友"一项下,写周翼华与龚之方二人,此二人为每日聚首者,其实酒肉朋友耳。家庭状况下,写父母、妻子。经济状况下,写尚能过去,惟此一节,略有誓言,予奇穷,安得谓尚能过去,然写奇穷亦何用?反正无人肯周济于我,不如自掩其寒酸之态。予平时遇并无交情之朋友，此辈常与我为寒暄，曰：十年以来，不见大郎先生老也。予漫应之曰：然，君不闻有"家宽出少年"一语乎？予家道富有，平时无虑生计，故不必有驻颜术，自能长葆青春也。亦坐此意。

◆知我罪我！

予日书游宴之迹，亦及平时挥霍之豪，友人或相劝，谓今日无求于人，则亦已耳，苟他时需人助，则人且不汝谅，宁非立业之障？孙曜东先生亦尝言：我能恕汝清狂耳。顾真正了解唐君者，又有几人？意盖亦欲稍戢其跅弛之行也。朋友箴言，至堪感念，特棺材已脱底，修补正复大难，然则毁誉之乘，只一任他人耳。

(《力报》1944年5月16日，署名：云郎)

《文天祥》之口碑

《文天祥》上演于天蟾后，予所得关于演员之口碑如下：李少春有出人意外之成就，以平时少春演戏，太无情绪，今演文天祥，居然能激昂慷慨，忠孝之情，自然流露，使台下人为之感奋，此为想不到而少春竟能做到者，故曰有出人意外之成就。饰贾似道之刘连荣则少差，京朝角色，唱本戏究不合宜，此角本定袁世海，顾世海不及来，来恐与裘盛戎之伯颜元帅冲突，亦未必肯上去也。继拟烦之赵如泉，如泉以此角为奸佞，不能得台下人同情，故拒演，于是想到张月亭必能胜任愉快，终以角儿地位不够，结果乃委刘连荣，而成削足适履之举；刘连荣只会循规蹈矩，不会洒狗血，贾似道遂不能生龙活虎般矣。此中精彩绝伦者，惟裘盛戎，盛戎擅做戏，戏又肯做得足，其原因当系久留沪上，看海派京戏太多，乃知戏毕竟要做，不是专重唱两声，便算做戏也。又闻张国斌亦极美，则《战蒲关》、《焚棉山》两剧之精华，尽萃于此，宜有可观者矣。

(《力报》1944年5月17日，署名：云郎)

生理学家之言

昨日,赴梯公府上挖花,同局有桑弧、石麟,予挈予妇同行,妇复抱予子偕往。梯公与素雯亦曾合作一婴,少予子三个月,然茁壮远过予子,第尚不能举步,予子则已可在地上疾行矣。予谓予尪弱正类梯公,奈何梯公之子,较予子为壮硕?岂以老二(指素雯)结棍,胜予妇乎?予又谓梯公之子,眸子不甚巨,而老二双眸,则神采飞扬。桑弧乃曰:是或者乃翁,以梯公之目,病短视也。予私念此或不然,殆以贤夫妇于造此稚子之一刹那,老二方合其双目,而梯公则张眼窥夫人佳态,于是孕中之儿,目乃似父。此说予尝根据某生理学家之言,非滥吃豆腐也。

◆挖花

石麟初习挖花,二三次后,自言已尽通其窍。在梯公府上之日,背后无人,石麟乃合扑达三次之多,打花而未尽白者二次,搭两对头一次。石麟谓打花不尽白,太冤枉,以其知挖花之前要原则为尽白打花也,惟搭两对头,则自认眼花,不必呼冤云。

(《力报》1944年5月19日,署名:云郎)

一 方 病

闻佩之兄言,一方病甚,无怪数日已不见其佳作矣。惟昨睹其病中律句,则狂喜,喜故人之才健犹昔,亦喜其虽病而不废幽思,犹能搦其柔毫也。予与一方同为文士,然二人体质,一方实视予为壮硕,予早岁斵伤,今成半废,常年若负百病在身。忆予初识一方时,其人亦尪瘦,则其时一方方染烟霞,越一二年更见,面圆圆且不相识,问其故,曰与烟霞绝耳。人谓文士优柔寡断,予独于一方之戒绝鸦片,不复沾惹,佩其毅力无伦。战前一二年,一方病,复至形销骨立,第不久亦遂复健康,自然不常闻其病。此次又为病魔所困,予甚念之,稍暇当一探其病。小舟兄言,人生能得小病亦大佳,予尤希望一方所罹者,绝非大病耳。

◆卜昼

星六之园游会,卜昼且有缺席者,卜夜更将溃不成军。草此文时,在赴宴前三小时,雨甚,今日成何局面,乃不可知。事前既煞费经营,到临时还耽心事,以后真不欲讨苦吃矣。

(《力报》1944年5月21日,署名:云郎)

与 酒 无 缘

颇闻予以"尽东南人物之美"一语,招若干朋友之不悦。白雪谓予夙好夸张,信然,予言固不免逾量,所惜星六,预期人物,乃有缺席二三者,欲"美"而不获"尽"。惟顾兰君惠然肯来,予为大喜。环顾今日银坛,所谓电影女星,兰君以外,更无其选,其人意兴尤佳,酒量不巨,而饮则甚豪,譬如非座聚之人,而能轻财货,则其人宁不可爱? 予不能酒,饮两盏以后,乞众人毋许使我饮。有人欲强我,予曰:强我之人,其为男子,我尊之为叔;其为女人,我尊之为好婆。兰君擎盏曰:然则好婆要汝饮。于是又尽一盏。是日,予饮五盏,不醉,惟极难过,自下午二时难过起,至夜九时始清爽,予真与麹生无缘也。是日,二十四人,尽酒十三瓶,预定十瓶,不足,更益三瓶,白玉薇言,素不吃酒,惟此日亦尽一觥,从以排戏时间已到,客辞去。予等此宴,初意为玉薇设,后乃化为聚餐局面,主客一去,席上人遂纵饮无忌矣。

(《力报》1944年5月22日,署名:云郎)

寄 秋 翁

昨日在翼楼挖花,牌风奇涩,局面不大,而负至万金,同局人悯我遭遇之惨,公议多扳四圈,因此秋翁招饭,竟不克前往。为了铜钿银子,不得已得罪老友,务请秋翁原谅,因再扳四圈,予翻转四千金也。容尘事稍闲,当备杯酒,为秋翁、秋娘谢罪。柯灵兄处,予已请其仍为《万象》

努力。予为人无用，决无主意，与《万象》为难，因失约一事，不敢面告秋翁，书此用当晤对。

（《力报》1944年5月25日，署名：云郎）

重伸歉意

襟亚宠饭之夜，予不果往，抱歉迄今乃无宁已，明日闻之此夕赴宴者言，襟兄待我甚殷，而饭罢亦有沙蟹之局，益大怨，早知亦有赌，予便当同襟亚赌，或者无此惨败也。惟闻蟹局直至天明始散，此则不敢苟同。予近半月来，不甚跑舞场，惟沉湎于斗花，而斗花亦以十时为限，故十时以后，予已返家，十一时已入黑甜乡，明晨七时已起身，行之数日，且成习惯。拟从此不再浪游，壳子于我无情，予本身穷亦左支右绌，则乘时孵豆芽，未始非良法也。故博局而至天明，殆非身体所能胜，独羡襟兄以五十外人，雄健如恒，真足为故人喜也。

◆盖叫天

盖叫天又将出演于中国，雄健老奴，犹以绝诣遍饫人间，真堪快慰！《史文恭》、《恶虎村》、《打店》、《洗浮山》诸剧，无时无刻，不萦回于盖派信徒之脑海中。予亦仍当本"愿倾万斛情如沸，来捧江南盖五爷"之旨，为此旷世艺人，称颂无休也。

◆良运公司

予之师兄沈遂耕，与友人合营良运公司于西摩路上所售皆玻璃器皿之属，凡此俱属舶来品，而上海则已告绝迹，暴发户苟欲饰其厅堂，彼良运公司，固应有尽有也。

（《力报》1944年5月27日，署名：云郎）

此举甚善

一方于病中，闻顾明道先生溘逝消息，又审其身后萧条，于是默祷于天，愿天驱彼病魔，俟其病起后，将醵资善恤顾君遗族。未几，病果已,一方乃奔走于恒时友好之前,为顾氏寡妇孤儿,请施赒赙。予谓一方此举,较有意义,不同于一般愚民之许愿于神佛也。读瘦鹃、小青两先生,记顾先生之生前死后,为之凄怆不已,而小青先生,尤重明道之敦品励行,更为肃然起敬。才人不寿,遗族荒寒,治文之士,得勿兴伤类之怀邪?

◆何必联欢

戏馆与唱戏人,其实不必与执笔人或报纸联欢。角儿好,只要执笔人并未触瞎眼睛,自然会说他好;角儿桂,虽请执笔人日日吃饭,亦写不出好来,即使有人徇情而写,则亦牵强成篇,满幅皆违心之论耳。兹请举一例证,盖叫天与报馆中人无相识者,戏院亦从不曾为盖叫天而请吃过一顿饭,然执笔人力誉之,昨日文歪为各报撰述,几十九为盖五作也。凡此为心坎中流露之言,可以动人,亦可以收宣传之效,决非吃饭联欢,所能买得到也。

(《力报》1944年5月31日,署名:云郎)

艾 世 菊

艾世菊极肯努力,造就亦不恶,文、武、丑俱擅,而频年殊不得志者,李广数奇耳。闻昔菊共隶黄金,时黄金犹属兰亭主持,每以后台加包银,独世菊不加,世菊常悒悒。及兰亭经理中国,邀盖叫天登台,配《武松》之武大,配《三岔口》之刘利华无人选,因邀世菊,世菊索包银六万元,嫌其贵,终未成议,而世菊亦情愿不搭班子焉。唱戏人抱"要我迭两钿,勿要我拉倒"之态度,予极领盆,艾世菊并非活得落,然情愿饿肚皮,包银则不能不扳一扳,其人固亦可嘉也。中国以求艾不成,因约李盛佐匹武大,烦王筱芳匹刘利华。世菊以父礼事孙履安先生,昔常于履安先生座上,与艾邂逅,近数月来不恒睹其人,近况如何,乃不可知也。

◆秋霞进维也纳

周秋霞以读书种子,而操伴舞生涯,驰誉甚盛,自去平,秋暮忽告退藏。今复于今夜入维也纳,人皆退隐,渠独重来,或劝止之,则曰:我要看看外头情形耳。苟无可为,再被舞衫,固无所谓耳。

(《力报》1944年6月2日,署名:云郎)

李 世 芳

闻中国大戏院邀李世芳,世芳索北币二十五万元,且其他之条件皆甚苛,其间一项,为不欲海派角色,为之配戏。中国以京朝大角之狮子大开口者,以李世芳为第一人,故公事尚未定局,盖嫌其太贵也。或谓李世芳为梅兰芳之徒,号称小梅兰芳,惟其所造,不过梅博士十之一耳。若小梅兰芳而索二十五万,老梅兰芳应索二百五十万,北币二百五十万,合沪币一千三四百万元,顾开戏馆者,决不愿以二十万请李世芳,情愿以二百五十万元礼聘博士登台,盖小梅兰芳非红底子,任何代价,都不免有冒险性耳。

◆再记艾世菊

昨记艾世菊,谓其宁扳高价,而不愿搭班子者,微误,以世菊目下本有黄金班子也。故中国之邀聘艾世菊,系欲以黄金借用,艾不允,要求中国斥重资,因不果,中国故从天蟾假李盛佐焉。履安先生于世菊最器重,谓近时名丑,以正宗称者,老辈惟一曹二庚,后起仅一艾世菊,其余皆左道旁门,比较规矩者,尚有一孙盛武而已。

(《力报》1944年6月3日,署名:云郎)

别来无恙话秋霞

周秋霞于五月二日,重入维也纳,予以此儿夙敦交谊,故于其进场之日,及早已往。舞场门外花篮,陈列甚多,待至十时,秋霞方至,着秋香色之绸衫,缘以花边,美观大方,兼而有之。予坐第一台,为乐正似年初一赶虹庙烧头香,一舞之后即转去,予亦随离舞场。闻之舞女大班言:是夜为秋霞而来者,客人得十数帮。可知其已往风光,依然未替,此儿固犹有可为也。

◆黄金

或谓,以"黄金"两字入诗,求好看甚难,若龚定厂之"别有尊前挥涕语,英雄迟暮感黄金",则沉雄阔大,非定厂之才不能致。近闻友人告我,当李国杰系狱之日,常以吟咏自遣,其为人传诵之句亦多,其中有云:"盈颠白发来偏早,信手黄金去已多。"此人轻财货,故所说为老实话,而诗境故自不恶,李文忠公后裔,了无可观者,国杰始未可厚非耳。

(《力报》1944年6月4日,署名:云郎)

无 品 之 言

近有人在报间詈予为无品,予一生凉德薄行,固不足以言敦品励行,惟差可告人者,生平行事,能对得住自己良心,亦能对天地神明而无愧,在浊世为人,做到此一地步,已不容易,若必欲肃躬凛己,始为"有品"者,则不肖跅跎成性,此终吾身,殆不可致矣。窃以心术不恶,行为不太鄙陋,便为叔季之好人。予十年以前之朋友,看云郎为何似人;在十年以后,再看云郎,仍为何似人。未尝闻多看看云郎,便看穿了也。骂予之人,文中有"我辈文士"之语,则此君亦自列于文士之林,同为文士,便不当倾轧。予于同行中人迩年颇知道袒护,不敢仇视,即他人,不满我,我亦知退让,不复如从前之一句话退班不起,故骂予之人自称文士,予便无言,否则若自承为小开,自承为名公子者,则不肖欲穷余力,愿与周旋,红蝉、克仁二兄,立时立刻,可以暴彼伧丑态。前者有人托予在随笔间,写一段代邮,予迟不报命,实以不欲使其太难堪耳。

(《力报》1944年6月7日,署名:云郎)

欧 阳 莎 菲

在花园酒楼之茶座上,桑弧为予介绍银星欧阳莎菲,方与王丹凤同坐,着绛色衣,颇自矜持,不苟言笑。桑弧日内将开拍其一手编导之《教师万岁》,王与欧阳,并为要角。年来新进之女星,予不甚注意,惟莎菲之名习闻之；旧人如龚秋霞之戏，始终未及一观，亦可见予于国产影片涉猎之浅矣。

◆花园乐队

花园酒楼之乐，近顷已更换一班，拉梵亚令者，称此道名手，为华影公司之梁君，推荐与李贤影者，李则花园酒楼之经理也。其人本任事于新都，及谢职，率领仆欧多人，则花园酒楼以李之经营魄力，极其宏伟，故生涯日见美茂，逆料炎暑之夜，来此乘凉品茗者，且将云集于此焉。

(《力报》1944年6月9日，署名：云郎)

圈 与 鞭

盖叫天之《乾元山》之圈《北湖州》之鞭，当然不是绝诣，此类技术，邓国庆已优为之，无论潘家班个人矣。盖叫天自有其不朽之造就，但决不在一个圈与一根鞭上也。予年来看盖派戏，以为《洗浮山》实无上伟构，特场子比较散漫，惟年来盖氏以对手无人，故可看者，亦不过其个人在台上之表演耳。配角之优劣，已根本谈不到矣。桑弧未看过《洗浮山》，因欲一观，闻中国始终未尝贴此剧，殆虑真赏者稀，贴恐不易号召耳。

◆《教师万岁》

桑弧为电影导演之处女作，曰《教师万岁》，剧本亦出其手笔。今之电影导演，仗摄影场经验丰富而为导演者最多，兼编剧于一身，则未尝多觏。桑弧之书，倘亦为朝阳之鸣凤矣。此剧将于日内开拍，桑弧且迁居于四厂中，排戏之暇，将时与石麟凑花局，悬知搭子不够，予与梯公，跑徐家汇之日子正多也。

(《力报》1944年6月10日，署名：云郎)

王丹凤与白虹

予与王丹凤为新知，与白虹为故交，近顷因《红楼梦》影片之排名问题,报间舆论,贬丹凤甚至。予于二人无恩怨之可言,惟请记其事实的经过,以予所知者,至详实也。

《石头记》人物之重要性,以宝玉为第一,黛玉次之,宝钗又次之,王熙凤自在宝钗以后,今衍为戏剧,自不必违此程序。故华影于此片排名,早已决定袁美云第一,周璇第二,王丹凤第三,白虹第四。然及上映之前,白虹之名,居王丹凤上,则以白虹曾向卜万苍要求也。万苍允其请,遂屈丹凤,丹凤固不悦,亦未尝出以穷凶极恶向公司争名,惟在华影当局闻此消息后,与万苍商量,众谓名次宜加以斟酌。万苍从众议,故仍使王、白互易其行次。而万苍语人,谓当其支配名次时,固以王丹凤居白虹之上,白虹尝以此事专诚访万苍,谓自己年事已当老大,将来未必再能在此种大局面之片子中,更能担任要角,与后起争长,此已为最后一次,故请万苍毋重抑其名。万苍以其言故委婉可怜,故如其请,初不料后来终有一番争执也。

(《力报》1944年6月12日,署名:云郎)

告南山斋主人

文歪公颇关切予与南山斋主人笔哄事,一日,谓小春兄曰:毋更刊二人之稿,使外人见之,殊不雅。心感其意。是日饭后,予出门过国际饭店门口,忽于道上遇南山主人,因笑拍其肩曰:本无深雠,互哄何为?南山亦感悟,曰:十余年老友,不当闹翻于一日也,愿从此投笔。次日南山以电话抵予家,为言曾有一文付《力报》者,如不刊最佳,否则亦请以此一稿为止,后此不复哓哓矣。予审其意之诚,亦曰:愿挨最后一次骂,不再还嘴。因又问其迩时作何生涯。曰:日间新世界下面,夜间戈登路上。新世界下面为维也纳,戈登路上为大都会,皆赵雪莉伴舞之所,因知花好月圆人之豪情胜概,一如昨日也。南山亦问我作何生涯。予以拙荆在侧,不获直言,兹请为南山告,挖花之局几间日有之,有时日日有,舞场亦常去,惟周秋霞处仅于进场之夕,往效微劳,余日皆觅邵雪芳。邵雪芳无多好处,其人为老舞女,尚懂得落门落槛而已。予目光不远,只要寡佬不是十三点,便有"温功"胃口矣。

(《力报》1944年6月13日,署名:云郎)

眉　子

桑弧固言:小型报人才不出。五六年来,得一冯蘅,至去年又见一蔡夷白,惟谓眉子当然亦一枝健笔,兹三人者,皆幽思妙绪,才调纵横者也。蔡先生日治一文,佳作尤多;冯先生日治万千字,而有应付不穷之概,具证少年而精力充沛。眉子先生,有时极潦草,然稍稍经意,虽写极平淡事,亦笔力皆到。近读其在《春秋》上发刊之《湖上山居楼弄笔》,几无字不美,虽疑鬼斧神工,未必有此妙造,读之令人心神皆服。后当告之桑弧,劝其买一本《春秋》看看也。

◆都城

友人有居于都城者,谓迩时午夜六时以后,电炬皆熄,惟燃洋烛,盖为节省电力也。人间华懋国际咸不逮都城,今不审华懋国际,亦限电如都城否?

(《力报》1944年6月15日,署名:云郎)

张谷年又展近作

"晋陵张谷年先生别署回香室主,为嵩山草堂冯超然先生外甥,幼承指授,长更精研,妙艺所臻,无惭宅相,老人尝以何无忌称之。又问业于王胜之太史,六法愈进,远给四王,重规叠矩,非娄东、虞山宗派,不轻临摹,故其作品,深厚沉雄,均绕馨逸,所谓名教中自有乐地也。往岁自青岛归来,即息影杜门,谢绝缯素,是以作品更稀……"甲申三月,宁波同乡会举行近代画展,张氏曾应同好之请,出其临古二帧,一为《快雪时晴》,一为《仙山楼阁图》,均系金碧,时标价一为三万元,一为万五千元,为某巨富所得。海上某报录于此,一字不改,全部剽窃,实因张氏近又出其杰作四五件陈列于六月十五日起之九华堂裕记举办之画展中,友人托予为之张目。予无以名，因盗他人所作，为自己材料，盖此类稿件，即要了予的命，予亦写不出什么"娄东"、"虞山"，以及"四王"一类之内行名词也。

（《力报》1944年6月17日，署名：云郎）

替 天 报 仇

看《洗浮山》之夕，前一出为全本《甘露寺》带芦花荡周瑜归天，饰周瑜者为王筱芳，此人脂粉气甚重，小洛乃作妙语，谓一如周瑜已死，周瑜之夫人，易钗为弁后，来替夫报仇也。王益芳有二子，一少芳，一筱芳，少芳造诣，远胜筱芳，武二花在海上为只此一份，顾以数奇，固颦未尝发展，今特充其弟之下靶而已。此为田种玉兄为予言，辄志之于此。

◆盖叫天与卫海

中国散场时，晤卫海上人。卫师与盖叫天交谊颇深，早时于盖老绝诣，宣扬备至，此夜师看《洗浮山》后，犹力绳盖老艺事精湛，谓好是好得无可再好，可知其钦折之极矣。予往年有盖艺尚不甚关心时，常闻卫师盛道其美，且知二人过从亦密，盖老引为生平第一知己焉。

（《力报》1944年6月18日，署名：云郎）

录 顾 飞 诗

顾飞女士书法，遒劲若出男儿手笔，予甚喜之，然书名为画名所掩，诗尤婉亮欲绝，郑虔三绝，悉钟蛾眉，此才真不易得也。予丐小逸兄代求墨宝，前送来一笺，喜不自胜，兹录其诗，与读者同赏：

渐喜蒿蓬过矮门，半檐晴日卜朝昏。落花自向溪边住，流出邨前水便浑。

此地红尘迹已疏，乱云堆里一茅庐。凭谁说与山中客，借我松阴好读书。

疏林映水静无尘，片雨前村夕照新。都是南朝旧风月，暂时借与读书人。

白鸟飞时疑有雨，平芜尽处却无山。蒿师只解风波稳，好景年年空往还。

　　草长南朝两脚肥，江山犹得认依稀。何当一舸烟波里，满载齐梁夕照归。

　　楼外青山又快晴，小花开遍紫藤棚。客中不惜春归去，归去愁听布谷声。

　　满眼蓬蒿翠似烟，故园柳老可飞绵。小庭许乞芭蕉种，少展清阴已半天。

　　客中梁燕独归迟，不似家园掇笋时。差喜梅黄连日雨，一帘新绿自成诗。

（《力报》1944年6月19日，署名：云郎）

《教师万岁》开拍

　　桑弧编导《教师万岁》开拍之日，闻其第一个镜头，为下午二时开始，予因于二时以前，赶往参加，则第一个镜头，已于上午九时拍过，是日共拍十一个镜头，皆为咖啡室内戏。同时与予往贺桑弧者，有素雯、梯公、光启、之方、雪贞诸人。雪贞以下午七时返沪，予等则吃过夜饭后，且合留一影，以为纪念。合影者十人，予居中坐，王丹凤与欧阳莎菲两旁坐，之方、素雯亦坐，后立者为光启、韩非、桑弧、石麟诸兄，石麟不良于行，天厂居士称之为静老，盖喻其人似张人杰先生也。特见静老每留影，必坐，而石麟留影，恒不坐而立，其故，石麟虽创其胫，犹可立，静老瘫痪已甚，实已不堪放其两足矣。《教师万岁》以四厂摄影棚不敷应用，故须延搁时日，预计两月以内，始可蒇事云。

（《力报》1944年6月20日，署名：云郎）

浦徐合展

　　吾乡浦鞠令与徐晚蘋两先生，合作书画展览于青年会，二子皆当世艺苑名流,所造无不高逸。昨日,长发头陀(浦之别署)以书来,述此展之特色,有足为读者告者,如云:"仆之出品,书为多,刻与画不过一二而已,书件杂以俚诗,而联语格式等之,可谓毫不拾人余唾,虽不能云别出心裁,要亦前所未有。"又曰:"仆之刻印,不师秦汉浙皖;仆之作书,参以汉魏晋唐,隶异于时人,楷独创一格,行草力求放纵不羁,是非则有待公论。素处以默者久矣,或亦静极思动,偶举斯展耳。"

◆冷气第一家

今年舞场之开放冷气者,以高士满为第一家。高士满自冷气装竣以后,于昨日茶舞试放,于是邀红舞女前往剪彩,情形又极一时之盛矣。

(《力报》1944年6月23日,署名:云郎)

[编按:浦鞠令,应即浦泳(1909—1985),嘉定人,原名昌泳,字剪灵,一字剪舲,号潜盦,别署艳霜仙馆、长发头陀。解放后,号苏人、苏翁。]

平剧《秋海棠》

《秋海棠》义演,曾有人去拉周信芳加入饰演后部秋海棠,信芳因《雷雨》已演倒胃口,故不允参加。予谓苟以平剧中人,排演秋海棠者,当以张君秋之前半部秋海棠,周信芳之后半部秋海棠,叶盛章之赵玉昆,赵如泉之袁宝藩,刘斌昆之季兆雄;若罗湘绮与梅宝二角,正以此之张淑娴与曹慧麟分饰之,若此真成钢铁阵容矣。

◆金信民

金信民兄饰演此次义演中之后半部秋海棠,自逊为胆大妄为,其实信民昨于翼楼试末一幕之说白,大为得神,信民言,若玉堃完全石派,而渠则决不采用石挥声调。故将来演出,台上之秋海棠,为金信民之秋海棠,决非石挥之秋海棠焉。

(《力报》1944年7月7日,署名:云郎)

烧 冷 灶

一日到夜随侍钞票朋友,是为跟屁虫。说起来不好听,予则所跟者为龚之方兄,此人无钱,与我对过百筋,孵过豆芽,目下犹各在艰困中挣扎。惟其人干练有为,近一年来,颇致力于事业,虽未大成,已有端倪,平时对我说:我若过得去,必不令汝有冻馁之虞。坐是益跟定了他不肯放松。所谓烧冷灶也,瞻望前途,冷灶有烧得成功之望,故今日之煎熬,虽已至不遑喘息之境,予犹拼命忍受。但世道日非,人心难测,得意之人,容易忘记豆芽朋友,之方将来如何,亦难逆料,万一冷灶白烧,便望肚皮痛煞伊耳。

◆两大杰构

盖叫天今夜贴《恶虎村》连演《洗浮山》于中国大戏院,两大杰作,并时献演,真千载一时之良机。盖于明日为最后一日,从此又当有一年以上之休养,始再露面,海上盖迷,讵毋失今夜这两好戏邪?

(《力报》1944年7月8日,署名:云郎)

三 千 金

近十年来,海上人士,游宴无休者,荣光明兄亦一人。予于昨岁始识光明,其人笃于友道,本性亦敦厚无伦,汪竹卿常言:白相之道,唐某与光明有相似处者,则好为欢场女儿,作孝子顺孙也。光明有一趣事,不可不述,去年为高士满一舞人报效甚勤,舞人有温吞水号,光明尝百端依顺之,而舞人终无动于天君。一夕,光明存心绝此户头,招之同坐,邀为宵游,舞人谢曰:已为他客先约矣。光明乃斥币三千金,畀舞人曰:下一趟孙子王八旦再来与你跳舞。言已扬长去,既怨尽怨绝矣。而不惜以重币遣之,作风如此,宁不可爱?一夜,叙于花园酒楼,夜既深,同桌人互为低唱,敏莉鼷光明唱英文歌,光明果唱,桌上人乃谓:光明肯助兴,正吾人佳侣也。是夕,欧阳莎菲兴甚豪,唱青衣之《起解》、老生之

《借东风》,闻之醉然若中醇醪。

(《力报》1944年7月12日,署名:云郎)

清 凉 世 界

今年夏令之食肆,为雪园老正兴馆一家天下。入门有冷气,不足,斥百万金,将沧洲饭店后面下层之一部分,髹漆一新,辟为餐室。食于此者,傍花园坐,夕阳既坠,凉意遂生,吃夜饭人乃麇集于此。绍华经营雪园,恒出其全力,勾心斗角,不以音乐、女侍应生为号召,特以顾客之舒适为前提,遂知此后将使万象厅、七重天诸家,因此黯然失色。予昨夜饭于雪园之花园中,证此真清凉世界也。

◆近来游宴

近日又排夕为宴聚。七日下午,敏莉来翼楼,予款之于花园酒楼,遇光启、沙菲。八日,光启复宴敏莉与桑弧。九日,互集于梯维家,其事已由梯维作《黑饮记》一文,述其详矣。十日,王引设宴于雪园。十一日绍芬又相约于花园,今日则吃桑弧之饭于徐家汇。凡此集会,予与敏莉、沙菲、桑弧、光启、之方皆必共,敏莉以友情隆厚,几欲废所业不为矣。

◆嫖赌

赴四厂摄取《教师万岁》中一个镜头之前,方与善琨先生同饭。饭将已,予告善琨将去拍戏,则问曰:仍为咸肉庄之嫖客乎?予告以非是。其实予等摄取者,为一赌博场面,予人之印象,比嫖咸肉庄差为冠冕而已。

◆慧心人

敏莉以近影一帧贻予,雾鬓风鬟,容光绝美,上署曰"大郎兄、美英嫂惠存",下书"敏莉赠"三字。此儿言不多读书,然每见其作写,落笔至为迅疾,有时至餐室,令仆欧取铅笔白纸来,书电话号码,请何人听话,此间何人,告彼方以何事,皆书之,顷刻立就,可知其为绝世慧心人也。

(《力报》1944年7月14日,署名:云郎)

老 上 海

鹤云招饭于贝当路口之愉园,座上有日耳曼人三,皆为旅沪之名富,其一为矮克发洋行经理,数年以来,予屡与餐叙,然终不记其为密司脱什么也。此人居沪年代之远,视予尤多,迄今已达二十二年,然始终不能作上海话,予曰:是真枉为老上海哉。席上某君应声曰:君不知其人为老上海而兼老饭桶邪?于是尽为轩渠。

◆五万元

予又将鬻扇,行楷一页,售五万金,要不要由你,定不定、买不买在我。吴湖帆一扇卖二万八千,谢闲鸥卖三万余金,一样无人请教,予乐得狮子大开口,扎扎他们的台型。

(《力报》1944 年 7 月 15 日,署名:云郎)

骂王丹凤者!

报间于王丹凤多评诋之词。王丹凤一少小女儿,方勤于艺事,了无罪恶,讵遂应用笔如刀,必欲摧折之而始快意邪?予与丹凤为新知,赴四厂拍客串镜头之日,又遇丹凤,则告曰:唐先生亦见报间毁我之词乎?予曰:固见之。丹凤徐曰:愿先生为我吁请,我初未尝慢人,人又何为憾我!本无罪过,而一意谤我者,是岂导人于善之道?至此乃默然,良久亦曰:唐某庸朽无能,不足以报雅命,特当尽力为之,成败不敢必。惟窃以为挨骂亦何碍于丹凤前程,骂而当,正可收切磋之功,骂而不当,正不妨付之一笑。丹凤年青,又不通世故,闻恶声之来,遂惶惶然不宁终日,其实大可不必也。

(《力报》1944 年 7 月 16 日,署名:云郎)

管敏莉小休记

今年春,大都会因某种原因举行剪彩,时管敏莉以得券独多,遂居魁首。今日大都会夜花园揭幕,又举行剪彩,敏莉仍为被邀之一,敏莉乃言,此番决无登上头之望。盖匝月以还,天气炎蒸,敏莉畏暑一如畏虎,故不恒入舞市,时辍时作,其客恒以待敏莉不得,咸裹足,其生涯遂锐减。其人更不羁,略似阿兄之不善治生产,剪彩期近,亦不俛其旧日佳宾,为壮声势,尝语予曰:奚必以此与人较量短长者?其豁达正复可爱。今日过后,敏莉将实行歇夏,谓家中所贮,得数月粮,及其已尽,再谋进益,初不为迟。虽不欲于灯红酒绿间,使人见汗牛喘岭之姿矣。

近顷敏莉与素雯、沙菲弥善,友情日进,游宴迄无虚夕。敏莉视友遂胜于营业,往往如此,儿女襟度,令人心折。

(《力报》1944年7月17日,署名:云郎)

柬雪庐主人

久不晤雪庐主人,迩忽托相识者,以香烟见贶,美意自是感念,特予已戒绝香烟,遂无所用,昨曾饬人送至蒲石路。旧居人曰:主人已迁去,今则不审鸾栖何所矣?用是惘惘,不得已,复当丐相识者,为予一劳玉趾耳。予生平不惯受人礼物,予亦绝不送礼与人。敏莉自杭州归,买剪刀馈吾妇,却之,敏莉大愠,谓詹詹者,亦不欲让阿妹聊表寸忱邪?故终纳之,然迄今无以为报,故主人亦当鉴有下怀,当念唐某虽不羁,诚勿欲无端受良朋惠也。

◆陆瓢合展

瓢师画笔陆公书,万口交誉在道途。长日仓黄无个事,骄阳劝我一停车。

陆渊雷先生与若瓢大师之书画合展,于十九日起,举行于宁波同乡会,书此为贺。

（《力报》1944年7月18日,署名:云郎）

二　美　并

绍华自白尔路迁居至安和寺路后,予为老友者,迄未为之致贺。迁居未久,绍华遂病,盖不暇及此,迩始与之方诸兄约,于昨日备一席酒,送至新居,为故人庆家宅平安也。聚饮者仍为恒日聚首之诸人,姚夫人酷爱沙菲之柔和婉美,亦爱敏莉之豪迈风华,谓真二美并也。一夜食于雪园,夫人后至,时敏莉已被酒,睹夫人至,遽曰:姚太太,我姊妹顷间方为私议,谓姚太太为人贤,不仅漂亮逾恒。敏莉言此,其声调极婉媚。予妇叹曰:我未尝睹此娇痴妙女,如今日敏莉者。

◆短打入池

省庐园游会中,梯公嬲敏莉行歌,众人亦嬲柳黛行歌,特以阿勤梯娜之乐队方进膳,遂不及此。乐队于六时半至,即敲,敲而无人跳,以男子皆短衣,不获下池耳。其实此日非盛宴,无拒礼节,予妇病足,敏莉着橡胶鞋子来,无人为伴,否则短打入池,予必有此勇气。

（《力报》1944年7月19日,署名:云郎）

贺绍华新居

今之察哈尔路,即海之安和寺路,自哥仑比亚路而北,有"哥仑比亚绥格儿",吾友绍华卜新居于此,予等于昨日办两席菜,为贺老友莺迁。道远冒烈日往,几中暑而病。哥仑比亚绥格儿之环境绝幽蒨,满翠当门,繁花如锦,起居坐卧于其间,固不必再念都市尘嚣矣。绍华与夫人招待极殷勤,以入席人少,乃招邻家人来同食。邻家为葡萄牙人,男女老幼六七众,蔼蔼温温,所谓黄发垂髫,并怡然自乐者,令人疑似置身于桃花厅里也。饮时行酒令,自九时起至十一时始散席。席散,议孤鹰剧团之进行,势在必就,敏莉谓此后将不看闲书,专读剧本矣。是夜光启又醉,之方新病,病稍苏,纵饮如故,通体皆赤。然不醉,而病转尽失,谁谓麹生不可以强身哉?

(《力报》1944年7月20日,署名:云郎)

席 上 谐 谈

俞振飞兄录黎宝荪为门弟子,折简相招,席上乃晤梅兰芳、芙蓉草、姜妙香诸伶工,而票友亦众,予与兰亭同坐,培鑫与叔诏并坐,与予座相向列。予私语兰亭曰:渠二人分属"京朝",我二人则为海派。培鑫习《战太平》不辍,予方习《探母》,因问闯营时之唱词,培鑫为予启其端,予接其后,至"大胆且把京营进"一句,皆麒味,彼分属京朝者,得勿倒足胃口否?是夜兰亭痴憨一如稚子,时振飞夫人方劝酒,与予同尽一巨觥。予稍醉,意兴亦高,教兰亭《四进士》之白口,兰亭谓其咬字比我准,予则曰:字我比你咬得更准,惟×则让你咬得准耳。宝荪英年爽发,精皮黄戏,内行听之,叹为此才难得,今则将从振飞习昆剧,期深造也。

(《力报》1944年7月21日,署名:云郎)

热 甚

昨夜门窗大辟,无风,纾一席于当门户,亦无风,念明日必大热。予今年畏热殊甚,用是忧心如捣。赤帝施威,亘十余日不已,令人有不遑喘息之苦。今晨起特早,晓色甫张,即就窗下为文,此种日子,安有好文章可写?写之,不过敷衍塞责耳。

◆冯妇之群

天热,舞女之休夏者甚众,但当兹暑令,重为出岫春云者,亦不乏人。闻胡弟弟近又重被舞衫,一说在新仙林,一说在仙乐斯,惟日期则为本月十五日之夜,可断言也。又闻李珍亦效冯妇之下车,而久已嫁人之王玲,今亦再呈色相,不因活勿落,决不冒溽暑出来寻开心也。

◆陈白露

　　孤鹰复活,拟上演《日出》。《日出》之陈白露,唐若青实为旷古绝今之作。昨日若青以电话抵费穆,谓有所商。予约其一晤,迟之已逾下午七时犹不至,终不获面。稍俟数日,予当专邀"本家",烦其为吾人顾问也。

　　(《力报》1944 年 7 月 22 日,署名:云郎)

"风头"之日

　　二十一日深夜,得友人电话,谓有人将不利于予,嘱予暂避风头。避风头而要予躲在家里勿出来,势不可能。是日上午,访粪翁于厕简楼,遇桑弧于此,同往看陆渊雷先生、若瓢师父之书画合展,陆书冲淡平和,瓢画复秀逸多姿,令人有心地清凉之感,饭于此。至五时,纳凉于花园酒楼,招敏莉,使其知阿兄在"风头"上,将赖其得温和之慰藉也。八时始动箸,饮啤酒历三小时始已。敏莉微醺,然无倦意,遂驱一车,同赴伊文泰,又坐二小时。王经理招待甚殷,予至伊文泰,辄为予签字,夺之不可,使人将不敢常莅其地,以予殊吃不惯白食也。二时返家,夫人殷望已久,颇以此生诟谇,遂觉内忧外患,悉萃吾躬,真难做人哉!

　　(《力报》1944 年 7 月 24 日,署名:云郎)

瓢 画 义 卖

　　陆渊雷先生与若瓢大师举行合展书画之第五日,有乐斋主,将瓢师尚有未曾脱售之画件三十五幅,悉数义卖,瓢师将售得之款,充贷学金。予颇非之,予不反对做好事,特做好事当令财富者为之,无劳僧侣;僧侣而囊橐充盈者,亦大可做好事,而无劳于瓢师;瓢师清贫似我,本无余钱,特以耗心力所得,终为义举,大可不必。顾瓢师终为之,真犯不上也。

◆不平之鸣

渊雷先生不以书法鸣,而书法高绝,远非时下书家可比。予累二日赴同乡会,细细看陆先生所作联,其跋识无一字不可读,有此吐属,便可知其于书法之造就为何如。而上海之所谓在当口上之书家者,有几人具此识见哉?顾陆先生此次书展之成绩,未能轰动,诚以天时燠热,为一原因,而半亦因上海之"赏鉴家"与"收藏家",为假老卵,为触瞎了眼乌珠,实为更大原因。徒听虚名,不知真赏,使陆先生之绝诣,只有得之识家,然识家几绝无,先生此展,便不得意,真教人不平也!

(《力报》1944年7月25日,署名:云郎)

冷　面

下午在孔雀厅吃点心,茶三杯,冷面一盆,账来,列九百四十余圆,畀以千金,勿令找,以余数为小账也。冷面非小盆,然三人吃之,决不饱,其中拌鸡丝与生菜之属而已。

◆碧萝深处吃童鸡

周瘦鹃先生在他报作《碧萝深处见玉薇》,按碧萝饭店位于阿凯第花园之旁,不知创设于何时,售价奇昂,予食童子鸡一客,价八百金,外费尤不与焉。

◆关于上述两节

吃孔雀厅之点心,吃碧萝饭店之幺六夜饭,总以为吃不出老虎肉来,然而如予上面所述,则钞票放不足,还请不必到上述二家。孔雀厅犹可以吹风凉,碧萝不知以何噱头,售此巨价,做生意之良心真无不乌黑也!

(《力报》1944年7月26日,署名:云郎)

好　婆

红舞女辍舞家居,舞女大班往请出山,不允,则长跪以请,口中呼

295

"好婆"不已,此虽为大班之惯技,然由此亦可见今日舞市之凋零,舞场老板固不遑终日,彼舞女大班,亦生路绝无也。

◆引凤楼头

玉薇又来过存,此儿诚笃,其所以礼我者弥殷。次日,柳黛约予相晤于翼楼,迟之不至,则以电话来,谓迟予于引凤楼头,因折赴凤公许。崇文、小舟、修梅诸兄皆在,复有林彬、沈敏、玉薇,坐是言笑皆欢。凤公引予参观玉薇卧室,器具皆新,而布置极简朴,亦可知凤公得女之乐也。

◆朱尔贞

又晤朱尔贞女士于宁波同乡会,是夜拟邀之饮于吉祥寺,尔贞以别有他约,故不果行。杨达邦兄为述尔贞趣事,谓一日应野苹授课,点名时,及尔贞名,尔贞盈盈起立,笑曰:"在这里呐。"野苹诧为异事,而其人洒脱,由此可知。

(《力报》1944年7月27日,署名:云郎)

客 串 镜 头

《教师万岁》已尽十之五六,更二十日者,当可竣事。吾友桑弧,迩日乃挥汗于摄影场中,不遑休憩。昨日室内热度高至九十八度,念吾友贤劳,因致一电话慰问。时桑弧方从放映间中,看吾人所携之客串镜头完毕,因问其几只洋盘之□挡与动作如何。桑弧云无不佳妙,之方之表演酒徒憨态,尤能刻划入微,因嘱予转告之方及梯维夫妇、凤三、包五诸人,固未尝负当世冒溽暑之劳也。

◆灰钿

今年怕热,昨日热得我哭出来。八月一日起,决定写三家,为《繁华》、《社日》与《海报》,其他人家,稿费不必送来,送来亦受,但是"灰钿",声明在此,毋谓言之不预,而当我摆丹佬也。

(《力报》1944年7月28日,署名:云郎)

[编按:《繁华报》(1943.9.13—1945.7.31),王雪尘和梅双呆主编。]

涵　养

连日六时已起身,然夜眠恒在十二时后,惮热过甚,又致起居失常。六时前,巷中不知谁家稚子,着跑冰鞋,疾驰于楼窗下,为轧轧声,巨且震,予梦恒为之扰。第一日第觉耳根不静,第二日如此,予且愠,及第三日又如此,大怒,以为彼稚子实可杀,拟惩之,但一念及予有两儿,平时顽劣之状,着尤甚于此,遂亦心平气和矣。人过少年,念头恒夕转一转,此即为涵养进步之阶,此则不足以语于孟浪群儿也。

◆柬捉刀人

二旬以前,闻豹兄言及,予丐足下代请顾飞女士作一仕女,业已绘就,不审足下亦有所闻否? 此件为予友所需,友近离沪上,将近归来,画件不知留存何许。可否烦送稿人颁下,弟当将润资附奉也。偶忆此事,省得写一封信,在此附柬。天大热,偷懒固无所不用其极也。

(《力报》1944年7月29日,署名:云郎)

问　病　记

二十八日,蝶衣招予夜饭,兼予妇及予义妹敏莉。敏莉自二十三夜起病甚亟,予于昨日始知之,以电话存其病状,则热度已退,犹慵慵不能起也。予放心不下,因约桑弧睹其疾苦,卒不能不爽蝶衣之约,殊愧对故交也。敏莉新居,转不若旧日所居为轩敞,地点亦殊僻远,用是为之悒悒。其人畏暑,连日饮酒,故称病,母氏与阿妹并侍之,予等登楼,敏莉方偃息床中,病已去之十七矣。自以无大病,故不吃药,惟亦不食饭,有时腹中空虚,则泽以西瓜,亦能得饱。以予等专诚至,敏莉大喜,下榻不复眠。有书卷横其枕上,视之,为曹禺《日出》,敏莉言:近日默诵台词,而不敢念出声来,以生字既多,字音亦念不准,故他时拟烦导演随教随念,庶不致别扭于台上耳。其见解正复高越,敏莉愈谈而精神愈振,予谓郁居既久,曷不出门一散身心? 敏莉报曰可,则同诣酒楼,进饭半盂,夜幕既张,凉风徐至,暑意都消,连日疲羸,至此盖亡佚都尽矣。

(《力报》1944年7月30日,署名:云郎)

深念兰君

《阖第光临》上演以后,吾人与兰君之踪迹遂疏。天气炎蒸,亦不暇往觇兰君在台上之精湛演技,真无以对故人也。友人某,晤兰君于金城后台,兰君辄以予等为念,烦吾友代为问好,其实予等何尝不眷念兰君?今《金银世界》上去矣,嗜剧之士,人致腾欢,谓此作实为兰君之无上杰构。敏莉病中,闻讯跃起,必欲往慰兰君,并观其剧,将俟其病全除后,予当伴之同往,盖予亦无日不以顾二小姐之贤劳为念也。读柳黛著《顾兰君五度会见印象记》一文,煦煦如春风吹我,有肤发融然之感,惟情炽女儿,始有此大好文章。兰君艺事,诚足千秋,柳黛文章,亦垂之不朽。兰君、柳黛并敏莉而三,皆为亢爽绝俗之人,联兹三人于一座间,便可环审婉媚群儿矣。

(《力报》1944年7月31日,署名:云郎)

客串镜头放映记

桑弧赶《教师万岁》甚勤,近来了无暇晷,致邀客串镜头中人,一往参观各人之"演技"者,亦不得片刻闲也。防空前一日之下午四时,桑弧忽有暇,以电话来,嘱予召集,各人皆得通知,独凤三、包五无着落,终遗此一双银幕情侣,而其余人皆往。桑弧甚抱憾,以不能约凤三来也。故是日全体临时演员照片,亦不曾拍摄,盖少凤、包二人,不足以成全貌耳。

《教师万岁》之片段放映时,李萍倩兄亦在座,兄于之方演技,奖饰弥加,谓其余诸人,亦不瘟不火,在演员中固属"扫边",在临时演员,此皆上乘之选。故萍倩将来有戏时,亦将烦吾人参加,而吾人之前途,正复有光明耀灿之一页,特此风一长,悉"上海社"之主持人,将无饭可吃矣。(上海社为专门召集临时演员之集团,主持人潘某,予旧亦识之。按之光棍不断财路之义,则客串镜头之事,实可一而不可再也。)

(《力报》1944年8月11日,署名:云郎)

日 出 阵 容

往年之孤鹰剧团,顷将复活,拟破一月排练工夫,演一场《日出》。事之得不偿失,无逾于此,然孤鹰之新旧团员,都有此一分傻劲,看来势在必行矣,兹请将名单列后:

福　升　　李萍倩
陈白露　　管敏莉
张乔治　　胡梯维
方达生　　桑　弧
潘月亭　　孙兰亭
黑　三　　龚之方
小东西　　欧阳莎菲
翠　喜　　顾兰君
王省三　　大　郎
顾八奶奶　潘柳黛
胡　四　　屠光启
李石清　　冯　蘅

萍倩已允割发加入,梯维志其消息于他报后一日,众又要求兰君为翠喜,兰君曰:是必为之。此角本属之素雯,素雯谦逊,谓恐不能讨俏。其实不讨俏又何伤者?惟兰亭尚未得其许可,以予理想,得此公来归,必然精彩,复略有问题者,李石清与张乔治之饰演人,或有对掉可能耳。阵容如此,不敢谓为石碰铁硬,要亦极堂堂无敌之观,诸君读此"客司脱"亦有低回想望者乎?

(《力报》1944年8月13日,署名:云郎)

潘 月 亭

孤鹰将排《日出》,昨已记其"克司脱"于本篇矣。所尚未决定者,为孙兰亭兄之饰潘月亭,顾予稿方发出,兰亭因事来视予,予为吾团请求。兰亭一口答应,谓若推诿不上去,你便操我祖宗可也。兰亭本拟演《秋海棠》之袁宝藩,终以中国大戏院在改组时期,无暇及此;《日出》上者,当在二月以后,将以清闲身,与吾人排戏,吾党得兰亭参加,必为之雀跃三百焉。

◆南方名角

中国大戏院,将以二十日起开锣,所邀南方名角,生行如陈鹤峰、林树森、杨宝童,旦行有张淑娴、曹慧麟,先一星期,演老戏,自后便排《血滴子》。中国在各院竞邀京角声中,独取南方名角,造成无敌阵容,兰亭智谋,自有其不可及处。涉笔至此,一瓣心香,但愿《血滴子》日夜满堂,好让孙总经理一门心思排潘月亭也。

(《力报》1944年8月14日,署名:云郎)

管敏莉与沈雪莉

管敏莉与沈雪莉,于今夜并时进大都会,敏莉歇夏,初以二月为期,会雪莉自天津南归,大都会邀聘甚殷,请于十六日进场。沈与敏莉交最笃,语敏莉曰:妹当伴我,使我不致岑寂也。敏莉许之,二人遂告联袂登场。其实二人之来,殊不逢时,舞市既极萧条,而灯火与时间之限制,至为严厉,舞场宁有昌隆之望?予曾告敏莉,此中生涯,不可久恃,正宜为归宿之谋,后此当放开慧眼,寻访良俦,凡爱护汝身者,皆不忍睹汝之漂泊无依也。敏莉以为然,曰:我将自敛锋芒,吾业既式微若此,固不欲与二三余子,较量短长矣。雪莉为人,亢爽绝俗。天津沈雪莉有二人,其一亭亭秀丽,予于今春识之;今夜进大都会者,则素昧平生,惟敏莉盛称其人,意者是亦浮世之好女儿耳。

(《力报》1944年8月16日,署名:云郎)

大少与先生

"八一三"之夜,小马来,要吃素斋,因与之方三人,夜饭于功德林。托功德林之仆欧,叫一堂差。仆欧对此种差司,一向办不好,上海必须大西洋之西崽,始优为之耳。结果堂差虽来,而非其人,既不相熟,竟成打样。打样堂差之无味,比之坐陌生台子为尤甚。予良久不跑堂子,近来观察,则堂子里似略有转变者,叫客人为先生,不称大少。先生二字何等大方,大少则叫者不碍口,听的人往往汗毛凛凛矣。

◆小顺子

沈洪元看《日出》名单,谓王省三在全戏中,最不讨好,若非斫轮老手,何以上去?闻之不禁畏缩,问沈兄然则演何角为宜。曰:第三幕之小顺子可耳。小顺子为妓院中之相帮,只要能扯开嗓门喊,无所谓演技也。予旧尝看《日出》,今则印象已模糊,安得其他剧团,重排一次,使吾人稍得观摩者,于愿固甚惬也。

(《力报》1944年8月17日,署名:云郎)

敏莉进场之夜

敏莉进场于大都会之夜,自言辰光短,九时即前往,顾至九时三刻,始负醉来,为愚坐第一台。敏莉曰:何敢劳阿兄玉趾?愚曰:我之来否,汝必不争,特我本在外头白相者,汝又难得进场,乌可勿至?敏莉故大喜,在一点一刻钟,轮坐于客座间,席不暇暖。敏莉不肯时常邀客人捧场,偶尔求人壮声势,人自乐为报效,此夜情形,遂成如火如荼之观。

◆锦江

前一夜饭于华龙路之锦江,昨夜又入华格臬路之锦江,前者予初为座上客,后者则今年春,恒就食于此。及既天热,食客以其室小儿燠闷,故皆裹足。昨夜又告苦热,处一室中,汗出如雨,但久不来,一旦尝辛辣之味，大可人意，且售价亦勿昂，上海之吃食店，似只有这一家可靠也。

（《力报》1944年8月18日，署名：云郎）

吾 友 桑 弧

《教师万岁》今日已全部竣事，桑弧自徐汇归来，为予言："客串镜头"配音亦已舒齐。予在向摇缸拱手时，大呼"么六"不已，非欲吃么六夜饭也，盖希望摇么六七星耳。冯蘅亦开口，叫逸倩语之冯蘅，岂非大为"性感"？桑弧从此以空闲身，专待其大作秋凉上映矣。予力劝其为报纸撰述，吾友健笔凌云，昔为《万象》作《风沙寄语》，为读者称道勿衰，盖其理论之水净沙明，与夫笔调之轻灵婉约，并世固不可多见也。

◆为桑弧慰劳

二十夜，与桑弧又斗花于梯维府上，天既昏，警报凡二传，遂停博，黑暗中坐楼檐下，纵谈近事，悠然忘倦。梯维以桑弧长夏光阴，皆消磨于摄影场中，今得休暇，友好宜置酒为其慰劳。予欲选中午时间，而设席于瓢庵厨上，以瓢庵有福建厨房，叫孙易方者也，不审石麟何日有暇？亦欲请兰君务必参加。凡此皆应烦光启为我等传言矣。

（《力报》1944年8月22日，署名：云郎）

不 敢 笔 战

白雪在昨日笔记中说，有人在撩拨他，他准备与人恶骂一场，故叫人放马过来可也云云。阅之殊为不安，覆按予近日所作，似有几节针对白雪而为者，白雪所言，得勿即指此？若然，予甚惶悚矣！予不敢与同文笔战，视予更起码之流，随便他们向我浪几声，亦不欲妄启衅端，何况白雪？白雪为吾党领袖，又以挞伐著名，某何人斯，乃敢冒犯？故竭诚奉言白雪，如大作直指不肖而言，即万望息雷霆之怒，予文不过稍加辨正而已，非与足下有难过也。予厌恶笔战已久，尤怕与白雪笔战，白雪一张口便是"大张挞伐"，而接下去又是许多四个字一句之骂人成语，即骂他人,予且为之不寒而栗,若骂到我身上,更吃不消矣。迩年心脏衰弱,怔忡时作,望老友珍惜贱躯,勿以"绝艺"(即挞伐也)相加,亦望凡属同人,谅此苦衷,对不肖之无聊作品,不过分认真。小型报整肃内容在即,拙文根本归于淘汰之列,这口羹饭,谁能担保吃几时哉?

(《力报》1944年8月24日,署名:云郎)

影片与话剧

朱石麟先生之《草木皆兵》亦将次竣事矣,即将放映之中国影片,为识者所属者凡三张,《草木皆兵》外,为桑弧之《教师万岁》,光启之《奋斗》。继《草木皆兵》而开始工作,期以一月,即可蒇事。然后再破一月工夫,为孤鹰导演《日出》。《日出》上演时,惟望萍倩、兰哥,都能践诺,而兰君则尚留滞春江耳。

◆牛郎织女

今日将偕梯维、凤三、桑弧、之方、柯灵、素雯及惠明等,赴巴黎看《牛郎织女》,是为吴祖光所有剧本中唯一杰构,而佐临出全力导演之,遂成举世名剧。苦干剧团,在艰苦中度其凄苦生涯,而不媚世俗,独标高格,其成就自然卓绝。若《牛郎织女》之是否能为浅薄者流可能入目,尚是一问题耳。

(《力报》1944年8月25日,署名:云郎)

张 淑 娴

张淑娴"淑气温和,娴都贞静",平时无荡逾之行,近一年来,与二三子往还较密。有人举以问兰亭,兰亭指天誓日曰:我敢担保,张淑娴至今尚处子身也。其实说张淑娴为处子身,相信者自多,兰亭从而担保之,则胆大妄为矣。又闻朋友中因张淑娴之能修身竺行,故希望其早得良俦,于是为之物色佳子弟,使淑娴得早隐良家,亦如张文涓之成其美满因缘也。

中国大戏院集"江南名将"于一堂，阵容固坚强如铁，而戏码之扎硬，亦无与伦匹。之言淑娴为京朝角色，不当置身其中，其实此说不然。惟以戏码之紧凑，淑娴生平得意杰作，吾人将不获见之于中国之红氍毹上，方为莫大憾事。安得礼拜白天，排《红梅阁》，全部《英节烈》与吾人过瘾哉？

张淑娴非京朝角色，希望淑娴亦不必以京角自视。"京角"二字，第为盲目者所崇拜，我第一个先不吃京角也。淑娴乎，你姆妈坟墓，筑在真如，则汝正不妨自认为南人，嫁与南方人做"老人"，不更佳欤？

（《力报》1944年8月26日，署名：云郎）

效　　果

苦干《牛郎织女》之末二场，牛既回到人间，告哈哈儿曰：天上所有，人间皆有之，天上有而人间所无者，则为顶好看，又顶逗人爱之织女耳。哈哈儿曰：地下也有的是。牛郎问何在？哈哈儿叫牛郎睁开眼来瞧，言至此，台前灯光大明，哈哈儿遂向客座中之女人，东点一个，西点一个，台下人大笑，效果成功矣。惟说者谓此实《纺棉花》中之故技，当张三问他老婆情人何在时，为花旦者，往往向台下人点来点去。昔年姜云霞演此，点台前人，恒及青鸾，青鸾与小红，终无肌肤之爱，然青鸾因此而神昏颠倒，《红灯煮梦录》一书，于是杀青焉。

◆孙九爷

吴祖光《牛郎织女》剧本中，有孙九爷与孙九奶奶二人登场，此一对为天真有趣之夫妻，能逗台下人笑乐不止。予朋友中，亦有孙九爷与孙九奶奶，则为曜东先生与其夫人是。人物固不如剧中人之平凡，特姓名入耳，予不胜亲切之感。曜东如有暇，正可一看《牛郎织女》，是为第一流剧作人、第一流导演合作之名构，不致使高明失望也。

（《力报》1944年8月27日，署名：云郎）

惊　奇

吕玉堃演《金银世界》张伯南之成功,使人惊奇,以为海上小生,吕以外,可以不作第二人想。又有人看张淑娴演《秋海棠》中之罗湘绮,其成功非沈敏可比,亦为所有曾演罗湘绮之女演员所不如,而所得惊奇,正同于吕玉堃之演张伯南也。

◆艺坛丛报

孤鹰将开始排《日出》,桑弧言:上演之日,当演日夜两场,盖排练之时日太多,只嫌一场戏,未免枉抛心力,故过瘾亦过得足一点也。《教师万岁》已定于九月八日可映,桑弧将邀至友参观,至友则将于是日午间,设宴为之庆功。华影或无试映,故第一场戏,桑弧且自挖腰包请客,此人真带了家当,来做导演者也。

(《力报》1944年8月29日,署名:云郎)

再记张淑娴

不甚与管敏莉晤面,笔下遂少谈管之作,迩时恒与张淑娴姊妹过从,所记便多淑娴事,盖情理之常也。予爱赏淑娴剧艺,顾不甚喜其为人,以其人说话太少,疑渠特矜持过甚耳。惟近来则大异,数月不相见,而淑娴亦能戏谑无间,予偶作谐谈,淑娴辄狂笑。譬如同莅舞场,音乐既作,淑娴问曰:跳舞好吗?予大喜,并不骨头奇轻,特觉此人而能说此话,可知随俗多矣。

◆奉劝

近来报上有一件公案,双方闹之不休,予现在不说私人意见,惟连日到处所听到舆论,凡谈起此事,无不对某君皱眉摇头,俱谓天下之大,竟有此奇闻。故愿以老友资格,奉劝某君,此事以后最好不提,因同情者太少,生怕弄到后来,要呒不落场势也。

(《力报》1944年8月30日,署名:云郎)

说 书 先 生

说书先生，十之六七为拆白党，此辈奸污了女人身体，用了女人钞票，还要在外面乱喊，自矜得意，不仅鄙恶无耻，其心迹亦不可问。十年前，说书先生拜上海白相人为老头子，小型报本诛奸伐恶之旨，揭载若辈罪状，若辈则哭诉于老头子，老头子为其出场，与小型报为难。如唐竹坪、薛小卿之流，皆屡屡与小报执笔人，引起绝大纠纷也。今白相人势力已式微，说书先生虽仍拜老头子，然老头子自顾且不遑，不敢再为其劣徒出头矣。

若干说书先生之拆白行为，无不罪该万死，虽女人之货色奇贱，但说书先生自有诱惑力，使女人入其彀中。报纸已尽其挞伐之职，而司法当局，则以无"告诉乃论"之人，故从无痛惩恶徒之事，否则杀一儆百，未始非大快人心之举矣。

闻最近有一姓张之说书先生，陆续骗用某氏妇人金钱首饰达数十万元。今妇人病死，身后萧条，有人不平，与张理论，结果张呕出二十万金，畀妇之遗属。予闻此事，为之发指，故再爆说书先生之罪恶如上。

（《力报》1944年8月31日，署名：云郎）

苦　　热

入秋以后，苦热四日，热浪之高，为三伏中所未有。四日中，予辍写三日，第一日坐北窗下治文，通体皆汗润。第二日再搦管，非无材料，而不能成一字，于是只得对不起各位老板，从此曳白矣。予誓于天曰：足下大热一日，予一日不写，足下一日不降透雨，予亦一日不写，僵持三日。至九月一日下午，始有阵雨，炎暑皆消，是夜遂成一稿，又作一诗，皆为淑娴记也，付《海报》，既毕，遂得酣眠。生性倔强，今日之事，有许多地方强不过人，只好与天吃斗。有人问我何以辍稿三日，予报之曰：与天老爷"死蛇并"也。

苦热之第二日,看张淑娴演《木兰从军》。先赴后台,看淑娴上装,侍者二,为淑娴打扇,然淑娴犹浑身流汗,谓连粉都搽不上去;后坐池中听戏,汗出,湿予巾,旋将长衫拭汗,下襟皆润。是夜卖座甚盛,台下人且挥扇不停,想见台上着软靠开打之张淑娴,此际真辛劳万状矣。

(《力报》1944年9月4日,署名:云郎)

行 歌 记

文哥四十三岁诞辰,邀至友餐叙,到者八人,予与桑弧、之方、光启、石麟、熙春、敏莉、沙菲,不到者二人,予妇与兰君是。敏莉席半散去,然已沉醉,是日众又皆醉,清醒者予与文哥、熙春而已。饭既毕,各试歌喉,熙春与素雯合吊《春秋配》,桑弧吊《明末遗恨》,予吊《打严嵩》,文哥先唱《刺汤》,继则唱《斩经堂》之老生,惟沙菲醉眠,不能引吭耳。

是夜熙春嗓音特佳,迥非曩年之脆薄,又健歌,唱《春秋配》后,复歌《教子》之摇板,文哥辄为击节。一月以后,熙春赴南京演义务戏三日,欲招予等同为白下,谓行歌既毕,将陪吾人作数日游也。予决计偕行,之方、桑弧亦同意,白门归时,拟顺道游扬州。瘦西湖秋色之美,无时不萦回心曲,桑弧亦同此感。苟能征集六七众,皆相知之侣,则此行必至快矣。

(《力报》1944年9月5日,署名:云郎)

"触 那"

予平时说话,"触那"二字,常带在嘴边,此为上海人之下流口吻。朋友中有视予尤甚者,则为长脚小马与伯铭二兄。小马尝言:北方人以"他妈的"为口头禅,不以为下流,即所谓正统话剧中,亦时引"他妈的"三字为台词,其实此三字与"触那"二字,分量上正无多区别。往年,用老法币时代,诸友集于黄金大戏院,小马来,有人倡议在座者不许口有"触那"二字,犯一声者,罚一金,小马二小时内,罚数达二百数十元,开最高纪录焉。

四日之夕,包小蝶兄招宴于其寓邸中,座上有小马、伯铭及予三人,皆平时"触那"健将,于是有人又倡议,席上人口吐"触那"二字者,罚饮一杯酒。伯铭默默当筵,不为一语,自无罚酒可能;予仍口若悬河,但终席不曾稍现原形,此则予能当心之故;独小马多言,亦故态不变,"触那"二字,依然不绝,于是频倒巨觥,初欲赖不饮,兰君与敏莉督之綦严,遂大醉,呕吐四次,说者谓此受"嘴里勿大清爽"之报云。

(《力报》1944年9月6日,署名:云郎)

朱琴心一面记

过宜记朱琴心于他报,愚犹不知琴心已来沪上也。昨夜忽遘之于碧云轩中,四十三岁人,已不堪掩憔悴之容,处境之不豫,盖可知也。琴心为湖州人,生长于上海,十七岁始赴北都,以造就之高,十数年氍毹生涯,驰名甚盛,至今犹足以傲人者。叔岩组班,琴心为当家花旦,杨小楼一度为琴心跨刀,前者犹不为奇,惟有后者,琴心便可以不朽。琴心说一口上海话,亦能说北方话如琴心之好者,殆无第二人。自经没落,以课徒为活,今日之来,亦从其徒至,拟久息此间,为人授戏,主人以张淑娴其材可造,将荐与琴心,为之传艺焉。是夜碧云夫人调嗓既已,琴心亦试为一歌,犹可听,视慧生、翠花,亮润且不可以道里计。琴心言久不引吭,气促而声亦涩,不及终弦,已吃力万状矣。

(《力报》1944年9月7日,署名:云郎)

《木兰从军》

张淑娴青衣花衫,靡不精工,以十数年来,习武不辍,刀马尤称一时独步,《英节烈》、《木兰从军》亦复为脍炙人口之作。自列梅氏门墙,《木兰》一剧,经乃师指点,所造益为完整,淑娴故珍视之,自隶中国,尝一度贴演。是夜酷热,愚往观赏,戎装后扮相之俊艳,为不可伦拟,"走边"一场,趟马之好看,之方频频在台下击节,谓此种功夫,真可与盖叫天贺天保中之马趟子,并足千秋矣。是夜,余一先生与千尺楼主人各携摄影机往,收取剧照数十幅。予妻亦酷爱淑娴之台上戎装,故若有摄影好、影中人架子亦好之照片,请二兄分赐数帧焉。

◆蒋天流与《人间世》

白玉薇演云彩霞之前,李健吾尝著一文,文中似涉及蒋天流,谓天流之成名于话剧,以演云彩霞,始质言之,云彩霞实造成蒋天流后来之地位者也。其实蒋天流演第一个戏已红,第一个戏为吾友胡梯维之《人间世》,请健吾先生记之,不必自矜得意,套在自家头上也。

(《力报》1944年9月8日,署名:云郎)

惊 疾 记

予次子唐哲,最顽皮,散学,日与野孩子游,好勇斗狠,归时,垢污满身,而衣裂皮破,予母教之严,不能改也。平时儿甚健饭,最近,忽易前状,餐量既锐减,而瘦瘠日甚,吾母忧焉。一日,予返入安里,见儿果尪弱可怜,大惧,缘二月以前,予表弟冲,来沪治瘵疾,居吾家逾月,终不可治,死于乡间。疑其播菌吾儿,则儿且殆矣。遂遣唐哲诣臧伯庸先生,告以故,臧先生亦疑惧万状,使我儿诣丁果医生,请丁照爱克司光。两往,丁以病谢诊务,遂改诣沈成武医生,察看以后,知肺部实无患,因烦臧医生检查大便,知大便中积虫无算,妨碍消化,影响健康者实巨,故投以良药,杀肠中之菌。予迩日下午,为尘事所羁,不遑挈吾子同谒先生,深用歉疚。儿诊断已毕,以电话来告,予惊魂大定,稍暇,将躬为臧先生谢焉。

(《力报》1944年9月9日,署名:云郎)

饯 顾 记

兰君既定十一日早车离沪,愚故与石麟、之方、桑弧合为祖饯,席设于梯公寓邸,盖亦兼为吾友伉俪还祝长春也。邀敏莉姊妹、柳黛、熙春,及愚妇为陪客。兰君由愚通知,约以七时至,且劝其早一小时来,为话别之会,而兰君不至。六时半愚疑为投书者所误,忧急万状,当专足往迓之,而不在。至七时一刻,始跳跃登楼,顷刻间欢腾一室焉。

席上人泰半为酒徒,一遇便哄饮,酒不甚醇,不敢如往时之尽量,然柳黛大醉,醉则放声哭,兰君与敏莉仁慈,亦陪之哭,素雯熙春,不哭而力噢柳黛。五人合伏于沙发上,桑弧谓此亦天地间至性之流露,今夜乃萃于胡家楼上矣。潘、顾、管三人者,皆亢爽如须眉,个性倔强亦等是。若谓:"丈夫有泪不轻弹,只因未到伤心处。"则酒后之泪,正各洒其伤心之处耳。嗟夫!

兰君与敏莉交谊日笃,亲爱逾于姊妹。兰君谓北上以后,将发书与敏莉,使敏莉更转告吾人借知故人之客中近况。又谓孤鹰《日出》须俟其归来后再演,则掬其诚心,欲为敏莉陪演此剧,敏莉又为之感奋无极。

十一时后,始各赋归。兰君登程之日,敏莉与柳黛,或且赴车站送行,不胜依依者盖可知矣。

(《力报》1944年9月10日,署名:云郎)

旧　　鸟

王熙春旧有"小鸟"之号,今二十六岁矣。既嫁为人妇,诞一子亦三龄矣。或犹称之为"小鸟",熙春曰:我已为"老鸟"。或曰,"老鸟"太谦虚,何不称为"中鸟"?"中鸟"二字无典。其实用"旧鸟"二字最切,《水浒传》白秀英口中之"新鸟啾啾旧鸟归,老羊羸瘦小羊肥""旧鸟"二字,始见于此。

◆熙春之福

熙春为予言,近岁家居甚乐,则以吴山之母夫人,遇之甚善。熙春出门,以其子委之女佣,而母夫人将护弥周,熙春故中心大乐。予曰:此实天予幸福与熙春。熙春为人,第善娇憨,而胸无城府,盖平生未作恶事者,天故怜之,乃力贶此佳姑也。

◆熙春公事

熙春已三年不吊嗓,近顷黄金请人与之谈判公事如无困难,则"小鸟"又将傍麒麟矣。熙春曰:叫我如何登台?大半戏词,我且忘记,要理一理,亦正费时日也。惟从信芳登台,青衣有桂秋,熙春正复省力,"小鸟"又不必以此有所萦虑矣。

(《力报》1944年9月12日,署名:云郎)

磅 上 无 名

张伯铭兄之身体,有日长夜大之观。一夕,饮于孙家,曜东先生称伯铭为磅上无名,盖孙家有秤人之磅,磅计重止于二百四十磅,伯铭置身于上,针头则不知所指何处矣。因是见者哗然,谓伯铭实磅上无名者也。是夜有雨,众客散时,或唤三轮车送客,或用飞车送客,伯铭欲与予同坐一三轮车,曜东皱眉曰:汝当坐汽车,何必与三轮车夫为难哉?是仁者之言,予亦遂得附汽车归,时已子夜一时后矣。

◆辛安驿

看淑娴演《辛安驿》,培林谓淑娴名剧如《英节烈》、《辛安驿》、《金山寺》,都已看过,其实上面三戏,皆不及《虹霓关》之美也。《金山寺》身段固繁复,但嫌其驳杂。若《辛安驿》与《英节烈》,自有功力,但尚不免于矜才使气,惟《虹霓关》始为大方家数,枪架子之好看,与每次亮相时之柔静自然,令人叹为观止。予与培林之看淑娴,以《虹霓关》为第一剧,至今皆不忘于第一个印象,奇已。

(《力报》1944年9月13日,署名:云郎)

一千只洋的事

秋翁丑诋某女作家,盈篇累牍,闹之无休,为来为去,为了一千只洋。一千只洋,而亦须髯戟张,将一文人凌躏至此,信知男儿襟度,真有难言者矣。予昔时曾在本报言之,谓有某某二人之一重公案,至今甲方

311

已至无人同情之境,故劝其不必再喋喋勿休。甲方即指秋翁而言,不意我友犹不知悔悟,必出不逊之言,泄其私忿而后称快,终不愿万千人之为之摇头掩鼻也！予与某女作家,无一面缘,平时不甚当心其作品,第同是站在写作人立场,不能不重为秋翁进一言,写作人被怨毒于出版人,凡为写作人,固无不兴伤类之感也。矧评诋之施,在一不能招架之女人身上,纵使评诋者有理万千,直矣,亦不足称盛哉,何况理复不直乎？予不反对小型报评诋私人,予即为评诋私人之好手,上月中,骂巨贾二人,读者皆称快,市场中人轰传曰:某某真有种。夫此然后为评诋,亦为评诋者快意之作。评诋他人,自己总要背一些风险,才有味道。予笔诛墨伐,十数年来,雠人满海上,无时不在被人谋报复中,赖此且深觉贱命之可贵。若尽骂太平山门,真不够刺戟,为一千只洋,而大骂作家,尤其笑话！

(《力报》1944年9月14日,署名:云郎)

敬　爱

前日,予作《一千只洋的事》一稿,发刊之日,吾友秋翁,不胜气忿,以电话来,谓:十载论交,平日对足下素来敬爱,而今日之事,既不曾明了事理,遽加武断,在情在理,两不当此！予闻秋翁在电话中,气急声微,知形势相当严重,深为不安。予赋性亦褊急,凡看得肚膨气胀事,必以一言为快。关于此事,予以写作人立场,不能不有此文,诚不遑顾十年交谊,故当时请于秋翁,文章且让我如此写,于吾二人之私谊上,我愿向老友负荆,请选一方式可也。秋翁无言,予知气得太厉害,益不安,因曰:然则吾友亦有如椽之笔,请在《海报》上还骂我一篇,骂得尖刻无妨,骂得杀搏亦无妨,稍为无中生有一点亦无妨,而我不还骂。则秋翁胸中之愤,赖此得泄,否则谓我不明事理,则请将事理如何,托本刊露布,旨在阐明真相,正观听,于作家不复有所评讽,尤为合理,两者任秋翁择其一为之。至秋翁谓平日对足下最"敬爱"之一人云者,此为违心之论,秋翁年来,对不肖"难过"不暇,何来敬爱？若秋翁老实对我讲:

"赤佬我搭侬难过一生一世！"予倒不怕,今以"敬爱"相加,转觉受宠若惊,而不忍想像"敬爱"之为如何滋味矣。

（《力报》1944年9月16日,署名:云郎）

管敏莉与孙雪莉

予以《管敏莉与孙雪莉》为本篇标题者,此为第二次矣。第一次为上月十六日,二人在大都会联袂进场时；今日此文,则记二人因细故而交恶也。约半月以前,二人各从舞客游于法仑斯,时雪莉方与客轰饮,雪莉持一杯酒,要敏莉饮于其席上,敏莉报之,雪莉当时不能堪；会敏莉行歌,雪莉则乘醉掷之以香烟罐盖,敏莉知其醉,受辱亦不与抗,明日二人相见,遂同陌路矣。

一日,予茶舞于维也纳,舞女大班以雪莉进,故同坐,述及此事,雪莉颇后悔,谓我与敏莉,交非泛泛,二人曾共患难,曾同蔽风雨,不能以极小之事,从此遂成吴越也。予谓既孙小姐如此言,敏莉亦必不存芥蒂,以我一言,为二人言和如何？然予亦事冗,至今犹不暇及此,不谂数日以来,二人已释前嫌否？予甚念之。

（《力报》1944年9月18日,署名:云郎）

夜　凉

星期夜,又挖花于文哥寓邸中,既竟,送敏莉赴大都会,无车,步行于金神父路上。自薛华立路至花园坊,始获一车,车行甚疾,秋风袭袂,颇不胜寒,敏莉抚我衣单,问曰:阿兄寒邪？予曰:风露弥天,乌得勿冷？予默诵易实甫诗云:"哭厂老去黄金尽,凤喜秋来翠袖寒。"此则正可为我二人写照,特予不能以此意为敏莉言耳。

◆于友之情

数年以来,予与培林、梯维交谊尤至。一夜,予告二人曰:汝二人若约我共游宴,我且放弃狎邪,陪吾好友,否则我独处无聊,闯花柳丛中矣。故不能谓我为重色轻友也。二人皆称善。此言敏莉闻之,则曰:阿妹多闲,兄果无聊,以我进陪,不亦佳邪？此儿有时极天真,兹数言者,乃亦从心坎中流出,知其于友之情,正复敦笃,为之感念无已。

(《力报》1944年9月19日,署名:云郎)

杜萍初见记

一日,与杜萍共饭。杜为中旅团员,今则已与天祥签约,食宿皆在天祥供给中,盖为吴崇文兄所识拔也。杜美风姿,乍见时,颇肖新艺之碧云,鼻以下尤相似,再看看亦有几分像陆露明,而偶为侧视,又酷类周曼华,或曰:是集众家之长,而范其面型者也。故登舞台,台风甚健,上银幕,逆知其"开麦拉番司"必好看。杜萍有意在电影中客串一次,自言曰:不求名亦不求利,特欲一看银幕上之我,成何样耳。假以时日,当为善琨言之,烦其汲引,则无事不可为矣。

◆林彬二见记

遇杜萍之日,兼识袁绍兰与林彬,林为第二见,艳阳天后,林之声誉大隆。林北都人,能说上海话,吴崇文说国语,之方谓授自林彬,惟林彬亦能说极其纯粹之上海话。沈琪曰:是我授与林彬者。此则闲话中所谓嵌小铜钿者也。或效刘瑾对贾桂之口吻骂沈琪曰:"你算哪一根葱？"

(《力报》1944年9月20日,署名:云郎)

走势不疲

十九夜,信芳贴《四进士》,上午培林以电话来,约予同观,时票犹未得也,至下午,培林躬往黄金购买,得楼上第二排两券。是夜予赴黄金,买次夕之《战长沙》与《青风亭》,券已不可得,因与乾麟商量,渠愿以台上纱幕内四券相让。台上看戏,看不亲切,在纱幕内,尤形同"垂帘听政",若人注目,故请改至星期五,盖复此一笔戏也。信芳此来,生意之好,出人意表,几无夕不卖满堂,凡可以插人处,无不插人,所缺者二层楼、三层楼之阑干上,不曾挂起人来耳。培林言若以信芳之卖座,譬之股票市场之"走势",则一时无疲落可能,而日进无已,且可断言,真不知吾老友信芳者,近年真交的一部什么运也。《四进士》既看罢,培林访信芳于后台,予陪之同行,予等决不问信芳有何"感想",信芳但问培林,你的公事完毕了没有?他亦很关心桑弧导演之《教师万岁》也。

(《力报》1944年9月21日,署名:云郎)

慰 朱 夫 人

读报,知蝶衣夫人受侮事,为之愤慨万端。嫂夫人幽娴静婉,耽于画艺,而弱质俜俜,悖虐之来,自不堪御。予不见嫂夫人,于兹已数载,闻其经营一肆,深佩贤劳。者番之役,蝶衣为之感悚不禁,昨见《砌下的呼声》一文,有言曰:"苦我妇者,实为下走。"其不能无愧于夫人也,可以知矣。近时亦久不见蝶衣,桑弧兄曾嘱我代转扇页一件,不审已着笔否?并望深噢夫人,毋长以此事为苦也。

◆翼华何往?

友人中出门之次数最频者,近年以来,当推翼华。翼华甫自一月前归沪,迩日,又有徐州之行,何以有此行,不可知。或谓某名伶在徐州,翼华之往,殆为公事,则亦未可必也。予等将有白下及扬州之游,翼华请少待,谓俟其归来,再结伴同行,计其时,当在中秋前后矣。

(《力报》1944年9月22日,署名:云郎)

谁 甘 寂 寞

闻包逸倩将与大中剧团签订合同。大中主持人为周剑云先生,识拔贤才,不遗余力;逸倩诚贤才,宜为剑云所重用。伊人初业行歌,亦尝被舞衫,舍此不为,独甘啖莱菔青菜,过话剧演员之清苦生涯,此点最值得向往。举世滔滔,有几人自甘落寞者?其为须眉,且不易致,而今见之于红颜,真可以奇迹视之也。

◆生死交情

话剧演员仇铨既丧,噩耗到沪之日,影星黄河,怆痛不已,发起开一追悼故人之会,书一缘起,请话剧圈中人参加为发起人,竟日奔波,不辞劳苦。人言黄河为人敦厚,觇此益可证其人之笃于友谊。予遇之于新艺剧团时,方请费穆、乔奇、之华诸兄,列名于缘起后,复为诸君述仇铨病后情形,而感喟不禁,生死交情,自兹乃见,予故亦为之感动不止也。

(《力报》1944年9月26日,署名:云郎)

《教师万岁》上映

《教师万岁》于今日起在大光明、新光、沪光三院同时上映,此为吾友桑弧所导演者,予不欲为老友作品,多所宣扬,特当为海上影迷告者。桑弧寝馈于第八艺术,十数年间于舶来名片,殆无一片漏遗,其心得自广,而其人于文学尤有修养,海上之电影导演其于文学上有修养者,能有几人?即此已足自矜名贵。不佞虽于《教师万岁》全片中,占六秒钟时间之镜头,顾于《教师万岁》之故事如何,犹不获知。但祈海上嗜影士女,细细领会吾友经心之作,逆知吾友导演手法,必有别辟蹊径者,而能耐人咀嚼也。

◆关正明

天蟾之少壮派集团中,将加入一关正明,所谓如虎添翼者也。关久别氍毹,近年来艺事益进,一旦登场,海上周郎,刮目相看,必将赏爱其人之前程无量。关以夫礼事老友李祖夔先生,祖夔昨以电话来,约听其曲,烦虑稍蠲,后当为正明作天蟾座上客焉。

(《力报》1944年9月27日,署名:云郎)

意识与风趣

《教师万岁》第一日第一场,桑弧买大光明花楼二十五券,招平时至友参观,予妇因儿病已瘥,因招予妹来家,照料药碗,而同行焉。此日携太太者甚众,《教师万岁》意识正确,而无沉闷之病,故亦为太太、小姐所赏爱。之方亦携夫人同来,夫人于国产影片,靡不流览,之方辄指夫人为标准影迷。剧终,问夫人曰:《教师万岁》佳邪?夫人击掌称善。之方遂为桑弧言曰:无论意识,生意则不致于不好也。盖以夫人之憎爱,测一片卖座之兴衰,往往奇验。

◆后来居上

吾友桑弧为绝顶聪明之士,虽初为导演,究以心得之多,故一朝尝试,手法轻灵,而处理画面,恒极美丽。譬如行文精彩之句叠出,不仅偶著一神来之笔也。无怪"华影"导演,相顾失色,曰:后生者将追过我们矣。我们将奈何?说此话者,不过于新起之人,惊其才美,亦有虎视眈眈,而忌嫉良才者,此则不足为训。自己不求长进,而怕别人之好过我,此种人而虱处于艺术圈,试问中国影坛,亦得发其光芒灿烂之姿?近年来之沉沉欲死,固自有因素焉。

(《力报》1944年9月29日,署名:云郎)

南京兴业银行

最近各大报有巨幅广告,则为南京兴业银行将于十月四日,开设沪行于上海矣。主南京兴业银行者,为金雄白先生,此行在沪上固无所闻,其在南京,则亦金融业之重镇。事变以后,南京银行之设立最早者,即此兴业是,故其所得财政部之执照,为第一号。南京行址,为自置之房地产,巨厦隆隆,矗立于中华路上,遥仰不及其颠也。兴业早有分设沪行之议,特以雄白先生尘事冗繁,未暇及此。迄今部署如蕆事,爰于四日新张于宁波路二十三号,营业之始,各方相识争献存款者,至目前为止,已逾二万万元。至兴业原有亚尔培路二号之办事处,即日起取销。予无钞票,为故人事业增加其存款数量上之可观,因拟于开幕之朝,送一花篮。雄白亦坚拒,谓尔我相知,繁文缛节,大可捐除。坐是并此"菲仪",亦省了我的矣。

(《力报》1944年9月30日,署名:云郎)

观 舞 记

二十九夜,舞于丽都,是日上海之戏剧刊物,方记童芷苓悄然来沪之事,而予辄于丽都座上遇之,同来皆著名坤旦,有李砚秀、白玉薇、李雪枋等,犹有外行女士两三个,不知姓名之先生若干人。舞兴甚浓,芷苓乱头粗服,不袜而着漏空鞋,眼且蹋矣,翩迁于舞池中,粗大如娘姨大姐,然当予起舞时,相值场中,审其面目,正有华美之姿。闻此人秉性仁慈,不可以其外型而测其为嚣健之妇也。李砚秀稍工修饰,白玉薇则亦悃悃不华,频频起舞,身短,小辫双垂,偕之舞者,乃如抱婴婉,逗笑于场中,为状盖甚趣也。

◆怀友人

吾友疗疾于山林中,前以书来,谓疾已除,将于秋节前来沪。闻之喜心翻倒,告诸友好,友好咸大乐,顾离望至今,犹未见至,坐是悬系无穷。今日为中秋节,思吾友特甚,黄鹤楼之菜,周信芳之戏,吾友皆有深嗜,月圆之夜,偏不获与吾友共之。怅惘之怀,何时得已?

(《力报》1944年10月1日,署名:云郎)

白 下 归 鸿

熙春邀赴南京,小马、广明二兄,邀游吴下,予皆以惮于行旅,为之裹足。翼华赴徐州,后止于白门,昨以书来,云:"弟于昨日返抵此间,不久即可归沪,兄等如来,望速示我,则弟犹可奉侍,作金陵数日游也。多年不到扬州,亦如兄与培林之渴想瘦西湖景色,是清如水、明如镜之秋天(此为张爱玲《传奇》中看来之句),遥念瘦西湖上,风光更加幽蒨。若兄等必来,则自京而镇,而扬,更可为多几日之盘桓矣。弟抵此后忽感冒,昨夜且有寒热,别沪上数日,情形如何,《教师万岁》已上去否?挖花常常凑局否?皆在念中。"

◆途遇杜萍

途中又遘杜萍,着简朴之裳,又是一种风情。问其何往?谓绿宝去。天祥失金城之地盘,《银海沧桑》上演无期,杜萍活色生香,与台下人更有若干时期之隔别也。

(《力报》1944年10月2日,署名:云郎)

一 炮 便 响

桑弧之《教师万岁》,一炮便响,而且是震天介响,近日之售座纪录,将无输于以往之一切所谓巨片。恒常导演,当其作品上映之后,卖座甚盛者,则置身于戏院之票房门口,看观众如潮涌而入,自矜得意。桑弧不然,自第一日看过第一场后,即蛰伏家中,予与之方好事,辄以电话告其大光明人头拥塞之状。中秋日,之方于一时过大光明,客满牌已悬门外,即驰赴翼楼,以电话白桑弧,其实干吾等鸟事,是亦马援所谓乐人之乐耳。予故言:桑弧今日,正如待嫁女儿。闻闺中妙侣,争夸其新婿之风流俊美,于是脉脉而俯,盖中心之愉悦可知也。

(《力报》1944年10月3日,署名:云郎)

弹 词 名 句

予常与知友同博,所博为挖花,至多不过五六千金进出,以视柳絮、凤三之下注雄豪,予等固不逮甚远也。挖花例须唱,予等不谙其词,故无"曼声低度"之音。一日又入局,将以九时为结束,末二圈牌,予胜千八百金,因告局中人曰:终局而使予胜□千者,予将挈此金赴大都会,招敏莉同坐,否则身边无钞票,不想去矣。及予做庄,上家解予筹码,不及其数,曰:欠汝百金。予曰:做庄乌可欠?不然予牌风必涩。上家硬欲欠。予曰:欠就欠耳。而此牌遂得白皮十四张,大负,倒赢账十之六七,但犹冀在复所失也。遂信口编开篇唱词,对台上筹码歌曰:"但不知是我命苦来还是你命苦?"同局闻之,无不哗然。予曰:"汝等笑我,此实为弹词中精警之句,若'是'字,若'还是'二字,皆为填字,填得又天衣无缝,非三折肱,不能出口。"顾歌而久之,予牌风仍不好转,及终,且负数百金焉。大都会卒不去,我命诚蹇,敏莉之命,正复大苦。书此以示敏莉,得勿笑阿兄乃寒蠢如许邪?

(《力报》1944年10月4日,署名:云郎)

剑翁何在?

凤三言:孤鹰同人之排《日出》,迩时忽归于沉寂。此言不确,诸君固仍在积极中也。惟迄今无重要会议,故不必通知凤三与包五,遂使凤三疑同人已寝旧议矣。屠光启奋斗将完,顾兰君归期已近,《日出》排演,当亦有期,而今日同人所热望者,最好能连演二日,上《日出》之前一夜,唱一天"标准"文明戏。唱文明戏之意义,已由蓬矢在他报阐述之,兹无容赘,惟能期于二日中次第上去,使台下人知孤鹰同人,"标准"文明戏能唱,正统话剧亦能上演,赖此惊豁双眸耳。顷已在搜集脚本中(即幕表),而拟聘老于此道者,为孤鹰顾问,因烦予电周剑云先生,务必参加,不审剑翁何时有空,约一个地方吃一顿饭,或吃一次咖啡,彼此稍倾积愫后,再谈一谈上演计划,意剑翁之贶我必多也。

(《力报》1944年10月6日,署名:云郎)

杂　记

周小平先生所谓《教师万岁》"六块头牌"的一块龚之方,最近相当骄傲,因为凡是看过《教师万岁》的熟人,都说之方的演技最出神入化,于是他在其他五块头牌之前,装出得意的样子。算算他不是十岁的小孩子,如何也经不起别人的称赞。(云郎按:此段看得出似有所指的人,自然会读了发笑,否则便莫名其妙,"身边文学"之不值钱,即在此也。)

桑弧同我商量,要我在他导演的作品中,一定要有我一个或者一个以上的镜头,这好像出品中铃的一块硬印,算是在我们二人的友谊上,留一个永远的纪念。我现在答应他,不过他导演十年廿年做下去,将来我是否有这一种兴趣,倒是成为问题的。

莎菲小姐,来信已经收到了,文字写得那么清丽,你若从事于写作,你也是一位健才。读报,知柳絮兄近日有病,病是小病,不过他比我们善于调摄,所以恐他一时还不能应酬。等他完全复原之后,再由我约他,使你偿仰攀风雅之愿,想你不会嫌太迟的。

（《力报》1944年10月7日,署名：云郎）

李 香 畹

予欲寻周剑云先生,而剑翁亦欲寻我,于是在《剑翁何在?》一文发刊之日,与他通一电话。剑翁之寻我,则为李香畹女士事也。李世家女,父且经商,自幼即嗜皮簧,习青衣,花旦,刀马戏凡三四十出,最近拟在上海下海,商于剑翁。剑翁止之,谓下海事不可造次,宜先从名师整理后,再定行止。乃闻朱琴仙先生止于沪上,又以予屡述琴心事,因托予代访琴心。琴心本居金家老宅中,旋迁白克路,终则为孙曜东先生招致,蔽其衣食。予固先与孙先生言,然后复报剑翁,剑翁乃定过下星期一后,偕香畹同诣琴心。周先生为戏剧界前辈,至今犹努力于剧运,办大中剧团,罗致话剧之优秀人员,行将发动,壮怀真不可及,而汲引后生,尤不遗余力。香畹得其一手提携,前程殊未可限量矣。

（《力报》1944年10月8日,署名：云郎）

殊 幸

孤鹰剧团的一部分同人,于星期六下午,到巴黎去观赏《金小玉》。苦干的宣传主任柯灵先生,将此消息,传递与导演佐临先生。佐临与同人等,往日向有友谊,特与柯灵相约,于剧中参加演出。佐临于第二幕中,饰演常总长;柯灵第三幕中,饰演一老仆。此二人者,万万不相信其会登台,而居然因同人之在座,破例为之,以示欢迎,于是予与培林、梯公、素雯、敏莉认为平生殊幸!

平生殊宠之来,往往非以巨量金钱所能招致,亦不因声势夺人,所能取得。予尝演《连环套》,周信芳先生为予陪朱光祖,数年之后,又以孤鹰同人之参观《金小玉》,而又得见佐临、柯灵两先生之登场也。殊幸本不可求,遇而多之,亦不成其为殊幸矣。

《金小玉》自始至终,无懈可击,予认为《力报》读者保证,此为数年里罕见之佳剧。李健吾之剧本,佐临之导演,丹尼、石挥、刘琼之演出,皆各成其平生佳构之一。予决不欺妄读者,请即日去看,看而不满意,愿以予之左右颊,任诸君乱捆。

(《力报》1944年10月9日,署名:云郎)

生　日

执笔写这节文字的今日,是我三十七岁的生日。我的生日,家里人向来不替我留心,我自己更加糊涂,永远忘记了这一天,许多年不曾为我的生日,点过一次香烛,吃过一条面,今年突然会把这一天记得了,但时值非常,什么都不遑点缀,何况三十七岁根本是小生日。

我生日的一天,恰巧也是我家里的那个女佣的生辰,她说她的姑妈请她吃夜饭,所以过了中午,她就出去了。我想想她倒比我吃价。记得我的太太是七月初九生日,据说这一天也是周佛海夫人杨淑慧女士的生日,我曾经大大讥讽过我的太太,说杨女士的先生,在五百元、一百元的钞票上签字,你的家主公只在借据上画押,这里的相去,岂止"云泥""霄壤"之分?她不说什么,只抄了我一段老调,问我道:"但不知妾命苦来还是郎命苦?"我觉得她这一抢白得我很厉害,噤了半天,失笑道:"你好一张利嘴!"

(《力报》1944年10月10日,署名:云郎)

吴中行摄影之世界荣誉

兰陵一邑多才士,吴中行先生其杰出也。吴寝馈于摄影艺术,已二十余年,终抵于神化之境,自十月十日,举行影展义卖,则为公益而热心,初非为本身利益谋矣。展览之前二日,老友顾志成兄,为予介见中行于同和里十四号朱家,谦和仁蔼,望而知其于艺术修养之深,不同于恒常率尔操觚者。时其作品,陈列于四壁者,两屋为满,技术之善,意境之美,在在使人作观止之叹,予以为自参观影展以来,所未见之佳构也。志成则言:中行不仅在国内为独步,其作在国际间之荣誉,可得而言者,因列举曰:一九三一年伦敦摄影展览入选。一九三二年又受伦敦摄影展览会之选;同年巴黎国际摄影展览会入选,达四幅之多。一九三三年美国芝加哥百年进步博览会国际摄影馆入选;同年国际摄影馆展览会又入选。一九三四年瑞士国际摄影会入选,而吴则为英国皇家摄影会之会员焉。

(《力报》1944 年 10 月 11 日,署名:云郎)

唐若青之神韵

全沪话剧人员之义演《日出》,以费穆排第一幕,佐临排第二幕,吴仞之排第三幕,顾仲彝排第四幕,排戏地点,兰心、卡尔登、金都三处,费在卡尔登,予故得累日晤若青也。后之人演陈白露者,殆无逾若青之好,若青遂以《日出》为生平唯一伟构。其台词甚熟,排戏时之婀娜作态,犹是当年神韵。愚见其初演《日出》时,距今已七八年,地点亦在卡尔登之台上,深喜见黑三后之对白曰:"进来,都进来,谁叫你们都进来的?你们要是横不讲理,这码头上横不讲理的祖奶奶在这儿呢!"其人自温馨突变健嚣,为状乃窈妙无伦。此日见之,犹如此,谁谓若青已老去风华,其艺事亦随之沦替哉?

◆感往!

《日出》义演所得券资,为话剧从业员之福利金外,兼为仇铨立碑碣,为英茵修坟墓,追亡吊古,地下人有知,必深感生者之谊厚也!因念为小型报人,一朝物化,同人且无以慰亡友幽魂者,众人之力,本无可集,集亦集不成也,此小型报人之所以为悲哀矣。

(《力报》1944年10月14日,署名:云郎)

"淑娴如何?"

十郎招饮于其府邸,席间有梅兰芳博士与其夫人,夫人雄爽健谈,语多隽妙,忽问予曰:"淑娴如何?"予答不知。继念夫人此问,为意犹未尽,则大僵,自言曰:亦勿干吾事也。距今一月以前,予与清河生集于华山路孙家,主人亦约淑娴来,维时骤雨,淑娴阻雨不果至,清河生焦灼万状,渐移怨于予,谓予实速客勿力也。二人渐龃龉,狼狈之状,四座哗然,时梅夫人亦在,更笑不已。今予将忘其事,而夫人犹记之,当淑娴之投拜梅门也!予实烦之仰农昆季,二人则请于博士,得玉成其事,予与淑娴,虽同客一隅,然平时恒暌隔,亦自未存奢望,不知如何?此夜夫人问我,而我忽心虚,亟为辩白,则亦当博士之前,不欲我自替尊严耳。

(《力报》1944年10月16日,署名:云郎)

日 曜 夜 记

许久不与之方为浪游,星期之夕,同赴大沪茶舞,坐久无当意者,折赴高士满,遇克仁、德新诸兄,遂同饭于石家饭店。克仁为我点菜,时席上有女宾二,则为退藏甚久之徐来与顾凤兰也。石家饭店以地方小,仅能容二十桌,每夜向隅者恒十之六七,有人携谢莉莉、乔红与张丽娟来,三人胥到盛年,风韵无殊,秋风瘦、黄花肥,对此亦不禁流涎三尺也。闻顾凤兰已得良俦,大慰,见已嫁之女人,如生棘刺,不敢亲近,第告之曰:幸亏嫁耳,不然以今日舞市之萧条,复以尔之善葆其躬,苟复流转欢场,不为饿殍者几希矣。饭后,之方应小马约,欲赴沧洲书场,予不去。说书之面目,近年来愈不好看,彼荡妇淫姬,认为足够刺戟者,我辈当深恶痛嫉之,豆芽情愿孵在家里,不欲消磨光阴于硬领头、雪花膏面孔之前也。

(《力报》1944年10月18日,署名:云郎)

微醺之夜

一夜,饮于国际饭店房间中,华山居士,丐老友于静庵先生督其厨为之,肴馔乃腴美无伦。席上人皆进洋酒,予亦尽一浅盏,遂觉微醺,静庵饮最多,任拣与之方并量,之方以敏莉勿来,颇以健醉傲人,培林与沙菲饮亦多,皆薄醉,然醉后之为态良适。沙菲读予《劝金二出山》篇,大喜,谓阿姊果登场者,我将夜夜约之于扮戏房中,窥其上妆,既竟,更至台前赏其妙艺。素琴远游,素雯已感落寞,乃得沙菲,重复敦弟兄之爱,悬知素雯闻之,亦必颛然为佳笑也。

◆息婚谣

管敏莉辍舞又十日,先是,米高美相邀甚亟,管有转地意,大都会之陈邱诸子,坚留不许行,管以到处皆可安身,一动原不如一静,故不走。辍舞期间,传其将嫁为文士妇者,殊不确。敏莉言:婚媾之役,若如此简单,我早不流转风尘矣。其言颇爽直可听,更以谣传渐盛,故毅然曰:使吾身再徜徉舞海间,竟可塞悠悠之口矣。明夜,乃重入大都会。

(《力报》1944年10月19日,署名:云郎)

"出来哉!"

"出来"二字,殆为话剧圈中之术语?予最近屡闻之此中人言,譬如孤鹰同人参观《金小玉》之日,佐临、柯灵二先生,皆登台现身说法,以志欢迎。嗣后,佐临以演出成绩不如柯灵,因语人曰:"柯灵的戏,已经'出来啦',而我的还不行。"

义演《日出》第三幕之翠喜，本属之孙景璐，孙以病倒不克上台，遂委路珊顶抵。予看第一日，觉路珊已够好的了，及有人见其第二日戏者，则曰：路珊第一日还嫌生涩，到第二日戏才"出来"。予问曰：如何谓之出来？则曰：台词既流利，动作亦圆熟，譬如第一日只念"他妈的"，而第二日则破口大骂为"他妈的□"矣，"□"字都骂出来，可知戏亦做出来矣。

（《力报》1944年10月20日，署名：云郎）

才 思 敏 捷

张伯铭所居拟仿袁履老之卧雪楼例，题一楼名，商于予，叫"大毛楼"可也。时闻者有小马、小蝶，及顾福棠诸兄，皆大笑，拍手拍脚笑，伯铭亦为之绝倒。盖伯铭乳名大毛，若以楼字谐为"卵"字，则成"大毛卵"。"大毛卵"三字有典，俗称"跑过三关六码头，吃过山东大毛卵"是也。诸兄故谓惟大郎有此巧思，其实此极浅薄，若以此为邃为"才思敏捷"者，吾友胡佩之实优为之。佩之与一方互施谐谑，一方居牯岭路，佩之因曰：侬还勿是牯岭路浪一只鼎，不过侬日日搭壳子，夜夜独个子，为状甚苦。故称一方为"孤苦伶仃"，此四字乃谐"牯苦岭鼎"者，盖言牯岭路上之鼎甚苦也。佩之言已大笑，闻者亦失笑，则笑其浅薄得吓坏人，非真笑其才思敏捷耳。

（《力报》1944年10月21日，署名：云郎）

开 店 未 成 记

一日，敏莉与光启诸人，坐于洛杰咖啡馆，有人发起，欲集孤鹰同人之力，设一咖啡店，成就必有可观者。敏莉大为高兴，乃星夜召集之方、培林及予，复觅梯公夫妇，时二人已入睡，亦应约至，其实光启潜心艺事，不识贸迁之术。敏莉更流转风尘，何尝谙经营为何事？一时高兴者，以此尝试为新奇耳。

同人既集，商谈结果，认为最适当之地点，莫过于卡尔登之楼上川堂，加以改装，其地下临派克路，南面跑马厅，环境盖非常优美也。暂定资本为五百万，由团员十人分任招集之，店名曰"三姊妹"，则以沙菲、素雯、敏莉三人情逾同枝。予抗议，此实影戏四姊妹，不可取。又有人曰"三朵花"，予又抗议，谓不庄重。梯公谓即名"卡尔登咖啡馆"不佳邪？众咸称善，职务已内定举周翼华为董事长，之方任经理，预备由予次日约翼华一谈，即日进行筹备，而培林忽问众人曰：中华国剧学校，由翼华接办，将在卡尔登台上，常时上演，锣鼓一敲，请问卡尔登咖啡馆之座上客，更有胃口坐下去乎？众闻言失色，颔首称培林设想之周，认为此实致命伤也。盖若挖一市屋，则资本额之巨，非同人所能任，此事遂无结果，离集会之地，已夜半二时矣。

（《力报》1944 年 10 月 22 日，署名：云郎）

《日出》后之唐若青

唐若青演《日出》两场后，遂入绿宝演《亚森罗苹》，生计摧人，不能遽谓为明珠投暗也。昨夜，若青来，予自座上起，泛我衷心敬爱之忱，又泛我如煎之血，如沸之情，并集于吾掌心中，拉若青之手，效乔奇张之口吻曰："哈啰露露，我为汝致敬！"渠大笑曰："谢谢你，谢谢你。"予更无言，盖以沉默表示最大敬服也。

及其将行，予告之曰："孤鹰将排《日出》，愿吾标准陈白露，为我指导，使同人等循随雅范，得所观摩。"是夕，为孤鹰导演《日出》之屠光启，及桑弧等皆在座，因议俟若青尘事稍闲，共谋一醉，若青亦唯唯许我矣。

（《力报》1944 年 10 月 23 日，署名：云郎）

顾兰君千里归鸿

我们自从替顾兰君饯行之后，过了二天，她就北上天津了。曾经写过两封信回来,一封是与柳黛的,已经发表在报上;还有一封是给敏莉的,信里除了叙述她在外边的起居近状外,也关切到我们孤鹰同人的动态。敏莉请我把她的信,移刊在报上,我懒得誊写一遍,所以劝她还是收藏起来,留个纪念。因为兰君总是影剧界值得流传的一位艺人,何况她同敏莉情投意合,留一点她的手迹,也不枉交好一场。

兰君在客中非常愉快,因为这次上演的盛况,打破了历来的纪录。我当她出门之前,有过一首诗送她的,那时许多人同坐在伊文泰花园里,有两句是:"形容众里予先老,行到天涯汝可谋。"这就是"莫愁前路无知己,天下何人不识君"的意思,不是顾兰君就不配当这两句话。

(《力报》1944 年 10 月 25 日,署名:云郎)

蛾 眉 风 义

予作《茵娘传》于他报,其人实薄命之尤,今以无可为活,将重堕风尘,商于予妇与中郎之妇,妇白于予,即告之曰:舞市凋零,而茵当迟暮,无论腾踔不可期,即赖舞券所入,全其生计,亦复大难,矧冯妇下车,亦当有衣饰装点体面,卿将何以为谋?妇曰:为措一笔薄本,置衣履,登场之日,则烦敏莉为之提携。敏莉今日,熠熠照耀舞池间,如明灯遥瞩,不难兼恤贫雌。予曰:然则汝为言之。妇故与敏莉言,敏莉颇感动,曰:竭我之力,以助其人。又曰:嫂氏不知我耳,我亦仁人,见贫孤未尝袖手者也。妇用是大慰,乃知今日任侠好义之行,独钟蛾眉,风义真可薄吝鄙之夫!

(《力报》1944 年 10 月 26 日,署名:云郎)

裤 与 袜

为他报作《衾中令》,有言曰:"时三人固着旗袍,并袜亦未除。"及刊出,则"袜"字已误植为"裤"字。予大窘,亟向有关方面打招呼,毋疑予为恶作剧也。以三人中,有波斯夫人素雯女士在,不能不打招呼耳。

予文无蕴藉之致,但豆腐往往不肯吃得过分,此文若用"并裤亦未除",终太淋漓尽致,予请提出佐证,则"固着旗袍,并袜亦未除"之句,于文理顺也。若涉及裤者,为文之法,当曰:"时三人不特裤未去体,并旗袍亦未解也。"或言:"袜"之误为"裤",殆为编者存心改窜者,盖必欲使吾文入如火如荼之状,故以易"袜"为"裤"字也。书此以问老友修梅,其肯不作謷言否?

(《力报》1944 年 10 月 27 日,署名:云郎)

画　　饼

陈鹤峰唱《斩经堂》,至"我本当,不杀你,怎奈是,老娘前堂等人头"句时,将两手向台前作一圆势,以代人头之表现也。台下人恒大笑,谓"老娘前堂等西瓜"耳。惟据某君言,鹤峰此例,犹可通,尝见周信芳演《追韩信》,在三金殿之进场时,唱摇板"三次保荐成画饼,费破萧何舌与唇"之"画饼"两字时,亦向台前用手作一圆形,以为画饼之饼,则至不可通,画饼为无其事也,若要表情,惟有两手向台前一摊足矣!而信芳作一饼状,宁非笑话?信芳在伶人中,比较为通品,其演唱可以商榷之地方自多,其毛病则出在习而不察耳。

(《力报》1944 年 10 月 30 日,署名:云郎)

先向弦边看雪娘

二十九夜,忍斋主人宴客,女宾尤众,珠香玉笑,尽室皆春。予到已迟,谢葆生先生先我至,携女弹词家范雪君来。范为光裕社唯一"雌"类,即此乃足"雄"视侪辈,七年勿莅沪上,所造既精,非复吴下阿蒙矣。谢令范歌一阕,复说《杨乃武》一节,为主人寿,口齿甚清切,然犹非特长,其打京片子,在一般说书人之上,白口又力摹话剧作风。曜东先生生燕都,听之不顺耳,予为之解释,盖其在说书群众,已足当字准腔圆矣。范在苏州，月入可三十万，故有余力，修饰门面，打扮入时，皮子亦挺，若论色，则中人姿。来沪，居威海卫路，将入仙乐献艺，葆生嘱予为之揄扬，谓一半捧雪君，一半则捧小弟也。此老自一行作吏后，不图其谦恭一如往昔。是夜杜爱梅女士亦至，问其北行有日否，则曰过十日即倚装矣。其人以情怀落寞，不甚多言，近斥北币数十万，购一屋于故都之麻线胡同，将以荒城残照，塞上风沙，伴其岁月。别时，语予曰：唐先生若北游者，幸来觅吾居也。

（《力报》1944年10月31日，署名：云郎）

何 必 休 息

有位朋友，专诚写封信来，他说他"要休息了，近来实在被生活压迫得透不过气来"。谁透得过气来？我老早透不过气了，不过我不肯放在嘴上说，说了也没有人同情我，我也不要别人的同情。我有能耐，我就让这口气不要中断，真的支撑不住了，就让严重的生活，将我压死！我何德何能，配挣扎在这个时代上，压死了还不是活该。

白居易说："不敢妄为些子事，只因曾读数行书。"我不比香山居士那样温柔敦厚，所谓"些子事"者，我不是"不敢妄为"，但明白妄为的结果，于目前的生活，是没有什么裨益的，所以便"不想妄为"。他老人家还说："严霜烈日皆经过，取次春风到草庐。"别人可能有这样的期待，以我的性格，以我的行径，连这样的期待，也是渺茫。

我的朋友，他沉不住气，便告诉人他要休息了，为什么要休息呢？我很服膺潘小姐那句"为自己活着一点"的话，我是明明休息了，还不肯说出来，因为可以不休息，我还想不休息。已经坐到跳舞场里，舞女大班围着我的时候，舞票还是三千五千多买，自己尴尬，让几个熟得烂了的朋友明白，不关痛痒的人，不妨要他们糊涂一辈子，直当唐先生是不大不小的一位小开。

（《力报》1944年11月1日，署名：云郎）

李玉茹抽不抽？

上次李少春与叶盛章在天蟾的一局，没有旦角儿，有一个苏少舫，那是算不得数的。这一次"四只陌生面孔"之后，天蟾又邀少春、盛章合作，而加入一个李玉茹，分量远在少舫之上，她是近世坤旦群中，有数的人材。据天厂说：最近在北方看过她一次《得意缘》，正像花枝一样的开到了绚烂的时候，也到了她舞台生命史上极盛的时期，她大约就要南来了，不晓得她鸦片烟还抽不抽。我对于一个艺人的私生活，主张不妨放纵一点，你说她养过孩子，"爱煞"过拉胡琴的琴师，这些都可以诿为"情感上的错误"，"生殖力的强盛"。就说于德行未尝无亏，那也是出入可也的小德而已，惟有"抽"这一个，我一向深恶痛疾，这东西可以使一个聪明的人蒙昏盹而耽于鸩毒，尤其是女人。我不欢喜同一个抽鸦片烟的女人多说话，不但印象不好，我总觉一同她说话，便留下非常肮脏的感觉。

（《力报》1944年11月2日，署名：云郎）

虹　桥　路

十年前曾到虹桥路，为西风瑟瑟之初冬，时亡友江小鹣设铸金厂于此，予等夜饭于其厂中；亦曾在虹桥路上，参观盲哑学校、疗养院，及游于工部局林园中，荏苒过十年，光景犹如昨也。尝与曜东先生谈，知渠于休假之日，恒为车载夫人驰虹桥路，情境正复不恶，特其地多游民，往者人寡而力弱，且遭其厄，不第受窘迫，丧财物亦意中事也。

闻英茵坟墓坏削，予眷念之，其人为予"艺术的伙伴"，欲趁秋阳未弱时，往吊其塚。集同行六七人，拟于十一月一日下午出发。人既集，而天忽降雨，有人主冒雨行，素雯不可，予亦以为郊外秋光，为烟雨所封，滋败人兴，故决废止，期以晴暖之晨，更约良俦。"醉呼妙舞流连夜，闲作新诗断送秋"，逆知此行可记之事正多也。

（《力报》1944年11月3日，署名：云郎）

女 作 家

一夜,金雄白先生宴请作家若干人于丽都花园,并邀愚夫妇作陪,愚妇最后至,时已入席,虚一席于愚旁,众不知来者为何人也。则问愚,愚曰:女作家张爱玲女士,及妇来。一人曰:是何曾张爱玲哉?愚曰:王八旦认得张爱玲,我吹牛皮耳,此为内人,其人亦作家,目下在着手撰制中者,题目为《我与大郎》,将来拟投入书报之《妇女专辑》中也。

近来女作家吃香,小型报得女作家文,认为殊宠,女作家不肯应酬,愚在丽都偶然吹牛皮,同席人以为女作家肯光临,认为奇迹。女作家于世人想望之殷,有如此者,予知其所以,而不知其所以然也。

(《力报》1944 年 11 月 4 日,署名:云郎)

活 口 与 死 口

四日之夜,孤鹰同人试演标准文明戏,剧名《婚变》,幕表由梯维、之方二人议定,分三幕,曰:议婚、定计与团圆是。梯维夫妇饰剧中之老爷太太,予为表少爷,之方为侄少爷,熙春为丫头,兰亭与培林分饰书僮,凤三为写信人,行头向共舞台假来,梯维所有者,亦携之俱至。先在楼上化妆,予为小生,亦搽脂粉,揽镜自照,年纪轻一半,若置身于沧洲说书台上,亦可以使台下若干寡佬,为我而霍霍动也。演出成绩,以予为最糟,则以内行谓之死口,一上场几不能置一辞也。其精彩纷呈者,当推兰亭、素雯、梯维、之方。敏莉初怯场,及一出门帘,居然亦能随话答话,同人认为满意。天厂语予,一僵如此,将来何以为樊家树?盖孤鹰同人将来拟演之文明戏剧目,为全部《啼笑因缘》,内定予为樊家树。今倒胃口,将以此角委之梯维,梯维有沈三弦瘾,其实三弦烦之光启,亦必有可观者也。

(《力报》1944 年 11 月 6 日,署名:云郎)

《伏敌堂诗集》

周信芳先生,闻天厂居士南归,因设宴于蒲石路寓邸中,邀予与桑弧、梯维、费穆、翼华、笠诗诸兄作陪。予最先到,信芳取其所得之《伏敌堂诗集》,假予阅读,今人第知龚自珍、黄景仁之诗境清奇,而不知有江湜也。信芳言,近人誉弢叔诗最至者,有陈石遗、郑海藏诸人。海藏楼主,于江尤服膺,昔曾数数为信芳言,信芳因觅其诗集,久不可得,昨年始于四马路某书肆中得木版书四册,盖全集矣。大喜。一二月前,愚偶记弢叔诗,于《高唐散记》中,信芳读之,因检其所藏示予,盛意良可感也。信芳为伶官已四十年,其人则笃嗜风雅,旧尝问字于海藏楼,兼摹其字,比岁更浸淫绘事,所作复斐然可观,不图其读诗亦弥勤,不知亦曾耽吟事否?料能者固无所不能也。

(《力报》1944年11月8日,署名:云郎)

矜　伐

为人固不可自大,第要自尊,自尊即不欲妄自菲薄也。文人乃有"魁派"之称,或矜其身世之美,或耀其文采之佳,亦有"魁"其起居之生活奢豪者,愚亦不能免。愚平生自负能诗,当亦流辈视为"魁派"之一端,特以今日报坛治诗者,渐无健手,终觉吾诗之犹可存也。迩时读江湜诗,有"已教天地虚生我,宁使文章再让人"之句,可知文人不欲妄自菲薄者之多矣。昔章士钊寄李根源句云:"我近能诗亦奇绝,快将心事写存君。"士钊犹自虚心,若吾友王媿静,则曰:"孰意文章如我者,竟难写出报君知。"已极不客气,而犹不逮愚之剑拔弩张也。愚则曰:"别后报君惟一语,诗无敌手我成豪。"是又乌可责俗眼之惊为"魁足输赢"哉?

矜伐为君子所不许,若愚之率直而言,益为贤者所勿谅,此而出之以蕴藉,便足为闲人向往。譬如尝读柳絮短文,有《毋以我为念》及最近之《留书赚见记》二篇，文中皆自矜其丰才俊貌，而为人又复多情，然就其字面观之，不用意气，亦不着迹象，矜伐原同一例，惟方式互殊而已。

(《力报》1944年11月9日，署名：云郎)

我的故乡

上海特别市复兴银行的业务，经常在发扬光大中，最近它们又在我的故乡嘉定，设立分行，分行的经理又是老友方亦德兄。前天，我在孙曜东先生府上，碰着方兄，谈起我是嘉定人，连带而谈到他们开设嘉定银行。孙先生说，等分行开幕之后，请我到嘉定去，玩他半日。

嘉定，十多年不回去的故乡，想来想去，我于它没有好感，我尤其不喜欢我的同乡人，我常说：嘉定的灵秀之气，被一两个人拔尽了，剩下来的便都是些渣滓。请你看看，华美药房的徐翔荪、木业巨子的朱吟江，他们除了把残年葬送在钞票堆内之外，哪一件事，是他们值得称颂的业绩？

那一年，我叔父把我的老宅出卖，我竟毫无异议。我早准备无家可归了，压根儿我就不想留恋我的故土。

(《力报》1944年11月11日，署名：云郎)

一日防空酒食中

天厂自北都归来，吾人酒食之会遂繁。防空日之中午，周剑星兄宴之于翼楼，座客不多，第小洛、桑弧、之方、翼华、红蝉并敏莉与我而已。六人饮酒，尽太雕八瓶，于是六人皆醉，小洛先呕吐，之方且横倒。酒后，又倚醉打罗宋牌九，下注有多至两千者，予仅注一二百金。生平不抽鸦片烟，亦不肯脱底赌钱，有此二大美德，虽不能免于穷困，但决不致沦为瘪三也。赌至十时，赴中国大戏院孙兰亭兄召宴，中午诸人，除红蝉不列席外，其余皆往，梯维夫妇、张淑娴、吴鹤云兄及予妇并至。兴致弥高，兰亭嘱厨子包饺子一百五十件，叫德兴馆砂锅五六种，恣意啖嚼，风味无伦，此种吃法，极实惠，请客者大可仿效之。兰亭之总经理室中，有卧床一张，丝绒帐幔，益以锦衾绣枕，香艳无伦。趁予妇未来时，语予曰：白天有壳子带来，可以借与你轰隆隆一炮也。

（《力报》1944年11月12日，署名：云郎）

王 玉 珍

王玉珍在舞人队里，其典型甚为突出，予则谓其人甚可爱也。其人嗜博，以电话来，约予挖花，予告以人数不足，不克凑成局，玉珍必大怨，谓予实败其兴。一日与胡郎来存予，打罗宋牌九，二人争配牌，几至不欢，盖郎亦嗜博如命，半生所得，尽倾于此，玉珍亦脱底，恒典质以偿博逋，曰：不欲欠人家赌账。其豪爽尤可取也。

一夕，同玉珍饭于石家饭店，为予述其姊妹淘事。姊妹淘中一人名小壳子，予问小壳子何人？曰：是大壳子之妹耳。予笑曰：大壳子非小壳子之姊邪？渠亦格格笑，其吐属不甚正常，往往如此。玉珍人极娇小，而雾鬓风鬟，予曰：以汝之顶上茸茸者，试加隅反，逆知更有茂林芳草之胜。玉珍笑曰：是固大家都晓得耳。言已俯首而頳，为状亦脉脉可怜也。

（《力报》1944年11月17日，署名：云郎）

《社日》之创办人

闻《社会日报》，将重归胡雄飞先生经理。《社日》本属雄飞手创，及其经商，乃弃报务，后五六年，复投其怀抱，则雄飞之乐，殆无异千里归儿也。冷雨主人助其成，投资甚巨。吾党中办报以魄力称者，昔惟雄飞一人，凡是名家，百计求其文，虽重金无吝。《社日》在战前之独步春江，不可谓非经营之善。予良久不晤雄飞，深念良朋。一日，雄飞就冷雨主人谈，忽以电话抵予，会予有《怀冷雨》之文，刊诸他报，冷雨因言亦甚念故人。予问冷雨,人言足下坐三号照会汽车,而我乃勿知,亦想见虽同客一隅,而故人之孤陋寡闻矣。冷雨乃言,信有之,使老友欲坐者,则邪许声中,我可以借尔以驰骋通衢也。予谢其盛意,更询以《社报》事,则言皆雄飞主之,雄飞老手,心力所萃,将无勿成。以势观之,《社报》欲重复旧观,轻重又系于雄飞矣。

(《力报》1944年11月18日,署名:云郎)

名妈之后

坤旦李蓉芳之来,已十有七日,孙育敬先生暨小蝶、伯铭二兄宴之于静安里蝶庐,邀愚与敏莉为陪客,席间复有张淑娴姊妹、曹慧麟、陈璐诸女士。蓉芳乍入门,甚言其迩时酬酢之繁,此夜亦有三处邀请吃饭者,故不及入席而去。坐移时,李金龙兄来电话,蓉芳就话筒谈,为声甚嗲,乃知出自小山东所熏陶者,皆欲仙欲死之材也。李无殊色,特长身玉立,仿佛童芷苓,而健谈若此,作风殆必无让素秋;其母夫人未至,斯为恨事,频怪小蝶设想未周。若小山东来,则正可以被人作为豆腐靶子,盖海内名妈,终不失为可喜"娘"耳。

(《力报》1944年11月19日,署名:云郎)

我 们 两 个 人

生活一天一天的压得我不能透气,我是无法再荒唐了。闲空下来,只有往家里一躲,什么地方不敢乱闯,除非同二三好友,挖挖不伤脾胃的花。昨天我同之方相对闲谈,谈起去年这时候,我们还成夜跑在声色场中,那时彼此身上,都带八千一万的现钞票,从茶舞跑起,到夜总会叫出差汽车转来为止,总不至于用得显了袋底。一年之隔,物价的上涨,何止十倍,现在要像从前那样的白相,就应该带十万八万,但我们哪里有这许多钱,说出来也是可怜,想硬挺都没有办法,坍台只好坍在几个知己朋友面前,不要坍在外头人面上,尤其公共地方,砍不得招牌,于是乎只好在家孵豆芽了。

从前我们有句翘人的话,说:几年来寄迹欢场,眼看那些小开变了瘪三,他们跑不起了,替之而起的,是一群新兴的暴发户,惟有我们却多少年如一日。但这句话,现在也不适用,我们虽然不曾做瘪三,而事实上却已力不从心了。

(《力报》1944 年 11 月 20 日,署名:云郎)

氤浴会

跑进混堂氤一次浴,要用一千五百元至二千元之数,这里还不连理发。看来白相人欢喜天天孵混堂,从今往后,也要成问题了。我不是白相人,也不是十分爱好清洁的人,冷天一月难得氤几次浴,倒并不嫌它们的取费太昂,我只是嫌澡堂子里太冷,那天我去洗一个澡,洗得我直打寒噤。因为我不氤大汤,氤的是房间洋盆,所以特别不暖和。这一次以后,我有些害怕,以为再冷下去,我不能再上混堂了。

朋友算得待我好了,但从来没有人在冷天招待我到他家里去洗澡的。我想发起一个氤浴会,在某一朋友家的浴间里,公费装一只煤炉,由会员分担煤块。我家里去年还烧剩半筐,今年万万烧不起,愿意贴入会中。洗澡的不方便,完全为了煤太贵,出了几十万一吨,还不易购到最好的白煤,有谁受得了呢?

(《力报》1944 年 11 月 21 日,署名:云郎)

何以遣有涯之生

二十一日午夜四时,叔红来访,抑郁情怀,彼此皆似,于是同造波斯居。波斯以此日情景,尚有老友枉道来存者,其情可念,因聚为花局。其家无电火,燃以洋烛,仅二枝,费目力甚至,叔红以为苦,予则不复恤。自八时始,至天曙而终,双目作痛,不可开阖,别波斯家,与叔红步行于黄山路。陡念敏莉此时,或尚高眠,因买车踵其家。仆人已起,母夫人亦既醒，推敏莉门，则竟夕未归，盖犹博于李曼丽处也。谁无烦忧，惟博始为排遣良方。下午，敏莉始来告，请昨夜为沙蟹之戏，胜五万余金，同局有欣木、邵苕、般若诸兄，故戏言曰：舞市凋零，而博运良佳，视此为养生活命之源，亦无不可。惟欣木大负，此人亦嗜博，顾为术勿精，博必负。予识敏莉，为小马所介，而敏莉舞客之为予友者，小马外，欣木与翼华皆是，皆为期甚暂。有一时期，南洲主人且嫉敏莉如雠，今亦积怨都蠲矣。

（《力报》1944年11月24日，署名：云郎）

孔雀别墅

徐露茜退藏已久，吾人亦不闻其消息矣。实则其人犹无恙也，自褫舞衫，一度登舞台，名益噪，以为此人亦能游于艺，不容不使人刮目相看耳。其生平艳事良多，兹则不若曩时之放纵，特未尝从良，则自有其谋生之道。谈者乃谓其人已蜕化为蝶使蜂媒矣，夹袋中且多良材，若舞场之隽、花底娇虫，以及良家人之从其游者，为数綦多，徐赖此乃得生计裕如。顷闻其泰山路上，觅得一庑，将效黎锦晖《特别快车》中之贤主人矣。眉其居曰孔雀别墅，舞市萧条，花事阑珊，孔雀别墅必昌必盛，势所然也。露茜春秋渐高，本无殊色，特肌理莹洁，而"内在"之美，人称极品，抚其肤，腻且滑，若有蒙粉簌簌下，所以膺尤物之称，殆在此耳。

（《力报》1944年11月25日，署名：云郎）

丛虑兜心

妇行之日，予与之约曰：一抵故都，即以电话报天厂，丐天厂打电话来，以慰家人想望。顾自二十日动身，至今已逾五日，消息杳然。予忧心如捣，而不忍想像路上是否平安也！生兹乱世，图聚且苦穷愁，无暇言离散，而予妇一意孤行，自身颠困不遑恤，家人悬念不释，尤甚于其身体之所历也。渠何知者，予平时不知愁急，瓮米勿继，未尝一皱眉头，独于此番吾妇远行,惴惴然如负重咎,培林知予苦,恒来慰予。三日以来,予已为之废寝,囊橐既罄,亦不欲谋充实,此心如遭桎梏,兀兀至此,请问更有何术能写出文章来哉?

(《力报》1944年11月26日,署名:云郎)

嚼　城

漫郎作《嚼城一日》记于他报,嚼为予之故乡,吾友以为下邑清游,足资快意,而宠以宏文,亦故乡之幸也。予于十六岁离乡,二十岁以病瘵又居乡一载,自二十五岁一归,暌隔家园,十余年矣。儿时居乡久,颇不谙乡间风物,可以使人怀念者。嘉定以文庙一区,称风景地,然少日读书于此,与碧流老柏,狎习为常,今日虽客况荒芜,要亦不复以当时尘影,萦回魂梦。惟在校场之北,有寺名西隐,茂林修竹,极境界清凉之美。春夏之交,自校场北望,高树参天,蔚为浓翠,而寺不可见,盖蕴于丛绿,非足涉不到也。漫郎之行,已在冬初,林且秃,且兵火之余,寺无恙否,予不可知。而今世觅炊薪材亟,彼高参云际之丛材,殆不免斧斤之厄,念之增无限惘然矣。

(《力报》1944年11月28日,署名:云郎)

中　学　生

叔红去年居北平时,常以书寄予,书中恒述北人之浅薄,似欣赏戏剧水准之低,形容尽致,往往使予读后为之失笑也。

当叔红在平时,熙春亦北上度岁,与叔红并宿于天厂寓邸。一日,二人游隆福寺,时熙春主演之《家花哪有野花香》一片,方献映于平中,熙春出游,遂为北方影迷所包围。影迷皆中学生,逐熙春不舍,而互为谐谑,如甲问乙曰:"到底家花香,还是野花香呢?"乙则应曰:"自然是野花香啰。"往往故震其声,以入熙春耳际。叔红在侧,为之啼笑皆非。熙春则俯首疾走,归抵钱粮胡同,影迷犹随于后。见熙春将叩门,始阻于前,各人向熙春致礼,出手册曰:请王小姐签名。熙春许之,一一跳跃去,叔红因感喟曰:北方之中学生犹如此,不读书者又何如邪?

(《力报》1944年12月1日,署名:云郎)

蔡家姊妹

西风怒吼之夜,晚饭后与之方行路上,矻骨作奇痛,谋为避寒之会,乃入大华。舞女言,昨夜大华放水汀,此夜温度骤低,转不升火,可见舞场节省物力,在在示其开门一日之吃本不起也!既招一舞人来,名蔡珍珍,与旧时蔡珍珠为姊妹行,珍珠既嫁,且育一雏,珍珍则犹溷迹风尘中,不遑归宿,闻其业此亦有年。四载以前,即置身大华,迄未迁动,故大华旧人,珍珍殆无不识之,若钱莺英、乔金红、章莉萍、张翠红、鲍金花诸人,且能谂其嫁后光阴也。惟此中章莉萍犹为货腰之儿,翠红且居孀逾岁,其觅得良俦者,特乔金红能致人艳羡耳。珍珍无殊色,然伶齿俐牙,颇可人意。其姊蔡珍珠以舞人而工吟事,曾为予书其近作,一方见之,为倾倒不已,作"焉用珍珠慰寂寥"句,为文扬其人,荏苒光阴,已匆匆四五年,乃觉旧日之游,都有回甘之境也。

(《力报》1944年12月4日,署名:云郎)

上海与香港

前天碰着北平李丽,我问她是不是因为香港熬不住,所以回到上海来了。她问我此话从何说起。我说听见香港的米要合二十五万储币一担,你们大伙儿人,还耽得住吗?她说完全谣言,香港的米,在那边的钞票,不过十八元一斤,储币一万出头,就好买一担了。哪里有二十五万?只有我到了上海,听听物价,无不贵得惊人,这两天我打听的结果,什么地方的生活都比上海低,连日到公司里去买东西,问这样问那样,都吓得我不敢下手。一只饭锅,新新公司要买六千几百元,在香港最近买过一次,记得是十五元,这中间的距离,实在太远了。后来说起扑克牌,她说香港八〇八合储币两百多元一副,她问我上海要卖多少。我说半个月前,已经四千五百元,这两天涨到六七千还是便宜的。她临走时想多买一点必用的东西带来,碰着蒋天民兄(天民兄去港已二月),劝阻她说,什么东西都是上海便宜,但一来之后,方晓得什么东西都是上海的贵。她说天民真糊涂得可怜,我这笔损失,去向谁算账?

(《力报》1944年12月5日,署名:云郎)

感 吾 良 朋

予妇抵平后,即以电话告吴性栽先生,丐其代拍电报抵南中,慰家人想望也。妇本居我表亲寓中,性栽以其招呼勿便,辄劝其移居于钱粮胡同,使其得与夫人叙契阔,兼为故人之妇,尽地主谊也。昨天厂以书来告,为之欣慰,予妇此行,劳予友好者綦众,荣庆明、包小蝶二兄,尝为之部署行装,孙兰亭兄,则为购车票,复遣人送之登车,及孙曜东先生闻讯,虑下关至浦口时,无人照料,欲派南京复兴银行中人,赴下关道地一切,感情至此,使予不敢消受。比岁穷愁,活我者乃恃朋友;其寂寞人生,而心坎中得时时输入温煦之情者,亦赖朋友;使我知尘世之可恋也,鲰生顽福,何世修来,乃得广聚良朋?为朋友生,为朋友死,所勿恤矣。

(《力报》1944年12月6日,署名:云郎)

关于《倾城之恋》

在他报上所记《见一见张爱玲》的文字发表的当天,碰着沈琪兄,他说:你怎么也会当"谢绝参观",真有那么一回事的?我方始明白这是大中的宣传政策,而我竟误以为是了。后来本报上又有一节文字是说张爱玲不演《倾城之恋》,里面也提到了我的误解,但这位执笔的先生,更误解我是以为张爱玲要现身说法,演出她自己的杰构。

按我的原文,并不曾说张小姐要演戏,我只以为《倾城之恋》是张小姐的原著,现在剧团将它改编为舞台剧,那末在排戏的时候,原著人是作兴在旁参加意见的；又以为张小姐不愿意和陌生人接触，所以挂出"谢绝参观"的牌子，也是情理中事。不料发生了许多缠夹，于是多了那末些废话，但说来说去，反正都替舞台上的《倾城之恋》，尽了义务宣传。大中的主持人是周剑云先生，是我们的老友，这些笔墨，都不能算是浪费的。

（《力报》1944年12月7日，署名：云郎）

舞 人 改 行

一方记舞人许美玲，将蜕变为红氍毹上之角儿矣。然则许已一变再变，其何自而成红舞女？知者甚多，其实亦不足为许之清誉玷也。许习歌已久，尝屡屡登场，谈者谓其歌喉甚美，惟疑此人之扮相未必好看。缘其私底下，亦非华艳，特肌肉极发达，胸前之玉雪堆者尤足使人颠倒。予初以为美玲为舞女大红，特赖其有一身好肉，及与倾谈，更知其口才便给，依依于袖角襟边，无匆可人意。予既不常留连舞榭，数月以来，不见其人。一日，闻敏莉言：许将下海为伶人。初犹疑非信史，及读一方文，知其事果已轰传人口，寻将成为事实。货腰生涯诚不可久恃，而为伶亦岂足跻于温饱？诚难言矣。

（《力报》1944年12月9日，署名：云郎）

女明星的丈夫

办电影刊物的人，十九都流于浅薄，电影女明星搭着了一个芯子，电影刊物，便当珍闻一样的竞相刊载。过去胡蝶之与潘有声，后来陈云裳之与汤于瀚，现在李丽华之与张某，这些男人，没有一个不是讨厌的人物。从前我以为汤于瀚是个医生，流品总算不恶，及至有一次报纸载了陈云裳怀孕的消息，汤医生竟怫然大怒，要与小报打官司，后来不知费了几许唇舌，才把这事件平静下去。你想一个做医生的，又不曾攻击到他的医德，仅仅说他太太身怀六甲，也不是大逆不道，而引起绝大纠纷，甚至交涉讼端，其人气量之狭，可想而知。最近，李丽华丈夫的玉照，时常在各影刊上发现，蠢然一物，我不明白电影刊物，认为这些照片，哪一点值得名贵，而登之不休？铜锌板的铸价这么贵，何必要暴殄天物？

（《力报》1944年12月10日，署名：云郎）

茗边相对话薇音

九日防空，七时以后，予与之方自天蟾舞台出门，门外天昏地黑，所谓无灯无月之宵也。二人于暗中摸索，似行窃然，行于西藏路，路上积水成冰，奇滑，不敢落步。因折至时懋小坐，其地固不足留连，特念黄薇音行歌于此，其人在女歌手中，与梁萍并称清品，良足以共话寒宵也。既入座，问侍者黄小姐来未？则曰：已在是矣。烦其请之来，时薇音方坐近水汀，以取暖，其人羸弱，长冷特甚，既坐，复命侍者泡沸水于杯中，温其两手，为状乃大类向阳而曝焉。问其辛劳何似？则曰：不足言劳苦，夜来尤闲散，以茶客之客串者弥众，恒分吾劳。薇音口才便给，为予言歌国事甚审，举女歌手之名，皆予非素识。予谓识女歌手绝少，薇音而外，特梁萍与兰苓而已。因问予兰苓近况，予曰：久勿相见，意其艳丽益胜曩时。薇音目予而笑，予不敢诘其奚为而笑也。闻时懋生涯甚盛，予等离去时，客且纷至沓来，片时无隙地矣。

（《力报》1944年12月12日，署名：云郎）

师 诚 往 矣

师诚之死，予闻讯甚早，此人做一世好人，而蹭蹬一世，令人兴天道宁论之叹。方兹乱世，每闻友人讣，不知存心之为乐为哀，第觉吊生者之成分，有时过于悼逝者。譬如师诚，生而不能致其身腾踔，俯仰人兽不分之浊世间，则一死亦未始非快事也。

师诚夫人，死于师诚之前，吾友遂不言娶，子女六人，躬为抚育。今师诚亦死,彼六口将何以为赖?乃不可知。噩耗既传,培林于次晨驰赴安乐殡仪馆,子女三人,守于乃翁遗体之侧,此外更无一人。培林问三人曰:余人安在?曰俟下午始来。培林故黯然堕泪,以其景象萧条,实未曾见。予久别师诚,今年夏,陆渊雷先生与若瓢和尚举行合展之日,始一见之于宁波同乡会,其时病已深,死象已著,又三月,终闻其不起也!

(《力报》1944年12月14日,署名:云郎)

大 东 之 夜

大东舞场数年来人才辈出,如胡弟弟、江妹妹、叶娟娟、鲍莉等皆是也。欲论饰貌之妍,兹数人中,殆无一登上乘之选。胡弟弟一度嫁人,今已又坠舞丛,艳名仍盛,乃当其重来时,江、鲍诸人,忽相继隐去,大东人材至此遂呈寥落之观。盖陈筱君亦勿知何往。昨夜偶坐此间,知大东今日,亦既变格,昔日之不用舞女大班者,今亦有大班扰我耳根矣。大班言,此间红舞人姓吴字佩玲,今日雨,客到甚稀,仅坐一台,因谓客若招之,必至打烊勿去。因问玄郎,即曰:姑唤之来。视其人,则了无丽色,坐五分钟,顷之大班又来,请转台。予甚不欢,劝吾友市券千金畀之,不意舞券甫至,而吴又转过来。郎大窘,谓予曰是孰为计者?愚不顾曰:任之可耳。郎起与一舞,吴颇示殷勤,郎悟其黠,既退去,即曰:此人真老举,然吾辈非暴出道,佯为"热络"儹我者,以后大家勿搭讪矣。

(《力报》1944年12月17日,署名:云郎)

我 的 忧 伤

礼拜日的上午,同金雄白先生通过一个电话,他说:生活程度的高涨,已到了万人求死之期,你又怎么样?我告诉他"我想自杀"!

这几年来,在上海挣扎着活命的人,好比在大筛箩里打转的那些东西,一个站不住,就在漏眼里被筛了出来。像我打转了好几年,还没有逢到漏眼,自己是麻木了,不觉得吃力,不觉得苦恼,但越逼越厉害,究有多大本领,能够不跑最后的一条路呢?

米市一日数价,日用品一日数价,闹得我做当家人的,只见死路日迫。这两天我天天到人安里去望望老的小的,老的他们替我忧愁,小的根本不懂这些,依旧闹呀吵呀,我被吵得头痛,但也不去呵斥他们,我只觉得今日之下,他们可怜的成分太多,万一我忍一忍心,把他们丢了下来,他们去吵给谁看?我的确忧伤极了,忧伤得非常心平气和,你看我这两天来,不曾骂过米商、纸商,以及一切所谓奸商,我明白这本来是"率兽食人"的世界,谁教你不做吞噬人者,而只做被吞噬者呢?

(《力报》1944年12月19日,署名:云郎)

骑马布与嘴罩

平剧中以骑马布为道具者,《翠屏山》与《穆柯寨》者皆有之。一夜,天蟾贴全本《穆柯寨》,以李玉茹为穆桂英,李少春为杨宗保,逮桂英得一块红布头,在台上扬法扬法时,宗保遂被擒,李少春乃开始吃豆腐,问玉茹曰:这是什么东西?玉茹佯作娇羞,不答。少春固问之,则曰:"我到后台去告诉你。"少春不可,一定要她在台上讲。玉茹曰:"一定要讲,那末我就告诉你,这是你们的嘴罩。"台下人遂哄堂,愈叹玉茹词令之妙。但"你们"二字,指少春外,兼及台下看客。虽然,今日之嘴罩,固何其与骑马布差勿多哉?

(《力报》1944年12月20日,署名:云郎)

意　淫

大中剧团第一个戏排张爱玲之《倾城之恋》,据看过者言,惟第二幕在香港旅馆中男女调情一场之戏,最为精警。又闻剧中女主角有"出浴"表现,则罗兰(与丁芝为AB制)从房间走入浴室,其时台上空无所有,第闻内室放自来水,作潺湲声,良久,罗兰披浴衣而出。谈者谓,此种导演手法,极富意淫,其实罗兰太瘦,假使当场出浴,意亦无淫,何况暗写哉?话剧女演员之使人易涉遐想者,惟盛时之唐若青一人而已。又此剧末幕,舒适与罗兰为拥吻,久久不释,故说者又谓,其生意眼盖十足也。

(勘正:昨记《穆柯山》中之红布头玩意,适李少春来闲谈,予问其如何忽演杨宗保。渠谓《穆柯山》中固饰杨六郎,后来赶《破洪州》之宗保者,红布头盖在《破洪州》中所用也。)

(《力报》1944年12月21日,署名:云郎)

新新纺棉花

他报有《新纺棉花》之作,窃以为昔人之稗官家言,今日之小型报读者,未必尽读之,则何如仿效今人笔法,而作《新新纺棉花》哉?所谓今人,即就小型报上之作者,凡其笔墨上有特征者,皆得效其体例为之。尝与之方商议,得如下若干人焉。一方、白雪、大郎、西平、灵犀、继影、九公、柳絮、凤蔚与海生是。学一方要于一事一理分析周详;效白雪要予人挞伐,迎头痛击;学大郎要捧女人不嫌肉麻;学西平要将上海俗语,随便羼入;学灵犀要憔悴忧伤,越酸越像;学继影要浅明显易,出乎寻常;学九公要将科学常识介绍读者,而使懂者不看也罢,不懂者,还是不懂也;学柳絮要以爱美、多情为最高原则;学凤老不谈党国大事,即是娇女玉薇。又如海生之格言,写得可以当幼稚园讲义看,也白兄如有意,不妨举行一次,分请以上十人执笔,予请预定来学王雪尘一段挞伐文章如何?

(《力报》1944年12月23日,署名:云郎)

让我"魁"吧!

近年来,我常常魁我的诗写得太好,这该是我的自大,是我的狂妄,我都得承认。其实不是我的太好,是别人的太不好,在"举头天外望,无我这般人"的今日，我就情不自禁的目空余子了。假使说吾道中人，王尘无不死，施叔范不离开上海，余空我肯常写，我就不敢夸大。我非常有自知之明，一向肯服膺别人，曾经对余空我先生表示过，你要常写诗，我就会缚手缚脚，除了他，哪怕向来自矜渊雅的陈小蝶先生（亦名蝶野又号定山）挺身而来，我也把他掼到十万八千里外。

没有充分的才气，没有如沸的热情，就不必写诗，哪怕一生心血都耗在这上面了，写出来永远不会有活色生香的作品的。人就只怕没有自知之明，尤其不肯服膺别人，其所得只有丢自己的丑！

最近有许多人与我谈起路易士的新诗写得好，说他真有才气。有一时期，这位先生是受过"千夫所指"的，大概他也犯了我目无余子的一样毛病，但我倒同情他了。一个真有才气的人，不妨让他自说自话去得意着，在态度上固然狂一点，却并不妨碍到道德问题。张开眼来，看别人都不如我，你不让他魁个畅快，实在也是虐政。

（《力报》1944年12月25日，署名：云郎）

如 此 狂 欢

我向往的是清欢，不喜欢在狂欢的空气中打滚。记得有三四年了，耶诞节的前夜，没有到跳舞场去，从前还有个把户头，我也懒着出去凑热闹，今年同她们分绝交疏，当然更不想去。上一夜同梯维他们，挖花挖迟了，缺少睡眠，想早一些回去安息。傍晚，之方打个电话来，要我去玩这么一宵，他告诉我几位游侣，我突然兴奋，便在新雅吃饭，而止于丽都，这里要买可以抵茶账的代价券每人一千元，刚才落座，外面就是空袭警报，客人好像坐足了，但池子里不加一只凳子，热闹的情形，自然不能与从前相比。足足清坐一小时，警报解除，全场的人就开始酣热起来。又是一小时，而警报又来，我起了一阵心烦，感悟到此时此地，不是不可狂欢，直是无法狂欢。有几队男女，他们为了要强调狂欢，在不能跳舞的时候，到舞池中去表演我三十年以前所优为之的捉迷藏与抢龙头把戏，你说他们是天真，其实讨厌。结果有个人到话筒里报告："在空袭时候,请保守秩序!"到第二次解除时,我们也散去了。这一夜,约好舞女捧场的客人,可以借口警报而装胡羊。但照这一夜牌头进账一票的舞女,她们的情况凄凉,是不言可喻的。

(《力报》1944年12月27日,署名:云郎)

假 天 真

大家都说某坤旦与某乾生感情甚为融洽,有人就去问某乾生,此事究竟如何。他回答是绝对没有的事,我非但对她丝毫没有感情,而且很讨厌她的为人,她这个人惟一的毛病是假天真。我非常服膺他这一句话,"假天真"三个字,真是说准了她的毛病所在。

假天真就是北方所谓装孙子,上海人说起来便叫假屈死,在兰亭嘴里,又叫假屈。装假的人比天生深沉的人,还要可怕,还要讨厌。我同某坤旦也是熟人,当我发现她言笑举动的不自然成分太多以后,我就对她不感兴趣。坤角儿十三点脾气的太多,但在十三点淘里所得到者,或者都是真的,一犯了假天真毛病,就永远听不到她一句由衷之语了。

(《力报》1944年12月28日,署名:云郎)

樽 边 小 记

李丽既自香港归来,凡两见之,愚与之方约,欲为故人洗尘,而吾乃大忙,渠鲜暇晷,此心愿始于前日(廿七日)了之,并约梯维夫妇、马惕、肇梁、桑弧、敏莉,及黄薇音女士为陪客。李丽家居,遂懒于酬酢,惟以之方与愚皆其老友,故不容推辞也。李谓自来沪不及一月,上海物价,又涨一倍而强。从其游者,凡三四十众,尚有第二批人,将自广州来,目下一月食米须九包,烧煤块二吨,即此两项,所费已不赀,为状乃似以独腕匡扶天下,支撑故正复艰辛也!敏莉尚有他约,只先行,李则以年内将登台唱一次义务戏,须日日调嗓,故亦减酒不多饮。薇音非不可饮,特以日夕引歌,虑败其喉,亦难尽量。饮酒多者,惟之方与素雯二人而已。黄薇音清姿绝诣,当女歌手中,此为极选。桑弧称其人幽远清新,似读晚清人诗。愚则谓其温恭肃丽,其人之根器良奇,得共杯酒,真生平快事矣。

(《力报》1944 年 12 月 31 日,署名:云郎)

朱琴心出演有期

朱琴心已决定于本月十三日在黄金演日戏一场,剧目已定《花田错》,振飞特为之配下稽。其前有老龙馆主与洞庭山人之《武家坡》,老龙为李亦龙君之别号,演《武家坡》非一次矣。又有香云阁主人《宇宙锋》,与醉红馆主之《奇冤报》。香云为银行家孙养农夫人,醉红则为孙曜东夫人之别署,当世闺彦之潜心歌事,而造就弥高者,殆以二孙夫人为最也。大轴为反串之《虮蜡庙》,以淑娴为褚彪,醉红为张桂兰,香云为黄天霸,金龙为费德恭外,陪演者则有兰亭之张妈,养农之朱光祖,伯铭关太,振飞施公;俞夫人为家院,特从其俊习麒派身段,真当桩事体做矣。此外孙绍华之费兴,亦德之丫头,亦龙之小姐,琴心之金大力,包小蝶、幼蝶昆季之王栋、王梁,而以愚为贺人杰。曜东夫人建议,将在台上令兰亭唱流行歌曲,要愚为之陪《爱的波折》,当时便允之,归后自念,平时固嫉恶他人如此者,奈何自我为之? 书此颇有退牌意也。

(《力报》1945 年 1 月 5 日,署名:云郎)

未　婚　夫

没有看过江泓的戏,看过她一张照片,认为此人也有"风华旷世"之观。曾经写过一首诗,丁先生看见了,晓得我向慕其人,他说他认识她,预备替我介绍相识,我也预备敬治春浆,聊攀风雅。不道接下来又得两个报告,一个是江泓业已订婚,另一个是江泓的未婚夫盯牢黄包车,有人请江泓吃饭,未婚夫亦跟了同去。第一个消息,我初无介意,及至再听一报,才将我的主意打消。

请一位无论南方或是北方的坤角儿吃饭,她带来一个母亲或者姑妈、寄娘之类的老太婆,请客的人,不免要皱一皱眉头,认为这是扫兴的事。有时候她们不带老太婆,而带一个老头子,说是她的爸爸、她的师父,而老头子又是面目狰狞,这叫请客者真要气得翻了台子。但再想一想,任是老太婆或老头子,女儿终是别人的,这口气还回得过来,惟有带一个未婚夫入席,试问你如何招待人家?反正我没有这一只辣手,当人家是乌龟勠摆勒心浪向。

(《力报》1945 年 1 月 10 日,署名:云郎)

丁芝创愈登台

丁芝与光启决裂之前一日,曾来翼楼晤予,则以渠托予为之拟一启事,所以谢亲朋赴医院存问之劳也。来时手中持一画轴,叩其携此胡为者?则曰:是当时与光启之结婚书,明日我二人签名于解除婚约之后,此物亦将随之毁矣。予闻言愀然,久久不能宁已!

丁芝项间之创口已平复,饮食与说话皆无妨碍,惟抽线之后,其创处肌肉,作不平状,仰首乃不良于观,丁芝憾焉。闻医生言,可以用烙熨之法,使其复原状者。丁芝欲请施此手术,惟大中剧团,罗兰拟暂时休演,则丁芝且登台(主演《倾城之恋》),手术之施,须期将来矣。

(《力报》1945 年 1 月 12 日,署名:云郎)

忧 人 之 忧

在我自己的生活,极度艰难之日,接着前辈某先生的来信,写了五六张信笺,他告诉我他目下生计的困苦,再下去就要流转沟壑了。他的意思要我替他向许多老友面前呼吁,希望能够措集五十万元,为度岁之资。我读完了他的信,非常难过,一种是起于同情的悲悯,另一种却为某前辈做了一世好人,现在陷于凄凉老境之中,群雏绕膝的十口之家,真不知他如何支撑过来。

他指明的几位老友,如之方、翼华、佩之、善宏诸兄,他们都是心有余而力不足的人,都说救急或者还可以,救穷则未堪胜任,这倒也是实情。但目下已进入急景凋年中,时期也迟了一点,不然我倒想约雪尘兄他们仿效孙先生他们救济朱琴心的办法,替某前辈唱一场义务戏,我想这一点数目,是不难凑集的。写到这里,适巧儿子来要我替他们解送学费,二个孩子,一共四万余金,我犹如此,某前辈又当何如?自己焦急,更替他焦急,真是一桩放不下的心事。

　　(《力报》1945年1月21日,署名:云郎)

署　名　录

　　文士之署名,往往与女人有关,予亦不能免俗,"刘郎"二字,即以吾妇姓刘而用也。十八岁时,心悦一唱吴歈歌者,其人有名字中著一"云"字,予辄自署曰"宠云楼主"。到二十年后之今日思之,乃觉其事大可鄙笑。予今日自供于读者之前,落笔时犹不禁手软,若有人当面为予提起旧事者,予必红飞双颊矣。故后来见何海生因眷恋女伶王桂春,署名曰"惜春馆主",又曰"爱桂轩主",予尝加以调侃,其实予亦有此"隐痛"也!昔王彩云盛时,有人送一桌帔,上款为"彩云词史惠存",下署曰"卧云居士",此人乃有"他妈的真想同她睏一觉"之意,可谓辣手之尤。

　　近顷予深慕女歌手黄薇音,其人有清绝人寰之概,予刻骨倾心,要为事实。顾闻其人为罗敷,乃不敢稍动邪念,亦由衷之言,尝拟私署为"微可",所以志钦迟者。而文哥不谅,为予布之报间,使予欲措一词而无从,更不欲重睹其人,以迄今朝。

　　(《力报》1945年1月22日,署名:云郎)

寄也白兄书

　　昨日在新雅一面,匆匆不遑畅叙,归去,得吉光兄送来为捐募离石先生医药费捐款簿一本,读小启中有"文士清贫,古今同慨",弟亦为之恻然也。惟曾闻白雪有言,劝募款者毋向文化圈外人,有所干索。此事正复为难,文化圈以内,半数以上为乱世哀鸿,路径又奇窄,在势不足蔽其事,无已自我任之,始为两善之道。惟弟亦大困,近来尤甚,家主婆伙仓钱往往赖数日不付,顷复拮据,故此款请与《力报》商量,在下月份稿酬中扣除之,而由《力报》先垫付与离石先生,当可成行。又闻此事以吾兄策动最力,风义乃不可及,弟近时屡记之某前辈,亦贫况堪怜,不审诸同文,亦愿更出些子力,苏其久困否?弟愿随足下之后,为之登高一呼也。

(《力报》1945年1月23日,署名:云郎)

黑　帽　子

友人自苏州归,车站上见一黑帽子,搜一跑单帮者之类,闻黑帽子公然曰:我打侬一记,要侬一千,打两记便要两千,若疑我所索者,我将捆汝至于死矣。于是闻者发指,以为是何妖孽,锡荼毒于行旅之人,真须扑杀此獠也!

行旅之人谈黑帽子,譬之岐虎,无勿色变,而黑帽子横逆之状,非目击者几于不能置信。大凡敲竹杠为要钱耳,要人以钱,客客气气,犹可说,今则往往施人以刑虐,使其人身体受创痛之后,更倾其囊,其残酷岂地狱中之魔鬼所有?闻杭垣某长官,微服察访,杀一黑帽子,论者谓其不从大处着墨。以今观之,此举正复快人心意,特杀一人不足蔽若辈之辜,直须连根剿除之,彼为长官者,夫然后为万家生佛也。

(《力报》1945年1月25日,署名:云郎)

吃　豆　腐

记得我二十三岁一年,因为在嘉定结婚发过一次帖子,那时候礼簿上,乡下亲眷中,还有送三十只铜板当一份人情的。老太太告诉我,乡下有句老话，叫"礼轻情意重"，再送得少一点，也不能诽笑人家。

最近之方的老太爷在浦东故世，大殓的一天，收到亲戚的礼，一共二十四号，这中间没有一份是现款，都是"箔敬"，但来吃豆腐的排场，每顿开十五桌饭，六只素菜，一只素汤。因为上一天乡下落雪，蔬菜特别价昂，黄芽菜卖六百元一斤，其余可以推想得之。此役也，耗杜米三包，食油的用量，由六十桌饭菜上，可以计算得出。乡下人没有恶意来"吃冤家"，他们的阖第光临，认为人情上应该有的温暖，但受之者，却不胜其负担，用上海人的眼光来看，乡下人的"扰头势"，比都市中人还要辣手。

(《力报》1945年2月1日，署名：云郎)

放低了目标

关于某前辈的事，因为我病了五六天，到今日尚无具体办法。看见报纸上穷朋友们，都向前辈寄无限同情，但究竟因为本身实力不够，所以不能立刻解决他的需要。在前辈第一封信上，他要求几个朋友替他凑五十万元，以这里说度岁之资，不过十万，其实十万元过年，还是万万不够用的。我现在想我们都是一贫如洗的人，只能用最大的力量，希望小的成就，姑且以十万元为目标，由我来筹集，最好能够在这三五天里弄到，在某前辈是杯水车薪，无济于事，但我们至少好安一安自己的心。如悬的过高，反而不能措手，若再迁延下去，非但没有日子，而且要弄得没有一个结果的。也白、水手、凤老诸公，都曾经关心过此事的，不知诸位也以为我的话说得对不对。

(《力报》1945年2月2日，署名：云郎)

红酣绿媚照苏城

克仁创一食品肆于吴下，肆亦兼设咖啡座，于二月一日开幕，邀沪上银星，欧阳莎菲赴苏剪彩，陪莎菲同行者，为胡佩之兄。前一日，克仁设宴于南华,预酬莎菲跋涉之劳也。邀予为陪客,屠丁事件自恶化而至决裂,与莎菲此为第一面,艳光照眼,风采无殊。距登程仅一二小时,佩之以予沪居无事,胡不同行？予以小病初瘳,四肢犹如瘫痪,精神亦大减,故不果,否则旅途正无患岑寂。克仁之肆,名万利酒家,论吴下诸肆规模之巨,殆以此为最。克仁经营事业,魄力之雄,无人与埒,沪上之石家饭店既辍业,以雇员咸赋闲,坐是张万利于苏城,所以使若辈各安所业也。既烦莎菲剪彩,复请女歌手黄薇音及兰苓诸人,赴苏献唱,凡此灿灿如云茶者,料此日必将倾动吴侬矣。

(《力报》1945年2月3日,署名:云郎)

想着竹淼生

因为闷在家里,笔底下自然写不出新鲜材料,一落笔不免要翻旧账,今天的旧账,翻到了竹淼生身上。在两年前我们就听得人言藉藉,说竹淼生是上海的大囤户,几只洋一箱进的固本肥皂,一共有十万箱。因为他是囤积日用品的专家,所以这两年来,日用品的腾涨,竹淼生终是居百分之若干功绩的一人。上海的平民,如何不日夜的惦念他？

自从竹淼生的浙江兴业银行总经理,被董事会开除之后,他似乎更销声匿迹了,近况如何,传说的人就不大有了。我们不晓得他到现在还在囤积日用品否？根据"千错万错,囤货不错"的原理,我疑心竹淼生在赋闲之后,终朝孜孜矻矻者,恐怕还在倾全力于此。以我想想,譬如吃东西,吞得过多了,咽不进,呕不出,迟早终有一场大病要生的。竹先生不知也曾考虑到此否？

(《力报》1945年2月4日,署名:云郎)

盲 肠 炎

近时,相识中老年人之割治盲肠炎者,得二人,一为孙履安先生,一则吾友姚肇第之太夫人也。履安先生今六十晋四,体质极健旺,二月前盲肠突发炎，其嗣君咸焦急，延名医六人，环为老人治，而不敢以病状白老人也。先生似闻之，语其嗣君曰：固盲肠炎者，必施手术。于是割治之计决，而老人之患，遂出险境，昨日邂之于曜东先生府上，则已杖履安宜矣。

肇第侍太夫人纯孝，平时肇第未尝有忧戚之容，如太夫人偶有违和，则眉结不可解。太夫人已臻遐龄，旬日前，忽以盲肠炎闻，延曹士英医师疗治，诊断既正确，辄施刀圭，太夫人亦终无恙。闻履安先生之疾，耗医药之资逾百万金，去年此时，盲肠开刀，医者索二万金，今已增至五十万，中人之家，真不堪罹此患耳！

（《力报》1945年2月5日，署名：云郎）

张善琨总揆华影

张善琨先生始终是掌揽华影公司的大权的一个人。目下，华影原来的董事长与总经理因为政局上的改组，也随之离职，新人选尚未决定以前，更由张先生独持艰巨。前天张先生招待上海影剧的写作人，因为华影公司过去，同执笔诸君，无所联络，张先生主张以后彼此要有所互助，希望执笔诸君，对于华影的出品、华影事务上的措施，有所批评或指导。又因为近年报纸上，关于华影的记载，时常有与事实出入的地方，这当然不是出于执笔诸君的恶意，而是为了传闻之误，如其彼此取得联络之后，这一层缺陷，是可以弥补的。

张先生平生举办事业，向来重视宣传，他本人又是注重舆论，上海的大小报章，平时流览无遗。他在招待宴会上，称执笔人为老友，正因为席上诸君，都是他夙所关心的人物。

（《力报》1945年2月8日，署名：云郎）

丈　夫　得　意　事

男人之惧内者，其原因有二，一为屈服于其太太之多钱，一则屈服于其太太之美色也。予昔日为虐妻圣手,近年来于内子未尝肆无忌惮,颇不自知其原因何在。有时哄于闺中,予愤愤曰:倷爹爹勿是徐贵生,有厚大妆奁,挑我勿死;汝又无倾城之貌,我何为而服帖汝哉?然吾妇闻言,以为创其心,哄益烈。嗟夫!予乃认予妻实前世冤家也。男人之屈服于太太之多钱者,在理,不可原,若屈服于夫人之美色,则为丈夫本色,未可厚非。予之理论如此,高明以为何似?友人中惟胡力更有艳妇,故力更博于逆旅中,其夫人寻踵至,时逆旅不燃雪炬,灯光下见夫人亭亭立,光艳万状,责力更曰:深夜出门,乃不告我以地址,使我乃不知若已何往也。力更唯唯,面颊不敢置一词。其实夫人至夜觅其夫,是为伉俪情深之证,何况夫人更丰于其貌,是为丈夫得意事,而力更耻之。若易我,混身骨头,顿减分量矣。

(《力报》1945年3月10日,署名:云郎)

记 洪 异

洪异之名,盛于三四年前,当时舞海娇虫,以健歌称者,管敏莉与洪异实一时瑜、亮。予去年始识敏莉,今且为恩深兄弟矣。近顷又遘洪异于高士满座上,南宫刀荐与予,其人娇小如香扇坠,问其伴舞生涯,今几年矣?则曰:往固为之,十九岁时弃去,抵甲申岁尾,始卷土重来,盖退藏于密者,迄今三易星霜矣。洪雅工词令,吐属亦俊爽无伦,知此亦舞女中之通人。及夜,就雪园同饭,洪颇纵酒,自谓已成癖,虽不逢酒侣,恒倾樽自酌。此日午间,家居无所,独尽芹酒半瓶,意兴之美有如此者,真罕遘也。南宫刀称其舞步之胜,在今日为第一流。予不能舞,独喜其娓娓樽前,方地山所谓"沧海曾经多见闻"者,久蹙双眉,当此颇堪一诘耳。

(《力报》1945年3月13日,署名:云郎)

王 茂 亭

王茂亭等赌案,昨闻已解地检署审询,则此案将以徒刑科诸犯,外闻所传之严重性,殆已过去矣。闻之人言:王于去年筹备赌场,及年底,售去金子二十余条,为资本。若不开赌场,金子放过年,则十日之内,亦可挣数千万元。今售去金子,而设俄侨总会,十日间虽亦盈四千余万。然其窟捣,其人则身寄囹圄矣。谓非鬼使神差欤?王本人无再开赌场之雄心,特其三子,游手好闲,皆不成器,而王妇贪而悍,王故无奈,以为要多挣钱,惟赌场为终南捷径,于是不恤蹈法网矣。垂老羁囚,识者悯之,不知为王之子、王之妇者,又何以对此当家人耶?王子三人,曰杰美曰狄克,皆以西人之名为名者,杰美与白光互恋,其余二人,好勇斗狠,真不知他们戤啥人牌头,乃好作威作福哉?

(《力报》1945年3月14日,署名:云郎)

请信芳认命

信芳自接盘黄金后,黄金之上座即衰落,说者谓此公只有帮人家之命,自己实做不得老板也。嗣复丁忧,不再上戏,由李如春主持,以迄甲申岁底,在理乙酉新年,信芳宜上去,而信芳胆小,恐勿振,将贬及令名,于是邀张翼鹏弟兄,抵挡一阵,不意生涯寥落,居海上平剧院第一位。尽正月三十天,黄金亏负达三百万金之巨。别人家多少可以捞两钿摸摸者,而黄金独蚀本,盖叫天无后乎?信芳之命不济乎?真不可解矣。张氏兄弟订合同四十日,二月初十下来,此后信芳将上去,闻拟以《文素臣》号召,然旧时配角,散佚殆尽,高百岁已离,王兰芳已作古人,素雯且下嫁为文士妇,试问刘璇姑洞房,宁更有可观者乎?予意信芳既无昔日阵容,正不必弄巧成拙,当以演武戏为宜,多贴《四进士》、《青风亭》、《南天门》一类戏,此而不能号召,则信芳当认命,命不可争也。

(《力报》1945年3月18日,署名:云郎)

白 光 献 曲

近顷仙乐斯舞宫,拟邀白光歌唱,不成;继之孔雀厅亦邀白光,又未就;而终为国际十四楼所罗致,将于二十四日起,开始献唱,为期一月。十四楼冷落已久,至此势必一破岑寂空气矣。予不识白光,前年夏,见之于飞阿盖座上,嫌其面孔上人工修饰之成分太多。最近又于国际电梯中见之,则长发披肩,幽香自发间流散而出,中人欲醉,面上抹轻霜,雀斑隐隐可见,而为态甚腻,信知其人真尤物也。闻其在国际登场之日,十四楼又拟易一新装,舞池仍移至内间,乐台则改设于中央,白光临场之际,迎以电炬,使其缓步上麦克风前,为观盖至美也。

(《力报》1945年3月19日,署名:云郎)

以 米 论 皮

予于他报记亡友之妻,从佳禽女郎,置身俎上事,系得之吾友城北所言。亡友固名重艺坛,其妻亦献身于水银灯下者,特名不甚彰耳。城北谓一日者,曾以电话抵佳禽,丐其为之推荐,佳禽昂其值,顾不言数字,特曰:最少亦须一担米也。城北抑之,曰:五斗如何?佳禽不可,又曰:以我与彼交情,请其让步,恐八斗之价,不能再贬矣。二人始终并无结果,而所谓米价者,以十万元一担为标准也。

云郎曰:定山居士陈小蝶先生,近订鬻画润例,曰"以米论画"。今城北与佳禽之谈判,则为"以米易皮"。盖方式相同,惟有风雅与淫乱之异耳。

(《力报》1945年3月20日,署名:云郎)

弯 舌 头

克仁兄尝经营更新舞台,屡次延平角南来,以京朝大角之脾气大,不易伺候,终致灰心,自言既受不惯狗戎气恼,而于京片子更打不惯,与若辈言谈,亦大感吃力也。有此二因,对开戏馆更无胃口。近顷张善琨先生,既将天蟾舞台让渡与周剑星接办,剑星则拟将共舞台经理一席,让与之方。几度榷商,之方犹在逊谢中,尝诘其原因,则曰:亦为伺候不了角儿脾气,同时亦如克仁之弯不来舌头,打满口京片子也。其实真要做平剧院经理之权威者,真不必学会打京片子本领。昔金廷荪营黄金大戏院,对北来角儿,一律说宁波话。金言:我挑他们赚钱,他们靠我吃饭,应该他们迁就我,我已一把年纪,为什么要学蓝青官话哉?

(《力报》1945年3月24日,署名:云郎)

谢 鲁 诗

光化出版社为李时雨先生主持,发行日刊一种,第一、二期,为离石编辑;比离石病不能兴,纂务遂废,李乃延谢鲁继其事,第三期在整理稿事中,不久与读者相见矣。今日海上人士,无不震李氏贤明。予之识时雨先生,在孙曜东先生座上,而谢适从李氏同临,予故兼识谢鲁。谢蜀人,老于报事,历地甚广。为人朴质无华,自吐属中,知其人实崇学问而尚道德者也,心仪久之。时曜东先生诚有谋将来事业上互助之议,但未尝有具体办法,乃数日之后,本刊忽著短文,述予事而兼涉谢鲁者,彼此皆甚诧异,时雨先生,尤认为遗憾。越二日,谢以一诗报予,诗以此而作,呈时雨、曜东两先生,并示予与谢佩蒲君者,流邕清影,委婉可诵,因保存之:

  旧赋桃花许胜流,相看折齿怨谢投。今朝酒熟故侯第,醉倒春风一粲休。

(《力报》1945年3月27日,署名:云郎)

发 财 捷 径

以杀夫案之轰动,予尝痴想,苟警察局肯帮我忙,让我发一票财者,将凶犯借我一天,我则绑之于大光明台上,旁列以尸箱一只,凶刀一柄,然后卖门票,每一刻钟为一场,自辰至暮,收入亦甚可观。或曰:此而不可求,求其次,立刻将死者与凶犯之影,放大为二十四寸,及涉嫌疑之小宁波与贺某诸人,亦放大其照相,列入大世界卖门券,积数日收入,亦成巨数,比之印小册子一种,进账更好。虽然,欲照我上面所述而求发财者,须亦得迅速,否则失却时机,将来便无号召力量矣。

(《力报》1945年3月28日,署名:云郎)

恶　　谑

一夕,克仁宴金雄白先生,佩之亦至,着西装,去大衣而留一围巾,在场面上自不雅观,惟佩之病甚,今稍瘥,犹不敢受寒,故以此巾障之。克仁恶谑,问席上人曰:诸君亦知佩之此巾,何以久围不去乎?众不解,则曰:胡夫人殆与杀夫案中之凶犯为结盟姊妹,佩之防其夫人下此毒手,故留一巾,一刀下去,犹能挡一挡也。

杀夫案发生后,予妇言,累日以来,夜间恒不获安眠,盖印象险恶,使人心意不宁。一夕,予归较迟,妇颇生怨言,谓若非不知我独居胆小者,而若必迟归,我乃至夜午不能逞眠也。予曰:汝惧奚为?我则正以今夜归迟,不能安枕耳,凡此亦恶谑,国人往往如此。

(《力报》1945年3月29日,署名:云郎)

张　家　双　喜

张家者,张善琨先生之府上也。双喜者,将办两桩喜事也。辄并志之。

废历二月二十八日,为善琨令媛美娥小姐于归之喜,新婿为黄金荣之文孙,于一年以前订婚,今定于上述日期成礼,礼堂假康乐酒家。黄为闻人,张先生尤海上名流,今结朱陈之好,遥知车骑之盛,将挤塞于静安道上矣。

逾婚事后五日,为善琨先生三十晋九诞辰,则不复铺张扬厉,第设酒饭,邀至亲好友,尽竟日之欢,礼堂设于共舞台楼上,所以示不欲招摇也。惟近日以来,闻张先生在卧病中,惟祝灾晦远扬,祯祥永驻,先生得早占勿药耳。

(《力报》1945年3月30日,署名:云郎)

柔 肠 侠 骨

大都会开门,韩菁清伴舞其间,生涯之美,声势之盛,乃非红舞女可以攀及。予向时不识菁清,一日,韩与予友叶生,起舞于场中,叶为予介识之,亦不暇闻其吐属也。柳絮先生,屡于楮墨间,张菁清美事,亦知二人颇笃于交谊,洎乎最近,始从他人口中,为述菁清自具热肠。末世风漓,求热肠人渺不可寻,稍稍于脂粉团中,得一二人者,自足爽人心目,因知柳絮之力扬菁清,自有其最大理由。柳絮为人,羞涩类处子,而温柔敦厚,其文事亦似之。大凡性情中人,无不恶人情嚣薄,柳絮之所以永契菁清,正以菁清之生就一副义肝侠胆耳。今菁清为舞女于大都会,舞券所得,分若干以赈其故人。故人今在产褥中,贫不暇蔽其一家,菁清悯其荒寒,纾弱腕以匡扶之,真使闻者感动也!

(《力报》1945年5月16日,署名:云郎)

我 来 了!

近两个月来,稿子写得很少,为了我比平时忙了一点,忙的原因,都知道我"有所经营"。我一向总是这么想,我是不会办什么事业的,万一有朋友肯出力来扶我一把,使我兴办一种事业了,想来打击一定很多。因为十几年来,为了写稿子,无形中得罪了许多人,在我吊儿郎当的时候,恨我的人,无法计较,只等我一朝想着要不走"偏锋"了,那末这些人他们会给颜色我看,放冷箭的也有,丢石子的也有。最近我证实暂时还言而未中,但更不幸的,放冷箭的、掷石子的却不是一群被我无形中得罪过的人,而是几位向来休戚相关的同文。我因此奇怪,其实同文真没有摸准我的脾气,我穷了三十八年,到现在也没有发财,假如诸君有力量,真要摧残我所谓"有所经营"的话,我决不遗憾,决不可惜。飞黄腾达,本来八字中早已排定了的,诸君希望保守我从前那副吊儿郎当,那是绝对可以,我已准备这最后一着。力更兄来要我写稿,我一口答允,白理事长来以此请托,我也并不拒绝,我是预备与许多老友周旋来的!

(《力报》1945年5月19日,署名:云郎)

拆　字

江栋良引龚之方为畏友,之方年来所办事业,江终为其班底之一人。之方平时风趣诙谐,顾问题一到公事,便有尊严,江极畏惮之,曾语予曰:平生不怕爸,不怕娘,亦不怕老婆,而怕一朋友,真不知何以故也?

一日,栋良赴城隍庙,就一论字者谈,问曰:我怕一朋友,拆字先生亦能为我解释乎?因书二人之氏,江与龚,论字者滔滔曰:龚之上而为龙,江之一旁为水,是为龙取水之象。又问二人籍贯,龚浦东,江为苏州,则曰:苏之草,之鱼,之禾,皆浦之水以养活之,否则死矣。是故姓江者宜为龚所吃瘪也。栋良又问:然则再怕几年,可以不怕?则问二人年纪,江三十四,龚三十五,曰:再待六年,二人之岁合八十一,"八十一"可以缀为"平"字,故六年以后,可以平行。江始叹服,唯唯谢其言之巧,明日白于予,予亦为之惊奇焉。

(《力报》1945年5月24日,署名:云郎)

池边小记

张雪尘在大都会,以十一时始往。一夜到大都会已十一时〇五分,十一时三十分打烊,二十五分钟间,坐台子八只。张又有口号,则为"陌生客人台子不坐",其吃价如此,惟张亦常常跟客人游法仑斯,此则尚非真正红舞女之派头。以往大红大紫之舞人,除在场内侍坐外,不大随客坐夜总会,惟邀客人坐其妆阁间,盖其寓所中设备精致,服用奢华,比之坐夜总会,更为舒服也。

宓令既重为冯妇,长脚先生报效无虚夕,而所掷甚豪,当年之小开,今日固犹有风头也。闻五日之间,数逾百万,问其亦曾碰过否?则摇首曰:尚未。问其亦有所野心否,则曰:随便。乃知当年之小开,在今朝白相,已易一风格矣。

大都会之乐队,为舞客所向往,韩菁清有时献唱其间,则为四座风魔。或曰:今日之大都会,乃有当年舞场情调。不跳舞而摆测字摊,亦以此地为第一。

(《力报》1945年5月26日,署名:云郎)

关 于 稿 费

有几位同业的执笔人,跑来与我商量关于稿费问题。我告诉他们,我是没有准则的,心之所喜者,致酬从丰一些,心之所恶者,就菲薄一点。我还有欣赏文字的能力,这样的规定,当然不致于对某人是阿私,对某人是委屈的。

编辑者不必怕执笔人赖稿,喜欢赖稿,尽管赖,对于赖稿者稿费不加,倘是天经地义,否则何以为勤恳者劝?我自己明白对写稿子不大负责,所以稿费对我再菲薄些,我也忍住了不说,不过有时候觉得伤心的。我的稿子,都是用本钱去换来的,所写的类多事实,不是天天放空屁者可比,而所得稿酬,往往捞不回本钱的十分之一。

稿费,养不活一个人,遑说养一家老少,在作者从此更不必有所哓哓,而在报馆老板,能拿一个心之所安,也就罢了。最近我在新雅请四位小姐吃饭,一共付了二十八万元,我想不到如此昂贵,于是心平气和,对稿费更无所指望。

(《力报》1945年7月6日,署名:云郎)

关 于 牙 签

跳舞场里的术语,我以为"牙签"两字,最有意义。牙签这东西,在牙缝里触过之后,就要扔掉。譬如男女二人,今天还要好一场,到了明天,见面便同陌路,这情形,如同牙签之触过扔掉也。假如男人存心扔女人,这叫男牙签;也有女人存心扔男人的,又叫女牙签;也有年纪大一点的男子,百计追求,及至到手之后,第二天照样当她陌生人者,这又叫老牙签。

当舞客要求舞女,碰一碰身体的时候,舞女一定颇有戒心似的要问客,你是不是牙签?舞客当然赌神罚咒,说不是牙签,于是答应被他派场了,但到明天,还是牙签。此在自悔意志薄弱的女女,自然懊恼万状,怨她遇人不淑。亦有豁达一点的,到有人问她的时候,她很轻松地回答人家:迭排事体,勿要摆勒心浪,俚签签我,我签签俚,大家两勿来去,呒啥损失。

(《力报》1945 年 7 月 22 日,署名:云郎)

为 何 不 涨

力更兄来,谈小型报涨价的事,第二天是大饼油条跳到一千元一副的日子,所以上海最便宜的售价,小型报外,不作第二样想。

小型报为什么不涨价?这理由真是说不出,为文化事业,为减轻读者负担,都不是的。佩之兄说:小型报为啥勿涨,请你们想想看,上海地方办事业,除了小型报之外,还有亏本的生意没有?

我曾经想过,小型报不涨价,因为小型报要乱骂其他物价的上升,所以为"以身作则"计,小型报不能涨价,这理由其实也不是的。

既然没有不涨价的理由,便应该涨,大家涨,今天涨,还是蚀本的话,明天再涨,与其"赔而死,不如涨而死"。现在的日脚一千元一张小报决不成为"骇人听闻"的事,同业诸君,何不心肠狠一狠呢?

(《力报》1945 年 7 月 25 日,署名:云郎)

云庵缀语（1946.10—1947.8）

将游故都

余半月以来，猝患失眠，情形严重，非天明不获入睡，因此百病萃集。去年，吾目大赤，三四月而愈，今复作矣。坐是不得不谋休息，乃辍稿事，复欲注射强身针剂，或劝滋补不如静养，静养不如游览，若弃此尘嚣，远游胜地，比之服参芪者为愈也。会徐观焘、孙克仁诸兄，有故都之行，邀余同往，期定二十五日以前，行程凡十日，以飞机来回，而余犹须考虑者，则为能否坐飞机。余自知心脏衰弱，不适宜于凌云，又以此行同伴，乃无红袖，亦为缺憾，有烟霞不着罗绮，余终以为可鄙也。顾朋辈怂恿，谓前者不必过虑，后者则春明道上，粉黛如云，徘徊嗟赏，正待前度刘郎之取次看也。

（《飞报》1946年10月16日，署名：云郎）

病目记

余去年大病，病时目疾发作，左目之瞳人外，皆为红色所翳。医者张福星及邹诚浒先后断吾病，谓以肺弱引起者，身体健复，目患亦除，未几果愈。当时痛苦，为头痛，而注视少顷，即大不适，故不宜看书亦不宜作字。半月以来，余病失眠，旋目疾复作，惟为势不如往岁之甚，然不宜于看书作字则一也。余故辍笔。《飞报》初创，大苏诸兄，必欲以拙文为献，遂勉为数则，兹仍拟稍休，期至月终，如病愈者，将重为故人效劳可也。

余方病时,画家朱尔贞女士,亦以病目闻,穷居凡二十日,未尝出门,教读与治艺同时停顿。昔者余有《慰病》诗云:"已觉支离多瘦骨,随怜顾盼有明眸。"亦可移赠于今日之朱霞也。海上无健全之齿科医生,惟治眼科者,则张福星与邹诚浒咸为第一流专家,尔贞病,亦就诚浒医。诚浒年不过五十,而鬓已白,诚笃温良,今不审尚在红十字会医院否?

(《飞报》1946年10月19日,署名:云郎)

张公权与张肖梅

二十一日本报第四版刊一文述张公权之妹为张肖梅博士,实误。博士为宁波人,其尊人系二十年前上海百代公司之买办。公权为江苏宝山人,其尊人为一中医。育子女甚繁,公权有两妹,一嫔徐志摩者,乃居范园,其住宅最近供为谈判和平之所,为沪人所瞩目之地也。一嫔朱文熊君,朱与公权为乡人,其父盖海上木业巨子,朱吟江也。当张肖梅自海外归来之日,在二十年前,时公权为中国银行总裁,延揽贤才,招肖梅于役中行,与张禹九为同事,数年之后,二人忽牵情爱,缔为良缘。禹九名嘉铸,为公权之弟,故肖梅为公权之弟妇,非胞妹也!

(《飞报》1946年10月23日,署名:云郎)

近事琐记

新仙林舞场有舞人自杭州来,名徐萍者,秀丽无伦。予尝为文张扬,天衣将往报效,而佩之阻焉。谓徐萍者,实为故人某君之妇,用是裹足。余作油诗调天衣云:"者回真想色迷迷,我以诗文为品题。不道'大王'来报告,徐娘竟是故人妻。""大王"者,指佩之为浅薄大王也。

端木洪兄举行婚礼之日,余与桑弧、兰儿及李宗英、宗妹并坐,以诸子皆未婚娶,而皆守身如玉为妹之侄子女。余故曰:试看今日席上童男童女正多也。余言已,席哗然,兰儿与李氏姊妹,则颜赧勿已。

锦江之主持人为董竹君,梅龙镇之主持人为吴湄,上海酒楼之主持人为朱蕴青,是皆以女人而经营川菜馆者。近顷南海花园饭店亦将聘缪孟嫆女士,经理业务,读报诸君,亦知缪女士为何人乎？是即话剧名演员,今为银河奶府经理之韦伟小姐也。

(《飞报》1946年10月24日,署名:云郎)

寄　柳　生

前天偶然在咖啡店里同你碰着,你告诉我许多话,在我都认为不值得介意的,而你则萦绕心曲,不能自已。明明三十来岁的人了,而依旧不通世故,真使我好笑。你既鄙恶这个朋友,明白他的性格,已经乖张到离开了人性,那你更当一笑置之,何必要与他一般见识？老实说:这位仁兄,我在近两年来已经看穿他了,你说的那句话,真是不移之论,你说这个人平时乱咬乱骂,只要某一个人凶过他的头时,他就立刻老实。真是一点不错,我还有旧事可稽,这是何等卑鄙？老兄,你既然凶不过他,就不该计较,徒乱人意。我也承认老早是宿货,做不出什么来,所以让同文淘里骂两声太平山门,绝对不想还架。不过我还想趁此劝劝同文,真有什么骨鲠在喉,还是骂骂不相干的外头人。骂外头人说不定要吃眼前亏,但到底有自家人在,替你报复。若老是凶在自家人头上,除了被人耻笑之外,一无是处！

(《飞报》1946年10月28日,署名:云郎)

数年不过菱花家

足迹久不履屠人之场,一夜乃诣马律师新村,忆余往年来时,菱花老七犹下榻于此,及其遣嫁,所业授之乃妹,于是操刀者第识小阿姨,几无人知菱七其人矣。姐上物之长驻此间者甚众,顾众中无美色,有之周小姐一人而已。周小姐长身玉立,线条极美,而肌理莹晰,视其年,犹未过花信风也。若是者,苟置之舞场,亦可以惑瘟生客人,至于倾家荡产,愿沦于此,操刀者第许四万金,而真个销魂矣。余与天衣故扼腕不止。

菱花家一切仍旧，房间中一凳一几之位置，亦无更动。闻之人言，其生涯鼎盛，可知小阿姨当政以来，经营正复得法，以商场巨子，喻屠门主政，犹郭顺善继郭标之业也。

（《飞报》1946年10月29日，署名：云郎）

女 儿 经

"女儿经"为柳絮先生习用之标题，余复用之示效颦也。王丹凤闻将与一严姓商人，论婚娶之约。故王无重登银幕之消息，先是王亦共友人游宴，及与严之谈判趋接近，王之母乃向其他朋友，宣传其女即将与人订婚约之消息，是婉拒其他朋友再与丹凤接近耳，然其他朋友，从此果绝迹，于是云楼、阿凯弟等处，见与王丹凤双携者，总是其未来之丈夫严先生矣。

胡弟弟一度去港，旋即归来，此人有重操舞业之消息。未胜利前，群言胡弟弟私蓄殊丰，以今观之，向之在客人头上刮下来者，终究亦看得见了。又传初霞阿七，将重莅花间，暂时恐不可能，盖与余前记小莫之一段情缘，一时犹未能斩得干净焉。

冯媛媛不入新仙林，而入百乐门，报上刊煌煌启事。其实新仙林不得冯媛媛，亦当攫取妹妹，而叶则久藏勿出，岂故乡亲眷，尚逗留沪上耶！（叶之不做舞女，因家中有乡下亲戚，此事余昔常记之他报）管敏莉亦将于十一月一日移植于百乐门。

（《飞报》1946年10月30日，署名：云郎）

复 大 苏

你的信我收到了，你说得我太好，我担当不起，我有自知之明，虽然你再三声明，都"言出由衷"，但我还是不该当。我老早说过，小型报上写稿子的没有角儿，都是一样。拿《飞报》来说，实在没有什么健笔之人，真有一两篇千古不朽的文章在里面，然而销路不错，还是因为东西多,而且齐备,像一只好吃的什景盆,所以能够诱致了广大的读者。

谁要承认说我是小型报上的健将,此人必是罔人。上海人看小型报,决不会认定某一个作者为中心的,他们就是要看热闹。所以最近有一张小型报做广告,他说每日登载,另碎新闻一百余则,这是号召读者最有力量的一句话。有一天我对曾淹兄当面说过,劝他多约作者,不论杂合乱拌东西多登些,销路一定没有问题。

你要我替你写,我没有拒绝你的理由,我是以此为业的,有工夫有材料,为什么不写?不过病愈之后,这两天实在忙一点,而你是那样的情意殷殷,使我虽有正当的理由也无法推诿,姑且遵命,不过不一定天天有,这是对各报一概的情形,请你特别原谅我。

(《飞报》1946年11月4日,署名:云郎)

杨梅合作

梅博士于二日登场,下午已告客满,群乃叹博士声威,为不可及。此次梅剧团以杨宝森为辅,其阵容故铮铮如铁。宝森近年,上海来一次红一次,其实此人自有神韵清音,迥非恒流所及,何至到近年始受人嗟赏?亦可见上海人看戏之漫无水准。宋宝罗、李宗义之流,皆一度如火如荼,而杨宝森则最近始冒起来,谓非海上周郎之耻,不可得也!宝森之剧,如《清官册》,如《洪羊洞》,胥为当世绝唱,苟《洪羊洞》而与博士之《玉堂春》并贴者,我亦为座上客矣。宝森在《清官册》中唱:"自盘古,哪有个君与臣带马?"为自有平剧以来最好听之摇板。前三年,余与宝森吃半夜饭,力谀之,而宝森颇谦抑,可见此人襟度之美。生角人才,今以有一宝森,始使人无凋零之憾耳。

(《飞报》1946年11月5日,署名:云郎)

有人污蔑童芷苓

昨天我正在办公之际,忽然有一个人进来找陈忠豪兄,他们坐在我旁边,唧唧哝哝,不知谈些什么。忽然听见此人提到了童芷苓,我便留心他的下文。此人对忠豪说:童芷苓这种唱戏的,她根本不靠包银养活她,她们还是要人家去打打沙蟹、挑挑头才算生财大道……这个人平白无端血口喷人,把童芷苓随便污蔑了一顿不知是何用心。他走后,我对忠豪兄说:"因为是你的朋友,不然我真要给他两个嘴巴子吃吃,教训教训他,以后嘴上不可随便缺德。"

我生平不大会得生气,也没有争名夺利的嗜好,所以更不容易发生烦恼。惟有一件,听见有人糟蹋我心里欢喜的女人时,不但立刻会起反感,而且要引动肝肠。譬如像童芷苓,她一不是我太太,二不是我爱人,不过我欢喜她而已,就绝对不愿提起她不好,这是我的一种毛病。疑柳絮兄实与我为同病,不过病势我比柳絮兄还要沉重,因为可以使柳絮兄肝经火旺的,只为了一个韩菁清,他们之间,到底久茁情苗,不比我同童老板之一啥吭啥啥也。

(《飞报》1946年11月6日,署名:云郎)

《三岔口》有啥好"听"?

《三岔口》一剧,唱绝少,连说白也不多,盖叫天演此,费时不过半句钟。自叶盛章来,始加以"硬啃",故有时演至一点一刻,而此剧之轰传于海上,亦坐此也。今天蟾屡排《三岔口》,《三岔口》只可看,而不可听,故播音乃失其效果。大中国电台之向小姐,每于《三岔口》上演前,征求无线电听众意见,曰:"我将以电话之多寡为测验,电话多,而要求播《三岔口》者,我则播之;电话少,则与各位听众明朝会矣。"言已,电话群至,数试皆然。余故大奇,尝分析两种原因,第一种听众,初无悦于《三岔口》之锣鼓声音,特欲多闻报告人之謦欬,以萦回梦寐。向小姐声调柔和,是以使闻者神醉。第二种原因,实欲取锣鼓声音,治听众失眠之疾。余为此言,实有所本。上月间,余病失眠,亘半月勿愈,一日,遇韦伟女士,韦述故事,谓昔尝失眠达五六日,一夕,观李宗义戏,忽于座上入睡,久之勿醒,盖倦极之人,于锣鼓喧天中,忘其思虑遂酣然入梦矣。基此原理则人在枕上,亦可假收音机锣鼓,以避烦思,失眠苦倘能赖此愈乎?

(《飞报》1946年11月7日,署名:云郎)

灯下看陈飞

前一时过南华,常见歌手陈飞之照片,放在进门处,然无暇一闻其歌也。最近有人来告,皆陈之密屑,乃谓其人甚可亲,而身坯雄健,热情奔放,固夜走八百不明之日月骕骦也。一夕偶坐大沪,会此间有大批舞女进场,座客如云,陈飞之霓虹灯,赫然照耀于麦克风后,盖亦于是夜来献唱兼侍坐于此。当其登乐台,唱《五更相思》时,余适与一叶姓舞女同舞,台前小驻,细细端详,"四宝拉试"射其面上,余目为花,不易辨其妍媸,惟身坯之精壮,则视其健骨,可以征之。余小语曰:"此人奈何不着高跟鞋,竟无线条之美。"叶忽应曰:"渠平时固恒着半高跟鞋。"余曰:"汝识其人?"曰:"相交甚契。"因举曩日所闻者,问叶,皆诿为不知。余与叶为初见,叶自不肯实言,言则十三点矣。

(《飞报》1946年11月8日,署名:云郎)

报予倩先生

我还相请写文章,不道先生老更忙。一自江南秋到后,逢人到处问欧阳。

欧阳予倩先生自归来后,近更大忙,尚未一晤,余近为程砚秋图文集征文,始通消息。一日饬价往取件,予倩之覆书言:"承命属稿,成而不称意,因手头材料太少,过于应酬敷衍,故不能举,尚乞鉴原,容走后面致歉意。"故予倩之文此集终付阙如,余甚怅惘,然老辈情意之殷,亦可于书中见之也。砚秋来后,渴念予倩,余将置酒款欧阳,而邀砚秋作陪,使二人互倾离愫。闻程与欧阳,在巴黎一晤后,不相见者,且十数年矣。

(《飞报》1946年11月9日,署名:云郎)

周鍊霞谈外子

鍊霞自生产以后,近始遘诸酒筵间,一夜与彼跳舞,余谓鍊霞、绿芙(即徐晚蘋先生,鍊霞外子)跳舞跳得好否?曰:他跳得太讲究,我尝譬其跳舞如吟诗之苦吟也。其实好随便一点,自有性灵,跳舞然,治一切艺术,莫不皆然。余又谓于绿芙无深刻认识,但觉此人办事,无不认真。鍊霞颔首曰:无一事勿科学化,无一事勿规律化。余因究其原因,大抵任事于邮政局者,往往习惯于公式化,不易超越常范也。绿芙于役邮务,历年甚久,今则为台北邮局之副局长,闻不久将来沪一行,挈鍊霞同赴台北也。

(《飞报》1946年11月12日,署名:云郎)

彩旦盖三省

盖三省自为名丑(其在台上),一分忠于事业之精神,恒令人感动。以往程砚秋来沪,演《金锁记》,恒以盖三省匹禁婆。盖于窦娥唱大段慢板时,作手势,面部亦有表情,台下人大笑。戏院方面,以盖实"开搅",故白于砚秋,拟换此角。砚秋不可曰:其实没有什么,惟请三爷以后适可而止耳。戏院不敢违其意,故《六月雪》之禁婆,盖三省乃配定了程砚秋。此番砚秋出演天蟾,而盖三省乃搭班于中国,砚秋告天蟾当局,欲盖三爷仍来配戏,天蟾方面,果向中国商借,同时亦将刘斌昆借来,故此次程之《金锁记》,仍以盖三省为禁婆。说者谓其念旧情深,亦为伶工中所罕见云。

(《飞报》1946年11月13日,署名:云郎)

谭氏父子之开搅

桑弧先生在北平时,尝听谭富英唱《珠帘寨》,至收威时,李克用唱

"怕老婆的人儿有酒喝"一句时,富英改为"怕老婆的人儿坐汽车",台下遂鼓掌称好,谓其"开搅"开得好也。桑弧乃言:富英之一改已见浅薄,而北方听众,从而好之,则为浅薄之尤焉。前夜天蟾舞台之义戏,谭小培、谭富英父子,演《群英会》,父饰孔明,子起鲁肃,在借箭之前,孔明向子敬曰:"我要向你借几样东西。"子敬遂曰:"你要的东西,我早已替你预备下了,寿衣寿帽,大大的一口棺材。"时小培忽插科曰:"我这些东西,本来是要你预备的啊!"于是台下又鼓掌。余谓这样开搅,尚浑成,料不到卑咨老奴,有此风趣,亦值得赞美也。

(《飞报》1946年11月14日,署名:云郎)

我窘过一次

在白相人的地界上,另有一种"寻轧头"的方式。譬如甲与乙发生了恶感,甲想触乙的霉头,但不好意思直接寻衅,摆明了打一场相打,于是雇了几个女白相人,到稠人广众之间,找到了乙的所在,那时乘机下手,由女白相人去掴乙的巴掌,一人掴过,众皆随口叫骂,说乙调戏良家妇女,使乙赔礼道歉了事。这种手段,非但卑恶,而且刻毒,实在论不到英雄气概的。

前天,我在跳舞时,把一只覆在舞伴背心上的手,偶然举起来,无心触到另一个女人的短袖子里面,我连忙缩回来,诚惶诚恐对那人望了一眼,幸亏她没有觉得。然当时想着,万一她是个女白相人,我至少要受着上面说的那一场侮辱。或者她不是女白相人,正言厉色的来责问我,我也要窘得不知所可。因为在人多的地方,男人与女人的纠纷,多数是不会谅解男人的。

(《飞报》1946年11月15日,署名:云郎)

新的卡尔登

卡尔登是一家古老的戏院,在一月以前,把它脱胎换骨的翻造了。

自从周翼华先生接收办理这个戏院以后,我的写字间差不多一直设在此处,诸亲好友,寄信给我或者打电话给我,都是到卡尔登的。现在它在翻造,我不能不离开这里,这两天要寻找我这个人,比较困难,就是替各报写的稿件,我也想不出如何投递,比较妥当。

卡尔登的工程,大概要在圣诞节以前竣事,将来新屋落成以后,不再上演话剧,也不再演唱京戏,将是成为上海开映第一轮片子的戏院,足与大华、美琪竞爽一时。其实我不但对于卡尔登的主持人,有着很深的友谊,即对卡尔登那一只戏台,也有无穷好感。我在上面唱过好几次戏,凭我这条刚刚吃到派字调的嗓子,也能送到极远的一只角落里,可想而知老卡尔登的建筑,本来是十足具备戏院条件的了。

(《飞报》1946年11月16日,署名:云郎)

高盛麟之包银

天蟾舞台之广告,程砚秋与谭富英上面,有"姓氏笔划为序",叶盛兰则曰"情商合作",刘斌昆、盖三省又标"友谊商借",而高盛麟名字下,又有"参加演出"四字,说明之多,亦极五花八门矣。高盛麟系向黄金借用,天蟾广告见报二日,高尚在黄金每夜贴文武双出,情况本如火如荼,不意至此忽然锐减,每夜少卖一百余百万。周信芳因是焦急,往告吴天厂,请天蟾广告,勿榜盛麟,否则影响黄金营业非鲜。天厂讳其意,于是十五日之广告,"高盛麟"三字,临时抽去。闻高在黄金包银,犹月取一百二十万元一场,此犹数月前之数目,惟较往日优待者。高之膳宿,目下俱由黄金供给,而信芳既重其人,说不定有私人津贴,否则且不能相安无事,以迄今日也。

(《飞报》1946年11月17日,署名:云郎)

人 畜 奇 展

双头奇婴展览于高乐歌场,观者云集。一日,据周世勋言,渠亦将罗致两挡节目,俟双头奇婴售座衰弱时,以之充实阵容,一为龟,龟只一甲,而具龟头二。其一则为一尺二寸长之小人一个,置之桌上,可以演武技,似常人然。并此二者,与奇婴同展,则歆动之状,必甚于今日也。世勋为此言后若干日,小洛又遇之,告曰:可以出汝龟而陈汝小人矣。则曰:龟性畏寒,时在严冬,龟头恒蕴而勿昂,不似双头之婴,以电火炙之,能娇憨媚观客耳。

关于奇人奇物展览,余尝建议,可以搜罗海上之丑人,置于一室,名之为"上海百怪展"。尝见马路上有一老者,身高不足三尺,又有一人,则耳、目、鼻皆烂为一片,第生一窍,集此种种,蔚为大观,自足为游客乐顾也。

(《飞报》1947年2月5日,署名:云郎)

好 生 意

李石曾先生,以七十高龄与林季珊女士举行婚礼,听说林女士以往是焦菊隐先生的夫人,做过第一任北平戏剧学校的校长,后来同林女士离婚了,林一向跟随李先生,由恋爱而结为夫妇。林女士是一个精明强干的女人,我们从她的新婚照片上看来,更晓得她体格的健硕,与一位七十衰翁,结为夫妇,她是感到"供不应求"的痛苦的。

有一位好谑的朋友,说过一句笑话,说:林女士不啻做了一笔最好的赚钱生意,从她们贤夫妇的体格上看来,林女士这笔交易的成功,不过一二年间的事。由于林女士的精明强干,这一回的与李先生的结婚,她是有所为而为的。

(《飞报》1947年2月6日,署名:云郎)

老 闻 人

想不到赵如泉真的交进一部老运,到现在竟成了两家戏院争夺的目标。去年拿了中国大戏院的定洋,就算是"中国"的人了。但共舞台说什么也不放,这一桩斤头,到现在也没有讲舒齐。最近则窜出一个老闻人来,代表共舞台,他说:"假使中国要赵如泉,便叫中国来向他要!"因为共舞台的"记号"关系,所以这位老闻人,他有横断的资格。

其实目下的老闻人,正应该闭门颐养,去管什么外面的事情,而且这事情之小,小得真如芝麻绿豆,管管徒然失了数十年老闻人的风度。而且我还替闻人担忧的,万一赵如泉真正被"中国"要了去,老闻人又如何下得了这个台? 现在不比从前,我们总算是民主国家了,做闻人的,也该换一副面目给别人看看。

(《飞报》1947年2月9日,署名:云郎)

贺兰亭婚礼

孙郎投老作新郎,继配新娘是姓张。招待宜烦其俊力,宣传不用沈琪忙。傧相白脸钟南上,赞礼沙嗓石德康。若使主婚寻不到,何妨来请大郎唐。

据报载,孙兰亭将于十四日,与张女士补行结婚仪式,男傧相为钟南上君,司仪人为石德康君,二君皆中国大戏院中坚人物,钟在侪辈中,有小白脸之称。兰亭以不敢惊动亲朋,故勿事宣扬。此诗除第七句外,皆入姓名,诗非好诗,然音节则至为铿锵也。

(《飞报》1947年2月11日,署名:大郎)

且把春愁付酒杯!

友好之邀为春宴甚勤,朱联馥先生于元夜后二日,置酒其家,座客有如皋冒鹤亭先生,已七十五高龄矣,以词曲之精,名被当世,犹健谈。愚与其公子叔湮、孝鲁皆敦友谊,一年以来舒湮凡两见,孝鲁则不知何往,问老人,则谓将次归来,前此盖远客于西康耳。是夜信芳、振飞、其俊、兰亭诸兄并至,龚兆熊先生娇女父侍联馥,余抵朱家,堂上桦烛扬辉,典礼甫成焉。

下一日，则为屠企华医生招饮，胥文艺中人，饮已为叶子戏，逾午夜始毕。更后一日，饭于九如。九如方改组，聘郁钟馥女士为经理，钟馥旧主西摩路之金山饭店，具干才，故雅能经营。其人妍爽，能饮，百杯勿醉，此宴盖迎其履任也。九如仝人，于席间献花。钟馥殷殷谢，复燃鞭炮，情绪遂热烈。席上人恭立敬酒，钟馥又笑而谢，双腼皆赧，为状乃如好虐亲朋劝新娘醉焉。

(《飞报》1947年2月12日，署名：云郎)

枉 八 台

开店自然想发财，不然学店如何开？市议参案终成屁！钱随穷爷立变灰。"限价"无妨添"杂费"，谋生谁顾育英才？而翁旷达还堪譬！"枉"坐舞场"八"只"台"。

次子读于初中，本期学费付十六万元，另加杂费十一万元，除已付留额三万外，犹须缴二十四万元，昨已照奉。长子读于高中，迄未开学，"发票"故未开来，料想须三四十万间，合计之数，在跳舞中，目下可以坐台子八只，然若附以茶资，犹悉勿敷。我常常这样譬解，于是爽爽气气摸钞票矣。

(《飞报》1947年2月13日，署名：云郎)

钱大櫆之妾

闻钱大櫆之妾，以钱之大妇，毁其探监许可证，遂仰药自杀，窃以其人之风义，亦足多也。

余最近始知钱之姬人中，其一即当年驰艳誉于舞丛之罗氏姊妹。罗氏为警员之女，初以碧玉身，为卡尔登之领座员，其后又服务于大陆游泳池，再后始为舞人。一为舞人，便尔腾踔，二人皆艳光照四座，其一嫔沈某，其一则为钱大櫆所眷。近顷舞场中，有时见其一时徜徉于舞池间，芳华如昨，云鬓花颜，亦如昨也。余第知此为罗氏女，特不知为沈某之妇,抑为钱某之姬人耳。又不知仰药自杀者,即罗氏姊妹之一否?皆不获考矣。

(《飞报》1947年2月14日,署名:云郎)

王 兰 清 减

女人而擅锦心绣口者,往往拙于貌。以愚所见,小型报人,誉练师娘不已,誉其文章好,可;誉其画得好,并其书法诗词皆好,亦无不可;而老凤、修梅、苇窗诸兄,恒誉其风貌之都,则不敢苟同。余喜直言,练娘必不愠我。以余所见,能文诸女,特以王兰为至美。往者,尝与王兰共事经年。此人在不修饰时,既天生韶秀,有时映白施朱,则又宛然绝世。数月以来,谋面猝疏,一日者,遘之于沈、高嘉礼席上,着猩红旗袍,为浓妆。余审视久之,语王兰曰:"消瘦至此,是何为者?"王曰:"瘦耶?乃患失眠。"时之方兄在侧,遂曰:"汝何言其消瘦者,双辅丰腴,犹如往日。"余曰:"人身肥瘦,不能以颊部衡之,其在女人,尤当视若干部分之盈亏丰减,始为准则。"之方恍然悟,更视兰儿,既曰:"是真清癯也。"兰儿靦然笑。余与兰儿,时为谐谑,兰儿或羞而报,或靦然笑,顾第及于口角唇边,未尝形之楮墨,形之楮墨,此为第一遭也。

(《飞报》1947年2月16日,署名:云郎)

黑 牡 丹

余前记仰药图尽之钱大櫆妾,疑为当年舞国中罗萍、罗敏之一,嗣后得友人味辛居士见告,则谓钱妾即当年之鼓姬黑牡丹也。钱有大妇,抗战期间率子赴内地,盖以黑牡丹既嫔于钱,钱遂崇擅专房,妇怒,始绝裾去,不忍见两妇并立耳。

黑牡丹亦有子,嫔钱后,豢于钱家者,年十三四,时与下流为伍,尝窃其母之珍饰为博资,不敢归,则流浪街头。当时人指此子曰:此钱副总裁之子,父犹显贵,而子已为"末路王孙"矣。

此次钱妇归来,名正言顺,黑牡丹遂不能逞,终以不获探监,愤而自杀。其实自钱服罪,黑牡丹之艳行,流播于春江人士之口者甚多,今日之一往情深,殆亦做工花旦之流亚耳。

(《飞报》1947年2月18日,署名:云郎)

荣　誉　榜

某向导社今已改为妓院,为状略似幺二堂子,亦多移茶可喊也。而幺二堂子,旧有六跌倒之称,今此间亦以六万金可摆平,则为情尤似。有人人其中见粉白黛绿者,凡四五十众,论色均非上选,顾以价贱,操刀之客,乃有满坑满谷之观。院中书"荣誉榜",悬诸一门上,客过投眸,见榜上举一伎人名,其人则为昨日迎客最多者,书其籍贯,炫其颜色,文极芜杂,读之乃不知所云。顾置身刀俎,榜称荣誉,使有心人兴人间何世之叹,岂徒不伦而已!

(《飞报》1947年2月19日,署名:云郎)

三　万　元

前天白雪有一篇文章,读过后使我非常感动,他在愤慨着文化从业员地位的低落,他举出几个例子。如若干报人之忠烈殉国,仅得褒扬恤金三万元;若干苦守岗位之志士,迄今局促如辕下驹,未蒙论功行赏……

我尤其同情他前面一条,忠烈殉国的报人,只取得三万元的恤金,我简直疑心国家在寻志士的开心,这样数目,其实不拿出来也罢,倒不如一张奖状、一枚奖章之可以垂之久远。我们不是说志士们的求仁得仁之后,一定要国家抚恤他们,方始表得忠烈,不过殉国志士的孤儿寡妇,国家有维持他们生计的责任。三万只洋,不要说前两个月派不到用场,就是刚刚胜利之时,这数目也是不够吃不够用的。

有一天,我们说起此事,有人说:一共靠十个殉国报人,每人三万元,这笔钱我可以担任,不必烦之国家。又有人说:最高当局下个手谕,叫孔先生拿出点条子来,每人三条,总数也不过三十来条,在孔先生还不是九牛一毛,而志士的家族,或者可以赖此而苟延残喘一时。

(《飞报》1947年2月23日,署名:云郎)

一 场 虚 惊

　　昨天韦伟怒气不息的到我写字间里,责问我为什么在报上造她谣言,说她在做交际花了。我目下演戏,在演戏时期,算来算去,只有同你吃过一次饭,这谣言除了你造得出,没有第二个人造。我怕她责问不够,更有甚于责问者的要对付我,连忙向天发咒。她说:有人告诉她前两天的《飞报》上,有这一段。我立刻查报,实在没有,她就打电话问告诉她的朋友,她的朋友说:报上说是又一楼的歌女韦伟,于你无干。她才笑了出来,向我道歉。

　　韦伟最大的好处,比一般话剧演员来得随便,懂得的也多,但随便得有个分寸,她也爱惜羽毛,例如有人说她做交际花,她就发极。交际花在十五年前的上海,还是一个很堂皇的名词,洎乎近顷,的确大大的变了质了,给人家的印象,总是"鄙夷"而已。

　　这一天她来看我,一件皮袍子,里面还着湖色的绒线衫,脚上套一双麂皮的长统鞋子,我说你这一身打扮,太不像交际花了。

(《飞报》1947年2月24日,署名:云郎)

我不会编小书

　　昨天我碰着兰儿,听说《诚报》有人投来一篇稿子,是说范雪君托人编的赛金花弹词,因为双方闹了蹩扭,编了一半,就无下文,范小姐乃想托大郎继续下去。这篇稿子,兰儿因为其中牵涉到我,没有发下去,而前天的本报,却发现了同样的一篇。

　　事情是绝对没有的,我同范小姐见过一面,我曾经问她要过一个电话号码,但随后我没有找过她,她也没有找过我。她红得发紫,也忙得不亦乐乎,我想请她吃夜饭又想请她跳舞,都怕碰一个钉子,没有缠绕她。

她与编书人发生纠纷,我更茫然不知,她晓得我不会编唱本地书,即使会编,她也晓得我不会要她钱的。我们是挺熟的朋友,为朋友服务,我常常是奋不顾身,要命的我就是不会编。

所以本报的那篇文字,一望而知是有"有关方面"的宣传文字。总算给他说对了,我唐某人是落门落槛的人,从来不断别人财路,何况这件要断我也断不来。我倒想替双方调解,范小姐固然老友,那位编书的张先生,好像也并不陌生。

(《飞报》1947 年 2 月 25 日,署名:云郎)

胡 妹 妹

一夜,于樽前遘大东之胡妹妹。此人虽非绝艳,要得清妍之致,目短视,故带数百度之眼镜至,自谓在舞场初不御镜,故不能与熟人招呼,往往怠慢故旧,及出门,则非御不可,非然者,且不辨东西矣。

妹妹肌肤腴晰,其人则健饮而明爽。愚问姓胡而称妹妹,得勿与胡弟弟为同枝?曰:否,固与弟弟为夙识也,今弟弟闲居,妹妹时往临存。乃谓弟弟绚烂之极,今且耽于寂寞矣。

◆管敏莉

敏莉自献岁以来,尚未入舞场,愚则恒间六七日一见之。若干日前,诣新仙林,遇徐敏华,谓敏莉迩日家居,不常外出。愚至,敏华以电话招之,谓阿兄在,汝曷来小坐。敏莉谓疲倦已甚,俟之异日。时味辛居士亦在座,闻此言,颇兴咨嗟。后日乃语愚曰:敏莉以健爽女儿,忽然甘于平凡,殊令人怀想。顷闻渠不堪久隐,将于明日(星期日)与敏华同在新仙林进场,凤泊鸾飘,不知止于何日?每闻此讯,辄不禁惘然万状焉!

(《飞报》1947 年 2 月 26 日,署名:云郎)

白 相 人

有一天,我同王龙兄闲谈,说起白相人,一共有六等,他于是随口背给我听:"一等白相人,金丝白眼镜;二等白相人,马褂着上身;三等白相人,牵狗弄猢狲;四等白相人,碰碰拳头伸;五等白相人,鞋子塌后跟;六等白相人,钉靶喊救命。"

上面的六句,我认为最是神来之笔的,要算"一等白相人,金丝白眼镜"了。凡是白相人,要想弃邪归正的时候,便欢喜戴一副眼镜,掩饰他向来的狰狞面目。记得吴世保住在同福里的时候,无所作为,便戴了一副白边眼镜。此人一脸横肉,我看来看去总觉得他戴眼镜,有点像强盗扮书生。后来他进了七十六号,淫威大炽,到那时,我就没有见过此人,不晓得在作威作福的时期内,这一副白边眼镜,还套在面孔上否?

(《飞报》1947年2月28日,署名:云郎)

空 棺 材

三轮车最易肇祸,使其曳空车横贯马路时,与来往车辆互撞,危险尤甚。坐三轮车而覆车者,朋友中几无勿觏之,而大率为单座车身,如以前之所谓孔明车,今日之一部分以旧黄包车改装者尤坐不得也。前数日,天衣重遇覆车,是在国际饭店门口。一夜,余坐一车赴雪园,车至梅白格路时,另一空车靠外档向前窜,余车之车夫乃骂之曰:"空棺材啥事体介要紧?"余便想起人家抬的是空棺材,那末他抬的是实棺材,以车喻棺,坐车者当是死人。余虽不迷信,但彼车夫之口没遮拦毕竟不当乘客为活人用也。

(《飞报》1947年3月2日,署名:云郎)

衣雪艳一门交际

昨夜坐于大都会,隔座遘小北京衣雪艳。小北京下池跳舞时,走过我面前便说:"几时咱们来一出《投军别窑》,你的王宝钏,我的薛平贵。"余答之曰:"好,忘八蛋不唱。"余同坐有陆紫薇女士,亦北人,与小北京谂,二人尝共起一舞,陆问之曰:"近来作么生?不做舞女耶?"曰:"勿做。""然则做交际草矣。"小北京笑曰:"我倒是的的刮刮的交际花,我们家里娘姨是交际草!我的那条狗是交际狗,因狗有时跟我一同出去,有时亦跟娘姨吃咖啡也。"盖小北京有女仆,亦时为时世装,流连于咖啡馆中,不知者,又谁疑其人在当代名舞女家中执下役者邪。陆以其言白于余,合座俱大笑,余则谓小北京口没遮拦,然其言固甚风趣也。

(《飞报》1947年3月3日,署名:云郎)

苏青的外行话

一日,苏青突然枉驾,并赠我《续结婚十年》一册,此书刊行未久,而抢销一空,亦可知读者想望苏青著作者之众也。余破数日工夫,将它读毕,此中有一句外行话,应为提出,旨在寻开心,不在吹毛求疵也。原文云:"我骤然把脸闪开来,笑道:'我是不满意。在我认识的男人当中,你算顶没有用了,滚开,劝你快回去打些盖世维雄补针,再来找女人吧。'"苏青并无对盖世维雄针宣传之意,然著此一笔,盖世维雄针乃能收宣传之效。其实此项针药,无补于性机能,余可以证明。去年前年,余皆曾打过,绝无效验,第稍能治神经衰弱而已。今日之打此类针药者,往往用于早泄与痿缩,为用实等于零。今闻先灵洋行此药,已售至二十万元一针,瑞士货亦十余万元,而搜购者甚多,万望读者勿以苏青此言,而大上厥当也。

(《飞报》1947年3月4日,署名:云郎)

梅 雪 文 缘

范雪君以弹词革命家,驰盛誉于江南,自有女弹词家来,固未尝有此妙艺,亦未尝有此艳色也。最近《和平日报》举行海天文会,海上名艺人,一时云集,雪君限于场子时间,故早至早退,仅歌一开篇,及梅兰芳博士到时,雪君且远引矣。

梅博士之来,持一画,将界文会充奖品者,《和平日报》之主干人提议,斯画当赠与雪君,所以酬其此日之劳,亦所以使梅、雪二人,缔一段翰墨缘也。兰芳颔首,众复然之,于是由易君左先生,就画纸空隙处,述兰芳赠画经过,以志盛事,雪君得此,当亦荣于友朋之锡矣。

(《飞报》1947年3月5日,署名:云郎)

白 莲 花

白莲花鬻舞于仙乐斯,闻其生涯鼎盛。一夜,余坐此中,见白转台并不甚忙。一次,有少年招坐,旋起一舞,二人止于场中,舞时,步细若勿移动,第见二人之下体,为互撞而已,少年下颏抵于白之额,白为吱吱笑,厥状甚荡,少年而易余者,不自禁矣。

白修饰极大方,然自有万种春情,流泛统体间,曼睐微饧,似梦初醒,似饮微酡,凡此皆足以撩人魂梦。近岁以来,舞场中殆无尤物,白莲花、李飞妃之流,始足装点纷华,李珍之流,非其俦也。

(《飞报》1947年3月6日,署名:云郎)

平 望 里

上海的长三堂子,武陵坊我好像进去过,但平望街的平望里却从来没有到过。我到武陵坊,还是在初霞老五重新出来时候,因为那里房子的建筑,不同于会乐里、群玉坊、汕头路、福致里等等几条弄堂,好像是普通的西式小洋房,但印象已记不清楚了。

最近我在平望街平望里小老虫的生意浪吃花酒,发现那里的房子构造,既不同于武陵坊,也不同于会乐里、汕头路等处。相帮坐的地方,好像是一间传达处,进门看不见上面晾着满天井的衣裳,也没有马桶,也没有鸦飞雀噪那样的一场大乱,静静地不大有声息,所以情调毕竟不像长三堂子。

这一夜王兰也在那里,我告诉她,你第一次观光,而所看到的却不是长三堂子的真貌。

(《飞报》1947年3月8日,署名:云郎)

辛 苦 铜 钿

记得重庆人刚刚回上海来的时候,白相跳舞场,看不惯舞女大班立时立刻将舞女转台,常常在舞场里争吵起来。

新近我又在新仙林,重见一群生意人在白相,一批舞女坐上去后,不多一会,她们已纷纷转去,其中一个客人,大光其火,对舞女大班,戟指而骂,他说:"触伊拉,迭两个钞票亦勿是抢来个,倷阿是想抢铜钿!"

看惯了跳舞场里抢铜钿方式的我,反而对于这位客人不同情起来。他这种牢骚,其实不发也不要紧的,既然晓得铜钿勿是抢来,便是辛辛苦苦赚来的辛苦铜钿,要用在舒服地方,本来应该肉痛,如今舒服地方,又不让你舒服,那末应该太太平平回去,闭门思过,绝迹不要再到这种地方去。假使受到了这种刺戟,而当场发作起来,徒然叫别人看了,在冷冷地说:"屈死,白相勿惯末何必白相。"

(《飞报》1947年3月9日,署名:云郎)

丰 泽 楼

在国际饭店内开乔家栅,固然不伦不类,但开一家北京馆子,则调子亦并不谐和。丰泽楼开门后一日,余往吃饭,内部装成"画栋雕梁"

之局,"伙计"都着灰布号衣,一派做丧事眉眼,迷信朋友见之,将兴"勿色头"之叹也。楼上开留声机,唱京戏,以强调"北派"空气,其实极其讨厌,更有从话筒中叫人听电话者,含糊不清,以此例新雅之扩音机,有云泥之判矣。

丰泽楼开门,十八楼生意受打击,十四楼之音乐既废止,本已门可罗雀,无论国际之二、三两楼,以及十四、十八、十九诸楼,俱是好地方,顾经营不善,衰败恒如破落户。钱新之归来后,亦一筹莫展,谁谓钱大老板乃大手笔哉?

(《飞报》1947年3月10日,署名:云郎)

李 飞 妃

余尝誉李飞妃为今日舞场绝艳。昨夕,茶舞于米高美,又有人招来同坐,饰貌犹妍,特言笑间,可以见其齿无编贝之美。孙洪元兄言:此人曩居汉上,及来沪,即在米高美为舞女,旋复赴港,顷始重来,视前益艳,第勿腴,秀骨珊珊,腰肢乃不盈一搦耳。

◆初霞之妹

又一夕在大都会遘张慧芬,此人为初霞老七之妹,七既重返花间,妹则以张慧芬名,移植舞苑,余遇之,犹为第一日进场也。起与一舞,既毕,以手轻敲余背,低声曰谢谢,此二字乃存"古风",盖往时买舞,值第一只舞时,舞女往往谢舞客,示礼貌之周全也。闻七不常茬花间,而以在家之日为多,此人以爱情不能终始,遂使一代名侣,深嗟落寞已。

(《飞报》1947年3月12日,署名:云郎)

福 利 商 场

福利公司,在十五年以前,还在四川路时期,同我的办事地方,近在咫尺,我从来没有进去看过,印象中它与惠罗公司一样是专售洋货的百货公司。十五年以后,福利公司在派克路,又同我的办事地方,近在咫尺,我到昨天才进去望望,里面凌乱之状,决不像一家百货公司,而像一家商场——如中美商场、联合商场。

它最予人恶劣的印象,是到处龌龊。上扶梯的一段地板,好像从来没有汰过,宛比跑到住满了房客的一幢房屋里去,墙角里有看得见炭篓、煤球风炉的可能。

三楼的一间大房子里,简直没有货色,而不伦不类的划开一角,布置了一所画廊,谁说福利公司的底货足,而由此有得到了一个证明。凡是在报纸上,尤其电台上广告做得多的商店,多半不是所谓"大方家数",几曾听见先施、永安,雇了人在电台牛皮吹得应天响哉?

(《飞报》1947年3月13日,署名:云郎)

肚 皮 泻

童芷苓登台以后,余以天厂居士之招,得共一餐,林树森亦在座。天厂词令甚妙,乃谓天蟾舞台,在程砚秋两局中,名角如林,报纸广告,日日揭名角之衔,蔚为大观。及童、林上去,则除此两块头牌外,其他已无足数者,于是报间只著芷苓、树森姓字,犹如肚皮泻,一起泻光矣。

◆发起人

田寿昌先生五十寿辰,贻一简及余,发起人乃极目迷五色之观,发噱者,有筱文滨、施春轩、邓国庆、李竹庵、张冶儿之流。或曰,此可以见田先生群众之广。惟余则谓从前法来西白相人做起事来,若开发起人名单,与此亦大同小异耳。

(《飞报》1947年3月15日,署名:云郎)

陈 美 娟

报间盛传陈美娟将重披舞衫,而陈美芳且嫁作商人妇矣。余于阅报之后一日,过新仙林,见陈美娟从其旧时稔客,坐于此间,美芳犹货腰于场中耳。乃知外间传说,不甚可信。场务管理员费君言:美芳做生意甚认真,近来忽告休憩,累数日未至舞场,遂传作嫁之谣。至于美娟,至今无出山之讯,惟察其交际之繁,或有重来之可能耳。

◆白羽

新仙林有新人名白羽,才十九岁,娇小而眉目端秀,北平人,说不来南方话,故说京片子,比之小北京为纯粹,小北京久处南方,说话已杂合乱拌矣。所着旗袍,作骇人红,望其色调,知为北地胭脂之初莅南中也。天衣见其人,谓此人将来有为红星希望,宜为之题一绰号,叫"小北平",此则有赖于好事之徒如南宫刀诸君矣。

(《飞报》1947年3月16日,署名:云郎)

荒田里的小雨

白雪先生请我吃饭,座上有杨长仙先生,他送我一种英国货的贺尔蒙片剂,据西平说:这东西自有若干功效。送来之后,我还没有用过,因为我这几天正在调理身体,一星期内,打两次或三次盖世维雄针。

这种二十五MG的盖世维雄针,应该是六十岁以上的老年人打的,但我从三十多岁就打下去,一直打到现在,好像小雨落在荒田里,简直无补于事。我不大相信我的身体已衰朽到这般地步,所以只有怀疑针药的没有效用,否则我会萌厌世之念的。

最近我的需要打针,因为睡眠不好,打了两三次后这情形确是有进步的。而昨夜打沙蟹到三点钟回去,天亮才睡着,第二天九点钟起来倒并不觉得过分的疲倦,我又相信应该归功于打下去的针药了。

(《飞报》1947年3月19日,署名:云郎)

刘琼与乔奇

某舞人语其相知曰:银幕上之刘琼,舞台上之乔奇,皆我所悦也,此二人苟能嬺我者,纵勿与一钱,亦布施之矣。闻者大倒胃口,诘其何肆言无忌,舞人则曰:汝毋咎我,其他女人,无不同此心理者,渠等特不肯直言耳。余则谓某舞人甚率直,其言亦可爱也。

◆马妹妹

闻马妹妹遇人不淑,然犹意气用事,恋彼狼戾。余识马妹妹于去岁此时,时马以守寡三年,重来舞海,入丽都,明朗照耀一时,余数数以诗文张之,尤以"红灯曾此照娉婷,惟我须眉欲减青。谁分泪枯肠断后,还渠妍爽似秋星"一首弥美。今闻其漂泊之苦,益甚往时,全故似王小隐之兴"最难极贵,未必长生"之叹矣。

(《飞报》1947年3月20日,署名:云郎)

大众的母亲

前两天,我应毛子佩兄之约,去参观了一次漕河泾的难童教养院,看见一千多个小孩子的整齐干净,以及他们的有纪律,可以想到管理者是费了多少的心力,才有这样的成绩。目下负责教养院的,是一位周祖望先生,年轻干练,我当时没有同周先生谈过一句话,我只觉得周先生的精神太伟大了。

周先生介绍钱剑秋先生,向难童训话的时候,他是这样说的:钱先生是上海妇女界的领袖,也是我小朋友们大众的母亲,你们今天看见钱先生,她将来自会带给小朋友们许多福利。寥寥几句话,使听的人油然而生幼幼之情。

钱先生的训话,则是纯挚的,她的音调带一点凄楚,先是对小朋友们表示抱歉,她说:我对小朋友们没有直接的帮助,但今天来过之后,我感动了,兴奋了,以后应该是竭我所能,为小朋友们造福。钱先生演说的时候,我一面听,一面留心所有在场上的这一群无父无母的孤儿的表情,他们都立得直挺挺地,把眼乌珠都盯定了钱先生,真像看见了他们的父母一样。

(《飞报》1947年3月21日,署名:云郎)

双青画展

梁俊青医师工绘事,其夫人吴曼青,亦以医国手而兼丹青妙手者也。浸淫于彩毫者既久,夫妇遂各成一家,蔚为海上艺林盛事。兹二人各出其所作于二十一日起,举行合展于中国画苑。先二日,则在双青楼,招友人二十众,为预展,此夜余得预其盛。

是夜余与听公、朱凤老据上桌,下桌则有白蕉叔范、空我、漫郎、唐云诸兄,空我忽向上桌诸人曰:叔范有一上联,请作对。句云"上林春暖鸣雏凤"。空我言已,忽向凤老敬酒。吾桌上之听公遂得句云"下桌人来饮老牛。"予曰:是未切,应改为:"下桌人来敬老鸢。"老鸢者,盖指凤公为浙江老鸢也。

(《飞报》1947年3月22日,署名:云郎)

解 酒 法

吃醉了酒,要把醉意立时立刻解除,似乎是没有方法的。据老凤先生说:古语口中含一两粒蔻仁,可以奏效。但在沉醉之时,这东西也未必有多大用处。就在梁俊青医生请客的那一晚上,我们谈起此事,梁医生说:有一种外国货万试万应的针药,不论平时会吃不会吃的人,只要在饮酒前半小时,注射一针,再吃酒下去,十杯也不醉,百杯亦不醉。我没有细细问过梁医生,这针药叫什么名字,我倒几时想打它一针,作弄作弄我平时在一淘的几个酒鬼,吃得他们一个个扑倒了,让我哈哈大笑。

女画家朱尔贞是不会吃酒的,有时候逢到高兴,也会呷上四五杯,据她说:她有一种解酒法,便是吃一杯酒,抽一卷烟。吃五杯酒要抽五枝烟,这样她就不会醉了。这样当然不是解醉之法,朱小姐一半是习惯了,也许是心理上的作用。

(《飞报》1947年3月23日,署名:云郎)

蜡烛店小开

上海之经营蜡烛事业者，无不致巨富，故上海多蜡烛店小开。蜡烛小开，颇有涉足欢场者，相识一人，为太原生，恒时固以裘马多金姿态，活跃于酒尾灯唇。生年事尚青，发光可鉴，服御奢华，自驾一车，车复广美，婴婴宛宛者悦之，生乃有"搭壳子易同拾芥"之乐。惟闻之人言，生于初一月半所谓"香讯"之日，则大忙，未明即起，赴肆中，立柜台内，助肆中人应付顾客，将蜡烛拔进拔出，身体与四肢，皆染极浓烈之柏油味，劳且垢，而不之恤也。余谓若当此时，有欢场女子过此肆，猝见小开此状，宁有不倒胃口者？小开则曰："做生意自做生意，不能与胡调相提并论耳。"

(《飞报》1947年3月24日，署名：云郎)

道　歉

近一时期，无好材料，而身体又不佳，一捏笔便头痛，于是想榨而榨不出东西来，"精心得意"之作，久已绝我腕底矣。坐是对于各报主人，深感抱歉，下月份起，计惟暂请休息，俟我文思潮涌时，再为老友效劳耳。

◆市况

一夜，之方赴聚餐会，遗余一人，至七时，饥甚，乃独登云楼，据案大嚼。昨夜余为张玲玲饯行，在二楼之丰泽楼，上座只有七成，旋上十四楼跳舞，座客更少。而今夜至云楼，良久，只余一人，及余将行时，始有二三桌人来。市面萧条，酒菜业最容易见颜色，念此为之咽塞。

◆接血

医生接血之费，大小相差甚巨。朱宝琳医生处抽接一次为三百万，此为最贵，枫林桥之中山医院，接一次为二十五万元，此为最廉，其间更有一百数十万元者,以告病家,正可以打打算盘也。

(《飞报》1947年3月26日,署名:云郎)

阿 凯 弟

二十五夜,饭于阿凯弟,不来此地,且已一年,光景已迥不如前。去年此时,阿凯弟及华灯上时,已满坑满谷,今则寥落殊甚,乃不审逸园如何?料阿勤梯娜亦不会兴隆也。夜饭尚好,惟表演节目,已不如前,然常以人少,舞则能酣,若人满一场,舞池中有肩摩踵接之苦,是亦要不得矣。

◆起码人

在阿凯弟,余友见邻座坐一熟人,因往与寒暄,及返,乃谓其熟人曾问同来者何人?因告以有云郎在座。其人乃曰:然则云郎曾骂过我!余问吾友,是为谁某?则举其姓名,余再四思索,根本不识其人,亦从未知其人姓字,乌得詈之者?因语吾友曰:果尔,此人不是起码人,否则乌能受我骂哉?生平于无意间得罪人,日久且忘之,赖此一言,我足使对方能释然欤?

(《飞报》1947年3月28日,署名:云郎)

鼠 牛 比

昨夜,在丽都余与徐琴芳起舞,忽有人牵余袂,称唐先生者,视之,则为平望街之小老虫也。小老虫为人,谦和有礼,在外面遇之,必来招呼,殷殷询近状,令人乃有如沐春风之感。余平时看小老虫,觉其人虽在妙年,然亦亭亭秀发;今夜与徐琴芳并立,则觉小老虫固细小如老虫,而琴芳则如健硕之猫。若以前两年百乐门之王玛丽,与小老虫并立,真成"鼠牛比"矣。盖王玛丽之身坯,小马形容得最好,谓与王同舞,如掰牢一个高鑫宝也。

(《飞报》1947年3月30日,署名:云郎)

卷 土 重 来

《飞报》复属余执笔，余至今日，为货甚宿，而终有人一再相烦者，多感老友之情殷耳。前日报上，且张预告，曰："云郎先生卷土重来。"余读书不多，凡为成语，俱不暇知其典故，惟记杜樊川诗，有句云："江东子弟皆才俊，卷土重来未可期。"颇不谂四字来源，即始于杜牧司勋否？余湖海归来，上海人疑余为跑单帮去，在香港者，又疑余为避风头来。其实皆不是，而"卷土重来"四字，则又似我从香港运一批鸦片来贩卖，幸未做此交易，否则真疑大苏兄存心挖苦我矣。

◆敏莉来书

敏莉于六月四日来书，述其近状外，而萧骚之气满纸，其言曰："最近我的心绪很是恶劣，什么都提不起兴趣，我总觉得人生是太空虚了，尤其像我这样的命运，生存在这个环境之中，只有痛苦，没有快乐，除了哥哥之外，没有人同情我的。"此儿不大发牢骚，酒后容或有之，意此书之成，亦在被酒后也。

（《飞报》1947年6月11日，署名：云郎）

犹 太 人 别 墅

予抵港之第二日，坐汽车四小时，兜九龙，疾驶于青山大埔道上，而止于一犹太人别墅中，予以为并香港九龙两处之胜地，乃无过于此也。别墅在青山道上，前为海，其后临山，顾别墅则面山负海而筑焉。其间拓地初不广，入门，右为甬道，左则草坪，屋凭岩而建，故高，拾数十级始升，绕屋后而下，乃抵海滩，水净沙明，惟闻涛声澎湃，其境壮丽，不可方物；岩下有树，树老，青藤蔓其上，而繁花又覆于青藤，浪花来溅，湿人履，亦如润藤上花也。与人言，别墅主人，乃主持香港之电话公司者。及归，遇北平李丽，问曰：香港之游，以何处为最胜？余举犹太别墅，李丽笑曰:老友之所见真多矣!

(《飞报》1947年6月12日,署名:云郎)

两 块 料

◆两块料

南京之有龚德柏,犹之上海之有小快乐,这两块料无不讨厌,其志在投机,则一也。《文汇报》、《新民报》等,都捧过小快乐,此为前进报纸之惟一特点。有人言:二报非真捧之也,是一种方策耳。龚之骂人,第足供浅薄之徒之同情,人称为大炮,以余观之,并手铳亦不如耳。

◆谨守节约?

昨有人在《新闻报》封面,登十几行广告,声明为子女订婚,其中有"谨守节约"四字。按《新闻报》之广告费,为全上海最最昂贵之一种糜费,此而称之为节约,岂非当面说诳,正如邵秉钧先生打话,欺侜阿伯为洋盘矣。

(《飞报》1947年6月14日,署名:云郎)

有人夜访张云溪!

孟德兰路九福里,有一幢四楼四底的房子,是天蟾舞台角儿的宿舍,新近发生过一幢怪剧。某报上已经登过一段,不过情形尚有出入。原来那天已是深夜二时,突然有人叩该屋之门,叩声甚急,里面开门问询,来人说是找张云溪的。领头一人,是个女佣模样,后面又有一二个男子,应门的告诉他们,张老板在楼上睡觉,于是这三人直登楼上。其中一个男子,望着张云溪的房门一脚踢开,只看见张云溪一个人在房内看书,去的人不觉相顾愕然,因此又退了下去。此时张云溪心里明白,也不向他们争论,直看他们下楼,自己却熄了灯睡觉了。但第二天据应门的人说,下面还埋伏了不少彪形大汉,此来本想与张云溪较量较量的。原来是张云溪在上海,一向姘着一个已经从良的舞女,这一次来沪时,据说这个女人,第一夜就到九福里去找张老板,事为这女人的丈夫所闻,故而有此深夜捉奸的一幕,不料意外地扑了一个空,反而传为笑柄。

(《飞报》1947年6月16日,署名:云郎)

赵雪莉与李飞红

三四年前之大都会中,陈美娟与赵雪莉,有一枝双秀、竞发瑶阶之目,雪莉久隐。最近乃闻陈美娟亦与人正式结婚,然传来消息,雪莉转将如春云之再展也。近时,屡遘雪莉于丽都舞厅,与之同游者为李飞红,李亦姚冶,特二人之同一缺点,则在瘦骨珊珊,不甚有线条之美耳。闻之丽都人言,雪莉出山,飞红亦将同莅丽都,日期为本星期六之夜场。其实李于一月以前,曾货腰于此,凡半月,忽又退居,此人曩以交际花身份,出没欢场。余第审其人居愚园路,人称愚园路李小姐者是,李飞红之名,近视自王裕告我耳。

◆管敏莉与徐敏华

管敏莉赴港,徐敏华随行,邦土报纸,传刘琼在港,与敏莉矢爱好者,亦有谓与徐敏华热恋情深者。舞女一出码头,便如附逆分子进得忠监,可以随便被人胡说八道也。惟有人来告,谓凤三兄记管、刘之相识,由我介绍(原文未见),则不确,他们认得,在比我认得敏莉之前。万一外间传说,真有其事,则敏莉也太糊涂,以刘已离其发妻,今后之婚姻问题,将视为"职业",敏莉当非其选,有其事,至多暂时寻寻开心耳。

(《飞报》1947年6月17日,署名:云郎)

王 茂 亭

沪报载王茂亭又遭公诉矣。其实此人早卜居香港,余在港之日,曾遇之于咖啡座上,仪表犹挺,惟双鬓益皤。健谈,而永远为江北口音,谈时偶及其子,必曰"我两个小把戏",听者皆笑,余亦笑。盖王之三子,如杰美、狄克之流,早已长成得像排门板矣。而称之为小把戏,故好笑也。王诸子亦居港,闻活跃乃一如在上海时。

◆霓虹大王

上海狂风暴雨之日,我对之方曰:小钟之生路来矣。小钟者,为钟南上兄别名,此人经营霓虹事业,有"霓虹大王"之目。一夜在大都会遘之,小钟自言近来忙得不亦乐乎。余遂曰:"上海大风,挑汝不死。"小钟大笑,谓老朋友真聪明人。

(《飞报》1947年6月18日,署名:云郎)

孝女夏丹维

时于游宴之场,遘夏丹维,然未一接言谈也。昨始于凯歌归同席,知其人亦复健朗,吐属正复不俗。余问报间记夏小姐违和,有其事乎?曰:有之,所患在胆,所呕皆绿汁,则以受震惊所致也。盖夏父既入缧绁,丹维直欲毁一身以替其父,受刺激甚,遂得病,医药殆无用,特心境稍舒,疾能自已。然夏父犹无全生之望,患彼俾俾者,亦将抑塞以终耳。

(《飞报》1947年6月19日,署名:云郎)

白兰花

我非常爱好白兰花,从前时常负了几朵,放在枕头下面,梦醒回来,闻着一阵浓香,终有一个感觉,好像我是在长三堂子里睡觉。近来不大白相生意浪,十年以前,到堂子里去,夏天,女人在你身边一立,便有一阵白兰花的香风,我的感觉,大概是从这时种下因的。

弱冠时候,在北平,到一家远亲家里去,他们庭院里,有一树白兰花,每天早晨,他家总要采下一大筐子来,我也帮着他们采过。朝露初融,香气益沁人心肺,说起往事,好像到现在的指掌之间,犹透余香。

昨天我又向一个乡下孩子买了两串白兰花,一串送与之方,叫他放在口袋里;一串我供在案上,假使把风扇一开,倒两杯啤酒喝着,又可以叫你唤起了往年在生意浪吃花酒的前尘之梦。

(《飞报》1947年6月20日,署名:云郎)

午　　睡

迩时苦睡眠不足,天明以后,亦不堪久卧,勉强起身,至饭后辄感精神萎顿,倚沙发上,昏昏欲睡矣。因思习为午睡,常闻人言,午睡不仅至乐,犹足以增强体力,特蜗居狭隘,午睡必为儿子所扰,于是不能不令人想到小房子之好。有小房子而为打中觉地方,始用得其所。余日日搭壳子,而夜夜与家主婆同睡者,这把算盘真是打得错尽错绝矣。

◆二四九

虹桥路之二四九号,昨复去过一次,游泳池已开放,一夷人为泗水之戏,池小,不能展其才。看过海滩浴场,视此不过如浴德池之盆汤耳。

(《飞报》1947年6月21日,署名:云郎)

诗　　境

大雨之夜,在丽都,见杨媚媚亦来小坐,杨恒时好穿绛色之裳,益见其人之盖代风华。有时杨与王美梅同行,王着浅色衣,乃觉放翁之"白菡苕香初过雨,红蜻蜓弱不禁风"诗境之美,又似专为后世之王杨咏也。

◆怪题

一年为端阳节,江栋良作一钟进士像,其肩上则荷一时装之女,命余题诗,余得句云:"图中进士如为我,肩上定抬管雪儿。嫁妹不成逃了罢,飞扬劫火后边垂。"时美机来袭海上,风声鹤唳,敏莉胆又小,乃惶惶不可终日也。栋良之图怪,余所题尤怪,其事距今逾三年矣。

(《飞报》1947年6月24日,署名:云郎)

为文梅白诬

何文梅业于丽都,见其人,似读晚清人诗,清远乃使人神往。往在大华,犹未腾踔,及至丽都,始一飞冲天,然醇朴之习不移,故可贵也。近顷报纸有述何之私生活者,乃为恶詈,甚指其与舞女大班通,是杖笔者,直似杖棍而一记打死人也!文梅因此大悲。余近来时过丽都,丽都中人,无勿盛道文梅者,知文梅受谤,咸为扼腕。余既久识其人,不能不以一言为清白女儿辩,非好事也。

◆重见林美琪

报载将与夏丹维同时伴舞之林小姐即林美琪,然则此亦老友。林曩本伴舞,体干至高大,性极和善。数年不见,一夜于雪浪厅中遘之,风貌不殊,见余,犹笑而颔首,为礼甚谨,乃闻重来舞海,则别后数年中,殆有不忍言者矣。

(《飞报》1947年6月26日,署名:云郎)

婆娑老子

昨夜偕凤老游丽都,凤老则挈其义女李蕾华、李薇华同行。甫坐定,余即与薇华起为一舞,雨润舞鞋,不堪成步,又以与李二小姐不常见,未便抱得紧,故蹀躞池中,为状甚窘。凤老自言未尝下海,而蕾华嗾之,转瞬间,已见凤老扶娇女学步矣。凤老以望六之年,而意兴正复不恶,余笑曰:此真"婆娑老子"也。

◆梅雨

梅雨之夜,两坐于伊文泰。六七年前亦于黄梅时节,每夜过此,所为之诗,无不写当时景状者,如云:"一天梅雨过春城,丛绿摇凉夜有情。不用戴箬烦我送,轻罗人至便微晴。"又如:"哭道香楼三十尺,贮卿可要万千金。"以今日之情境观之,吾诗又仿佛可诵也。

(《飞报》1947年6月29日,署名:云郎)

徐琴芳与俞萍

近年来,我欢喜过两个舞女,一个是俞萍,一个是徐琴芳。她们都是典型的舞女,都有几分流气,但是不十分下作,要讲究"扰",她们都是标准的。前年,吃罢夜饭,不由得不想着俞萍,去找她说说笑笑,真是快人心意。记得我这样写过她的:"尊前初唤俞萍坐,真觉刘郎尚少年。"去年夏天以后,她到香港去了,秋天回来,我碰着过她一次,后来她就嫁人了。

徐琴芳的心地纯良,似乎还胜过俞萍,人是要做得光明一些的好,飞飞扬扬的流言,到底没有伤害了她。我到香港去的前一天,她来陪我吃饭,她说:金手表她都有,要我替她代买一只戒指手表、一瓶好的香水。其实香港没有戒指手表,香水替她带了一瓶,但到了家里,被太太抄靶子抄掉了,我无法交账,只得对她说:你的东西没有买,因为我实在没有钱。她非常同情我,说那末等你有钱的时候再买。从这桩极其平淡的事件上,可以看出徐琴芳的性格来,这性格是多么可爱。

(《飞报》1947年7月1日,署名:云郎)

疗 病 记

到了夏天,身体老是不好,近来胃口不开,精神也显得萎靡。有天夜里,着了凉,第二天咳呛甚剧,得了非常严重的感冒症。晚上有人请我在新雅吃饭,我怕冷气,没有敢去,一早回到家里,迷迷糊糊的睡着了。第二天太太告诉我在睡梦中还是咳嗽,她叫我去找个医生。

这一天我就没有写一个字,夜里曹隐云先生请我在他家里吃饭,席上有朱太太、胡太太她们敬酒,我吃一杯,精神忽然好起来。吃罢酒,把梦云伟请过来,瓣牢仔连跳两只舞,顷刻之间,通体汗下,回得家去,往浴缸里一跳,又是一身汗。这一来,我告诉你们,我的病去了十之六七,你说我跳舞是荒唐吗?在我就可以疗病,我是天生荒唐种子,真会寻开心,就是缺少一点钞票,天再不肯派我发财,我真要操天的奶奶矣。

(《飞报》1947年7月5日,署名:云郎)

开心了一天

在世乱时艰,自己又是困厄无聊的时候,我是什么都不想的,只想寻开心。潘柳黛所谓"应该为自己活着一点",我该是这句名言的最能奉行者。昨天又是我最开心的一天,从下午六时跳茶舞,一直到次晨三点半钟回去。茶舞之后,到新新吃饭,饭后到雪浪厅,从雪浪厅到仙乐斯,再从仙乐斯到麦司盖,这是上半个节目;这一批游侣把她们送去之后,又把麦司盖碰着的一批,请她们去坐汽艇,一点半下船,三点半回到上海。后者的一批,四个人,大都是我的旧识,也是知名之女,其中一个,尤其是仪态万千的。

这一天我的兴致特别好,天衣兄说:难得看见你这么高兴。他也欢喜。只可惜我身体够不到,环境够不到。这就说我在太太面上,假使没有多大的自由,其实也幸亏我的太太,似乎没有她,也许我这条命,早已荒唐完了。

(《飞报》1947年7月6日,署名:云郎)

渡 浦 诗

在黄浦江里,渡水的那一夜,我是值得纪念。我近来的欢喜,就是觉得有许多女人,她们对我都有一分念旧之情,其实此情而留到现在,比之当时的"打得火热",更加可贵。我在归车上,非常感动,回去之后,写出后面的一首诗来。

  两心相照洁无痕,不比江波一样浑。片语已经完宿愿,十年未遇此黄昏。看来怜我惟明月,所欠为君设酒樽。便遣云郎今日死,也难报答美人恩。

(《飞报》1947年7月7日,署名:云郎)

李珍珍与陆青青

向闻仙乐茶舞之盛,昨日一游,则亦寻常,舞人人选,李珍珍自是上乘,而遘陆青青于此。青青在盈盈十六七时,已韵秀天生,肤白如凝脂,统体无一瘢痕,其绰号乃曰"剥光鸡蛋",喻其一洁无暇也。及后遣嫁,颇不得意,辛苦兼尝,其人自磨折中来,遂谙世故。去年,尝数共游宴,闻其吐属,正复不恶,不相见者,且逾半年,不图其文溷舞尘也。余飐之同饭,谢曰:"已应他人。"颇失望,幸有李珍珍为伴,亦足豁人心目。是夜李珍珍为缟素之裳,发后系一巨结,亦一白如雪,风致有嫣然之美。以八时抵新雅,新雅人挤,待一小时,始得一斗室,冷气袭人,有饿意,遂食饭一盂,既饱则暖;及肴馔既陈,再饭,得夹食之苦,此为冷气所赐。物质文明之有利,终有弊也。

(《飞报》1947 年 7 月 10 日,署名:云郎)

娘舅与外甥

一夜与李绍华同饮,绍华读余《渡浦》诗笑曰:唐生之情深一往,乃充塞乎字里行间也。惜不为伊人所属目耳。此中故事,绍华自一一谙熟,其人又为解人,与之方系旧识,以辈分言,之方实长于绍华,绍华故尊之方为娘舅。其实此二人立在一起,真像夫妇,谁信是外甥与娘舅哉?

◆梅菁进场

梅菁出山之说,甚嚣尘上,甫于今夜实现,地点在新仙林。先是,余与天衣拟合送碗篮一百只。碗篮者,香港舞场盛行之。其状如碗,缀以鲜花,置于客座上,以添光彩。惟闻此法已为夏丹维所袭用,遂不果。天衣复约友多人,为梅菁壮声势,拟同夜饭于凯歌归,饭已群送梅菁进场。余乃不知此夜者,余友之心境何如也。

(《飞报》1947 年 7 月 12 日,署名:云郎)

嫁　女

　　有一个朋友,因为筹备他一位相识的女朋友进场做舞女,其忙碌的情形,真像嫁掉一个女儿一样。他请到时捧场的朋友吃饭,好比请预事酒,其他送礼的好比添置妆奁,送花篮好比布置礼堂,最后还要砍坏一笔大大的见面钱。读者诸君,你们假使结识一个舞女,她素性平淡一点的还好,万一她是酷慕虚荣,那末你就应该具一副消耗人力财力的勇气,来对付她的。

◆空档

　　徐琴芳之夜舞、茶舞都停顿,一日,以电话来,谓我近来是空档,你啥辰光喊我,我就来,吃饭也可以,白相也可以,你啥辰光要到我屋里来,我随时招待你。表示其身边浪并无挂碍也。此人念旧情殷,为之感奋,谁谓跳舞女必欲以"动脑筋"为前提哉!

（《飞报》1947年7月13日,署名:云郎）

殷　四　贞

　　四贞在今年的跳舞场里,是第一块红牌子。她的小名叫翠宝,我就叫她翠宝阿姐,她不大开心说:"唐兄,你那哼叫翠宝阿姐格介?"我说:"格末叫你妹妹。"四贞开心了,说:"叫我妹妹末对哉。"其实我叫她翠宝阿姐,还是十年前的派头。四贞本是花底娇虫,生意浪从前讲究八阿姐、七阿姐这样的称呼,不像现在,只听见心媛、二媛这一套名字的。

　　昨天上半天我就约四贞她们在国际饭店吃冷饮,一直扰到新雅吃完中饭为止,听听四贞那一套软语柔音,真是心目俱爽。这天还有黎明晖、韦伟二位,我去国际里表演《葡萄仙子》、《可怜的秋香》,两只大腿,一甩一甩的。明晖笑了,韦伟更捧腹大笑,我这一上半天堂会,唱得真吃力。

（《飞报》1947年7月14日,署名:云郎）

梅菁进场之夜

十二夜,大雨如注,而梅菁、白莲花、白羽、陆青青诸人,胥于是夜进场于新仙林,新仙林乃有满坑满谷之盛,则以捧场者之众也。吾友约友好七八辈,往捧梅菁,先同饭于凯歌归,座上有李珍珍、梦云伟二人。珍珍娴雅,云伟则艳爽如高花,皆时下名舞人。至十时,群乃送梅菁入场,踏入新仙林门时,余惘惘之怀,不能已也。场中满置花篮,门外大雨如绳,而醉呼妙舞,尽室皆春,梅菁周旋于客座间,奇忙,如穿花之蝶。将夜午,雨益甚,杂以雷电,闻通衢间已成泽国,本拟约梅菁游伊文泰,阻于水,不获前进,遂赋归去。车中,梅菁微噫,谓吾友曰:相交半载,遇我勿薄,我乃重来舞国,此情真不能造也!

(《飞报》1947年7月15日,署名:云郎)

与顾美玲谈心

一天夜里,我同顾美玲小姐坐在新仙林花园里谈心,我发现顾小姐的吐属不恶,比起她们一群里的交际花都好。她谈锋甚健,有时我的话说得粗一点,她也听得进,我说得细起来,她也会凑在我身边,娓娓不止的。第二天告诉我朋友,朋友说:这位小姐的确耐人怀念。

顾小姐问我,你在上海兜来兜去,你说目前的舞女,哪里几个人看得入眼的!我立刻举出李珍珍、梅菁、杨娟娟三人。她也同意,她说从气度上看,这三个人确是好的。顾小姐又说:像李珍珍那种典型的人,追求她的,往往是高头发的少年。我说女人欢喜飞机头的,毕竟多数,我因为头发不讲究,所以常常失败。顾小姐指指我的平顶头说:我倒喜欢你这种头发,凉爽大方,是一个正经的人。这两句话,听得我真开心。我想,顾美玲真正老举,我情愿替她背包。

(《飞报》1947年7月18日,署名:云郎)

感 谢 苍 天

管敏莉又以书来,知余在沪咯血,使其惶惶不能宁其心意,乃欲为余买针药,为余买"盖世维雄"。余阅书大笑,亟报一函云:"阿兄病已好,汝勿念。'盖世维雄',今年已打过六百个 MC,医生云不能再打,且此针药,于整个健康,亦无多大关系也。近来吃钙片甚勤,一星期来,饭量渐增,精神弥健,惟一证明,我为各报撰述,近来已不复间断矣。"

二十年来放浪欢场,未尝有一可念之人,有之,惟管敏莉而已,相识三四载,当其在我身边时,未尝为余直诉衷曲,及其远离,则心坎幽情,往往宣诸楮墨,余故欢喜无量。嗟夫!天灵地鬼,悯我荒寒,乃挈此解语之花以慰我中岁情怀者,我真感彼苍苍也。

(《飞报》1947 年 7 月 19 日,署名:云郎)

二　　尤

近日报间所载之贩毒女犯尤素贞,传即当年之红舞女阿二头,于是一般同文继此而多附会之说。按尤素贞为阿二头之名,此人病瘵早死,安得尚在人间?故贩毒之尤,纵为尤氏姊妹之一,必为阿二头无疑,然阿二头决非叫尤素贞也。

五六年前,仙乐斯在全盛时代,尤素贞、陈雪莉、梅菁、陈芸,以及沈爱莲俱隶于此,人才之盛,称一时之选。时尤以病瘵染毒癖,而为叶春华所眷恋,病深,居医院甚久,卒不起,身后之事,俱为叶所料理,此事知者甚众,宁更有所附会?惟阿二头状况不详,似曾嫔一哈同花园有关之人,犯案之役,来得自是突兀耳。

(《飞报》1947 年 7 月 20 日,署名:云郎)

记 林 北 丽

本报记林庚白夫人事甚夥,夫人字北丽,盖林寒碧之弱息也。庚白曾记其小传云:"北丽旧名隐,字幼奇,今以北丽行,福建闽侯人,余与寒碧先生交游时,北丽尚未生,岁丙辰,先生主《时事新报》笔政,夜过夷场,误触汽车,重伤不起。距北丽生甫十八日耳,少依小淑夫人膝下读书破有成,于学多能颖悟,而不求甚解,其诗、画、七弦琴,皆有得。顾则废去,若无足措意,有博丽轩诗草一卷。"

◆莲花坞

一夜遇白莲花,余谓白曰:平时虽不相闻问,然我固知白小姐之电话七九七四〇也。白曰然,特今已迁去居麦琪路矣。七九七四〇在福熙路一公寓中,昔余有舞侣居其间,故知之。白居一〇一号,人多屋小,不得不谋莺迁之计矣。

(《飞报》1947 年 7 月 22 日,署名:云郎)

病 暑 之 药

昨日,病暑一日,未尝写述,至傍晚始已。病时,余切奇异薄荷锭一片,和开水服之,心气自疏,遂得安眠,醒时,浑身出汗,病已去其中之八九矣。奇异薄荷锭,为福华制药厂所造,可以通鼻,可以敷抹,亦可以内服,余无意中试之,而生神效,是为暑令妙药,足以代一切痧药水与辟瘟散焉。

◆时疫医院

报载某伶人在后台患上吐下泻症,送上海时疫医院,竟遭拒绝,因此引起全体伶界之愤慨,将谋对付之道。上海时疫医院每岁捐款,唱义务戏,或播音数日,集资甚丰,然其内部设施,窳败万状,病家言此,莫不发指。今怠慢及于伶界中人,不知其募款之来,无一非伶界中人所流之血汗,忘义寡情,莫此为甚。上海时疫医院之主持人,而不死于时疫者,是天不睁开眼睛也。

（《飞报》1947年7月24日，署名：云郎）

不许销魂但许痴

朱凤老以童芷苓手册，属余题句，余不能为即席之吟，因书云："黠不人憎赖有痴，相期所悔十年迟。而今管领风华者，似子丰容似我诗。"此诗余旧为敏莉所咏也。时余识敏莉尚久，犹未盟为兄弟，故此诗第一句，本为"不许销魂但许痴"七字。今以写于芷苓，遂易去。然凤老犹嫌第二句之不甚庄重也，其实三四二句，亦未必尽称，以为真能当之者，惟余与敏莉耳。

◆只爱女儿

童芷苓叫朱凤老寄爹，余亦叫朱凤老为寄爹，余曰：无论如何，余要与芷苓争为平辈也。芷苓笑曰：然则唐兄吃亏矣。朱凤老曰：我只爱女儿，不爱儿子。余曰：然则凤老当还拜于我。众皆笑，以余实未尝拜于凤老，故作此言，犯其尊严也。

（《飞报》1947年7月25日，署名：云郎）

张　慧　剑

近来上海有两张小型报，登张慧剑先生的文章，都是用文言写的，像他在抗战时期所作的《辰子说林》一样。张先生的诗文能得"纤丽"二字，二年前，他是写林琴南一派文笔的，我到今朝还爱好他那一篇《赤帻人》的小说，一二千字，比琴南翁何诹写得更美丽。

去年他到上海来，我请他吃过一趟饭，谈起他从前的文章，他好像很不屑重提旧事的样子，其实不必的。我近来看看张先生的作品，不一定比以往更为洗练，尤其是他的"议论"是迂旧的，叫人不大痛快，明明是一枝纤丽的笔，要一定写得它坚实，终是有点画虎不成的。我不好意思当面劝他，要他自己明白。我就是好在明白自己，假使说我的诗将来可以传世的话,一定可留的都是投兰赠芍之作。韩冬郎以这一类诗传世了,传到民国,他还碰着一个刘半农,索性把他香奁诗辑在一起,而废他其余诸作。张先生明白这一点,就应该还我真面目,不必矫枉过正了!

(《飞报》1947年7月31日,署名:云郎)

包?

青青至竟不曾包,只为连朝暑未消。夜舞新仙林里做,奇闻入梦客成谣。声华高上三千尺,家计艰难一担挑。"包"字听来真触气,锁魂岂似八仙桥?

一日过仙乐斯茶舞,访陆青青不至。或告余曰:青青茶舞已勿做,而常随一客游宴,客则每月筹以千万金也。余辄掇其语,制为消息,记于他报之《入梦篇》中。昨夜遇青青于新仙林,乃谓"茶舞包脱",实为误传,做茶舞月可得千余万金,宁肯以千万金包与人哉?且"包"字殊勿雅,因赋此为青青解嘲。

(《飞报》1947年8月15日,署名:云郎)

残酷的镜头

戚再玉先生,在七夕晚上,举行一个园游会,十点钟开映电影《中国的抗战》。这里面历史地理的领导,多于事实的记载,导演的是外国人,因为手法的灵巧,所以虽然像上课听训,还不至于枯燥无味。

听人说:这片子里本来有一段贼兵攻下了南京,把南京的妇女,奸淫的真相,但在上海放映,把这一段剪去了,因为实在太惨,恐怕看的人神经上太受刺激。其实贼兵活埋南京人的几个镜头,何尝不惊心动魄?当它在放映的时候,我是把眼睛闭了起来,因为我生性不欢喜残暴的。

我不懂的是世界上既然有这样一个野蛮的民族,为什么不干干脆脆把它扑灭,而还在扶植它?把它养得精精壮壮,难道就不怕养虎伤身之戒?

(《飞报》1947年8月25日,署名:云郎)

嗲 的 署 名

文人总是轻骨头的,往往因向慕一个女人,把自己的署名,也嗲来吓得坏人。记得从前有人捧王彩云,写起稿子来,署名就用"卧云居士",简直要同她睏一觉的意思。何海生捧黄桂春时,他的署名叫"惜春馆主",又叫"爱桂轩主",真是率直得可爱。我欢喜一个舞女叫俞萍的时候,仿何海生的样,叫"爱萍室主",不料另外有个爱萍室主,来同我办交涉,说我是在仿冒他的"商标",你说要命不要命呢?近来我作《入梦篇》而署名"云郎",识者都盛道我的巧思。又曾经为了爱赏白莲花,想署名"莲芯",我是这样说的:"卿若当吾芯子看,笔名得此署莲芯。"终于她没有当我芯子看待,我也不好意思将"莲芯"两字,署在我的作品上面。

(《飞报》1947年8月28日,署名:云郎)

家 有 喜 事

近来舍间喜庆之事迭乘,余无心写述,故拟搁笔,出月后,余将重游湖上,卜居于玉皇山,替自己做生日,不在上海与杜先生"别苗头"矣。诸亲好友,务祈鉴谅,节约之令,雷厉风行,某何人斯,尚敢招摇哉?

廿七夜,余犹与友好四五人,同坐于新仙林花园,叫舞女坐台子。十一时,忽心意不宁,然则归去。吾友既醉,则强留,余终窜去,及返问妇安否?妇似有所觉,是夜四时,果发动,至晨八时,呱呱堕地。余年来翼护吾妻,恩爱所钟,感通乃及心灵。及告子佩与之方,亦以为奇也。

(《飞报》1947年8月31日,署名:云郎)

一部连续几十年的私人观察史

(《唐大郎文集》代跋)

唐大郎的名字,现在可能也算得上轻量级网红了,知道的人并不少,甚至有学者翘首以盼,等着更为丰富的唐大郎作品的发布,以便撰写重量级的论文和论著。这是我们作为整理者最乐意听到的消息。现在,皇皇大观12卷本的《唐大郎文集》的最后一遍清样,就静静地摆放在我们的书桌上,不出意外的话,今年上海书展上,大家就能看到这部厚厚的文集了。

唐大郎是新闻从业者,俗称报人,但他又和史量才、狄平子、徐铸成等人有所不同,他是小报文人,由于文章出色,又被誉称为"小报状元""江南第一枝笔"。几年前,我曾在一篇小文中阐述过小报的地位和影响:"上海是中国新闻界的重镇,尤其在晚清民国时期,几乎撑起了新闻界的半壁江山,而这座'江山',其实是由大报和小报共同打造而成的。大报的庙堂气象、党派博弈与小报的江湖地气、民间纷争,两者合一才组成了完整的社会面貌。要洞察社会的大局,缺大报不可;欲了解民间的心声,少小报也不成。大报的'滔滔江水'和小报的'涓涓细流',汇合起来才是完整的、有着丰富细节的'江天一景'。可以说,少了这一泓'涓涓流淌的鲜活泉水',我们的新闻史就是残缺不全的。一些先行一步、重视小报、认真查阅的研究者,很多已经尝到甜头,写出了不少充满新意、富有特色的学术论文。小报里面有'富矿',这已经成为越来越多的专家学者的共识。我始终认为,如果小报得到充分重视,借阅能够更加开放,很多学科的研究面貌一定会有很大的改观。"现在,我仍然这样认为。《唐大郎文集》的价值,就在于这是一个小报文人的文集,它的文字坦率真挚,非常接地气;它的书写涉及三教九流,各行各业;它更是作者连续几十年的私人观察史,因之而视角独特,内容则极为丰富多彩;而且,如果我记得不错的话,这是小报文人第一次享受这样高规格的待遇:12卷本,400万字的容量。有心的读者,几乎可以在里面找到他想要找的一切。

为了保持文集的原生态,除了明显的错字,我们不作任何改动,例如当年的一些习惯表述,有些人名的不同写法,等等。我们希望,不同专业的学者,以及喜欢文史的普通读者,都能在这部文集中感受来自那个时代的精神氛围,从中吸取营养,找到灵感,得到收获。

这样一部大容量文集的出版,当然不是我们两个整理者仅凭努力就可以做到的,期间受到来自方方面面的帮助是可以想象的,也是我们要衷心感谢的。这里尤其要感谢唐大郎家属的大力支持,感谢黄永玉先生、方汉奇先生、陈子善先生答应为文集作序,还要感谢黄晓彦先生在这个特殊的疫情期间为之付出的辛劳。他们的真情、热心和帮助,保证了这部文集的顺利出版。请允许我们向所有关心《唐大郎文集》的前辈和朋友们鞠躬致意。

张 伟

2020年6月5日晨于上海花园